U0754600

贵州新文学大系

1990—2019

中篇小说卷 第四卷 2016—2019

GUIZHOUXINWENXUEDAXI

贵州省作家协会/编

贵州出版集团
贵州人民出版社

图书在版编目（CIP）数据

贵州新文学大系. 1990—2019. 中篇小说卷. 第四卷,
2016—2019 / 贵州省作家协会编. -- 贵阳 : 贵州人民
出版社, 2022.12
ISBN 978-7-221-17581-6

Ⅰ. ①贵… Ⅱ. ①贵… Ⅲ. ①中国文学－当代文学－
作品综合集－贵州②中篇小说－小说集－中国－当代
Ⅳ. ①I218.73

中国版本图书馆CIP数据核字(2022)第252433号

书　　名	贵州新文学大系1990—2019·中篇小说卷·第四卷（2016—2019）
丛 书 名	贵州新文学大系1990—2019
编　　者	贵州省作家协会

出 版 人	朱文迅
统　　筹	黄　冰
责任编辑	欧杨雅兰
装帧设计	王丹丽
出版发行	贵州出版集团贵州人民出版社
社　　址	贵州省贵阳市观山湖区中天会展城会展东路SOHO办公区 贵州出版集团大楼（邮编：550081）
印　　刷	深圳市新联美术印刷有限公司
开　　本	787 mm×1092 mm　1/16
字　　数	670千字
印　　张	33
版　　次	2022年12月第1版
印　　次	2022年12月第1次印刷
书　　号	ISBN 978-7-221-17581-6
定　　价	108.00元（精装）

本书获2019年贵州省出版传媒事业发展专项资金资助

概　述

　　中国新文学已经走过了百年历程，贵州新文学的脚步亦步亦趋，漫长的一个世纪的确需要回眸和展望。前辈已经编辑出版了《贵州新文学大系：1919—1989》。本书是1990年至2019年贵州新文学中篇小说的巡礼，完成贵州新文学中篇小说三十年的回眸。《贵州新文学大系1990—2019·中篇小说卷》选编的基本原则是作品在国内核心刊物上发表或获得省级以上奖项的，并且具有较高质量和一定影响力的，能够代表贵州这三十年来的中篇小说创作成就的作品。

　　"60后"作家欧阳黔森、冉正万、谢挺、王华、戴冰等厚积薄发，"70后"作家肖江虹、肖勤等异军突起，"80后""90后"作家曹永、李晁、蒋在等迎头赶上，形成了贵州中篇小说创作的立体方阵。

　　欧阳黔森是这一时期贵州中篇小说创作上硕果累累的作家，他在21世纪初就进入中篇小说创作的丰收期，连续在《十月》上发表了中篇小说《穿山岁月》《白多黑少》《水晶山谷》《八棵苞谷》《莽昆仑》等作品，几乎成了《十月》的"专栏作家"；又在《青年文学》和《山花》上分别发表了《非逃时间》和《村长唐三草》，并被《新华文摘》《小说选刊》《小说精选》转载，在国内形成了较大影响。欧阳黔森的中篇小说，地质队的故事是其中重要的题材之一。《穿山岁月》写地质队员钻山林宿，在野地寻找矿物样本的生活，小说故事情节并不明显，而更多地注重人物塑造。在作者笔下的地质队员形象，鲜活生动，性格独特，具有浓厚的生活气息。野外生活清苦而寂寞，但这些小人物甘之如饴，他们常能以粗鲁的玩笑、对爱情的憧憬等来找到情感宣泄的突破口，进而对生活充满热情。小说结尾处写道："我很骄傲在我的生命里有一段搞野外地质工作的岁月。"可以说，这不单是小说叙述者"我"的自白，也道出了作者的心声。搞野外地质工作的经历不但让欧阳黔森接触到各色人物，丰富了他日后创作的人物素材，而且还让他亲近自然和底层，培养了他对自然的热爱和对生活苦难的包容，形成了他理想主义和浪漫主义的风格。《莽昆仑》其实是《穿山岁月》的延续，只是人物活动的场景更艰苦，而理想主义和浪漫主义的精神更加高扬。小说的主人公因为从事艰苦的野外地质工作，长期不能和自己的孩子生活在一起，探家时遭遇了孩子叫"叔叔"的伤心，下决心离开地质队。"李子抬起头说，考博是改变现状的途径。我说，正确。于是，在第二年我们同时成了博士生，再过两年后，我们取得了博士学位。拿到博士学位后，我们也没再提改变什么。我们原本骨子里就爱好这一行，不上山还憋得心慌。这不我们又不断地接项目，不断地每年出野外。"当他们有机会脱离艰苦的野外环境时，还是选择了留下。其实小说中"喊山"的细节更能表现这些长年在野外为国家找矿的地质人的铁骨柔肠："李子双掌呈喇叭状围着嘴喊，李——朱——砂，生——日——快——乐！在李子喊第二遍的时候，我们一行五人一起应声喊了起来。对李子女儿的祝福，第一句应该是属于李子的，第二句、第三句才是我们这些伯伯叔叔们的。在我们一连喊了十个来回的时候，大家都一屁股坐在地上喘气。"值得注意的是，在这些张扬理想主义和浪漫主义的小说中，欧阳黔森的生态意识开始萌发，小说借主人公石头博士之口说出了作者的忧思："人类的现代化文明是以破坏自然为代价的。你看这现在的冰川已经要萎缩到雪山的顶峰了，总有一天，雪山都会变成黑山。"

当然，欧阳黔森中篇小说的题材内容也是丰富多样的。《白多黑少》写商场风云和人生世相，并讲述了转业军人萧子北与杜鹃红的畸形恋爱；而《非逃时间》写官场百态和人情冷暖。到《水晶山谷》《八棵苞谷》时，欧阳黔森开始有意识地关注生态，关注人的生存环境。曾经作为地质工作者的欧阳黔森对地理、环境等本身就有着敏感的认识，很早就认识到矿产开发等活动对自然的影响和破坏，所以，欧阳黔森的作品里始终包蕴着生态文学的因子。只不过，到《水晶山谷》和《八棵苞谷》时，这种生态意识被进一步强化了。《水晶山谷》鞭挞了过度的矿产开采对水晶山谷造成的毁灭性破坏，呼吁人们让大自然保持原本的面貌，让大自然的神秘和美丽得以延续。小说中的七色谷，原来是没有名字的峡谷，山谷里有很多闪亮的、五彩缤纷形态各异的石头，这个美丽的地方也是恋人相恋的爱情谷，作为梦幻和美好的象征。直到勘探队的到来，在带来现代文明和为峡谷命名的同时，也给七色谷带来了严重的破坏。田茂林原本是一个质朴向上的文学青年，他爱七色谷的奇峰异石，逢人就讲七色谷，因此还遭受旁人嘲笑。七色谷也是他与心爱女子相爱的见证，他一心只想通过努力挣足彩礼钱娶到梨花。但在了解七色谷的商业价值后，田茂林的欲望开始膨胀，他亲手把七色谷的奇石送到城里老板手里，并带领人前去开采，以期获得更大利润。最终，田茂林也随着美丽的七色谷一同消失了，成为无人知晓的秘密。正如文中作者对李王集团过度开采的批判："李王只为大自然保守了五年的秘密，他需要靠出卖大自然的秘密来获取人类最肮脏又最喜爱的金钱。金钱也许可以换来他想要的很多东西，可无论他多有钱，他是买不回大自然的秘密了。"《八棵苞谷》通过描写石漠化山区人民的生存困境，展示了人们顺应自然、改变生存困境的重要性。《八棵苞谷》中通过三崽道出石漠化土地难以种植农作物的原因，山上泥土稀少，多半依托在石头皱纹里，逢雨水天气，更是令泥皮逐渐减少，加重了土地的石漠化程度。此外，人为的破坏也是加速石漠化进程的重要因素。欧阳黔森向我们揭示了在贵州独特的喀斯特地貌的影响下，在石漠化严重的地区，由于缺乏技术支持以及人口没有得到有效控制，导致生态失衡，越垦越荒，越荒越穷的现状。但在技术扶贫开发、易地搬迁的帮助下，通过生态治理改变了白鹰村贫穷落后的面貌，使人们奔向小康生活。

冉正万是中篇小说这一创作领域的实力派作家，他在1998年的《人民文学》头条上发表了中篇小说《奔命》，引起了文坛的关注。他的《大哥》《宝宝废废》是两篇人物刻画很用心的小说。《大哥》看是在写乡间刁民的奸猾，为了得到更多的移民安置费，大哥和村民们一样种树，但魔高一尺、道高一丈，上面规定：果树不足三米高不算，茶树不足一米高也不算。算计落空后大哥又来扩房子（因为新修来不及了，必须是两年以前修的才算），想方设法巴结移民局下来调查的人，种种机关算尽，最终结果是一无所获。从这时起，大哥就认定政府欠他三万元（他扩出房子的面积该补偿的钱），走上了上访告状之路，且每况愈下，令人揪心。细读这个作品，叙述人的语调游离不定，对年轻时候的大哥的崇拜、对故土难离的理解，好似在批判大哥，实则又充满忧伤。小说结尾意味深长，"我"经常会接到家乡打来报告大哥近况的电话，"每次接到这样的电话，晚上都会做噩梦。醒来时，我老想起一句歌词，歌名和歌唱者的我记不得了，但我记得里面的一句：'大哥、大哥，你好吗？'每当想起这一句，我的鼻子都发酸，眼泪都想滚出来。我的确害怕老家打来的电话，但如果真有什么悲剧发生，我也无可奈何。这种无可奈何像慢性病，死不了人，但你不知道自己在迎接什么。小时候，当某个男孩的脸上出现粉刺，奶奶就叫他仰望星空，一旦看到一颗流星坠落，奶奶赶紧用衣襟擦他脸上的粉刺。说这样一擦粉刺就会像流星一样消失。可现在，没有人来告诉我们，应该望着哪儿，怎样才能擦掉心头恼人的疙瘩"《宝宝废废》对人性的挖掘更加深刻，被主人视为宝宝的废废是一条狗，却是主人陈副市长如影随形的一条不一般的狗。作者先是大肆渲染废废带给人的不适与困扰，让人误以为陈副市长必定也是一个狗官。副秘书长李鲜因女儿受废废惊吓致病，愤而喂废废以催情药引发疯狗事件直接致其死亡后，却发现因失去废废垮掉的陈副市长一向刚正不阿，李鲜懊悔莫及。正如作者在创作谈中所言："宝宝废废的迷失，是它不知道生活有很多面，它只熟悉跟随主人那一面的简单，当另外一面摆在面前时，它一错再错，别无选择，最终死无葬身之地。陈副市长的迷失，是他的高傲和狭隘，这种高傲和狭隘貌似强大，其实很脆弱。李鲜的迷失，是他隐秘的不纯动机，种什么因，结什么果，怪不得别人。王秘书看似明白一些，但他必定会迷失在未来的官场中"。这两部小说有一种内在的逻辑性，由此可以看出作者对人性思考的深度。《唤醒》以明月的寻找和大爷爷柴启物的等待两条线索建构故事，突出老一辈人的坚定信仰。柴启物作为红色火种，历经坎坷，遭受冷遇，被当作特务逮捕打伤致残也没有令他屈服，暴露党的秘密。也因组织的纪律规定，不允许与身份不明的人结婚，导致柴启物只能以默默守候的方式陪伴明月，但他也毫无怨言。即便革命成功了，但在无人带着信物来唤醒之前，他依然继续潜藏在偏刀水镇，长达六十余年。明月在偏刀水镇则是一个独特的存在，"她就像一棵栽错位置的树，周边没有一棵树和她相像。她更像飘浮在山头上的白云，看上去很近，其实很远。"明月来到偏刀水镇只为寻找当年给她留下手枪的男子，她的一生都在寻找和等待，明月的经历构成了小说中的一抹亮色，增添了文本的唯美色彩。可以说《唤醒》讲述的是一个关于等待的故事，并在等待中参悟人生，看透现实。

王华是这一时期创作上颇丰的作家。《伍百的鹅卵石》《天上没有云朵》《后坡是片柏树林》《在天上种玉米》《挽留爱情》《紫色泥偶》《向日葵》等作品的发表，充分显示出王华的创作实力。《伍百的鹅卵石》（又名《马琳的夏天》），作者将目光聚焦于常被人们忽视的脑瘫患者，以马琳想毒杀镇长丈夫为悬念，引出她与脑瘫儿伍百饱含温情的故事，显示了人性的善良。伍百自出生起就患上先天性脑瘫，父母去世后无人照管，从此过上风餐露宿的孤独生活。马琳的到来改变了伍百生活轨迹，伍百同时也影响了马琳的生活和思想。文中通过脑瘫患者的苦难生活，向我们揭示在社会中藏着许多不为人知的阴暗面，身处其中的人们孤独、无助、痛苦，类似等待被解救的伍百。《伍百的鹅卵石》彰显出王华的人道主义关怀。她的《天上没有云朵》延续了其一贯的叙述风格，以孩童的视角，在看似轻松的叙述中，揭示了苦难生活中的深重的悲剧性。因为极度干旱，黑溪村的庄稼眼看就要颗粒无收，人们面临饥饿和死亡的威胁，"我"的母亲不得不以"献身"的方式去换取灌溉水源，暂时为全村人的庄稼争得了生机。后来雨水如愿而降，人们顺利渡过难关，而就在全村人喜迎丰收的时候，母亲却因难忍声名的羞辱而选择自缢身亡。最终，父亲在悲愤中纵火烧死村长，而不到七岁的"我"也由此成为了孤儿。王华从来不擅长那种带泪的控诉，她习惯以孩童率真无邪的视角去看世界，甚至有意无意把语言写得俏皮、跳跃，可是即使如此，也难以掩盖她笔下那种挥之不去的感伤氛围。王华这种孩童式的叙述，不带修饰和忌讳，原原本本地反映生活本相，却恰恰把生活中的苦难展现得淋漓尽致。

《后坡是片柏树林》与《天上没有云朵》有许多相似之处：都是以孩童的视角叙

述了"我"父母亲的故事，都关注艰苦自然条件下人的生存困境，都直逼苦难和死亡。2009年王华的《后坡是片柏树林》在《人民文学》发表，这是一篇饱含家园忧思的小说。小说主人公泉子不愿进城打工，而一心想在后坡种上柏树，恢复曾经那一片柏树林，让干枯的井重新流出甘甜的井水。然而这一行动，并不能得到村民们的理解。即使是青壮年劳动力都进城务工，坡地抛荒多年，老者们依然死守着土地只能用来种粮的老规矩，千方百计阻止泉子种树。后来，泉子冲破重重阻挠，在后坡种上了五万棵柏树。就在泉子终于肯安心进城务工为孩子挣取学费时，五万棵柏树苗还是难逃乡邻们的蓄意毁坏，而泉子自身也在一次意外中丧生他乡。妻子柳风为了了却丈夫的遗愿，继续与镇领导和村民们周旋，终于让后坡又重新种上了柏树。泉子夫妇栽种柏树，不是为了经济利益，他们只是单纯地想让枯井重现水源，其实这蕴含了一种朴素的生态意识。而泉子夫妇为柏树林所付出的沉重代价，正影射了人们为恢复生态环境所要付出的艰辛。城镇化的狂飙引发了"搬家"的风潮，《在天上种玉米》讲的就是一个"搬家"的故事。搬家让农民离乡背井，失去土地，失去安身立命的"根"。城市无地可种，失去家园的村民，男的外出打工，女的无事可做在家打麻将，整天鸡飞狗跳矛盾不断。王红旗突发奇想，要发扬"农业学大寨"的精神，要走无地"造地"的路子，刨土盖屋顶，在屋顶上种玉米，让村子上空浮着一片绿，在阳光下，就像魔术师悬浮在空中的一块块绿色的魔毯。这并不是一个童话，而是一个失去家园之痛的荒诞寓言。从关注人到关注人类家园，王华的生态意识逐渐增强。生态文学作家不仅具有开阔的思路和视野，而且具有高度的历史责任感，不仅要洞察到生态危机困扰人类的严重局势，而且要为人类能够最终诗意地栖居在大地上寻找出路。虽然不能简单地把王华视为生态文学作家，但是无论从哪种意义上说，王华都称得上是一个具有生态意识的作家。她的这些小说反映内心深藏的具有本质意义的痛苦，正在诠释人类存在的现实困境和精神困境。

谢挺是中篇小说的实力派作家，他的《陷入》《沙城之恋》聚焦都市生活。《陷入》写主人公"我"在昏迷七年之后醒来时所面对的人事变迁。把人物置于特殊化环境之中，通过人与环境的龃龉、冲突，带出人物性格和人生世态，这是谢挺所擅长的。《陷入》正是一个典型的"谢挺式"创作。作者把"我"放置在"时间停摆七年"这样一个戏剧化的环境之中，以此展现"我"重新融入社会时所面临的亲情、友情、爱情和事业时的种种问题。《沙城之恋》属于相对游离其创作风格的一类作品。它完全以现实主义的笔法，平铺直叙了都市青年林飞与王岚之间偶然、短暂而又炙热的恋爱过程。尽管小说情节算不上新颖，但它依然给人以美的享受和启示。即使都市生活纷乱复杂，但依然有王岚这样洁身自爱、兢兢业业去奋斗的年轻女性；尽管现代爱情多变而脆弱，王岚和林飞却仍坚持着对爱情的向往。这对匆匆相遇的青年最终没能走到一起，他们的爱情甚至只维持了短暂的几天，但这丝毫不影响他们感情的纯粹。他们自然而然相聚，又自然而然分开，这种对于爱情的从容大度是足以叫人动容的。

戴冰是这一时期中篇小说创作领域的先锋作家，即循着现代主义创作路子，心神游于奇异的幻境。但到创作《名单》和《橡胶女人案》时，戴冰仿佛回归了现实主义创作，故事重新变成了小说的外在形貌，精心设置的情节和细节支撑着完整的故事。《名单》的主人公李小光的老婆陈芳因心脏病突发去世，年仅三十三岁，李小光在收拾陈芳遗物时发现一个记录了一百二十一人的名单。"名单上的人李小光说他只认识大约三分之一……他们的共同之处是年纪都不超过四十岁，而且……都是男人，由此可以判定，另外那不认识的三分之二也全都是男性，年纪也可能都不超过四十岁……名单差不多有十二页纸，人名与人名之间，上下左右的距离都拉得很开，留出来的空白处密密麻麻地画满了各式各样细小而精致的符号，几乎把每个姓名围得水泄不通"，李小光决心一定要查出真相。从此，涉及的人都面临困境，李小光最终也住进了精神病院，而真相并未浮出水面。《橡胶女人案》中的橡胶女人是外出务工的吴秋梅从外面带回来的，吴秋梅利用她卖淫赚钱，从此小县城生活被打乱，连中学生李开桃、张小钢也不能幸免。最终导致了报案抓人。"整个县城立即开了锅似的沸腾起来，数百居民自发聚集到城关派出所门外……人人激愤，都说小城自有记载以来，还从没出现过如此下作不要脸面的人和事，可见世风日下，已是到了骇人听闻的地步，如不狠狠惩治几个以儆效尤，往后还不知会闹出何等不堪设想的丑事来呢。"事后有人统计过，整个事件前前后后牵涉到的人员达三十余人，工农商学都有，其中年龄最大的六十九岁，最小的还不满十六岁，最小的就是李开桃和张小钢。"李开桃在所有涉案人员中案情最为复杂，复杂就复杂在谁也说不清他进了后半间之后到底对橡胶女人做了什么还是没做什么。"围绕着对他的处理争论不休，最后还是公安局局长说了一句那不过是个十五六岁的高一学生……制止了争论。汤局长提出对李开桃一是不再追究其法律责任，二是建议学校开除其学籍，但仍允许在原班级旁听，一段时间后如果表现良好，可以考虑重新恢复学籍。教育局的林局长却极力反对，他说开除学籍之后又让他旁听不行，他老实了你就得给他恢复学籍，那最后还不就是个不了了之的结局？结果是林局长虽然勉强接受了汤局长的意见，却提出了另外两点新建议：一是允许李开桃旁听的决定不能与开除其学籍的决定同时执行，先开除，半个月后再考虑旁听；二是开除李开桃的决定不能只在县一中内部宣读一下就算了事，而是要郑重其事大张旗鼓地进行，要把处理李开桃的影响扩展到全县教育系统和社会上去。随之而来的一连串事件，直至把李开桃逼疯。生活荒诞如此，正可见出戴冰貌似现实主义的回归，实则正是为了托衬那茫茫一片的巨大空虚。《张琼与埃玛·宗兹》充分体现出作者的才情和编织故事的能力，其创作本着从内心体验出发的原则。正如戴冰在创作谈中所说的："从本质上说，任何深入的写作都注定只能是一种孤独的表达。是所有个体的、孤独的表达在不同维度上描述着我们这个公共的世界。"《张琼与埃玛·宗兹》不仅仅是一个讲述改编戏剧的故事，文本中还蕴含多重故事，可以从多个角度进行解读，表达不同个体验下的不同故事，每个人都是故事的参与者和制作者。比如"我"在把博尔赫斯小说改编为剧本时，是在虚拟中重新建构一个新的故事，"我"与张琼和在高铁上遇到的长得漂亮又暗淡无光的女人，构成了"我"在现实生活中的故事。而导演马玲想要制作一个关于女人的故事，她执着于对剧本演出精益求精的把握，因专家学者、观众、导演、编剧等人不同的经验和体验产生分歧，剧本排演进程多次停滞不前。张琼则是一个具有神秘色彩的黑车司机，闺蜜遭遇的人生经历借她的口陈述出来，二者非此即彼亦幻亦真的关系，与张琼的体验构成了模糊不清的故事。编剧、导演、观众，共同构成故事的旁观者和参与者，使文中的重重故事陷入巨大的虚无和荒诞之中。

张麟的《爱意荒凉》以亦秋的婚恋悲剧为线索，展现了女性幽谧的内心情感和都市爱情的脆弱无力。亦秋与景昆青梅竹马长大，自然而然步入婚姻，又孕育了一个可爱的儿子。亦秋早已放弃自己的教师事业，全心扑进相夫教子的生活，然而就在她沉浸于这种美满幸福之时，丈夫突然提出离婚。家庭主妇亦秋不单在爱情上输给了独立的事业女性卓伶，而且连五岁的儿子以及原本维护她的公婆都最终站上了新的战线。孑然一身的亦秋度过了最初的颓废期，重新投入社会生活。亦秋尝试着与昔日的追求者田桑重新接触，功成名就的田桑的确让她找回了一些爱恋的感觉，然而她发现，她根本承担不了卓伶那样的角色，于是很快从这种感情游戏中全身而退。亦秋最终躲避至一个偏僻的乡村小学，在那里找到了内心的宁静。亦秋骨子里有着知识分子的清高孤傲，所以她学不会像世俗家庭妇女那样的纠缠、报复，她唯一能做的是黯然放手，然后找个僻静的角落独自舔舐伤口。亦秋性格里的这种隐忍、懦弱，正好加深了整个作品的感伤氛围。正如小说结尾处写到的——"这个城市不出产爱情"，作者由亦秋一人的婚恋悲剧，影射了城市生活的纷乱和冷漠。

姚辉的《黑蚁传》两条线索并行，塑造三个主体角色，讲述人与蚁的双重世界。"我"（蚂蚁）、"瘸腿老蚂蚁""画梦师"（老蚂蚁）构成蚁类世界的主要角色。蚁群中的每个蚂蚁在现实生活中都能找到对应的角色，由此构成一个秩序井然的蚁类世界。"画梦师"（老蚂蚁）是事件的设计者，而"瘸腿老蚂蚁"是亲历者，"我"（蚂蚁）则想成为梦的整理者。后来出现的"三种人影"作为蚂蚁害怕的力量，见证了蚁群梦境的坍塌。"画梦师"监视并干涉所有蚂蚁的梦，在寿终正寝之际，也不忘让"我"（蚂蚁）为他寻找一片没有梦境的巢穴。但在阴差阳错下，蚁群在筑梦和寻找新巢穴的过程中，由万千蚂蚁汇集而成的蚁巢，成为了人类世界开发改造工程中的"风水宝地"。这个充满魔幻和呓语的寓言体文本，引起读者的无限遐想。《银子岩》中没有突出的故事情节，作者以碎片化的方式讲述银子岩的变迁，以及人们在这里的日常生活。"我"、夏亦良、老许、许不疾都是故事的讲述者。"窝棚图""望前街""风铃""木剑""白马"等片段，构成了文本的主体内容，作者以跳跃式的表达方式，充满哲思韵味的语言将故事娓娓道来。其中，孙眼镜托孤一事，在算计的背后也藏着感人的故事，他在临终之际，对欺骗赵大黑吃药十余年表示愧疚，但从归还这几年的药费以及所开药方都是有益于患者来看，也体现了孙眼镜的医者仁心。

"70后"作家肖江虹是贵州中篇小说创作非常突出的作家。他更多地关注现代化背景下诗意乡村的变迁，民俗的衰落。《百鸟朝凤》是为肖江虹赢得颇多声誉的代表作之一，它沉郁、感伤，具有史诗气质，很好地体现了肖江虹小说的艺术风格。《百鸟朝凤》是一部以贵州乡村特有的丧葬文化唢呐队为切入点书写的诗意乡村挽歌。它作为一首丧葬曲，是大哀之乐，非德高者弗能受也，而且吹奏这首曲子的人也必须是有德之人，唢呐队一代弟子中只传一个。小说开篇就介绍了这支曲子的神圣和高贵，然而，就是这样一支高贵的曲子，最后也没能摆脱沦为街头乞讨之歌的遭遇。《百鸟朝凤》不仅是唱给消逝的唢呐文化的一首哀歌，也是写给所有乡村民俗文化的一曲绝唱。在肖江虹笔下，唢呐不仅是艺术，它也是对生命的尊重，更代表了人们对生活的虔诚之心。唢呐的隐退暗示了一种古老生活方式的没落，也影射了一个时代的逝去。《百鸟朝凤》曾被改编为同名电影，获得过全国"五个一工程"奖、金鸡奖。遗憾的是，故事的核心——唢呐，被肆意篡改为了陕西的唢呐。《蛊镇》与《百鸟朝凤》的题材虽然有所不同，然而它们都反映了现代化进程下人们与古老生活方式的艰难诀别。《蛊镇》以蛊师下蛊为题材，塑造了细崽这样一个非同常人的孩童形象，因此整个作品充满了神秘意味。尽管作者写着一个怪力乱神的故事，而他所要表达的主题思想却是真实的。老蛊师王昌林下了一辈子蛊，他只用蛊救人，绝不藏害人之心，而他物色传人的标准也是忠厚本分。只不过，在现代商品经济大潮冲击下，蛊镇青壮年们宁愿进城打工，也不愿守在土地上，更别说学制蛊。治病救人的神秘蛊术已经无力去抓住人们的信仰，它将随着王昌林等老一辈人的逝世而彻底消失，蛊镇当然也再不能成其为蛊镇。

《悬棺》与《傩面》在民俗上继续深入开掘，构成肖江虹的民俗系列。《悬棺》着力展现"万物有灵"，重构人与自然的新秩序，展示生命的坚韧与美妙。作者并非只为借民俗来表现边远地带人们原始的生存方式，以奇异的风俗民情博人眼球，而是挖掘民俗背后潜藏的深层意蕴。以"悬棺"为代表的民俗展现了世代沿袭的丧葬文化，表现人们"重死轻生"的生死观念，以及突显先辈在面对困苦生活时所具有的坦荡情怀。正如肖江红在创作谈中说："我记录这些消逝和即将消逝的风物，不是吟唱挽歌，而是想努力把曾经打动我们的乡村诗意记录下来，让读者能看到祖先们在遥远的过去曾经拥有的伟大的想象力和诚挚的包容心。"由此可见，作者在进步与落后、文明与愚昧间思索生命与存在的关系。《傩面》从黔中偏僻小村傩村入笔，展示傩戏的魅力。傩村的人们，即使是耄耋老人，平素近乎白痴，分不清辈分，会误将孙辈当作自己的爹爹；太阳出来的时候，他们花白脑袋低垂晒太阳，口水长流。可一旦套上傩戏面具，这些近乎白痴的老人就像换了一个人似的，唱词精准到位，傩戏魅力由此可见。秦安顺是傩村雕刻傩戏面具的传人，并且是傩村的引路灵童，会唱各种傩戏，颇受傩村男女老少的青睐。虽然他七十多岁了，但眼明心亮，亲手雕刻的各种傩面深受外界推崇。颜素容是傩村的晚辈，外出打工染上不齿疾病回村等死，希望秦安顺给自己唱个延寿傩。小说运用魔幻手法，通过秦安顺戴上伏羲傩面回溯时光，再现自己父母的相识、相爱及婚后生活场景，这些先人的往生与颜素容的回村生活相融合，将往生与现实合二为一，达到珍视生命而又溢出现世的艺术效果。肖江虹在贵州民俗小说的创作上独树一帜，叙述内容与叙述语言、情感语调完美融合，在为诗意乡村唱挽歌的同时，也对今日乡村的何去何从充满忧思。该小说荣获第七届鲁迅文学奖"中篇文学奖"实至名归。

肖勤是中篇小说创作上比较活跃的作家，2010年至2013年，她在《人民文学》《十月》等刊物上发表了《暖》《云上》《金宝》《我叫玛丽莲》《上善》《灯台》《在重庆》等作品。肖勤是个善于讲故事的作家，她的作品总是娓娓道来，有一股叫人不得不动容的感染力。肖勤的作品题材是丰富的，但她最擅长的还是刻画女性内心世界。《暖》写留守儿童小等的故事，这纯粹是一个现实主义题材作品，而在肖勤的特殊笔调下，它与现实又保持着一定的距离。主人公小等对亲情的渴望、对孤独的恐惧以及她对世事人情的懵懂和纯真，都被作者表现得恰到好处。最有深意的是小说结尾处——小等在懵懵懂懂中试图去接上被雷电劈断的电线，她把电线冒出的火花幻想成焰火礼花绽放时的温暖。小等始终在等待着亲情之"暖"，然而等待她的结局却令人唏嘘不已。

《金宝》也是一个现实主义题材作品。少年金宝因情患痴，又经历了凶杀案审讯，精神上出现了严重问题。金宝父亲以此责难当地派出所，通过上访、耍泼等各种方式索要赔偿金。《云上》《上善》写都市女性的恋爱与婚姻生活，虽然故事情节有些老套，但它所表达的主题意蕴却是深刻的。尽管都市爱情多变而脆弱，尽管人事复杂难测，但还是有人虔诚地为友情付出、为爱情翘首。善意、理解和包容始终是人们内心里蕴藏的最可贵的东西。把"善"昭示给读者，这大概是肖勤《上善》的最大成绩。《灯台》是最能代表肖勤创作风格的作品之一。它描写的是现代职业女性的工作和家庭生活，反映了女性幽秘的内心世界，然而它又与现实保持一段距离，像是在叙述一个传奇，显得亦真亦幻。灯台是单位的处级干部，不折不扣的女强人，灯台的故事原本也稀疏平常，不过是婚姻失败和仕途升迁等。然而作者却独具匠心为灯台设置了一个有着传奇色彩的出身——大学任教的父亲与作为他学生的小姨产生了爱情，生下灯台，之后为了保护家族声誉，小姨嫁与他人，灯台被"母亲"抱回家抚养。这个故事让读者很容易联想到霍达《穆斯林的葬礼》。身世的复杂和传奇丰富了灯台这个人物的性格。灯台坚强干练，缺乏女性的柔情，甚至显出一些冷漠，而事实上她内心里是脆弱的，对亲情、爱情充满了既渴望又抗拒的矛盾心理。灯台这个人物虽然是传奇的，而她身上所折射出来的女性世界却是真实和具有普遍意义的。肖勤的中短篇小说集《丹砂》获第十届少数民族文学创作骏马奖，也是对她在中篇小说创作上的肯定。

值得一提的是老作家戴绍康笔耕不辍，他的《塬上风》写的是甘家塬人因为生活所迫，在农闲时节组织剧团，到外地演出糊口，祖祖辈辈甘家塬人都是沿着这条既定路线行走着。作者笔下所写的是乡野剧团，而演出所得不过是"一盒冷饭，一撮红薯"，按常理说，这是极其清苦的生计，可是作者笔下却不露半点凄苦，相反的，他把这种营生写得美好而高尚，充满诗一般的韵味。在作者的构画中，甘家塬剧团女子貌美、男子俊俏，他们技艺不俗，引得沿途百姓热情追捧，收获无限风光，更为重要的是甘家塬剧团众人享受这种生活，他们热爱艺术，沿途经历各种风流韵事，留下许多供人传颂的故事。甘家塬祖辈们便以迁徙唱演为生，到了现代，虽然伴着电子摇滚乐，年轻一辈的甘家塬人依然走在演戏卖唱的路途上。这是一条古老而悠长的路，它没有尽头，更像是轮回一样，而在轮回中又有新变。作品这种类似传奇的写法，大大消解了现实中的苦难，而多出一种有容乃大的气度。

"80后"作家曹永、李晁、钟华华这一时期创作成绩显著。曹永创作颇丰，《愤怒的村庄》《不能说的秘密》《地界》《红骨髓》展示了曹永的创作实力。曹永的关注点在乡土，在曹永的笔下，生命的确总是显得"薄如蝉翼"。《愤怒的村庄》主人公曹树根在经历了儿子猝死、妻子自缢身亡之后，因为一时之恨，失手杀死了村民马不换。似乎在随随便便之间，一个生命就走向了终结，它们显得轻而贱，像一个玩笑一样。曹永以其不动声色的笔调，把这种生活苦难表现得触目惊心。《不能说的秘密》讲述了一个荒诞的故事。曹胜利是一个游手好闲，嗜赌成性之人，除此之外，他还经常殴打媳妇马冬晴。马冬晴被恶霸村长曹树林强奸，曹胜利为妻报仇未果，竟利用这个"不能说的秘密"得到一千五百元的补偿费，马冬晴本来打算入手一辆二手牛车，不料被丈夫输光，她在心灰意冷之下远走县城。曹胜利在去县城寻找妻子的过程中，历经坎坷之后追悔莫及，并看见了妻子走向他人轿车的一幕。《地界》中同样塑造了像曹胜利一样的人物，王金贵是一个只会在家里横的懦弱男人，好吃懒做，只会打骂妻子。当得知土地被胡桑家侵占时，虽怒火中烧，但也无计可施，李雪英通过把自己"种在"胡家侵占的土地中的方式划分地界。结局令人唏嘘不已，文中既表现了农民与土地难以割舍的关系，同时也把农村妇女在家庭中的屈辱地位表现得淋漓尽致，并以此揭露乡村陋习。《红骨髓》是一篇表现人生悲剧的小说，在作者客观冷静的叙述背后，发出了对明天和意外谁先到来的诘问。小说结局表达了意外无可挽救，明天不会到来的残酷现实，人在命运面前无能为力，只能陷入无尽的悲痛中。马线本以为嫁给如意郎君，从此过上幸福生活,但现实却是弟弟小马张突然患上白血病,需要她引产进行骨髓移植,打掉好不容易怀上的双胞胎,面对这样的两难选择,给两个家庭都带来了毁灭性打击。即便马线选择引产,但最终还是未能挽救弟弟,三条生命的逝去,构成文中最大的荒凉感。

李晃的关注点是小镇生活,《孤独鸽》《来日无痕》呈现出的创作实力不容小觑。《孤独鸽》充分体现出李晃对叙事的把控,采用第一人称叙述,从少年"我"的视角出发,目睹母亲偷情出轨的整个过程。但在东窗事发时,面对邻居们的嘲笑和质疑,出于对母亲的维护,我不得不撒谎证明母亲的清白。作者把少年的失望、迷惘、无可言说的孤独都投射在对鸽子的描写上,小白鸽成为主人公倾诉的对象,表达了少年对大人世界的困惑之感。作品表面上是写鸽子无所皈依的孤独与流浪,实则表现人孤独的内心世界。

钟华华的《河边》《还魂记》写得低回忧伤,《河边》中父亲不顾母亲的哀求,外出修铁路,从此一个幸福的家庭就被跟踪、监视、猜忌取代,母亲伤害了女儿,儿子仇视母亲。女儿遭强暴,最终被迫嫁给强暴者为妻。好不容易女儿的女儿出世,生命有了新的盼头,结果更大的灾难接踵而至,苦难看不到尽头。《还魂记》中通过亡魂"我"窥探人间丑态,并以悲剧结尾。"我"的大儿子李闯利欲熏心,巴结镇长,阿谀奉承,不惜利用妹妹获得拆迁赔偿。但镇长和他的交易好比螳螂捕蝉、黄雀在后,李闯最终竹篮打水一场空,还导致大哥李铁在掘坟时中毒身亡的悲剧。

综上所述,这一时期是贵州中篇小说创作领域的丰收期,不仅题材宽广,创作手法丰富,而且作家梯队有序,后劲强势。"50后"作家没有辍笔,"60后"作家担纲重任,"70后""80后"作家奋起直追,形成了值得期待的未来。

(执笔人:谢廷秋、颜水生)

目 录

肖江虹

傩　面

一

蛊镇往西二十里是条古驿道，明朝奢香夫人所建，是由黔入渝的必经之道。只是岁月更迭，驿道早已废弃，只有扒开那些密麻的蒿草，透过布满苔藓的青石，才能窥见些依稀的过往。

驿道穿过半山，山高风急，路就被撩成了一条折叠的飘带。弯弯绕绕无数回，折过一堆零碎的乱石，就能看到傩村了。傩村人唱傩戏，一个面具、一身袍服，就能唱一出大戏。傩村除了傩戏，还出寿星，巴掌大的庄子，爬过百岁这坎儿的就有六七个。有好事者曾来考察过傩村的风水，站在高岗上看了好几天，都没琢磨出啥子稀罕来。着实无奇啊！既无绕山岨流的清溪，也无繁茂翠绿的密林。黄土裸露，怪石嶙峋，低矮的山尖上稀稀拉拉蹲伏着一些灌木，仿佛患上癣疾的枯脸。

傩村有半年在雾中。浓稠的雾气，从一月弥漫到五月，只有夏秋之交为数不多的日子，阳光才会朗照。所以庄子上最兴奋的时候不是过年，也不是迎送傩神的日子，而是阳光朗照的这几天。的确是幸福，一年到头，总算能把彼此的面目看清了，雾里靠着声音辨析身份的生活始终不那么透亮。

总是在五月最末的几天，雾气不声不响就从傩村溜走了。阳光沉甸甸均匀铺开，照着黄土、山丘、灌木和乱石。长久的湿潮，太阳俯身一晒，腾腾的雾气从村庄的每一个毛孔中升起，这雾和平常的雾气不同，轻而薄，刚爬过屋顶就没了。

朗照下的傩村是一年中最忙碌的日子。铺的盖的得抱出来晾晾，穿的戴的得铺开来晒晒。物事还不是最要紧的，最要紧的是人。窝在屋子里一年的寿星们，都快发霉了，得在阳光驾临的日子里都搬出去好好过过太阳。

晾晒地点在村西的晒谷场。午饭刚过，村子就热闹起来了。古物们在青石板上一溜排开，全都"皱皮腊干"。偶尔的一个咳嗽或者一个哈欠，算是证明着他们还在阳间。人当然是识不得的，拉着孙子的衣袖，爹呀爹地喊个不停。孙子们也是习惯了，哎哎应着。不能不应，不应就不松口。应了，他就指着边上的问：爹哎，这个死老东西谁呀？孙子就答：莫理他，过路的。然后无牙的嘴发出空洞而快乐的笑，仿佛儿时寻得了一个欢喜的物事。笑一阵，脑袋艰难上举，眯着眼看了半天，手指往天上软弱地一戳，兴奋地喊：爹呀，月，月亮。孙子郑重地点点头，说：对对，月亮，月亮。

阳光温暖，很快倦意就上来了，七八颗花白的脑袋低垂着，口水牵着线长淌。孙子曾孙子们摸出手帕慌乱地擦。口水擦净，儿孙们掏出傩戏面具，龙王、虾匠、判官、土地、灵童。如此种种，往老癫东们面壳上一套，天地立时澄明。

东头居首的刚才还垂死般，面具甫一套上，手掌上举，把面具摩挲一遍，就知道自己的角色了。"呔，土地老儿来也！"一声恶吼，老眼猛地一睁，刚才还混沌的眼神瞬间清澈透亮。手臂一挥，高声诵唱：

土地本姓程，常在天空驾祥云。

唱词仿佛一剂良药，一排的垂死顿时成了逢上及时雨的蔫苗。
紧挨着的手一摊，接：

呔！由何处来？

东首的应：

从天上来！

西首的问：

看到些哪样景致嘛？

东首的又应：

四川下来重庆城，开九门，闭九门。

开九门来闭九门，子牙庙内把香焚。
四川下来重庆府，一戏文来一戏武。
自古侯门出权贵，世间只有百姓苦。

中间一个接：

不谢天，不下雨；不谢地，草不生。
不谢父母遭雷打，不谢师傅法不灵。

众人合唱：

谢了天，才下雨；谢了地，草才生。
谢了父母雷不打，谢了师傅法才灵。

东首那个唱：

东方驾朵青云起

挨着的接：

南方驾朵赤祥云

紧挨着的又接：

西方驾朵白云起

顺着过去的又接：

北方驾朵黑祥云

众人合唱：

五色祥云来托起，退回灵霄宝殿门。

唱毕，数颗脑袋整齐地一垂，神仙还原成了凡人。

可以不识五谷，可以六亲不认，可以天地混沌，可以指鹿为马。可是面具一上脸，老得发霉的记忆又抽枝发芽了。

此刻，秦安顺站在自家院墙边，笑模笑样听着风送过来的唱词。

本来他也想去晒谷场过过太阳的，踌躇了半天还是没去。他瞧不上那几根活得昏天黑地的老枯木。自家才七十出头，眼明心亮，哪能去跟着厮混。更要紧的，是得在秋收之前刨刮出一个谷神面具来。村长答应他的，刈麦时可以跳一出丰收戏。以前这出戏本是惯例，日子跑到这些年，渐渐就疏松了。连村长都说了，跳哪样跳？傩戏？你妈垂死的家什了。倒是前两年有外人对傩戏面具感兴趣，村长让赶制了一批，送到县城的商店里头，销路还不错。秦安顺就对村长说，没开过光的面具就是个木疙瘩，买回去有个卵用。村长就教育他，开光了又如何？人家就是买稀奇买古怪，这个垂死的玩意，垂死了哟！

拉条凳子在院子里坐下来，拉开工具箱，秦安顺开始了谷神傩面的第一刀。木材选用的核桃木，木质邦邦硬，得放进水里浸泡七八天，要不刻好的面具一见阳光就会炸裂。好木材雕好东西，这是硬理。谷神在傩面序列里头算不得大人物，但对庄户人却极其重要，所以核桃木得是上了年岁的，最少五十年，这样神灵才容易附上面具；木质嫩了，神仙会嫌弃的。全傩村最金贵的面具是傩神，也就是伏羲氏，金丝楠的，几百年树龄，就睡在秦安顺的箱子底。

动刀之前有个仪式，得念上一段怕惧咒。上师传艺时叮嘱过，面具在成型过程中，神灵就开始附着了。不过刻师始终是凡人，走神是难免的，一个恍惚，刻刀就会跑错路，面具也就毁了。毁了面具是小事，神灵散去了就是大不敬了。所以下刀之前得有个说明，傩面师管这个叫礼多神不怪。

选就的木料斜靠在院墙上，近前燃上一炷香，焚化几张纸。垂首开始默念。

凡人起刀

傩村垂首

抖抖战战

魂飞魄走

敬告上神

佑我两手

不偏不倚

不跳不抖

面具成日

焚香敬酒

凿子铲得木屑纷飞，远处晒谷场的诵唱声高高矮矮传过来，在阳光里打着旋。秦安顺嘴巴跟着歌声跑，不过没声音，歌声在心头。

二

已是午后，阳光不再灼人，困意却见缝插针。刻刀在秦安顺手里有些晃荡，眼皮子不停碰撞，手里的面具成了两个，虚虚实实，奋力睁大眼，虚实才能叠合。一松懈，虚影裂出来好大一块。不敢下刀，秦安顺索性把身子瘫软下来，让自己眯一阵子。

眼睛刚合上，秦安顺又被带走了。

依旧是那两个人，一般高矮，一般面相。面壳额头凸大，下巴尖削，还挂有长长的青髯。照秦安顺的推测，该是判官。又似不像，自己手里刻出来的判官，少说有上百个，祖上传下来的傩面图谱上，判官面形该是地阔天宽，近于方形，且胡须短促，眼神也不似来者这般软和。傩村刻师都晓得，判官面具的要诀就在眼神，凶煞越甚，说明傩面师功力越高。

好几次，秦安顺都想问问来者身份，又怕唐突，加之害怕，一直没敢张嘴。

每次都一样，迷糊中，两人就出现了。听不见一点响动，来者已经立在面前了。宽大的黑袍罩着他们的身形，见不着胖瘦。抬抬手，示意秦安顺起身。秦安顺没动，想着来者不善，哪能说走就走。可秦安顺发现自己根本无法按住自己，左首那个双手轻轻一抬，秦安顺就飘起来了，悬在半空，仿佛跌进了一堆厚厚的棉花团。

来者一左一右死死夹着秦安顺出了院门，步伐不急不缓。

天光惝恍，照模样推测该是黑夜和白昼开始交接的时日，四下泛着幽幽的蓝光。门口那棵死去多年的紫荆树竟然开花了，花串呈淡蓝色，拳头大小的蜜蜂在花间嗡嗡飞着。折出院门，天光大亮。阳光是橘色的，傩村浸泡在一团柔和里，像朝霞里婴儿的脸庞。

一抬头，秦安顺看见了村东的老庙，梁柱、瓦片都是簇新的，连门口的石阶都还是新打制的刻痕。这不是翻新的，秦安顺天天经过这里，老庙的破旧早在心头扎了根。他往旁边凑了凑，想看个究竟。后面忽然伸出来一只枯瘦的手掌，将他拨回路上。秦安顺回头，发现面壳变得严肃了许多。没敢多话，任由两人架着走。

庄户人得赶早，渐渐有了人声、狗吠声和孩子的啼哭声。

迎面过来两个人，一男一女，男的扛着锄，女的挎着筐。两人有说有笑，离得很近了，都还在自顾说笑。这不是乡下庄户人的做法，爬山过坎，不管是否熟识，离得远远的就该有声招呼。去哪儿啊？吃了没有啊？下地啊？没话也要找话。对面来的不是这样，径直就过来了，直到从秦安顺身体里穿过去，秦安顺才发现来人根本看不见自己。

穿过那一刻，秦安顺看见自己身体被拉出去一抹淡雾。

　　惊着自家的还不是这个，过去的两人才让秦安顺惊骇不已。两人秦安顺都认识，虽然都年轻着，但相貌还是熟识的。男的喜欢抽旱烟，没事就窝在屋檐下把自己罩进一团烟雾里。女的爱干净，两天就要用生皂角洗一次头，发丝一年到头干干净净，就是老了，头发全白了还保留着这个习惯。不过，早在二十年前，两人都去了傩村的坟场，合棺，下葬时种植在坟前的那棵皂角树都碗口粗细了。皂角树是秦安顺种植的，他说奶以后就有生皂角洗头了。

　　深吸一口气，秦安顺闻到了空气中飘荡着的一股淡淡的皂角味道。

　　回身看了一眼，男女去得远了，秦安顺认得女人挎着的那个柳条筐子，现在就挂在自家堂屋的墙壁上，只是不再这样崭新了。男女抛洒着一路笑，最后折进了秦安顺的院子。

　　继续往前，傩村就在身后了。天色又暗了下来，平素那些熟识的景致渐渐就不见了，脚步越往前赶，天地愈发荒凉。大片大片的林子，尽是老树，树上缠满了粗壮的藤蔓。远远近近还有野兽的叫声，狼的，虎的，豹的，还有好多说不出来的，长长短短，吼得头顶上枯死的叶片簌簌下落。

　　一眨眼，天就黑尽了，天幕上星星点点，一弯残月悬在天边。

　　使劲挣脱束缚，秦安顺深吸了一口气。他不是怕，七十三的人了，哪样精怪没见过？他就是想搞清楚一件事情。

　　轻轻咳嗽一声，秦安顺问："两位，我就想问问你们是哪路神仙？"

　　前后都没应声。

　　"不说个子丑寅卯我就不走了，我也是七老八十的人了，饶你鬼神我也不怕。"秦安顺索性站住了说。

　　后面的推了秦安顺一把，秦安顺一跺脚，说："不走了，你干脆收了我去。"

　　就这样僵持着，半天，前头的对着秦安顺挥挥手，秦安顺把脸送了过去。那位把手往前指了指。秦安顺跟着指头看过去，他就呆住了。

　　不远处是一片平整的开阔地，有人正围着火堆跳舞，每个人面上都套着一张面具，嘴里发出嗷嗷的叫声。这个秦安顺识得，归乡傩，专为归乡的游子和远征结束后返家的士兵跳。按傩村的说法，人远涉江湖，难免会撞见些不干不净的东西，这些东西会依附在人身上，时长日久，会慢慢吞掉人的魂灵。回来后，跳场傩戏，驱邪除怪，就能干干净净做人了。

　　领首的傩师是土地菩萨，着一件素袍，持桃木剑，劈空刺出一剑，喊：

　　一炷檀香两头燃，下接万物上接天，
　　土地今日受请托，接引游子把家还。
　　桃木剑指阴角处，妖魔鬼邪避两边，

口中吐火吞瘟癀，泥中奋出紫青莲。

唱词高亢，秦安顺有些神往了，步子不由自主往火堆那头去了。凑近了看了半天，秦安顺心头一凛，他发现那些凹凸的木刻面具在火光中开始慢慢软化，流淌，最后和脸孔融为了一体，泛着黑色的油光。

猛地，亮光炸开，秦安顺顿觉眼前一片白亮，灼得双眼刺痛。

慢慢张开眼睛，眼里的物事逐渐清晰。他站在了自家的院子里。

天光明朗，四下环顾，颓败的院墙在，墙根下的水缸还在，那棵枯死的紫荆树也在。阳光下，一个老人坐在一张矮凳上，正认真鼓捣着一个即将成型的面具，面具是灵官，谱系里算个小角色，不过大场小场的傩戏，倒是个缺不得的人物。口有点渴，秦安顺走到水缸边，操起水瓢弯下腰自己被吓了一跳。映在水缸里头的脸，正是矮凳上自己正在雕刻着的灵官。

"嘿，我的灵官神哎！"矮凳上的一声喊。

看着矮凳上的人，又看看水缸里头的人，秦安顺不晓得到底哪个自己才是真的。

抬起头，傩村的早晨开始了，照旧有雾，贴着褐色的土地，四下流淌。

三

女人回来了，在麦子开始泛黄的时节。

高跟鞋在傩村铺满枫叶的石板路上敲打出压抑的闷响，一袭红裙在傩村漫无边际的黄色里像一朵妖艳的蘑菇。

傩村秋季很短，像个慌张的过客，行迹在山水间一晃就没了。还没等你把她打量清楚，第一拨秋霜就降临了。就因这个，傩村的庄户人总是把秋尾巴盯得死死的，麦粒一收浆，刈麦的嚓嚓声就响成一片。此刻正是抢麦的前夕，天地寂然。安静只是表象，镰刀早就磨得明晃晃挂在墙上，就等着麦粒们蒸腾掉身子里的水分，热闹就开始了。庄户人都是弦上的箭矢，一声激响，傩村就会上演一场奔命似的抢收。

女人走得很慢，虽然化了妆，还是没能掩盖住脸上的颓败。旅行包上上下下，在肩和手之间慌张地转换。脚步也显得格外凌乱，到底是昂首大步，还是俯身慢走，女人还没有拿定主意。心思一乱，脚步也就乱了，一个趔趄，幸亏抓住了路旁一棵行将枯死的老树，她才稳住了身形。靠着老树定定神，把一缕头发拢到耳根后夹好，女人咧嘴一笑，面上的颓然不见了。那笑逐渐拉开，嘴角开始上扬，眼神立时是满满当当的轻蔑和不屑。

既然敢回来，我怕个鬼！

其实一直没有回来的念头，梦想是把钱挣足后，就在那个能吹海风的城市过完一生。可从医生把诊断书递给她那天起，回家的念头就愈发强烈了。她以前从来不明白落叶为什么要归根，等死之将至，她才慢慢悟出来了。

无边的安静让女人有些不安，记忆中的傩村总是人来人往。树木、花草、石头、远处的枯山和近处的瘦溪，是最近几年才成了记忆的主体。刚进城那些年，闲暇时想起傩村，全是熟悉的脸。爹妈的脸，姐妹的脸，姑爹姑妈的脸，甚至平素那些老旧皱皮的脸。甚至还在睡梦中见过傩神的脸：山王、判官、灵童、度关王母、减灾和尚。这些面孔，只在睡梦中才会活过来，在山间跳，坝子里跳，堂屋里跳。最玄乎的一次，她看见好多傩面在她的额头上跳。剧目是"延寿傩"，黑白无常和一群小鬼，踩得她眼皮生疼。

心思起起伏伏，脚步稳稳当当。稳当中有轻贱一切的成分。傩村人算啥？我吃过，穿过，玩过，横比竖比也比你们窝在这里一辈子强。折过一个弯，是一块斜坡，斜坡上开满了野秋菊，一头黄牛立在斜坡上啃着草。听见脚步声，慢悠悠抬起头往这边看。

"看啥看？我就回来了。"女人冲着黄牛说。

黄牛没搭理，低下头继续啃草。

女人黑着脸，弯腰捡起一块拳头大小的石头扔了过去。石头软绵绵落在牛背上，黄牛抖抖背，伸长脖子喊了一声"哞"。

终究是无趣，心情一下落到了地面。

"我一个要死的人！"女人对着牛说。话音一落，眼泪就下来了。

眼睛朝前面看了看，能见到自家房子，青砖瓦房，还有好看的翘檐。小姑娘那时候，在母亲的呼喊中从这片野菊地跑到家，也就一袋烟工夫。可现在，她觉得这段路无比漫长。

"颜素容，你个砍脑壳的，天都黑了，还不回家吃饭！"

她还记得母亲的喊声，总是在黄昏，声音高亢明亮，震得远处的落日都跟着抖。

那牛又叫了，长声吆吆。

一下回过神，高跟鞋继续敲打老旧的石板路。

颜素容穿过秦安顺的青砖瓦房时，他正在院子里忙活。活儿几个月前就开始了，傩面中的谷神。原本神龛上有，前年和老太婆斗嘴，被她摔成了两半。就因这个，秦安顺一个月没理会老太婆。去年腊月还没过，老太婆就走了，急症，啥征兆没有，睡前还跟秦安顺唠叨过年的糯米面还没磕好，第二天就硬在了床上。寨人都安慰秦安顺，秦安顺却拍着老太婆棺材笑呵呵说：走得干干净净，啥苦没受，不晓得她前世修了啥子大德，我羡妒她啊！

刻刀走走停停，木屑飘飘洒洒。七十多了，手老抖。稍一分心刻刀就四处乱逛。前段好不容易找到一块核桃木，眼看就要成了，眼一花，手一弹，傩面的鼻子就去了半边。谷神在诸多的傩面里头，算是个小角子。但在庄户人眼里，却比引兵土地勾愿判官这些实权派还重要。庄稼下种，有一场许愿傩，收割完毕后，还有一场还愿傩。酬恩缴愿，都是给谷神的。丰收歉收不能计较，想想，凡人哪能跟神仙算得一清二楚？

雕工完成后，接下来还要着须，上色。不过这只是第一步，把面具请上神龛，开了光，度了灵，才能算真正的傩面。没有神性的只能称作脸壳子，县城商店里头摆着出售的就是。开光度灵后的傩面就只能供奉在神龛上，傩戏开场前，还得请傩面，连请都得有一个简短的仪式。

日头开始偏西，阳光堆满了院子。秦安顺眼皮一炸，膝上的面具就模糊了。他停了下来，揉揉眼，从兜里摸出一支纸烟点上。刚吐出一口烟，他就听见了皮鞋敲打石板路的声音。

抬手搭了一个凉棚，眯着眼往远处瞅了半天，秦安顺也没看清来人，只有一团红幽幽飘过来。

"安顺叔。"

喊声不太利索，像是嘴上蒙了一层罩子，还有些躲躲闪闪。

"谁啊？"

"我啊！"轻轻咳嗽一声，那团模糊接着说，"我素容啊！"

秦安顺呵呵笑，"是素容啊！我这眼睛不太好使，进来坐。"

迟疑片刻，那团红才飘进院子。

拉条凳子在面前坐下来，秦安顺仔细打量了一番面前的人。不错的，村西颜东生的幺姑娘，看上去啥都变了，但眼角那颗黑痣还在。

"在城里好好的，咋回来了？"

"回来看看。"

"啥时候回去？"

"嗯！再说吧！"

把凳子往后挪了挪，颜素容眼睛四下扫了扫，问："叔娘呢？"

手往远处的笔架山指了指，秦安顺说："在那儿呢！"

"干活啊？"

扯着嘴笑笑，秦安顺说："干啥活哟，享福去了。"

一咧嘴，颜素容把凳子往前拉了拉，说："死了就死了嘛！享福？去到那头说不定铡刀油锅正伺候着呢？"声音没了刚才的温润，变得冰凉冷硬。秦安顺还是笑，把烟卷扔在地上踩灭，他说："姑娘说得对！那头的事情哪个说得清哟！"

女人没接话，摸出一盒烟，递一支给对面，对面摆摆手："我刚丢，我刚丢。"

傩面 肖江虹

009

"来一支吧，这一支能抵你那一盒呢！"

秦安顺摆摆手，颜素容没再勉强，自顾点燃烟，悠然吐出口烟雾，眼睛死死盯着秦安顺说："你是不是觉得抽烟的女娃都不是好东西？"抬手抹了一把脸，秦安顺没说话。颜素容呵呵笑着说："你嘴上不说，心里头就是这样想的，我说得对不对？"

吐口气，秦安顺感觉是没话了，他俯身捡起地上的傩面，右手掂起刻刀，刀还没动，颜素容一把把傩面抢了过去。

翻来翻去瞧了瞧，颜素容说："是灵官？"

"谷神。"秦安顺说。

伸手弹了弹谷神的额头，噗一声轻响。颜素容笑笑，一甩手，面具在地上几个骨碌，滚得远远的。秦安顺身子一铧，嘴里发出一声"唉"，随即又坐定了，眼睛跟着面具去到了台阶下。

"都哪朝哪月了，还鼓捣这破烂货，"翘着指头把烟卷送到嘴里吸了一口，颜素容接着说，"能当饭吃还是能当汤喝？"

"闲着无事，整着玩。"秦安顺声音压得低低的，像个做了错事的娃娃。

指头一弹，烟卷在空中划了一道惨白的弧线，女人双手一撑站起来，将了将裙裾的褶皱，说："好了，不和你说尿了，该回家了。"语气放肆猖狂，刺耳的脏字还做了重音处理。

摇曳着走到院门边，颜素容回身对院中目瞪口呆的老头说："干点正事吧！你鼓捣的那玩意离死不远尿了。"

连续两个尿，砸得秦安顺有些蒙。高跟鞋的声响消失了老半天，他都还没缓过来。

泥塑样地坐了好久，秦安顺都不得要领。颜东生的幺姑娘不是这样子的，至于以前是啥样，秦安顺竟然一时想不起来了。

头顶椿树巅上一只乌鸦唤醒了他，那黑不溜秋的东西呱呱喊了几声，翅膀一扑又飞走了。撑着腰站起来，秦安顺挪过去捡起地上的面具，凑近看了看，满是灰迹，噗噗吹掉，回身坐下来想继续，才发现黄昏上来了。

这就是傩村的黄昏，惨红在天边肆意铺展，仿佛一滩无际的血湖。那红跟着日头的退隐愈发深沉，傩村就这样被血黑主宰了。

颜素容蹲在院墙根下，盯着天际那滩逐渐隐去的惨红色。老娘的声音在院子里飘荡。喏喏喏，快来吃，快来吃。还有猪的哼哼和铁瓢敲击猪槽的声音。抽抽鼻子，颜素容闻到了饭食的香味。酸酸的，辣辣的，应该是糟辣椒炒腊肉，味道极好，因为腊肉是老娘自己喂养的肥猪做成的，这种味道城里头吃不到。

转进院子，老娘正好提着木桶折过身，没看清背着漫天血红的女儿。脑袋伸过去瞅了半天，才惊讶着高喊："哎呀呀，我家幺姑娘回来了！"把木桶往地上一撂，冲着屋里喊："颜东生，快来看，素容回来了。"喉咙一硬，颜素容差点落了泪。咬咬牙忍住了，几步跨过院子，才冷冰冰说："回来就回来了，鬼吼鬼叫啥？"老娘愣了一下，旋即快步跟了上去，慌张着去接女儿手里的旅行包。粗暴地格开老娘的手，颜素容瞪着眼说："我自家又不是没得手。"

晚饭桌上，爹妈都看出了异样，不敢说也不敢问，三个人自顾端着碗刨饭。吃完饭，三个人坐在屋子里，老娘把凳子朝姑娘边上挪了挪，刚想说话，颜素容站起来说我累了，先睡了。

和衣躺在床上，颜素容眼泪就下来了。有月光从窗户淌进来，在屋子里圈成一滩不规则的惨白。能看见月亮，已经饱满，冷清孤寂挂在天上，面无表情。整晚，颜素容都仿佛掉进了米汤的蚊虫，挣扎了一夜，都没有踏实睡过去。早先一闭眼，能见到无数斑斓的光圈，大小不一的彩色圈儿在一个硕大的空间里飘来荡去。天光泛白时，连眼都不敢闭上了，合了眼只有一个黑洞，见不到底，身体呼啦啦往下落，落啊落啊，落了好久都不见底。

四

夜深了，远处几家的狗叫声时断时续。辗转无数次，秦安顺还是没能睡过去。本来是个寻常的黄昏，东生的闺女却狐仙一样就落在了自家院子里。降落就降落吧，还嬉笑着给了自己几闷锤。野喳喳不说，一撩嘴皮子还尿啊尿的。唉！叹口气，秦安顺转了一个身，脑门子正好对着窗户，有光从窗户洒进来，灰扑扑的。

娃娃嘛！跟她计较啥子哟！长大就好了。秦安顺跟自己说。

在他眼里，颜素容们还在长，出生、学话、吊着两吊鼻涕满寨子跑，一直到扛着背包进城，他们仿佛从来就没有长大过。

就是长齐天，你也是盘豆芽菜。

拖拖拉拉跟自己说了很多，勉强算是说服了自己。

还是睡不着，挠挠头才明白了，这和白日里那些杂七杂八的事情屁关系没有。还是岁数大了，等着天收，说不定明年，甚至明天，和老太婆一样，扑通一躺就没了。想想，临刑前的死囚，哪有淌梦口水的。

身子一蜷，秦安顺坐了起来。走到门前燃了一支烟，才发现月亮到了最胖的日子。

掐灭烟卷，秦安顺折回里屋，拉出床底那个老旧的木箱。嘎吱一声老旧的响声，各式各样的面具在灯光下有暗黑的光芒。小心翼翼从箱底抽出伏羲傩面，俯身一吹，尘烟腾起。

　　捧着面具转到堂屋，秦安顺在神龛上燃了两只火烛、三炷香。拉条凳子往堂屋中央一坐，朗声高喊："众人垂首，有请始祖伏羲氏。"咔嚓一声，火烛炸响。把面具往头上一套，秦安顺眼睛微闭，朦胧中一团红光从天而降，绕着堂屋转了三圈，随即和身体融为了一体。

　　然后秦安顺看见自己开始爬升，越过屋梁，越过树梢，越过幽暗的云彩，越过一片空旷的惨白。

　　低头，树不见了，房屋不见了，村庄不见了，最后只能见到白亮亮摊开的大地。

　　大口大口喘了几口气，秦安顺感觉胸中有无数的声响在奔走相告。

　　他就开始唱：

　　祭起东方青帝青旗号，青旗号来青戟枪，青帝兵马镇东方。
　　祭起南方赤帝赤旗号，赤旗号来赤戟枪，赤帝兵马镇南方。
　　祭起西方白帝白旗号，白旗号来白戟枪，白帝兵马镇西方。
　　祭起北方黑帝黑旗号，黑旗号来黑戟枪，黑帝兵马镇北方。
　　祭起中央黄帝黄旗号，黄旗号来黄戟枪，黄帝兵马镇中央。
　　安了寨来扎了营，莫等邪神邪鬼入吾乡。

　　云端上，无数的兵马从四周向傩村逼近，呐喊声震天动地。秦安顺气定神闲，傩村每一个档口都埋下了伏兵，就等着歼灭来敌哩。腰间取下令旗，没等摇动，他就降落凡尘了。

　　带他落地的是一阵敲门声，敲门声很急促，卸下面具拉开大门，是村西的德平媳妇。女人看样子是跑来的，满脸细汗。抬手往额头上抹了一把，德平媳妇急痨痨说，安顺叔，你赶紧，我祖不行了。

　　返身回屋取出引路灵童，秦安顺赶着德平媳妇步子跑。

　　傩村人以为，人死了会去另一个地方，可毕竟路径不熟，需要个引路的，这样傩戏里头就有了引路灵童，灵童唯一的活计就是带故去的人找到那个新的地方。其实不光傩村，猫跳河上游的蛊镇，下游的燕子峡都有这个讲究。临死之人，啥都可以没有，引路灵童是万万不能少的。垂死一刻没有他的指引，就会堕入无边的暗地，永世不得超生。

　　坐在床沿边，秦安顺半天才把气息调均匀，朽了，小跑半里地，就气短胸闷。低头看了看床板上的人，确是垂死了。没有肉，活脱脱一副骨架，眼眶仿佛透到了脑后。一吐气，喉咙就发出嚯嚯的响动，山洪一般。

　　"前几天不是还在晒谷场唱傩调吗？"秦安顺说。

　　德平鼻子抽了抽，说："一百零三的人了，眨个眼就可能没了。"

叹口气，秦安顺说："看样子是过不了今晚了，香蜡纸烛备上了？"德平点点头，秦安顺说："那就准备引路吧。"

俯下身，秦安顺对即将远走高飞的说："安心走，灵童来了的。"

床上的一阵剧烈的嗫嗫，眼睛徐徐睁开，半天看清了秦安顺，嚅嗫着吐话："有预兆的，乌鸦歇梁，梦中遇虎，该去那头了，你辛苦，带我一程。"

焚香燃纸，面具上脸。秦安顺站在床前，右手按住德平老祖额头，高声诵念。

早早起来早动身，莫等仙界闭了门。

若等仙界闭门罢，船开不顾岸头人。

唱完，引路灵童径直往门边走去，回身观望，床上的翻身起行，目不四顾，跟着灵童的步子出了门。一路坦途，没了生界的沟沟坎坎、黄土枯木。大道两旁溪流潺潺，开满了各种颜色的野花。有光，橘黄色的，从天空抛洒下来。秦安顺喜欢做引路灵童，这样可以见到傩村平素见不到的景致。至今他还记得灵童第一次上身时的情形，那次是村南的黄老爷子，领着老爷子魂灵出得门来，就是这样一个场景。多好看啊！他心头感叹，这该是几万年前的傩村吧？要不就是几万年后的傩村。

沿着溪水一路前行，能见到有金黄色毛皮的野鹿，它们在茂密的林子里悠闲地吃着草，偶尔抬头看看远方，甩一甩脖子，抖一抖尾巴，发出一声长长的叫唤。

泛着亮光的石板路曲曲折折穿过林子，就是逶迤远去的山峦，层层叠叠、高高矮矮簇拥着去到远处。独路到这里成了岔口，三条，染布样往更远的地方铺展。

站定，灵童说：三条岔道，去向不同的地方。

魂灵默首，说：我哪敢乱选，烦劳您指条去路吧！

灵童回身，对魂灵说：你脑袋何在？

魂灵答：在头上。

灵童说：把头戴在帽上。

魂灵一愣。

灵童又问：你身子何在？

魂灵答：在身上。

灵童说：把身子穿在衣服上。

魂灵又一愣，旋即指着远方层叠的山峦问：为何我见到风吹山形在晃动？

灵童说：走近才看得真切。

魂灵应一声，顺着中间那条道路去了，出去几步，回身一看，灵童不见了。

夜湿答答的，雾气弥漫着。丧事有条不紊，亡人已经在堂屋停放完毕，青色长衫，软底布鞋，都是一年前就准备好了的。秦安顺坐在屋檐下，夜有点凉，披了披衣衫，摸出一支纸烟点上。德平蹲在旁边烧纸钱，忽然抬头问：我祖去得苦不？秦安顺说：你祖杀过人还是放过火？德平摇头。

"就是咯，你见过恶人能逍逍遥遥活他妈一百多岁吗？"

五

颜素容坐在自家屋檐下，套着一件印有小鹿的睡衣。父母都下地去了，母亲出门前给她煮了一碗荞麦肉末面。面条就在身边的凳子上，时间太久，坨了。一晚上没睡着，眼圈泛着淡黑，一只手靠在膝盖上托着下巴，木木看着远处。

出门几年了，这里仿佛没有一点点变化。远处那条暗褐色的驿路还在，驿路两旁低伏着的灌木还在，村子四周一摊一摊的荒凉也还在。甚至连阳光照落下来印在院墙上的那些斑块都还在。哪像如火如荼的城市啊！大街上攒动的人头里没一个熟悉的，房屋像雨后的杂草样疯长，出门几天就找不到回去的路了。

时间到了傩村仿佛就站住了，像是一个行进久了的旅人，到了这里决定坐下来歇一歇，于是，一切都静止了。至于那些细微的变化，你要用心才能捉得住它们。草青草黄，云卷云舒，雨停雪飞，生老病死，暗夜水塘里青蛙的纵身一跃，竹林里笋子的一次奋力拔节，都隐秘得仿佛什么都没有发生过。

现在，颜素容终于知道好多事情都发生了。

比如自己。

双手环抱着膝盖，眼睛慢悠悠四下扫了一圈，她能看到自己的未来。

堂屋正中应该有一口白色素棺。自己躺在里面，面色灰白，可能还会有些浮肿，对襟藏青长袍是万万不会穿的。临死前她会告诉母亲自己唯一的请求：她想穿那件淡蓝色的连衣裙，刚进城时买的，她还记得店铺的名字，叫达衣岩。老板是个三十多岁的年轻男人，个儿高高的，笑起来有些腼腆。她那天试穿了好几件衣服，自己还算满意，老板却一直摇头。直到那件淡蓝色的连衣裙上了身，老板蹙着的眉头才舒展开来。一拍巴掌，说就是它。后来又去了店铺几次，知道男人姓唐。此后很长时间，她会经常想起他，当然，就是想想，也只能想想。

棺材周围会装点一些柏枝，不会太多，八十以上死去的才有权隆重。棺材的正面有个香案，案桌上会有自己的灵牌，叫作"颜素容之灵位"。要是嫁了人有了娃，那就该写作"某母颜氏老孺人之灵位"了。某母？想到这里，颜素容嘴角扯动了一下，两行泪就下来了。横起衣袖拉去泪水，她觉得给自己超度的法师最好是蛊镇的郑家，附近几班法师她都见过，最认真的就算郑家了。每一个程序都一丝不苟，最喜见的是破地狱那一出，师傅声音高亢洪亮，步伐沉稳有力。如果真有魂灵，能遇上这样的法事肯定能去得安稳些。

院子里定然一派忙碌，洗菜的，和煤的，生火的。父亲和母亲会倚靠在某个角落，四周围满了劝慰的人。最常见的就是：这人啊！都有定数，该走的八头牛也拽不住，要想开些。母亲自然听不进，号啕大哭是当然的。劝慰未必真心，母亲的号哭却一定真实。而且颜素容相信，自己的离开会让父母一生都浸泡在伤痛中不能自拔。

法事会持续三天。都是些最简单的程序，开路、奈何桥、告罪、破地狱、望乡台。一个早夭的人，哪有资格隆重，把你引去那头也就是了。

三天后的早晨，就是出殡的日子了。颜素容不知道自己会被葬在哪里，她也不想知道，哪里都一样，一堆黄土，几缕白纸，最后还不是尘归尘土归土。

葬礼结束后，最重要的一堂傩戏就会上演。日子在头七，傩师会在坟前唱一出离别傩。角色是灵官，他会告诉还活着的人，故去的去了哪里，是乘七色祥云登了仙界还是堕入十八层地狱不得超生？这场傩戏是傩村人自己的仪式，没有分别，胎死腹中的和年逾百岁的一个样。跳傩的自然是秦安顺，傩村最后一个傩师。

不过颜素容不信这些，人死如泥，哪还有这门那门。像傩戏这样的习俗，早该死去了才对。刚晓事的时候，村里大人细娃都喜欢追傩戏。哪里有场傩戏，人流就潮水样地往那里涌。慢慢长大了，从书本上晓得了这个世界是物质构成的，才发现这玩意的无聊。一个人穿身袍服，戴个面具煞有介事地跳来跳去，好好笑。

正东想西想，忽然院门外有人喊。

"素容，是你啊！啥时候回来的？"

来客是四婆，住村南，和素容妈走得最近，两家人时常相互帮衬，收麦刈稻，都会一起出活。素容刚学走路那阵，母亲要去赶个集籴个米，把闺女往四婆院里一扔，放放心心就去了。村里的女人，除了母亲，和颜素容最亲的就算四婆了。

看见四婆那张熟悉的脸，颜素容心头一热，刚想跑过去，喉头一紧，硬生生把自家按在了原地。抽抽鼻子，脸就上了霜。

"管我哪时候回来的？"脑袋一偏，傲慢得像财主家姑娘。

"说啥？"四婆以为自己耳背。

"我啥时候回来的关你啥事？"颜素容说。

四婆一句话没说，黑着脸折身走了。

四婆是老了，走路早没了年轻时候的迅捷，老迈的身躯半天都没挨过门前的弯道。颜素容定在原地，满心怅然。四婆对自己的好，三天都数不完。四岁那年，在村西的陡坡上摘覆盆子，不小心滚下了三丈高的陡坡。闻讯赶来的素容妈抱着满身血污一动不动的颜素容就软下去了。四婆跟着赶来，从素容妈怀里去抢颜素容。素容妈死活不放，号哭着说已经死了，你就别跟我抢了。四婆说：死活不是你说了算，你给我松手。素容妈还是不放，四婆扬手响了一耳光，还骂：死婆娘，你这样犯浑，你姑娘才真是死定了。四婆下手重，打醒了，素容妈松了手。四婆接过颜素容，拼命往村南的赤脚医生家里跑。一路颠簸，怀里的女娃魂给颠回来了。颜素容至今还记得四婆奔跑时发出的喘气声，呼喝呼喝，温热的气流急促地往脖子里钻。醒来的颜素容看见了四婆那张咬牙切齿的脸，她就说：四婆，你快点，我好痛哟！

赤脚医生后来说，姑娘晚送去半截烟的时辰，就该垒坟挂纸了。

打那后，素容妈经常念叨这事，说我家姑娘的命就是四婆从阎王殿硬生生拽回来的。

不过四婆倒是从来不说，像是早忘了。

正午，爹妈回来了，老爹在牛圈门边给牛喂草；老娘在水缸边洗净满手的泥，两手交互在腋下擦着水，走过看见木木的姑娘，又看看凳子上，两只苍蝇在面条碗里起起落落。伸手端起碗，老娘说：不能吃了，我再去给你下一碗。

"我不吃。"声音怪怪的。

"不吃？你神仙呀？"老娘咧嘴笑笑说。

猛一抬头，两眼寒光四射，颜素容说："我——说——了，我——不——吃，你——聋——了？"

一字一顿，仿佛嚼碎了吐出来的。

老娘脸部一紧，往前跨了一步，直直盯着姑娘看了好一会儿，脸皮才松弛下来。往后撤了一步，才说："德平老祖过世了，我和你爸要去帮忙，你去不去？"

"他死不死干我卵事？我去干啥？"颜素容乜斜着眼说。

老娘还没来得及起火，牛圈那头有声音响箭般激射过来。

"你再说一遍，老子撕了你的嘴。"

颜素容两手一撑，起来绕过惊愕的老娘，钻屋里去了。

老爹把一捆草往地上一掼，又说："这哪是我颜东生的姑娘，老子看她是撞了邪了。"

听到老爹的骂，里屋的颜素容不伤心，反而得意地笑了，她鼓励自己，一定要咬牙挺住，坚持就是胜利。

六

秦安顺去了趟县城。

　　县城在黔中和黔西交界处，最早是个驿站，唤着龙场驿，一直都没什么名声。到了明朝，一个叫王阳明的大官被贬谪过来，据说在这里悟了道。地因人贵，渐渐就有些声名了。当地给阳明先生建了纪念馆，当年他居住过的那个潮湿的山洞也成了赫赫的文化遗址。每年都有世界各地的人来朝拜，原本冷清的边地小县热闹了不少。县城不大，被一条河连串起来，河流最早叫沙溪河，后来改成了阳明河。阳明河一路下行，流过蛊镇，经越山峦，摔落进猫跳河后，顺着燕子峡汇入了乌江。

　　河流枯瘦，没什么值得显摆的景致，流经处俱是枯瘦裸露的黄土地和石旮旯。只是到了蛊镇，才能见到些许的生气，两岸铺开了绿色。一种细毛竹成了难得一见的好景。竹子长不大，到了寿终也只有拇指粗细。好在命贱，一年三拨雨水就能郁郁葱葱。好景到了傩村就断了线，枯黄重新抖擞，这瘦河还不待见傩村，只在傩村的地界边上舔舐一下，就使坏一样奔着猫跳河去了。

　　有懂风水的人说：从阴阳学的角度讲，河神安排河道时，到了傩村这一截正好打了个瞌睡。傩村是被忘记了。那些年各个镇子都成立水利站，偏偏傩村没有，村长去找县里理论，县长两手一摊说：你妈连个水凼凼都没得，水利站拿来搓卵啊？管各家各户的水缸吗？村长无话可说，一咬牙带着乡人在傩村后山腰硬是挖出了一条溪流，这条窄窄的小溪，成了营养一庄人的血脉。

　　傩村最近被人记起是因为傩戏。傩戏吧，本已垂死，哪晓得前些年从北京来了一个民俗学家，误打误撞来到傩村，偶然发现了傩村的傩戏面具，民俗学家眼睛瞪得比牛鼓眼还大。兴奋之余，接连写了好几篇有关傩戏面具的文章，还组织了好些人开了研讨会，最后建议傩村将面具推向市场。

　　傩戏面具销售点在县城的龙场古镇一条街。顺着阳明河绕好几个来回，就能见到古街了。商品不少，蜡染、龙化石、石刻、傩面，叮叮当当，杂七杂八。

　　秦安顺在古街的东口吃了一碗豆花面，抹着嘴来到傩面店铺口。店主是村长的儿子，叫梁兴富，见秦安顺过来，赶忙从铺子里头钻出来招呼。

　　端条凳子给秦安顺坐下来，梁兴富说安顺叔，今天咋想着进城来了？

　　"德平祖走了，我来买些丹砂，唱离别傩用。"接过梁兴富递来的一支烟，秦安顺说。

　　"有那闲工夫，你还不如多给我做几个傩面哩！"梁兴富说。

　　"放你娘的狗屁，"吐了一口烟，秦安顺接着说，"你爸死了你不给唱？"

　　"唱啥唱，有个卵用，还能唱活过来？"梁兴富靠着门框说。

　　手指往梁兴富那头戳戳，秦安顺说："你呀你呀！狗东西。"

　　两人无话，就自顾着狠命吸烟。这时来了客人，在摊位上翻翻拣拣，掂起一个一个傩面笑嘻嘻瞧着。梁兴富赶忙凑上去，指着客人手里的傩面说："一看您就是懂行的，这个叫镇宅童子，地位比土地菩萨还高，买一个放家里，保管一家平平安安。"

客人反复看了看，狐疑着问："真的假的？"

梁兴富急疬疬说："骗你我死全家。"

怕对方不信，又指指凳子上的秦安顺说："这是我们傩村最有名的傩师，不信你问他。"

客人扭头看着秦安顺。

吐出一口烟，秦安顺说他骗你的。

白了梁兴富一眼，客人说我也晓得是骗人的，不过这面具丑怪丑怪的，我喜欢。

客人欢天喜地去远了，秦安顺一巴掌拍在梁兴富脑门上："啥时候造出个镇宅童子来了？"梁兴富嘻嘻一笑，说生意嘛，你还能一板一眼的？

"没开光的家什，算啥子傩面哟？"秦安顺扫了一眼铺子里的琳琅满目说。

直直看着秦安顺，梁兴富说安顺叔，你还真信这面具后头有鬼神？

秦安顺点点头。

手一扫，梁兴富说扯卵谈。

"娃啊！"秦安顺顿了顿说，"你不信，是因为你没得怕惧。"

带着丹砂回到傩村，天快黑尽了。

进了院门，屋檐下坐着一个人，夜色朦胧，看不清脸。

哪个？秦安顺问。

我。那人答。

素容啊！秦安顺笑呵呵说，不过心头有点打鼓，他想起了那天的场景。

打开门，秦安顺说你坐，我去煮饭。

"多下点米，我和你吃。"声音扎实得不容商量。

"要得，要得。"嘴上笑着应，心头却说咋不晓得客气一句呢。

挖尽现存家底，也只凑够四菜一汤。糟辣椒炒洋芋丝、糟辣椒炒腊肉、糟辣椒炒豆干、糟辣椒炒干笋，汤是素酸菜豆米。筷子在盘子里扒拉扒拉，颜素容夹起一根洋芋丝问：这是啥子？洋芋丝呀！秦安顺答。把拇指粗细的洋芋丝扔回盘子，颜素容说我还以为是抵门的杠子呢！秦安顺连忙笑，说没法子，我这刀法粗，以前都是老太婆做。扫了一眼桌面，颜素容又说你糟辣椒里头泡大的吗？咂咂嘴，秦安顺没接话，不好接，接过来也没什么意思。想了半天，他才说：乡下旮旯比不上城里头，我们只能吃季节，春夏秋冬，地里长出什么我们就吃什么。说完低头刨饭，动作小心翼翼，生怕弄出什么动静来。颜素容笑笑，埋头开始吃饭，她动作很慢，眼睛不时往秦安顺这头瞟，像个随时会发出暗器的杀手。

一餐饭总算吃完了，虽说有些战战兢兢。收拾完毕从厨房出来，秦安顺看见颜素容在凳子上吸烟。吐出一个椭圆的圈儿，颜素容说这是我吃过的最难吃的一顿饭。秦安顺撩起衣服擦擦手说：姑娘，我不会弄，以前都是你伯娘弄来伺候我，她手艺好，怪你运气差，吃不上她弄的饭菜了。

"她弄的我更不吃。"颜素容笑眯眯说。

"为啥呢？"秦安顺问。

讪笑一声，颜素容说你看她长的那丑×样，鬼见了都怕，吃她做的饭？我怕我会吐哟！

没等秦安顺接话，颜素容接着说："不过我挺佩服你，几十年和这样一个丑鬼睡在一张床上，你就不怕半夜醒来被吓死吗？"

哈哈笑了两声，颜素容再接再厉，说："问你一件事，你晚上和她做那事的时候，你关不关灯哟！"

刚遭雷打，接着又被火烧，灾难接踵而至，秦安顺喘不过气来了，他满脸通红，嘴唇剧烈抖动，两手交互狠命握着，看样子想搏命。

呼哧呼哧喘了半天，总算憋出一句话。

"姑娘，你这样乱说，是要遭雷打的哟！"

两手拍着膝盖，颜素容笑得更欢了，她抬头看着屋顶，大声吆喝：我就说了，你让雷来打我呀！雷真要打我，早就打了。喊完，颜素容猛地盯着秦安顺，恶狠狠说："你现在是不是特别想给我两耳刮子？"摇摇头，秦安顺说你一个娃娃，胡打乱说几句，我哪能打你哟！

盯着秦安顺看了一阵，颜素容眼神软了下去，嘴唇瘪了瘪，她哭了，嘤嘤嗡嗡开始小声啜泣。秦安顺一时没得了分寸，颜家姑娘简直就是傩村六月的天气，刚才还天光清朗，一转眼就雷光火闪，再一转眼大雨瓢泼。他没开口劝解，不晓得病因，就不能对症下药。颜素容转过身子，面对墙壁，小声啜泣变成了号啕大哭，身体开始有节律地抖动。默坐片刻，无所事事，秦安顺索性拿出锉刀，就着灯光摆弄起了傩面。谷神眼耳鼻都浮现了，就差下巴了。按老式刻法，下巴一般呈椭圆，上行到脸部有个夸张的一勾，就是这一勾，脸谱就活了，鬼精毕现。秦安顺一直不太喜欢这个刻法，每次到了紧要处，他都有再放一放的冲动。他试过，其实勾的那处放得更猛些，不仅不会坏掉神韵，反而会让谷神在鬼精之外更给人一种可堪信赖的气味。年轻时刻面，他就故意走了神，拿给师傅过目，换来的是一记响亮的耳光。

师傅吼：你当自己是谁？说改就改啊？

现在好了，师傅早就去了，就算耳鼻颠倒也不会挨打了。不过秦安顺反而变得谨慎了，每次刻面，到了紧要处总要彷徨一阵，次次都想改，最后成型的还是老式样。他不怕别的，就怕变了形后神灵附着不上来。

刻刀游弋，能听见沙沙的声响。那头哭泣声开始委顿，没了刚才的嘹亮，变成受尽委屈后难抑的伤感。

抬手抹干泪，颜素容把凳子往这边挪了挪，说："给我一支烟。"

秦安顺抬起头说我这烟冲鼻子，怕你抽不惯。

让你给你就给。颜素容说。

摸出一支烟递过去，秦安顺问："哭够了？"

颜素容没理会，把烟点燃，吸了一口，埋头大声咳嗽。

笑笑，秦安顺操起刻刀继续。

"真他妈过瘾啊！"颜素容说。

"烟叶差，烟雾大，当然过瘾了。"秦安顺说。

吭吭两声，颜素容说你晓得个鬼，我是说哭得真他妈过瘾。

哦！秦安顺应一声，就没话了。

把剩烟扔到地上踩灭，颜素容把椅子伸过脑袋，看着刻刀走了片刻，她问："刻好这鬼东西要多久？"秦安顺抬头看着颜素容，脸上浮起来一弯笑，然后他说：这不是鬼东西，我们唤作谷神。

七

该是刘麦的时候了。这几日老天慈悲，艳阳高悬。平素浓稠的雾气也不见了，傩村到处都清清朗朗。得抢在雨季来临前把麦子收割打晒，全村都铆足了劲，天一放光，提着镰刀就往麦地跑。和别处不同，傩村的传统是帮衬。几家人结成比较固定的互助，今天你家，明天我家，后天他家。不光是人多力量大，更多的是能在劳作时说说笑笑，吹吹唠唠。累了，扫一扫帮衬的乡人，心头会感觉暖和，无助感会消散。

照例是一个不眠之夜，只有在天光放亮时能睡去片刻。颜素容晓得，这难得的片刻其实也是假的。总能见到坟墓中的自己，破烂衣衫下堆放着的一堆零散的枯骨，还能见到墓碑，在苍黄的天底下散发着黑黝黝的色泽。碑上的字迹已然斑驳，苔藓传染病一样在墓碑上疯长。最后见到的是坟墓，孤零零一堆黄土，土堆上长满了筷子粗细的斑茅草，风过处，摇出唰唰的凄惶。第一抹晨色起来，颜素容双眼刚合上，就听见了大门被推开的声音。按顺序，今天是颜东生家割麦的日子。两口子得赶早，要是帮衬的乡邻过来了，自己还在蒙头大睡，就算失礼了。

很快院子里有了杂乱的人声。颜素容侧耳听了听，有四婆，有村西的陈伯，还有村坎下的刘家老三，另外还有两个声音听着熟悉，一时想不起来是谁了。除了人声，还有镰刀撞击发出的金属声。乱哄哄说一阵，就听着出得院门去了。

等日头起来老高，颜素容才爬起来。洗了脸，拉条凳子坐在屋檐下描眉。刚出村那年，她还有浓黑的眉毛，后来跟着姐妹们把眉毛拔掉了，纹上了细细的一弯黑月。描完左边，化妆镜往下移了移，颜素容就被吓着了，两个眼圈泛着浓密的黑，最要命的是她看见了那些细细的皱纹，黑线虫样地到处乱爬。慌张着举高镜子，眼眶潮湿了。呆呆定了好一阵子，手边的手机忽然响了。一个激灵，颜素容抓起电话，电话来自那个遥远的城市，大拇指动了动，颜素容摁灭了电话，屏幕显示三十二个未接来电。

拖拖拉拉来到野地，颜素容找了一处高坡坐下来。入目都是忙碌的人群，能听见镰刀决绝的唰唰声。麦秆新鲜的味道随风飘来，吸一口，水水的，腥腥的。没有云，天高远了很多，能看到平时看不到的远处，山脉一路往更远的地方延伸。很小的时候，颜素容坐在高坡上看远处，也是这样的万里无云。她就想，远方山峦后是个什么样？一个清晨，她独自一人去到了远处高高的山顶，本以为爬到最高的地方就能看清一切，谁知道看见的还是山。对她来说，远方是无尽的，你永远也不知道山那边会是一个什么模样。

正怅然，远处突然有人唱歌，歌声先是隐在一处荆棘的背后，慢慢歌声就转出来了。一袭青布长衫，一张傩戏面具，咿咿呀呀来到了晒谷场。

吾乃谷神，应求来镇五方不利。
一镇东方甲乙木，麒麟献寿；
二镇南方丙丁火，双凤朝阳；
三镇东方庚辛金，魁星占斗；
四镇北方壬癸水，挂印封侯；
五镇中央戊己土，紫微高照；
耕种者，田禾五谷，谷打满仓，一籽落地，万担归仓。
老的勤来少的勤，种片庄稼好喜人；
懒人田地生青草，勤人田地草不生；
懒人收成三五担，勤人仓满笑吟吟；
到春来，肯起早，绫罗绸缎穿上身；
数九寒天不受冷，不受饥来不受贫。

唱到此处，谷神高喊：东方有尊神，庄稼汉知不知道？
麦地里男男女女立起身，一起高喊：谷神不说，俗人不知。
谷神接话唱：

自从盘古开天地，三皇五帝镇乾坤；

伏羲才把人烟治，轩辕黄帝制衣襟；

神龙皇帝制五谷，禹王疏通江河伸；

九州大地同日月，孕育万代好儿孙。

正劳作的人群和：

九州大地同日月，孕育万代好儿孙。

众人接着大笑，除了颜素容。她对着卸下面具的秦安顺啐了一泡口水。装神弄鬼的秦安顺固然可恨，让颜素容更无法容忍的是这群乡下人的无忧无虑。这些人一路走来，贫穷、疾病、天灾人祸、生离死别似乎都抹不去他们没心没肺的烂德性。多少有点好事，就乐得忘乎所以。

午饭在院子里吃，拉一条长桌，上头都是常见货：腊肉、豆花、凉拌折耳根。饭食的香味在空气中流淌，一直卧在墙角打盹的黄狗也抖掉困乏，循着香味在饭桌下穿来穿去。颜素容坐在门槛上，斜着身子，面色冷峻。见黄狗在众人膝间环绕，她觉得这是跌份的事情，你好歹也十岁的老狗了，为口吃的犯得着这样下贱吗？

"喂，过来！"颜素容压低声音朝狗喊。

饭桌上人声太盛，狗没听见门槛边的呼喊。

"烂狗，我让你过来，"颜素容愤愤然高喝，"你莫非聋了吗？"

声音很大，众人倏然一凛，目光转过来，发现是在呵斥脚下的黄狗，随即又欢快了。

"要说麦种，还是本地的好，"村西陈伯说，"粒儿是小些，但擀出来的面条就是好。"

四婆点点头说那是那是，不光香，筋道也好。四婆说完，目光往门槛边斜了一下，正好碰见一道冷光，心头一颤，赶忙掉头。

"再不过来，我炖了你。"颜素容跟狗说。

像是听懂了，狗甩甩尾巴，极不情愿往门槛边挨过来。还没靠站，那边有人扔了一截腊肉骨头，几乎没有丝毫犹豫，黄狗折身冲向目标，根本不考虑炖还是不炖的问题。

颜素容正悻悻然，陈伯回身喊了一句："素容，你也来吃噻，好吃得很哟！"

"好吃你多吃点，"停了停，颜素容补充，"反正你这岁数也吃不了几顿了。"

"姑娘，你话里有话呀。"刘家三叔说。

哼一声，颜素容说："你说得对三叔，我是不该乱说，该向你学才对，自己儿媳妇跟人家睡了，硬是咬着牙一言不发，好了得的忍耐心。"

"都是你长辈呢！"秦安顺本来不想说话，忍了忍，没忍住。

细长的手指往秦安顺一指，颜素容干脆站起来，粗声粗气喊："最不要脸的就算你了，装神做鬼憨跳一通，就跑来骗饭吃，先把你那件袍子扒了吧，人不人鬼不鬼，看着就烦心。"

砰一声脆响，颜东生饭碗往地上一摔，冲过去抬手给了姑娘一巴掌。

饭桌上的全愣住了。墙边正研究腊肉骨头的黄狗都停了下来，昂着脑袋往这边看。

颜素容摸了摸挨打的半边脸，一点看不出难过，还挤出一线笑，说："这下你们高兴了？"

说完折进屋去了。

回到饭桌坐下来，颜东生长叹一口气说："对不起大家，这死姑娘撞鬼了。"

大家坐下来，此前的欢快不见了，全都阴着脸。素容妈蹲在地上捡拾碎碗片，眼泪汪汪抬头看了看丈夫。

"死婆娘，看个卵，给老子再添一碗来。"

躺在床上，颜素容能听到屋外的碗筷敲击声。闭着眼，脑门上一大片空白。什么都不用想，舒服得很，从来没有这样舒服过。

八

一大早就开始落毛毛雨，傩村被浸在一汪湿漉漉里头。秦安顺戴个斗笠，披件蓑衣，去了对面的云顶山。他要赶在家里那只老母鸡落气之前去采些何首乌回来。母鸡五岁，难得的高龄，去年就不再落蛋了。狠了几次心，秦安顺都没舍得杀掉。没功劳也有苦劳，图这口干个啥子哟！这两日发现是不行了，咋个唤都不出窝，给它粮食也不吃。寿终正寝的话，炖了它也无话可说了。一只高寿的母鸡，佐以五六根上了岁数的何首乌藤，对付头昏目眩、体倦乏力、眩晕耳鸣、腰膝酸软最好了。村里这样的老迈不少，炖上一锅，喊几个过来，分而食之，母鸡也算功德圆满了。

爬到山腰，雨还落个不停，脚下是灰蒙蒙的一层雾。秦安顺不敢往高处爬了，尽管越高的地方何首乌越健硕，他怕自己上去就下不来了。

土地虽然贫瘠，何首乌却极其茂盛。这贱物不挑不拣，落到土里就能奋力活着，雨水稍稍充足，就活得更加得意了。药锄一番起落，就从泥地里翻出了一大堆。把那些瘦弱的重新埋回去，秦安顺顺着山脊梭回了地面。

刚落地，背山就转出来一个人，披件惨白色雨衣，挎着个竹篮，竹篮里堆满了各式各样的翠绿。尽管只有一个照面，秦安顺还是认出了颜素容。四目相撞，颜素容眼皮抖了抖，慌慌张张躲开去，顺着石槽子急匆匆跑走了。

就那一瞬，秦安顺一下记起了颜家姑娘以前的模样。记是记起来了，秦安顺却没法去形容她，心里头只是说：懂事。在乡间，这个词语算是很高的赞誉了。傩村人至今还记得一件事，姑娘那时五六岁的样子，跟父亲去镇上赶集，东生贪杯，在集市上灌了半斤烧苞谷酒。回家路过大坡，身子一歪跌下了几十米高的悬崖。姑娘吓坏了，哭着摸索到坡底，半天才找到奄奄一息的父亲。放眼四顾，见不到人迹，颜素容扯着嗓子喊了半天救命，只有对面的山壁回应她。镇定下来，颜家姑娘摸出父亲口袋里的火柴，往上爬了一段，点燃了一坡的枯草和灌木。时日正逢秋末，火势一下就铺开了半面山坡。见到火起，村民蜂拥而来，火没救成，却救起了垂死的颜东生。半坡的灌木换回了颜东生一条命，颜素容就对老爹说，你活了，树死了，你应该把树给种上，它们是为你死的。颜东生不敢怠慢，领着人忙活了半个多月，直到确认种下去的树木都活了，才长吁了一口气。此后，村人就拿这事奚落颜东生，末了都会点着头补充：你家姑娘懂事啊！

迎着毛雨回到家，秦安顺径直去到鸡窝边。母鸡等不起了，闭着眼蜷成一团，走了。叹口气，秦安顺想得赶在僵直前打整干净，要不就硬邦了。在鸡窝边燃了一炷香，默念了几句好话，秦安顺开始给鸡拔毛。刚褪到脖颈，那件惨白色的雨衣就飘进了院门。

不容秦安顺说话，颜素容就把竹篮塞进了秦安顺手里。

"洗了熬上，"站在屋檐下脱下雨衣，颜素容又补充，"洗干净点。"

指指地上的母鸡，秦安顺说这个咋办？

颜素容不接话，过去拎起故去的家禽，走到院门边，一扬手扔进了一丛繁茂的火麻林。

摊摊手，颜素容说这下好了，可以专心做事了。

摇摇头，秦安顺心里说：估计是我上辈子欠你的。

蹲在水缸边，秦安顺翻检着竹篮里头的内容。艾草、蓖麻、车前草、蒺藜、金樱子、鸡冠花、淡竹叶，甚至还有马耳朵草。秦安顺也知道一些常见病的偏方，在脑袋里扫了一个来回，他都没能把这些草药和病症关联起来。特别是这马耳朵草，乡人从不拿它入药。

"姑娘，你熬这些来是治啥子病哟？"

"让你洗就洗，问东问西干啥？"

"可这些家什挨不着啊！"秦安顺说。

"你洗不洗，不洗我另外找户人家。"

秦安顺说我洗，洗净了我给你熬，屋里头有熬药的沙罐。

沙罐在火炉上咕噜噜响，生涩的草腥味满屋乱窜。

半天，秦安顺端着一碗墨绿从屋里出来，把药碗递到颜家姑娘手里，秦安顺说小心烫着哦！颜素容把碗放在旁边的凳子上，没理他，眼睛定定地看着远处。

雨更得劲了，在风的推动下四下扑打。雾气也更重了，开始侵蚀远远近近的物事。刚才还清晰的山廓，此刻只剩下一抹淡影。

两个人坐在屋檐下，谁都不开口。

仿佛过了百年，秦安顺才慢吞吞吐出一句话："凉透了。"

颜素容看看他，端起了药碗。本以为她要喝下去，哪晓得一扬手，颜素容把一碗汤汁泼进了雨水里。

"哎！辛辛苦苦采来熬起，咋不喝呢？"秦安顺说。

盯着空碗看了一阵，颜素容说："有个屁用。"

把碗放回凳子上，颜素容看着秦安顺，眼眶湿答答地问："村里死去的都是你引路？"

秦安顺点点头。

"引路的那个叫啥？"

"引路童子。"

"引路时都见到啥？"

"好东西啊！"秦安顺笑着说。

直直腰，颜素容又问："死去的人呢？啥样子？"

嗯，顿了顿，秦安顺说这个说不准，百人百面，就看你这辈子是咋样过来的。

干咳两声，秦安顺说："姑娘，我想问问你哪里欠妥帖，你叔找点药草治个头痛脑热的还行。"冷哼一声，颜素容没再搭理他。秦安顺不甘心，撺着自己的话把刚想继续表态，颜素容斜了他一眼，说："我饿了。"秦安顺双手一拍大腿，说好吧，我去做饭。刚起身，颜素容站起来说你把东西找出来，我来做。秦安顺忙说那哪成啊！你是客人，还是我来做吧！板着脸折进屋，颜素容说你做的我吃不下。

同样的食材，同样的锅灶，颜家姑娘做出来的就是不一样。三碗米饭下去，秦安顺幸福地咂巴着嘴说："嗯，不错不错，谁要把你娶回家，这嘴巴算是亏不了了。"颜素容闻言眼睛一鼓，手里的碗哐当一声掼在桌上，饭粒儿震得惊慌失措。狠狠瞪了撑着了的秦安顺一眼，颜素容转身出门去了。

秦安顺摸摸头发稀疏的后脑勺，胸中泛起一股潮气，捶了自己胸口一拳，他骂自家："老鞭子，少说两句你会死啊！"

想想不对，自家好像也没啥错。那就是颜家姑娘错了，错了就错了吧，他又连忙帮摔碗出门的姑娘开脱。

她还是个娃娃，里里外外都是。

正乱想，大门边伸进来半颗脑袋，一字一顿说："你要把我熬药的事说出去，我点火烧了你的老窝。"怕秦安顺没理解，颜素容手往上戳了戳说："就是你这房子。"

窝在屋里半天，秦安顺才出门来。雨已经停了，颜家姑娘早不见了，大片大片的雾气往这头涌，雾团厚实，乌黑状，仿佛里头藏了啥子东西。叉着腰在屋檐下看了半天，秦安顺才发现门口那棵死去的紫荆树早该砍掉了。

回到家，爹妈正在吃晚饭。没理会饭桌上的人，颜素容直接往里屋去了。倚着床沿刚坐下来，老娘在那头喊："过来吃饭啊！"

"不吃。"颜素容粗着嗓子回。

"不吃饭，你要成仙吗？"母亲说。

嘭一声响，老爹把饭碗一砸。

"你喊她干啥？管她妈吃不吃，饿死最好。"

语气满含愤怒，嗯，还有厌恶。

扯着嘴笑笑，颜素容仰面躺下，拉过被子蒙住了脑袋。

暗夜静得像潭死水，颜素容和衣躺在床上，仿佛躺在棺材里。窗户透着暧昧的白光，像是死人面上罩着的那层白纱。隔壁是父亲如雷的鼾声，庄户人就这点好，劳作了一天，夜晚只要爬上床，就和这个世界没有半点瓜葛了，天塌了照样睡得死死的。颜素容忽然想起了祖父死去的那年，应该是中秋，天上有很圆的月亮。晚饭后，硬要去晒谷场和一帮子老人唱傩戏，尽兴时月亮都当顶了，颜素容去接他，跟着孙女走到半路，忽然说："我累了，想睡一觉。"孙女说："几步路就到了，回家睡吧！"摇摇头，老头躺倒在路边斜坡上。等了一阵，颜素容无聊，就坐在石头上看月亮。仰着脖子，颜素容眼睛跟着月亮跑啊跑啊！不晓得跑了好久，颈子都跑酸了，颜素容才去叫爷爷回家。喊了几声没答应，摇了半天也没反应。颜素容慌了，哭着去喊老爹。老爹急慌慌跑来，伸手探了探，一屁股坐在地上说：睡死了。颜素容至今还记得爷爷死去的模样：眼微闭着，笑眯眯的，像是见到了啥子美好的物事。那时颜素容觉得爷爷死得太可怜了，无根无据，不明不白。现在她才晓得，那算是最幸福的死亡了。没有病痛，没有惊吓，随便一躺就走了。

九

黄昏急匆匆扑面而来，秦安顺坐在屋檐下，看着天边翻滚拥挤的杂乱。远处有人在收拾晾晒的麦子，木铲扬起麦粒，风会带走无用的秕壳。风中散发着麦子的香味，还有泥土淡淡的腥。秦安顺在心头捋着日子的褶皱，这人老了，脚步就往回赶了，往昔的人和事愈发鲜活，近前的就只剩下相似的日复一日。听到的，看到的，闻到的种种，仿佛只为忆起某年某月的某个人和某件事。

那时也是这样，父亲在晒谷场扬麦粒，木铲往天上一翻，能见到风带走的轻飘和纷纷坠落的壮实。后来父亲老了，扬不动了，扬麦的换成了自己。再后来自己也老了，扬麦的换成了儿子。儿子才扬了一年，十五岁就走了，十五岁啊！刚出土的嫩芽，老天脸一黑，一场怪病，说收走就收走了。

剩下的两个儿子，一天麦子没扬过，扛着行李进城去了。

站起来拍打拍打酸麻的老腿，秦安顺想去山里走走。每隔几天，他都会去看看婆娘娃娃，跟他们说说话。哪家婆媳又吵嘴了，哪家娃娃又出门了；傩村的溪水又枯了，蛊镇的王木匠娶老婆了……七七八八零零碎碎说一大堆。最后照例要唱一出傩戏，秦安顺晓得的，婆娘好这口，娃娃不待见。还活着的时候，每次秦安顺一开腔，小狗日的就蒙上两只耳朵，龇牙咧嘴喊好难听。秦安顺才不管，唱几句就睐一眼，说：你蒙耳朵也没用，听不听由不得你。

拖着腿出了院门，黄昏更结实了，绚烂填满了天边，白色的、黑色的、红色的云密密实实挤在一起。霞光奋力从缝隙里钻出来，形成无数杂乱交错的光柱。

走了几步，一只黑鸦从枯死的紫荆树上腾身而起，时起时伏跟在秦安顺身后。等拐到进山的小道，头顶的乌鸦变成了十多只。也不晓得是从哪里钻出来的，秦安顺快它们就快，秦安顺慢它们也慢。爬到婆娘娃娃坟前，头顶已经罩了一层黑云。应该有几十只，盘旋在秦安顺头顶。秦安顺在坟前坐下来，黑鸦云才散落开来，稀稀拉拉散落在石林间、坟头上和空地里。

点一支纸烟，抽了两口发觉奇苦。搓熄剩烟，秦安顺问老婆子："今天想听哪一出？"随即又笑笑说，"问你也白问，还是我给你做主，就唱个清污解秽的'天地咒'吧！"

> 天地自然，遇去分散。
> 洞中虚玄，皇郎太元。
> 八方威神，使我自然。
> 灵宝护命，普告九天。
> 斩妖除邪，杀鬼万千。
> …………

到此处，秦安顺停住了。旋即对老婆子高声说：不是我不唱了，你看看你家儿那样子，脸难看得都能拧出水来。他说我要再唱，将来就不准我和你们在一处了，要我离他远点。

然后秦安顺哈哈大笑。指着儿子说：小狗日的，一点都不晓得这傩戏的妙处。

举头看看天，秦安顺说：日头退席了，我要回去了。还不忘记叮嘱老婆子：麻烦你好生看着你儿，就晓得跳天舞地的，你这头可不比我们那头，凡是都要讲点规矩。

走出几步，回身指着散落一地的黑鸦又说："我说要不多久我就会过来，你看看，没骗你嘛！"

顶着一头黑云回到家，天已经黑了。秦安顺双脚刚踏进院子，头顶那团黑就呼啦啦散去了。此刻该是晚饭时间，秦安顺一点不觉得饿。歇了片刻，他摸进厨房开始做饭。对他来说，晚饭可以不吃，但不能不做，这更像一个仪式，只有这个仪式完成了，一个人的一天才是完整的。

晚饭上桌，添上四小碗，分置于东南西北，每样小菜夹上一点，燃三张纸，点一炷香。置办停当，站在桌边吆喝一声：四方傩神，烦请用膳。这还不算完，琢磨着神仙们用完了，还得添上一碗，再往碗里倒上半碗水，走到院墙边，反手将饭食泼洒出去。这碗饭食是倒给那些孤魂野鬼的。这一出的要诀是反手，一定要反手，这个很重要。游魂是没有归宿的，只能游荡在一个倒置的空间里，这个空间不在三界，也不属五行，反手泼出，暗合倒置之义。正手泼洒，它们就吃不到这碗衣禄。

伺候完，秦安顺搬条凳子在屋檐下枯坐。一直到下半夜，没有半点睡意。他不停地琢磨，这个白昼不停追逐着夜晚的人间，到底还有没有值得自家顾盼的事物。好像是没有了，生生死死，枯枯败败，来来往往，起起落落，都经历过了。用力想想，又好像都值得顾盼一回。山前山后，坎上坎下，男的女的，老的少的，都有些舍不得。就说门前那棵死去的紫荆树吧！一直都想砍，一直都没砍。不是懒，其实是心里头舍不下。闲时门前安坐，目光扫到那丛褐色的干枯，会想到它活着时的繁茂，特别是紫荆花开繁的时节，目光从花间穿过去，整个傩村都花团锦簇了。想了好久，秦安顺倒是有些害怕了，就怕想深，深去了，就啥都惦记了。

打了个冷战，秦安顺慌慌逃进里屋，打开箱子，把伏羲氏请上神龛。跪伏在地，口中念叨。

我祖伏羲，请听我语。
弟子安顺，阳寿已及。
生死有命，不敢强趋。
凡尘已历，生死接替。
敬望我祖，示我归期。

敬告毕，草草洗了脸脚，秦安顺拱进被窝。拉灭电灯，身子就陷进了软绵绵的黑暗中。照例辗转，总算在白昼来临前睡了过去。还是有梦，看见自己在傩村溪流的源头，溪边是一年生的薜叶，巴掌宽的叶片上有暗褐色的斑点。粗粗看去，薜叶仿佛行将死去，那是表象，其实它们活得很好。到了花开的季节，才发现薜叶的与众不同，垂死的叶片上顶着一丛一丛三色的小花，花朵有香味，味道和上好的甜酒酿一模一样。

蹲在开满花儿的藓叶岸边，秦安顺能看见水底的情形。一块一块红褐色的石片铺在水底，翠翠的水豆芽跟着水流俯身在石片上左右摇晃，溪流里有透明的盲鱼，它们应该来自地下的暗河，跟着水流到远处。阳光下游弋四五日，盲鱼就会睁眼，身体开始出现黑壁，再过四五日，它们就变成了正常的鱼类。

看了一阵，身后突然有人咳嗽。回过头，秦安顺看见了一个矮瘦的老者，头秃着，朝他吆喝：下去呀，搬开石块，能摸到稀奇。

秦安顺说：能摸到啥子稀奇？再说我腿脚不好。

老者说：反正我跟你说了，摸不摸随你。

正想着摸还是不摸，忽闻有鸡叫声。睁开眼，天已大亮，秦安顺梭下床，才记起今天是给德平祖唱离别傩的日子。慌慌套好衣裤，连骂自己记性让狗给吃了。粗粗洗把脸，从箱子里取出灵官，换上青布长衫，急匆匆往德平家去了。

十

德平祖葬在西山，一地乱石，属于死地。死地不是指埋人的地方，是说这里几乎没有庄稼的活处。方圆两里，一捧土也休想刨得出来。太阳光最猛烈的时辰，西山就成了一面镜子，白花花的晃眼。庄稼养不活，那就用来埋葬死去的吧！

德平祖新家在二道坎上，周围稀稀拉拉堆着几座老坟。都是德平祖的旧交，年轻时一起出门当过脚力，老了也时常凑在一处摆弄干枯的时光。几个老者约好了，活着时脚跟脚，死了也肩并肩吧！扛不住先走的，就先在乱石堆安了家。

灵官面具上了脸，秦安顺用朱砂在地上做了符，双脚踏进符中，朗声高唱：

生离死别

连绵不绝

两眼一闭

阴阳两隔

眷恋凡间

临别掩泣

灵官驾到

听个真切

从此别后

无声无息

手往面上一抹，白光过处，灵官看见了德平祖。一身长衫，蹲在新家门口裹旱烟，还是原来的表情：天塌下来关我卵事。几个走得早些的老伙计也在，每人架着一管旱烟，咂得烟雾沉沉。

喊一声德平祖，那边扭过头，看见了坡下的灵官。

"哪一路？"德平祖拔下烟袋问。

"灵官。"往前移了两步。

德平祖立起身，痴痴看了半天，对另外几个伙计说："坡下有个神灵。"

灵官摆手："多余，他们看不见的。"

扭扭脖子，德平祖问："为啥？"

"新逝之人，完成这场离别傩后，就和凡间无半点瓜葛了。"灵官说。

"找我何干？"德平祖问。

指指远处立着的一排人，灵官说你亲戚朋友都在，你可以最后再见他们一次。

德平祖笑笑，缓缓坐下来，挥挥手说不见了不见了，看了几十年老子都看厌了，让他们该干啥干啥去，该下地的下地，该上学的上学，该割草的割草，该喂猪的喂猪，不要耽搁了正事。

"真不见了？"

"说不见就不见了！"

灵官取出一把丹砂，高喊一声：离别咯！

手一扬，灵官向着德平祖抛出一汪红雾。

红雾散尽，是新垒就的坟茔。

收拾停当下来，德平一家围过来，扯着秦安顺衣袖问。

"老祖留了啥话？"

左右扫了扫，秦安顺说："喊你们该干啥子去干啥子。"

"没其他的了？"德平歪着脖子问。

看了看德平，秦安顺把德平拉到一边，拍了拍德平的肩膀说："你祖还有一句话，让我转给你。"

"啥？"德平立起耳朵。

"不要再赌了，好好带着婆娘娃娃过日子。"

秦安顺说完转身走了，德平在后面咕哝："死就死了嘛！管事管得宽。"

秦安顺身影消失在远处的拐角，德平还怔怔站在原地，目不转睛盯着老祖的新坟。

转回家门，已是正午。

　　远远就看见悬在紫荆树上的颜家姑娘，脚边歪倒着一个木凳子。看上去是刚把自己套上去，身体还在剧烈地摆动。费尽呆力才把寻死的从枯树上弄下来。扛到院墙下，舀来半瓢水劈头盖脸泼过去，颜素容才活转过来。吭哧吭哧半天，秦安顺指着颜素容，大大张着嘴，想说话，还想高声说话，还想高声说几句骂人的话，终究是背过气了，话噎在喉咙里，如何攒劲都没能吐出来。

　　倒是躺着的先说话了。

　　"不要怕，我就是试一下吊死是啥子感觉。"

　　脑袋前前后后伸缩了一阵，傩村的傩师才发出声来，"你撞鬼了吗？这个都能试？"

　　颜素容说我拿我自己试，又没拿你试，你吼哪样？

　　"试也不该你试呀！你看你年纪轻轻的。"

　　"黄泉路上无老少，你不懂啊！"恨了秦安顺一眼，颜素容说。

　　秦安顺没说话，手往天上指了指。

　　抬起头，颜素容吓了一跳。

　　几十只乌鸦在半空盘旋，还有一些在院外的枯树上扑腾。

　　笑笑，颜素容说："它们是来送我的。"

　　摇摇头，秦安顺说你错了，是送我的，跟着我都有一段日子了。

　　晚饭秦安顺做的，特地做了个糟辣椒炒腊肉，他晓得颜家姑娘喜欢这口。把饭碗往颜素容面前一推，秦安顺说吃饭。颜素容坐在对面，表情木然。秦安顺又喊了一声吃饭，颜家姑娘伸手抓起筷子，突然抬起头问："你是不是要死了？"

　　刨了一口饭，秦安顺嗯了一声。

　　"那你为啥不去死呢？"颜素容说。

　　鼓着眼把嘴里的饭咽下去，秦安顺说："我为啥要去死呢？"伸手夹起一块腊肉对着颜素容扬了扬，又说，"去年腌的腊肉还没吃完，我哪里舍得去死。"

　　"你呢？为啥？"秦安顺问。

　　"不为啥？"颜素容用筷子轻轻敲了敲碗沿说，"我来你家，看见院子里有条凳子，凳子上搭了条绳子，一扭头正好看见那棵枯树。"

　　呵呵笑了两声，颜素容接着说："你不觉得冥冥之中这就是给我准备的？"

　　吃得不紧不慢，两个人再没说话。直到离开，秦安顺问。

　　"走了？"

　　"走了！"

　　"去哪？"

　　"回家。"

　　"真回家？"

"真回家。"

走到门边，颜素容回头看着歪在椅子上的秦安顺问。

"你是傩师，晓得自己还有多少日子不？"

晃晃脑袋，秦安顺说不管还剩多少日子，我都好好等着。

十一

见到母亲那天是鬼节。

正午，在院子里烧完纸钱，秦安顺从箱子里翻出伏羲傩面。每年鬼节，都要唱一出扫秽傩。扫秽傩嘛，扫除污秽，免得沾些不干不净的东西。套上面具，念完附神诀，就见到母亲了。

时节是初夏，有高照的艳阳。傩村的山山水水在阳光下格外真切，能见到日头带着的晕斑，这说明朗照只是暂时的，接下来月余，傩村就将被雨水浸泡。唯一拿不准的是雨水洒落的时辰，也许明天，也许后天，或者眨个眼。

母亲站在院门口，穿一件小夹袄，夹袄上有碗口大的牡丹花，白边布鞋，看上去是赶了远路，鞋上覆了一层灰。秦安顺惊异于母亲的年轻，从头到脚都是新鲜的气息。要不是左眼那枚黑痣，秦安顺真认不出来。

母亲从院门边缓缓折进来，脸上写满了通红的羞涩，目光躲躲闪闪地四下张望。

跟着母亲一道的还有一个女人，秦安顺认得她，母亲娘家那边的二姑，嘴皮子特别利索，常做些保媒拉纤的活。隔着院门，二姑甩开嗓子喊：屋里有人吗？

屋头应一声，一个人转了出来。是父亲，看来是精心准备过的，穿一件还能窥见线缝的对襟衫，脚上是崭新的白布鞋，头发像刚蹚过风的半坡地，整齐地向一个方向倒伏着。站在檐坎上，父亲似乎慌张更甚。两手在面前握着，不停地搓揉，往院门边瞟了一眼，连嘴唇都在抖动。

二姑大剌剌别进院子，回身看了看，母亲还停在院门边，头低着，一只手攥着衣角，脸红得更厉害了。转过去牵了母亲的手，二姑说：上刑场吗？拐弯抹角的。扯着母亲走进院子，二姑又喊：老秦家不错呀！屋顶茅草都换成瓦片了。

喊完颇为得意地看了母亲一眼。

上了檐坎，父亲和母亲擦肩的一瞬，四目相对，立刻弹开，两张脸能煎熟鸡蛋。

进屋前，母亲弯下腰，轻轻拂去鞋面上的积灰。

晚饭丰盛空前，居然有新鲜肉。从头至尾，父亲筷子都没伸进肉碗。倒是奶奶热情非凡，笑着不停往母亲碗里夹菜。看得出，她对未来的儿媳很满意。二姑假作嗔怪，对奶奶说：哦哟！还没过门呢，就这样待见了？母亲羞红了脸，假装狠狠瞥了二姑一眼，说：姑呢！瞎说啥呀？

饭后一家人坐在堂屋闲聊，天南海北，山里山外，不时夹杂些嬉笑。秦安顺无聊，搬把椅子坐在墙角看热闹。母亲和父亲的心思不在话题上，满腹心事，说到好笑处，跟着咧咧嘴，算是配合。

母亲在世时，秦安顺没见过母亲的羞涩。印象中的母亲，是扯着嗓门在村头破口大骂的那个粗粝的乡下女人：秦安顺！你个狗日的，天都黑尽了还在外头疯跑，小心野鬼逮了你去。

母亲原来也会羞涩。

闲话扯尽，奶奶瞥了母亲一眼，悄声对二姑说：你觉得有谱不？

二姑撇撇嘴，笑着摇摇头，凑过去咬着奶奶耳朵说：姑娘眼光高，谁都拿不准。

秦安顺咧着嘴笑着大声喊：我拿得准。

母亲和二姑被安排在西厢房。透过面具，能看到厢房刚翻新过，墙上涂过白色的石灰，油灯映得四下亮亮堂堂。床上铺的盖的都是新换的，那床铺盖秦安顺认得，深灰色老布料，一直盖到秦安顺十八岁，最后都成了一坨死棉，母亲还是没舍得扔，送给了一个串寨的流浪汉。

众人安歇，秦安顺也有些累了。倚在门槛上，能见到旧时的村庄，除了树木矮小些，月色明朗些，真看不出差别。

卸下面具，秦安顺燃支烟，烟火在一团暗黑中眨着眼。

眼前的庄子要晦暗得多，远处近处的山廓都见不着，能听见夜莺的鸣叫，从东首过来，嘶叫着往西头去了。

重新戴上面具，夜色有了微光，没见着夜莺，只有水田里不知疲倦的蛙鸣。

身后突然传来响动，回过头，秦安顺看见母亲蹑手蹑脚从屋子里出来，气息粗重，借着幽幽的暗光发现了墙角的一双布鞋，那是父亲的鞋子。轻轻过去，母亲掐起父亲的鞋子，从怀里掏出一根稻草，仔细丈量了鞋子的长度，掐去稻草多余的部分，又小心翼翼塞进怀里。不知从哪里传来一声猫叫，母亲一个激灵，惊惶地四下张望，立了片刻，才弯着腰把鞋子摆回原位。踮着脚点出去几步，回身看了看，确信鞋子摆放的位置没了破绽，才返回里屋。

秦安顺喉咙忽然一阵干涩，眼角倏地潮湿了。

在他的记忆里，母亲和父亲的争吵从他的童年一直持续到中年。大事吵，小事也吵，甚至商量事情用的都是吵闹的方式。

父亲是在冬天去世的，寒热病，身上焐了四床被子还说冷。母亲在父亲大病的日子里仍然秉持她一贯的恶声恶气，给父亲掖被子都不忘咒骂几句。

"要死早死，折磨人！"

"看你这卵样，干脆直接焐死得了。"

在床上抖抖索索挨了两个月，父亲在立春前两天死去了。那时候秦安顺刚进入东村傩师的门下，还没有戴脸子唱傩戏的资格。师傅唱完离别傩后告诉他，父亲从头到尾都在叹气，说冷清得很，连个吵架的人都没得。

父亲走后，母亲就变得寡言了。搬个椅子在屋檐下一坐就是一整天，眼睛撵着日头跑，这样孤寂无声地枯坐了半年后，母亲也走了。无病无灾，头晚还跟着剥了半箩筐玉米，第二天午饭时刻了还没见着下床，等跑去一看，都凉透了。

摘下面具，秦安顺抹去眼角滑出来的两行老泪，硬手硬脚摸进西厢房。拉开灯，床上堆积着陈旧的冰冷，站在门边盯着空荡荡的床铺看了半天，秦安顺转身轻轻拉上门，转到东边厢房去了。

叽喳的鸟叫声把秦安顺唤醒过来，旋身起来，在床沿坐了好久，他都不晓得要干啥。户外的鸟叫声起起落落，更把里里外外衬托得清寂幽暗。

面具在枕头边，发出暗黑的瓦亮。

沉默片刻，秦安顺伸手捧起了面具。

出门来，母亲和二姑正道别，母亲站在院门边低头不语。二姑过去，拿肩膀碰了碰母亲，低声说：说句话呀！哑巴了？

母亲红着脸说：叔，还有叔娘，我走了，你们有空闲来家耍。

爷和奶慌不迭点着头。

二姑又扯扯母亲，说：还有呢？

母亲抬起头，看了看立在院中的父亲，脸红得更厉害了，半天才嗫嚅着说：那个，那个那个啥，有时间来家耍。

说完转身顺着路跑走了。

二姑在后面追着喊：鬼姑娘，那个啥？到底是啥嘛？连哥都不晓得喊一声。

秦安顺倚在大门上笑，笑得摆来摆去的。

此刻，太阳出来了，照着院门边那棵紫荆花。

花开得正繁盛，仿佛无数张幸福的脸。

十二

紫荆花开始枯败，往日的繁茂艳丽，被日子绞成了难看的死黑。屋檐下的燕窝已经筑好，新鲜的泥球子还有湿答答的光亮。

今天是去母亲那头拿话的日子。拿话在邻村叫提亲，独独在傩村是这个叫法。傩村人觉得喊作拿话更合情理。你想啊！人家父母辛辛苦苦把个姑娘养大，你说娶走就娶走啊！这得父母点头，你得从老人那里拿到话头。备礼是肯定的，没有具体的规定，家境好点的就多点，次点的就少点，乌江沿岸的庄子不是太看重这个，主要还是人家得瞧上你这人。

二姑一早就过来了，笑眯眯站在院子里喊父亲的名字。

秦安顺起得早，坐在院门边编筛子。用的是老竹子，篾条深黄。本来一直舍不得砍，想着得留着给房子翻瓦时绞椽子用。现在好了，不再想翻瓦的事情，钻进竹林就变得大方阔绰了，指着老的砍，一点都不心痛。

面具还套在脸上，自从能看到落下的日子后，这脸壳子就拿不下来了。

父亲急急慌慌从屋子里出来，二姑递过去一方素白。父亲疑惑着打开布包，是一双簇新的鞋垫。看着二姑笑笑，父亲忙说谢谢。

"不用谢我，又不是我做的。"二姑说。

父亲挠着后脑勺。

二姑指指父亲的双脚。

脱下鞋子，鞋垫放进去，不长不短，刚刚合适。

父亲咧着嘴笑，说这谁做的，咋晓得我脚大小呢？

二姑说谁做的我晓得，不过为啥合脚我就不晓得了。

秦安顺手掌扒拉着篾条，大声说我晓得，我晓得。

院子里摆着去拿话的物事，看规模，爷奶差不多把家底都交出来了。

一对公鸡，拣的是鸡圈里最肥大的。两块腊肉，都是猪屁股那段。还有两壶酒，二十斤，酒浆子一直灌到瓶口处。

人群嘻嘻哈哈出去了，爷奶站在院门边目送着队伍远去，相互看着笑笑，返身扛上锄头下地去了。

摘掉脸壳，燃了一支烟，刚抽了两口，颜素容就进来了。

拉条凳子坐下来，颜素容问："你疯癫了？"

秦安顺摇摇头。

冷哼一声，颜素容说："你刚才一个人又说又笑的干啥？"

"我没有啊！"秦安顺说。

"我在门边听见你喊'我晓得，我晓得'，"身子往前凑了凑，颜素容问："你晓得啥子了？"

摆摆手，秦安顺说没啥，看见了过去的一些事情。

倏地站起来，颜素容两手伸直，原地转了一圈。

"你能看见过去的事情，那你看看我过去干啥的？"

喷出一口烟，秦安顺摇摇头说我又不是神仙，这我看不见。

颜素容弯下腰，眼睛盯着秦安顺，秦安顺不敢看，垂下脑袋，慌忙把凳子往后挪。

"你肯定觉得我在城里干的都是脏事？对不对？"颜素容声音冰凉。

秦安顺慌忙摇头。

站起来在院子里踱了一个来回，颜素容回到凳子上，双手揉了揉眼睛，她很郑重地对秦安顺说：我活不了多久了。

秦安顺慌忙摆手，说你娃年纪轻轻的，咋说这样的疯话？

"疯话？你家三娃，年岁不及我吧！还不是一堆枯骨。"

"这不一样，三娃得的是急症，那是他的命，"伸手抖掉一截烟灰，秦安顺接着说，"你看你，就像棵刚长抽条的柳树，日子还长得很。"

摸出一支烟燃上，颜素容右手夹着纸烟，她手指细长，指甲好久都没有修剪了，暗褐色的指甲油开始脱落，露出不规则的白色斑块。

把剩烟丢到脚底踩灭，秦安顺弯腰继续编织他的筛子。刚才专注于院子里的喧嚣，走了神，筛子的边口没有编圆。筛子其实不是自己要的，是村南坡脚的陈二婆要的。二婆男人没这手艺，用的篾器都朝秦安顺要，要的方式也别具一格。

"安顺啊！老娘筛子连黄豆都兜不住了，你狗日的反正闲得卵蛋疼，给我编一个嚏！"

秦安顺慌忙笑着答应。

二婆就笑着夸他：小狗日的还算孝道。

其实，二婆比秦安顺小了十多岁，但是辈分高，出口就雷打火烧。

拆开封好的边圈，秦安顺准备顺着篾竹再走一回，要不筛子扁头歪腮，二婆怕又要日妈操娘了。院子里很安静，只有篾条拉过空气发出的沙沙声。颜素容两手挂在膝盖上，盯着地上一条长长的黑线。该是又要落雨了，蚂蚁开始搬家，大大小小地举着各种物事往高处赶。虽说忙碌，却不杂乱，看得出那种与生俱来的规矩。

颜素容腮帮一紧，一泡口水斩断了抖动的黑线。一只个头很小的蚂蚁成了受害者，它在口水中开始了漫长的挣扎，左冲右突，前屈后仰，始终不得要领。慢慢地，就一动不动了。嘴一咧，颜素容笑了，佛祖把悟空镇在山下那种笑。正笑得舒坦，那只蚂蚁忽然动了，它轻轻旋了一下身，竟然从那团柔软的恐惧中挣脱了出来。在地上打了一个滚，晃晃脑袋，举起身边一块指甲大小的碎叶片，重新融进那段蜿蜒的黑色。

眼神沮丧了，目光去向远方，天地慢慢湿润了。

秦安顺看不到这头的曲折迷离，心思都在筛子上，年纪是去了，手艺还依旧娴熟。圈完最后一根篾条，秦安顺举起筛子，立时圈出来一个规则的圆。阳光从筛子眼里漏下来，洒满一张老迈的脸。

"看看，你看看，"把圆圈伸到颜家姑娘面前，秦安顺一脸按捺不住的得意，"如何？编得好不好？"

"叔，给我唱个延寿傩吧！"

声音冷静清澈。

"啥？"秦安顺伸长脖子问。

"给我唱个延寿傩吧！"

十三

灯光有些晦暗，屋子里没有一丝声息。晚饭用完，碗筷还在桌上。菜数简单粗粝，能看出做饭人心情不佳，一个炒洋芋片，一个炒豆干，当然还是用的糟辣椒。

手原本搭在桌沿上，倏然缩回，秦安顺说：真要唱？

颜素容眼睛一横："让你唱你就唱！"

吐了一口气，秦安顺说年纪轻轻，延啥子寿哟？

拉直身，颜素容声音陡然高亢："你唱不唱？"

秦安顺不敢说话了。

把两个空碗叠在一起，秦安顺说："这出傩戏有点复杂，需要一些物事。"

把厚厚一沓钱拍在桌子上，颜素容问："够不够？"

"要不了那样多。"秦安顺端起空碗站起来说。

挥挥手，颜素容说剩下的就算给你的工钱。

摇摇头，秦安顺说唱这出傩是不能收钱的。

"哪个规定的？"颜素容问。

"我也不晓得是哪个规定的，反正不能收。"秦安顺抽抽鼻子说。

"你收不收？"那头声色俱厉。

"不能收！"这头水波不兴。

颜素容无话了，把凳子往墙角挪了挪，缩进一团漆黑。

打扫完从厨房出来，秦安顺坐在门边吸纸烟。烟丝始终是不好，吸了两口就不停地咳嗽。

"叔，你怕死不？"声音从黑暗处幽幽飘出来。

"啥？"秦安顺止住咳，探着脑袋问。

"你怕死不？"

怔了怔，秦安顺挠挠脑门，笑呵呵说："怕了，当然怕！"

"我还以为到了你这个岁数就不怕死了。"颜素容说。

转转脖子，秦安顺说："我像你这个岁数的时候才不怕死呢！天不怕地不怕，觉得吧！死嘛！也就那样，两眼一闭，两脚一伸，跟睡个觉没啥区别。"

重新燃了一根烟，秦安顺接着说："现在我为啥怕死了呢？想了好久才明白了，其实不是怕，是舍不得。在这地头上活了几十年，山山水水、草草木木、男男女女，都生了情了，真要死了，扔不下，舍不得。"

"我就不念着，我要死了，也不要别人念着我。"颜素容一字一顿地说。

呵呵笑笑，秦安顺说："娃啊！你想错了，你不念着别人，也不要别人念着你，也是一种念着。"

话有点绕，墙角的一时没能转过弯来，过了好半天，颜素容才从暗黑里移出来，她站起来问："你啥时候给我唱？"

"唱啥？"

"延寿傩啊！"

拍拍脑袋，秦安顺说你看我这记性，又让狗给吃了。

顿了顿，秦安顺接着说："娃啊！这个有些麻烦啊！"

"麻烦啥？"

"要唱延寿傩，得先唱一出解结傩。"

"啥叫解结傩？"

"请求延寿之前，得先消罪解结才行啊！"

"那就消呗！"

"可你得先跟我说你犯忌何事才行啊！"

颜素容眼睛盯着地面，想了半天，猛一抬头对秦安顺说："你把能想到的罪名都给我安上吧！"

慌忙摆了摆手，秦安顺说那不成，绝对不成。

"我都不怕你怕啥子？"语气斩钉截铁，容不得半点商量。

借着月光回到家，父母都已经睡下。大门还留着，颜素容轻轻拨开门转进屋。堂屋灯还开着，屋中间的大桌上还留着饭菜，菜用碗倒扣着，掀开碗，菜还冒着丝丝热气。伸手捂住脸，眼泪就不争气地下来了。

本来得意地以为，每天的恶言相向能将世间的温情痛快地杀死。渐渐发现，一切都是徒劳。母亲就不说了，仿佛案板上的面团，任你如何摔打，她都那副模样。父亲时不时流露出来的厌恶和愤怒，一抹微风就能吹得干干净净。

就这样在饭桌边静坐，眼睛直勾勾盯着桌上的饭菜，任凭眼泪无声无息地流淌。那头父亲鼾声如雷，时不时还有母亲剧烈的咳嗽声。这几年母亲的咳嗽是越来越厉害了，特别是夜晚，稍一着凉，就整宿整宿地咳。颜素容带母亲去省城最好的医院看过，还拍了一堆的片子，医院说要住院，母亲坚决不同意，嚷着说地里的麦子要再不收就该霉掉了。颜素容知道母亲是怕花女儿的钱。

颜素容却觉得那是她花钱花得最开心的一次，站在缴费窗口，和母亲心疼的模样不同，她从头到尾都看着收费员在笑。她有时候甚至不怀好意地希望父母能有一场像模像样的大病，然后自己能像模像样地花一次大钱。

既然不愿意想钱是如何挣来的，那就多想想它是如何花掉的。

夜晚依然漫长，失眠如影随形。不敢闭眼，一闭眼就能看见棺材中的自己。面容惨白，仿佛烂掉的时光。

十四

父母的婚事定在冬月初九。

日子是村西傩师看的。好酒好肉招待完，傩师说冬月初九吧！除了不宜动土，诸事皆宜。父亲笑着给傩师敬烟，说就按您的意思，冬月初九。傩师看着父亲笑了笑说：看你娃这面相，头胎该是个男娃。父亲面色大悦，惊奇地问真的假的。傩师拍拍父亲的肩膀说：我看这个，八九不离十。父亲也不知道说啥，只知道傻笑。傩师说真要是个男娃，就让他跟我学唱傩戏吧！父亲慌忙点头，笑呵呵把剩下的半包香烟全塞给了傩师。

迎亲日，秦安顺起个大早，本来准备把院子周围打扫打扫，哪晓得推门一看，雪片正簌簌落着，远处近处都披了一身白。打扫是不成了，干脆把雕刻谷神剩下的半截木头做个山王吧！这样可以一边干活，一边看看父母的婚事。

面具一上脸，秦安顺乐得开了花。

师傅没有看错，果然是个好日子，晴空万里，艳阳高照。

父亲实在是没法按捺住自己的激动，一早就站在院子里咋咋呼呼。这头才吩咐完几个洗菜的，那头又开始张罗砌灶烧水。其实这些事情，人家管事早就吩咐下去了。

看见杀猪匠挎着篮子进了院，父亲赶忙迎上去递烟。指指院墙下躺着的肥猪，父亲得意地问：如何？杀猪匠点着头说真肥啊！怕有四指的肥膘。父亲瘪瘪嘴，摇着头说我看不止吧！展开右手在杀猪匠面前晃晃说：起码一巴掌。

杀猪匠看着父亲笑笑，无奈地点了点头。

午后，太阳刚打斜，迎亲队伍就回来了。

母亲骑在一匹矮瘦的骡马上，长途跋涉没能掩住她的不知所措。这可不比出趟远门，出门再远也有回转的时辰，嫁为人妇就不同了，永远都回不去了，从今往后，就只能在另外一个屋檐下生活了。

骡马横在院门口，按照规矩，新媳妇双脚不能沾地。二姑搬来一条凳子放在骡马前，回身找父亲，父亲还站着屋檐下傻笑，双手搓捏着衣服下摆，笑呵呵看着骡背上的新媳妇。

哎哟！你个呆货，来背你媳妇进屋呀！二姑冲着父亲喊。

哎哎！父亲应着，慌不迭跑到骡马前，原地转了一个身，弓着背往后移。步子大了，屁股"杵"到了骡马腿，骡马没给新郎官好脸，闷哼一声，一抬腿，父亲身体笔直地飞了出去。院子里立时响起密集的笑声。

秦安顺拄着锉刀，笑得没皮没脸的。

拜完天地，二姑对父亲说：从今以后，她就是你媳妇了，你要如何待她。

父亲摸摸后脑勺，说：就好好待呗！

二姑问：如何好好待？

父亲憨笑：好好待就是好好待咯！

秦安顺取下面具，用手抹了一把脸。他对眼前的热闹实在有些嫉妒了。

雪开始变大，还夹着风，呼呼在院子里打着旋。远处山脊变得异常肥硕，浑圆的曲线顺着山梁去向很远的地方。最持久的还是空寂，村庄现在很难见到活着的物事了，特别是落雪的时节，连猫啊狗啊都蜷在窝里不挪身。

实在丢不下那头的闹热！扣上面具，秦安顺大声喊：娘唉！今天你大喜，儿子给你唱一段，就当给你的嫁妆了。

亲朋好友，听吾一言：
开船向东，河水畅通；
开船向南，顺水下滩；
开船向西，路有河溪；
开船向北，路无阻隔。
打花鼓，造花船，相呼相唤一时间。
金童玉女前引路，从此以后不回还。
船夫摇桨开船去，嫁入夫家享安然。
夫家娶了乡村妇，其实莲池女神仙。
洞中方七日，世上几十年。
夫唱妇随懂孝悌，百年之后又成仙。

父亲在酒席间穿梭着敬酒，母亲坐在西边新房的婚床上，眼睛规规矩矩盯着一个地方。

回转来，雪更大了，天空乌青着脸，惨白的乡间在风里头摇摇晃晃。

咧嘴笑笑，秦安顺跟自己说：唱哪样唱哟！没人听得见，狗日的秦安顺唱给狗日的秦安顺听。

十五

桌上一张解结牒，白纸黑字。

牒据大中华贵州省修文县蛊镇傩村住居奉道投词，焚香秉烛，酬恩天地，解结消怨。今有信人颜素容言念：多生累劫，因物蔽而气拘；积孽成冤，恐因仇而执对。祈神恩解，今将犯条，逐一开列于后：

信人颜素容，或犯怨天恨地、呵风骂雨、裸露三光、践踏五谷、污秽水府、烧毁山林、毒杀鱼虾、毁坏桥木、拦截要路、愤怒师长、欺神灭像、捏讼挑唆、破人婚姻、杀害生灵、辱老欺幼、凌孤逼寡、损人利己、阴恶阳善、谋人财产、秽污字纸、见善不为、知过不改、谩骂愚人、越井越灶、贪酒悖乱、讪谤圣贤之罪，以上条款，详载分明。尊奉上天好生之德，牒请灵官速诣天曹地府、水国阳元，囚禁素容之魂拷治。去处即与信人颜素容名下所造前孽，大小过愆，无分轻重，一一解释。仍将结怨文卷，一一焚化，星火奉行，须到牒者。延寿仙姑、翻冤童子照验施行。

谨牒。

抓起纸片看完，颜素容问："还有没有其他罪名，都给我安上。"

"实在想不出来了，"秦安顺擦了一把鼻涕说，"能想到的都在这上头了。"

"再加一条吧！"

"啥？"

咬着嘴唇想了想，颜素容说："还是算了！"

把傩公面具从箱底取出来，仔细擦拭了一遍，对着颜素容扬扬，秦安顺说："消灾延寿这是大事，一般的神灵做不来，只有他老人家有这本领。"

接过面具，颜素容仔细打量了一番。不愧是傩中之王，没有一般小鬼的刁钻古怪，也不似山王菩萨那样死板规矩。每根线条都恰到好处，碰撞离散之间，呈现出来的是威严、愤怒、嗔怪和宽让，奇异的线条，将一个面具勾画得生动复杂。

颜素容坐在一张太师椅上，双目紧阖。开坛前，须得去掉身上脂粉、首饰这类身外之物。素颜的颜家姑娘脸色有些泛白，头发简单捆成一束马尾。秦安顺愣了片刻，面前的姑娘又变得熟识了。

伏羲附身，手里镇魂灵牌往桃木桌上一掼，大喊：翻冤童子、延寿仙姑何在？

一举目，一男一女两个素衣人立在颜素容两边。

伏羲朗声宣诵：

大中华贵州省修文县蛊镇傩村具保信人颜素容。设坛投词，焚香秉烛，祈恩求解，运星赎魂，请茅替代，禳关度厄。信人今于岳府十二太保神员案前，委伏羲代吁恩宥罪延龄事：窃维祸淫福善，上帝严彰瘅之条；削咎延龄，下民切祷求之愿。凡兹人世峡祥，悉属圣神降鉴。恭维贵司，职司坤府，位隶东藩。为亿兆之骈幪，掌生成之主宰。兹有信人颜素容者，偶因五行运舛，遂致二竖为殃，突于甲申年七月初三得染（不详）灾星。谊属葭莩，情殷桑梓，伤心惨目。爰纠志于同里人中，异口同音，共呼恩于贵司案下。伏乞鉴兹恳祷，愿上天播仁慈于赤子，增寿算于信人。信人故沾再造之恩，必将顺天应时，惜命如金。今请翻冤童子、延寿仙姑移文换案，以求释罪消怨。

诵毕，两童子移步过来，捧起桌上解结牒，径直出门去了。

卸下傩面。对面椅子上的像是睡过去了。桌上的两对白烛烧得吱吱乱炸，火星左冲右突。坐下来，秦安顺抹了一把额头，全是汗。是快离开的人了，一场傩戏下来，人都快虚脱了。抖抖索索摸出一支烟，凑到烛火上点燃，椅子上的发话了。

"完了？"

吐出一口浊气，秦安顺说完是完了，不过三日之后才见回音。

"你信吗？"秦安顺问。

"我不信。"回答得很果断。

"不信你还让我唱。"

"就是因为不信我才让你唱，"颜素容抿抿嘴，"真灵验了我就信了。"

撑起身走到门边，入眼是厚厚的积雪，门口干枯的紫荆树格外肥厚。不远处的荒地里，一只觅食的野兔走走停停，踩出一串蜿蜒的白窝。

"你没说惹了啥子灾星，我在告词里头没说。"秦安顺说。

"有关系吗？"椅子上的问。

"当然，病根病根，不知根本，如何延寿？"

抽抽鼻子，颜素容说："上天不是啥都晓得吗？我啥病他会不晓得？除非他眼瞎了。"

秦安顺没接话，踩着雪出门去了。

虽说是深冬，还是有雾，白雾，匍匐得很低，远近的山峦都缠了一条白色的腰带。老棉鞋在雪地上踩出嘎吱嘎吱的脆响。头顶上的乌鸦越聚越多，而且来得很快，总是走着走着，一抬头，就乌云压顶了。

选的终老之地在婆娘娃娃的边上，秦安顺曾经花了好几天时间研究这个位置的朝向。正对过去是河谷，岸上有高耸的巨石，几块巨石叠在一起，拼出一只活灵活现的金蟾。按理，这该是好地。但眼界再宽阔些，才发现四下蜿蜒的山脉刚好是条盘踞着的大蛇，蛇头高昂，盯着河岸上的金蟾，一动不动。

要命的是，金蟾压根就没察觉到危险。

懂点风水的都晓得，这是死地。

翻来覆去想了好多天，秦安顺还是决定就这里了。婆娘娃娃在世时，自己十里八乡唱傩戏，一年难得有几天落家。等过去了，他不想再离得远天远地的了。一家人凑在一处，起码能扯扯闲谈。

死地就死地吧！换个地头，风水再好，孤魂野鬼一个，有个卵意思。

站在娃娃墓前，秦安顺伸手抹去墓檐上的积雪，透骨的冰冷。

"我就要过来了，"抬头看看头顶那片叽喳的乌黑，秦安顺接着说，"也许今年，也许今天，也许明年，也许明天。"

"你为啥不给你自己唱个延寿傩呢？"身后一个声音问。

回过头，颜素容站在雪地里，搓着冻得通红的手问。

十六

父母新婚才两天，秦安顺就把伏羲傩面请回了木箱。

新婚第二天清晨，母亲起个大早，站在水缸边发了好一会儿呆。她嘴角挂着浅笑，侧脸看了一眼新房，脸就红了，低头舀水时，脸都差不多浸到水缸里了。父亲起得晚一些，接过母亲递来的洗脸水，脸上挂着坏笑。

两个人就相对着笑，那笑格外隐秘。

笑容很快被爷奶起床出门的脚步声踩碎了，母亲脸瞬时阴了下来，一副被无辜欺负后才有的委屈样。父亲则抓起水桶出门挑水，脚步少了平日的沉稳和矫健，两条腿像被泡软的粉条。

秦安顺摘下了面具，他有点不好意思。

这时院门嘎吱一声响，东生两口子转了进来。

两口子坐在一条长凳上，不住地叹气。

"啥事说啊！"秦安顺对颜东生说。

"唉！我家那死姑娘，怕是撞了邪了。"东生说。

摸出一张旱烟叶子缓缓裹着，东生接着说："自打从城里头回来，像是变了一个人，摸着谁都没句好话，连我和她妈，天天都给我们脸子看。"

这头说着，那头素容妈开始拭泪。

把烟卷塞进烟嘴，颜东生问：安顺啊！你看这是不是得唱堂傩来冲冲啊？

"唱啥？"秦安顺说。

唱堂过关傩吧！我看她八成是让脏东西缠身了。

摸摸下巴，秦安顺说东生啊！你狗日的癫东了，这过关傩是给十三岁以下的娃娃唱的，给你姑娘唱有个啥子用啊！斜眼看了一眼东生，秦安顺说：不过倒是可以唱堂平安傩。

颜东生说你是说打保福？

秦安顺点点头。

颜东生笑着说那好那好，这出肯定有用。

旱烟都未及点上，颜东生站起来说那我这就回去准备准备。斜眼瞥了一眼凳子上的老婆子，沉声吼："你他妈屁股里头拉出胶水了，扯不脱了？还不走？"

走到院门边老婆子低声说："我看姑娘那模样，不是唱堂平安傩就可以蹚过去的。"

说完抽抽搭搭走了。

两口子出门不久，颜素容从屋后转进了院子。

"他们来找你干啥？"颜素容问。

"让我给你唱堂平安傩。"

"你答应了？"

"答应了！"

"谁让你答应的？"颜素容怒气冲冲地问。

摊开两手，秦安顺说："我咋说？说你们就别操心了，打保福对你姑娘没啥用的？"

"今晚翻冤童子会回来，到时候你在屋外等着。"秦安顺说。

早早胡乱吃了点饭，秦安顺实在忐忑，来来回回在院子里忙了半天，啥都没做成。最后干脆拉把椅子坐在屋檐下发呆。

黑夜快来的时候，天空开始落雪。

夜变得潮湿。

面具上了脸，先在东南西北四个方位做了简单的拜祭，然后开始迎神。

手中灵牌往桌上一拍，唱：

一堂法事已周全，不敢重言喝神仙。

童子请坐金交椅，仙姑请坐莲花坛。

金交椅上宽心坐，莲花坛头受烛烟。

听某三声灵牌响，烦请二仙降人间。

唱罢，抓起灵牌连拍三下。

放眼门口，只见着翻冤童子，不见了延寿仙姑。

心头一震，秦安顺手中灵牌当一声掉在地上。

愣愣看了一阵，秦安顺问：无解？

灵童摇摇头，走上前，双手展开一面白色绢布，上书：罪怨消，寿已尽。

看完，秦安顺抢步上前，对着灵童一鞠躬，慌张张说：能否示明归期？

灵童无话，转身走了。

脱下法衣，卸下面具，秦安顺缓缓移出门来。颜家姑娘蹲在屋檐下，看着远处一汪黑。雪还在落，簌簌的，软软的。

"不用说了，我晓得的。"声音和夜一样潮湿。

"不管咋说，试过了的。"秦安顺抽抽鼻子，接着补充，"不过罪怨已经了了。"

接着是黑夜里长长的沉默。

"安顺叔，烦劳你拉条板凳过来，我脚蹲麻了。"

拖条长凳出来，两人坐下来。相互扭头看了一下，没见着彼此，都是黑乎乎一张脸。

好久秦安顺才说："我这就是哄鬼的，你千万别信。"

"我信。"颜素容很坚定，"我真信！"

半弓着身子，双手挂在膝盖上，颜素容忽然问："叔，你走之前还有啥想头没？"

歪着头想了想，秦安顺说："我啊！想去趟省城。"

颜素容嘿嘿笑笑，说："我陪你去。"

第二天，雪停住了，此刻晨曦刚刚驾临，傩村的天空显得格外高远。一老一少踩着厚厚的积雪，走在幽寂的山路上。老的走在前头，一件深灰色的老棉衣，头上戴个老棉帽，他走得有些急，像是前方有着等待捡拾的宝贝；姑娘在后头，踩着前头的脚印走，这样省了不少力气。

爬过垭口，就能见到通往山外的大路，手搭个檐棚往远处看了看，秦安顺回身喊："怕要快点哟！错过这趟车，就要等到明天了。"

后面的弯腰喘着气说："慢点噻！饿痨痨的干啥？"

山脊上的笑着说："我饿痨？你娃些刚出门的时候，比谁都饿痨，恨不得长双翅膀飞着去。"

客车进了站，秦安顺忽然觉得，从傩村到省城的路好像变短了。

八岁还是九岁那年，秦安顺跟父亲来过一次省城。父亲挑着两筐鸡鸭蛋，在崎岖的山道上爬行了两天一夜，才到了省城。卖掉鸡鸭蛋，父亲领着他走进一家小面馆，要了一碗豆花面。呼啦啦吃完，父子俩就踏上了回家的路。省城留给秦安顺的印象，除了杂乱的房屋和交错的街道，就剩下一碗豆花面了。

跟着人流从车站出来，颜素容说我带你去城中心逛逛吧！

秦安顺摇摇头说："我就想吃碗豆花面。"

"你跑三百多里大路，就是为了来吃碗豆花面？"颜素容说。

站在车站大门口，看着往来的人群和高大的楼群，秦安顺感觉到前所未有的慌乱。人太多了，肩撞着肩，脚赶着脚，洪水样地四下奔涌。摸着脑袋左顾右盼了好久，最后他无奈地说：我找不到当初吃面的地方了。

实在是找不到了，那时的四维不见了，高大的建筑遮蔽了他的双眼。

沿着街道走了好远，还是没寻着一处卖豆花面的店家。

扯扯秦安顺衣袖，颜素容说要不我请你吃顿火锅吧。

秦安顺说火锅就算了。颜素容说那我打个车带你去市中心，那里有最纯正的豆花面。

"我们回去吧！"秦安顺眼巴巴看着颜家姑娘说，"我有点喘不过气来。"

归途格外轻松，道路两旁堆积着厚厚的积雪。

呼吸顺畅了，胸口不堵了，像刚从激流里脱身。

颜素容侧眼打量了一下身边的乡下人，她摇摇头说：没见着你这种进城的。

直了直脖子，秦安顺说你不晓得，人老了就怕挪窝，人脸一生，就慌乱了。

"那你说城里好还是乡下好呢？"颜素容问。

几乎没有迟疑，秦安顺说当然城里好了，要不你们咋个脚跟脚地往城里跑咯？

十七

好久没见着父母了，秦安顺有了念想。

雪正在消融，山前山后都在流泪。这个时节啥都做不成，枯冷不说，关键是不利索，一抬腿就是水，庄户人这个时候都喜欢把自己关在屋子里，掩上门，围一炉火，思量些远远近近的事，或者就啥都不想，拉把椅子靠在炉火边打个盹，让日子在朦朦胧胧里流走。

套上面具，秦安顺有些惊讶了。

那头也转进了深冬，雪也在融化。

一家人围在炉火边，秦安顺扫了一圈，还有村西的杨三婶。母亲坐在三婶的对面，捧着一只鞋垫，针线在布面上起起伏伏。

三婶眼神怪怪的，看看母亲，又看看父亲。父亲目光转过来，正撞上三婶，看见三婶的浅笑，慌忙移走了。

开始吧！三婶看着母亲说。

母亲脸唰一下红了，停下手里的活，眼睛朝奶那头看。

奶一脸的笑意，过去把母亲手里的鞋垫接过来，嘴朝里屋努了努。母亲站起来，把一缕头发撩到耳根后，红着脸瞟了屋角的爷一眼。爷是过来人，会了意，站起来抖抖衣衫说：屋里头憋闷，我出去透透气。

看着闪出门的爷，奶笑着骂：老东西，一点都不懂事。

三婶旋过来，上下把母亲打量了一遍，问：好久了？

母亲低着头小声答：三个月吧！

点点头，三婶说：三个月的话，那就能摸出底细。说完把母亲拉进了里屋。

秦安顺这才晓得三婶来家的目的。

三婶可不是凡人。据说有一晚梦见药王菩萨，传了她许多治病救人的本事，第二天翻身下床后，就成了傩村唯一的赤脚医生。三婶的绝招是摸子。啥叫摸子？傩村的媳妇们有了身孕，就会请来三婶，两手在肚子上跑上几圈，就知道娃娃发育得好不好，胎位正不正，脐带有没有绕颈。

母亲怀孕了。

没多久，三婶笑呵呵从里屋出来，掸掸衣角，对母亲说：好得很，个子大，位置正。

"产期呢？"奶慌忙问。

"明年六月下旬吧！"

心里咯噔一下，秦安顺明白了，自己在母亲的肚子里。

踏踏声从里屋传出，母亲转出来，先给三婶道了谢，又回到凳子上坐下来，仰头对奶说：妈，你积下的那些布头都拿出来吧！我做两套小衣服，再缝几张尿片。奶笑吟吟点头说要得要得。母亲说完，又低下头开始纳鞋垫。

屋里光线不太好，母亲眼睛离鞋垫很近，她纳得很慢，每一针都走得规规矩矩。

蓦然，母亲霍地抬起头，眼睛朝秦安顺这边扫了过去。就这一瞬，母亲的目光在秦安顺的位置做了异常短暂的停留，虽然短暂，但秦安顺还是察觉到了。他坚信，就在那一刻，母亲肯定看见了他。

"妈！"母亲喊了一声奶，目光又四下扫了一圈。

那头奶和三婶正聊得欢快，听见母亲的喊，奶转过头问：干啥？

迟疑片刻，母亲摇着头说：没啥！

定了定，母亲喃喃自语：怕是我眼花了。

一个激灵，秦安顺不由自主抖了一下。他站起来，慌慌逃出屋子，在屋檐下卸掉面具，半边身子倚在门框上，大口大口吐着气。

屋顶上的雪融掉了，水滴啪嗒啪嗒敲击着檐坎下的石板。

一堆乌鸦站在门口的紫荆树上，焦躁地跳来跳去。

母亲的眼神让他清楚了自己一直在找寻的那个神迹。按说，各有各的时序，各有各的经纬，不同时空在那一瞬被接通了，这就是一种明明白白的暗示。

伸个懒腰，傩村的傩师有了难得的舒展。

午饭刚过，二婆来了。

大大咧咧进得院来，看见秦安顺坐在屋檐下笑，二婆就骂：小狗日的，娶媳妇了？乐成这个样子。

秦安顺慌忙给二婆让座，从屋里倒了一碗茶递给二婆，笑呵呵说：二婆，你看我这岁数，拿娶媳妇的钱买口棺材怕更实在些。

上下打量一番，二婆说：乱说，你看你这身子骨，硬得像块石板。

"黄泉路上无老少！"秦安顺应。

挥挥手，二婆说：不说了，我让你给我编的筛子编好了？

编好了，编好了，正准备给你送过去呢！秦安顺说完从堂屋把新编的筛子拿出来递给二婆。举着筛子看了看，捏了捏捆扎密实的边圈，二婆朗笑着夸：巴适，小狗日的编得巴适。

指指秦安顺，二婆说我这几个孙子里，现在就你对二婆最好。

秦安顺慌不迭点着头说：当然当然，因为其他几个都死了好几年了嘛！

二婆瘪瘪嘴，看着秦安顺说：二婆家里还有几块老腊肉，改天我给你洗干净切好了送过来。顿了顿，二婆又说，你一个人冷锅冷灶的，不想做就到二婆家来吃。

秦安顺看着年轻的二婆，点了点头。

撑腰站起来，二婆：你狗日的不要一天一个人窝在家里头，四下看看走走，要不脑门上都长青苔了。

要得要得。秦安顺说。

我走了。二婆提着筛子往外走。

走到院门边，秦安顺在后面说：二婆，你不是喜欢我那小磨吗？

转过头，二婆说是啊，你那小磨磨的面最细，比我家那套好使。

那你改天找两个人搬过去吧！秦安顺说。

二婆眼睛瞪得大大的，说：你舍得？

秦安顺点点头。

真舍得？

秦安顺用力点了点头。

十八

今年风雪特别密，第一拨刚化掉，第二拨就脚赶脚来了。也是深夜，远处近处的灯光都歇了，只有风雪还没有歇，在暗夜里相互追打。颜素容也没有歇，拉条凳子坐在屋檐下看落雪。手里的纸烟忽明忽暗，风一猛，烟头就怒目圆睁；风一过，火星便垂头丧气。吸了一口，大门嘎吱响了，颜东生披着衣服站在门槛边说你是雪地里头出世的吗？半夜三更还在外头吞雪喝风。颜素容也不回头，恶声恶气说你挺你的尸，少管我。颜东生嗤一声，说老子才懒得管你。说完折身进屋去了。没多久，大门又嘎吱响了。这次出来的是老娘，把一件棉衣递过去，说外面冷，你披件衣服吧！刚转身准备走，颜素容说你过来，我和你摆几句龙门阵。老娘过来刚准备坐下，颜素容又说你去睡吧，跟你没啥好讲的。

老娘返回里屋，照例有一场恶吵。

"晓得是这样子，当年生下来就该两脚把她踩死。"老爹的恶毒在不断升级。

"去啊！你去把她踩死啊！现在踩死也不晚啊！"老娘呜咽着喊。

快了，就快了。颜素容觉得。

等到硬直的那一天，老爹老娘会召集三亲六戚，四邻八寨，请人超度一下，割一口薄皮棺材，随便挖个浅坑，棺材往里一撂，覆一层薄土。站在丑陋的坟堆前拍掉手上的尘土，长吐一口气，心头默念：这个祸害算是滚蛋了！

然后该吃饭吃饭，该下地下地，该打呼噜还打呼噜，就像自己从来没有一个叫颜素容的女儿。死亡带给颜家的没有伤痛，没有悲苦，只有百年难遇的轻松，仿佛又回到土地刚下放的时候，就差欢呼雀跃和奔走相告了。

手机忽然响了，短信，内容很简单：最近还好吗？啥时回来？姐妹们想你了。

鼻子一酸，按了一行字：这里下雪了，好大的雪。

想了想按了退出键，那行字变成了草稿。

然后呆坐，一直坐到天色微明。第一次看到黑夜和白昼的交接。先是朦胧的一层浅白，雪的映照让那层浅白有些耀眼；然后那白开始膨胀、扩充，原先那些还残留着的灰黑被驱赶得无影无踪，大地亮了，清晰了，像块洁白的棉布擦拭过积灰的镜面。

好奇妙的感觉，在那座遥远的城市，几乎忘掉了晨昏，甚至感觉不到四季的交替。

披上衣服，她踩着厚厚的积雪向远处无边的雪白走去。

得赶快出去走走，也许这是自己这辈子见到的最后一场雪了。

雪还在落，不过小了许多。雪片掉进脖颈里，能感到丝丝的冰凉。

远远看见秦安顺的房子，静悄悄伫立在透白的天光中，仿佛一个安静的老人。

颜素容觉得，屋子里那个人怕是天底下最舒坦的一个了。认认真真沉浸在自己编织的幻觉里，用一张张老旧的面具打发所剩不多的时光。

不过，有那么一刻，短暂的一刻，她居然相信了秦安顺能通过面具看到另外一个世界。

思绪杂七杂八，不知不觉走出了老远。一片松林，顶着厚厚的积雪，屈膝弯腰。靠在一棵松树上，颜素容摸出手机，她想给自己拍张照片。

该笑一笑，调整了半天，那笑都硬得要死。

十九

日子进入夏季，傩村的雾气散去了，又到了晾晒老人的时节。

照例唱傩戏，都快成化石了，还记得那些唱词。

混沌初分浊与清，元皇正气毓全真。
内含太乙冲和道，外现文元宰辅身。
保举科名同殿试，权衡嗣续应民祈。
自从周始随机化，货币纲常阴骘深。
…………

歌声飘飘荡荡。实在是难得一见的闹热。

秦安顺把锄头横在新翻出的泥土上，坐下来燃上一支烟，眯着眼听远处忽高忽低的歌声。

最多两天，墓坑就能完工了。接下来还要选一些方正一点的石块，垒坟用。墓前得种上一株紫荆树，要是运气好能碰上开两色花的就更好了。还得种上一圈小叶冬青，这样才叫有了门庭。

挖掘墓坑真是个体力活，不过还好，累了可以和婆娘娃娃说说话，或者给老婆子唱段傩戏。眼下时间最要紧，得赶在六月前把该摆布的摆布好。把该忙的忙完，能腾出点时间去和寨邻们说说话，去附近的山林里走走，再拿出一天的时间好好看看太阳升起落下，那就算没啥念想了。

站起来抓起锄头，秦安顺看到了傩村最通透的一片天空，没有云彩，一丝丝都没有，瓦蓝色，仿佛一面浆洗得干干净净的蓝棉布。

秦安顺忽然发现，盘旋在头顶的那群乌鸦竟然全都消失了。

壬申年六月十八。

夜静悄悄的，秦安顺躺在床上，气若游丝。他的萎谢让床边的颜素容大感不解。前几日还神清气爽，短短两天，就如同昙花般凋谢了。

本来今晚她没准备过来，想着该和父母好好吵一架。这些日子不断的努力，母亲都流露出了难得的厌恶，她觉得应该再接再厉，巩固已有的战果。一晚无觉，起来梳洗完，正准备给吵架找个切口，忽然想起前两天秦安顺跟自己说：想吃顿新鲜肉。

几乎没想，她就奔镇上去了。

割上肉回来，她就直奔秦安顺这里来了，进院喊了两声没人应，进屋一看，秦安顺躺在床上，一脸灰白，像块被快速烘干的鱼片。

"我去喊人！"她对秦安顺说。

刚准备掉头，秦安顺喊住了她。

"还走不了。"秦安顺艰难地露出一抹笑。

"我能做点啥？"颜素容问。

"让你爸把墙脚的那架犁铧拿走吧！他惦记好长时间了。"顿了顿，秦安顺接着说，"烦劳你给我两个儿子打个电话，号码我写在大门上了。"

说完伸手指指屋角的矮凳，矮凳上放着一张伏羲傩面。

抖抖索索戴上了面具。

灼人的喧闹，母亲痛苦的叫声从厢房那边传过来。

三婶高喊："热水，把烧好的热水端进来。"

哎！奶慌张地应。

三婶又喊："用力，用力，就快了，就快了，对对对，就这样。"

接着是一声清脆的啼哭。

摘下面具，秦安顺露出一窝浅浅的笑。

天气稍稍有些好转，两个儿子把秦安顺搬到院子里。阳光不算朗照，遮遮掩掩。

躺在椅子上，秦安顺闭着眼，额头上一片灰白。

恍惚间，又见到了那两个人，一般高矮，一般面相，额头凸大，下巴尖削，挂着青髯。

两个人立在秦安顺身边，安安静静伫立着。

抹抹额头，秦安顺自己站了起来。走出院门，门口那棵紫荆树又开花了，淡蓝色花串，依旧有蜜蜂在嗡嗡飞。此刻的傩村，呈现出难得一见的景致，淡黄色的光芒铺满了远近的山石林木，有着巨大翅膀的飞鸟在无垠的蓝天上滑翔。

途中又看见了爷奶，急慌慌赶路。

爷脚步慢了些，奶就吼：快点嘞！回去给孙子熬米粥。

不紧不慢赶着路，傩村很快被抛得远远的了。回身，能听见大人呼叫小孩子的声音，还有狗吠。

很快傩村不见了，不远处那片平整的开阔地上，依旧有人围着火堆在跳舞。

一炷檀香两头燃，下接万物上接天。

土地今日受请托，接引游子把家还。

··········

纯正的归乡傩。

秦安顺情不自禁移过去，一个人递给他一个面具。

接过面具戴上，双手一抬，秦安顺大喝一声：哒，左右神灵听我言。

立在远处那个干瘦的黑袍人忽然开腔了：哎！回转不？

秦安顺没理会，横空戳出一指，朗声喊：归乡游魂站面前。

··········

二十

按照秦安顺大儿子的说法，父亲应该是在午后走的，当时小儿子说有风，过去给父亲盖床毯子，毯子上身了才发现，傩村的傩师走了，走得了无声息。

葬礼结束那天，两个儿子挨家跪谢，谢完回来清理秦安顺的遗物，对着一大堆傩戏面具犯了难。

两兄弟商量，说都是父亲生前的命根，那就给他烧过去吧！

正在院子里烧得烟雾缭绕，颜素容进来了。

"干啥？这是。"

"我爸唱戏的家什，烧过去给他。"大儿子答。

颜素容弯下腰，在一堆傩脸里头翻翻拣拣。

最后她掂起来一个。

伏羲氏。威严中透着慈祥。

"这个给我吧！"

夜晚，颜素容躺在床上，看着窗外一轮弯月，她突然哭了。回乡后第一次 为另外一个人哭。哭够了，也哭累了，不过还是没能睡过去，扭头看见了梳妆台上的那副乌黑的面具，探身拿过来，慢慢套在脸上。

天光一下煞白，落日的余晖从窗户挤进来。

屋外一个声音在喊。

"颜素容，你个砍脑壳的，天都黑了，还不回家吃饭。"

（原载《人民文学》2016年第9期；

获2018年第七届鲁迅文学奖、第七届贵州省文艺奖一等奖）

姚 辉

银子岩

窝棚

银子岩东面的石壁上，刻着一幅比较潦草的窝棚图。数一数，那杉木搭就的窝棚大致由二十九道划痕组成：尖顶，有些歪斜。一根黑木支棱着，逼出四望茫茫的天光。棚上，盖着些杂乱的老麦草——或许也可能是茅草，以及其他什么。窝棚正面高悬一细篾窄帘，很破旧的样子，微卷，经不起太多遐想。然后，你会看见窝棚左侧伸出来根长竹竿，上面挂个黑乎乎的东西，人说是个铁风铃，仔细一看，还真的就是个风铃。铁打的叮当声，似乎很疏朗，也或者，很密集。

谁也说不清这窝棚图是谁刻在岩壁上的，也不知道刻凿的具体时间。但很久很久以来，银子岩黑黢黢的岩影上就日复一日地颤动着这幅嶙峋斑驳的窝棚图了。喜欢捻着白须半闭着双目说话的许不疾老夫子常说："窝棚图？那可是上了麻河县县志的，那也是上过不少书的。前些年还有不少人专门跑来，撅着屁股在银子岩上反复拓印那图呢。"

许不疾老夫子的樟木箱底里，就存着一张古旧的窝棚图拓片。

已经过去了八十多年，许不疾老夫子仍记得送拓片者说过的那些含含糊糊的话。那是些什么含义的话呢？许不疾老夫子捻着白须想，想了又想。

银子岩下，斜着一大溜弯曲的街。

许多年前第一个在银子岩下小土包上搭窝棚的那人，肯定是很难预见到而今眼目下这一片人烟袅绕的场景的。

这片街叫望前街，是麻河县大岗乡政府所在地，计有三百零九户人家，三十六种姓氏，一千六百多人丁（许不疾老夫子喜欢把人口叫作人丁）。为啥叫"望前街"？望啥子"前"？许多人都会对了问询的人木然地一笑。许不疾老夫子也总木然地笑笑，但笑得好像颇有些值得笑的深意在焉。

望前街有九个大姓，曰：赵钱孙李余夏胡张许。许不疾老夫子的姓氏按人丁数排在倒数第一。"但我们许家是最早落籍在银子岩下的，有祖坟山上的碑刻为证。"许不疾老夫子说。许不疾老夫子最近身体有些微恙，他信不过那些花花绿绿的西药片，便自己去山坳上扯了些草草药熬着喝，好像渐渐喝出了些许名堂来，话音间，总闪着点绿油油的野意。

许不疾老夫子快一百岁了。"银子岩上的窝棚图好像残了一块，是被黑鸟啄的吗？望前街的人可要留心了，窝棚图还会残下去的……"许不疾老夫子接着说。

"我要把那成卷成卷的白云，选一些刻在银子岩上去。"许不疾老夫子又说。

窝棚图上方的岩壁上，镀着一道凛冽的晨光。

赵大黑在银子岩下的枯草丛中找寻着什么。草深且乱，赵大黑找寻着，显得有些伛偻。

赵大黑是望前街的首富，长得虚胖了点，半张脸也常露出五十元人民币浅浅的色泽来。前些年，赵大黑和他的两个儿子开了家理发店，独门生意，好做，又兼卖点散酒油盐茶烟、糕点之类，渐渐就有了不少积蓄。积蓄到了一定时候，赵大黑瞅个空，一猛子扎到县城，带了几个袅袅婷婷的按摩女回来，就又重新打下了一方香艳的天地。他家的霓虹灯是望前街最早的霓虹灯，他家后檐下田角里扔弃的口红套子及其他什么也是极为嫣红姹紫的……时不时，一个咧着嘴从霓虹灯下闪出的年轻人被他母亲一把死死揪住，再被一片声的骂过街角，赵大黑就站在二楼的阳台上，就着灰暗的天光，打一个饱嗝，再扬一扬手中也学得骂咧咧的鹦鹉，将半盏绿茶，慢慢嚼进肚里。

……风，卷过银子岩。杂草丛里的人影，一晃一晃，似被抹了层薄油在上面。赵大黑抬起头，看见了不远处的二儿子赵好。

"找什么蛇皮？蛇毛都没得一根！"赵好说。

"给老子再找！"赵大黑说。

那就再找。

"爹！爹！这里有长蛇蜕的皮壳……"一个声音尖尖地从岩头边撞出来，是大儿子赵浪在喊。

赵大黑很高兴，很是高兴。拨开杂草，赵大黑和赵好爬到赵浪身边，张了眼，向岩头上望。

一张窄窄的蛇皮，正被风声斜钉在窝棚图右侧的石凹缝里。

木剑

钱二喜欢把胖胖的身子搁在竹凉板沙发上，听戏。

听老川戏。"咿呀"一声，铜锣在悠长的咏叹里打着旋，钱二搔搔头皮，瘦手舒卷，将望前街的黄昏，叩出一片合辙押韵的颤响。

钱二跟着影碟机在唱：

一群黑蚁嘛过九州，万只黑蚁哟起高楼。

凭谁试问那黑蚁事呀？浊酒一杯就说沉浮。

据说这剧目叫《黑蚁传》，是清初传下来的戏了。戏很老套，一副才子佳人悲欢离合之类的旧貌，但因为有了一窝黑蚁为戏中事作见证，调子便牵心扯肺的，有些抓人，与平素听惯的川戏有着绝大不同。而且，《黑蚁传》的故事据说就源自望前街所在的麻河一带，所以当地及周遭的人大多能哼上几句，但也大都哼得很零碎。

钱二对此戏却是倒背如流，可以唱全本，唱得也丝丝入扣。钱二是个戏篓子，杂七杂八的，篓里什么戏都装一点，然后，再装一点。而据说钱二唯一一次在望前街的元宵灯会上上台表演川戏，唱的就是这出《黑蚁传》。

钱二唱《黑蚁传》时，手里捏着柄木剑。

木剑微弯，是榆木做的，剑柄上刻着道粗粝的蛇形纹。

其实《黑蚁传》原剧情中是没有木剑的，但钱二认为该有，满世界找了又找，还真巧，一场大雪压塌了山墙外的牛圈，钱二便从扼断的牛圈梁上找来了这把难辨来由的榆木剑。

剑很趁手，沉沉的，攥在手里，舞一回，仿佛那一声声咿呀，也被舞出花来了。

剑气荡然，大家齐声喝彩不止。

许不疾老夫子从剑影里，却窥出了许多暗黑的蹊跷。

办元宵灯会出钱最多的人是赵大黑，就是他生拉活扯让钱二登台表演川戏的。钱二和赵大黑是连襟儿，就着一个锅吃过饭，望过明晃晃的太阳。当然，钱二也是在赵家溢彩的霓虹灯影里穿梭得比较多的人——满嘴川戏的钱二，也帮着赵大黑沿山绕水地找过蛇皮，他还真找到过四张非常完整的蛇皮，一张是菜花蛇的，一张是乌梢蛇的，另外两张，都是水蛇的。

赵大黑从初秋一直找寻到冬末，总算把需要的十二张蛇皮找齐了。他要配一服药，十二张蛇皮只是药引子。按照孙医生孙眼镜的说法，找齐十二张当年蜕下的完完整整的蛇皮，再配上他孙家的独门秘药，赵大黑的"尿虚症"便可治而愈之。

赵大黑拎着皮纸卷裹好的十二张蛇皮出门去找孙眼镜时，钱二刚好来到姓赵的霓虹灯下。赵大黑看了钱二一眼，说："我要去药店抓药呢。"钱二说："你去你去，我剃个头就过来。"

钱二剃完头还没来得及直起身子，赵大黑已拎着三大包药回来了，脸色有些黑。"怎么了？"钱二问。"狗日的眼镜！说这药每月必须吃三服，每付吃十天，最少要一直吃十二年呢……"

钱二差点伸出了半根舌头。"那就吃嘛，只要病好就行。"钱二说。

"好个尿！狗日的孙眼镜，想把我熬成老药罐！"

恰好大儿子赵浪从里屋出来，便接了父亲手里的药，说："管他呢，只要能治病，吃十二年就吃十二年。"然后进屋，找药罐熬药去了。

"你说孙眼镜是不是在涮我的坛子，丢我的吊钱，让我上当？"赵大黑盯着钱二的面皮，问。

"可能是，"钱二说，"更可能也不是。"

"呸！你等于没尿说！"赵大黑说。

"但药当吃还是要吃，病在你自己身上呢，别人又替你剐不下来。"钱二又说。

许不疾老夫子总记得那柄木剑中隐含的某种光芒。

许不疾老夫子翻出八十多年前送他窝棚图拓片的人离开银子岩前留给他的几页毛边纸，又一次在纸上，看见了曾被钱二舞得有些怪异的那把木剑。

那人也姓许，却一直未说出自己真实的名字。那时，望前街还被叫作"守银坡"，坡上只有数十户人家，东家做面条西家熬黄糖的，也有些街道的模样了。那人在银子岩上前前后后转悠了三年多，乡人对他早就熟悉了，都叫他"老许"，也大都知道他岩前岩后转悠的目的。看他转悠得久了，有人就打趣道："老许老许，银子从石缝里冒出点叶尖儿来了没？"

老许有些赧然，冲银子岩打个哈哈，就算答过话了。

那时，跟着老许在岩上转悠得最多的，就是十多岁的少年许不疾。许不疾是个孤儿，一个人在岩壁下的草棚里住着，族中虽也有人不时照顾着他，但却少了其他孩童需要接受的种种严格管束，所以就每天跟着老许爬岩。除了爬岩，老许也没有其他更多的事可做，于是就给许不疾讲古，摆龙门阵冲壳子，教他识字。没想到许不疾还真认识了不少字，据说很快地就比守银坡已上了九年学的李明久认字还多，真不知人家老许是怎么教的。

后来，临走了，老许将窝棚图拓片和几页毛边纸交到了许不疾手里。

老许对许不疾说起了木剑之类的事。

"我是在到银子岩的第一个夜晚丢失这柄木剑的。"老许指着毛边纸上的图案对许不疾说。"……我在这里找了三年多了。别人以为我是在找岩隙中的银子，是的，我想找银子，但我更是在找我丢失的木剑。"许不疾看着老许有些戚戚的脸。四周一片静寂，好像有老枭在什么地方，吐吐舌头，啸了一声。

老许说："这是我们家传了很多代的木剑了，它与这座银子岩有关。"

许不疾觉得老许的故事有些无聊。"不就是说银子岩里藏有大量银元的事么？守银坡的人哪个不知道这事？"许不疾说。

"是的，大家都知道，祖祖辈辈都知道，但是没有人能找到那些银元！没有人！已经找了多少代了，没有人能找到！"老许说："除了能辨认清楚木剑上隐含的秘密。"

"你看，这剑柄上有个让几辈人都猜不透的蛇形图案。这是我先祖画的——我先祖最明了银子的事了——虽然与剑柄上的原图没有差别，但你要看过真正剑柄上的图案才会知道它有多神奇——你不管朝哪个方向转动木剑，那蛇信都始终正对着你。"老许说。

老许说："找不到木剑，对不起祖宗，更不消说还有想法去寻那些银子了。我想先回老家去一趟，你替我留心着，看能不能寻着那剑，我会很快回来的。"老许将叠好的几页毛边纸塞在许不疾手中。

草棚顶掉下只虫子来，好像被油灯的火燎地燎了一下。

望前街

望前街被叫作望前街，是民国后的事了。

这之前，这个地段一直被称作守银坡。"守银坡"的叫法源自何年，已不可考。但若说是起自许氏先人在银子岩下搭窝棚不久之后，应当是说得过去的。

许氏先人为什么会卜居于此？当然是为了那些传说中的银两喽。守银守银，守的是一种找到银两的机会，守的，就是银子呢。

首先，当然是要守住那匹高高大大的银子岩。

银子岩是一片绵延峭拔的岩壁。站在望前街头，你必须仰着头转上小半圈，才能看清它的大概来。银子岩当然是比较经得住看的，看久了这白光闪闪的岩石，或许你也会生发出无数的遐思——不过大约所想仍然与那些子虚乌有的银两有关吧。

而许不疾老夫子是从来不会将那成摞成摞的银两乌有化的。他的祖先最早来到这里，在岩壁下的山包上搭出本地第一个窝棚，他们把一种坚韧的守望刻在子子孙孙的血脉里，他们的灵肉中滚动着一大片银子般闪光的陡峭岩石……然后，再有人循着银子的传说聚过来，也在坡头坡脚搭起更多的窝棚。也许，某一天，有人看着四起的炊烟，就随口说，这地段，该有个名字了，既然大家都是冲着那些银子守在这里的，干脆就叫守银坡吧。然后，有人咽气了，酸软的手自银子岩周遭无望的静寂中滑落下去；有人出生，呜哇一嗓子，哭出满天霞彩。你不能说这一切均与银子无关，你不能说因为这纠缠无尽的生生死死，那些银子就应当被忽略，被遗忘，被诅咒，被责难，被唾弃……

更何况，许不疾老夫子还看见了那剑。

是的，他花大价钱从钱二手里买下了那柄榆木剑。

他拿着木剑在窝棚图下的岩壁边，走着。

这是一片谁都熟悉、谁都诅咒过的偌大岩壁。九大姓三百零九户人家、一千六百多人丁，如果加上坟地里腐烂的那些累累骨殖，望前街这近三百年来，已有数万人被银子们缠裹过撕扯过煎熬过伤害过了。

还有那些从外地跑来临时碰碰运气的人，多则数年少则数月甚至数天，他们风尘仆仆而来，在守银坡上安顿好自己的脚步，把自己的渴求混入早就守在这里的人群的渴求中，然后，失望地离开，或者死去。

老许离去已八十多年了。老许一去不回，老许像一个比银子更虚缈的传说，也像是泊在泥泞中的半抹花影，被风一吹，扑地一闪，就消了影迹。

但望前街没有人比老许更了解、熟悉银子岩，他说他是扛着银子岩的秘密前来找寻银子岩的，这个最早拓印窝棚图的人，这个住在许不疾草棚中仿佛一天到晚都嗅着银子岩深处银两气息的人，对银子岩上的每一处鳞缝、每一个洞穴、每一道沟痕、每一丛林木均斤斤计较，知根知底。他曾对许不疾说："山坳右侧岩穴上的那根树很是奇怪！整座银子岩的树林里，只有这一根樟木，且是歪扭扭的。我查看了樟树周围的土、石、山形，又好像没有什么特别之处。但这棵树仍可能真与那些银子有关，至少，可能是指示银子的一个什么标记……"

老许还说："银子会睁着眼睛睡觉，它始终在盯着你，看你诚不诚心，看你脑袋瓜里有点糟糟儿没得，看你是不是会憨痴痴地把它尖刃般的绿焰整熄火。银子会打呵欠，沉在岩石与土层深处，也打，更要打。那呵欠，可能很轻，很微，很细，很浅，你要随时尖起耳朵听着，不得有一丝半毫的差池。你不能随便错过老天可能会赐给你的好运气。"

许不疾听出了满嘴的口水。老许说得有些困了。

老许的脸上，有一缕比较倾斜的天色。

许不疾老夫子用木剑划着自己左臂上的黑皮肉。

皮肉上露出些白白的划痕，但不痛，甚至不带来什么明显的感觉。皮肉已经很老了，皮肉的苍老比岩层有过之而无不及。皮肉苍老得生痛生痛的，而岩层呢？大约，则只能苍老得比较虚无。

许不疾老夫子看着剑柄上的蛇形图案。这蛇，生得的确怪异，身体呈一种反复折叠状的弯，望上去，简直就是一根被扭了几扭的窄纸条。年岁久了，蛇形显得有些残破，所以愈发显出异状来。蛇可能是条好蛇，但藏着过多的猜想，就难免让人犯怵。

是的，你可以清晰地看见那条微曲的蛇信，不论你移向何种方位，那嘶嘶作响的蛇信始终正对着你，正对着你的脸膛凝望，以及隐秘的各种臆想。剑柄上的蛇形图案在许不疾老夫子的手里发烫。好像，整个银子岩偌大的空旷与黄昏都属于那条嗤然的蛇信，属于蛇信之上不倦浮动的云影及斜风。

许不疾老夫子从十几岁跟着老许识字起，就坚持一日不落地记自己的流水账日记。到如今，许不疾老夫子的日记已垒了差不多有小半间屋——许不疾老夫子被天长日久的日子淹着，被一大堆毛边纸、白粉纸、打字纸以及软壳、硬壳笔记本之类撑起的日子硌着，被那些涂涂改改的花红草绿的日子攥着……许不疾老夫子偶尔会独自对着大堆的日记出一会儿神，然后，拍拍日记本丛中的那些尘灰，又把浑浊的目光，朝银子岩一股脑儿地扔将过去。

在老许临走前一天的日记里，少年许不疾记下了"守银坡"改名的事。

老许是在那个黎明找到街长李百乐的。当时，李百乐正蜷在门口的草凳上，吸叶子烟。老许走过去，对街长说："老李，我要暂离开一阵，但什么时候能回就说不清楚了。在守银坡停留了三年多，我感谢你和大家接纳我。守银坡什么都好，就是这个地名欠妥帖。你想，大家祖祖辈辈两三百年聚在这银子岩下，守银找银，结果守到什么了呢？找到什么了呢？只守出了这一条街啊。这街是这里人世世代代一土一石修造起来的，重要着呢。所以我提议把地名改改，至少改得隐晦些好听些，别总是银啊银的惹人笑话。你说呢？我建议改成望前街，"前"虽然也能让人想到银子想到钱，但总还是前方的意思、前途的意思、前行的意思，是吧？你说呢……"

黎明深处突然飞起几只雀鸟。李百乐点了点头。第二天，老许离开了守银坡，从此，守银坡就改叫望前街了。

银子岩的影子有些慌乱。

许不疾老夫子坐在岩沿边，像一棵虬曲的树，手里捏热了那柄沉沉的木剑。不远处，是那棵曾经被老许反复猜疑、查证的樟木。樟木临风，却依旧探出些铁打的静谧来。樟木的阴影卷得稍显松散。

许不疾老夫子左臂上，一道被木剑划出的白痕，正渗出暗黑的血渍……

白马

许不疾老夫子想在银子岩上刻一些白云，由来已久。

刻一些马一样的白云，一团一团的白云，风吹不灭的白云，把祖坟上的空旷撑成白云状的白云。

许不疾老夫子最喜欢骏马状的白云——

对，许不疾老夫子不属马，他那落户银子岩下的一世祖也不属马，虽然一世祖是揣着罗盘骑着匹白马从远方来到银子岩的。

那时银子岩还没有名字。在万山丛中走着走着，一世祖好像听见布袋里的罗盘嘶叫了一声。

的确是嘶叫了一小声。

好像。

一世祖一趔趄滚下马来，拍拍马脚下的土地，流出两行热泪。转过身，他看见了那一溜逶迤的冰凉的白白的陡峭岩壁。

那片白得发亮的白——！

呀！一世祖说。呀！一世祖又说。

"你就是匹银子岩。"一世祖再说。

马在他的身后，也昂首，嘶叫了一声。

望前街刚从一片深深的雨雾中浮起来。

许不疾老夫子为何总是喜欢马，喜欢白云般卷来卷去的马或者马一般的白云呢？

许不疾老夫子常常把梦中见到的那些白云或者白色马匹当作一世祖。近来，许不疾老夫子总有一些恍惚，风一般的恍惚。有时，这样的恍惚宛如一滴水被搁在了松香中，渐渐变硬，渐渐露出圆润的光泽。

许不疾老夫子也在一世祖的墓碑前学着钱二的样子舞过那柄榆木剑。钱二真是个钱二，把剑一舞，就好像减了自己成打的斤两，将自己也舞成了一把瘦剑。狗日的那剑，舞得好，真好。

钱二在《黑蚁传》的腔调里，舞着那剑，四围一声呐喊。你听，铜锣也绞出烈风来，一股劲地揪你肝肺。黑蚁散开。在璀璨的剑光中，黑蚁散成一圈星斗的形状。你看钱二，颈脖甩下半升汗滴。

……墓碑上的字已早剥蚀，可许不疾老夫子是背得出石碑上的所有文字的。银子岩下的许氏一脉由此碑起始，至今已历近三百年。你查查那些黄昏那些黎明，你就知道多少黎明多少黄昏已经被碑石压碎、被碑文刻痛了。

许不疾老夫子舞剑的影子有些好笑，慢，缓，盖过半截即将僵过去的蚯蚓。

望前街一代又一代的人，都知道和传诵过白马的事。

简而言之，就是很久很久前的某一天，某个黄昏，有人看见一匹白马，从银子岩中猝然跃起。那白马，似乎咴咴地嘶鸣了几下，然后，在空中停了好长一刻。

白马似乎有很长的尾巴，那尾巴，时扬时落，划响一大茬纯白的风声。白马的鬃毛在略显昏暗的黄昏里，飘曳，卷动无数耀眼的白光。

看的人越来越多，越来越惊愕——

白马渐渐隐去，宛如一片由银锭打制的特异空旷。张望白马的人突然愣住了，想起银子岩及宝藏的事，遂一片声叫起天来。

"这马是银子岩里的银子变的呀！"

白马融进天幕。

"银子都跑了呀！"

银子岩依旧静着，一种空落落的静，挠心的静。一干人，望酸了时辰，望痛了渴望。

在日记中，许不疾老夫子曾多次提到过银子变成白马的事，有时是慨叹，有时是考证，有时是猜测，有时是否定，有时是质询，有时是失望……在许不疾老夫子或潦草或工整的字迹中，银子岩始终静默如初，它不泄露什么，也不浮现什么，除了那匹属于传说的白马，除了白马眨眼间消失无踪的那种"浮现"。

谁也说不清银子岩上到底有没有真的出现过白马的影踪。

风声总在苍老，但这样的风声，绝不会比升向苍穹的那匹白马苍老得更快。

许不疾老夫子后来将银子岩下的一座无名小土堡，叫作"马冢"，算是给那匹载着许姓一世祖到银子岩的白马定了一处归宿之地。一世祖是个堪舆师，一个特殊的撵山匠。多少年前，他将一只罗盘塞在布袋中，牵一匹白马便上了路。一开始，他走过的山水几乎都难以被称作真正的山水，直到他勒马银子岩前，耳边突然响起了罗盘低低的嘶叫。

罗盘在腰间嘶叫，在白马和空阔的天色间，嘶叫……

他颠下马来，被大片银色的岩影撞了个满怀。他大叫一声，拍响脚下的土地，像个孩子一样，流下了黄土般灿烂的泪水。

白马在他身后，伫立，噙着半嘴汁液四溅的青草。

风铃

在麻河一带，方圆数百里间，是找不到什么风铃的。

窝棚图上的那只风铃，显得很是突兀。我多次去看过刻镂在银子岩上的窝棚图，我还真喜欢那只突兀而并不入俗的铁风铃。

铁风铃悬着，自有铁风铃翻卷的声息。这岩上刻的，大概是许姓一世祖从老家带过来的风铃罢。携着个罗盘，走那么曲折的谁也说不清目的地在哪里的路，如果还要带只铁风铃，就很让人有些奇怪了。

——或者，他就只是带了个风铃之影？

窝棚图上，撒上了些鸟粪，经太阳一晒，劲风一吹，鸟粪就暗成了浅浅的灰色，似银锭上新浮的晕斑。

风铃在鸟粪的浅痕里，静着，仿佛藏着另外的期许。

我是个粗人。从小在望前街长大，认得这街上的一千六百多个男男女女，我在这人丛中长大。我叫夏亦良，平时常喜欢学街上的小媳妇们老嫂子们纳鞋底，或者在布片上绣林林总总的缠枝花纹。我用黑竹制出了望前街的第一支长箫，我吹不成曲调的曲调，然后，把一只翠鸟刻在箫筒上。但我的确是个粗人。

我真的是个粗人。我与赵大黑店里的好几个按摩女打成一片，打得火热。我被所有花朵般的女人唾弃，我的箫声一无是处，但为什么箫声总是婉转、悠扬？为什么，我纳出的鞋垫还能为晨昏垫高几寸额外的艳丽？

我在山野里给赵大黑找寻过蛇皮，那药，他已经吃了差不多十年了。每月三服，每年十二张形形色色的蛇新蜕的完整的皮，你算算这账——赵大黑的药早成了望前街的一件显事要事，谁都知道赵大黑的尿虚症隔痊愈已不远了。蛇呢，依旧在山水间，蜕着它们斑斓多彩的种种皮壳。

我还抚弄过许不疾老夫子的那柄榆木剑，好剑啊好剑，我一把弄，就割破了我的右脸。

我在银子岩上找了近四十年银子。跟着许不疾老夫子找，跟着其他的人，跟着男人找，也跟过女人找。前些年的某一天，许不疾老夫子突然对我和跟在他屁股后面的人说，"我要把那成卷成卷的白云，选一些刻在银子岩上去。"

一群女人在身后发出一阵嗤笑。

一群男人也笑。

可我还是喜欢窝棚图上的那只风铃。我找张铁匠，请他照图给我打一只，张铁匠还真打了。去取风铃时，我送上三只野鸡、一对刺猬、一只穿山甲，再加一斤火酒。送得张铁匠很是高兴。但拎着那只铁风铃的我却绝不高兴。为什么？因为张铁匠打制的，是只哑风铃，任我怎样晃、摆、荡、摇，也呲不出半点儿声响。

看我不高兴了，张铁匠就把三只野鸡递回到我怀里，说，夏老弟，先将就用，我再琢磨琢磨，想想办法重新帮你打一只。

打个卵！打个铲铲！我吐口唾沫星儿，揪开三只野鸡脚上的细棕索儿，断喝一声，放它们飞回了丛林里。

我把铁风铃挂在了银子岩的岩壁上。

挂风铃的时候，很多人都在，许不疾老夫子在，赵大黑在，他野爹的张铁匠也在，但是孙眼镜不在。

孙眼镜不在，赵大黑有些慌神。"听说这孙眼镜病得厉害，可我还须吃几年治尿虚症的药呢。犬日的眼镜，又不把药方给我，你说这叫我咋办？"赵大黑说，"许不疾老夫子也在吃孙眼镜开的药，其他很多人都在吃孙眼镜开的药，你个孙眼镜，病屎个啥？"

我是个粗人，粗人也有粗人的病，我已经早开始老尿啦。但我不知道我的病是什么，我从没有找孙眼镜开过药，我不吃药。我是个粗人，纳鞋底、制长箫，如果孙眼镜死了，我还真想黑着脸腔对着他僵冷的身躯吹上一曲。

我已经对着银子岩吹奏过很多很多次了。

我也对着银子岩虚无缥缈的银两吹奏过许多次了。

我是个粗人，我把铁风铃挂在风与太阳反复淬炼的巍巍岩壁之上——！

风铃突然将银子岩撞出了一片闷响……

毛边纸

老许留下的那几页毛边纸锁在许不疾老夫子的柏木箱底。八十多年了，许不疾老夫子已不知看过了多少次，即使闭着眼，他也能摹画出纸上那柄榆木剑的模样，也可以描画出那剑柄上的蛇形纹。但对另外几张毛边纸上的那些形色各异的文字、符号，许不疾老夫子却始终不甚了了。

那些纸上，有涂来改去的重复多次的天干地支，有星宿之名，有三百年来掠过去的好几朝皇帝的年号，有从各个角度瞭望出的银子岩的种种形状……纸上还划满了种种奇奇怪怪的线，把天干地支星宿之类一锅粥搅和在一起。几张纸之间好像各自独立，好像又有不少勾连。从纸上的字迹、划痕看，有一些是老许留下的，其他的则不知是谁所为。即使老许留的，时间上也有早有迟。几张纸上并未标有排序的字样，你只能反反复复颠来倒去地看，糊糊涂涂莫名其妙地看。

许不疾老夫子知道这些纸与银子岩的银子有关。但到底有什么关呢？毛边纸依旧卷着自己的角，静着，已很老旧了，最窄的那张纸上，还烙着一道虫蛀过的痕迹。

其实，这些毛边纸许不疾老夫子还曾给许多人看过。这些人七嘴八舌地研读着纸上的线条、文字、图像，甚至涂改的种种印迹，然后说出千百种离奇的设想、臆测。一些人说说而已，一些人则悄没声地去一一查验，证实。八十多年了，在这样杂乱而常新的猜测与设想中，银子岩能够翻挖的地皮已不知被翻挖过了多少遍，岩前岩后的那十多处洞穴，也空竹箩筐般，被人们爬弄得寸草不生了。

余老幺家原先也住在望前街，可刚解放不久，他父亲就将家搬到麻河左岸那座废弃的水碾坊里。碾坊被整修一新，石碾滚一天到晚转着，碾米的人临走时，留些混着糠末的米做工钱，也有带几个米粑捎半斤腊肉或者三两个鸡蛋鸭蛋的，余老幺一家人的日子，过得也就还算滋润。

余老幺总在水碾坊后边的巨石上，刻着画着什么。

从麻河左岸的水碾坊看过去，银子岩显得格外劲峭，宏阔。有时，飘几缕薄雾，则更见出大岩的奇秀来。银子岩与银子有关固然好，银子岩与银子无关也还是挺耐看的。是不是呢？很有看头的样子。

星宿在天，光芒里散布几多亮闪闪的冀望。此刻，如果俯身麻河，你所看到的星宿可能又展开了另外的漾动。星宿在银子岩黑黝黝的岩廓之上，忽隐忽现，偶尔，几只萤火虫飞过，星宿似又露出了不少试图暗藏的笑意。

也许，银子岩，值得找一种另外的方式和角度，去打量。

麻河曲折。余老幺刚从麻河的水波中撑起身子。他喜欢夜泳，脱得光叉叉的，咚一声插进河里，吓走一干鱼虾。余老幺搅乱了麻河深处的星空。一颗星，蜷在他肚脐眼之下，闪，像某年巧遇的某件趣事。

余老幺在麻河的星空里，好像觑见了许不疾老夫子那些毛边纸上弯曲的某种印痕。

最近二十多年来，许不疾老夫子已坚决不给别人看他压在箱底的毛边纸了。"狗日的纸，哄了老子一生！"许不疾老夫子有些切齿。

"但我不能毁了它！这是老许的。他走了八十多年了，走得无踪无影。但你说不清楚老许什么时候突然就又回来了。回来看他的纸，找他的木剑。老许若回来，我当然首先要交给他那把榆木剑，这是他离开五十多年后钱二从被雪压塌的牛圈堆里找到的，我花了大价钱买过手来。我要给他说，我在看钱二唱川戏舞那柄剑时悄悄抹了大把的泪。我看毛边纸上的木剑看了五十多年，终于看到了那把真正的木剑。之后，我又对着毛边纸上的木剑将手中的榆木剑看了近三十年。近三十年呐，老许若真的回来，我还会对他流上几回泪……"许不疾老夫子暗暗地说。

三天前，余老幺在望前街街头看见许不疾老夫子，似乎觉得他年轻了不少。快一百岁的人了，许不疾老夫子走路一跑一跳的，头发老长，乱乱的飘着，之间插着几小茎白发。胡须也老长，也黑黝黝的，也飘。

"银子精！"余老幺说。

"黑银子精！"余老幺对着许不疾老夫子一跳一跳的背影，说。

水碾坊后山上的那块巨石，矗在几棵虬曲的老柏下，有些神叨叨的，有些背阴。

隔三差五，余老幺总要乘人不备地，在巨石上刻着画着些什么。

余老幺大字不识一个，却有着过目不忘的惊人本领。十多岁时，被父亲赶去学过两年石匠活，没学上几日，便凿图刻字地很能在石头上敲打出点名堂。后来，遇上个算命先生，说："你学不得石匠，你是做水上活路的命，去扳船吧，去打鱼吧，去找条泥鳅做小老婆吧。"于是余老幺就不学了。

但石匠手艺却基本凿在了骨子里。

余老幺在碾坊里设了个香火位，供财神。去碾米的人见了，也拱手拜拜。财神爷笑眯眯的，好像对谁都一样，都很好。

敞开碾坊门，财神爷笑眯眯对着的，仍是那一溜明晃晃的银子岩。

看上去，银子岩依旧，总凸出些起起伏伏的样子。云粘在岩壁上，偶尔也曳出些许白马状的轮廓。

望前街挤满了凌乱的房子，时常堵了人们张望银子岩的视线。如果真有什么白马，从碾坊看过去，的确会真切、实在得多。

日子宽阔。夜色遮掩漫漫麻河。

在麻河的波澜中，余老幺裸着，挤窄星空，把一抹灰色的身影，系在麻河的岸石及银子岩迢遥的身形之间。

余老幺要把这些漫长宽阔的日子积在身上的尘垢与血汗气狠狠洗濯一回。

他在渐渐泛白的弦月下，搓足，洗头，涮面皮上越来越弯的皱纹，揉清水边隐隐作痛的肋骨，刮臀侧的旧伤，甩裆下那条黑黑乎乎的劲道欲望，涤夜风中猝然跃动的几声长长吆喝……余老幺像是把一整条麻河捆系了身上。是的，他要尽情地洗濯一回——在靠着水碾坊活命的这些年岁里，他瞅空子东刻一划西錾一划，今天总算凭着记忆，将许不疾老夫子那几页毛边纸上的图文及其他所有墨痕全刻在了碾坊后的巨石上。

巨石上镂刻的星宿此际大约也浮上了微斜的苍穹。

"你藏起毛边纸也没用了，许不疾。那些图、文，就是要被阳光照着，被雨淋着，被这夜的星月盯着，被风吼着……"余老幺把头扬出水面，又接着吆喝了三两声。

石灰窑

那年春上，胡年禄在银子岩背面的坡麓上建起座石灰厂，烧石灰。那时，石灰金贵，望前街及附近的人修房造屋，大都需要石灰，胡年禄的生意做得很是红火。

胡年禄与许不疾老夫子是隔壁邻居，许不疾老夫子和胡年禄的祖父穿过连裆裤。胡年禄的父亲是个独子，孤儿，人哑，体弱，老被人欺负，许不疾老夫子便总是替他撑撑挡挡。胡哑巴三十多时，许不疾老夫子将一个逃荒到望前街的外乡女人撮合给哑巴做了媳妇。许不疾老夫子出钱，出粮，找人工，将胡哑巴破旧的房子修整了一番，两个人就过起了小日子。一年多后，胡年禄出生，名字还是许不疾老夫子起的呢。又过了小半年，女人悄没声地，跑了。

又过了十五年，胡哑巴也死了，留下胡年禄赶山吮水地长着，长得粗壮，像一根鼓突着绿色的松，让人欣喜，惊愕。

本来胡年禄是可以多读些书的，他学习好，听话，满街人张罗着给他筹粮凑钱，供他上学。可高中只读了一年，胡年禄就自己退学回家了，任谁劝他骂他，也绝不再回去上学。"我自己可以养活自己。"胡年禄说。死劝不听，惹得许不疾老夫子也差点挥起赤铜烟杆打他。

胡年禄跑外面闯了几年，回到望前街，就和乡政府签了份合同，去银子岩后山上建石灰厂了。

大锤震得岩响。石灰窑里吐出杂色的烟雾。鸟被什么呛了一下，缩着身子向山脊外滑去。

小货车们将白白的石灰拉到四面八方。

"你小崽子是不是就想到银子岩挖银子？"许不疾老夫子说。"别去做梦了！做你娘的没心肝的梦！"许不疾老夫子还瞪圆了双眼说。

银子岩上的云霭开始多起来。云团中，有白马，时而也有黄马，或者漆黑的马，也有花乎乎辨不出确切颜色的其他什么马。马静着，或者扭着腰身，或者飞，霹雳一般狠跑，或者让风扯乱蹄迹，或者，冷不丁，乱扔下一网发白的雨滴来，马蹄般，敲四散的群山。

麻河的水声里，从此，似也总是裹了不少云霭之气。

没多久，胡年禄又在石灰窑旁添了三座砂石厂。砂石厂背后，他找人建了个山神庙。山神庙后有一个毛狗（狐狸）洞，洞口微张，像一只老鸭嘴。胡年禄时常在洞口外静坐，望远处的天色，望银子岩背阴处越变越远的季候。

偶尔，有毛狗远远地踩着草叶潜过山麓去——

许不疾老夫子和满街人一天天看着领着人敲山叩石的胡年禄。从石灰窑到沙石厂，据说里面都有胡年禄暗中留给乡里某些领导的足够利润。银子岩肩背之后的肉与骨被撕扯掉了不少，胡年禄一天到晚忙碌着，忙得像只吱吱叫的耗子，背后被人骂，当面，就照单接受着无数人灰扑扑的笑意。

"你可能真会把岩石中的银子挖出来。"收了胡年禄好处费的乡领导对他说。胡年禄连声道："岂敢岂敢，借您的福分赚几个汗水钱，还要仰仗您多多关照呢！"

望前街的黎明被银子岩朝街口外推远了半寸。

……人们在麻河下游四十多里外的石滩边，寻到了余老幺的尸体。余老幺是那夜被突然暴涨的河水卷走的。暴雨从银子岩那边猛地直倒过来，将星空撕得粉碎。卵石被卷得老高。余老幺刚起身跑几步，就被狼一样的大水扯走了。碾坊后的巨石上，大雨稀里哗啦，余老幺当天刚刻完的那些文字、图案之类，摊在大雨中，也好像嚎了一整夜。

安葬完余老幺后，许不疾老夫子随人去他住的碾坊看了看。许不疾老夫子发现了余老幺刻在巨石上的那些东西。他大吃一惊，"这个余老幺啊，简直是个精怪，竟然刻清了那几页毛边纸上所有的玩意儿！"站在水磨坊门前，看着远处的银子岩，许不疾老夫子一下子明白了余老幺一家搬离望前街的缘由——"没有哪个地方能比这里更能清清楚楚地看清银子岩的一举一动一草一木了，天！这家人，硬是守着这座水碾坊监视了银子岩几十年哦……"

远远地，银子岩默然伫立。

胡年禄也站在那块字痕遒劲的巨石旁，发呆。

日记

我是个粗人，但许不疾老夫子最喜欢让我去翻看他长年累月留下来的那些日记。

我花了很长时间，将许不疾老夫子的那小半屋日记一一码弄清楚，再按时间分一年三四册的用麻线钉好。看着我整理日记，许不疾老夫子总是显得挺乐呵呵的。他给我逐年讲述那些发生在望前街的杂事艳事闲事卵事。有时，他把事情记岔了，我就翻开日记提醒提醒他，他点点头，默一下，然后说："日子还真是拿来被忘记的呢，这狗日的日子！你把它记下了，可你还是得忘记！"

我的确只是个粗人。去银子岩胡年禄的石灰窑上干活，干着干着看上了在窑上煮饭的杜小苗，就整天找空子猴她。啥"猴"她？就是缠喽。猴得被人瞧不过了，一天夜里便被人蒙头暴打了一顿。我的左眼被打瞎了，打瞎了就打瞎了，少一只眼就少一只眼，但我要找胡年禄扯皮。我是个烧石灰的粗人，不知道谁打的我，我只能找石灰窑老板。街里街坊的，胡年禄也不含糊，赔给我几万块钱。我腰里别着几斤钱去找杜小苗，她就哭了，抱着我哭了，说要管我一辈子。我把钱交给杜小苗，然后把她带回家。刚落屋，她说要回去接父母过来看一看，做一做主，就回去了。杜小苗一去就再没回来，后来一问，才知道她其实早就没爹没妈的。她拐走了我的瞎眼钱，也还是没爹没妈怪可怜的。所以我也没再想去找她，也没向人说起被骗的事。时不时，有人约我做做生意，说你有钱呀，你那钱卧在家里又不下崽，一起做做生意吧。我就说，不做了不做了，钱正要下崽呢。

我只好是个粗人了。我陪了许不疾老夫子那堆日记好多年，陪得挺不错的。有一回，胡年禄找到我，让我替他送点东西去县城，我就去了。去了才知道送的是几张照片，啥照片？许不疾老夫子日记的照片，共七张，装在封好的大信封里，有些模糊，一看就是偷拍的。收照片的人叹口气，说："许不疾老夫子的日记真是堆宝呢，可惜看不清楚！"我是个粗人，我就说："宝个屎，那一大摞一大摞全是我用麻线订好的呢。"那人就来了劲，一定央着要我带他回望前街找许不疾老夫子，而且塞给我三百元钱，让我别说出胡年禄偷偷把照片送给他的事。我是个粗人，想着许不疾老夫子一大堆日记冷冰冰堆在屋里没屎用，就答应了。

可当我领着那人到许不疾老夫子家说清那人的来意时，却被许不疾老夫子骂了个狗血加猪血淋头。

银子岩把暗影一遍遍烙在各种转瞬即逝的风声上。

这一年多来，许不疾老夫子已不记日记了。"我可能隔死不远了，还记啥呢，记了也没用。"许不疾老夫子说。

许不疾老夫子偶尔也仍旧会显出某些恍惚来。他还在说要把一些白云刻到银子岩上之类的话，真是好笑。我是个粗人。真是好笑至极。日子真是宽阔，芜杂。但你总可以在许不疾老夫子那一大堆日记里，找到银子岩白花花的种种光亮，找到麻河上飘落的种种混着鱼腥味的水花，找到望前街上生老病死的种种炎凉以及苦乐、企盼、迷惘，找到可以写进县志的诅咒，找到那种悄悄伸向小媳妇肚腹的慌乱的手势……

翻看许不疾老夫子的日记，我的确了解和记住了那八十多载寒暑中不少细微而真切的光景——

八十多年里，赵家和许家共计争执、冲突过四十七次，其中，械斗十一次，共计死四人；伤十六人，十九人入狱——缘由全都是为了找那传说中的银子岩的银子；

八十多年里，钱家和孙家发生过三十二次纠纷，三人入狱，十四人流落异地——缘由除一次是因为钱家悔婚外，其余全都是为了找那传说中的银子岩的银子；

八十多年里，李家与余家发生冲突四十四次，死三人，伤六十六人，入狱三十六人——其中三次是因为争坟山地，其余全部都是为了找那传说中的银子岩的银子；

八十多年里，夏家与胡家发生冲突十五次，伤三人——全部都是为了找那传说中的银子岩的银子……

八十多年里，望前街九大姓间的其他小的争执、冲突数不胜数，除大量的起因仍源自银子岩那传说中的银子外，也还存在其他一些引发争执的根由及情形。比如某一年，原住街头的许不疾老夫子家被夏家欺侮，被赶到麻河边的一只旧船上住了半月。还是许不疾找了个仗剑的袍哥主持公道，才又重新回到老屋居住。还有一年，张家的一头黑牛被一个陌生的行脚客当作神灵，在张家牛圈前烧香叩头地弄了大半个月，惹得四处乡民竟相赶来朝拜，最后引发与外乡人的纠纷，大打出手。

当然，许不疾老夫子还记下了望前街及麻河一带的许多变迁。土地承包时谁暗中做了手脚，把好田好土划到自己名下；荒山拍卖时谁用一个按摩女疏通关节，让乡领导在漏写多项条款的合同上顺利签了字；还有，这条街是怎样一户叠一户堆起来的，谁家在山墙上多装了两扇窗户，好一年四季详细看银子岩和银子岩上空怪异的云朵，谁的祖父是被自己的私生子用铁铲打死的……如此等等，均被许不疾老夫子一一勒在了纸页之上。所以除了我夏亦良，许不疾老夫子还真没有让谁看过他的日记。"敢让看？我这可能是在挖望前街一些人的祖坟，也是在挖自己的祖坟呢。敢让谁看！我要把他们一把火烧了！"许不疾老夫子说。

"烧不得呢。烧了，就好多人都找不到先人板板了。"我是个粗人，我说。

我呢是个粗人。我真不知道胡年禄那七张黑乎乎的日记照片是怎样整弄到手的。

窝棚图

孙医生孙眼镜估计是真要死了，他让人去找赵大黑。

赵大黑来了。孙医生摘下眼镜，看赵大黑，眼里滚出几颗泪珠来。

"赵老板，我死以后，您可别咒我哟。"孙眼镜使劲笑了一笑，说。"哪里哪里，哪敢哪敢，要感你的恩呢！我们很多人都要感您的恩呢！——您扶伤救死，您治了我快十二年的尿虚症……"赵大黑说得眼圈泛红。

"您知道我们医生行的一些小规矩，赵老板。我死后，我孙子会将药方交您手上的。"孙医生说。"拜托您照顾照顾我那憨孙子，孙某在此先行拜谢拜谢！拜谢拜谢！"孙医生又说。

赵大黑点了十好几下头，点得头都有些晕了。

第二天，果然，孙医生孙眼镜，就死了。

早些年，孙医生的儿子儿媳得了怪异的杂症先后死去，只留下一个痴呆儿子孙小元。孙医生肩不能挑背不能驮，幸好能帮人号号脉，扎扎针灸，或者配制几服草草药，于是拉扯着孙子算是把日子过了下来。近几年，日子当然是越过越好了，孙医生开了药店，找来一男一女两个二十来岁的年轻人帮衬着。男的叫莫小牛，女的叫黄翠芽，两人都很踏实，也是自家亲戚，干啥都不推辞的。

但孙子孙小元始终痴呆着。

孙医生早把自己的后事一一安排停当了。所以孙医生刚一落气，他请好的总管余木来就照他写就的单子逐一安排起了相关事宜。孙医生把自己的丧事安排得周到细致有板有眼的，的确很像个丧事的样子。

孙医生丧事刚一结束，总管余木来就宣布孙小元与黄翠芽择日成亲以冲孙家丧气。这当然也是孙医生早就安顿清楚了的。人们就摇摇头，然后点点头，说这个孙眼镜，还真有些眼镜本事。

赵大黑得到了孙医生安排孙小元转给他的药方。呸！什么药方？一纸道歉信呢。赵大黑先是双手在桌子上狠捶了一通，然后坐下，把前三后四认真捋着想了想，他不得不转怒为静，竟十二分佩服起孙医生来。

他真的不好诅咒孙眼镜孙医生什么。

风很高。

赵大黑站在银子岩下，扬眉，看着那幅斑驳的窝棚图。

"赵老板，您多担待，你大人多大量！我的确骗了您十多年。可我也的确没有收过您半分昧心钱……"刚钻土的孙医生在"药方"上，似乎细声细气地在说。

事情说来也简单，孙眼镜知道自己得了绝症，活不过多久，就想替憨孙子孙小元的未来做点筹划，他选上了赵大黑。

不想孙医生还又活过了十余年。面对赵大黑，他可真是越活越焦虑啊。当时孙医生之所以选上赵大黑，一是因为他有钱；二是那些年，赵大黑也有些邪乎：开按摩店，大把赌钱，和好几个弄姿的女人不干不净；两个儿子也赌，也总对人横眉竖眼僵出副要败家的样子……孙医生和赵大黑算是远房亲戚，他知道，一旦自己闭眼走了，他最有可能扯来照看孙小元的，恐怕就只能是（或最好是）赵大黑。而且赵大黑说什么，在望前街还是作得了些数的。也是碰巧，那段时间，赵大黑突然生起了莫名其妙的病，去县里市里找医生看了很久，均未奏效。一天，赵大黑到孙医生店里，说起生病的事，孙医生就帮他切脉，切了大半晌午，切去切来的，很是正式，周全，切完后啊呀一声，连连说：

"啊呀啊呀，啊呀，你得了尿虚症！"

……刚死去数日的孙医生很真诚地在向赵大黑致歉。在信中，孙医生说，这十余来年赵大黑花在他店里的所有药钱，他已经单独打进了一个专门的存折中，他的孙媳妇黄翠芽会亲手交给他，一分一厘也不会少。而且，赵大黑当时虽然没得什么尿虚症，但身体的毛病还是不少的。他这十余年给赵大黑开的药，主要是用于固本培元，祛邪扶正，健心旺神。当然每过一段时间，他都会根据赵大黑的身体情况换换药单子，让赵大黑体泰气畅，保持活力。"所以，"孙医生说："我摸着良心说，我给您赵老板配的药，绝对值得起您赵老板这十多年来花的每一厘一毫。但是我仍然有愧于您！我骗了您十余年，让您顶着个尿虚症的恶病名，活得不清不净，我向您鞠躬致歉！所以我要把你给我的药费，一厘不少地还给您，赵老板。"孙医生还说自己顶着祖宗的牌位保证，自己的这次"欺骗"绝对只是想与赵大黑续好交情，让他可怜一下自己这个可怜的远房亲戚，让他看顾一下自己可怜的孙子……

赵大黑仿佛又看到了孙医生孙眼镜临死前见他时那盈满眼眶的泪花。

"至于让您去找十二条蛇当年脱的蛇皮，那是因为那些年你一家三爷崽总是在银子岩四处转，找银子，常被大家嗤笑，我是给你家找个合理的大幌子呢。"在纸上，孙眼镜孙医生还说。

是的，在望前街，在而今望前街这所有相信银子岩里埋着大摞大摞银两的一千六百余人丁中，像赵大黑前些年那样疯狂翻岩爬坎找寻银子的，的确不多。赵大黑是望前街的首富，按说早不缺什么银子了，可他仍带着两个儿子及还未成年的四个孙子在银子岩上日复一日七上八下地找着。据说，两百多年前，一个道士先生途经银子岩，呀呀唱出一道咒语，然后在岩壁上贴了道神符，说："甲子翻破四遍，山里将滚出姓赵的银子……"赵氏祖宗将道士的话记在了族谱上，好像神符也被描了下来，存在宗祠里，赵氏子孙，好像也就自定了是银子岩里所有虚叨叨的银子的真正主子。

两百多年了，别人在找，赵家人更在找——祖祖辈辈找，没到时辰也找，道士可能也有心误嘴误的时候吧——更何况，别人找也像是帮赵家在找，是吧。

赵大黑和父辈一起，和儿孙一起，在银子岩上摸爬滚打了近六十年，他当然要找那些银子。尽管望前街有些人早已对银子怀疑了，对找银子的事淡心了，但赵大黑一家必须坚持找下去，必须把两百多年前道士点亮的那一苗小火一口气接一口气地吹燃成一支火炬。况且，赵大黑祖上已三代单传，到他这一辈，望前街姓赵的已只剩他这一家了。

——啊，好像始终有人在对赵大黑他们赵家说着什么。

鸟影掠过高远的苍穹——

"……山里,将滚出姓赵的银子……"

银子岩上的窝棚图,的确被风雨蚀了不少。

孙眼镜孙医生在纸上说,他听见赵大黑一家第一次按药方要求(卵的个药方你个锤子药方——赵大黑暗哼了一声)——在银子岩上的窝棚图边找到蛇皮时,他也大吃了一惊。他觉得道士的话快要应验了,靠一张被荆棘挂出几处小孔的蛇皮指引,银子正在找它破壁而出的道路。银子就快要找到了啊,他替那些在岩层里憋了几百年的银子们高兴,骄傲,自豪。"它们就要掀开崭新的一页,走上开放的美好前途,迎接新的纪元和新的明天,谱写出更加辉煌的华彩篇章!"孙医生承认,他这话是从报纸上抄来的。当时,对着赵大黑送来的那条从银子岩上找到的蛇皮,他很是激动,激动得实在找不到更正确的话来表达他的心情,幸好他平时爱学习,爱进步,爱关心国家大事,爱看报纸,所以他很幸运地在报纸上一个非常显眼的地方抄到了这段话。

"你难道没有看出岩上的窝棚图每年都有些细小的变化吗?"孙医生在纸上,说得极为慎重。他说:"我虽然死了,但我相信银子岩的银子只与那幅窝棚图有关。我替人看病,我也在替山水看病,替银子岩看病号脉呢。赵老板,除了骗你患了什么尿虚症那次,我对各种脉象的把握还是很准的,是不是呢,乡里乡外,我是有口皆碑呢。我是没有福分见到那些白花花的银两了,赵老板赵亲戚,请您可怜可怜我替我照顾一下我那可怜的孙子,也请您不要忘了去紧盯着银子岩上那幅窝棚图,它正在变破变烂,但它肯定会说出银子岩的古老秘密。到时候,也请您代我孙眼镜认真看一看那些姓赵的银子,赵老板——那些老银子,至少也快三四百岁了吧,赵老板,我想我们就喊它们几声老祖宗也不为过呢,你说呢,赵老板。我们是亲戚,我也该喊它们几声祖宗的!喊它们几声祖宗哦,赵老板……"

太阳渐斜。

银子岩上的窝棚图,浸了点淡淡的晚霞,暗红暗红的,像谁抹在唱川戏的钱二阔脸上的半缕猪肝之色。

马冢

马冢上,长着三五根歪歪斜斜的老柏。柏树尽头,还有一根板栗树,是根寡公子树,从来结不出什么栗子状的东西。然后,是三根青冈树,抱成一团地乱长。一到夏天,青冈树叶上全是密挨挨的毛毛虫,看得人头皮紧缩,毛皮傻痒。

这个被叫作马冢的小土坡,当然是还没有被叫作马冢之前就有了的。可某一天,小土坡被许不疾老夫子叫作马冢的事一传开,有些人心里就涌出不少新的想法来。

许不疾老夫子为什么盯上了这座小土坡?为什么一定要把这座小土坡当作他许家一

世祖所骑白马的埋骨之地？"马冢"里有马的什么？差不多三百年了，"马冢"里还可能有着与白马相关的什么？

小土坡那时属望前街街尾的黄大狸家所有。于是，黄大狸总留了只眼睛在许不疾老夫子身上，想从许不疾老夫子的一举一动中，睨出他的用意，了解被叫作马冢后，这座小土坡可能出现的变化，或者可能引发的变化。

青冈树叶上的毛毛虫又蠕动了好几茬，似乎，马冢，还是小土坡既往的老样子。

许不疾老夫子已经去马冢烧过十五次香了，每年一次，但每次去的日子都不相同，有时是初一，有时是十五，有时又是初九，或者二十一。有一年，是个马年，许不疾老夫子去马冢烧香时，就特地选了个马月马日，而且弄得十分隆重的，请了两个道士做道场，祭奠那匹久老的白马。

鞭炮声里，旗幡飘拂，道士的唱念声亦呜呜地升起在半空中。两拨响器班子敲锣打鼓地围了马冢，一圈又一圈，转。——事前，许不疾老夫子是专门到黄大狸家说明了情况的。许不疾老夫子说，差不多三百年了才祭祀这第一回，因祭祀是在您老黄家的地盘上，所以恳请您予以大力支持。另外，许不疾老夫子还请韩石匠磨制了一块刻着"银子岩白马之冢"的石碑，拟嵌在黄大狸家荒土坎垮塌的缺口上，"算给您们家的土坎子补个缺"，也一并请黄大狸家支持支持。黄大狸一家认真商量了一下，找不到什么不能同意的理由，就笑着支持了。

于是，小土坡上多出了一块石碑，多出了一行被石头和望前街人念叨和记住的字。石碑静穆，等再过些日子，又快到青冈树落叶的时候了。

老许终于再没有回到望前街。已经八十多年了，谁也不知道老许的归宿。现在，很多人已完全不知道望前街还曾出没过一个叫"老许"的人，这个不知来自何方的人，在银子岩上转悠了三年多，留下几页毛边纸，丢掉一把榆木剑，走了。说好要回来的，可是终于，老许还是没能回来。

"刘副乡长，我想把你在窑上的股份再往上提提。"坐在石灰窑边，胡年禄对戴着副黄边眼镜的刘副乡长说。

刘副乡长没有吱声。他将一片窄石块扔向另一边的毛狗洞，扔得偏了些，与洞口大约还隔着十余米远的距离。

刘副乡长每次到石灰厂、砂石厂检查工作，都要远远地比划着朝毛狗洞扔几次石块，偶尔扔中一次，就咧出半脸笑意来，油晃晃的，晃。

没吱声就算是吱声了。

胡年禄了解刘副乡长的脾性。刘副乡长也是望前街上人，叫刘比，比胡年禄大一轮多，估计也干不了多久了。从小，刘副乡长就没少随父兄们在银子岩上摸爬。银子岩真是匹银子岩，是远远近近多少人心目中一壁高耸入云的盼头。没米下锅了，菜里没肉少油星了，人们举个头，看看银子岩；没烟烧了，没媳妇煨脚了，人们举个头，看看银子岩；打牌输了，少给赵大黑店里的按摩女钱被骂了辱了，人们举个头，看看银子岩。酒酣耳热的人看着，饥渴难忍或揣着满腹病症的人也看着；老得只剩下两瓣黄牙的人看着，刚学会走路就被摔得鼻青眼肿的孩童干嚎着看着；男人看着，女人也看着，有的泪汪汪看着，有的视若无睹地看着；垂死的人看着，偷了一支雪糕走到街角处自己扇了自己两下耳光的小青年看着；有的在黎明看着，有的在黄昏或者疏星朗照的黄夜深处看着；有的横看着，有的竖看着……银子岩可真是匹银子岩啊——刘副乡长还是没吱声，俯身，又捡起一块鸟状的石头，远远地，朝毛狗洞扔过去。

银子岩，挡了一小半缓缓下坠的天光——

马冢上的柏树，摇响翠绿的风声……

黄翠芽早将孙医生孙眼镜临终前明确还赵大黑的钱一厘不少地退给了赵大黑。"这是故人之意，我就不再推辞什么了。我不能辜负了孙医生的这份心愿和他的嘱托，我要把这些钱记挂在我们孙赵两家的情分上。我会尽力帮助照顾你和孙小元两口子的，我发誓！我对银子岩和银子岩下马冢边孙医生的墓发誓！"看着手里颤抖抖的存折，赵大黑湿了眼，对黄翠芽说。

孙小元和黄翠芽的儿子出生时，赵大黑张罗着替他们庆贺了一番。人们呼儿嗨哟闹腾着。胖胖的儿子睡在藤编的睡篮里，突然醒了，喜鹊般尖声哭起来，小雀雀滋出一道细细的白尿。

一条菜花蛇，正从刻着"银子岩白马之冢"的碑石边，静静爬过……

银子

许不疾老夫子好像已很久不做梦了。可在这刚入冬的某个夜晚，他却突然梦见了漫天大雪，梦见了一个被雪反复缠裹的迷迷糊糊的人影。

望前街的这个冬天有些泥泞，冷雨飘了好多日了，不大，却烦人地始终飘着，像一些说不完的口水话。银子岩在冷雨中，似乎往什么地方斜过去了一丁点。

近几年，县里文化部门的人来找过许不疾老夫子好几次，说他那些日记对研究乡土文化历史很有裨益，希望许不疾老夫子能够提供帮助，让他们从中整理出一些有价值的精华东西。

许不疾老夫子一直未予答应。他初时记日记，是听从老许的要求，主要是为了让自己记认更多的字，学点有用的东西。后来就写上瘾了，每天不去纸上堆几个字，就浑身痒痒。当然，毕竟许不疾老夫子识字有限，所以也堆得不多。即便渐渐的堆得多了，许不疾老夫子仍是在实打实地记着周遭的人和人们平实的日子。终于，日子堆成山了，堆成银子岩坚硬的某一角了，一些晓得这堆日记的人开始把它当回事了，许不疾老夫子却觉得有些心慌。

只有夏亦良翻看完过这些日记。夏亦良把这些日记订成了一本本厚厚的册子，日子也似码放得齐整了不少。夏亦良是个忽而痴呆忽而聪颖无比的人，是个即使说了很多话也会被人不当回事的人。夏亦良瞎了只眼，但他很细心，你看他装订的那一册册日记，就像厂里印制的好书，看上去，很好，露一副很感人的样子。

天突然下起了大雪。大雪下了整整十三个昼夜，簌簌簌簌，把一些反复超越了大雪的遐想及翘盼揉进鹅毛般的银白中，光灿灿的，逼人眼目。

许不疾老夫子喜欢夏亦良守在日记册子旁的那份静穆样子，好像自己度过的那些日子，转眼间就转进了夏亦良的骨血中，荡出不少吱吱呀呀的回音。

夏亦良说，我是个粗人，我记住了我可以记住的，我已经把理当记住的东西忘记了一小半，我没有办法记住或忘记更多的东西了。我是个粗人，我该怎么办啊？

雪落在马冢的四面八方，落得马冢也仿佛想要飘起来，学学雪片迎风招展的各种样子——雪落在数百年来冰凉依旧的坟墓上——马冢泛白，大雪从柏树枝丫上捋下一只陈旧的鸟窝，看那些拼拼凑凑的棍棒、泥，或者碎树叶，掉落一地。

雪停的时候，许不疾老夫子还在反复不断做着与雪有关的梦。许不疾老夫子说出了他在梦中经历过的迷糊的种种影迹。夏亦良听了，说："什么梦？不梦见点好一些的东西，做些什么废梦啊，一点尿意思也没有。真的，没什么像样的意思，还不如不做梦。"

但梦还是在继续做着。

银子岩在雪的光芒里，酣卧，打着哈欠，白茫茫的哈欠，蛇一般盘来绕去的哈欠，也是昼夜喧嚣与静寂不断交错的哈欠——哈欠有着风一样卷动的轨迹，闪着幽光，跑过山峦以及风雨挟裹过的各种奇迹……

现在是太阳下的银子岩。冬阳也筛下层薄薄的温暖。雪开始融了，山河之间，留下雪意斑驳的痕迹。有人坐在水碾坊的巨石边，看雪融成水，簌然，自余老幺刻下的那些石痕里划过。余老幺刻的那些字、画之类，盖了层灰黑的腐叶，有些地方早长出了青苔，那青苔们，已经绿过，又枯过几回了。

放眼望去，正在融雪的银子岩，更是光可鉴人，再经这暖阳一照，就照出银锭般瑟瑟的几多神采。

那日，夏亦良在马冢下拾柴火，看见赵大黑从银子岩下过来，手里理着些什么。待近了，再细看，原来是几张老蛇皮。

夏亦良迎过去，说："赵老板，还找蛇皮做什么用呢？""唉——"，赵大黑说："吃惯了孙医生那药，一旦不再吃了，觉得浑身不得劲，人呢燥得慌，所以找一些蛇皮，熬水喝喝呢。""不怕喝出什么新病来？"夏亦良问。"不怕，怕个屎，老蛇皮呢，先消消毒，整几味草草药进去熬——要真喝出什么新毛病了，也管屎它！人不是总要有毛病的吗？"赵大黑说。

突然，夏亦良和赵大黑在马冢石碑脚下，看见了几坨白花花的东西，像几团被冻僵的硬雪。两人走过去，吃惊地说："你看你看，这这这……银子！"

还真是几锭白白的银子，黏着将残的薄雪，在冬阳下，闪。这可能是近三百年来首次突然跃起于银子岩下的银子吧？

"姓赵的银子……"赵大黑热泪纵横，冲着银子岩磕了一串响头，说："我总算见到银子了，夏亦良老弟，我们终算见到银子岩的银子。哎呀呀，哎呦呦……我建议这银子我们每人要一锭自己存着，其他的，带回街上给大家见识见识，我们终算见到这狗日的银子了！"

夏亦良点点头，说："好的好的，我们快回去，让大家开开眼！"

银子冰凉。银子在两人手中轮换着，跑着，银子好像跑出了些许的汗水。

天穹下，银子岩仍旧滴着融雪的水滴，默然而立。

宵夜

弯月。望前街的小吃摊上，坐着几个闲喝慢吃的人。

望前街的小吃摊不多，只有四家，紧挨在一起，就在离赵大黑按摩店不远的拐角处。你看，按摩店的霓虹一照过去，就把各种小吃也照出了点迷离的模样来。

啤酒瓶从桌上坠下来，钱二一张手，竟捏住了。他又将杯子倒满，冲对角一个年轻人说："来，整！再整！"

年轻人也不含糊，直接将一瓶啤酒倒进了喉咙里。"再整……"年轻人抹抹嘴角，说。

"该小张喝了。"钱二说。被叫作小张的人眼睛已经直了，胖胖的她看看钱二，又看看年轻人，却好像均未能看真切什么。小张张了张嘴，什么也没有说。

旁边，歪扭扭坐在另外几个半醉的男女。

"你们每天都要烧香拜那些银子吗？"钱二问。好像没有谁听到似的，谁也没搭腔。

钱二不再喝了，嘴里哼起不成调调的川戏。

小张侧过脸，看天上斜着的弯月。

许不疾老夫子还会在这样的夜晚梦见什么呢？

小张认识许不疾老夫子，小吃摊上吃宵夜的男男女女们都认识许不疾老夫子。这几个醉醺醺的人中，只有钱二是本地人，其他都是赵大黑店里的。小张是按摩女，挨着小张旁边的另外有胖有瘦的三个也是。与钱二对喝了不少酒的年轻人叫毛坤，在替赵大黑管店。还有一个年轻人小迟，早已喝醉了，将头倚在壁上，扯着细微的鼾声。

许不疾老夫子的确已经睡着了，在隔着十多户人家之外的木屋中，许不疾老夫子的鼾声也很细微，仿佛漾了一小片薄薄的月光在里面。

黄昏的时候，许不疾老夫子在赵大黑的店里找人剃光了头发。快一百岁的人了，许不疾老夫子头发却依旧黑黑的。许不疾老夫子看着满地的黑发，对赵大黑说："你应该多去找找那些银子！"

赵大黑有些激动。"这虽然只是几锭民国时的银子，但只要有了这些银子，就肯定会有其他的老银子！"许不疾老夫子说。赵大黑点点头，把旱烟点好，塞到许不疾老夫子手中，连声说："是的是的，应该的应该的。以后还要多托托您老人家的福分呢……"而三年多前赵大黑和夏亦良在马冢下找到的那几锭银子，就搁在按摩店新设的香案上，闪动几缕硬实的光芒。

我是个粗人。我喜欢那几锭银子摆在赵大黑按摩店香案上的样子。

已经过去三年多了，我还是忘不了我与赵大黑看见银子时那份好像祖宗又重新活过来了的美劲。我们在马冢下跳着嚷着，我们一路跳着嚷着。到了街上，我们跳得嚷得更凶了。大家轰一下围过来，也跳着嚷着——我们都看到了银子，看到了命，看到了以为完全不可能看到的又理当看到的某种东西。银子很少，只有几锭，"值不了几个钱！"——按摩店的小胖妞小张说，但我们还是看到了几百年来差点毁了多少人魂儿魄儿的那点东西。

许不疾老夫子什么话也没说。他站在人群中，目光湿湿的，看着银子。他的目光中，好像又飞过了那把木剑瘦弱的身影。

正是从那天起，我也开始写起日记来。许不疾老夫子早已不写日记了。我们发现银子的那天，他一反常态，回去找张纸重新写了页日记，可之后也就再没有写过。但我要继续写下去。我识字不多，但我觉得那些字已足够用来记我们这望前街流过的日子了，哪怕写几个错字，也是没多大关系的，是吧。我是个粗人。日子总有错或者对的理由，你绕不开，你还得把日子过下去。

我听见钱二和那些人在小吃摊上喝着，说着。我认识那些人。小吃摊与我仅一墙之隔，油烟透过墙缝绕进来，找到了我的冥想。有人喝吐了，有人对着远处的土墙撒尿。而钱二似乎还在喝着，嘴里漫出低低的川戏声，是咿呀哎呀的《黑蚁传》。

小吃摊上的油烟又绕了一些到更远的地方。钱二唱着。小张突然笑了起来，为什么笑？我是个粗人。弯月在油烟够不着的地方，静静矮下去。

银子岩在弯月下，显得有些虚渺，远。

山路

我就是被许不疾反复梦见的那个被雪反复缠裹的迷迷糊糊的人影。

是的，我是老许。虽然许不疾在梦中未辨清我是谁，我还是老许。我就是那个离开银子岩已八十多年的老许。望前街人中还知道我的已经不多了，我的确早已变成了一个模糊的影子——但我始终存在着，始终盘绕在这银子岩的风里雨里，阴里晴里，雪里雾里……

我是差点在山路上死过多次的人。我真正死去时，也正好是在回银子岩的山路上。

那是个大晴天，太阳彤红，映黑我前移的身影。山路崎岖，远近看不见一个人。太阳下，连鸟声都似被晒焦了散成风尘了，找不到半点踪迹。

我在山路上走着，一个人，拎着根杂木棍，走得有些缓慢。

离开银子岩已经快三年了，我要回去守着那匹大岩，找我遗失的榆木剑。在回老家住了一段想了一阵之后，我觉得自己还是应当再次回去，守着那匹白花花的银子岩。

我总记得我们许家老族谱里记载的那些稀奇怪古的事。两百多年前，甚至更早的时候，我们许家就将无数条命搭在了一堆堆沉甸甸的莫须有的银子上。银子从何而来？又去了哪里？——没有谁知晓。这些银子，当然不只与我们许家有关，据说它曾涉及到朝廷的命数，涉及到几省地界许多人的生计。所以，无数人都在以各种各样的方式，找寻着那些踪迹全无的银子。

这次回去，我还要告诉许不疾，他的一世祖，就是将那些族谱中的事刻进脑子后，拎着罗盘离开我的家园上路的。是的，我与许不疾有着同样的血脉，我们同宗，是同一个树苑上长出的枝叶。我要告诉他，为找寻他的一世祖，我们许家也曾有无数人离乡背井，大费周折。

我在山路上走着，脑子里始终旋动着银子岩上的那幅窝棚图。我曾爬上岩壁去拓印过好几份。我带着其中的一份窝棚图返回故乡，在祖坟山里将它烧成一抹黑烟。我可以断定，窝棚图的出现，要远远早于许不疾的一世祖抵达银子岩之前。图上的窝棚，呈示出我老家一带最常见的窝棚样式——它与我的祖先有关，与从家园出发而又渺渺茫茫的某种宿命有关……我把那抹黑烟，烙在了故土低矮的天空上。

银子岩，久久地被搁置在凛凛雨风之间，仿佛某种被打碎过千遍又反复镶嵌的布满裂痕的企盼。

银子岩可能早已适应了太多疼痛。从洪荒之远，到枝叶横斜的种种力量，梦想——银子岩把瘦削的身影泊在季候中。这样的季候，让岩石之光，一遍遍，浸入，人们坚守多年的夙愿……

银子岩还可能参与过所有人锈蚀多年的苦乐。巉岩在晨昏边缘飞翔——它燃烧的翅翼接近什么？一个人，还有更多的人，在岩石的暗影里，叩响，草叶以及虹彩的追忆。

银子岩把影子向偏东南面挪过去一小片。

蝙蝠找到了遗忘的理由。它们将翅膀悬挂在风雨深处，蝙蝠，用不断剥蚀的雨声，触痛一片黑土殷红的惊悸。

一块石头，突然想说出什么——

一块石头，移开。它翻越春天，或者其他季节——一块疼痛的石头，在典籍上，回溯，银子及银白石头隐藏的絮语。

一块石头，战栗……

我在山路上走着。我是比雨声更为冰冷的游魂，是一只鸟窄臀上的暗癌，是酒滴彤红的脸色，各种脸色——抑或蚂蚁骨骼中吱吱作响的懊悔，是霞光表面的皱纹，是憎恶，是土粒试图接近的欲望，是草虫摆动的触须，挂着露水的触须——是火中的光焰，是被谁写错的昵称，是你肚脐下跃动的星迹……

我在蚂蚁的脊梁上，雕刻整个黄昏起伏的声息。

——是的，那天，太阳彤红，我看见了那些密密麻麻的窸窸窣窣的蚂蚁。黑色的黄色的灰色的还有绛色的蚂蚁和其他形形色色的蚂蚁。蚂蚁成堆成团，成群结队，成丘成陵，成抖颤，也成惊惧。还有些蚂蚁有透明而轻盈的翅膀——蚂蚁同样占据了狭窄的天空——蚂蚁的队列一片混乱，一片驳杂，闪烁着镰刀般迟钝的抑郁。

蚂蚁，挤满了整条弯弯曲曲的山路。

我好像被蝴蝶撞了一下额头，然后，又被蜜蜂撞了一下，然后，是嶙峋多年的那些蛾子，或者黑鸦和麻雀的细羽……我被撞了好多下，然后，我倒在大片嘈杂的蚂蚁之上。

我倒在蚂蚁脆弱的迟疑之上。我的身影破碎，好像正在成为蚂蚁骨肉的某一部分。我好像只能破碎，只能在蚂蚁黝黑的奔走中，轻轻裂开。

谁看见蚂蚁是怎样将我疼痛的身影抬走的？

蚂蚁们损失了不少齿牙。蚂蚁，损失了不少关于往昔及未来的记忆。

山路弯曲，我死了，死在距银子岩不足十天路程的那些蚂蚁的光芒里。

山路，依旧崎岖而弯曲……

是的，我，什么都可以看见。

自从死在蚂蚁的身影上后，我好像在瞬息之间超越了适当的苦难或幸福，我从蚂蚁的肋骨中掘出自己日渐稀少的血性。我真的看见了很多很多。我看见了那双在银子岩上刻凿窝棚图的手，其中，右手腕上有一道伤疤；看见了第一个被银子岩的蓝雾刺伤的花骨朵；还有那些为了寻找或守护银子一家挨一家拼接在一起的房屋，一条被银子聚合起来的逐渐扩大的街道，死去活来的多种灵魂，水滴中反复捶打的近似于银两之类的嗥叫，风的骨殖，风藏在骨殖中的大宗寄托，蜻蜓侧转的追缅……我看见的东西越来越错杂，凛冽，凌乱。我还能看见什么？

榆木剑在许不疾衰老的手里，颤着。

霓虹映照着赵大黑按摩店香案上那弯冰凉的空旷。

可我看不见一丝一毫的那些所谓的银子。啊，银子，我看不见银子的尾巴，脚趾，脊梁骨，血；看不见银子卷曲的祈求，呼啸，爱；看不见银子的光影里旋转的恨，以及咒骂，缄默，酸软，苦楚……

我把银子岩的累累土石及山形看了个透。但我始终没有看见那被传说了数百年的银子的一丝丝影子。

我在天风之间紧盯着赵大黑和夏亦良兴奋的脸孔。他们说他们看见了银子！他们看见了我看不见的银子？"姓赵的银子……"被寻找了数百年而今正不倦奔跑在风声中的银子——"什么样的银子？"——赵大黑磕着头，夏亦良涨红着张脸，他们从马冢下嚷叫着，走过。

我看不见那些被他们叫作银子的东西。

但总有什么在他们二人手里轮流转着，转圈，转圈，翘着尾巴，我看见了吗？是不是像几只唧唧乱叫的灰鼠？

是吗？仿佛还真是几只被火焰追逐的灰鼠。

回声

刘副乡长刘比出事了，说是被查出贪了数十万元公款，大概是会被判好多年的吧。

胡年禄在石灰窑边站着，看着银子岩的影子一寸寸暗下去，直暗到掠斜柏枝的风声里。毛狗洞边，乱躺着些大大小小石块，大都是以前刘副乡长扔过去的。石灰窑和砂石厂开了许多年，银子岩背后的山形也被挖得走了样。鸟雀们飞着，噪着，逐渐暗下去的风声，好似正给它们拓着更为空旷的远方。

风开始烈了，噼啪打在岩石之上。

许不疾老夫子立在街檐下，看着银子岩。

许不疾老夫子立在水碾坊后的巨石边，看着银子岩。

这几天，他好像总听见那几张毛边纸在发出瑟瑟的声响。老许已经离开八十多年了。老许拓印的窝棚图，已然卷角，已然发出锈铁的甜丝丝的味道。"钱二找到了那柄木剑，我买下了它。我记熟了那剑柄上的蛇形图案。可这又有什么鬼卵子用呢？"许不疾老夫子轻咳了几声，然后暗暗地说。

余老幺把那些字、图刻在水碾坊后的巨石上时，他曾想到过什么？这个余老幺，让碾坊里供着的财神爷始终牢牢盯着银子岩。河水长流，巨石挣不开焦灼已久的臆想。余老幺腰缠几绺坚硬的大水，猝然远去。

银子岩打着悠长的盹。

谁知道那在星月之下叮当作响的，会是巨石上哪几个颤抖不已的字？

而望前街上的光景逐渐陈旧，又逐渐翻新。许多人死了，许多人，正在艰难地，死去。望前街从第一个落脚在此找寻银子的人奠下的第一块基石中闪出，从一户到三五户，再到十户，百户，数百户……望前街翻越烟火人间，把千百种生计与爱恨植入到人们血肉中，然后，铺陈出一幅大写意的浩渺而凝重的生涯，就像银子岩上的那幅窝棚图，漫漶而又真切，深刻。

"我可能就要死了。"许不疾老夫子说。

我可能正在死去，银子岩说。

"窝棚图前年为什么会突然塌下一块？"许不疾老夫子说。

窝棚图旁边石缝里的那条黑蛇，又要蜕下它薄薄的皮了——银子岩好像又在说。

"我要把那些白云，刻在大岩上去……"许不疾老夫子还说。

银子岩，正留下风不朽的低吟。

"有些血脉中好像还真能藏着掖着点什么银子——"谁在说？

白马好像又重新浮上了静静的山岩。

"蚂蚁，挤满了整条弯弯曲曲的山路。我好像被蝴蝶撞了一下额头……"

银子岩似乎又老了不少。

孙小元的儿子孙银读完大学后，在外边谋了个职，便很少再回望前街了。

我是个粗人。我还是要守着许不疾老夫子那堆即将被灰尘淹没的日记。我的日记刚起了个头，丢了弃了，伤不了望前街的筋骨，血脉。但许不疾老夫子的日记是长在望前街血肉中的，是支在银子岩魂魄中的。我要守着它们，看它们被风一页页翻开。我要看风把日记翻到直搔你们痛痒处的那些纸页间，看你和你们的祖宗跳跃，嘶喊，撕碎满脸难以闪避的愧疚抑或自豪……

我要看银子岩在灰黑的日记中，苍老，然后默默远去。

赵大黑还在吃着用蛇皮熬制的浓黑药汁。

那天是除夕，孙银牵着孙小元走过街头时，稀里哗啦的鞭炮声，骤然响起。

孙银举起手机，对着银子岩拍了张照片，发给了远方的未婚妻。不一会儿，未婚妻回了条短信："好漂亮的白岩，简直就是块可爱的洁白的银子！你可以守着它好好过大年了。"

鞭炮还在炸响。

许不疾老夫子把一支烛插在堂屋的香案上。

风又拍了拍岩壁。天光渐合。银子岩，正缓缓抖落这个季节最后一束遥远的回声。

（原载《人民文学》2016年第12期；《小说选刊》2017年第2期转载；

入选《2017中国年度中篇小说》，漓江出版社，2017年12月）

石庆慧

落 眠

一

　　将女儿妞妞送到幼儿园后，阿珍就去菜场买菜。阿珍买菜与别的妇女不同，她慢慢地从菜场这头逛到那头，然后从菜场那头又慢慢地转悠回来，每天都要转上两三遍才决定买什么，仿佛不是去买菜而是去参观展览。早市上的蔬菜都新鲜极了，尤其是农妇们挑着担子或推着三轮车叫卖的那些，小白菜、西红柿、嫩瓜、豇豆，新鲜得仿佛是成捆成堆长在那里，让阿珍想起了那些在自家菜园子摘菜的无数个清晨。

　　尽管菜市里嘈杂凌乱，脚下泥泞不堪，但阿珍乐此不疲，觉得逛菜市的时光是她一天中最美好的时光。有时候运气好，会碰上云岭的一些老乡背着背篓来卖些零碎的瓜果或者土鸡蛋，不管卖的是什么，老乡都会拣一些塞进她的菜篮子里，她就站着和老乡摆一会儿龙门阵，邀请老乡上她家去吃饭，老乡们为珍惜时间，多半不会去，她就去杂货铺里买一袋糖，算是还老乡的情意。老乡们回到云岭就会跟人说，阿珍真好，虽然住到了城里，但待人还是那么亲热。阿珍回到家也心满意足，仿佛是回了一趟老家，了解了云岭的近况，感觉跟云岭又亲近了一些。

　　其实阿珍一家搬到城里才一年多，可阿珍觉得云岭正在迅速地离她远去，这种远离的感觉让她恐慌，好像她身体的某个部位正跟着远去的村庄慢慢退化。丈夫阿贵嘲笑她，说你怎么会有这样的感觉呢？你又不是诗人也不是哲学家。阿珍并不是刻意去思考什么，好让自己看起来像个文化人，可是某个部位退化了的感觉却越来越强烈，但她又说不清到底是哪个部位在退化。是双脚吧，可双脚好端端的，没受伤，没残疾，能走、能跑、也能跳；但她又分明感觉好像因为双脚的退化，自己正慢慢地离开地面，慢慢地有了漂浮的感觉。当她站在学校门口，等待妞妞从那扇铁门出来时，她已经忘了自己是怎样来到这里的，似乎不是走来，因为一路上她都没有走路的感觉。她没有打车，三四里的路程，不过是以前从家里到田间地头的路程，打个车却要十块钱，跟抢似的。她甚至瞧不上那些动不动打车的人，"显摆什么呀，谁兜里没几个钱的，也不看看自己胖成了什么样子"。每当看到那些和孩子一起从出租车里钻出来的体态臃肿的妇女，她就会在心里这样讥嘲她们。可如果不是走来，又是怎样来到这里的呢？真叫人费解！回去时，一定要认真感受一下走路的感觉。

妞妞比刚进幼儿园时活泼多了，牵着妈妈的手跑跑跳跳，一会儿唱歌给妈妈听，一会儿又跳舞给妈妈看。阿珍一个劲儿地夸妞妞，妞妞的表现欲更强了，阿珍慢慢地走着，看女儿在路上跑跳，不知不觉来到了自家楼脚。阿珍又想不起自己是怎样过来的，反正没有走路的感觉，仿佛一叶浮萍，一挤一挪就漂过来了。

妞妞累了，要阿珍背，阿珍背着妞妞爬上六楼，真是四脚爬上去的，途中歇了两次，还累得几乎虚脱。阿珍想，今晚无论如何得好好睡一觉，不然明天怕连妞妞都无法照顾了。

吃罢晚饭，阿珍备好水，让妞妞去洗澡，妞妞被动画黏着，拉都拉不过去，阿珍只好陪妞妞一起看动画。因为经常跟着妞妞看动画，阿珍也喜欢看，特别是《喜羊羊与灰太狼》。孩子们喜欢喜羊羊的聪明、美羊羊的可爱，阿珍却很欣赏灰太狼。倒霉的灰太狼虽然注定每一次都失败，却能在失败之后想出更好的办法让老婆看到希望，哄老婆开心。阿珍不求阿贵有多大的成功，只要阿贵能有灰太狼般永不被挫败的意志，阿珍就会心甘情愿地患难与共。当她在电话里与老公这样调侃时，阿贵却没能理解她的情意，还为此跟她斗了几天的气。阿贵气阿珍拿自己跟灰太狼相比，这不是诅咒他像灰太狼一样倒霉吗，他觉得阿珍越来越脱离现实，不可理喻。阿珍更是委屈，她现在的生活就像一杯白开水一样寡淡，每天和阿贵通电话除了基本的问候就找不到什么话说了，偶尔调侃也是想调节一下氛围，拉近两人间的距离，当时是满怀柔情说的，没得到回应也就罢了，倒成了斗气的源头，真是索然。阿珍第一次感觉与老公之间产生了裂痕，不是多大的事，看不见、触不到，却潜藏着的可怕的裂痕，这种裂痕让阿珍倍感孤独。

连着几集放完，阿珍才发觉自己思想又跑远了，扭头看妞妞，妞妞已经歪在沙发上睡着了。阿珍给妞妞洗澡，给妞妞换衣服，抽妞妞尿尿，这一切都是在妞妞闭着眼睛时完成的。阿珍想起小时候自己也是这样，放学回家挑水、喂猪、煮饭，然后等爸妈从坡上回来煮菜，靠在楼道上等啊等，结果睡着了，被拉到饭桌边时还是闭着眼的：闭着眼睛端起面前的碗就往嘴里倒，有时端的是菜，有时端的是汤，更多时候端起的是姊妹们恶作剧故意放在她面前的辣椒水。因为好瞌睡没少被姊妹们捉弄。可是，这样的睡眠对于阿珍而言是多么久远的记忆了。阿珍也记不清是从什么时候瞌睡开始变浅的，似乎搬到这城里的楼房后她就不曾好好睡过。最近，睡眠更是像只野兔跑得无影无踪，让她好像忘了怎样入睡。

阿珍为了能够入睡，早早躺下了，临睡前她给老公打了一个电话，无人接听，她怕迷迷糊糊中被老公的电话吵醒，就发了一条"已陪妞妞睡下，有事发短信"的信息，然后眯着眼睛等待睡眠的光临。

有首歌唱"闭上眼睛就是天黑"，可阿珍闭上眼睛，什么都看不见了，却越发感觉光亮得刺眼，脑门都被灼痛了。在乡下，只要关了屋里的灯，便四周漆黑，那是真正的黑夜，遮掩一切，只听到微弱的潺潺流水声的静悄悄的夜，能够让人安然深眠的夜。自从搬到城里，阿珍最不习惯的就是始终明亮如昼的夜晚。家里的灯熄了，外面的路灯和附近高楼的灯光却争先恐后地射进来。阿珍后悔当时图漂亮和便宜没有装全遮光的窗帘。阿贵说，以前白天你不也呼呼大睡的吗？进了城毛病倒多起来了。阿珍不敢浪费，想总有一天会适应的，窗帘便一直将就着用。

睡不着，阿珍不得不起来找了件薄衫搭在眼睛上。她开始数数，可是数着数着就忘了数到几了，脑子里全是一辆又一辆过往的车子的声音，还有不时传来具有穿透力的刺耳的笛鸣，以及反复得让人生厌的"倒车，请注意"的喇叭声。为了甩掉这些杂乱的声音，阿珍哼起了歌，想用声音遮盖声音。可是唱流行歌，总是忘词，唱山歌又得费神的编词，意识越来越沽跃，睡眠跑得史远了。她只好打住，什么都不去想，伸手搂住女儿，在心里重复着一句唱词"睡吧，睡吧，我亲爱的宝贝"。这句歌词，以前是老公唱来哄她的。那个事后，她蜷在老公怀里，老公说她像个婴孩。她便撒娇说，现在的我就是婴孩，你唱首摇篮曲，我就乖乖睡去。老公说我哪会唱什么摇篮曲，就记得一句。她说，那就唱一句，唱到我睡着为止。那个时候，通常阿贵唱三四遍，阿珍就进入梦乡了。后来有了女儿，阿珍又用这句歌词来哄妞妞，通常也是三四遍，妞妞就甜甜地睡着了。

阿珍反复唱，却始终没有睡意，只是觉得困，脑门酸酸涨涨的，眉间仿佛有一条虫蛰伏在那里。这条虫让人感觉困乏，感觉烦躁，却怎么甩都甩不掉，似乎只有通过深沉的、充足的睡眠，它才会躲回深山老林里去。阿珍被这条虫叮咬许多日了，精血都快被它吸干了，但就是无法入睡。阿珍想，若是老公在，与老公亲热一番，筋疲力尽之后一定能够睡得香甜。想到这，阿珍才意识到已经许久没有与老公在一起了。以前，两人一起下地干活，夜晚老公要亲热，可她已困得不行，有时做到一半竟睡着了。老公为此生气，也因此常留她在家做家务，不让她下地干重活粗活。婆婆不知情，觉得阿贵太宠她，还给了她不少脸色。阿贵的需求是很强的，不晓得在外面没有阿珍的这些日子他是怎么熬过那些漫长的夜晚的。阿珍有些想老公了，觉得老公在外挣钱养家很不容易，她暗下决心，以后一定对老公更好一点，哪怕自己受些委屈又算什么。

就在这时，电话铃响了起来，是老公阿贵打的。阿珍会心一笑，想，难道还心有灵犀？她赶忙接听电话，甜甜地喊一声老公。阿贵却在电话那头嗤之以鼻，说电话接这么快，不是早就睡下了吗？叫得那么甜，是喊谁呀？仿佛花开遇到暴风雨，阿珍的兴致一下子蔫了。接下来，是愈演愈烈的争吵。比如，阿珍说谁是我老公我喊谁，阿贵说我哪知道这会儿谁是你老公呢；阿珍说你这样不信任那你回家来守着呀，阿贵说我倒是想，我回来你们母女俩喝西北风啊；阿珍本想说不见得就喝西北风，但想到刚下的决心，就缓下语气，说我是因为失眠才想早些睡，可是直到现在还是没睡着，阿贵说谁信呢，你以前不是有名的瞌睡虫嘛，一边走路都能一边闭着眼睛睡觉的人，现在好房子住着，好床铺躺着，却睡不着觉，你哄谁呀？阿珍说真是无法跟你沟通，阿贵说，那谁是那个能跟你沟通的人呀？阿珍不喜欢这样无谓的争吵，挂了电话。

一夜无眠。

二

天亮了，阿珍仍旧迷迷糊糊，似睡非睡，只觉得头昏脑涨，口舌干苦，浑身酸软。妞妞已经醒了，见阿珍仍闭着眼睛，就自己找衣服来穿。阿珍听着妞妞的声响，不想起床，希望能睡着哪怕一分钟也好。妞妞却急了，过来摇她，奶声奶气地喊：妈妈，我要去学校了。阿珍不得不起床，可是站起来的时候，只觉得眼前一黑，又倒了下去。妞妞急得要哭，一个劲地喊，妈妈你怎么啦？妈妈你怎么啦？阿珍再次起来，对妞妞笑了一下，告诉她妈妈没事，然后艰难地去洗漱。妞妞说，妈妈生病了，我带妈妈去看医生吧。妞妞的懂事，让阿珍心疼。

阿珍第一次打车送妞妞去学校，然后又打车去县医院。阿珍不知道自己该看哪一科，咨询台的护士热心地过来问她，并建议她去急诊室。急诊室外已经排了很长的队，有有受外伤的，有老人，也有大肚子或者抱小孩的，而那些分外科、内科、妇科、儿科的专家坐诊室门前却冷冷清清，一个人都没有。阿珍觉得奇怪，但没有多问，大家都在这里排队，她便也在这里排队。站了一会儿，阿珍实在站不住了，而凳子早让人坐满了，她脱了一只鞋子席地而坐。人们扭头看她，她也顾不上了，她想，以前出门，坡边田埂随便坐，这镶了瓷砖的地面不比田埂还好吗？

终于听到医生叫着她的名字。阿珍进去，医生一边填写登记表，一边头也不抬地问：哪不舒服？阿珍说，哪都不舒服。医生仍旧不抬眼看她，只问有些什么症状。阿珍说了自己的症状。医生说是感冒了吧？阿珍说不是，医生便开了单子叫阿珍去验血验尿。阿珍怕花无谓的钱，说自己的症状可能是因为长期失眠导致的。医生说，那你这不是病，是心理问题，你需要调节自己的心情，不要胡思乱想。医生说完已经叫了下一个。阿珍不甘心，说你看我都这样了，还不是生病吗？我现在连走出去的力气都没有，说不定随时会晕倒，就没有什么办法帮帮我吗？医生像是为了打发她，给她开了一盒静心口服液的单子，就问下一个病患去了，不再理她。

阿珍只得离开。一个多小时的等待又耗掉了不少元气，阿珍感觉眼前阵阵发黑。她不打算去买什么静心口服液，她觉得那只不过是费钱却不管火（方言，不管用的意思。编者注）的富人的安慰，她需要的不是调养，而是治病，最好是马上来一场熟睡。她想到了安眠药，想回去让医生开一点给她，但她听说这个药医生是不轻易开的，怕排了半天队又是徒劳，便觉得不如干脆到药店去问问。出到门口，外面明晃晃的阳光乍一射来，阿珍顿觉头晕目眩，眼一黑，差点就倒下去，幸好扶住了门框。门边上扔着一张破旧的木椅，阿珍蜷缩着躺下去。阿珍想，自己看上去一定很狼狈很可怜吧？她不敢看过往的人，闭上眼，泪水禁不住滑了下来。阿珍想给老公打个电话，向他寻求几许安慰。电话接通了，那边一堆人乱嗒哄的吵得要命，阿珍气若游丝的声音在阿贵说完"神经病，打电话又不说话"之后就被切断了。阿珍感觉从来没有哪个时候像此刻这样孤独无助，仿佛自己是一个被家园抛弃流落到这个举目无亲的小城里来的乞丐。但阿珍知道她不能沦陷在这种沮丧里，她命令自己快点振作起来，她还有妞妞，可爱的乖巧的妞妞还等着她买菜做饭，等着她接送上下学。

躺了十多分钟，阿珍爬起来，她感觉自己的身体就像一片羽毛，轻飘飘的着不了地，而头却重如石磨，举得肩膀、脖颈都酸了。阿珍像一片羽毛举着石磨，蹒跚地来到医院对面的药店，要买安眠药。店老板说安眠药不给卖的，但给她介绍了另一种帮助睡眠的药，叫什么佐匹克隆片，要她回家后再吃，说是吃下去便能马上入睡。

阿珍打车回到家，准备吃药时，看了一下说明，就犹豫着不敢吃了。说明书上列了一堆的不良反应、禁忌和注意事项，而且特别强调要在有人看护的情况下服用，以避免睡觉有打嗝习惯或呼吸不顺畅的突然送不上气而导致休克。阿珍不知道自己睡觉时呼吸是否顺畅，她一个人在家，怕一吃下去就再也醒不过来。

阿珍想人是铁、饭是钢，吃点热乎的东西或许会好些。阿珍煮了面条，吃两口却吐了。阿珍忽然想到了刮痧。在云岭，就医不方便，只要是头痛发热身体懒的病，都是通过刮痧来治疗，若刮痧治不好就拔火罐，拔火罐还不好，才会下血本上医院。可是住到城里这一年，跟谁都还没特别熟络，找谁刮痧好呢？小区门口的张姐？阿珍虽然在张姐那买东西的次数并不是很多，但她进出都跟张姐打招呼，算是比较熟络的人了，可张姐是否拿她当作朋友她并不知道。如果去张姐店里，张姐肯定会热情地接纳她，但人来人往，要把整个背露出来怎么好意思。而叫张姐到家里来，张姐是肯定脱不开身的。阿珍在城里，也还有几个算是老相识，但都是初中时的同学，人家后来又读高中上大学，现在是国家公职人员，和她不是一路人，早就没什么来往了，现在遇到事情才贸然联系，阿珍开不了这个口。还是去妞妞学校吧，妞妞学校里的老师个个都是带着笑脸极热情的人。最主要的，阿珍是家长，是她们的顾客，不是说顾客就是上帝嘛，去她们那里不怕被她们同情。有时同情也像一把刀子，会剜伤你的脆弱。

阿珍又打车去了学校，今天，她成了一个顶浪费的人。妞妞读的是一家私立幼儿园，学校老师热情地为她刮了痧，她身上的痧实在太重了，一条一条红得像鲜血马上要蹦出来一样。老师们建议她去孩子们的休息室里休息，她病恹恹的，也顾不了许多，就去躺下了。听着孩子们悦耳的读书声和吵嚷声，她竟然渐渐感觉到了睡意，直到下午放学，她才醒来。这一觉睡得真是香甜，她又恢复了精气神，对老师们百般感谢，然后领着妞妞走路回家。

可是到了夜晚，回到家里的夜晚，睡眠又跑掉。凌晨了，老公也没打来一个电话问候。阿珍想跟老公好好聊聊，又主动打电话过去，但电话那头仍是一片嘈杂，没有听到阿贵的声音，电话就被挂掉了。阿珍本来已经平和的心，忍不住又生起气来。真不晓得阿贵最近是怎么了，以前可从来不这样。他们刚搬到新房那会儿，曾天天黏在一起，像新婚夫妻似的一刻也不愿分开，每天你买菜我做饭，饭后一起去散步，夜晚一起看电视、一起缠绵，过了一段神仙般的日子。阿珍想这就是城里人的生活吧，她真希望日子能永远那样过下去。可是没多久，阿贵外出打工了。临走时，阿贵百般依恋地对她说，老婆，你先苦一苦，等我挣了钱，将来我们天天过那样的日子。难道是现在离别久了，阿贵已经习惯了没有她的日子了吗？

又是一夜无眠。

三

早晨起床，阿珍就呵欠连天，但怎么呵，也没能呵掉叮在眉间的那条虫子。今天是周末，阿珍到水果市场买了些水果，决定带妞妞回趟云岭，回云岭干一场农活，回云岭睡一个囫囵觉。

云岭，单听名字，似乎是个坐落在山顶上又远又偏的村子。其实云岭虽偏远，但并未在山顶上，而是山谷间一片开阔平坦的坝子地。之所以叫作云岭，大概是因为要到达这片坝子地，不论你从哪个方位出发，都必须翻越高高的山峰的缘故。车子随盘山公路绕来绕去，像在云雾里转圈，绕得人心里凄凉。但只要翻过山顶，就像影片忽然换了镜头，是那种"洞天石扉，訇然中开"的豁然，是"柳暗花明又一村"的喜悦，呈现在眼前的，是四围群山下，一片浩瀚而又静谧的山水田园。当工业强省的政策出台时，县领导们就不约而同打起了云岭的主意。许多开发商第一次到云岭踩点，就当即拍板愿意投多少个亿。县里发现了巨大商机，广泛开展招商活动，云岭一时间成了商客们争抢的风水宝地。

领导们与商客们的频频光顾，让世世代代居住在云岭的山民们摸不着头脑。这个地方虽好，但路却被四围的大山阻断了，没有出口。四围的山是全县最高大、绵延最长的罗汉山，从高空俯瞰，这个地方就好比一口深井。农民的屋舍靠山而建，一条溪水从山脚缓缓流出，将坝子分为两半。但溪水流向处并不是出口，而是挂在悬崖峭壁上的一方长长的瀑布。这瀑布犹如侗家女织布机上梭子飞穿的排线，窄而高，因而被称为梭子瀑。但人却不是织女手中的梭子，可以顺着瀑布往上爬。云岭人被大山与断崖阻隔着，常被外面的人戏称为井底之蛙。云岭的人要出一趟山，极不容易。站在山顶上，隐隐约约可以看见县城的全貌，但要到县城去，却得从天亮走到天黑。在山顶上喊一嗓子，家里人开始生火做饭，但有时饭菜凉透了，来人还没到家。从地图上看，云岭是紧挨着县城的，与县城的直线距离也许不过十公里。有一年，全省计生大检查，上头指定要查云岭，派了一个工作组去，因天热路难走，好几个工作员到半路就因中暑被人抬了回来，计生没查成，还有人差点虚脱送命。这件事被反映到省里，领导很生气，说县城附近怎么能存在这样的盲区，遂责令县政府无论如何都要修通至云岭的公路。云岭这才有了一条螺丝一样的盘山公路。但就是坐车，也要三四个小时。云岭的人历来自给自足，过着刀耕火种的生活，真不知领导们怎么会突然青睐起这个地方来。

领导们进进出出一段时间之后，就有人来插旗画线了，并贴出告示说旗线内的土地国家要征来建设工业园区，一亩地补三万四千元（后来在村民的共同努力下增到三万六千元），另外还有青苗补贴，房屋拆迁补贴等。这个告示将井底之蛙的云岭人炸开了锅，云岭人不知是福是祸，总三五成群地聚在一团议论，又各自打着肚里的小算盘。

那段时间，阿贵一家很是纠结。阿贵家有四兄弟，阿贵是老幺，分家时，父亲已过世，家里的田地分作四份半，四兄弟一家一份，母亲半份。母亲跟阿贵住，田地便归到阿贵名下由阿贵耕种。一年前，母亲去世，因为主要是阿贵出钱安葬，母亲的田便仍由阿贵耕种。这次征地，阿贵的土地包括母亲那一份以及他的房子全在被征范围内。几个哥哥都只被征去一小半。当时阿贵提议将所剩的田地重新分成四份，所得征地补偿也分为四分，四兄弟一人一份。开始哥嫂们都表示同意，觉得这才公平。但没几天，哥嫂们又都不同意了，说是土地留着，既能种庄稼，以后要被征去，补偿只会更高。

阿贵和阿珍提出平分，是希望仍有份田地耕种，哪怕是很少的田地，他们便始终有留在云岭的理由。虽然要挪块地基重新立屋不是难事，但没有可以耕种的田地，留下来又有哪样指盼呢？住在农村而没有农活可干，每天闲在家里看别人忙进忙出地劳动生产，那算什么日子，有哪样乐趣可言？但阿珍素来是不喜欢争吵的人，她总劝自己能让则让，能忍则忍，不想自己活得像个泼妇一样。哥嫂们不同意，她便向阿贵提议干脆把木房卖了，一家子搬到城里去。她说有手有脚，城里应该更好讨生活，还能给孩子一个好的成长环境，说不定以后便世世代代成为城里人了。阿贵说，只要你想得通，我倒觉得这是我们改变命运的好机会，我就怕你到时舍不得离开这里。阿珍看到阿贵眼里有一股火焰，雄心勃勃的样子。阿珍也忍不住对未来满怀期待，常常对"住到城里去的日子会是什么样的日子"想得出神。

通过无数次的测量、争吵和忐忑不安的等待，征地款终于发下来了，少的三五万，多的几十万。现在云岭的人家家腰包都鼓起来了，但贫富差距也突然一下子被人为地拉大了。红彤彤的钞票刺激得人们血脉偾张，各种各样的矛盾也被激化了。

以补偿最高的宝弟家为例。宝弟的父母生了十个孩子，前面九个都是讨猪菜的，到了第十个才终于得了一个扛犁耙的。宝弟父母因为连生女儿，很不被乡亲看中，分田到户时，尽分给他家面积宽产量低的水淹田或望天水田，说是照顾他家人口多，其实谁都清楚那尽是些费劳动却没收成的田。宝弟一家粮食不够吃，他父母只好带着众儿女拼命的开垦荒地，靠劳力抢点收成。后来姐姐们全都出嫁了，所有田地归给宝弟一人，宝弟只征去了一半多的土地就得了八十多万的补偿款，一夜间发了大财。

八十多万呢，云岭人一辈子都不敢想有一天会有这样多的钱。以前宝弟家穷得连父母的棺材都买不起，现在倒成了村里最有钱的人。这让很多人心里不平，也让很多人眼红。首先眼红的是与他同一生产小组的人。他们集体上访，说国家的补偿办法不公平，当初分田到户按的是产量，而现在的补偿办法却是按面积，而他们被占的都是好田，宝弟被占的多是荒土，政府这样补偿不合情理。虽然群众们觉得很在理，可是政府有上级文件为依托，闹了几次，无果，人们便转而忌恨宝弟，好像是宝弟抢了他们的财产。

其次是宝弟的姐姐们。宝弟九个姐姐成活六个，有两个嫁在本村，四个嫁到了外村。在云岭，女人的名字进不了族谱也上不了父母的墓碑，嫁出去的姑娘更是泼出去的水，娘家的不动产就算是无男儿继承落到堂兄弟或房族毫不相干的人那儿也是不能去争的。而且土地是以生产小组为集体承包到户的，生产小组又多按家族划分，很少有姑娘嫁在本组，因而女儿不可能继承娘家田产。但变成了钱就不一样。他的姐姐们心思多了起来，虽然宝弟得钱后根据家庭贫富的不同分了一些给各位姐姐，但是姊妹间还是渐渐产生了隔阂，常常为一些芝麻小事吵闹不休。

那些补偿款就像一枚投放在云岭的炸弹，有人欢笑，有人争吵，有人妒恨，村庄逐渐失去了昔日的平静。

阿贵包括房屋搬迁补偿，总共得到三十六万。哥哥们却一家只得六七万元。哥嫂们眼红了，说阿贵的补偿款里有一份是母亲的，应该拿出来大家分摊。阿贵不愿意，说当初提议平均分配的时候是你们自己不同意的。哥嫂们说不同意平均分配并不等于就同意你独占母亲的那一份。阿贵说，谁想要这三十六万，我拱手相送，但他得把他那份土地给我。为这个事，全家人争吵了很长一段时间，搞得兄弟间几乎反目成仇。阿贵最终捏着钱不放，哥嫂们也就不再搭理他们了。

阿贵和阿珍在城里买了一套九十多平方米的房子，包括简单装修，花了三十来万。阿贵本不想买房，想拿钱去做生意，没有土地了，必须用钱去找钱。可阿珍不这么想，她认为做生意是要冒风险的，云岭人祖祖辈辈都只懂得跟泥巴打交道，做生意既没路子也没经验，万一亏了怎么办？买了房子，不管怎样穷困，有个地方落脚，心里总是踏实的。本来也还剩四五万，阿珍想租个门面开家童装店，但远远不够。这笔钱一时也不知道做什么好，阿珍就存了定期。她说这笔钱就是一颗定心丸，是今后奋斗的底气与动力，她还试图跟阿贵讲饥荒时期攒米的故事。阿贵早不耐烦了，说以后你让我怎么谋生？阿珍说，有手有脚，还怕饿死不成。阿贵说，光有手脚，永远都是做苦力的命。阿珍说，有几个大老板不是从做苦力开始的？话虽这样说，但阿贵却没那样的毅力与耐心，他觉得阿珍的思想太保守了，他本想用征地款去买木材，说是和朋友已经看好一片林，他出钱，朋友出门路，办了证一看，不但可以买大房子，还会有大笔的存款。阿珍不想发什么大财，只想过点稳妥的小日子，坚决要买房。两人争执不下。阿珍说，你如果不想要这个家，不想我给你生个伢崽，你就把钱全拿走，我立马跟你离婚，反正房子一拆也没地方住了。阿贵最终做出了妥协。

事实证明阿珍的决定是对的。

征地工作结束后，施工队就跟着进场了，来了很多的挖机、车子和别的机器，更多的是人。有的人挖山钻隧道，有的人平整土地、夯实地基，小溪边建起了一长排的工棚。失去土地的，要求到工地谋职，施工队便吸收了很多当地的群众。人多了，需求也大了，得补贴少的人家拼命种菜，养鸡养猪，或做点副食品卖给施工队，赚点小钱。似乎一切都正朝着无限美好的明天走去。

工人们白天干活，与机器一起嘿呦嘿呦地转，热火朝天。到夜晚各种嘈杂声停息下来，人们的耳根终于清净了，却静得有些寂寞。或许那些血气方刚的年轻人并不懂得寂寞一词，但他们内心的喧腾让他们忍受不了这种安静的空闲，女人不在身边，又是这样多的汉子聚在一起。也不知是谁最先将扑克和麻将带进了工棚，总之，赌博之风像洪水一样迅速漫延，并且很快淹没了整个村庄。先是工棚里夜夜灯光亮如白昼，热闹非凡，然后村里也有人家摆起了麻将，蒙起了金花。那些好打牌的人还挺理直气壮地说，有钱又不用种地，不蒙金花、打打麻将，难不成去偷人么？

一开始，人们小心翼翼地打五毛钱一炮，后来是两块钱一炮，再后来是五块、十块、二十块，输赢必须过百上千才觉得刺激，似乎钱来得容易，输出去了也不觉得心疼。工棚里的氛围更是高涨，越来越多的外地人汇聚到云岭赌钱，也不断有话传出某某一个晚上就赢得了三万五万，谁谁哪一场又得了十万八万。云岭人，尤其是云岭的年轻人越来越不安分了，整天就想着如何用手中的钱作为资本，大赚它一笔，然后收手，成为真正的有钱人。种菜的觉得五毛一块的卖菜没意思了，养猪的辛辛苦苦一年到头才千把块钱，还不及人家麻将桌上自摸一把得的多。各种的价值比较，云岭人的心里更加失衡也更加茫然了。

一年下来，云岭人赢钱的不多，而且只是赢点小钱，但输钱、将征地补贴款输光还倒欠账的人却不少。比如穷得叮当响的大木，征地补偿得了十多万，本指望着用这笔钱起一幢像样点的房子，然后讨一房媳妇生儿育女。刚领到补偿款那段时间，他的寡妇娘整天喜笑颜开，到处托人给大木访媳妇，一副底气很足的样子。谁知大木不争气，不但房子没竖起来，媳妇没找到，输光了征地款也就算了，还因欠债被人追杀，寡妇娘不得不又贱卖了几宗地来替大木还掉赌债，气得寡妇娘只差抹脖子上吊了。大木只是个例子，像大木一样败光家底的人还有很多，老人们捶胸顿足，大骂赌徒赌的是子孙钱。但一切都无济于事，云岭的赌博就像一场龙卷风，大有不将云岭人一夜之间鼓胀起来的荷包席卷而空，便不罢休之势。云岭原本欣欣向荣的景象，实则被一片乌烟瘴气笼罩着。

阿贵也在工地上做活，但不知是因为钱被阿珍把着，还是别的什么原因，他只是夜夜观战，却从来不参与赌博。阿贵因而成为了村里人树立的榜样，当他们一家搬到新房子后，更是让村里那些赌光家产的人羡慕而又悔恨。村里的小媳妇见着阿珍，总要说，你真行，还是你管得住男人。这个时候阿珍便有些得意，她对阿贵并没有怎样的严苛，她想也许是阿贵太爱她的缘故。

经过几小时的颠簸，阿珍又回到了她熟悉的村庄。然而熟悉是熟悉，只是村庄已经大变了模样，不那么亲切了。以前一眼望去或绿色或金黄或空旷的原野，是她眼里最美的风景。这片原野，犹如四季的调色板，一个季节一种风格，在一年里五彩纷呈地演绎，描绘着一幅幅宽阔、齐整、大气、完美的图画。如今，这幅完美的图画已经不再完美，有一大半已被不规整地蚕食，挖出的新土仿佛被烫伤的疤痕，让人有些不忍目睹。简易的工棚已人去楼空，淡漠了先前的热闹，显得凌乱而无辜，几架奇怪的机器被扔在旷野里无人管问，更增添了几分落寞。这片土地上轰轰烈烈的工业化建设在开建一年之后，因为县里某领导被双规、开发商被关押而暂时停歇了。或许是因为太多的商客争抢这片宝地，其中的矛盾百姓是无法明了的。虽然政府征地出了钱，但看到那些撂荒的土地，真叫阿珍心里生生的疼。

阿珍直奔自己父母家去，家人对她的突然造访甚感奇怪。虽然一年多过去了，阿珍已在城里安了家，但是弟弟弟媳们的心里却总有一分担心。阿珍是家里的老二，有一个姐姐、两个弟弟。按照计生政策，两个弟弟属于超生，是黑人口，分不到田地，两个姐姐出嫁后，田地才归到他们名下。阿珍与阿贵已经完全没有了土地，弟弟们怕阿珍要来分种家里的田，因为怀着这样的担心，便总有些害怕见到阿珍。刚开始征田地那会儿，阿珍频频回家跟父母商量事情，也感觉到了弟弟弟媳们的担忧，心里有些悲凉，本不想多回家，但是要回云岭，也只有这个落脚点了。好在父母都还健在，回家看望父母，天经地义，而她也已把整个家搬到了城里，已向弟弟弟媳们表明不会再有分种田地的可能。

一到家里，寒暄完后，阿珍就问今天有什么活要干。母亲说，难得来一次，干什么活呀，去打点面粉来我们煮汤圆吃。阿珍又一次强调，说我特意跑来干活的，就说有什么活可干吧。弟媳拉着弟弟出去说话了，母亲瞄了阿珍一眼，阿珍却没会意，只说，我真是想来干活的，越重越累的活越好。母亲只好提高嗓门说，大老远地跑来，就为了来干活？为什么偏要跑家里来干活？这个季节该种的都种了，该收的又还不到时候，哪有什么活可干的。阿珍听出了母亲话里的质问，这才意识到，她的话触动了家人敏感的神经。

家乡的夜依然很静，可以听着风吹和蛙鸣，以及远处若有若无的水流声。但阿珍的心却在这片寂静里失去了宁静。白天听了许多云岭的事，又看了云岭的现状，感受了家里不自在的气氛，阿珍觉得有一股忧愁和感伤充斥着她的心腔和鼻子，却又不明白自己在担忧什么，这种感觉她不知怎样诉说，更不知道能够向谁诉说。她想了许许多多的事，最后她觉得自己仿佛是一个既被村庄所抛弃，又融入不了城市的弃儿。而云岭，它今后的命运又将如何？是否会被工业一点点吞噬，最终在这大山里消失？如果云岭消失，云岭人又将何去何从呢？

四

乡村的一夜，阿珍依旧未能落眠。第二天下午，她又带着妞妞返回城里的家了。

回到家，天已经黑了，打开灯，阿珍惊讶得眼珠子都快掉出来，心也嘭嘭地跳得厉害。她将整个屋子转了一圈，然后瘫在地上一边哇哇地哭，一边骂着"哪个挨千刀的呀，哪个背时砍脑壳的啊，我才离家一天，就将我家偷个精光净啊。"妞妞见妈妈哭得厉害，也大声哭起来，哭声里满是恐惧。阿珍很快感觉到了妞妞的那份恐惧，把妞妞搂入怀里，想自己一定要坚强，一定要沉着应对，不能吓着孩子。她在孩子额头亲了一口，说了声"呸"，哄着妞妞说别怕别怕，都怪妈妈不好，我们打电话给爸爸，叫爸爸回家好不好，爸爸回来就没事了。

阿珍给阿贵打电话，报告了家里被洗劫一空的情形。阿贵说，你和妞妞没事吧？阿珍心头顿时暖和起来，说没事，我带妞妞回云岭了，就因为不在家才被偷的。阿贵说，只要你和孩子没事就好，东西偷就偷了吧，以后挣了钱买更好的。阿珍想，阿贵还是在乎她和孩子的，虽然家里丢了东西很难过，但几天来对阿贵的积怨却一下子烟消云散了。回云岭前，她给阿贵发了一条信息，并决定若阿贵回信或打来电话，她就不跟阿贵斗气，若阿贵不闻不问，便死也不主动跟他联系，除非他先服软道歉。可谁知一回到家就遇到了这样的事，让她不得不违背她曾在心里发过的誓愿，主动给阿贵打电话。还好阿贵不仅没有责怪她，还把她和孩子的安全放在了第一位，她一下子原谅了老公的种种不是。

阿珍问阿贵怎么办，要不要报警。阿贵说，为求心安，你想报就报吧，但东西是肯定追不回来的，你不要抱希望。阿珍说，你还是回家来吧，我和妞妞害怕。阿贵说进屋后记得把门窗关好，等我再多挣些钱，然后在家守着你和孩子，再也不出远门了。为了今后的日子，你和妞妞先忍忍。

阿珍想都夜晚了，警察们早下班了，就没有报警。她敲开邻居家的门，想问他们有没有看到或听到什么，电视、冰箱、洗衣机等所有值钱的东西都被搬走了，不可能没留下痕迹。邻居说他们昨晚是听到声响，但以为是哪家在搞装修，没有在意。阿珍又跑到小区门卫室去问，门卫说小区第二期的房子还在建，四通八达的，搞装修的人又多，我哪看得过来。阿珍仔细检查了门，一点被撬的痕迹都没有，窗户是安了防盗网的。她想不通小偷是如何进入她家，还搬走了那么多的大物件，难道真像传说的那样，有什么锁都能开的万能钥匙吗，如果真是这样，还有什么安全可言。

第二天阿珍报了警，警察们挺认真的，由室内到室外，从楼顶到楼脚都做了详细的检查与记录，然后留了阿珍的电话，说一有消息就会告知。阿珍心里挺感动，虽然后来没有等到任何消息。阿珍知道这是在城里，不比云岭，遇到这种事，只能自认倒霉。

丢了电器，阿珍也没觉得对自己生活有多大影响，便不打算再添置新的，只是没有了电视，夜晚变得更加漫长了。如何打发掉这些多余的时间，阿珍想到了刺绣。

阿珍出嫁前曾是云岭刺绣的好手，她出嫁时的盛装、鞋垫、枕头、背带等所有绣品都是她独立完成的，就连姐姐出嫁用的绣品也多半是她绣的，村里凡娶亲嫁女，都以讨得她的一件绣品为荣。可是，云岭的刺绣也似乎只有在娶亲嫁女的时候才派得上用场了。通车后，云岭人虽然进趟城依旧不容易，但云岭却逐渐开化，云岭人的着装、生活习俗不知不觉也在追随时代的潮流了，谁也不愿再费时费力纺纱织布，一针一线地刺绣缝补。

阿珍从小跟着奶奶学刺绣，觉得刺绣静心，是一项很美的艺术，但母亲却总是喊她去地头干活，认为刺绣是不务正业，是偷懒。阿珍就只能利用闲暇时间偷偷摸摸地绣些小玩意，没有布和线，她就在地上画图，在树叶上插针，直到待嫁前，她才能大肆练习各种刺绣手法，什么竹花、板花、蓬花、马尾绣、数纱绣等等。她最喜欢的是数纱绣。数纱绣有点像当下流行的十字绣，只是数的格子是布匹本身一格一格的纱，更费眼力和心劲，但绣出来的也更立体精致，随便绣一棵小花小草，也活灵活现，很有艺术感。

搬新家前，阿珍想绣几幅数纱绣当作装饰。那段时间，阿珍只要一有空闲就眯着眼，透过放大镜数着一格一格的细纱，穿针引线，沉迷其间。绣了一段时间，眼睛就胀疼，不时泛出眼泪来。阿贵便数落她："绣那有什么用，花几个月绣一小幅，还不如我几块钱到街上买一个框框画时髦。这不是讨累受吗，管好妞妞才是当紧的事。"绣完一幅，阿贵就再不让她绣了。

这次阿珍本来想去买几幅十字绣来绣，但一问价格，就犹豫了，她没想到那些十字绣的未成品竟那般贵，稍微看上眼的就要一两百，若绣了卖不出去不是白白浪费成本么。她只好翻出箱底的家织布，重新拿起针线，绷上绣盘，以借此打发些无聊的时光，希望她的心能够在刺绣中宁静下来，获得好的睡眠。阿珍状态不好，她不敢绣数纱绣，她画了一幅花鸟图，绣最简单的竹花绣。

最初几日，阿珍宁心静气，除了照顾妞妞，全部心思都花在刺绣上，也不管那些绣品有没有用，权当是治疗失眠的方子，每天都是做到困倦极了才躺到床上去，她希望睡眠也能像困倦一样汹涌袭来。可是睡到半夜，阿珍还是醒了，像有块砖头压着胸口，逼得她不得不醒过来。

有天夜晚，大概凌晨三点钟，阿珍听到窗外一片喊打声，忍不住爬到窗口去看，恰好看到有一个人用石块砸到了另一个人的后脑，那个人倒了下去，然后又跑来一个人，他们两个对着躺在地上的那个人又是脚踢又是砸石头。阿珍很害怕，想这样打下去，一定会出人命的，但她不知道谁是好人谁是恶人，不知道该不该为那个人大声呼救，或者是打电话报警。她心慌得厉害，想：还是听听阿贵的意见。打电话给阿贵，意想不到阿贵竟立马接了，好像他也不睡觉似的。阿贵说，人家打架，关你什么事，你报警，警察还没到，人早跑光了，到时你倒落一个骚扰民警罪。阿珍说，那怎么办，如果我真见死不救，以后我如何能安心？阿贵说，也许是你看花了眼，拉上窗帘，安心睡你的觉吧。喊声划破了寂静的夜空，路灯也照得分明，怎么可能会是看花眼呢？阿贵安慰说，既使这样，夜晚不睡觉的人多了去了，别人也一定听到看到了，也许别的人已经报警了，你又何必再多事。阿珍想，也只能希望如此了。挂了电话，再看窗外，打人的两个已经跑了，躺在地上的那个一动不动。阿珍很想出去看看，又始终感觉害怕。她用被子蒙住头，直到无法喘息也甩不掉刚才看见的那一幕。

第二天天一亮，阿珍就跑到事发点去看，躺着的人已不知去向，只留下一摊血迹。阿珍问旁边粉铺老板，老板说他天没亮就起来熬汤了，没见什么人躺在地上。阿珍又等到张姐的店面开门，跟张姐谈及此事，张姐问了进出店里的许多人，没有一个人听说过这样的事。张姐说，你是做梦恍惚了吧？阿珍便把血迹指给张姐看，张姐朗朗地笑起来，说那哪是人血，那是人家粉店老板每天杀鸡宰羊积留下来的血迹。阿珍不信，想要杀鸡宰羊也是在厨房里，怎么会弄到路面上去呢？如果是积留下来的，以前怎么没看见？阿珍又去跟粉店老板证实，粉店老板说他们偶尔也在外面杀羊，至于那血迹是不是他们杀羊时留下的，他们也不太清楚，因为平时都不留意。

阿珍一整天心神不宁，老是想起那个人倒地被打的一幕，仿佛那些脚不是踢在那个人身上，而是踢在她的脑子里。她甩甩头，告诫自己不要想了，又不认识他们，跟她有什么关系。可她越是劝自己不要想，越是想知道那个人究竟是死是活，就像小时候听奶奶讲故事，非得听了结局才能安心去做别的事情一样。她借故到公安局了解失窃的调查结果，以探听半夜里打架的事。但公安局里一切井然，庄严而肃静。阿珍大着胆子问了一个警察，警察说昨晚没接到任何报案。

从公安局出来，阿珍有些沮丧，仿佛心间梗着一根鱼刺。她接触过的人虽然对她都很客气，比如张姐，比如邻居，比如物管，比如这些警察们，但她却总感觉到一种疏离——因为城市大了，谁也不了解谁、谁也不会跟谁交心的那种疏离。不像在云岭，就那么百来户人家，哪家的家长里短不被村里人咀来嚼去，就是一辈子不见的人突然见了，也不会感觉陌生，因为底细都清楚着呢。还有云岭的牲畜都关在野外，房屋谷仓也从不上锁。偶尔也会有起歹心偷盗的人，但凡哪家丢了东西，只要这家妇女走街串巷地喊骂一通，东西第二天就回来了。如若骂过街后东西还寻不回，就会有无数的人将他们的见闻和猜测报告给主人。而且村里人相信上天有眼看着，做了小偷就总有一天会被抓住，抓住了就要罚四个百：百斤米、百斤酒、百斤肉、百块钱，根据情节的轻重，在百字前添加数字，以宴请全村的人，这个偷了东西的人从此尊严就被踩在人们的脚底下了。

想到这些，阿珍又心疼起她的那些家具来。

五

可是，云岭已不是往日的云岭，再也回不去了。阿珍只有努力适应城里的生活，并努力让自己相信，未来的日子一定会越来越好。老是睡不安稳，或许跟自己无所事事有关。阿珍想她应该找份正经事做，挣一点生活费，这样空吃空坐心里怎么可能安稳呢。可是除了干农活，做点针线，她什么都不会，去应聘了几个帮别人端盘子、守店铺的差事，人家都嫌她带着个拖油瓶。碰了几次壁，她觉得很害羞，甚至对这个城市有一种说不出来的恐惧，觉得别人看她的眼神虽然没有不友善，却似乎总带着一丝轻蔑，再遇到招聘信息都不敢开口问了，感觉像个叫花子上门讨饭似的，下贱得很。幸好她还有一笔存款，逛了几天的市场，她决定用那笔钱在车站附近摆一个水果摊子。然而当她拿着卡到银行取钱的时候，工作人员却告知该账户的本钱和利息已经被全部取走了。

　　阿珍的心一下子跌入了谷底，她连骂了几声挨刀砍的小偷，却忽然意识到这不该是小偷所为，小偷就是偷了她的存折，也没有密码呀，她的密码是她和老公的农历生日，户口册上的出生日期是父母随意报的，与他们的真实生日没有任何关联，再高明的小偷也不可能猜到吧？想到这，阿珍的心又如释重负了，她想应该是阿贵取走了，只是不知阿贵取钱去干什么，连说都不说一声。

　　阿珍打电话问阿贵，阿贵开始不承认，支支吾吾几下后，说是拿去跟一个朋友入股做生意了，还说怕阿珍不同意，才没有商量。阿珍问，你哪天回家来的？阿贵说，我没回过家呀，我回不回家你还不知道吗？存折我早就带出来了的。阿珍问他做什么生意，阿贵便不耐烦了，说问什么问，啰里啰唆地跟你讲你也不懂。阿珍感觉阿贵对她的态度变了，总觉得阿贵有什么事情瞒着她。越想阿贵这段时间的表现，阿珍的心就越发慌了。她将妞妞托付给幼儿园，决定到筑城去探望阿贵。她没有事先通知阿贵，而是按照阿贵以前留下的地址找到那家工厂，她想给阿贵一个猝不及防。一路上，她设想种种可能，她甚至想如果真的在阿贵屋里遇到另一个女人，她该怎么办。当她百感交集地赶到那里，工厂里的人却告诉她阿贵早走了，只干了一个多月就辞职走了。

　　阿贵去了哪里？他为什么要骗自己呢？为什么连自己的老婆都骗！阿珍气得肺都要炸了，立即拨打阿贵电话，她需要阿贵给她一个交待。可电话那头早就知道事情已经败露似的，只重复着一个不厌其烦的声音"您好，您拨打的电话已关机"，让阿珍满肚子的疑问与火气无处发泄。

　　阿贵要外出打工之前，有人跟她说，大凡丢下老婆和孩子出去打工的男人，百分之九十都在外面找相好，还说这与跟老婆感情好不好没关系，因为有那么多的漫漫长夜需要打发。当时阿珍不以为然，她说不是还有百分之十的例外么，她觉得阿贵那么爱她，是决不会背叛她的，她相信阿贵绝对是那百分之十的例外。可是，阿珍联想阿贵近段时间来的行为和态度，越发觉得阿贵对她是忽冷忽热，对妞妞也不够关心，难道他真用那些钱到外面养了别的女人？家里的电器莫不是他趁她不在家，搬到另一个女人那里去了？阿珍越想越生气，也越想越伤心。她到处打电话向熟人打听阿贵的行踪，却没有一个人能够告知一点有用的消息。她心急如焚地一遍又一遍地拨打阿贵的电话，然后耐心地一遍又一遍地听着那个"您好，您拨打的电话已关机"的声音。

　　阿珍觉得自己快要崩溃了，她想她什么样的后果都能承担，但决不能忍受阿贵的背叛。当初为嫁给阿贵，她是给家族长辈一一磕过头的，还在母亲跟前发了狠誓，说今生只嫁阿贵，阿贵生则生，阿贵死则死，阿贵要饭就跟着要饭。

　　阿珍小的时候父母曾给她订了娃娃亲，对象是母亲一个好姐妹的儿子阿来，他们同龄，从小就在一块玩耍，两家一直亲得跟一家人似的，什么事都相互帮衬。可是有一次，村里的孩子们在一起玩游戏，先是玩分帮打泥巴仗，然后又比骑高跷、转陀螺、跳高、跳远、快速跑。在这些比赛中，阿贵成了众人瞩目的佼佼者，大家于是推举他为"山大王"。有人说，既是"山大王"，那就得有"压寨夫人"。于是所有的女孩子一字排开，由阿贵挑选。阿贵摆出大王的风姿，来回走了几圈，最后选定了阿珍。又有人说，大夫人选出来了，快选二夫人，至少得有三个夫人才像大王。阿贵手一挥，说，那些都是半吊子大王，真正的王是佳丽三千，独爱一人，本王就只要一个夫人。从此，阿贵和阿珍便被伙伴们称为"山大王"和"压寨夫人"。阿来不服气，但又不敢公开挑战阿贵，只能暗暗使劲讨阿珍的好。但奇怪的是，阿来越是讨好，阿珍便越发觉得厌恶。长大后，就在两家准备商谈他们俩的婚事时，阿珍却宣布要嫁给阿贵，家里人气得脸都歪了，母亲苦苦相逼，说就是不嫁阿来也不能嫁给阿贵，阿贵满身匪气，根本就不是踏实过日子的人。阿珍也以死相抗，说不让嫁阿贵，那她就真的去死。

她如此争来的婚姻这么快就因阿贵的背叛而破碎了吗？那个说只要一个夫人的阿贵会背叛自己吗？阿珍伤心至极，从小到大她从未遭受过这么大的打击，仿佛天都要塌下来了。

去幼儿园接妞妞时，妞妞一见到她就扑入她怀里呜呜哭起来，哭声里尽是委屈。妞妞长这么大，还是第一次与妈妈分别，而且一丢就是两天，妞妞大概以为妈妈不要她了。此时的阿珍也有如妞妞一样的感觉，她感到妞妞对她的依赖就像她对阿贵的依赖一样，只是她不知道去向谁哭泣，不知道接下来她将面临的会是什么。但她必须劝慰自己冷静下来，不管发生天大的事，她都不能用自己的情绪去影响妞妞，阿贵是她仰仗的天，而她又是妞妞仰仗的天。

如果说以前因为不习惯或爱胡思乱想而睡眠不好，那么现在的夜晚才真正让阿珍度日如年，伤心、焦灼，每一分每一秒都如处在针尖般难熬。她知道今晚睡眠是肯定不会光顾了，她坐在绣盘边上，绣布上的图案有意捉弄人似的忽远忽近，她拿着针不从何处下手，一刺下去就扎在了自己的手指上，连着几次扎得手指满是鲜红的血。

阿珍的心更乱了，刺绣是份心细的活儿，这种状态肯定是做不成的，不如打扫卫生吧。阿珍做姑娘的时候有一个好习惯，每遇到不开心的事，就喜欢打扫卫生，把房前屋后、屋里屋外认认真真打理一遍，把家里所有的脏衣服都挑到河边去细细地洗。埋头做完这一切再来光顾心情，看到清清爽爽的环境，看到完成了那么多的事情，心里有了成就感，所有的阴霾便都过去了。可是今晚，阿珍整理那些脏衣服时，却是拿一件落一件，好几次进到卧室都忘了是要去做什么。终于将脏衣服全部甩进了塑胶盆，却又不小心跌了一跤，把盆也踩破了，手又被划了一道口子，后脑也磕了一个大包，狼狈到了极点。

阿珍只好躺到床上默默流着眼泪，想难道她的天空从此塌陷了吗？她不甘心，又不自觉地摸出手机拨打阿贵的电话，可是电话依然关机。阿珍想就算是有了外遇也不该避而不见啊，大不了离婚，她阿珍又不是那种死乞白赖的人，为什么要这般杳无音讯地折磨她呢？阿珍曾设想了无数种情况，一开始她是无论如何都不敢想到离婚这一步，她只想联系到阿贵的时候要好好质问他，她想要看看他的那个相好到底比她强多少，她想跟他们大吵一架甚至打上一架。然而，阿贵久久避而不见，她对阿贵的愤怒犹如一只过于膨胀的气球没能迎来她想要的爆破，而是漏了气，慢慢蔫下来，筋疲力尽。

筋疲力尽的阿珍将所有的事情想了个遍，也设想了各种各样的结果，想得越多，她便越不相信阿贵会因为有了外遇就变得这么无耻，她开始为阿贵寻找开脱的理由，她想或许阿贵遇到了什么麻烦，不想拖累她才什么都不告诉她。那么，阿贵究竟是遇到了什么麻烦事呢？阿珍忽然觉得她对阿贵的事知道得太少了，觉得自己竟一点也不了解阿贵，她平时总是习惯等着阿贵呵护她宠她，一旦阿贵关心不够，冷落了她，她便跟阿贵赌气，却不去想阿贵是不是遇到了什么不如意的事。就这样，阿珍的火气忽然一下子全变成了担心，她甚至埋怨自己花太多的时间和心力在孩子身上而忽略了老公，埋怨自己没有尽好一个妻子的职责。她给阿贵发了许多温情的短信，希望阿贵不管天大的事一开机就跟她联系。

六

第二天阿珍决定回云岭，她要去寻找阿贵的踪迹。她带着妞妞下得楼来，却见阿来在小区门口徘徊。妞妞喊舅舅，阿来一阵脸红，不敢抬眼看阿珍，只低低地喊了一声：阿珍。

阿珍没好气地说，你来做什么？

阿来说，我担心你，来看看。

阿珍想，阿贵失踪的事，村里人一定都知道了吧。她有些气恼，将目光别过一边，像逃避，又像不愿意见到阿来，气气地说，要你担心！

阿来知道阿珍嘴硬，并没有生气，他抬眼看阿珍，见阿珍眼皮浮肿，像狠狠地哭过，原本圆润的面庞仿佛霜打的茄子，轮廓虽然依旧美好，但却显得蔫蔫涩涩的。只一眼，阿来已是万般心疼，他攥起拳头，骂了一句，妈的，都是阿贵害的你！

阿珍想到心里的委屈，泪水就要不争气地淌下来了。可是她不想在这个曾被她拒绝、曾被她伤害的男人面前流泪，在他面前，她一直都是那般的高傲，怎么可以突然放低姿态显示出软弱呢。阿珍抬眼去看天空，说，不关你的事。

妞妞见妈妈老望着天空，也抬头望向天空。阿来感觉很不自在，也只好跟着望向天空。可是天空灰蒙蒙的，什么都没有。他们就那样望着天空，引得过路的人都好奇地朝天空看，但谁也不明白他们在看什么。

许久，阿来说，都到你家门口了，也让我上你家坐坐吧。

阿珍一心只想寻找阿贵，这个时候她哪有心思叙旧。她忽然感觉阿来有些嫌恶，正想回绝。阿来说，我这有阿贵要转交给你的东西。阿珍这才满心狐疑又满怀希望地将阿来请到家里去。

阿来带来的是一份阿贵签了字的离婚协议书和一封阿贵写给阿珍的亲笔信。阿贵在信上说他迷上了赌博，输了身上所有的钱，输了存款，输了家具，还输了房子。他说他没脸再见阿珍，他求阿来帮忙将房契赎了回来，希望阿珍看在女儿的份上签了离婚协议，以免日后受到牵连，希望阿来能够帮忙照顾她们娘俩，他也就没有后顾之忧，死而无憾了。

在云岭工地的一年，赌博氛围那么浓厚阿贵都没有沾边，叫阿珍怎么相信阿贵是因为赌博而被逼上的绝境？那个时候，阿珍怕阿贵参与赌博，常在他耳边念叨，说赌博有什么好，无论输钱赢钱都是输，输的人是输了钱财，输了家庭，输了人生；而赢的人则输了精力，输了德行，输了安稳。阿贵难道不是因为听了她的劝，认可了她的说法才没有参与赌博的吗？他怎么会连房子、家庭都赌输掉呢？阿珍想，一定是阿来为得到自己设下了什么圈套让阿贵上的当。阿珍拿过离婚协议当下就撕了，还将碎片狠狠地摔在阿来脸上。她对阿来说，你当我是什么，商品吗？是你有了钱就可以买过去的商品吗？

阿来红着脸，支支吾吾地说，我不是这个意思，我只是希望你过得好。声音小得好像咽在肚子里一般。

阿珍质问阿来，说，你把阿贵藏哪去了？

阿来说，我能藏得住阿贵吗？他来找我说你们的房子被他赌掉了，赢家要收房子，希望我去把那房子买下来。我送了钱去，他们就把房产证给了我。

那你为什么不来跟我讲，不劝劝阿贵？阿珍几乎咆哮了，她觉得他们都是合起伙来骗她的。

阿来说，我本来是要跟你讲的，但阿贵交给我一封信，说对你的解释都在信里。后来，阿贵去了哪，我也不知道，他什么都不让我问。

他什么都不让问，你就真的什么都不问吗？他让你去吃屎你是不是也只会乖乖地照做？

阿来一声不吭，任由阿珍发泄着满腹的怨气。

阿珍想男人都是自私的，他怎么可能会为了她劝说阿贵呢？一副看似诺诺笨笨的样子，还不知道内心有多龌龊。阿珍有着满肚子的委屈，这会子看阿来更觉恶心，她对阿来吼道，我过得好与不好，与你无关！你走！你走！

阿来站起来，要走又不放心，终于鼓足勇气说，阿珍，你还是接受现实吧，你当初的选择就是个错误，阿贵本就不是能托付终身的人。

阿珍气急败坏地将阿来推出屋外，一秒钟都不想再看到他。关上门，她膨胀的神经却如断了线的珠链子，彻底散了。她倒在沙发上呜呜地哭，头昏脑涨，心口紧闷，哭了几下便喘不上气晕了过去。

等她醒来，已是躺在医院的病床上，母亲、阿来、妞妞都守在她的病床前。据说当时是妞妞哭着跑下楼去将阿来喊回来的。母亲说，多亏妞妞懂事，也多亏有阿来在，不然命都丢了。阿珍因为长时间失眠，又加上过度悲伤，身体严重虚脱，已经昏睡了三天三夜。这三天三夜里，母亲一直念念叨叨，阿珍醒来后更是不停地数落阿贵，埋怨阿珍，赞阿来的好。阿珍没有听母亲的念叨，她醒来的第一件事便是给阿贵打电话，而电话依旧关机。

阿珍在医院住了一个星期，这段时间，阿来对她们母女的照顾是无微不至的，同病室的人先是奇怪这个年代怎么还有如此细心体贴的哥哥，因为妞妞一直"舅舅、舅舅"地喊，人们都以为阿来是兄长，后来从阿珍母亲那里了解情况后，便都帮着做起了阿珍的思想工作。其实阿珍也知道自己那样责怪阿来是没有理由的，阿来是什么样的人，她心里最清楚。可是她也明白，有时候并不是一个人有多好就能够爱得起来。这些天她虽然不大说话，却想得很多。她想阿贵虽然把整个家都败了，但应该只是一时的迷途，并不是不可原谅的错误。她甚至在阿贵的错误里感受到了阿贵对她的爱，那种宁愿自己一个人承担错误的后果也不愿累及妻女的深刻的爱。这样一个男人，难道不该拯救他，跟他共患难吗？阿珍坚定了决心，她给阿贵发了许多温情的信息，希望阿贵在偶尔开机的时候能够知晓她的心意，她愿意跟阿贵过最艰苦最清贫的日子，只希望阿贵快点回到她们母女身边。

阿珍一出院便向母亲借钱，她准备租房子住，她要把房子还给阿来，不能让阿来对她再抱一丁点幻想，她经受不起那份愧疚的折磨。她向阿来表明心迹，说这辈子生是阿贵的人，死是阿贵的鬼，如果阿来真想她好就赶紧成家，不要让她落入别人口实。母亲不同意，阿来也不愿离开。阿来说你不接受是你的事，但让我住你的房子看你受苦，我做不到。你要找阿贵，我陪你一起找，就当那些钱是我借给阿贵的。

阿珍只能将感激埋进心底，与阿来满世界地寻找阿贵。只要听说哪里有人聚赌，他们便赶过去打听。然而阿贵却像从这个世界消失了一样，悄无声息。有人说他欠的赌债太多了，跑出外面躲债去了。也有人说他没脸见阿珍，有意躲起来是要成全阿来和阿珍。不管怎样，一个大活人真要躲起来，寻他是难寻的，阿珍不能这样无休止地找下去，短短一段时间，她已经憔悴了许多，人瘦了一圈不说，脸上的斑也如雨后春笋般长了出来。母亲心疼她，说既然房子是阿来的了，哪有让阿来天天住旅馆的道理，应该让阿来住进来。母亲本是想撮合她与阿来。可是，阿珍却开始整理物品。阿珍知道日子不能这样继续下去，她必须为她和妞妞以后的生活另作打算，她要带着妞妞搬离这套她们刚住了一年多的新房。

七

真的要离开，阿珍是不甘心的。她始终无法相信人们关于阿贵的传言，虽然嘴上说放弃了寻找，但她依旧早出晚归地在街上晃荡，说是找出租房，可是，她多么希望某一个拐角，就突然撞见了阿贵。寻找多日，出租房找到了，而阿贵却仿佛人间蒸发，再也不见踪影。

就要搬离她们刚住了一年多的新房了，阿珍抚摸着当初为节约钱与阿贵一起粉刷的墙。当时她说，没有什么装饰，就给墙壁添些色彩吧，然后妞妞的房间刷了粉色，他们的房间刷了蓝色，客厅刷了白色。那些家具，客厅的、卧室的、厨房的、卫生间的，充满了他们一家三口气息的家具，虽然质量不是很好，却是她精挑细选、讨价还价，一件一件淘回来的。墙上挂的装饰是她费心费力，一针一线绣的缕纱绣。阳台上的花草，是她和阿贵从云岭的山坡上挖来栽的，每一棵都有一个故事……

原本阿来要将房产证还给阿珍，可她没接，接了一是不知什么时候才能够还清这笔债，二是即便以后还了钱她心里也会永远带着亏欠。她不想对生活有所亏欠，亏欠了心里会不安稳，不安稳就睡不好觉，她已经被失眠折腾得够呛了，她不想永远生活在失眠的状态中。她要阿来重新装一下房子，添些家具，然后娶一房媳妇好好过日子。阿来毫无办法，只能看着固执的阿珍带着妞妞离开。

阿珍带着女儿搬进了别人楼脚下的一间简陋的柴棚。住在阴暗潮湿不透风的柴棚里，她仍然整夜整夜地失眠，就连妞妞也睡不好。妞妞老是问她，妈妈，为什么我们要住到这里来，为什么不住我们原来的房子？

我们的房子被偷了。阿珍敷衍着。

房子不是还在那里吗，谁能把它偷走呀？

被偷了就是被偷了！反正它已经不是我们的了！

妈妈，那爸爸是不是也被偷了？

阿珍本想冲着妞妞没完没了的问题发一通火，为自己的憋屈找个排泄的缺口，但听到妞妞这样问，她的心就疼了，她不知该如何跟妞妞解释家庭的这一切变故。她强忍了火气，强忍了悲痛，强忍了总想掉下来的眼泪，把妞妞揽入怀里，用脸摩挲着妞妞的头发，说，爸爸没有被偷，谁也偷不走你的爸爸，他去挣钱来给我们买大房子，他会回来的。

他会回来的。这是阿珍的期盼，也是阿珍给自己的憧憬。阿珍顾不了失眠的问题，因为生计这座大山正挡在她跟前，她做什么都得先翻越这座山，就像云岭人要出来必须得翻越罗汉山一样。阿珍在大街小巷走了几天之后，为了时间相对自由，弄了一架手推车，每天半夜起来准备食物，然后用手推车一边装着卖卷粉的瓶瓶罐罐，一边载着妞妞，将妞妞送到学校后，就在一些人多的路口卖她的小吃，卖完了就到处捡一捡别人丢弃的饮料瓶子。开始几日，阿珍很不适应，她不好意思招揽顾客，又怕被城管撵赶，整日惶恐不安。每当这个时候，她就无比怀念那些在山间地头干活的日子。她想要是还有田地给她耕种该多好啊，虽然体力上累一点，但秋收一过，一年的收成都进了屋，就不用担心吃上顿没下顿。现在想来，那样的日子多么自在舒坦啊。可是，再也回不去了。

回不去了。阿珍一直在想，当初她坚决要在城里买房是不是错了？她以为有了房子就有了落脚处，就有了安稳，就成了城里人，这些想法是不是都错了？可是，要怎样才是对的，要怎样才能在这个城市站稳脚跟？

阿珍已经没有退路，不管城里的生活多么艰难，她都必须硬着头皮撑着。回不去的还有她内心的那份安宁。阿珍不怕苦不怕累，但她却多么希望每天拖着疲惫的身躯回家后，能够与老公孩子享受一点属于他们一家人其乐融融的时光，她多么希望能够在心里重新捡回一份踏实与安宁，每天晚上睡上一个安稳的觉。可是，生活还能给她这份盼想，阿贵还能够成全她这份盼想吗？

阿珍不知道阿贵是否知晓她和孩子目前的状况，但他相信阿贵一定在看着，很多人在看着，尤其云岭人都看着。阿珍却不太想看见云岭人。云岭人一直如井底之蛙般活得很谦卑，她也曾那么谦卑地活着，初到城市时处处露着胆怯。但后来有了房子，她的底气一点点增强，有时甚至感觉面对云岭人时，她已如城里人一般高高在上了。现在这份底气没有了，她成了云岭人一夜暴富又瞬间沦为穷光蛋的最大的笑话。

但云岭人却似乎出于善意，到了城里总要到她摊前买份吃的。他们说，反正要吃，跟谁买不是买，跟你买更好吃也更放心。而最常光顾她摊位的自然是阿来。不管阿珍在哪里摆摊，阿来总能找到她。阿珍先是求他不要出现在她面前，阿来不听，阿来再来阿珍便不再理睬，一句话也不跟他说。阿来就自己装卷粉，放调料，然后将钱丢在她的手推车上。

阿珍不知道这样的生活还要持续多久，她真怕有一天自己就坚持不去下了。可是，她想如果自己也妥协了，还有谁能够拯救阿贵？阿珍像害怕时光会擦掉记忆似的时刻想着阿贵，阿来来得越勤她便越发地想，想着阿贵曾经对她的爱、对她的好，她只当现在所受的一切艰熬都是老天对她的考验。她想，只要她一直坚持下去，一直等待下去，相信她的坚持和等待终究会感化那个躲在暗处里的阿贵。

阿珍还没将阿贵感化，却首先感化了阿香。某天，阿珍突然接到阿香的电话，说她想开家民族刺绣店，邀请阿珍加盟。

阿香是宝弟家的媳妇，他们得了八十万的征地补偿款，在县城买了一个门面。阿香说，新城区还不是很热闹，门面不好出租，我想着不如自己利用门面做点事。阿香观察了市场许久，又听说县里为打造民族文化旅游正在大力扶持民族产业，阿香想来想去便打算利用自己的门面成立一间民族刺绣工作室。说到刺绣，阿珍是云岭首屈一指的，阿香自然想到了阿珍。

阿香的想法仿佛投入水塘的一块石子，一下激活了阿珍的梦想。阿珍喜欢刺绣，但经常被骂作是毫无用处的闲活，她做梦都希望刺绣能够被人重视起来，成为有价值的东西。如今，她的刺绣手艺真的能搬上台面，成为她对美好生活的新的期待吗？阿香说，这是肯定的，我们云岭的梭子瀑那么美，侗家的刺绣那么美，将来县里要打造旅游业，这两样都是宝。

阿香和阿珍说干就干。阿珍负责刺绣，画样品，带动云岭其他妇女闲暇时参与刺绣。阿香则负责门面装修、联络订单之类。她们给她们的店子取了个名字，叫作"侗家姐妹手工艺绣"。

开业典礼那天，阿珍第一次展露了许久以来难得一见的笑容，看着她为了开业紧赶慢赶地将作品一件件摆出来，看到顾客欣赏时发出啧啧的赞叹，阿珍感觉似乎正在慢慢找回自己。她又想到了阿贵，她想阿贵应该也正在慢慢找回那个曾经迷失的自己吧。

活动结束，阿珍回到家，见女儿妞妞坐在家门口，怀里抱着几只空瓶子。妞妞看到她便把空瓶子举起来，说，妈妈，我捡了这么多瓶子，可以卖好多钱的。阿珍心里一阵堵，接着涌起一阵热浪，泪就出来了。妞妞说妈妈，你怎么哭了？阿珍走过去把妞妞抱起来，说是沙子掉进妈妈眼睛了。

那天晚上，阿珍不再加班，早早地抱着妞妞上床睡觉。刺绣让阿珍感觉重新有了一点底气，也让她觉得与云岭的距离又拉近了。云岭近了，她便觉得阿贵似乎也在慢慢向她靠近。何况连妞妞都懂得跟她一起努力了，好日子还会远吗。她这般想着，心越来越暖了。她的嘴角不由得抽了一下，接着轻轻唱起摇篮曲。她发现自己好久没唱了，竟唱出了些许生疏。她唱着唱着，竟分不清是唱给妞妞听，还是唱给自己听。不知不觉中，她轻轻进入了梦乡，她梦见她和妞妞坐在一张地毯上，地毯绣着许多精美的图案，阿珍被吸引着，感觉那些图案有些眼熟，越看越像自己的刺绣。地毯忽然像哈利·波特的扫帚一样，渐渐飞了起来，阿珍搂紧了妞妞，感受着飞翔的喜悦，却不知地毯要将她们带向哪里。

（原载《民族文学》2016年第12期）

蒋 在

举起灵魂伸向你

在此之前
为了留住你
我将献上
我所拥有的一切
一个没有珠宝穿孔——
少女贫乏的耳洞

一

　　二楼与三楼的落地窗上，有一个用黑色的白板笔画的物理抛物线。走过裸露的水泥楼梯，每次我都会踮起脚，减少鞋底叩击地面的声音。只有踏上楼层通道里的地毯，我才会完全放松下来。

　　我的电子邮箱里，只保留了他发给我的邮件，学习上的、私人生活上的，甚至包括我的写作，我能背出大多数他写的内容。

　　他的办公室往左面绕半个圆，在校长办公室旁边，门的侧面贴了一个方形的软木板，上面的透明工字钉是他的，彩色的工字钉是别人给他留言时按进去的。最上面写着：扎克·斯图尔特，人文系教授。

　　我更喜欢他的姓氏。他的生日比我早一周，这让我想到了神示。去年他过四十八岁生日时，我给他写过贺卡。我曾问过他为什么不写诗或是小说，他说他在等一个缪斯。

我告诉他里尔克说不要写爱情诗。第二天他在教室门口叫住我，手里拿着一张打印纸稿说，里尔克当然写爱情诗。

我接过他递来的稿纸晃了一眼里尔克的名字，转身快速地下楼，然后朝教学楼的侧面走去。那儿有一大片树林，雨后的阳光照进树林，苔藓上蠕动的虫蚁和空气里植物的气味，让我的心情松弛下来，我放慢了走路的速度。

"如何举起灵魂伸向你"，我不能确定这是里尔克的诗。我翻遍了里尔克的所有选集，也没有找到这句诗。

他的门打开了四分之三，下面用一个塑料塞子卡住门缝，不让它关紧。室内有五个书柜，上面放的全是精装本，统一的冷色调，跟他家里的一样。我能看到的有《莎士比亚全集》《麦克·尤恩全集》。

要看着他的眼睛。我总在心里这样对自己说，因为我不知道自己还能有多少次可以望着他的眼睛。

他喜欢穿蓝格子的衬衣，外面套一件V字领的毛衣，从不打领带。他的办公桌上放着咖啡色皮革商务公文包，可以手提或者斜挎，他从来都是手提。我知道公文包的牌子是Kattee的，我上网查过。

要看着他的眼睛。

他在对我微笑。我将脸转向窗外，光总是被几棵高大的花旗松树挡住，即使有阳光也只能透过枝丫照射过来。

"这些天没有下雨，听起来一点都不像斯阔米什了，是不是？"

他拿了一只黑色的钢笔，用手撑住两端，让笔横在中间，又迅速地竖了起来。

"出太阳很好，下午可以去镇上买一束波斯菊。"

我的心跳在加速，每一个单词从嘴里吐出时，都像棱角分明的石头。

"也许你已经适应了上海的气候，"他将那支钢笔斜成了三十五度，钢笔折射出白色的光。"从温哥华到上海需要多少个小时？"

"十一个小时，如果风向好的话，有时九个半小时就能到，我也不太清楚。"

我注意到了他无名指上圆环状的金色戒指。

他戴在了左手的无名指上。我先前一直以为他离了婚。如果是在右手的手指就有别的含义。可是我并不介意，如果他不爱她。我希望是这样的，就像我并不介意他的女儿对我充满着莫名的敌意。

他的女儿在镇上读初中，短发，不是金黄色的那种，瘦弱，喜欢绿色，对人不太友善，可能是因为牙齿刚箍上了钢圈套。总之不爱笑，也不爱说话。她喜欢吃我做的沙拉。

有一次他邀请我去他家，他女儿也在。我给他女儿做沙拉，里面放了花叶生菜、紫甘蓝、小西红柿、玉米粒、洋葱圈，她从不放千岛酱。我把沙拉递给她，她看我一眼，坐在了壁炉前面的那块毛石上，不愿跟我们待在一起。

我和他在圆形大吊灯下坐着，他点好了蜡烛。他在腿上铺了擦嘴用的花手巾，用法语对我说，Bonn Appetit。

她的女儿望了我一眼，透出一种蔑视。她端着盘子去了地下室。我知道她不喜欢我，她爸爸让我别在意。

"我要和我的妻子去巴黎了，去看我们的女儿。"

"她不是在你身边？"

"我说的是另一个。"

二

教学楼过道上铺的灰色地毯，总是让我有某种说不清的感觉，或者它能盖住一些外部的声音，让一个人走在上面时能听到自己的心跳。

同学在大声地叫我。他在二楼的教室里，他走了出来，我假装没有看到他，跟着同学一起抱着厚厚的几本书，走过他的身旁，想象他望我背影的情景，有一股暖流涌进身体里。

"如何举起灵魂伸向你。"

真的是里尔克的诗吗？是他的表白？抑或只是证明里尔克是写过爱情诗的？那么有必要打印出来证明吗？这只不过是一个小小的不经意间的讨论，或者只是随口一说。里尔克的诗不是我必修的课，我只是那么一说。或者是想在他面前显示我的阅读能力。我不知道，我当时只是那么一说。

娅姆正在往房间的门上拼贴东西，她叫我把屋子里的几个啤酒瓶扔出去。我顺着楼道后面的小路往下走，前面有个废物堆放箱，同学们喜欢把不要的可利用的东西堆放在那里，也有同学会从那儿捡回自己需要的东西，比如床头柜，比如衣服。我也在那儿捡回过东西。

不远处就是停车场，暑假就要到了，停车场里面的车挪动很频繁。车的种类很多，车牌上的归属地也变得更远，有的甚至是从纽约开过来的。学校里有一半的学生都从美国来。每当放假，同学的父母会戴着墨镜，穿着露出肩膀的T恤，打开车的后备箱往里面装行李。女人们肩膀上的金色绒毛闪闪发亮，而吸收了光线的雀斑却变得更加黯淡。另外的一半学生基本上是加拿大人，国际学生只占了全校学生的百分之五，且那些所谓的国际学生大多从欧洲来。所以私下里我们都说这所大学是全加拿大最"白"的学校，因为不光学生，就连老师也差不多全是白人。

在北美洲，所有的白人与生俱来有一种民族优越感。但在这所大学大多数人都是白人，那种优越感并不是十分明显。他们并不喜欢人人平等，所以就会出现一些类似于精英的团伙。拉帮结伙这种现象走到什么地方都会有，根据身高、种族、口音、头发的颜色、冰上曲棍球，形成不同的小团伙，这一点也不奇怪。我们学校就有因为文学和艺术，形成的一个奇特的圈子，他们与众不同，显得超凡脱俗。

他们是学校的一种现象，这个现象比我从前遇见的更特别。他们的出现像是一道光，给学校着了色。无论他们在学校的哪个角落出现，都会形成一种异乎寻常的情形。或者他们的贵族气派，像巨幅画卷摆在客厅的壁炉之上；像那幅《跨越阿尔卑斯山圣伯纳隘道口的拿破仑》中，那匹白马发光的黄金鬃毛。

冬天下雪的时候，我常常和娅姆从后门绕出去，经过雪地去到围着栅栏的抽烟区。厨师也会从那儿出来，掐灭学生刚刚扔掉的一只烟头，扔进垃圾桶，从工具室里拿着铲子铲雪，将雪堆积起来。第二天黎明，我们会发现雪堆上的人面雕塑，那么生动的痛苦表情，总会让人感受到来自心灵深处的某种涌动。

学校停车库里的每一辆旧车上，都留下了他们的杰作。那些车子玻璃上的灰尘都是陈年的，难以清理，经过他们的手再经过别人的拍摄，传到学校的社交网站上，让全校的人惊异他们生活的空间，竟然有这样的艺术家。我们在不经意间猜测着画画人的名字，他们有悲观的浪漫主义色彩，在人生的虚无之中，名字是毫无意义的，唯有艺术永恒。这样的讨论使我们的生活，多了许多艺术的色彩和氛围。

他们画美国知更鸟，加拿大黑雁。黑雁的翅膀，鸟羽的茎，中空且透明。仿佛只有高贵的风能够触碰他们的脖颈，他们的手指是那么的纤弱修长，虽然戴着手套，但是抓东西仿佛很紧。他们开着奥兹莫比尔442，在学校休课的时间里飞奔在去美国加州的公路上。有时候，他们会把车停放在离教学楼不远的地方，几个人斜靠在车上，点烟时微微低下头，响亮的音乐从打开的车门冲出来。

他们神秘又不神秘，他们不参与时政，永远只谈论过去。他们也没有建立一些让其他人感到晦涩难以理解的"密码"，只为了和成员沟通。没有像美国大学那些所谓的兄弟会，或是姐妹会有一些自己的勋章，以此来辨别成员。他们更希望没有人认识他们。

走进这个精英团体之前，一切是那样地让我感觉到望尘莫及。他们高冷排外不拘泥世俗中的种种行为。因兴趣爱好聚齐一帮人在一起的现象并不少见，而更加特别的是，他们不仅仅是出于这个原因才聚集在了一起，而是经过斯图尔特教授精心挑选的，正好他们大多数都是同一届的学生，他们很快就要毕业了。每一年，斯图尔特教授都要在全校范围内选拔和培养这么一帮学生，大约十个人，他们不仅要对艺术有敏感的嗅觉，且无论男女都要有脱俗漂亮的外表。

我就是在那时认识斯图尔特教授的。我和他们不同，我之所以能够融进这样的小团体，完全是出于对他们的人道主义关怀。很多人对这个团体的排外性进行攻击，我的出现恰好体现了他们的包容性，也堵住了其他人的嘴。另外，由于他们浪漫主义表达的本性，对神秘且遥远的土地有一种渴求性的探索，为了便于他们艺术的创作，我代表了他们还不曾到过，也不曾写过和表达过的东方。

三

我知道他会在楼上看我。

从他办公室的后窗那儿，可以看到我回家经过的小路。这是他告诉我的。

下午的时候，他告诉我说，我现在在办公室，你想在暑假前跟我交流一下吗？我一下乱了手脚，不知道该怎么去做。我该换衣服吗？化妆？我抹了嘴唇，发现颜色太过于显眼，又擦掉了。我围着教学楼转，心脏跳动的声音竟然那么明晰，想着每一步都在走向他，脚下的每一颗石头都在震动。它们都知道我在朝着他去。

我们坐下来聊天，聊我夏天的计划，聊他夏天的计划。我能感觉到他对他培养的那一批精英毕业将离去的不舍。他一直在谈论他和他们的过去，他们是多么的优秀，以及谁谁谁在《洛杉矶时报》上发表过什么文章、讲了什么内容。他还给我看了上个假期他和妻子的照片。他的妻子并不美丽。讲到这儿，我觉得我该走了。我无法接受他毫不避讳地在我面前提起他的妻子。

"你不一定要走的，我只是不知道我的工作能不能做完。或者，你想一起吃晚饭吗？"

我并没有即刻回答，他看出了我的动摇，继续说道："我不太喜欢食堂的饭菜，我们可以去家里吃，这样可以吗？"

"那行，我们去你家吃吧。"

"你想现在走吗？"

"我可以等你做完手里的事，没有必要急的。我半小时后再回来。"

离开他的办公室，我快速地跑下楼梯，朝着操场对面铺满鹅卵石的小路走去。我该怎么做？之前我答应娅姆一起吃晚饭。我只好利用这半小时的时间去找娅姆，告诉她我不能跟她一起做饭了。

娅姆听到我改变了计划变得很伤心，但如果我告诉她我和斯图尔特教授吃饭，她会更伤心。教授的精英小团体是她一直想靠近的，常常得来的却是那些人藏在礼貌之中的冷漠和嘲弄。他们不选娅姆而选了我，原因是娅姆是在加拿大出生的印度人，虽然在他们眼里她就是一个加拿大人，甚至她从来没有去过印度。即使如此，她说她在这个国家依然找不到归属感。或许是因为她父母的牵制，并且将她恋爱的自由范围圈定在印度人之中。在这样的自由之地，她的父母和其他的亚洲父母没有什么两样。周末不允许外出，不允许随便带朋友回家，连自己学什么专业都不能擅自选择。他们设定她必须成为一个医生，对于医学并无兴趣的她，有痛不欲生的感觉。她对于我在选择我的学业上有无限的自由感到荒唐，我们交流的时候她常常会惊讶地问一句："你爸妈不管的？"

我回去找他的时候，天色已经暗下来，暮色笼罩下的教学楼，是那样地静穆。我的脚步声也粘上了暮色，它沉静孤冷地叩在地面上，与我的心情形成对照。我站在他的办公室门口说，对不起我来晚了。他笑着起身朝我走来，他像是早已准备好了。

学生来他家吃饭再正常不过了，尤其是他培养的那群精英每周都会聚集。我们以举办图书俱乐部为借口，每周日七点，带上一本名著汇合。有时去早一些还能吃上下午饭。我们买一些廉价的食品和蔬菜，去到他家喝名贵的红酒。有时他还会给我们提供经费，我们就会开车到另一家更远的超市里去拿两只烤鸡。他一点也不介意同学们的表现，一次又一次地发出邀请。

冬天围在灶炉边上，我们读《战争与和平》。托尔斯泰为了体现俄罗斯贵族的日常生活，常常在对话中写法语。这并不能对教授或是这群精英造成困难，他们读到法语部分时，从不停顿，以纯正的巴黎口音，而非加拿大魁北克的法语口音，大段大段地读下去。我很少出声，如果我说我完全听不懂，就会扫了大家的兴致。当读完一个章节，出于礼貌，教授会找人给我翻译成英文。这样的方式虽然是出于关心，但常常让我十分尴尬，仿佛所有的缓慢都是为了我一个人。甚至让我觉得，他们没有读俄文是出于对我的照顾，否则他们就能完整地体验到原文的优美。

他对我额外的关心，并没有让我误会他对我有什么暗示，或是对我有任何非分之想，而是为他良好的教养而深受感动。如果要用一个词来形容他，那么一定是高贵，是我这一辈子也不能妄想靠近的高贵和优雅。他投足举手之间透出一种欧洲皇室贵族的气质，让人想起玉帛或华丽丝织品上的光泽。即使落寞了黯淡了，也依然保持着高贵和尊严。

我们每读一本书，就会在书中尝试寻找出一种关于自己的定位。教授是我们的核心，是图书俱乐部的发起人，我们仰仗他，所以他总是无可避免地幻变成书中的主角。主角的美德与吸引人的魅力，在无形中增添到了他的身上，渐渐地这虚拟的形象，不可磨灭地塑造在我的心里，连现实生活中他偶尔所表现的不一致，都被我内心的想象抵制和否认了。

冬天的黄昏，雪覆盖了停车场，初秋就一直停在那里的雅马哈摩托，头盔里歪歪斜斜地装满了雪。红色的消防栓光秃秃地露了半截，门前用砖块隔出的花圃范围早已被雪淡去。只剩下一棵光秃秃的树，单看树干很难分辨出那究竟是一棵香柏还是花旗松，树干像拆掉了一半的拱门。他们带着俄国人的仿兔毛帽子，边缘及其里料用的锦棉纺与平绒，像鸵鸟背部后面的鸟毛高高向上拱起，身影从一排排的树后渐渐显现。那个样子像是从陀思妥耶夫斯基的《白痴》里走出来，刚下火车的梅什金公爵——过膝大衣里，还透着隔壁旅人潮湿的汗气，汇合着火车喷出的蒸汽，走到车站的角落，将红木质地旅行箱放在脚边，为了摸出左边衣服口袋的烟斗，而如今取而代之的是手上的酒。

他们常常拿着半瓶威士忌酒进门，在晚饭前喝上两杯，说那才是真正的烈酒。喝得半醉半醒之后，在午夜开车回家。路上没有一辆车，没有一个人，他们在转盘处急转弯，即使碰撞、抛锚，像即刻死去都是值得的。

"猫呢？"进屋后我故作镇静地说。

"在那里等着你呢。"他指向沙发的一角，那只黑白相间的猫，在沙发的靠背上静静地坐着。

我们都笑起来。他递给我一条围裙，给了我四个苹果、六个红萝卜，让我切开。

他给我开了一瓶红酒。他问我："你母亲漂亮吗？"

我笑着不置可否地点头。

"比你还漂亮吗？"

"当然。"

他举起酒杯轻轻碰了一下我的杯子，只是象征性地碰了一下，然后说："这一定会很难。"

我微微偏了一下头，为了掩饰心里的慌乱，我没有朝他举起杯子，而是仰过头自己啜了一口酒。口红印留在了杯子上，我想用手去抹掉它，却又畏怯地将杯子放到桌上。他知道我心里想什么吗？他一定是知道的。为了掩饰心里的慌乱，我故作镇静地取出两张餐巾纸，一张放在手里，一张递到他面前的桌上。

接着他问我是否去过欧洲，问我在巴黎有过恋爱吗？在意大利遇见什么人了吗？我没有回答他。我想问他，难道你不明白吗？我看着留在杯子上的口红，心里酸酸的始终没有开口。因为我知道如果我一开口，我就会哭出来。

他点上蜡烛，我请他为我弹钢琴。他最喜欢的是肖邦，为此我将所有肖邦的曲目背了下来。不仅如此，我还训练自己的耳朵，分辨圆舞曲、序曲，还有夜曲，当我听上一小段，基本控制在前十秒之内，我就能够准确地说出是肖邦的哪一首曲目。我对自己的耳朵很满意。

"你想听什么？"他说。

我尽量显示出不经意的样子，略加思考后说："肖邦降B小调夜曲一号，第九卷一号"。

他在钢琴前坐下来，在回过头来看我时，身体微微前倾了一下。然后他的手开始在琴键上寻找、起落，哗啦啦如疾风划过水面波光的漾动。我发现我的手心出了汗，心脏也被提到嗓子眼上来了。我试着让自己松弛下来，在他的手慢下来轻柔地落在琴键上时，音符开始融化转而又升温，冰融于水，清幽且明亮。

我看着他挺直的背脊。流动的音符成为时间的缝隙，而此刻的他是嵌进夜曲里闪动的灵光。我的心融进冰里，化成水在月光下浮动。我知道那一刻，是他怂恿了乐曲朝着幽冥的夜色中潜行。

我看着他，突然间我想到了他的死亡。如果有一天我连他的墓地在哪里都不知道，这有多么悲伤孤绝。我的手又出汗了，握着的纸巾变得潮湿。我发现他的头发在慢慢变白，虽然他已将两鬓剃得短小，遮住了将要满头白发的迹象，但他的嘴唇却失去血色，在喝了几口红酒后，才又显示出几分活力。

我不停地想象着他死去的情形。想着他的手变得惨淡，再也握不住一支笔，合不上一个信封，写不下我的名字。想着面对他的死，我手足无措，想着他墓碑上的字迹，无法更改的年月……

我甚至想到了我该用母语还是用英语，伫立在他的墓前哭泣。

请你再慢一点
如果你已慢了下来

我的心，我的意志
是什么使你恐惧
你说的哪一句话，哪一个字
或者哪一个动作
让我感觉到
你升腾中的销蚀
在此之前
为了留住你
我将献上
我所拥有的一切
一个没有珠宝穿孔——
少女贫乏的耳洞

四

放完暑假回来，夏天虽然还没有完全结束，却已经有了秋天的景象。学校周围的荒草因为没有人修剪长得很茂盛。到了晚上十点，天仍然微微亮着，打开屋内的灯，外面的蚊虫看见亮光，不停地撞在窗玻璃上。

我迫不及待地想要在开课前见到教授，可是却找不到任何理由和借口，我只能希望在外散步时能够偶遇到他。这样的可能常常是微乎其微，但我还是每天在黄昏来临的时候，独自走在通往树林的小路上，听各种各样的鸟叫，看它们飞过蓝天和树梢，在昏暗的天光下往回走。

鸟的叫声越来越黯然，像是要镂空夜色来临前的寂静，镂空他们离开后的学校。他们毕业了，学校对于我来说像是突然空了似的，无论走到哪里都像是有缺口，虚空了一个人生命似的缺口，是不是也在消融着时间，这个是我惧怕的。所以我盼望着能早一点回到教授的小团体中。我幻想着新的团员，能够像从前的他们那样，能够真正地理解我对艺术的表达，能够像他们那样让我感觉到生命理想的恰切和交错。我可以跟他们谈论我们都能理解的人生、文学和艺术，在我有限的人生经历中，只有他们会懂我在说什么。而不像在寝室里面对娅姆和艾玛，她们对我说的文学艺术没有兴趣，即便在我与她们偶尔的交谈中，虽然也显示认真听和表示出赞扬，我知道那只是出于礼貌，她们很快会找到合适的时机打岔或转移话题。

大四的生活会是怎样的，我并不知道。我只知道一年之后，我跟他们一样，将永久地离开这里。这个令人伤感的时间和感觉，似乎是突然显现出来的，让人产生无能为力的挫败而深感沮丧。这个新的学期我和娅姆、艾玛还有波特，搬进了比去年更好的独栋别墅。每个人新配了两把钥匙，我把它们挂在脖子，上生怕出门时忘记而将自己锁在屋外。一把是寝室的大门钥匙，另一把是我卧室柜子的钥匙。钥匙的挂串是PU（人造革），我把它拉起来的时候，它从我后面的帽衫窜进了脖子里，冰冰凉凉的一条线，紧贴着皮肤。

两把钥匙长得一样，我没有给它们做任何标记来区别。我试了第一把。大多数时候，第一把总是错的，钥匙进了锁孔无法转动，我很少有试了第一次就能打开门的。这一次也一样。我试着敲了敲门，没有人在家，我换了第二把钥匙。门边有一个鞋盒，像猫砂盆，不过是浅口的。所以我们鞋底的泥沙，免不了还是会落在地板上。

这一周不是我负责清洁房间。

我平时喜欢一个人在家将音乐开到最大声，并且会跟着唱，我听不出来自己唱得是好是坏，没有人告诉过我。我不能在她们面前听英文歌，她们会在背后议论说我被西化。她们不知道亚洲人也懂流行。特别是娅姆，她挑剔地对待亚洲人，可能是为了报复她父母对她的那份严厉。

我把书包放在书桌上，这是我固定的书桌。客厅里有两个书桌，另外三个人共享一个。因为娅姆说我是国际学生，东西很多，几个收纳箱里放不下，可以腾到桌子上。

娅姆决定着我们这个家大大小小的事务，洗洁精的牌子、拖布的颜色……而我们就只负责去买。

我们两个人一个卧室。和我一个房间的室友也是国际生，是一个泰国人，叫波特。娅姆和艾玛并不喜欢她。波特是个自然主义者，不喜欢冲马桶，也不喜欢洗衣服，换下来的衣服挂一段时间又拿出来穿。我们住在一起之后，才发现彼此并不真正了解对方。但可以肯定的是，波特也一直都对我没有什么好感。

波特也是图书俱乐部中的一员，她原先高我们一届，由于她中途休学了半年，不得不降级到和我一届。这样虽然我们成为同一届，但她又会比我们早一学期毕业。

波特出现在图书俱乐部的原因，想来和我也差不多——为了体现那群人的包容性，甚至为了迎合那些非盈利组织机构所提倡的人道主义救援。所以，像我们这样的两个人，本应该互相排斥，却为此我们心照不宣，互不排斥和伤害。后来因为我对艺术的见解，以及他们对我的接纳，还有他们对我艺术观的赞同和欣赏，在图书俱乐部偶尔"中心"的原因，她也只好用亲近我的态度来跟我交往。不然，我们俩怎么也不至于成为朋友。虽然我向往着与她和解，即使我们之间并无矛盾。

我们成为室友的原因来自于，她当时的同届同学毕业之后，她的孤立无援。她的交友并不广泛，比她小一届的学生中，她认识的除了我没有别人。所以当学校让每个人上报寝室室友时，她来问了我。向往和她和谐交往的想法占据了我的心，我立刻就答应跟她做室友，毕竟我俩将是图书俱乐部老成员中最后剩下的在校生。今年还会招新人，我和她在俱乐部的时间待得长了，以前那些需要被他人照拂的关系，也许就此摆脱了。我不仅答应了她，并在心里奇怪地萌生出一种期盼——我们会和睦相处。

我从中国回来的那几天，她给我画过两幅画，一张贴在厕所，另一张贴在卧室门上，下面用中文写着"欢迎回家"。即使这样，我们友善的关系也没有持续多久。我们刷牙的时间，洗衣服的次数，晚上上床的时间都不一样，更加实际地恶化了我们本来就不友好的关系。以前的恶意、不相容，我以为都是靠假想出来的，而如今想象也变成了现实，甚至更糟。她将所有脏衣服塞在床底，她的床离暖气很近，衣服被烘烤出一种难捱的气味，让人睡不着。我起身拿自己装衣服的篮子，将她的衣服全部拉出来，放在卧室门口。她回来之后，我假装在卧室看书，心思却全不在页面上。她把衣服抱了进来，放回了原来的位置，把篮子放在了我的床边，始终没有抬头看我，出去时还将灯关上了。

我和她之间近距离相处得彼此不适，给我们整个寝室造成了一种冷战的气氛。娅姆和艾玛走过我们的房间，会用非常警觉的眼神朝我们看一眼，像是看爆炸物，生怕不慎祸及自身那样。我觉得始终委屈，当着娅姆的面哭过，这个时候只有她会迎合我，她喜欢倾听别人的争执，从中寻找到一种她自身不敢去尝试的战斗式的快感。我还没有讲到她将脏衣服又放回卧室的事，娅姆转动着眼睛珠子朝我使眼色，示意我波特已经回来，我坐在客厅背对着她，听到了她掏钥匙换鞋。

我没有回过头去。我心里有怨气，更不想她看见我哭过。为了避开她，我朝厨房走去，装作清理水池，我本想回房间，但如果那样，我跟她之间的一切就过于明显了。

"我刚刚已经去二手商店，买了空气清新剂，如果你觉得卧室臭，你就往我衣服上喷。"

她悄然无声地走过来站在我的身后。讲完这句话之后，她看见我在哭，就进了房间，去拿环保纸巾给我擦眼泪。这种纸是灰茶色的，造纸粗糙，只有食堂才有，是她去食堂偷来的。她递给我纸巾，将进门时还没来得及放下的不锈钢水杯，放在厨房的水池边上，我听到一声清脆的响声。

看来娅姆之前就把我出卖了，我这样想着，心里有些羞愧。她坐了下来，摸着我的背告诉我："一切都会好起来的。"

此时她像一个圣徒，而我们只是一群为了使她的圣洁凸显出来的凡夫俗子。我并没有意识到她对我的同情是出于她觉得我可怜，是个处处不如她的弱者。反而觉得内疚，为我所做过的抱怨过的一切。

我把身子向后挪，为了看得到她的眼睛："真的吗？"我的意思是，你会离开我们，搬到别处去住吗？如果这样所有人都会知道我们的矛盾，被留下的那个人总是被动的，大家会对我做人的方式产生怀疑。

纸巾被我紧紧地拽在手里，我感觉到擦过眼泪之后，纸屑粘在了眼角下面。

五

开学一个月之后，我也没见过教授，他既没有在我们集会时出现，也没有发任何一封邮件暗示他要为他的小团体选出一些新的成员。这让我每天都感觉到空洞，他们的离开使得学校失去了那种特有的生趣，再没有了往日在某一处惊喜的发现：一个奇特的图案上印着的飞鸟，人类变了形的身躯，一个附着了时间和记忆的表情，我甚至连他们中的一个名字都不知道。

我望着窗外，树叶开始飘落，秋天的小雨打在玻璃上。艾玛推开我的门，只伸一个头进来，她小心谨慎地叫了我一声。我放下手中的书回过头看着她，她朝我摆摆手，示意我到客厅去。我正在为完成论文而焦头烂额，我不知道艾玛怎么会找我。她是一个从不说长道短的人，加拿大人的和平主义在她身上体现得十分充分：随时随地都会说对不起；在很远的地方看见有人来了，就会为别人拉着门……当然这在我们之中成了她的弱点，我们常常对她说三道四、指指点点。很多事情我们都可以怪罪于她，比如洗洁剂用

115

完了，我们说她为什么不早点提醒大家。她会说对不起，下次一定留意。虽然我们知道这并不是她的错，却忍不住要这样说。

她的礼貌并没有为她带来相应的尊重，反而人们将此看作她的软弱。艾玛礼貌又害羞，抬起头来才看见她湖泊般蔚蓝的眼睛，在金发的映衬下变得更为深邃。她的五官与白皙的皮肤无时无刻不透出一种柔来。唯一不相称的是，她金黄色的眉毛中间夹杂着一些棕色。金发在北美洲无时无处不受到一些优待，因为那闪闪发亮的颜色，是中产阶级及以上的特征，多少带着些许远逝的贵族血统。但因为艾玛软弱的性格，让很多人无视了她金发所该有的特权。

我合上书，将电脑上没有完成的作业重新保存了一遍后走出去。艾玛在客厅背靠着墙等我，她的一只脚不安地来回划着。在这个房间里紧张的，不仅仅只有艾玛，还有波特。洗手间的门半开着，可以清楚地看到波特在洗手间对着镜子化妆。艾玛靠近我还没说话，就先紧张地叹气，我的注意力在波特身上，波特的举动一反常态。

艾玛看着我有些急促，这是她的常态。她的善良本应凸显出我们的邪恶，爱说人坏话的恶习，既不利人又不利己，毫无意义却不思悔改。但她爱给别人制造紧张消极的气氛，与她那良好的品性正好相抵了。她像是一个不停制造压力和释放压力的黑洞那样，让我们沉浸于她制造出来的无穷无尽的压力之中，弄得我们也都要患焦虑症了。

她会为了证件照尺寸不符合旅游申请表格而打断我和娅姆的学习，让我们帮她想办法，却不会想到她只要用剪刀将照片四周裁剪一下，就能符合标准。她时常徘徊，为了三四个月以后的事显得忧心忡忡：刚刚开学就会想到期末考试自己没有精力应付，每天对着我们焦虑不安，简直让人受不了。尤其是娅姆受不了在家时要承受父母的压力，到了学校还要忍受艾玛。

波特出来了，空气中有一股香味。她从我的身边绕过，她在身体或者衣服上喷了香薰精油，那是一种薰衣草的提取液，和她房间里的薰衣草枕头一个味道。艾玛期盼地望着我，她在等我把目光从波特那里收回来。我心神未定地看着艾玛，她难为情地笑了笑说："我该怎么办？你说。"

她露出一脸羞怯，就像平时我们当着她说别人的坏话一样紧张。我一直在等她诉说，她是为了何事而如此慌张，但她迟迟不肯开口。我移动了一下身子，做出准备离开的样子，她用手轻轻拍了我一下说："教授约我们去他家吃晚饭。"

我像是遭遇了击打一般，头皮发麻。我怕艾玛看出我的不适，努力镇静下来。教授邀请聚会，我怎么一点不知道？他为什么不叫我？

"我该穿什么衣服？"艾玛问我。

我心意迷乱，人像是坠入云雾中，身体正在往下沉。艾玛像是觉察到我的慌乱，问我怎么了？

我说："教授只邀请你一个人吗？"

艾玛笑起来说："怎么可能？上过他课的人他都邀请了，他说我们可以带上自己的朋友去，你一起去吗？"艾玛平时对于人际关系不关心，她根本不知道从前的图书俱乐部，不知道已经毕业了的精英团体，更不知道我曾是教授家的常客。

我帮着艾玛挑选好衣服，波特在我和艾玛对着镜子抹口红的时候开门出去了。

"难怪她打扮得像要去约会一样。"

说这样的话时，我有点气急败坏。波特意识到这是新学期第一天的聚会，有一些新的学生将来会被挑选进图书俱乐部。今日的打扮和姿态，在很大程度上能决定将来新社员对她的第一印象，以及将来她在俱乐部中的地位。

我感觉到自己的心脏被一股燃烧起来的火焰灼烧，它朝着心脏以外蔓延，我的整个身体陷了进去，我努力控制着自己。艾玛羞怯地低下头，从卷筒纸上扯下一截，去捡掉到地上的头发。

去往教授家的路上，我没有跟艾玛说话。波特身体上的味道以及她的举动一直在我心里回旋。踏上通往他家的草坪时，我的心开始激烈地跳起来，我想到了离开，想到我毕竟是不请自来，脸一阵阵发烫。可是想见到教授的念头，使我并没有停下脚步转身回去。我深吸几口气，发现艾玛也在吸气，她甚至还惊慌失措地四处张望，旁若无人地拿出手机，停下来照看自己的样子。

我们按响了教授家的门铃。一个不认识的女孩开的门，通过她的肩膀，我看到教授拿着红酒绕过餐桌。波特正在做沙拉，她倒千岛酱的时候，抬起头冲进门来的我们礼貌地笑了一下。

同学们将做好的东西摆上桌子，圆顶吊灯从铺满木料的屋顶垂下来。我们按照顺序坐了下来，将盘子旁边的刀叉从手帕中拿了出来，把手帕搭在腿上。我环视一周坐着的人，除了波特和艾玛我都不认识。这里至少有一半的人是美国人，全世界只有他们会左手拿叉子，然后将刀放下，又将叉子换到右手边。

教授举起酒杯的时候，我们的眼睛碰在了一起。他的眼睛永远是那么和善深邃，隐藏着探之不尽的东西，让人怦然心动。我突然就忘却了，他没有邀请我的羞恼。

饭后，教授为我们弹琴，他弹的是理查德·克莱德曼的成名曲《水边的阿狄丽娜》。我坐在离钢琴稍远一点的地方，波特站在教授的后面，她面无表情地站在那里，我甚至怀疑她是否听到了琴的声音。

我在想到底是众神赐给了雕塑生命，还是孤独的塞浦路斯国王？抑或是塞纳河流淌的速度和晚风，成就了理查德·克莱德曼。艾玛移动身体，我们的距离更近了一些，以至于我在琴声缓慢的隙缝里，能感觉到她在紧张地吸气。

这不是大家熟悉的曲子，教授弹完几个小节后停下来，给我们讲在古希腊神话中，维纳斯出生的时候，是站在贝壳上从海边慢慢被海风吹过来的。

有人推了窗户，外面的草坪刚刚修理过，风将草茎裸露的香味吹进了屋子里。大家离开桌子坐到地板上继续喝酒，我坐在靠壁炉的台子上，静静端着酒杯。

那个夜晚，《水边的阿狄丽娜》一直在我的脑子里萦绕。我甚至认为那是教授专门为我弹奏的。

六

斯阔米什迎来了雨季，七天中有五天都在下雨。从窗外向外望去时大雾挡住了视线。我和娅姆在艾玛的精神萎靡催化下，像感染了病毒一般，心情抑郁。

她们俩总是在一些小事情上针锋相对，虽然艾玛用了极度柔软的方式，也让娅姆感觉难以控制情绪。娅姆的父亲对娅姆的期望很高，希望她学有所成，每一次都能拿到好成绩，为了将来成为研究生做充足的准备。艾玛弄得她心神不宁，在屋子里走来走去，显得萎靡不振。

受天气的影响，我也很忧郁。我知道我心里装着教授，情绪在这样的雨天里郁滞，像天空中化解不开的雾霾。自从上次聚会之后，我已经很久没有见到他了。

听说教授对上次前来聚会的新同学并不感到满意，十分怀念那已经毕业了也就等于永远消逝的小团体。他们再也不会成群结队地出现在教授家门口了，没有人知道他们毕业之后去了哪里。为此他还在前不久请了两天病假。这不是唯一让教授黯然神伤的原因，谁都知道如果新选的这些候选成员并没有之前的优秀，就无法真正支撑得了这个小团体的灵魂，那他苦心孤诣延续下来的传统就自我瓦解了。因为文学、哲学甚至历史学科在大学里逐渐边缘化，没有人在意他们的存在，甚至有一些教授嘲笑这些钻研文科的教授是"无用的自恋"。

娅姆坐了下来，拿起手机预约心理医生。我们一年中所交的七百块医疗保险，有两次看心理医生的免费机会。为了不让我们交的医疗保险白白浪费，我还忍痛去拔了四颗根本不需要拔的智齿。

心理医生的预约最早只能排在下周五。

"等到那时，我早都郁结而死了。"娅姆放下手机，把腿翘到右边。

艾玛走过来告诉我们图书馆里放了一种探照灯，像一个小的暖风机那么大。探照灯照射出来的是白炽灯光的颜色，据说是学校为了缓解学生压力，治疗忧郁症所购入的仪器，图书馆里一层楼就只有三个。我们听到这，仿佛抓住了救命的稻草。

我们搜罗了整层楼，将三个探照灯插上插头，放在桌上对准我们的脸，在那里看书学习。我们没有想到，我们成了三个忧郁病患者，没有人靠近我们的桌子，这让我和娅姆感觉很不愉快，因为他们都把我们当成病患。娅姆总是在家里将所有的不快发泄出来，艾玛总是退让，她将回屋的时间一推再推，目的是让娅姆看不到自己。

但只有我知道娅姆的不安并不完全出于艾玛。

从她不再像过去一样对教授的精英团体饶有兴趣，对我问东问西，我就察觉到了她的改变。

她恋爱了，而且还是一个她不该爱上的人。那个人不是印度人，还是一个从埃及来的穆斯林。他有没有真正爱过娅姆，我并不知道，我只见他对娅姆和其他女孩微笑的方式一样，也许是因为他想在公共场合隐藏他和娅姆之间的关系，所以他对娅姆的一切亲密举动我都是从娅姆处得知的。他什么时候说想她了，什么时候关心她每天的日常生活，甚至什么时候说来我们房间里和她看一场电影，娅姆都一一告诉我了。尽管我从来没有在我们屋里见过他的影子，我也不信他们俩之间的关系是娅姆自己编造出来的。

以前他没有公开和娅姆之间的关系时，娅姆也从未显得如此在意而变得闷闷不乐。因为她也不想让任何人知道，免得让她的父母知晓。然而他今年退学离去，给了娅姆重重的一击。

他并不是从此消失了，相反他常出现在新闻和电视上。他善于制造时事，利用自己是穆斯林的身份，先是在巴黎的袭击过后，去到巴黎地铁站，找到自己的几个不同种族的好友，手拉着手，分别在脖子上挂着自己的来历。他的脖子上挂着的白板写着"我是穆斯林，来自埃及，你愿意给我一个拥抱吗？"他左手边拉着一个法国人。一个法国人在穆斯林恐怖袭击自己的城市过后，竟然选择继续信任他们，还牵着他们的手！这件事被人拍成视频发到社交网上，笼络了早已经疲惫甚至伤痕累累的法国人的心。无数人为此感动地向前拥抱他，并为此落下了两行热泪。

他之后被采访，当他说他现在住在加拿大时，许多加拿大人都为他感到自豪。而在巴黎的举动只是一个开始。不久他飞回加拿大，去到加拿大首都渥太华，在议政厅外面等待加拿大总理特鲁多的接见。

在巴黎和渥太华的风头并没有让他浅尝了名誉的甜头后而就此罢休，他有更大的野心。他接着又做了一件匪夷所思的事情，他回到了家乡埃及。向政府提交诉求——特别许可他攀登埃及的金字塔。如果埃及政府同意，他将会是首位官方许可攀爬金字塔的人。

他的行为震惊了学校的同学，当初流传的关于他各种各样的绯闻又再一次出现了，但是没有人知道他和娅姆之间的事。这其实令娅姆感到沮丧。她也就再不信守当初要保密他们之间关系的承诺，她告诉每一个她认识的人，给他们看他们以前互相发送的短信、在一起的合照，但没有人相信她说的是真话。

119

每个人都在竭力回忆每一个曾与他交往的细节。他的绯闻渐渐不再被人谈论，只剩下那些关于他零星小事中所体现出的伟大，那些早就被学校同学发现的品质，以此来证实他如今的成就他们早就预料到了。连最初有人说他是被学校资助的贫困生的谣言也不攻而破，如果他家毫无背景，他怎么可能与政府扯上关系。起初，他的事迹在一段时间里成了学校教授和学生之间谈论的光荣的事，但后来他似乎变得越来越大，好像与我们这个学校、这个镇脱离了关系，我们容纳不下他，他就再也与我们无关了，与娅姆也无关了。我们就渐渐淡忘了他，但娅姆却永远也忘不了，甚至奢望有一天他会因为她放弃一切，回来找她，向其他人证实她所说的一切都是真的。

七

这是一个清朗明静的早晨，学校周末放假，娅姆和艾玛都回家去了，屋子里很安静。长期的阴雨之后，太阳终于出来了。

我是在一缕阳光中醒来的，那缕阳光射在玻璃上，刺得我睁不开眼睛。

通向阳台的门敞开着，波特迎着从树梢倾泻下来的光芒，她静静地站在那缕光中，赤裸着身体。我像是被天外飞来的物体击中头部那样，有些眩晕。她裸体透明，肌雪如冰。我甚至相信是她肌肤上放出来的光芒让我睁不开眼睛的。

我不敢发出一点声响，闭上眼睛佯装睡觉。我担心任何的打扰，都会使她以及那个光芒四射的早晨化为乌有。她像古典主义时期画中成熟的女神，头轻轻侧起，她的目光不在自己暴露的乳房上，而是将注意力放在站在自己身旁同样裸露的爱神丘比特手中拿着的箭上，透露出了一种怜悯。

这一幕我没有对任何人提起过，甚至于娅姆。任何事情到了娅姆那儿，都会变成另外的样子和目的，她才是真正的我所了解的亚洲人。

后来我才知道，那天我所看见的波特透出的光是一种女性之光。因为我之后有一次在我们卧室自带的厕所垃圾桶里，发现了一个撕开了的避孕套包装袋。

她是在什么时候带男人进来的呢？她为什么没有事先问问我的意见？擅自将男人进了我们的房间。衣柜她关好了吗？我的内衣是不是敞在了外面？敞开的那一件是什么颜色的？他知不知道她的室友是谁？

我感到被轻视、被侮辱。那个早晨她留在我脑子里所有关于美的记忆消失一空，我又羞又恼，就连上一次在她的面前哭都变得不值得，剩下的只有怨愤。

我不愿再多和她说一句话，我的冷漠她第一天就发现了。但她并不介意，我行我素地将脏衣服放到床下，翻找出另一件并未洗过的衣服。我以为她又要将脏衣服穿上。可是她回过头来看了我一眼，然后将手里的脏衣服拿到洗手间去洗。

波特变了。至少她洗衣服的次数比先前多了。

我又开始责怪起自己，因为波特似乎是在为了我而改变，愿意洗那些从来不愿洗的衣服，为整个卧室的环境做出贡献，似乎她是在为她上次私自带男人回来对我造成的冒犯在尽力补偿，她为我做出的努力让我感动。作为交换，我想告诉波特，她有美丽的肌肤，美轮美奂，甚至告诉她，在她那样美丽的肢体面前，我感到自己羞怯又抬不起头来。我想试着跟她谈起我爱的他，这是女人之间最能够拉近彼此距离的话题。可她总是沉默，不经意地看着灯投在墙上的光影，风掠过窗户时，能听到树叶摇动的沙沙声。

我在她的沉默里，回想着一切，想着他看着我从房子背面的小路上走过来，轻轻将头抬起。想着从他的手指上流出来的一个个音符，想着《水边的阿狄丽娜》，想着我水中孤独的国王。他的手怎么可以起落得那样华丽？我想这首曲子一定是为我而弹的，我想他也一定有着跟我同样的心情。波特当时也在场，她肯定也知道，只有她可以向我证明他是否爱我，可是她也许不会明白什么。这样的想法很快又被打消，让我倍感煎熬。

波特坐在我身边，她的心思不在屋子里，更不会在我的身上。她有心事，她一定会对我说的话毫无兴趣。我们坐在一起，就像两列开向不同地点平行的火车。现时的陪伴是出于无奈。

波特每天早出晚归，我们几乎看不到她。她再也不会在意这房子里发生过什么，我甚至怀念起我们俩的争吵或是勾心斗角，我意识到她并未是为我而做出了任何改变，她现在对我的态度只是视而不见。其实我多希望她能够将之前对我的不满爆发出来，可是她没有给我那样的机会。波特跟我们的距离越来越远，她的存在如同一个影子那样在我的心里移动，无法把握。

波特抱着书从走廊那面走过来，她把头发盘了起来，显出了她的清瘦。她瘦了。我正在往瓶子里面插我在外面花圃里摘的花，她从我身边走过去了。她身上散发出来的植物味，有一股枯竭之气。

"你究竟怎么了？"我终于鼓起勇气问了她。

"没事。"

她不会在我面前说出自己的想法。如果病痛可以掩饰，她定会那样做。可是她病了，她掩饰不住，她面色如土，并且开始呕吐。

晚上波特回来时，我还没有睡，她会先打开厕所黄色的那盏灯，再关上门。蛋黄色的灯光从门缝那透出来，在地板上形成一个立体压瘪了的长方体。我听见她呕吐的声音，接着盖下马桶的盖子，按下马桶边上的冲水阀。

她出来的时候，总是先打开门再关上灯。灯照着我，我总睡不好。我突然想到了怀孕，我想娅姆和艾玛也一定听到了，她们会怎么想？

白天我们已看不到波特的影子，她再也没有提起图书俱乐部的事，像是就此永远忘却了。夜晚入睡后隐约能听见窗户外她打开外面大门的声音，她会先进卧室，换上睡衣再去厕所洗澡。有时候太晚，她洗澡掉在卫生间的头发就不会被及时清理，总要等到她第二天起床后。

偶尔我在厕所刷牙赶去上早课，她会直接推门进来，把厕纸叠成两层，蹲在地上从左边擦到右边，她会说抬起脚，然后把头发卷成一个圈，扔进垃圾桶。她以前总是丢进马桶用水冲走，后来马桶堵过一次，她就再也没那样做了。

她拿出钥匙，发现大门没有锁，拧了门把手进来。我听见她把脱下的鞋放在了地板上，而不是浅口的猫砂盒里，估计是因为鞋已经放满了。

我从床上起来，踮起脚尖，把卧室的门轻轻地扣上。不一会儿，她打开了卧室的门。

她发现我没有睡就问我能不能把灯打开？

"可以。"我坐了起来。用被子遮住身体，我已经脱光了衣服。

我看着她。她拉开了衣柜的门，把衣架上的衣服卸了下来，扔在了床上。又背对着我，蹲在床头柜前把里面的信件拿了出来。接着又拉开了第二层抽屉。

她并没有在意我。

"我们聊聊。"

我把身体向前倾了倾。

她转过头来看着我，发现我是认真的。她站了起来，坐到她自己的床上。

"聊什么？"

我拉了拉被子，将两只胳膊放在了外面，坐直了身子。

母亲说通过一个女人的身体信息，可以判定她生的孩子是男是女。我看着她的脸，想象着将来站在她身边的孩子的模样，我想她一定会生一个女孩。

可是她家的女孩已经够多了。

她母亲和三个不同的男人生了三个女儿。

说起来她的母亲其实是一个中国人。十九岁的时候从云南去了曼谷，谈了一场恋爱，结果男方家里觉得她是从云南来走私白粉的，便切断了他们之间的往来。她为他生下了第一个女儿。后来，她母亲带着第一个女儿嫁了人，生了第二个女儿，也就是我的室友。在她四岁的时候，她父亲死了。直到2004年，她母亲嫁了一个台湾的商人，又生了第三个女儿。

她母亲爱喝日本清酒，很少有清醒的时候。到现在这个年龄，已经表现出了对两性关系的淡漠。

她母亲让她和我多练习中文，说我是她的同胞。她从前问我中国国旗上是几颗星星。我觉得她不够真诚，转过脸去说了别的。

她说："你不想说国旗的事情？"

"我想问问你关于斯图尔特教授的妻子，你上次提到，他们去泰国时你接待过。"

我看了她一眼，将脸转向暖气片的那一面墙。

"那个犹太女人？为什么？"

她皱起了眉头。

"好奇，就仅仅是好奇而已。"

"一个优雅的犹太女人。"

她拿起桌上的杯子，从抽屉柜里拿出一袋速溶咖啡，从卧室里走了出去。她的声音并没有停止。

"扎克的妻子是不可替代的。她目光犀利，头脑冷静，世上好像没有能让她开心起来的事情，她头发很短。"

她又走了进来，将咖啡杯放在床头柜上，大概比画了一下扎克妻子头发的长度。我把眼光落在她的肚子上。

我们一起陷入沉默之中。

"他们会离婚吗？"

说出这句话我就后悔了。

她迅速地看了我一眼，我感觉背脊起了一股寒气。我抱紧双膝将头歪斜在上面，等她回答。

"哈，好像他的学生对他总是有好感。你不是第一个和我说这个的人。总之他对每一个人都那样，让人容易误会，尤其是你这样的。"

"我什么样的？"

我对她即将要对我发表的判断和看法有一种抵触。

"你还是处女吗？"

"为什么要这样问？"

我感到不适。处女一词从她嘴里说出来，便带上了一股泥腥味。让我感到人们说起雏鸟时，就知道它飞行的速度或者高度远不及一只成年鸟那样。

"我上大学前也是处女。"

她的嘴角挂着一丝轻松的自嘲似的笑。

我想说，我知道，因为你怀了孕。但我没说话。她嘴角向上弯曲，稍稍笑了一下。

"我以前和你一样，喜欢上了一个教授。"

她在两个句子间有三秒的停顿。

"哪一个？"

"你没有必要知道哪一个。"

"我都告诉你了。你如果相信我……"

"教物理的那个教授你认识吗？"

"做物理实验的那一个？很高的？卷发？夏洛克？"

教授的名字并不是夏洛克，只是他长得像本尼迪克特·康伯巴奇在英国电视剧《神探夏洛克》里饰演的角色。大家都这么叫他。

"对。他就像是我的亲人，"

她躺了下去，不再看我。

"所以你知道我的感受？"

"他不一样。他在这个学校很孤独，没有朋友，他身边只有他的妻子，还有他的两个孩子。他看重这份教职，以至于……"

"以至于什么？"

"我不能说，这牵扯到学校内部。他会被开除。"

物理教授在她口中，是一个完全可以想象触手可及的男人，而非只是一个教授。我能够从她的描述里感知到，那些雄性轮廓清晰的线条在黑暗里上下颤动。我甚至能感觉她肚子里的孩子，就是那个物理教授的，而不是什么同学的。这也许就是她不再出现在图书俱乐部的原因。

我上过物理教授的课，大一的时候，基础物理学是必修。他每天早上会拿着几个黑色文件夹，还有一个手工的咖啡杯进来。他有时会忘记事先通知去物理实验室上课而非教室。上课十分钟后，他才匆匆忙忙地出现在门边喊道："我忘了说，去实验室。"

我无法想象谁会爱上这样一个邋遢且生活没有规律的人。

她歪过头对着我，但她却看着别处说："所以，你想让扎克离开他的妻子是根本不可能的事情。像他们这样二十五年的婚姻，永远不可能。更何况你没有这样的本事。"

"你怎么这样说话？我什么时候这样告诉过你？"

"你知道我说的全是实话。"

她依然不看我，站了起来，抱着她的衣服去了客厅，把卧室的灯关上了。

教授精英小团体的聚会不再像过去那么频繁了。波特因为怀孕的原因也没有再出现过。我成了唯一见证了两届成员差别的学生。这群人的确如同谣传所言，显得木讷又不机警，他们害怕教授，常常只是听教授说，唯一的回复就是感叹与赞同。连声附和让我都察觉到了教授对他们毫无个人思想可言的反感。他们还有一个令人厌恶的共同特点：贪吃。教授家里从不吃剩菜，每次吃不完的都会倒掉。当他们知道这个习惯后每一次将教授聚会时的事物通通吃完，如果没有吃完就会从包里拿出一个饭盒打包带走，作为第二天的午餐。虽然他们也问过教授他们是否可以把他要倒掉的东西带走，教授出于礼貌说当然可以，但是没有想到他们会真的这么做。在这一点上，完全地破坏了教授家里的餐桌礼仪，教授的高贵受到了侮辱。他们吃完后起身站起，将菜盘端起，也不管那时教授是不是在讲话途中，用刀叉把盘子边缘的汤菜小心翼翼地刮到自己的饭盒中，他们在还没有结束餐宴前就用眼睛留意住了自己想要哪盘菜，只等随时起身。从前教授家里的餐桌上坐的是一群高傲的狮子，每吃一口都会用大腿上铺好的餐巾擦一下嘴，生怕粘在嘴上的污渍在和别人说话时令人不适。而现在坐着的是一群饥饿、没有礼数，在荒野里分享猎物的豺狼。

八

我意外地发现我和波特之间不能言说的相似之处竟让我感觉和她有一种从未有过的亲近。只有她才能理解我对爱情痛苦的煎熬，我不再对她充满怨气，反而对她有一种我对自身的怜悯，但我也说不上喜欢她。她刻意保持的距离与冷漠让人望而却步。

那天下课回来，我和娅姆发现外面的大门没有锁。娅姆皱着眉头转过来看我，示意我可能屋里会有异样，因为我们离开时艾玛还在图书馆学习，她不可能回来得比我们还快。

我们加快速度，几乎是同时推开门的。屋子里兵荒马乱的情景，顿时就让我们瞠目结舌。这是我们难以想象和接受的，波特的家人果然从泰国来了，来参加她的毕业典礼。波特由于当时只休了半年的学，比我们都要早半年毕业。

但我们没想到她家里竟然来了这么多人，像是占满了整个屋子。我记得波特之前向我们轻描淡写地提过，说她的家人会来参加她毕业典礼。但没想到他们会住进我们家里。

她们没有将鞋扔进鞋盒，全东倒西歪地散在地板上。除了地上的行李箱，还有几个打开了的编织口袋，我不知道泰国也卖这种东西。她们把我们的餐桌移开，让厨房腾出了更大的位置。房间变得陌生起来，像是进错了门。

波特的母亲和妹妹在厨房做午饭，刚插上电子灶炉煮上面条，用的还是娅姆柜子里的锅。

她们的妈妈给我们打招呼，她的姐姐打量着我们不说话，之后又埋下头看着她最新版的*Vogue*杂志，这一期的封面是安妮·海瑟薇。海瑟薇在电影《一天》里故弄玄虚的蹩脚英式发音，让娅姆很反感，但我却听不出来。

她们三姐妹都有自己的长相。她姐姐化了浓妆，不用凑近就能看到，她的发质不是很好，发根毛糙还分叉。只有妹妹长得最像她母亲，虽然显得稚嫩，但是能看出贫穷中的几分倔强。

娅姆看了一眼躺在沙发上的姐姐，敷衍地笑了笑，直接走进卧室，夸张地跨过她们才打开还来不及收拾的行李箱，摔上了她卧室的房门。

我和娅姆一样生气。我不知道她母亲，还有她的姐姐妹妹会来。但因为她母亲和妹妹会说中文，我却显得不好意思在她们面前发脾气。他们也许并不知道我和波特的关系紧张。

波特的母亲看着我笑。

"吃点面条哦？"

她的发音带着泰国人的腔调，最后一个音调提上了去，软绵绵的。

我只好暂时背叛了娅姆，礼貌地站在那儿。

她妹妹从锅里挑出面条，又打开娅姆的柜子拿了一个方形的白碗。她母亲蹲在行李箱前面，拿出了两盒蛋卷。上面写的是中文，下面有一行小字写着泰文。

"你选一盒，另一盒给她。"

她母亲指了指娅姆关上的房门，走到她小女儿身边，又在柜子里拿出了一个碗。

我留下了芝麻蛋卷，敲了两下娅姆的门，径直推开了，给了她肉松海苔蛋卷。

"给你的。"

她躺在床上玩电脑。她看见我进来合上了电脑，站了起来，把我拉到她卫生间里去。

"她怎么可以这样做？都没有事先问过我们。如果她事先问过我们，我或许还会说可以，但现在她们在厨房用我的锅！她穷也不至于这样！你给她说，不行，不能在这里住。"

娅姆总是把我当作她和波特之间的传话筒，好像波特听不懂英语，说的是中文，真的成了我的同胞，完全忘记了我和波特关系也不好。

"我会告诉她的。"

我并没有开口。我不知道怎么给波特说，将她母亲撵出去？那么她母亲会怎么想那一盒芝麻蛋卷？

娅姆中午在食堂碰见我时拉着我的手臂问："你到底说了没有？她们到底还要在这里住多久！"

我只好对她说今天找个机会说。就连艾玛表现的焦虑也让我感觉到咄咄逼人，尽管艾玛始终沉默。直到此时我才明白，娅姆和艾玛她们是站在同一条线上的，而我和波特，才是真正要跟她们区分开的。我不禁想到我父母来时，他们会用什么样的态度对待他们。

波特的家人来后，她和她姐姐睡到了客厅的沙发上，她母亲和妹妹和我一个房间睡她的床。早上醒来，一睁眼不用看，我就能感知到她的妹妹正睁着大眼睛看我，像是看穿了我全部的秘密，怀疑我究竟能不能做出那些事来。

她的母亲也醒了，走进来摸了一下她女儿的头。

她们发现我也醒了，为了避免尴尬，我说早上好。

"早上好。"

她妹妹的眼睛依然没有离开我，这让我感觉到不适。她母亲弯下身去捡起她妹妹头天夜里踢到地上的衣服。

"你可不可以带我去参观校园，我睡不着。"她妹妹用中文对我说。

我迟疑了一下，站起身来走到外面的房间对波特说出了那句在我心里憋了很久的话："你妈她们在这里还要住多久？"我想起她曾经对我的伤害，所以说这些话的时候比我想象中容易。

波特站在厨房里，没抬头看我，只是把洗碗海绵挤出水，丢在一旁，两只手在衣服上擦了几下，转身进了卧室。

"我会让她们搬到我朋友的公寓里去的。"

我无话可说地在客厅里转了一圈，有些尴尬。

第二天下课回来，客厅里的行李箱搬走了。浅口猫砂盘边上的沙土没了，她们走之前打扫过。扫把靠在冰箱旁边，卧室里连她的衣服和床铺都没了。白色的单人床垫上留下了一个睡袋。

她的睡袋皱巴巴的。

晚上，波特拿着两个60cm×120cm大小的亚麻布画框回来了，那是她的毕业作品。我们正在客厅里作业，娅姆握着一个水杯，她要去取水，看到波特便停了下来。娅姆喊了一声艾玛，不知道她为什么要在那个时候喊艾玛，艾玛没有在屋子里。

波特把两个画框放在门边，脱了鞋，把袜子塞进了鞋里，直接进了卧室，将门关上。

她没有给任何人打招呼，埋着头。娅姆盯着她，一直到她进屋。才又走到水池边接水。

波特摆在最上面的那个画框里，画了一个中指，白人的手。她用了超现实主义，手指的骨头和肉看得一清二楚。

我举起那个画框，对着娅姆笑：

"娅姆，给你的。"

娅姆把椅子上的脚放了下去，她也笑着反问我：

"你为什么要一直举着一个镜子？"

娅姆的幽默让房间里的气氛稍有改善，我们两人尽量忘记伤害她还有她家人的事。

九

雨点从厚重的枝丫上持续不间断地掉进泥土。一些矮小的蕨类植物躲在高大的树下，被完整地遮蔽起来，但也会突如其来地被一两滴雨打落，迅疾得没了踪迹。

下个月他又要去法国看他的女儿了，和他的妻子，幸福的一家人。这一点谁也不能改变。我仰着头看他，他问我有什么不适。没有不适。我只能将对他的那份爱藏在心里，在当他问起我为什么哭时，我永远不会对他说出心里的感受。

我把我写好准备给他的诗捏在手里，希望一切都会过去。他不过是划过我生命表面的一道痕迹，我是如此的年轻。两年，还用不了两年，只要我毕业了，这一切对我来说都将不再重要。我反复对自己说。

四月底的天开始黑得很晚，到了夏令时，过了八点之后，天空才变成暗蓝色。乳白色的天空中飞来鸟群，它们的队形，形成一块竖起的画板。很快，乳白色天空之前的断层消失了。灯在窗户上被映照得更加明显。时而又会造成一种错觉，让我感觉到飞鸟快要撞上了玻璃。它们接近玻璃的时候，迅速地向上抬起身子，以一种极其平稳的方式滑过屋顶。

娅姆在自动售卖机旁边取了一杯咖啡。

晚上风变大了，家门口不知道从哪里吹来了蜂巢的残片，被娅姆一脚踢开了。

夜色的暗蓝从天空透过来，似乎再也无法抵挡。

我们晚饭回来，房间里没有开灯，我们都以为波特已经走了。

我推开卧室的门，她发烧了。我看见摆放在床头柜上的温度计，显示出三十九度二。

我愧疚地靠近她，卧室里除了床头柜上放着一瓶常用的抗生素，床的周围收得一干二净，只留下从前她用来挂相片的麻绳，从窗户的一头系到另一头的窗帘杆上。以前她还在床头挂了一个，她从不丹带回来写着藏语念作"玛呢玛呢吽"的彩色经幡。她说这个经幡能够帮助人清除一切欲望，堵塞六道之门，超脱六道轮回。如今她也把它取了下来。好像宗教轮回这样的概念对她早已不重要了。

她蜷缩在睡袋里，身体扁平，像突然间缩了水。我无法想象她的肚子里，还有一个孩子在蠕动。

如果不是看见她稍稍显露的头部，没有人会知道她在睡袋中。

我拉开衣柜，她醒了过来。

"我想喝水。"她并不是要我去给她倒水，她要我去买一种叫作"能量"的饮料。我知道那种饮料，每次看学校里的运动员打完球总拿着那种瓶身。我不相信那种东西，况且液体还是蓝色的。

"要两瓶。"她翻了一个身，头又多露出来了一些。

"你吃晚饭了吗？"

"现在这个时间还有吃的吗？"

我们回来的时候，食堂已经关上了门。

"柜子里还有你妈妈给我的芝麻蛋卷。"

"我想喝水。"

如果我们没有赶走她妈妈，或许照顾她的就不应该是我。我出了卧室门，去了娅姆房间，她躺在床上吃冰淇淋。星期五是我们的冰淇淋日，无论春夏秋冬。

"你能不能去帮她买两瓶'能量'？她在发烧。"

"凭什么我去买给她？"娅姆没有好气地说。

"看在她怀孕的份上！"

"他妈的，这事又不是我搞出来的。你就不能好好说话？"她站了起来，身体离开了桌子。

我们心照不宣，我知道娅姆跟我一样心怀不安。娅姆用力合上电脑，把冰淇淋丢进了垃圾桶。走到衣帽架边上，从包里翻出了车钥匙，套了一件大号的帽衫，那是她爸爸的衣服。

"真是狗屎！"娅姆把我留在了她房间里，关上了灯。

波特一直睡在黑暗里。夜色的暗蓝透过卧室百叶窗的叶片落在窗台板上。我给她烧了一壶热水，放了姜汤速溶剂。虽然她不吃姜，但现在这样的情况，她应该什么都会接受，为了她和她的孩子好。

我扶住她的肩膀，使她能撑住身体喝下姜汤。她的身体很烫，而且在颤抖。我的心也开始哆嗦起来，我怕她今晚就要死去。她还没有原谅我对她的伤害，怎么就能先死了呢？

娅姆推门进来，递给她两瓶"能量"水。外面投进来的灯源一下子让我们的卧室缩小了。波特缓慢地坐起了身，从床头柜的第二个抽屉里翻出了几个两元硬币，在手板心上数了数，又从床边捡起她脱下的裤子，从裤子口袋里翻出了几个一元的硬币，放在手里伸向娅姆苍白地说："谢谢你。"

娅姆和我给她留了一盏微弱的台灯，关上大灯，轻轻地带上了门。

娅姆问我："她是不是快死了？"

我无言以对。

夜晚，窗外蝉鸣的聒噪离我们越来越近，像是它们飞进了屋内，藏在了隐蔽的地方。阳台外的探照灯上方有飞来飞去的小虫。它们的生命就是如此，夏天之后，就要注定灰飞烟灭。

十

飞往曼谷的飞机在二十九号下午。她和她的家人就要一起永远地离开这里。

飞往巴黎的飞机在三十号早上，AC846。他每年都要和他的妻子，乘这个航班去与他的女儿相见。

二十九号早上，雾气笼罩着校园后面的森林，看不见山后面的道路有多远。我曾经无数次从那条路上走下来，他站在教学楼通道的拐角处看着我，我迎着一缕阳光走着。我假装没有看见他，而他一定是知道我其实能看见他。

九点半时，天开始下雨。

我走出门，雨下得不大，但也不小，一时半会儿不会停下来。我又折回去，跑向阳台把我的帆布折叠椅收起来，怕把它淋坏了。

二楼与三楼之间的那条物理抛物线，被人抹去了X轴和Y轴，没有用白板擦，不然不会遗留模糊的痕迹。

有人走在水泥地上，"嗒嗒嗒嗒"地响，像是在空谷里摇晃的马铃碰见了金属缰绳的声音，清脆而坚锐。电梯的开门声响了。楼道里没有人，电梯里面的人等了一下，身体向前倾按了关闭，电梯上的显示器变成了数字4。

波特和她母亲拉着行李箱向我走来。由于是地毯，行李箱的万向轮在上面滚得并不顺畅，他们拖得有一些吃力。

她母亲抬起头来看到了我，冲着我笑了。波特比昨天看起来有了一些血色。她也在对我礼貌地微笑，似乎昨天我对她的照顾，又让我们和解了。或者她意识到她就要走了，从此她再也不用见到我，这不免让我们彼此有些感伤，还有对彼此的歉意。所以她也在尽力对我表示友好。

"所以你们准备好了吗？"我停住了，等她们靠近。

"是的。我们刚刚和他见了面。"

她用了指示代词，不用说名字，我知道她在说那个物理教授。

"你妈妈喜欢他吗？"

她母亲听到了"妈妈"这个英文单词，知道我们在谈论她。她朝我笑笑，把头转向她的女儿，等着她翻译我们在说什么。

"有什么不喜欢的？你知道人们都喜欢谈论自己，他一直在问我妈妈在泰国的工作和生活。"

她伸手摸了摸她母亲左边的肩膀，示意并不是什么重要的话题，她不用等着她用泰语说一遍。她母亲将头转向我。

"所以他知道了吗？"

波特摇摇头。

"你妈知道吗?"

"知道。"

"你妈知道他不知道吗?"

"知道。"

她母亲像是突然想起了什么,把行李箱平放在地上,拨弄侧边的密码锁,拉开拉链,拿出了三盒圆形罐头。

"吞拿鱼哦,你拿去吃。我们带不走了,太重了。"她母亲把东西递给我,又退回去把行李箱关好。

她的手从身后的行李拉杆上滑了下来,左脚向前迈了一步。

"那么,就再见了。"

波特抱住了我,像我第一次在她面前哭的时候那样。我们终于又回到了从前,但是应该不会再见面了。

我感觉有一个生命,正透过她的肚脐眼在看着我。

我向左走,绕着楼层走了半个圆。在地毯上走路没有声音。他办公室侧面贴的方形软木板上有新的留言,彩色的工字钉下面还附上了一张今天早上的《城市报》。他的门开了四分之三,塑料塞子不见了,他用椅子顶住了门。

他的咖啡色皮革商务公文包,放在了写字台的旁边。办公桌上放了三个水杯,他正在收拾,将杯子里的茶包扔进了垃圾桶。

他要走了,我只是想来和他告别。

写字台再往左一些,上面放着叠起来的彩色经幡。

我朝门边后退了半步。

我的身体开始颤抖,我感到我咬痛了自己的指头。

我的眼泪就快要流出来了,转身快步跑下楼梯。

我打开一扇窗户,看见了一只蜂鸟。

(原载《十月》2017年第1期)

句芒云路（龙凤碧）

洁白的云朵会撒谎

太阳落坡，乌鸦归窝，天色晚啦，你该回家啦。

——苗族赎魂咒译文

一

把尘封在床底下数十年的破木箱子拖出时，暮色正从四方翻滚而来。拉奎重重地喘了口粗气，攥着钥匙和铁锁的双手止不住地哆嗦。箱子里封存的半部法书，是他万劫不复前唯一的指望了。

白日里，身为革罢村最后一个祭司的拉奎犯了一个不可饶恕的错误，在他主持的"车七姊妹"法事中，一个叫努努的女孩魂魄逗留在天国，怎么都不肯回转人世间了。

人没魂魄，不死也得癫。快五十岁的人了，拉奎见过的生死多得像天上星子，但此刻衰老麻木的肉身仍无法自控地惶恐起来。拉奎手忙脚乱地拨弄着，箱子里久睡多年的法书被弄醒，睡眼惺忪，发出不耐烦的哗哗声，喷吐给拉奎一脸的霉尘。

"抬头望青天，师傅在身边……"，每句巫辞的开头都是这样的。要真能这样，该多好啊……拉奎在心头默念着，双手忙不迭地把法书翻到了最后一页——完了，拉奎心头猛地一震，已经烙了四条鱼尾纹的额头渗出汗珠，脑袋一片空白，人整个急速地往黑暗里坠沉。莫慌，莫急，再好生找哈，一张一张慢慢翻，一定有的！拉奎揉揉眼睛，决定把搜索目标从页细化到行。

第一部分，"颇果"。既娱神也娱人的祭祀法事，哪会记载救治失落魂的法子？拉奎掩藏在参差白发里的额头，凹凸不平的眉沟被一把看不见的锄头不断地锄深。宣纸上师傅草草记录下的文字，弯弯扭扭像堆不按情理生长的杂草，此刻蜿蜒在拉奎发红的瞳孔中，像草诡婆侍弄在坛坛罐罐的红蝎子、青蟾蜍。

第二部分，"祀雷"。过程、禁忌比"颇果"更多，同样没有半句相关的口诀。拉奎当年还没得目睹这场祭祀大典，师傅就已把它一起带进棺材，说起来也是怪"车七姊妹"，跟师傅和他都有仇似的。拉奎抬手摸摸额头，才发觉自己青白参半的头发不知什么时候已被汗水蒸得半熟。拉奎紧咬嘴唇，越过一沓小拇指节厚的宣纸，找到最后部分——"车七姊妹"。老天爷保佑，菩萨保佑，祖师爷保佑，万万不能……拉奎下意识地按住胸脯，试图稳住狂乱的心跳，强制自己集中精力又趴在乱草一般的文字丛中摸索起来。

还是一无所获。草丛里没有让人眼前一亮的珠贝，也没有生长着起死回生的还魂草。让拉奎祭司恨得牙根痒痒的是，法书前不残，后不缺，偏偏就在记载有"车七姊妹"的后半部分毁坏了，像王母娘娘当年的一梭子，硬生生把人家恩恩爱爱的牛郎织女撕扯开来。想起多年前师傅攥着它久久不肯闭眼的样子，深埋在祭司心底的痛再次翻搅起来。

砰！拉奎一拳重重捶向木桌，骇得尘土们受惊逃窜。

莫想了，继续翻吧。拉奎收拢心思，把散乱的眼神聚集在法书最后一页，褐黄色的牛皮纸封底，一行似乎是被泪水洇过的模糊字迹如刀入心口，瞬间冻住了拉奎的目光：啊，师傅的笔迹！

"洁白的云朵会撒谎。"

当年，法书被毁坏后，大病不起的师傅已无力再将它补全，貌似在封底留下绝笔的师傅竟是告诫他：洁白的云朵会撒谎。

随着法书噗一声掉落在地，拉奎老人也犹如醍醐灌顶，软软地垮在了尘土里。

人真是不得不服老，一点惊吓都扛不住。怎么就没看出呢？那个白云一般美好的努努，一直在用过多的微笑掩饰着内心。这些天来，他从没想过她有张会说谎的脸，她抹着白里透红的霜粉，云朵一样洁白的脸，桃花瓣一样的颊，这张脸太像二十多年前那张让他神魂颠倒的脸了，即便二十多年后，仍能让他长时间恍惚，忘记了去探究她表情之下还埋藏着的心思。

可是，她为什么要向他撒谎？

拉奎将法书重新端回手上，无意识地合上、打开，打开、再合上，双眼在绝望地合闭之后，脑中的画面却更加清晰，甚至能清楚地看到窗外那些没有屋檐高的连绵群山，还有笼在其间的雾霭，像一大块被迫降落人间却不肯着陆的云朵。在河那边，云朵的深处，一直有对犹如看死牛烂马似的眼睛，那双生前握起杀猪刀眼不眨心不跳的手，要是

133

能从他那个世界里伸出来，恐怕早一把掐住他的喉咙了，比捏死一只嫩鸡仔还容易。

洁白的云朵会撒谎，洁白的云朵会撒谎！拉奎睁开双眼，脑门前再度跳出这行字时，竟意外得到了神灵的启示：数十年前去世的师傅怎么可能对他的遭遇未卜先知？会不会是告诉他，当他把姑娘们的灵魂"车"到天国后，她们看到听到的一切全是谎言利用云朵构筑出来的幻象，就像所有人同时进入了一个梦境？如果师傅的意思确实是这样的话，那当下唯一的希望就是赶紧找到一样东西，吸引努努的魂魄重新回到躯壳。

可是，那会是什么呢？

有风在动，那边山的云雾缓缓度过绿度河，蚂蚁搬家似的。在绿度河两岸的人们看来，绿度河就是一条普普通通的河，平常没涨水时只要把裤管挽到膝盖骨就能轻松蹚过去，但这些人中不包括拉奎祭司。不了解的，只听说拉奎命中犯水，过河会折寿；知道根底的，都肚里含灯草似的透明，河那边的女人，才是拉奎不敢去蹚的河流。这么多年，拉奎祭司确实做到了，河那边不管谁家婚丧嫁娶，他一概不参与，请得殷切了，就让他邻寨的师兄弟代替。两三年前一个不平静的早上，拉奎祭司看到河对岸田埂上插秧子似的站满了人，听那边过来的人讲才知道，花远家的男人昨夜里卖完猪肉后又酗酒，栽进烂泥田溺死了。他听着她在人群中哭得撕心裂肺、惊天动地，还是没有勇气蹚过河去。

老天爷解救你，以后好好过下半辈子吧。那晚，拉奎一个人呆呆地在水边站了很久，朝着河那边荡过来的风自言自语了那么一句。没有任何回应，只有拉奎一个人的影子歪歪扭扭地倒在水中。

才得两三年清静，他们的孩子努努就在他手上出事了，还是生死的大事，不知道她会怎么想？村子里的人们又会怎么想？是主动去找她？还是等她来找自己呢？

还是问卦吧，每次遇到疑难大事，可不都是师傅传的那对卦木帮作决定的？拉奎拿出卦木一下没一下地抚摸，檀木的幽微芳香从手上缓缓流散到鼻间，在屋子里孤单游走，想到两瓣卦木时刻寸步不离，百倍地好过自己形影相吊的暮年，不由凑近卦木，深吸了一大口气。此刻它们相挨着睡在手掌上，像两条因相濡以沫而双双枯瘦而死的鲫鱼。

手一分，枯鱼卦木啪啪两声掉落在地，一瓣翻，一瓣覆。

顺卦。

拉奎长长地呼出一口气，感觉自己终于从烂泥田挣扎着爬上了田坎。

二

事情都是由正月玩年引起的。

草罢寨原先和武陵山一带的很多寨子一样有个不成文的规矩，每年正月，都要请祭司选个黄道吉日主持"车七姊妹"法事，将村里年轻人的魂魄"车"往天国游玩一番。这规矩底下流传着一个故事，说的是七仙女与董永配成夫妻后，她的姐妹们便约定每年正月的初一至十五相继下凡来看望他们。所以，参加车七姊妹的人可多可少，男女不论，但一次顶多只有七个人能幸运达成天国之旅。

虽然几率少得跟如今城里人买彩票中大奖一样可怜，但人们还是爱凑这个热闹。最鼎盛的时候，云贵高原一带在初六前后天天都有寨子组织车七姊妹活动，让忙碌了一年的人们与神灵共娱。

拉奎祭司十七岁那年的正月初七，在师傅的授受下，想去天上一游的姑娘小伙子们早早收拾停当，一个挨一个在绿度河坝边坐好，不想就在拉奎和师傅持咒念诀准备正式开始之时，一帮穿绿戴红的大人小孩不由分说闯了进来，喝斥他们乱搞迷信活动。他们几脚踢翻地上的酒碗，还没来得及燃烧完的香火被噗噗噗踩灭，烟尘四起，整个河坝一片狼藉。

谁都知道胳膊拧不过大腿，但师傅老糊涂了，一时气急败坏血气上涌，竟指着那帮人的眼睛鼻子教训了一通，还没得两分钟的痛快，就已惨遭围攻：那些人歪眉斜眼地打量他一阵后，不知道是谁先一棒把师傅的冠札帽打掉在地，引发一阵哄笑，还不解气，又有人去把帽子挑起来，故意拿到大家面前左摇右晃，嬉笑着扯散、撕烂冠札帽上绘的道君、老君、玉帝、灵官、元帅。年轻的祭司卜傻了，眼睁睁看着师傅痛苦地娄缩在地，嘴里涌出的鲜血染污了法袍和绺巾。没过几天，那些人又来倒腾师傅的家，再一次把师傅气得半死不活一哄而去。势单力薄的拉奎哪里是人家对手，咬牙切齿上前才帮师傅抢得半部法书。个把月不到，师傅就蔫蔫缠缠地去了，临死前上气不接下气地嘱咐拉奎，从今往后除了死者家属请去主持安埋送葬，再不许行其他任何法事。

抱着师傅渐渐冷却僵硬的身子，拉奎捂着嘴不敢哭出声音，在空荡荡的深夜像只无家可归的野猫。闹灾荒那年，老爸老妈吃观音土哽死的时候，拉奎也没这么伤心。没车成七姊妹，为师傅送葬成为拉奎祭祀人生的第一场法事，低眉垂眼唱诵着巫辞，瘦弱的身子在空荡荡的法衣中难以抑制地颤抖，他发誓这辈子再不车七姊妹。

师傅走后，草罢寨后来仍时兴正月玩年，但从此再没车过七姊妹。近年来，大家在正月里打牌、玩手机、搓麻将、看电视，娱乐的东西越来越丰富，越来越闹腾，早就把以前的老规矩忘到了九霄云外。如此很多年过去，又仿佛只是抽杆土烟的工夫，时间一哆嗦就到了猴年马月，拉奎祭司眨眼间也成糟老头子了。

五十来个年头，草罢寨的万事万物，包括那些桃花色的女子们都像天上云朵不断长大、变幻、挪游、消逝，拉奎祭司却像寨边孤独守护乡亲平安喜乐的土地神，节庆时有檀香、有冥纸，热闹热闹，平日里都是不声不响，黑灯瞎火的。人家打光棍的着急上火，他却自虐似的把自己弄得人不人鬼不鬼的。如他所愿，从没有一个媒婆踩过他的门槛，也从没有一个女人来打扰他的生活。拉奎不觉得寂寞，闭上眼，一大帮神兵鬼将，想看谁看谁，想和谁说话就和谁说话；一睁眼，满脑子全是一个叫花远的女人。这个女人不知何年何月已经在脑壳里长成一路的巴地草，扯不完，踩不死，烧不尽，到现在已长成草精，恐怕除非他魂飞魄散或者被挫骨扬灰才能跟着一起消失了。

叫花远的女人住河对岸的山那边，他从她蹚水嫁过去后就没有再见过她，也没想过要去见她。有些分别，距离就像生与死，像阳间与冥界，隔条看得见或看不见的河，不该相见，也难相见了。反正他记忆惊人，对成千上万句的巫辞口诀滚瓜烂熟，何况一个心上女人的模样？所以，见和不见都一样，他甚至觉得她就是他的影子，从来没离开过，只要有星星有月亮有灯光照在头上，立马从他身体里钻出来。

所以，怎么能不饶恕拉奎这些天来犯的糊涂呢？努努的身子骨，简直就是她妈妈花远脱的壳。这副出于蓝而胜于蓝的如花容颜，云朵似的飘到他烂木门前那天，距离现在已经过去二十多天了。

二十多天前，是即将过年的腊月二十四。草罨寨家家都在准备办年货，推豆腐，打糍粑，杀年猪……外出打工的基本上在这一两天赶回来，平日冷清清鬼村一般的寨子终于因为有了烟火气而多了几丝人气……过不过年对于拉奎来说没有什么区别，一个人的年，实在没什么好过的，烧点香纸，拜下土地，祭祭师傅、祖师爷，鞭炮都懒得放，那是崽崽们爱玩的把戏，随便炒点回锅肉，打点酸菜米汤，就算应付过去了。

奎伯伯，你还认得我吗？

那天，自称努努的女孩拎着大包小包走到拉奎家门槛边，笑得人畜无害。

奎伯伯，我是努努，河那边的，刚从深圳打工回来，快过年了，给你带了点东西。

来人丝毫不在意拉奎因极度惊讶而僵住的表情，嘴里说着时，曳地碎紫花冬裙已拂过门槛飘进屋里，大包小包全摊放在一片狼藉的饭桌上，见主人站在门槛边发愣，反像主人似的把他拖进屋子里。

奎伯伯啊，有件事我想求你，你一定、务必、千万、必须要答应我，好不好？

奎伯伯，我听说你会车七姊妹，是我妈妈讲的。努努叙说着，双眼里笑意都是满溢的。

奎伯伯，求求你带我车七姊妹。一次，只要一次就可以！努努的恳求里，溢出的笑容可以掬得起来并喝下去。

奎伯伯，你要是不答应，我就赖在你家里不走啦。努努甜美美地威胁着，让他感觉到刚才不小心喝下去的笑容，迅速在胃肠里翻江倒海。

你不说话，就是答应啦哈！一通软硬兼施的话语下来，努努的两个小拳头已经配合着捶上拉奎的肩背。

好吧，你去问问寨里的其他人，如果只有你一个人想车七姊妹，那就算了。

腊月二十九，过年前的一天，拉奎终于招架不住努努一波又一波糖衣炮弹的轰炸，点头答应了下来。依他的判断，再不顺遂这鬼丫头的愿想，就不消想过个好年了。缴械投降的拉奎祭司内心明白，车这场七姊妹，不光为努努，也为自己。这场法事本来应该是他出师后做的第一场法事啊，可惜被搅了局，从此就钉在心里没办法扯出来。

答应了努努之后，拉奎祭司莫名地紧张、兴奋，竟感觉有种同伙作案的嫌疑，一颗心，返老还童回到刚刚习成祭司的十七岁。

三

拉奎祭司将在正月十四这天车七姊妹。

消息不胫而走，在不到千人的草罢寨荡起不大不小的波澜。一个坚持多年、后又被遗弃多年的法事重新回到草罢寨，竟俨然男人女人的久别胜新婚。让拉奎祭司感到意外的是，有些年轻人原本年前就订好返城车票，打算过了初六就回城打工的，为了看稀奇居然把车票改签了。

"真是谢谢你！大家伙儿都在，正月才像玩年呢，"在村子的古井边，碰到几个女人洗菜，迎向祭司的脸和话语全是满满的笑意和感激，"以前听老辈子们讲过车七姊妹，说特别神秘好玩，这么多年终于得见了。"

"可不是，有老有小才像是人住的寨子，以后最好年年都来车七姊妹，让孩子们在村里多留些时日，不然年都还没送，寨子就冷清清的了。"另外一个女人说。

拉奎表情淡然地应着，心里却着实高兴。悲哀的法事和喜悦的法事，原来竟有天与地、冰与火的差别。这么多年，他帮人家做的一直都是安魂送葬，人们也只有到亲人逝世时才会想起他的存在。突然想起惨死的师傅，要是能知道现在再没人辱骂批斗他们祭司，甚至还开始喜欢和需要法事带来的快乐和美好，不知道会有多高兴。

一切准备工作都很顺利，老天爷也赏脸似的天天给个笑脸，一些性急的蒿菜、地地菜紧跟着绿了头发青了胳膊腿。每增加一个想来车七姊妹的人，努努都要来和他商量，并带上从城里买回来的各色零食和他一起分享。

城里的东西味道稀奇古怪，拉奎吃不惯，总是象征性尝两口就退给努努，然后卷根草烟吐起烟圈，在烟圈里半眯着细眼看努努无时无刻都在微笑的脸，陌生而又熟悉。到下个月就满二十一岁了，拉奎知道努努的生日，确切说，作为祭司的他有灵力记住身边所有人的生日，也能感应到他们的去日。看着努努嘴唇边带个灰痣的脸，鲜得像山岭里打着苞的油桐花，盈盈的身子犹如绿度河里的水藻，拉奎有时竟会没来由地担心：怎么能把她妈妈的好相貌都给捡全了呢？一朵花生得太好看，哪只蝴蝶、蜂子见了都想凑上前叮一把，遇到不懂得怜香惜玉的，直接掐断据为己有，分分秒秒就败了。她的花远妈妈要不是生得过于招惹人爱，就不会发生那件事，而她可能就是他的女儿了。女儿，爸爸，他从没想过这些个称呼会和他扯上半点关系。因为努努的经常光顾，拉奎喜欢上了烤火扯家常的夜晚。

有一夜，不管拉奎怎么撵，努努硬赖在火坑边不肯挪窝，非要他摆个龙门阵不可。没有办法只好答应了，但凡拉奎说出一条拒绝的理由，努努都可以立马接上十条让拉奎听了觉得拒绝就是罪过的根据。摆龙门阵对于拉奎来说不是难事，因为记忆好，数十年前师傅讲给他的故事他一个都没忘。刚一开头，努努就听迷了。

是个天上人间的故事，说有位女子到了婚嫁年龄，因为提出要把年幼的弟弟带上一起出嫁，一直找不到婆家。那时有"婚姻一动，不嫁阳就嫁阴"的忌讳，不久姐姐便被鬼娶去了天国。姐姐"死"后，弟弟太过思念姐姐，想办法到处找姐姐，最后在半天云找到了，正当两人又惊又喜拉家常时，鬼姐夫突然回来了，姐姐害怕男人对弟弟不利，赶紧叫弟弟躲起来，没想鬼姐夫还是闻到了人体的腥臭味。在鬼的嗅觉里，所闻到的人的气息，就像人类闻到尸体腐烂变质时的味道一样厌惧。姐姐几次搪塞，最终还是瞒不住，只得向男人哭诉了实情，没想鬼姐夫竟非常宽宏大量，让她赶紧叫弟弟出来相见。在姐姐、姐夫的盛情款待下，弟弟在天国住了几天几夜，回到人世，已是数年过去。弟弟在人间娶妻、生子，不再像以前那样依赖姐姐，等他带着妻儿想再去找姐姐时，才发现通往天国的路不知何时已经封闭，再也找不到亲爱的姐姐。

"我觉得这个事情应该是真的。"努努说。眼里含着泪水，嘴角却还保持着芙蓉花一样的笑容。"奎伯伯你带我们车七姊妹去游的天国，是不是就是故事里说的半天云，到了那里是不是就能找到死去的人？"

拉奎点头说是，并告诉努努说，之所以能带她们去半天云，是因为天门会在正月里洞开，师傅传授下来的口诀能引带她们抵达那里，只是，能带去的只有魂魄，人的肉身已不能再像故事里的弟弟那样跟着去，一路上必须紧跟着他，千万不能走失，更不能逗留在那里。

"走失了会怎样呢？"

拉奎肃起脸，郑重其事地警告一脸懵懂的努努："人的灵魂千万不能离开肉身太久，真是失落了，肉身就会像没有汁液的落叶很快腐坏。"

"奎伯伯，这个世界上，除了我妈妈外，就是你对我最好啦。"努努说完，拖过板凳和拉奎挨着坐在了一起，轻轻靠他肩膀烤火有好一会儿，后来又跑到拉奎身后将他的头和肩膀环抱住，竟似把他当作生身父亲般来依恋和敬爱。

那个温软的亲近方式将拉奎拽入浓稠的幸福之中，全然忘了车七姊妹的危险。

四

泛着粼粼月光的流水底，满是生着苔藓滑溜溜的河石，曾经咬牙切齿发誓永不涉足的绿度河，拉奎走得东摇西晃，胆战心惊。

还好，有惊无险过了河，只是心里的不安有增无减。走在去往寨子弯弯扭扭的水田埂上，拉奎继续努力集中心神，生怕一脚走歪摔到水田去。徐徐向上的田野在月光下荡漾着清冷冷的光，回头再看河对岸自家屋子，已缩小得像个鸟窝。弯弯拐拐的田埂把拉奎的心也绕得千回百转，一辈子走过的路连起来都没有这个时候的田埂长。

正月十四的夜风冷得渗骨，空气中裹挟着春节里尚未消融尽的鞭炮硝烟味。见面了说什么？碰到村里人怎么解释？这么多年，他们从青梅竹马到鳏夫寡妇，关于他们的流言蜚语从来没真正断绝过。拉奎把过河时挽起的裤脚卷下来，然后站直身，迎着风，把额前头发抚了又抚，感觉这样可以让乱麻似的心绪和头发一样平顺。

"是……是你吗？"田埂尽头，人家屋檐下一处黑影突然发出声音，把拉奎给吓了一大跳，不过很快辨识出声音的主人。

"咳！咳！"拉奎清了清嗓子，顺带用它代替了回答。他还没准备好，这样的见面方式太突兀了。

"真是你？"疲惫沙哑的声音颤颤的，低低的，在夜风中稍不注意根本捉不到。

没错，是她，努努的妈妈。即使是在黑暗之中，他仍能清晰辨识那副寒塘似的眼神，恨恨的，戚戚的。

"嗯，我来了。"

说完，拉奎故作轻松地打量着面前的房屋，不敢马上与对面的人对视，哪怕全世界只剩下天上月亮和他们两个。这么多年了，他在河那边无数次偷偷眺望的屋子，冷漠地嘲讽着他的懦弱孤单，也藏纳着她的悲喜忧欢。而今，却给了他们不无好意的安排：眼前这屋子，和周围其他人家隔着几丘田，非常清静，便于隐蔽接下来几天里他的行动——虽然救人要紧，但该避的嫌还是必须得避，他不想一寨子的人在他们背后唾沫纷飞，更不想给人制造毁损花远名声的机会。

没有风，梦花的香气在四周蹑手蹑脚地走动。很快，拉奎在月光中找到了那些叫梦花的植物。原本她嫁为人妇后，心性不但没有改变，反而变本加厉地在院坝边种满了它。这花也真是怪，再寒冷的天气，没有绿叶的陪衬也能开得如梦如幻的，一点都不寒碜。捕捉并抓牢了这点，拉奎突然觉着，他和花远之间隔着的所有东西都不存在了。

"这花还是那么香……那个，那个努努现在怎么样啦？"拉奎凑到梦花前闻了闻香，好让自己不必看向花远，同时把话引入正题。

"睡了。今天白天前前后后来了好多人，帮着出主意、想办法，说了一天的话，嗓子都快冒烟了，把她也折腾老火了。"

"唉……我……都怪我……"

"不怪你，是这孩子自找的。她心里苦，我知道。"声音很低沉，但话音冷静得真切，像狂风中的韧草，有着异样的坚强。"哦，到树这边的凳子坐吧，拿边上布垫子垫一下，夜晚石板凉。"

"花远……对不起……过年前她来找我，我就看出是你女儿，可我、我……"

"真不怪你。我的女儿我晓得，你别看她一天笑得没心没肺，心里恐怕苦得要命，你带她去天上，还不像现在喜欢在外面打工找钱的，一个个去了就不想回来了，我今天想了一整天，琢磨着肯定是这个理。"

"这些天来，她看着很开心啊，能有什么苦呢？"

"嗨，笑得好看又怎样。"

看真切了花远漾着月光的眼，拉奎的心隐隐作痛，抬了抬手，又黯然退缩了。脑里闪现过二十多年前的画面——大红绣衣的她坐上迎亲的花船，笑得像古书里说的沉鱼落雁倾国倾城，却从此和他不相往来。他能体会，当心里越苦，越想表现自己有多开心，高兴的时候，却特别想哭。大半辈子来他孤身一人享受到的好处，可不就是不需要看谁的表情做事，也不需要为谁制造虚假的表情。

"别担心，我保证，一定把她失落的魂魄赎回来！"

"也只能靠你了……能赎得回来的吧？"

"有点难……不行的话，你就把我给宰了吧。"

"要你的命干吗，我自己的命都不想要了……"女人懒懒的弱弱的声调，在拉奎听来似针锥，来之前预备了一肚子的话，全被封锁在喉咙里，吐不出咽不下去。

"好好的，怎么会出事呢？"

"我也不知道是怎么回事，那天本来，本来……我……努努……"拉奎抬起头，不提防正撞上花远的目光，心头一慌，大脑指挥不动舌头了。

拉奎想说，花远，这几天来有你家努努陪着，我特别开心，车七姊妹那天更是开心。但现在，怎么可能再说"开心"这个词？那天，阳光把每个人的脸照得像五六月间刚开的向日葵，努努和她的女伴们个个穿起新衣新鞋，银八宝银披肩银耳环叮叮咚咚地招摇过寨，人到哪响声滚落到哪。那天的绿度河坝到处站满革罢寨的大人小孩，热热闹闹等着看新奇……一切都很顺利，他唱诀口诀，引领着如花似玉的姑娘们过了阴阳桥，到了半天云。然而奇怪的是，天国之旅结束，一起车七姊妹的人们在揭开蒙于脸上的黑帕后，一个个犹如美梦初醒，唯独努努还在迷醉。一开始他还以为努努故意逗大家，等他死劲掐她的人中、虎口，所有法子都使了出来，努努还是一具目光呆滞的木头人时，他才知道努努真的失落魂了。

"我知道，那天我也在。"还好，花远的回答，解了他的围。

"你别担心，一定有办法解的！"再次把口气说得十二分坚决，其实依然没几两底气，"只是，你也知道，我们只有四五天的时间，过了这两天，魂魄怕就找不到回身体的路了。"

"天国是不是真的好漂亮，所以努努不愿回来了？"花远幽幽地问。

"确实漂亮。"拉奎皱着眉头答。

"有多漂亮？"

天国有多漂亮呢？这不是笨嘴笨舌的他能描绘的。再说，能用语言描绘的，也就不是天国的漂亮了。天国再漂亮，只要你在地上，我也不想去，去了仍想着要回来。拉奎在心底这样暗想，但嘴上说不出，只能回一个苦笑。

"你明天白天把努努喜欢的、在意的东西找好，晚饭后，我就过河来。我们一个法子一个法子地试……"拉奎又向花远交代了几个事情，在冷凉起来的雾气中，才小心翼翼踩着被月光铺白的田埂走上回程。一路上，拉奎不敢回望，只是想：月亮请等我一下，让我过了河你再回家。

五

熬到天色将晚，各家次第亮起昏黄的枣红的光，拉奎再次渡过曾誓死不过的绿度河。

花远刚喂努努吃好饭，正用手巾细细揩去努努嘴角边的油渍。见拉奎来了，便让他帮忙照看努努，自己则去屋后找几个干树苑烤火。努努家的院坝铺满大大小小的鹅卵石，因少人走动边上已生起一层薄薄的青苔，努努在那里走得像个有脚无手的稻草人。

"努努，还认识奎伯伯吗？"

"嘿嘿，嘿嘿。"努努笑，笑里没有任何内容，脸上的涟漪像微风划过的死水。

"努努，石子滑，会摔倒的。"他走近前抓紧努努的左手，没提防抓得一手的冷，惊心动魄，皮肉的柔软似乎全换了尸骨的僵硬。

"天黑了，我们的努努也回家了好不？你想要什么，奎伯伯都去给你找拢来。"

努努没理睬他，空着的右手上下晃动，好像是站在河流之中把水掬抛上天，嘿嘿嘿地笑个不停。

没过一会，花远背着干树苑回来了。拉奎连忙上前几步，帮着把竹背箩卸下来，再把背箩里的干树苑抱到火坑里。做这些的时候，两人是默契的，也默契地一起沉默着，等到月亮在窗棂上亮起，树苑被引燃，发出噼里啪啦的炸裂声，屋里仍然安静得可以听清楚老鼠在楼板上来回乱窜的脚步，啃苞谷粒时嘎嘎吱吱的声音也纤毫毕现。摇晃的光亮里，两人埋着头烤火，任熊熊大火灼着眼睛，却都不敢抬眼看一下对方。

当花远往火坑里添到第四个老树苑，倚在躺椅上的努努终于呵欠连天，一会儿便在暖得可以融化人骨肉的火坑边睡去。拉奎转过身埋低头细细审查着熟睡中努努的脸，试图在这张即使在睡梦中也不忘要微笑的脸上看出一小丝破绽。没有，笑容依旧很完美，被火光烘成了一朵燃烧的云。计划终于可以开始了，花远起身去拿东西时，拉奎仍一直盯着努努看。人只有在睡着时才会卸掉所有防备和伪装，向外裸露自己的本来心性。不知道为什么，拉奎突然羡慕起努努看似婴儿般无忧无邪的脸来，就这样笑着睡去吧，强过像他这种一辈子想哭却硬要装笑的清醒人，可是，怎么能再继续这样笑下去呢？得赶快把她的魂魄追回来，让她重新恋上活着的乐趣。但凡美丽、青春、财富、自由、爱情……只要能吸引努努的魂魄归位，用他的生命作交换都可以。

黑暗中传来老鼠四下逃窜的细碎脚步声，怎么会这么多老鼠，莫非是他家以前杀猪太多招惹来的？她一个人怕不怕？拉奎皱起眉头，肠胃的位置没来由地一阵绞痛。正想着，花远已按昨晚他的吩咐，把所有想到的努努最喜欢的东西都拿了出来，可能是上下楼梯急了，胸脯起伏得厉害。拉奎心神一荡，赶紧又埋头看火。

"这是我的嫁妆货，努努最喜欢的耳环，一直舍不得戴。"花远把手中的绣花手袋解开，最先拿出一对灼着银光的耳环，手中的耳环由细细的银丝粘连缠绕组成一只凤的样子，羽翼处层层叠叠，一摇摆便灵动生姿。

"确实招人喜欢，好看！"端详着手掌心的凤样耳环，拉奎的心脏又是一阵绞痛。自然而然地想到了那年的那天，他躲在绿度河边的一艘破船上，透过篷子的破洞，还有蒙在眼眶的泪水，他看到花远就是戴着这对凤形耳环出嫁的，在怒放的爆竹声中走得花枝招展。后来，婚船御水缓缓滑向对岸，花远嫣红的身影在众人的簇拥下越去越远，再看不见，他紧紧攥着斧头的右手还在抽搐似的颤抖——他拉奎终究还是只豁不出去的缩头乌龟。她被奸污的那天，他没敢兴师问罪；她含泪决绝嫁了，他也没胆量实施劫亲，在脑中演习了千万遍的私奔场景最终分崩离析。

现在，不知努努还有没有福气戴上这副精致的银耳环，坐上迎接她的大红花轿呢？

"这花花书包，这蝴蝶鞋垫，这，这，都是努努最喜欢的东西，这是努努爱读的书……"

拉奎接到手中借着火光一看，不禁讶然。《孙子兵法》《三十六计》，真看不出来，一个清秀天真的女孩竟会喜欢看这些工于心计的书。

花远看出了拉奎的疑问，说道："努努的性格一直像个男娃娃，说长大了要保护我，不准任何人欺负我，特别是……"

花远没再说下去，拉奎也已洞如观火。

"对不起，花……"

"我们不讲这个了，你说接下来我们怎么做吧。"

"好，不讲啦，你和你女儿多讲讲。"

"和她讲？"

"她的魂魄现正在四处游荡，可能听不到，也可能听得到，所以一定得讲真心话，能震动到她魂魄的话。"

"嗯。"

"你琢磨琢磨努努的性子心思，看她喜欢什么，讨厌什么，最好是她最近的事情，有没有什么奇怪的地方，才好想法子喊她回来。"

"好……努努，乖，过来，让妈妈好好看看你……努努你莫贪玩，赶紧回来，回来，好不……"在努努嘿嘿嘿的笑声里，母亲把女儿的手攥得死紧，"你不是喜欢这副耳环吗？还记得不，有次你把它偷偷拿出来戴，被我狠狠打了一顿。不是妈妈舍不得，妈妈是想给你收好起，以后做你的嫁妆。现在，妈妈改变主意了，这就送给你。来，你拿着，戴上！"

努努的眼睛突然徐徐睁开了，看得拉奎心头狂喜，满以为努努醒了过来，但细一看，大大的眼珠子黯淡无光，像半死不活的鲤鱼眼。

"看来没用，要不再试试这个。"花远埋头揉了揉眼睛，再抬起头时，竟在拉奎瞳孔里看到仿佛刚从草木灰堆里爬出的自己。"努努，你看看这个，这个是你的高考录取通知书哩，妈妈知道你一直想忘了它，但你一辈子都不会忘记的，对不对？"

花远的声音已经哽咽，但努努还是呆若木鸡，拉奎再度成为努努往事唯一的听众。

"妈妈真后悔，生你到这个世上来。"花远把女儿的手抓起按到脸上，眼泪继续流得不声不响。"还记得那天早上吗？你爸他不拿钱给你报名，我拿借得的钱给你，也被他缴走了，说你是赔钱货，我只差没给他磕头跪下了，我知道你比我更恨他，他一天就只晓得杀猪卖肉，……你还记得？你本来已经拿着钱出门，但你又回了来，你看到你爸揪着我的头发把我拽到地上暴打，逼我把给你的钱要回来，不然就要了我的命。我不答应，他掐着我喉咙，我挣扎着叫你快跑……"

拉奎的心揪着，不能说话，也不敢说话，这么多年关于这个女人以及她所有的事情，他总是过耳不忘，既然这么多年一直沉默，现在也只好继续装哑巴，付不出行动，再美好的语言都是寡白的。

"我万万没想到的是，你跑进屋来，一把抓起桌上的杀猪刀，哐当一声砍到饭桌上。你第一次用那么大的声音冲你爸喊，像是你积存了十多年突然一下子爆发的声音。你取下肉板上的杀猪刀，指着你爸脑门说，别打了！我不稀罕你们的烂钱！爸，我现在还叫你一声爸，你要再敢这样欺负我妈，小心我找人收拾你！这都是你说过的话，你还记得吗？当时我和你爸都被震住了，第一次看到你对你爸抢眉鼓眼，就像凶神附身一样。你

143

把你身上所有的钱狠狠地砸向我们，头也不回地走了。你知道吗？那一刻妈妈多么为你自豪，妈妈当年如果有你一半勇敢，就不会一错再错了……妈妈向你保证，只要你醒来，妈妈砸锅卖铁都送你上大学，好不好？你回答我啊，好不好？"

看着对面自始至终麻木的微笑，拉奎皱起痛苦的眉毛，终于忍不住拉了拉几近歇斯底里的人的衣角，说："能不能和她说说现在？你说的这些事，都过去那么久了，恐怕孩子自己都忘了……"

"她现在在意哪样，我真……"花远双手捂住嘴鼻，一会儿，眼泪从指缝间滚落了下来。

"莫急，你再好好想想……对了，努努那么恨她爸爸，会不会是她不想醒转来的原因？"拉奎问。

"应该不是，她爸爸后来已经被她彻底镇住了。前两年，她带了个男朋友回家来，她爸从此脾气就收敛了很多。她告诉她爸说，她男朋友在公安局工作，专抓那些作奸犯科的。"

"那……那件事过去这么多年了，努努她怎么会晓得？"

"几乎都是公开的秘密，瞒得住吗？"花远脸上荡起的笑，看得拉奎像被刺梨蓬扎了个千疮百孔。"这个崽崽心思重，睡眠不好，有次我做噩梦说梦话被她听到，醒来才发现她睁大眼睛一动不动地挨在我身边，泪水浸湿了枕头。她问我为什么不报案，我说报了案你还有家、还有爸爸吗？她再不吭声了。很多年以后努努才说，妈妈，如果这是你想要维持的生活，我就不破坏它了。"

拉奎埋低头，闭上眼睛，任身边漫阔的黑暗向自己围攻而来，步步紧逼。

是的，二十多年前他也是这样想的，并这样做着。心里再多痛恨、悔恨、怨恨，他悉数收受，从未想过要去打扰，以爱的名义去伤害。法术再高明的祭司，都是捉得鬼却又还得放了鬼，不敢违背世代相传的规矩半步，有什么法子呢？

"后来呢？"

"后来努努就跟着大海走了，直到这次过年才回来。"

"那个大海真是她男朋友？"

"男朋友还有假？"

"我总觉得有点奇怪，努努是个打工妹，人家在大城市有正式工作，还是专门管那块工作的……"

"有什么是不可以的呢？我们家努努配谁都不差！"花远面上有些愤然，"我看见了，我们都看见了，他们的手牵得那么紧，每天脚跟踩着脚跟，影子挨着影子！努努的性子我知道，她会为了我，专门挑个这样的男朋友来收拾她爸！"

"对不起，我说错话了。"

"呃……经你这么一说，回想一下确实是有点奇怪，从那年到现在，努努就只带他回来过一次，之后不是说在执勤，就说是在加班，再没有来过。"

"是不是两人在闹别扭，所以努努才不想回来了？你没见天天电视上演的，现在的年轻人啊，谈个恋爱，动不动就要死要活的。"

"要不我们想想办法找到大海？"

"总之得先弄清努努为什么要来找我车七姊妹……努努学你，表情做得太好，没有人能看穿你们的内心。"

"努努和我不一样，我们的年代不一样，性格也不一样。再说，我怎么会看走眼呢？眼睛，表情，做不了假……可惜他们没住几天就走了，说是临时接到什么紧急任务。"

在花远寂寥的叙说里，寻找努努魂魄的第一夜不得不宣告徒劳了。

六

第二天上午一无所获。拉奎和花远摸索着操作努努的手机，在电话簿里逐个地翻找，始终没有发现一个可能是吴大海的号码，也没有发现一张努努与任何一个男人的合影照片。叫吴大海的人像院坝旁的梦花，绿叶一出就消失，一枚果子都不肯留下。拉奎拿着手机变起法子地逼问努努，努努总是一副天不管地不管的笑模样。到最后，花远不得不接受和承认他的猜测，她生养了个既聪慧又心疼妈的女儿，故意带这样身份的人来震慑爸爸，千方百计保得她安好。

天又黑了，拉奎迟迟没有现身，说好月光照到屋檐角的时候就来，可直到花远硬用眼睛一点一点把月亮推上屋脊，才把他已有佝偻之意的黑影和浓烈的烟草味道盼来。

"怎么回事啊，现在才来？"紧张的情绪刚一松弛下来，花远心头的恼怒却莫名暴涨，"怎么能这么拖拉呢，努努已没多少时间了！"

"对、对不起，我来晚了……"拉奎气喘吁吁的，"我下午去、去了一趟县里，回来时不巧，搭的面包车坏在了半路上，耽搁了，对不起，对不起……"

花远按捺着心头蒸腾的百味，话再从嘴里说出来时，语气和声调上已悄然缓和了几分："快坐下喝口水……这又快过去一天了，真是焦人……"

"你不是让我拿努努的手机上县公安局问问嘛，我找到我朋友的儿子小杨后……唉，怎么给你说哩……"

"怎么还磨叽起来了，你倒是快说呀！"

"那，那我就说了啊，小杨把努努手机的相册进行什么数据恢复后，竟发现有张照片是曾经被全国通缉的嫌疑犯吴海达！再一查，努努在他们那里居然也有案底，他们说，他们说……努努以前在一家足浴店上班，其实就是做那种皮肉生意的，严打的时候被抓过现行……小杨警官说，努努很可能是那个通缉犯吴海达的……"

"你乱说！怎么可能！"花远一下子站了起来，一把抓住拉奎的手臂，"他们肯定弄错了，那绝对不是我们家努努！"花远尖硬的指甲壳钻得拉奎手臂生疼，拉奎咬紧牙关扛着，硬是一声都没吭。

"人家小杨和努努没仇，干吗污蔑她呢？"过了好一会儿，拉奎才抽出手臂，轻得不能再轻地拍了拍花远的肩膀，"是又怎么样呢？哪怕努努是通缉犯，也还是我们的努努啊……我们现在还是先想办法赶紧让她醒转来吧……对了，你快认认努努手机里面恢复好的照片，有没有努努带回家的那个人！"

花远颤抖着双手，好不容易才找到努努手机存放照片的地方。在努努的手机里出现次数最多的那个男人，衣服、表情、动作和她那年见的警察女婿完全不同，但五官相貌却是熟悉的，特别是那颗生在左边眉毛里面的黑痣，更是错不了。

"大海……哦，不对，是吴海达，是犯了什么事……被通缉？"愣了好半天，花远才把手机放下。

"没那么严重，说是他冒充交警，在全国各地到处乱罚人家款，被人举报后，正准备将他捉拿归案，他却突然失踪了。虽然牵涉的数额不算大，但社会影响比较恶劣，所以在公安系统网站上进行了通缉。小杨讲，明天他们想过来看看努努，希望努努早点好起来，帮助他们找到吴海达。"

"都要死不活的人了，他们来干什么？成心想让全村人的都知道吗……"

花远痛苦地把脸捂了起来，双肩抽动，再不和拉奎说话。拉奎也被钉在凳子上，半天动弹不得。不知过了多久，努努拿木筷子敲着土碗到处走，叮叮当当的声音划破死寂，两人才突然如梦初醒——

忙活了一天，夜饭都还没得吃。

七

中午时分，拉奎看到绿度河边远远走来的人只是一个朋友的儿子，而且没有穿警服的时候，这才松了一口气。一晚上都没睡好觉，离开坐了一上午的屋檐，竟觉得像走下生死煎熬的手术台。

小杨警官一身橙色运动休闲装打扮，一边走一边到处拿手机拍照，根本不像办案，更像是来观光旅游的。在去花远家的路上，看到拉奎愁苦着脸，走路速度慢得像在踩蚂蚁，反倒安慰起他来："奎伯你不用担心，我一定帮你们做好保密工作。吴海达是吴海达，龙努努是龙努努，一码归一码，你先和花远姨一起想办法，抓紧把努努治好起。"

接下来的讯问调查中，小杨警官果真就像走亲访友一样，有一句没一句地和花远聊家常。在感觉来人确实没有恶意，也没有要带走努努的打算后，两位老人紧绷的神经才松弛下来，把他们所知道的一切全部回想给了小杨警官。

"努努从不带男人回家，就只是那一次，所以烧成灰我也认得。你注意看照片，他左边眉毛中间长得有颗黑痣。当时我还暗暗替努努高兴呢，因为我家努努嘴角边也带有个痣，两人天生一对似的。"

"具体哪年还记得吗？"

"2012年秋天。对，就是交秋前后那几天，那孩子人灵活，又能说会道，还帮着我们打了几天的谷子。努努她爸要杀猪，不得空。"

"是吴海达自己说他是警察，还是你儿说的？"

"他自己说的，他说在他很小的时候，他爸爸就害肺癌死了，他妈妈因为车间机器出故障，两只手都被绞断，就靠厂里每个月发的一点困难救济金生活，幸好有个警察一直在资助他家，他才没有辍学，可是就在他高考的前几天，那个警察出车祸死了。后来到处参加考试，才圆了他想当警察的梦想。"

"听他说到警察执法，我家努努兴奋起来，接连问了他很多关于法的问题，他都回答得头头是道，就像那些法律全是经过他的手制定出来似的。"虽然已经过去好几年，花远依然清晰地记得那天饭桌上摆放的每一道菜，吃饭时每一个人的表情。花远自然看得出，努努问的每一个法律问题，都是故意问给她那屠户老爸听的。女儿问，丈夫对妻子实施家庭暴力，法律规定应该怎么处理？又问，如果女孩子被那个了，应该怎么办？这些问题像一把把剃头刀，剃得她男人的老脸青一阵白一阵，吃饭夹菜的动作都僵了起来。

"你女儿有没有说过，他现在哪里？"

"没有。努努长年在外面，从来不和我讲她的事情。今年过年的前几天，我问努努为什么不和大海一起回家过年，努努没理我，逼问得紧了，却抹起眼泪来。她说，那家伙欺负我，我再也不要他了，努努这辈子谁也不嫁，就和妈妈在一起。唉，我一直以为他们在吵架，还劝努努过完年找他好生谈谈。"

"这段时间，努努有什么不对劲的地方吗？"

"没有。她这次回家过年，无意中听我说起拉奎会车七姊妹的事，就一天到晚待在他那边了。"

拉奎接话说："努努是腊月二十四那天到我家来的，我也没有发现她有什么不对劲。她拿了好多吃的用的东西给我，我不要，她硬要塞给我。她喜欢笑，总是很开心的样子。"

"对了拉奎叔，正想问您呢，你们那个车七姊妹到底是怎么回事？"

"那个啊，是我们很多当祭司的都会的一个小法术，具体操作起来就是唱诵一些口诀，牵引大家的灵魂脱离身体，一起到天上去游玩一下。我们说的车，就像你们平常坐的汽车、火车或者轮船一样，我就是那个开车或者说摆渡的人。"

"听起来有点天方夜谭，奎伯你悄悄给我们交个底，是不是你给他们吃了什么东西，或者悄悄放了什么迷药，然后让他们大脑里面产生了一些幻想？"

"唉，真是这样的话努努也不会失落魂了……这种法术是我们的师傅一代一代传下来的，所有参加过的人都可以作证。"

"那你现在开车把我送到天上去试试？好让我也看看天堂是什么样子。"年轻的警察忍不住笑了。

"可以的，只是得到明年去了。车七姊妹只能在每年的正月初一到十五这段时间内进行。另外，也得看人来，并不是所有的人想去就能去的。"

"这又是什么讲究呢？"

"具体我也不知道。我师傅死得早，他没告诉我这些。可能就像大家常说的，心诚则灵吧，杂念太多的人，一般都是去不了的。"

"行，我明年一定来亲自感受一下。你们现在打算怎么救努努呢？确定不送医院吗？"

"医院那边去也没用，医院治得了阳病，治不了阴病。"

突然想起一件事，花远小心翼翼地问："杨警官，如果我女儿清醒了，你们公安局的会来抓她吗？"

小杨警察说："肯定会喊去正式做一个笔录，至于抓不抓，看她有没有跟着那个吴海达一起犯过事。"

"哦……也是……那我家努努在外面的事，麻烦你别和人家说好不，特别是我们寨子上的，不然……"

"没问题，这个是肯定的。我们的案子，也还得麻烦阿姨和叔你们多协助呢。"

"等……以后结案了，小杨警官你能给我说下情况不？不为难你，就说你们规定能说的就行。"

"好。"

"嘿嘿——嘿嘿——"

一直呆坐在凳子上的努努，突然毫无内容、毫无表情地笑了出声，把大家都吓了一大跳。

八

用完晚餐，将小杨警察送走后，草罢寨已经陷入深重的雾霭之中。在寨子水井边的古树旁，拉奎师傅把买好的斋粑豆腐、刀头酒礼拿出摆好，花远则在一边帮着烧香化纸，听拉奎喃喃叩请师傅：

抬头望青天
师傅在身边
今日弟子奉请起教祖师
恭请天上过往神灵……

山高树多的草罢寨原本清静少人气，半夜三更里更加荒凉寂寥。拉奎祭司低哑起伏的念诀声在夜色中摇晃，更生出了好几分诡秘。一篇长长的赎魂咒念下来，只见井边古树上已有只指甲大小的蜘蛛在烟火的影响下，顺着长线掉了下来，拉奎赶紧用一小片纸将蜘蛛包住，继续念咒，寻找第二只蜘蛛：

得头魂要退头魂
得腰魂要退腰魂
得脚魂要退脚魂
不准隐瞒
不准……

乌蒙蒙的夜色中，轻诵咒语的拉奎祭司面色肃穆而冷峻，癯瘦的大脸在冥纸香雾中时隐时现。花远站在一边静静地守着，一会儿仰头看星空，一会儿侧头看向拉奎祭司的浓黑背影，任由心事磅礴。仅仅靠这些简单的赎小孩子的赎魂咒就能把努努迷失在天国的魂魄赎回来？花远一点信心都没有，她知道拉奎也是。想起拉奎年轻时穿起艳色绣袍戴上冠札的样子，阴柔的面部轮廓增加了几分冷峻，一把绺巾，一柄牛角，在冥纸香雾中舞得仙风道骨。一辈子真快，还没好生享得几天欢快呢，人就不由分说地老下来了。

"叩请井神，奉请五洞，以卦相问，何处得努努的魂魄……"等花远回过神来，听到拉奎祭司还在喃喃地唱：

"得了头魂，还要腰魂，得了腰魂，还要脚魂……"

仿佛等了一辈子，地上的香都全部燃尽了，拉奎还是没能把三只附有努努头魄腰魂脚魂的蜘蛛给她抓来。

"另外想办法，今晚就算了吧，不是还有两三天吗？"死马当作活马医，瞎猫去碰死老鼠，他的用意她起先就心知肚明。看着拉奎和月光一样惨白的脸，花远也已不忍心再怪罪，面前这个被岁月这把杀猪刀剔刮得只剩下骨架的男人，她依旧能一眼就读出他的心。

"现在还不算太晚，要不我们这就回家去，再做场杠香法事试试。"拉奎边收拾东西边说。

"杠香不是去鬼国找死人的吗？努努又还没……"

"这个……我是担心她在那边走错道……你说不去，那就不去吧。"

"那、那……还是去吧，你带我一起？"

"你怕吗？"

"不怕。"

一路上，拉奎心里又是难过，又是快活。拉奎从来没有想到过，老了老了仍可以和花远这样在一起。烧香化纸时，拉奎一动不动盯着飞扬的火焰，看到花远的眼睛里也有两团扑朔迷离的火焰。预备仪式完毕，拉奎帮花远把黛青色的头帕松开，垂下一段把双眼蒙住，叫她微微踮起脚跟，把双手垂放在膝盖上轻轻拍打，双脚不停抖动，与他一道打马启程去向可能找到努努的鬼国。

"大地绚丽多彩，宇空明亮圣洁。找到对岸的生死桥上，寻到东方鬼域筤下；抬头看见天国花园，举目看到鬼域果圃；看见百花盛开满山遍野，百果累枝满坡满坪……"听着拉奎低柔唱诵的巫辞，花远一点一点迷醉了，拉奎的呼吸带着檀香烟火气，拉奎在歌里描述的太虚幻境是她前所未见的风景。

"太阳落坡，乌鸦归窝，努努努努，天色晚啦，你该回家啦……"

一路上，拉奎一直在念诵巫辞，像在和花远说话，又像是在自言自语："此刻，我们已进入冥界；此时，我们已抵达鬼国。遇到的都是游荡的野鬼；碰上的全是漂流的魂灵。但凡面目友善的，你都可以向他们打听；但凡面目可怖的，你都要小心避让莫去招惹。"

花远——谨记和照办，一路也不知跨过了多少歪门邪道的关卡，看到了多少面目森冷的魑魅魍魉。他们见人就问，不，应该是见到鬼魂就上前打听。但是，没有听到想要的答案，没有关于努努的一点点蛛丝马迹。

花远不知道该高兴还是伤悲，在阴惨惨的鬼国，走着走着就陷入无边无际的雾霾中，没有山川，没有河流，没有桥梁，没有城廓，没有村落，没有鲜花，也没有鸟鸣，找不到可能还是个好消息。

东方没有，转去南方，南方不见，又走西方。拉奎和花远一起坐在飞奔的天马上，在哒哒哒的马蹄声中，走过了漫无边际的荒漠，走过了漫山遍野的骷髅。花远想看又不敢看，就怕遇着一具披挂着熟悉衣裳的尸体，把她震下马来。

突然一声鸡叫，拉奎和花远的身体双双打起寒颤。

鸡叫了，杠香法事结束了，那个无比灰暗迷蒙的世界被一束耀眼的白光照进，瞬间空白了，消失了。

九

第四夜，第五夜，拉奎不知道被什么事情牵绊了，从早到晚没来露个面，害得花远坐不是，站也不是，每一步都踩在忐忑的恐惧里。不管是他人间蒸发，还是努努魂飞魄散，都可以将她打入十八层地狱，永世不得翻身。

努努仍旧在固执着一种表情，笑得花远一筹莫展、肝肠百结。这原本是张多么灵动的脸啊，会皱眉，会撇嘴，有时哈哈大笑，有时两眼泪汪汪，现在呢，眉眼鼻嘴全都安然无恙，只是没了呼吸没了波光没了生气。多会说谎的一张脸啊，把所有的苦难都压制在皮肤底下，却假意说着自己有多鲜亮……可自己，何尝不是这样？怎么也忘不掉逆反命运的那个恐怖夜晚，白晃晃的杀猪刀横在她身侧发着冷光，肆意剥去她衣物的男人打着酒嗝说，她若不依从他就去要了拉奎的命，白刀子进红刀子出，不会比杀头猪麻烦多少。有什么办法呢？就这样成为人家砧板上的肉，还得笑着嫁了，不能让拉奎知道后跟着痛苦。日子煮粥似的慢慢熬，前两年老天爷总算把他收了去，让她终于可以想哭就哭想笑就笑了，可仍然不能想爱就爱想恨就恨。这些年，她不止一次地想过一走了之，却一再被河那边那抹黑影拽住，然而因着各种牵绊却让她不能一头撞到他怀里去。她知道他一直没娶，但谁知道是为什么呢？作为一个祭司，选择孤独终老无可非议，再正常不过，她这副已皱起无数褶子的皮囊凭什么去他面前晃荡，扰乱他的清静？这世间啊，活着就是受苦还债来的，如果躯体失去灵魂也可以不腐烂，她真宁愿努努干脆永远疯癫下去，只要她笑得好看，真的开心。

珍贵的第四夜，该死的第五夜，就这样被她无所作为地用来胡思乱想着，极度奢侈也极度无奈地虚度了。花远不敢去找拉奎，也不敢出门去向任何一个人打听拉奎去了哪里。

还好，第六个深夜，拉奎总算出现了，说是被个远房亲戚请去镇鬼驱邪，也是人命要紧，怎么也推不脱，在他家折腾了两天才连夜赶回来。

"想想看还有没有什么法子，快七天了。"说这话时，花远已把厢房的床铺整理出来，最后于枕头套上她从未启用过的鸳鸯绣花枕套，"寨子里没人知道你已经回来，今晚就在这里将就睡一下吧，我们多点时间和努努在一起。"

"对不起，我想不到法子了。"接连着熬夜，拉奎黑瘦的脸越发黑瘦，眼皮滞重，已载不动数日来叠加的疲惫。随着溢着樟脑香气的床出现，刚赶完二十多里山路的拉奎感觉身上骨头全被抽空，再没有站立的力气。

"真没什么法子了？"

"真没了。"

"啊……"花远咬紧嘴唇，左手捂住鼻脸，几天来一直压制在心中的泪水，一下子全爆了出来。

"花远……"拉奎储蓄了二十多年的勇气也爆发了出来，张开臂抱，一下子把眼前的女人揽入怀里。花远挣脱了几下挣不脱，便放弃了，放纵自己痛痛快快地哭在拉奎的怀里。

"一路上我就在想，没有时间，也没办法了，我们留点时间给自己吧。"拉奎说。

花远身子剧烈地颤抖，喉咙哽咽，说不出话。

"花远……我、我实在对不起你……一辈子都对不起你……现在我们都老了，只能先欠着，等下辈子再还你了……"

花远仰起泪眼，看着紧挨着自己的脸，不禁抬起手挨了挨上面同样被上牙齿紧咬着的下嘴唇，轻轻说了声"奎，我不恨你，"就又哽咽了起来，"真、真、不恨你……"

"我恨我自己，活得连只阴沟里的老鼠都不如……我这辈子欠你的太多，看你过得那么苦，苦了这辈子，我也不能帮到你……"

"我是有怪过你，可后来我就不怪了，你真找他拼命，怎么会是他的对手，人只要能不死，有什么是放不下的呢？你这一辈子也苦，身边没个知冷知热的……"

"不苦，真不苦。"拉奎把花远抱得更紧，想把她焊进自己的身体里面去，与她这样心无芥蒂地抱在一起，是他曾遐想过千万次的场景，"我一个人不孤单，你从来就没离开过我。"

"感谢老天爷又让我们在一起了。"

"嗯，感谢老天爷又让我们在一起了。"

"花远，如果是你到了半天云，不想回来，哪样是你忘不了，放不下的呢？"

"努努，还有就是放不下我的人。"

拉奎嘴角荡开一细丝微笑，说："是的，我也是。"

时隔二十多年，他终于不再只是把她的幻影抱在怀里；时隔二十多年，她终于再度触摸到了他的心跳和温度。

十

天白了，天又黑了。

花远一整夜辗转反侧，一整天坐立不安，家里虽然只是增加了一种频率不同的呼吸，却彻底搅乱了她多年静如死水的心境。一天下来，她除了带努努去寨前寨后的几个土地庙烧香磕头，什么正事也没做。中午时候想打个鸡蛋白菜汤，鸡蛋壳磕碎了，却忘打进锅里，蛋清蛋黄散流得一手才突然警醒。

做晚饭的时候，村长突然喊她去村委会接电话，说是县里打来的。

小杨警官果然说话算话，他在电话里带给花远的消息是：找到吴海达了。现人在火葬场的骨灰盒里。据火葬场提供线索的工作人员回忆，那个叫吴大海的尸体，是一个女人和肇事车主过年前用私家车拉来的，说是死于车祸，死在通缉令贴出的前两天。经过这段时间的调查总结，发现吴海达虽然假装交警诈骗，勒索车主获取高额罚款，但诈骗对象确实都是违反交规的人。杨警官打电话来的前半个小时，案件已经结案，通缉令也已经撤销。

小杨警官说，是那颗生在眉梢上的痣，让火葬场的工作人员在看通缉公告时，想到了这么一个人。

一切似乎都清楚了。可怜那位还没真正成为她女婿的通缉犯，被严重超速的酒驾司机撞死在了他预备实施诈骗行为的现场，改名叫大海的人死在了车海人海中，她的女儿想通过车七姊妹，去天国找她的通缉犯男朋友。花远挂了杨杰警官的电话，慢慢往回走，走着走着就哭了起来。

提到喉咙眼的担心没有出现，一天下来没有一个人来她家发现拉奎留宿的事情。缠绕在空气中的鞭炮硝烟味已经消失殆尽，正月玩年彻底结束，忙碌起来的人们各归各位，该走的走，该留的留，偌大的一个寨子像件空荡的灰布袍子，被薄情寡义的主人遗弃在晾衣竿上。

从早到晚，拉奎一直在西厢房里睡得悄无声息。

昨晚，花远费老大劲才把自己的身子从拉奎臂弯中抽离，她把拉奎推到床上，然后给他合围上厚厚的黑布蚊帐。一日一夜没得合眼的他急需要休息，她想，努努，我的乖女儿，你就听天由命吧。

她在绝望中残存着一点点希望，等望着他养精蓄锐，在最后一夜给她一个奇迹。世上的奇迹那么多，只要给她一个就可以。如果老天爷硬是不肯给，她也已做好和女儿一直魂飞魄散的准备。有什么呢？眼睛一闭就去了。

西厢房的门终于吱呀一声打开，坐在堂屋边一直守着的她看到月光随着门声一阵颤抖。没有奇迹，拉奎的脸上没有显现醍醐灌顶的惊喜，下一秒钟，花远只觉手脚冰凉。

"东西都在桌子上，快去吃点吧，你睡了一天一夜了。"

"嗯。"夜色沉重异常，拉奎不敢抬头看花远，神情比以往任何时候都更沮丧。

"家里有酒吗？"饭菜吃了一半后，拉奎突然说，"我一辈子没好生喝过酒，今晚想喝点，以后怕再没有机会了"。

花远心里陡地一酸，咬咬牙，把涌上来的情绪按压了下去："还存有点米酒，你稍等。"

几碗米酒下肚，当拉奎察觉不能再喝，试图站起身时，却脚步踉跄，歪东倒西。花远一直在桌边看着，赶紧起身上前，想支住拉奎即将瘫软在地的身体，却被他一把推开，"我没醉，没醉！我是想喝醉，但偏它就是喝不醉……"

"花远，我知道今晚是最后一个晚上。我救不了你女儿了。"拉奎醉眼迷离，"花远，花远，我、我昨晚梦到师傅了，我师傅说确实有口诀可以救努努，念完魂魄就可以归位。我说，师傅你告诉我吧，师傅说我不听他的话，他非常生我的气……我说是我想和大家伙一起高兴高兴，不能怪努努，可师傅他不听，头也不回地走了，扔下话说，失落魂有什么不好……"

花远不说话，只是拿起桌上的罐子，一仰头，把仅剩的一点米酒咕噜咕噜全灌了下去。

"花远，你、你放心，等我醉死，死去鬼国了也会去帮你找努努的魂，努努一定会回家的，一——一定会……"

"好，我们一起去，告诉你，我早活够了，活够了！"没来由地，花远对面前懦弱的男人窜出一股无名火，"都这个时候了，你却是喝酒！你就只晓得喝酒！喝酒！喝酒能解决问题吗？来吧，我也喝，醉死最好……"米酒喝完，花远把家中以前努努他爸存的高粱酒也倒腾了出来，"来，我们俩一起喝！"

碗和碗一次又一次地碰在一起，酒水流在嘴角边，溅在衣服上，两个人一会儿相望着流泪，一会儿相望着痴笑。

"拉奎，你不是个男人，也不是个像样的祭司。"

"是，我不是男人，我连我喜欢的女人都保护不了，下辈子你来做男人吧，我做你的女人，哈，哈哈……"

"不，拉奎，你下辈子还得做男人，你这辈子都还没好生做过一个男人……"

"好！我要和你一生一世在一起，你要为我生个孩子，不，无数个……"

"哪会有下辈子，就算真有，下辈子谁也不会记得谁了。奎，你抱抱我，我脑门烫，身上好冷……"

"不许掉眼泪了，我们今天应该高兴，你看，我们又在一起了。"

"好，那我就笑，我笑的时候好看吗？"

"好看。"

"那就继续多笑笑？"

"好……"

花远笑着笑着就醉倒在拉奎怀里。拉奎手脚发软，心魂飘飞。这么多年了，他们一直清醒地痛苦着老去，从不知道醉了糊涂了，反而能让他们笑得像个孩子。不一会儿，这个坚强的女人，终于卸掉所有微笑的伪装，满脸迷醉地在他怀里睡着了，剩努努一个人还在一边像尊泥菩萨，自始至终微笑着看他们。

拉奎呆坐地上愣了好一会儿，突然气不打一处来，起身恶狠狠揪住努努的衣领："你笑？你还笑？"

"嘿，嘿嘿……"努努无动于衷，这么多天来，微笑是她唯一的表情。

"有那么好笑吗？你个没心没肺的，你没看见你妈妈的样子？"

"嘿嘿，嘿嘿……"

"你不可以这样笑，你得给我哭，哭啊！"

"嘿，嘿……"

"没有魂魄，你明天就要死了。你死了，你妈妈还有我也得跟着死，你很得意是不是？"

"嘿……"

"啪——"

拉奎一巴掌甩在努努脸上，制住了努努不停息的笑声。

"你再敢笑，我就敢再打你，早把你打死了，我早得解脱！"拉奎揪起努努衣领，把她按坐在木窗边的椅子上。

"努努，今天我告诉你，你别再装了！你装给谁看呢？谁吃饱饭没事干了关心你有魂没魂？你有什么想不开的我不知道，但你以为世界上就你一个人痛不欲生吗？你以为你最苦恼，天下最苦难的事都摊你一个人身上了？你以为躲到天上去，烦恼就追不到你了？我告诉你，世间所有的人生下来都是受苦受难的，比你苦的多了去了！努努你太没心没肺了，你只晓得伤害关心你的人！"

拉奎抓住努努双肩，狠劲地摇晃，努努的黑发绺巾般狂飞乱舞。

"努努，你睁大眼睛看清楚了，洁白的云朵是会撒谎的，你现在看到的所有景象都是巫辞编造出来的。你看我，你看你妈妈，我们都会说谎，我们欺骗了对方，我们欺骗了所有人，也包括你，我们就跟天上的那些云一样，看着很光亮很好看是吧，其实里面装的全部是尘土，哪一天落到地上了，就是脏兮兮的雨水。你明白了吗？你明不明白！你不笑啦？不笑了好！劝你回到地上，不是地上有多么好，是父母既然把你生养下来，你就得好好做人。你知道你身上流的是谁的血吗？你知道你的祖先经受过什么样的苦难吗？你知道我们人为什么会有车七姊妹这种法术吗？你不知道，你什么都不知道，你就只相信耳朵听见、眼睛看见的东西！今天，我要、我要把你身上的血放出来，看它们是红色的还是黑色的！

"努努……

"努努……"

拉奎不知道自己后来又说了些什么，做了些什么，他只记得自己头痛欲裂，泪水像漫过堤坝的洪水一样在他脸上泛滥，这泪水越漫越多，像座堰塞湖把他身体淹没。他越挣扎越往下坠落，直至重重地跌进泪水之底，透过折射到泪里的光，他看到漫天层叠的蓝色云朵，看到一米多高的魂魄如何像影子一样潜回了努努的躯体。同时也清晰地看到几乎是同一秒钟，努努好看的微笑像绽放在黑夜里的一束烟火。魂魄归位后的努努走向她烂醉如泥的妈妈，把她从他怀里抱出，奋力拖到床上，然后又费劲地把他一点点拉拽到床上，让他的头和她的头挨在一起，他的手指和她的手指扣在了一起，他拉奎和他一辈子深爱着的女人第一次睡在了一张床上，呼吸着彼此的呼吸。他们的手边脚边，层层叠叠开满了梦花，荡漾着清晨太阳才会有的奶黄色的光泽，他的睫毛触到了它们绢丝样的茸毛。

拉奎想挣扎起身，或掐一下自己的手臂证实是不是梦境，可一点力气都没有。他只清晰地看到，鲜活起来的努努看着他们微笑，恍惚中她竟是为人父母，他们才是她的孩子。她抚着他们的额头，调皮地说，拉奎伯伯，你要是就这样死了，以后别个祭司给你穿冥衣、盖棺材的时候，一定会说，你们看这个窝囊的老祭司，冤枉来世上一趟，就只爱过一个别人家的女人。拉奎伯伯，醒来后你就这样勇敢地和我妈妈在一起吧，你们瞒不了别人，更瞒不了自己，也莫管其他人怎么说，反正你们又没妨碍着哪个。你看，你们叫我努努，要我努力地醒过来，努力地开心快乐，你却不努力生活在一起。

拉奎深深地迷惑了："努努你没有失落魂？你为什么要骗我和你妈妈？"

努努在迷雾深处笑得很可爱很调皮，回答他："你师傅不是说了吗？洁白的云朵会撒谎。"

（原载《山西文学》2017年第9期；

《北京文学·中篇小说月报》2017年第10期转载；

获2019年第三届贵州少数民族文学创作"金贵奖"）

王　刚

猴　人

　　侯三死后，癞子老师给他写了一篇悼词，有如下两句：呜呼，侯三耍了一辈子猴，最终却因猴而死。村人都说，这话说到点子上了，完全可以做侯三的墓志铭。

　　侯三侯三，人如其名，身材短小，削瘦如猴，尖嘴猴腮，一双灵活的眼睛滴溜溜乱转，整个一副猴样。人们说，如果把侯三扔进猴群，肯定没人能够认出他是人；如果让侯三混在人群中，然后向陌生人提问：人群中有一只打扮成人的猴，请找出来，侯三肯定在劫难逃。总之，侯三的存在似乎是为了时不时提醒大家，人类是从猿猴进化而来的，猿猴是人类的祖先。

　　侯三当了一辈子耍猴人，这是偶然中的必然，必然中的偶然。从外形上看，侯三一副猴样，一举手一投足都猴味十足，这似乎更能赢得猴的好感，便于与猴打成一片。换句话说，因为有了这样的外形优势，猴常常把侯三当"自己人"，易于沟通交流。从性格上看，侯三也与猴相似，天生喜动不喜静，动不动就伸头缩颈，抓耳挠腮，手舞足蹈，叽叽喳喳。骗匠刘一明曾说过一句经典的话：要想让侯三静下来，除非骗掉他。当然，没有人敢骗掉侯三，他就只有像猴那样，活蹦乱跳，嘻嘻哈哈，翻墙爬树，尽情展示猴人的风采。像他这样的人，就是猴类打进人类的奸细，是人类的叛徒，是猴类的卧底，猴见了他就倍觉亲近。

　　侯三是海子的第一个耍猴人，也是海子的最后一个耍猴人。可以说，侯三一生与猴密不可分，生以猴为伴，死以猴为邻。

侯三的父亲叫侯老栓，是个憨厚老实的农民，一辈子只知道土里刨食。就像一棵玉米秆子，只知道开花抽穗结棒子。为了增加收成，老栓在白岩脚开了块荒地，春种玉米，秋种麦子。白岩耸立在海子村后面，高峻陡峭，上面几乎全是裸露的白石，岩石上伸出一些稀稀疏疏的古树。偶有几只苍鹰张开翅膀，在高高的山顶盘旋徘徊，俯瞰着大地。白岩的半山腰，有一洞口，一股白玉般的泉水哗哗流出，形成一道瀑布，如一道白练，挂在白岩之上。洞口周围有许多纵横交错的石道，猴们大多居住在那里。白岩下是一大片荒野，长满了灌木杂草。老栓顶烈日，冒霜雪，披荆斩棘，硬是在荒野里开垦出了一块土地。白岩上食物匮乏，猴们常成群结队来到岩下，寻找吃的。老栓的庄稼地就成了猴的首选目标，尤其是玉米棒子快成熟的时候，这里常常上演猴子搬苞谷的闹剧。于是，猴子与老栓形成了一对不可调和的矛盾，经常进行针锋相对你死我活的战争。

为了防猴糟蹋庄稼，老栓绞尽脑汁，采取了种种手段。起初，老栓严重低估了猴的智商，采取了村人吓麻雀的方法，在地里立了个稻草人。不得不说，那稻草人编得真好，高高地站在玉米地里，像一个扛着大刀的士兵，威风凛凛，如同真人。把玉米地托付给稻草人后，老拴就放心地回家了。几日后，老栓重回地里，只见苞谷秆子东倒西歪，苞谷棒子几乎全被搬光。老栓气得骂爹骂娘，把稻草人踢倒在地，大卸八块。狗日的猴，连一个玉米棒子也没留下，一年的辛苦算是白费了。第二年，侯老栓学聪明了，决定亲自出马，保卫玉米。他手持棍子，潜伏在苞谷林里，放长线钓大鱼。没想到，老栓精，猴更精。猴群先派出一只大猴到地边引诱挑逗老栓，冲着他做鬼脸，龇牙咧嘴。老栓气坏了，狗日的猴，吃了豹子胆，竟然敢找上门来，眼里还有人吗？老栓怒吼着，挥舞着棍子，气势汹汹地朝大猴冲去。猴转身就跑，老栓咆哮着，紧追不放。猴时不时回过头来，对着老栓扮鬼脸，发出吱吱吱的怪叫。老栓气坏了，盯着猴的背影，一路死追下去。就这样，猴引着老拴，越跑越远。老栓汗如雨下，腰酸腿疼，再也跑不动了。他拄着棍子，大口喘着粗气。老栓停住，猴也停住。它歪过头，嘻嘻笑着，还拍了拍屁股。老栓怒火中烧，拿出吃奶的力气，高举木棍，朝猴猛扑过去。猴笑了一下，尖叫一声，猛然窜进灌木丛中，消失不见。老栓无奈，只得拄着棍子，气急败坏地返回。当他回到玉米地时，只见地里一片狼藉，苞谷秆子倒的倒，折的折。老栓知道自己中了猴的调虎离山之计，一屁股坐在地上，大放悲声。狗日的猴，满肚子诡计的猴，竟然把他当猴要了。

无奈之下，老栓只得拿出狠招，在地边搭了个窝棚，带着儿子侯三长期驻扎，日夜看守。那些看守庄稼的日子，侯三手持棍子，穿行在密不透风的苞谷林里。苞谷的叶子已经老了，又长又硬，如一把把锋利的宝剑，划得侯三的脸颊生疼。侯三烦透了，巴望早日结束这无聊的看守生活。有时候，侯三抬头看看头顶高耸的白岩，不禁想到，猴真不容易啊，住在这悬崖峭壁上，吃些什么啊？这样一想，侯三的心里很不是滋味，就放松了对猴的戒备，看见猴搬苞谷，他也睁只眼闭只眼。有些时候，趁父亲不注意，他还会搬几个玉米棒子，扔到猴经过的路口。

侯老栓老实憨厚，但却心细如发，地里有多少苞谷秆多少玉米棒，他都了如指掌。不多久，他就愤怒地发现，尽管日夜巡逻，玉米棒子还是被猴子偷去不少。俗话说得好，蔫人出豹子。老实人一旦动怒，那绝对是动真格的，犹如不出声的狗，非要咬住猎物方会松口。幸运的是，他没发现侯三当了内奸，否则定会扭下儿子的脑袋。老栓发誓要让猴们付出代价，他咬咬牙，忍痛掏钱买了几副铁夹子。一个月黑风高之夜，老栓神不知鬼不觉地把铁夹安装在事先看好的地段。据侯老栓说，这些猴子鬼精，是孙悟空的后代，如果白天安装铁夹，一定会被它们的火眼金睛发现。

没过几天，猴就尝到了铁夹的厉害。猴并不知道老栓已经悄悄布下了机关，挖好了陷阱。它们从白岩上俯瞰窥探，没有看见老栓铁塔一样站在庄稼地边的身影。事实上，老栓此时正眯着眼，躺在窝棚里抽旱烟，腾起一阵一阵的烟雾，熏得侯三咳嗽不断。老栓就是要让猴丧失警惕，从而大胆进入苞谷林，好好尝一尝铁夹的滋味。魔高一尺，道高一丈，猴再精始终是猴，老栓再笨始终是人。猴果然上当了，它们呼朋引伴，牵儿带崽，嘻嘻哈哈，手舞足蹈，径直闯进了苞谷林，准备美餐一顿。忽然间，只听几声惨叫，几只猴踩在了铁夹上。猴越挣扎，夹得越紧，发出凄厉刺耳的哀嚎声，让人毛骨悚然。猴的队伍顿时一片混乱，看着龇牙咧嘴惨叫声声的同伴，它们抓耳挠腮，无计可施。这时候，侯老栓拿着棍子，气势汹汹地从窝棚里冲出来，高声骂道，狗日的猴，看你们往哪里跑？

猴终于知道，它们上当了。那个像煤炭一样的黑汉，精心抛下鱼饵，把它们像钓鱼一样钓了。面对气势汹汹的侯老栓，一只大猴忽然发出一声长叫，乱哄哄的猴群顿时安静下来，肃然而立。风声过处，草尖丝丝颤抖，天地间陡然变了颜色。大猴站在一块石头上，伸长手臂，仰面朝天，又发出一声长长的尖啸。猴群宛如训练有素的士兵，听见了冲锋陷阵的命令，骤然发出惊天动地的喊叫，疯子似的扑进苞谷林，乱撕乱咬乱扯乱踏。片刻之间，玉米倒的倒，折的折，横七竖八，惨不忍睹。那只大猴又尖叫一声，猴们迅速逃散，片刻无影无踪，如一阵风吹过。侯老栓回过神来，只看见玉米地一片凌乱，还有几只在铁夹上凄厉尖叫的猴。侯老栓双手抱头，蹲在地上，大放哀声：老天爷，我的玉米啊！

侯老栓痛苦钻心，侯三却高兴极了，终于可以结束无聊的看守生活了。更重要的是，还捉到了几只猴，这给他的生活增加了乐趣。侯三把猴带回家，向土医张华佗讨了些草药，捣碎后敷在猴子的创处。过了几天，猴的伤口就愈合结疤了，变得精神抖擞，时不时发出叽叽哇哇的叫声。侯三采来水果，搬来一些玉米棒子，请猴进餐。说来也怪，猴对侯三有种天然的亲近，每次看见他，就像见到了久别重逢的兄弟，一窝蜂围住他，叽叽喳喳，打闹嬉戏。

侯老栓因为玉米的事情，一直对猴耿耿于怀。他用阴沉的目光盯着猴，阴沉沉地说，这些狗日的猴，养着费时费力费物，听人说猴脑子能治病，不如把它们卖了，或许能值几个银子。猴们似乎感受到了侯老栓眼中的杀气，惊慌不已，纷纷往侯三身边靠。侯三大声对父亲说，不行，谁也不能动我的猴。顿了顿，又对父亲说，爹，你放心，猴损坏你的玉米，我会让猴还给你的。但你要答应我，绝对不要动它们。

侯老栓感到好笑，猴还我的玉米？笑话！难不成猴会种玉米了？但侯三并不觉得好笑，侯三有自己的打算，他想让猴耍猴戏挣钱，挣了钱就可以买玉米还父亲了。

那时候，常有耍猴人担一根扁担，挑两个箱子，扛一根十字竹竿，带着几只猴子，游荡到海子村来。

耍猴人每到一个村寨，就会挑选一块平整的地方，圈定耍猴的地盘。地盘划定后，耍猴人高举小锣，迎着天空，一边敲击一边用外地口音喊道：看猴戏了，看猴戏了，精彩的猴戏，看了不后悔，不看悔终生。听见锣声，人们争先恐后往外跑，纷纷聚到耍猴人的身边，围成了一圈。耍猴人手敲锣，口唱俚歌（可惜记不住了），像神气的将军，指挥猴子耍戏。最常见的猴戏有：翻筋斗、担水、走索、爬高竿、跳火圈等。表演完毕，一只猴子会手端盘子，走到观众面前索要赏钱。大多数人都不愿在猴的面前丢掉人的面子，或多或少会意思下。一圈下来，盘子里积了不少的零票。有时候，猴见钱少了，就不愿演戏，猴主人乘机演说，声情并茂，打动人心，催人泪下。人们再次抛下票子，猴又演起戏来。钱越多，猴演得越卖命，越精彩。

侯三从小常看猴戏，对那一套已经烂熟于心，不但不以为难，反而认为自己可以做得更好。他模仿那些耍猴人，自编自创自导，对猴们进行训练。别看侯三吊儿郎当，实则是个死心眼的人，无论做什么事情，不做则已，做就要做最好。训练中，他充分发挥了天才头脑，大胆创新，远远走到了其他耍猴人的前面。据海子的老村长王顺昌说，侯三训猴，至少有三项前无古人，也许还会后无来者。

一是给猴子取艺名。侯三认为，猴是有灵性的，应该像人一样，有属于自己的名字。侯三有五只猴，他根据它们的特点，分别取了艺名：第一只猴毛发浓黑，高大强壮，叫"大黑"；第二只猴个头矮，但却肥胖，一副笑相，滑稽搞笑，叫"二胖"；第三只猴身材苗条，四肢匀称，头脑聪明，善于思考，鬼点子多，侯三亲切地称它"三三"；第四只猴做事认真，动作规范，但多愁善感，一副心事重重的样子，叫"小四"或"思思"；第五只后小巧玲珑，活泼多动，喜欢动不动就爬到侯三膝盖上，双臂抱住侯三的脑袋撒娇，侯三叫它"小蜜"。说也奇怪，猴们很快记住了自己的名字。侯三叫它们的名字时，它们会发出呜哇呜哇的叫声，不停地朝他扮鬼脸，似乎是对侯三的回答。

二是让猴模仿人类的各种表情。按理说，猴脸长满了毛，要想表现出喜怒哀乐惧等各种表情，实在是难于上青天。但侯三通过苦心钻研，严格训练，居然让猴表现出了人类的悲欢离合，喜怒哀乐，爱恨情仇。侯三不仅熟练掌握了那些耍猴的招数，比如翻筋斗、担水、走索、爬高竿、跳火圈等，还无师自通地创作出"猴剧"。侯三有副好嗓子，声如洪钟，而且又善于口才。那些平凡琐事到了他嘴里，也会变得娓娓动听，神奇迷人。侯三声情并茂地讲述着故事，猴们能根据他的讲述，实时做出相应的表情，或哭或笑或悲或怒或喜或哀，让人惊叹。有人说，狗日的侯三，简直弄出了一群猴精，整出了一群孙悟空。

三是让猴掌握各种人类常用的工具。地球人都知道，猿猴是人类的祖先，人类是猴的孙子。话虽如此，要让猴掌握人类使用的工具，那是一件多么困难的事情。谁也没有想到，侯三这猴日的，不知用了什么独门秘诀，居然让猴学会了拿镰刀、锄头，学会了挑担子，使用砍刀。最绝的是，他居然让猴学会了用筷子吃饭，用小刀削苹果等绝活。猴子进餐时，有捧着碗吃饭的，有拿着刀削水果的，有握着汤勺喝汤的，那场景让人瞠目结舌。

短短一年，侯三训猴大功告成。侯三模仿那些耍猴人，买了锣鼓，制了一身行头，带上猴群，开始走上了耍猴的道路。海子人有一句话，瞌睡来遇上枕头。侯三刚把猴子训练完毕，正赶上村长王顺昌的父亲王大爷过八十大寿。人生七十古来稀，王大爷已经八十岁了，更是稀中之稀。王顺昌的意思，不仅要给王大爷祝寿，而且要大办特办，一定要办得热热闹闹。侯三这小子，不愧是猴人，活脱脱一个人精，他敏锐地发现了其中的商机。

侯三很小的时候，就知道王大爷是个猴迷。记忆中，王大爷会讲许多与猴有关的故事，如：《花果山》《闹龙宫》《高老庄》《二郎神锁齐天大圣》《盘丝洞》《混元盒》《金刀阵》《借扇》等。王大爷说得天花乱坠，手舞足蹈，侯三听得神魂颠倒，满脑子是蹦来跳去的猴。那时候，侯三最想拥有一根可大可小可长可短的金箍棒，上打菩萨，下打妖怪，要多威风有多威风。王大爷捏着他的小鸡鸡说，小子，这不是你的金箍棒吗？可长可短可大可小可硬可软，比金箍棒还牛逼呢。除此之外，王大爷还说过各种各样的猴子，如炕头上的"护娃猴"，码头上的"护航猴"，拴马桩上的"避瘟猴"，贺寿之神"抱桃猴"，祈求功名的"马上猴"等。王大爷曾对侯三说，小子，别小看猴，百猴有百样，百猴有百神，人不如猴的情况多了。

侯三找到王顺昌，提出要免费编排一场猴戏，为老寿星王大爷祝寿，以表自己的心意。王顺昌看着尖嘴猴腮的侯三，不由哈哈大笑，小子，你到底打哪门子主意？老子哪会稀罕你那几只破猴？不过，你这猴头猴脑的样子，倒真是猴子转世，猴人一个。村长此话一出，迅速在村里流传，侯三由此有了一个绰号：猴人。意思是半人半猴，猴的外形，人的灵魂。

出师不利，遭到了村长的拒绝，但侯三并不死心。侯三抓抓脑，挠挠腮，一个歪点子就出来了。他悄悄爬上王家门前的大椿树，一双滴溜溜的眼睛盯着大门，等待着一个和王大爷单独见面的机会。不一会儿，侯三看见王顺昌扛着锄头出了家门，从大树下走过，向西而去。侯三吐了口唾沫，跐溜一下，从大树上滑下来，紧接着一个筋斗，翻进王家大院。不得不说，侯三狗日的运气实在太好，王大爷正叼着乌木烟杆，躺在长椅上扑哧扑哧过烟瘾，腾起一阵阵白色烟雾。王大爷见一个黑色的身影翻进来，不由叫道，哪来的猴子？侯三赶紧跳到王大爷的面前，笑道，大爷，我是侯三啊。

其他的事情就不用多讲了，总之，王大爷听说侯三要给他献上一场猴戏，皱巴巴的老脸笑成了盛开的花。王顺昌想反对也无用了，老爷子都同意了，他屁也不敢放一个，只得同意侯三隆重登场了。

王大爷祝寿那天，侯三带着他的猴子，表演了翻筋斗、担水、走索、爬高竿、跳火圈等节目，引起了人们一阵阵的惊叹声。最后，侯三一声令下，大黑、二胖、三三、小四、小蜜排列成队，随着侯三的口令打起了猴拳，腾、挪、闪、跃，一气呵成，精彩纷呈。表演结束之际，众猴拜倒在王大爷面前，随着侯三的一个手势，三三的手里忽然捧出了一颗硕大的红色寿桃。霎时，观众发出了震天动地的呼喊，王大爷高声叫道，赏，重赏！

侯三在王家的表演，不仅得到了观众们一致赞赏，还吸引了一个漂亮姑娘的目光。这个漂亮姑娘是谁呢？说出来吓人一跳，那就是王顺昌的女儿——咪咪。咪咪看了侯三的猴戏，在人群中又是跳又是喊，就像今天那些粉丝见了自己的偶像一样。确切点讲，咪咪并不是为侯三喝彩，是为那些猴子喝彩。猴戏结束后，咪咪不顾一切地跑到猴群中，握握大黑的手，摸摸二胖的头，亲亲三三的脸，拉拉小四的耳朵，抱抱小蜜的腰。可惜当时没有相机，要不就可以看见咪咪和猴们的合影了，遗憾，真他妈遗憾啊。

就这样，侯三一夜成名，成了冉冉升起的猴星。那段时间，村人都在议论侯三精彩的猴戏，谈论着半人半猴的侯三。侯三顾不上那些乱七八糟的评价，他带着猴，踏上了要猴之旅。刚开始，侯三只敢在附近的几个村子或集市演戏，没想却很受欢迎，形势一片大好。一个月不到，侯三就用赚到的钱买了几百斤粮食，还给了父亲。侯三说，猴子们欠你的粮食已经还了，以后千万别打猴子们的主意了。侯老栓看着黄澄澄的苞谷粒，双眼放光，连连说道，怎么会呢？君子一言，驷马难追，你老爹懂得这个理。

初试牛刀，一炮走红，侯三的心忽然就变大了。他不再满足于在熟悉的地方小打小闹了，他要带着他的猴子们，像那些真正的要猴人一样，到处流浪，四海为家，边走边演。就这样，在一个阳光灿烂的日子，侯三带着猴子，踏上了漫长的耍猴之旅。

　　侯三成了真正的耍猴人，带着他的猴子，到处飘荡，走到哪就演到哪。

　　一般情况，耍猴人几乎都带有一个伙计，一则帮助打理各种事务，二则有个照应。侯三却没有伙计，一是没人愿意跟他浪迹江湖，二是他不愿意别人分上一杯羹。侯三说，猴就是我最好的伙计，弟兄，有它们就足够了。

　　侯三带着大黑、二胖、三三、小四及小蜜，挑着担子，背着包袱，从村庄启程，走向遥远的不可知的世界。侯三走在猴群前面，像一只趾高气扬的猴王。猴们像人一样，有的挑担子，有的提包裹，有的背包袱，跟在侯三后面。猴队走到哪里，都会引来许多人围观。侯三也不觉得难堪，他挥舞着手臂，朝着人群喊道，侯家猴戏，天下第一，欢迎各位乡亲观看。

　　侯三爱惜猴，尽量让猴吃好喝好。每到一个地方，侯三并不急于摆摊演戏，而是先找一个馆子，让猴吃饱喝足。酒足饭饱之后，寻找一块平整的地方，划定范围，准备演戏。侯三忙碌的时候，猴并不闲着，它们有的拉绳子，有的摆箱子，有的穿戏服，各就各位，各行其是。侯三的猴戏还没开场，往往就汇聚了一大圈围观的人，人们指着人模人样的猴议论纷纷，不时发出快活的笑声。

　　耍猴的道路并不安逸，风吹、雨淋、日晒、起早、摸黑、爬山、涉水、忍饥、挨饿，这些都是家常便饭。据说有一次，侯三带着猴群走进了一片原始森林，此时也是黄昏时分，落日西下，鸟啼声声。林里蚊虫甚多，像一架架战斗机，轰响着奋不顾身地冲向他们，猴子被叮得尖叫不已。茂盛潮湿的草丛里不时窜出各种小动物，有几次，他们甚至从几条蟒蛇的背上跨过去。那些蟒蛇像枯树枝一样伏在地上，听见动静才慢吞吞爬动起来，让人感觉到背脊发凉发冷。天色逐渐灰暗，侯三带着猴群在丛林里瞎转，就像走进了一个迷宫，找不到出口。抬起头，透过树枝的缝隙，只能看见巴掌大的灰暗乌黑的天空。侯三知道，那个晚上不可能走出森林了。他摸了摸空空的干粮袋，一股寒意袭上心头：怎么办？猴们又饥又渴，该如何是好？

　　天色越来越暗，飞鸟纷纷投林，一种叫夜呱子的鸟声鬼气地叫着。侯三伸头缩颈，抓耳挠腮，无计可施。三三忽然嗅了嗅鼻子，把猿臂高高伸出，指向头顶的树梢，发出一声惊喜的叫喊。顺着三三手指的方向，侯三抬头一看，不由惊喜万分，沉沉暮色中，那棵高树上挂着红灯笼一样的果子，熠熠生辉。三三放下担子，跑到树下，抓住树干，三下两下就爬上了树梢。侯三扯开嗓子，对着三三大喊，三三，三三，注意安全。

　　三三摘下果子，一个个往下扔。猴群欢呼着，伸出敏捷的猿臂，接住那些已经熟透的散发着香气的果子，大快朵颐。当三三从树上下来时，侯三张开怀抱，三三直接扑到侯三的怀里。暮色四合，侯三和猴们躲进一个石洞，一边吃着水果，一边等待着遥远的黎明。半夜时分，从林里传来了狼的嚎叫，有点点绿色的磷火在不远处闪烁，不知是鬼是兽。侯三和猴一直不敢合眼，他们拿着扁担，提着刀子，警惕地守卫着洞口。后半夜，几只狼游荡到洞口前面，虎视眈眈地盯着他们。侯三和猴紧紧握着手里的扁担，眼睛圆瞪，与狼对视，一刻不敢放松。不知过了多少时候，太阳从天边升起，狼群才悻悻而去。

侯三说，如果没有猴兄猴弟，他肯定撑不过那个漫长的夜晚。

侯三还说，事实上，四脚的野兽不算可怕，最可怕的是两脚的野兽。

侯三带着猴群到处流浪，四海为家，难免遇上异乡人的欺负，羞辱，甚至拳头相向。侯三往往选择忍辱负重，吃哑巴亏。侯三一向认为，只要别人不把自己往绝路上逼，吃点小亏无所谓；钱乃身外之物，丢了再挣。最可怕的是，遇上那些冷血歹徒，不仅要钱，而且还要命。

据说有一次，侯三与另一伙耍猴人同时进入了一个村庄。侯三的演出大获成功，另一伙耍猴人惨遭冷落，颗粒无收。那伙耍猴人恨上了侯三，认为侯三不懂行规，抢了他们的饭碗。侯三并没有意识到危险的逼近，演完戏，他带着猴群，迎着夕阳，准备赶赴下一个村庄。当他们走到村外的毛路上时，突然从草丛里跳出两个手持匕首的黑衣人。那个身形高大的黑衣人用尖刀顶着侯三的胸口，命令侯三举起手来。小个子的黑衣人在侯三身上一阵乱搜，把他兜里的钱全部洗劫一空。侯三乖乖地站着，不敢做任何反抗，他想，大不了就花钱保命。

侯三的算盘打错了，小个子收了钱，对着大个子狰狞一笑，大哥，这小子留住是个祸害，专和我们唱对台戏，干脆一刀捅了他。

大个子目露凶光，对小个子吼道，狗日的，多嘴，老子还要你教？

大个子把尖刀抵住侯三的胸膛，鬼火般的眼睛盯着侯三的眼睛，慢吞吞地说，朋友，走好，到那边别惦记我。

侯三心想，我命休也。

忽然，只听"嘭"的一声，大个子高大的身躯缓缓向后倒下去。侯三定睛一看，只见大黑和三三站在后面，手里各拿着一块石头，石头上流淌着殷红的血滴。原来，在那千钧一发之际，大黑和三三忽然对大个子发起了袭击，用石头同时狠击他的脑袋，将他击倒在地。

看见大个子轰然倒地，小个子有点发愣，醒悟过来后转身就跑。说时迟那时快，二胖、小四、小蜜一哄而上，将小个子按倒在地上，你一拳，我一脚，将他打得叫爹喊娘。

后来，侯三向人们说起这件事，不禁叹道，如果没有猴，他肯定躲不过那一劫。

侯三每次回来，都会带回不少零零碎碎的散发着汗味、猴味的票子。村人眼红之际，又不免调侃侯三，这侯三，活脱脱是一只猴子呢，连所用的钱都带着猴味。人有人民币，鬼有冥币，侯三的钱就叫猴币吧。侯三变得越发消瘦，脸上长满了汗毛，头发又乱又长，简直成了一只猴子。如果谁在荒郊野外看见他，一定会认为这就是一只猴子。

侯老栓仔细保管着儿子的钱。他把钱里三层外三层地包裹好，放进箱子，挂上一把沉甸甸的大锁。他说，儿子，放心吧，老子就是你的人民银行，等你的钱存够了，老子给你修一幢大瓦房。房子修好后，再给你娶个俏媳妇。再过些时候，老子二郎腿一翘，那一丈二尺长的烟斗就有孙子点烟火了。几年后，侯老栓果然用儿子挣的钱，买了木料，着手盖房。不多久，一幢崭新的大瓦房在海子村横空出世，傲视着那些低矮的茅草房。村人啧啧赞叹，他娘的，好洋气的瓦房，侯老栓成地主老财了。有一次，王顺昌从大楼前经过，不禁驻足观望。老栓恰好探出头来，一眼看见村长，赶忙招呼。村长的眼睛像探照灯一样对准老栓，大概照了一分钟，骂道，老栓狗日的，养了个挣钱的猴儿，挣了幢大房子，比老子还有福气。老栓听了，搓着手，嘿嘿憨笑。

房子修好了，就如栽好了梧桐树，剩下的事情就是等待凤凰光顾栖息了。一晃，几年过去了，梧桐树上却空空如也，连麻雀也没有一只。老栓急得直冒火，嘴巴冒出了一串串水泡。侯三嘴上不说，心中也难免着急。事实上，也有姑娘想嫁侯三，但侯三却看不上。在侯三眼中，她们都是些歪瓜裂枣。比如老刘家的女儿香香，简直就是侯三的忠实追随者，只要遇上侯三，她的眼睛就像着了火。香香个头矮，体胖，面白，人称冬瓜，意思是说她滚比较快。老栓其实也很喜欢冬瓜的，他对儿子说，冬瓜就冬瓜吧，人家哪点配不上你，你还是黑不溜秋的猴子呢。可侯三脖子一拧，头一偏，一副死猪不怕开水烫的样子。侯老栓整天在侯三耳边念叨，说侯三不撒泡尿照照自己，癞蛤蟆想吃天鹅肉，想吃唐僧肉贵妃肉，现实吗？太监日皇后，可能吗？话说到这个地步，可见老栓是真正动气。可对父亲的话，侯三左耳进右耳出，逼得急了，就闷闷地顶一句，我就算是癞蛤蟆，也绝不找一只母蛤蟆。事实上，侯三也有看中的姑娘，比如人称一枝花的陈媛媛，外号软面条的田小草，绰号白牡丹的杨花花，但她们却看不上侯三。在她们眼中，侯三又变成了歪瓜裂枣。

侯三一直娶不上媳妇，侯老栓觉得窝囊，侯三也觉得窝火。没有凤凰，梧桐树有何用？甚至不如一个破狗窝呢。村人一见老栓，就会打着哈哈问，老栓叔，你家侯三什么时候办喜酒。老栓无语，老脸发烫，抱头鼠窜，像一只过街老鼠。如果遇上侯三，他们会真诚地握住侯三的手，兄弟，别光顾挣钱啊，该找个媳妇了，庄稼不种误一春，媳妇不娶误一生呢。尤其是村长，只要碰上侯老栓，就大大咧咧地调侃，你家的猴子找到媳妇了吗？不用说，没找到吧，猴子只能找猴子嘛。我给你指条路，找个媒人去山上吧，问问那些老母猴，也许能娶回个猴媳妇呢。侯老栓敢怒不敢言，憋了一肚子气，对着儿子吼道，耍猴耍猴，我如今被人当猴耍了，耍猴能耍出媳妇来吗？你难不成要娶只猴子。侯三脖子一硬，腰杆一挺，大声吼道，就是要猴，我也要要出个媳妇来。

没有人知道，侯三已经暗暗瞄上了咪咪，只是迫于村长的威势，一直不敢下手。村长王顺昌，五大三粗，一脸煞气，一言九鼎，大有顺我者昌，逆我者亡的意思。别看他长得像只恶鬼，女儿咪咪却艳若桃李，闭月羞花。咪咪芳龄二十，面若桃花，腰如水蛇，臀如馒头，要多迷人有多迷人。村人见了咪咪，吃饭的忘记动筷子，走路的停下了脚步，锄地的扶着锄头发呆。有人评价说，这咪咪，和他多的差别也太大了，一个是凶神恶煞的阎王，一个是天上月宫里的嫦娥。这样一个诱人的美女，就像枝头成熟的桃子，让多少人垂涎欲滴，口水直流三千尺。可以说，海子村的男人都有一个不可说的秘密，都想第一个把咪咪拿下——拿下就是睡的意思。想归想，却很少有人敢去招惹咪咪。原因很简单，王顺昌凶神一般，谁敢老虎窝里夺虎子？

除此之外，还有一个更重要的原因：王顺昌已经把咪咪许配给花嘎乡陆乡长的儿子——陆仕学。陆仕学长得很神气，相貌堂堂，人高马大，走起路来威风凛凛，很有领导派头。只可惜，这家伙患有癫痫病，发作时扭成一团麻花，很是吓人。也许正是这个缘故，村人就给他起了一个绰号：陆疯子。用今天的话说，陆疯子是高富帅，王咪咪是白富美。对于这样的组合，谁还敢去横插一杠？让村人大跌眼镜的是，有人竟然不知天高地厚，居然插了一脚，而且还插成功了。说来没人相信，这个人就是穷矮丝侯三。

侯三究竟是怎样把咪咪拿下的？简单点说，一切都是因猴而起。自从侯三给王大爷演过猴戏后，咪咪就迷上了那些嘻嘻哈哈活蹦乱跳的猴子。只要看见侯三的猴，咪咪总是伸手去摸猴子的头，和猴们动手动脚，嘻嘻哈哈，打打闹闹。时间长了，咪咪能够亲切地叫出每一只猴的名字，清楚每一只猴的个性。猴们都很喜欢咪咪，只要见了咪咪，就会把她团团围住，如众星捧月。咪咪和猴玩耍的时候，也不忘调侃侯三，哦，这只猴是猴王吧，多老的猴啊。对咪咪的调侃，侯三并不恼，心中反而有种甜丝丝的感觉。有时候，咪咪甚至把猴子抱在怀里，用樱桃小嘴去亲猴头。有些小伙子见了，不禁骂道，狗日的猴，待遇比大爷还高，妈的，不如变成猴子算了。

侯三这小子贼精，他见咪咪喜欢猴子，就冥思苦想，设计了一些小把戏。比如，让猴子给咪咪送个桃子，摘个李子，抱个西瓜，主动敬礼等，常常把咪咪逗得乐不可支，捧腹大笑。有一次，咪咪在路上碰上侯三和猴子，猴们一改往日嬉皮笑脸的神态，绅士一般走到咪咪面前。侯三吆喝一声。猴们突然都捧出了一束美丽的鲜花，献给咪咪。刹那间，咪咪红云上脸，绽开了一脸璀璨的笑容。

几年后的一个晚上，咪咪忽然跟着侯三逃离了村庄。那是一个月光朦胧的夜晚，村长家灯火通明，不时飘出阵阵酒香，传出阵阵划拳声。那是村长在接待陆乡长一行，一伙人喝得不知今夕何夕，乡长村长更是云里雾里，不知东西南北。第二天，乡长村长刚刚酒醒，一个霹雳从天上砸下来：咪咪不见了，侯三把咪咪拐走了。

有人说，侯三这狗日的，最擅长潜伏，如果处在战争年代，让他做地下党工作或当间谍最合适。村里那么多的人，居然没有谁发现他的不良动机，一大村人都让他给蒙了，像糊弄一帮瞎子聋子呆子傻子。谁也想不通，咪咪咋就跟着侯三私奔了呢？如花似玉的咪咪，怎么愿意跟着侯三呢？天鹅一样的咪咪，怎么看中了一只猥琐的癞蛤蟆？侯三与陆大公子相比，一个地下一个天上，咪咪咋就不愿意上天而愿意下地了？

在村里，王顺昌从来都是说一不二的，是村里的绝对权威。打个不恰当的比喻吧，村长是村口那棵最高最大的神树，其他人是低矮的灌木杂草。可现在，村长这棵树却被侯三剥去了皮，心中的恼火可想而知。再打个不恰当的比喻吧，在乡里，陆乡长是最光彩耀眼的太阳，高高盘踞在人们的头顶，万人敬仰。没想到，猴子一样的侯三忽然窜出，一棍子把太阳打破了。换句话说，侯三这次捅了大篓子，把尿尿到了村长乡长的脸上。

毕竟是未过门的媳妇，陆乡长不好也不愿多说什么，他训了村长几句，就阴着脸回乡里了。想想也是，凭乡长公子的条件，还愁没有媳妇？排着队的多得很。一个跟其他男人私奔的姑娘，已经没有资格跨进陆家的大门了。就让王顺昌自己收拾他家的残局吧，这事情与陆家已经没有半毛钱的关系。

王顺昌看着陆乡长无情地转身，留给自己一个肥硕的屁股，就知道他们的亲家关系到此结束了。那一刻，王顺昌明白了一个事实：咪咪不可能再走进陆家了，他的心头肉被狗日的侯三剜走了。

王顺昌迅速组织了几十个身强力壮的后生，踏上了追捕侯三的道路。他甚至动用了乡里的关系，请派出所的警员参加了追捕。咪咪是谁？那可是他的千金，是他的明珠，是他的心头肉。侯三是谁，不过是一只丑陋的猴子，一头肮脏的公猪，一条癞皮狗，一堆杂碎，一块臭肉，一堆狗屎，一个鸟人！就是这狗日的，坏了他的好事，误了咪咪的大事，臭了王家名声。王顺昌动用了一切力量，誓将侯三捉拿归案，千刀万剐，生吃活剥，食肉寝皮。

追捕的人陆陆续续返回村里，他们带回的都是坏消息：侯三不知所踪。

当最后一组人马两手空空返回村落时，王顺昌不得不接受一个残酷的现实：侯三已经拐走了咪咪，咪咪彻底落入魔爪。想不通啊，咪咪怎么愿意跟着侯三远走高飞隐姓埋名呢？天鹅一样的咪咪，怎么看中了一只猥琐的癞蛤蟆？侯三莫非有通天的本领，那么多人紧追不放，怎么连他的味道都没嗅到？王顺昌越想越气，他觉得自己变成了一只猴子，被村人围观赏玩。王顺昌怒火中烧，喉咙直冒青烟，决意要让侯家付出代价。在一个落日黄昏，王顺昌黑着脸，带着一群杀气腾腾的汉子直奔侯老栓的楼房。老栓正蹲在屋后晒豆子，王顺昌大手一伸，把老栓提到空中，吼道，狗日的，把侯三交出来。

老栓在空中扑腾着，像一只青蛙，或一只被宰的鸭子。王顺昌把老栓扔到地上，一只脚踩到他的身上，骂道，妈的，交出你的猴子，否则老子灭了你。

老栓就势躺在地上，不肯起来；王顺昌瞪着牛卵一样的眼睛，怒吼一声，给我拆。一群壮小伙呼啦一声，饿狗扑屎般冲了上去。片刻间，老栓家的房子被肢解成瓦片、木头、板子等，汹涌澎湃地流向村长家。

侯老栓没有阻拦，他抱着头，蹲在地上，一锅一锅地抽旱烟。忽明忽暗的烟火中，老栓的脸如一块黑铁，看不出半点风吹草动。事实上，老栓的心中风起云涌，惊涛骇浪，他在计算着房子与咪咪的分量。房子是身外之物，拆了就拆了，大不了回到当年守猴的窝棚里。咪咪可是村长家的女儿啊，是村里最漂亮的姑娘啊，这个姑娘不是被别人拐走的，是被他侯老栓的儿子——侯三拐走的。这个姑娘将成为他侯老栓的儿子——侯三的媳妇。这个姑娘将会为老猴家生儿育女，传宗接代。这一点，哪个男人能够做得到，唯有他侯老栓的儿子——侯三做得到。这样一想，老栓觉得很解气，你们不是说我儿子娶不到媳妇了，如今呢？

嘿嘿，想想也是，要猴也要要出个媳妇来。

侯三重回村庄，已经是几年后的事了。

咪咪紧跟在侯三的身后，人黑了些，但依旧漂亮迷人，多了些少妇的成熟风韵。咪咪的身后，跟着两个蹦蹦跳跳的男孩，大概三四岁了。不用说，那肯定是侯三和咪咪的儿子了。其中一个继承了咪咪的优点，摒弃了侯三的缺点，眉清目秀，很是可爱；另一个却是侯三的翻版，尖嘴猴腮，像只小猴。两小孩的后面，跟着几只嘻嘻哈哈的猴子，有的提箱子，有的挑担子，有的背包袱。这行人马一进村，立刻引起了轰动，一群人蜂拥跟随，村子顿时沸腾起来。

咪咪给侯三生了对双胞胎，侯三给他们取了两个响亮的名字：侯玉龙，侯玉虎。继承咪咪长相的叫玉龙，继承侯三长相的叫玉虎。

几年前，侯三带着咪咪离开之后，如同人间蒸发，音讯全无。后来，村里出现了各种各样的传闻：有的说侯三把咪咪卖进了青楼，当了妓女；有的说侯三和咪咪在逃跑的路上，失足跌下了悬崖，双双毙命；有的说曾在城市里看见一对乞丐，模样很像侯三和咪咪。听着这些流言，侯老栓始终如一块黑铁，看不出半点风吹草动，心里却暗暗骂道，放你娘的狗屁。他坚信，儿子肯定带着咪咪到处流浪，陪伴他们的还有几只猴子，他们走到哪里演到哪里，走到哪里红到哪里。他近乎固执地认为，总有一天，儿子会带着咪咪回来，带着他的孙子回来。有几次，他梦见了儿子，儿子对他说，爹，放心，我会回来的。他梦到了咪咪，咪咪笑眯眯地喊他"爹"呢。他还梦见了一个胖乎乎的小子，嬉皮笑脸，喊他爷爷呢。

侯三和咪咪走后，村长搬走了老栓的房子，仍觉不解气，隔三岔五找老栓的麻烦，或骂或吼，或威胁或动粗。老栓始终冷静如铁，骂不还口，打不还手，就像一团软面，想怎样捏就怎样捏。面对这样的对手，村长觉得自己在唱独角戏，在村里人的面前演着猴戏，便觉得无劲，自觉丢人。渐渐地，村长改变了策略，视老栓为路人，发誓老死不相往来。可时间长了，一年，两年，三年……一直没有咪咪的消息，村长憋不住了，就托人对老栓说，让他们回来了吧，认个错就行了。

老栓得到这个消息的时候，正蹲在屋后抽旱烟。他勾着头，闷闷不说话，心想，你狗日的想追究也追究不了啊，该做的事早就做了。半晌，他抬起头，望着天边那朵悠悠飘动的云，心想：儿子，回来吧，村长放过你们了，老子也想你了。

遗憾的是，老栓也不知道儿子的行踪，无法叫他们回来啊。

老栓揉了揉眼睛，捎口信的人已经不在了；抬头去看天空的云，那朵云也不知飘到哪里去了。

老栓常常去路口的山头，眯着眼望向远方。一条泥巴路从远方蜿蜒而来，像一条蛇。他希望有一天，忽然看见儿子和咪咪沿着那条蛇似的路走来，带着他梦里看见的胖小子。有好多次，他甚至觉得他们就要出现了，可等到太阳西沉，夜色笼罩着大地，视野里依然空空如也。有几次，老栓走上山头，竟看见山顶上站着一截树桩，走近一看，原来是村长。村长见了老栓，脸色有点不自然，他扔给老栓一支烟，抬头看着天说，我在看落日呢，多美的落日啊。于是，两老头站在山头，点上烟，默默地看着落日，看着天边的云悠悠飘来，又悠悠飘远。从那次以后，两老头似乎有了默契，常常在山头不期而遇。遇上了，却很少说话，各自裹上一袋旱烟，站在山顶看日落，如两尊雕像。

好多年过去了，事情竟然出现了转机，侯三出其不意地返回了村庄。那是一个落日西沉的傍晚，老栓和王顺昌坐在山头上，吧嗒吧嗒抽着旱烟袋。天空红云翻滚，夕阳又红又大，宛如一颗巨型蛋黄。几只苍鹰张开翅膀，飘浮在白岩上头，如同黑色的树叶。老栓抽完一袋烟，站起身子，扶着身边的树，抬头望向那条长蛇似的路。忽然，他的心跳了一下。他看见，长蛇的尽头出现了几个黑点，黑点越来越大，像是一群人。人群越走越近，这才看清，除了人外，还有几只跑跑跳跳的猴。老栓呆了，痴了，站在那里，如同一棵树。王顺昌却背过脸去，丢下老栓，一个人先走了。老栓醒过来后，一下子跪在地上，朝天空喊道，老天爷，你终于显灵了。

侯三回来了，咪咪回来了。一起回来的，还有几只猴子和老栓的双胞胎孙子。回到家后，侯三背上荆条，第一时间上了王顺昌的门，跪在门口。王顺昌看着侯三，看着这个猴一样的男人，百感交集。正是这小子，拐走了咪咪；正是这小子，成了自己的女婿。有什么办法呢？王顺昌在心头喟叹一声，也许，这一切都是天意啊。王顺昌看着侯三，无数感叹涌上心头，他以为自己会暴跳如雷，一大耳光抽到侯三的脸上。可是，他悲哀地发现，他的火气早已被谁偷走了，再也烧不起来。他暗暗叹息，唉，老了，老了。沉默了半天，他终于吼道，起来吧，滚回去，把咪咪和孩子领来。

侯三此次回来，还要做他生命中最重要的一件事：把玉龙玉虎两小子送进学校读书。常年奔波在外，漂泊不定，孩子的上学成了最大的问题。侯三认为必须让孩子安定下来了，孩子不能再像自己一样，成为浪迹天涯的耍猴人。那时候，村里人大多不注重教育，不少人家把孩子留在家中，放牛打柴，割草种地，任其自生自灭。在海子村，大多数人家都是子承父业：父亲当农民的，儿子继续当农民；父亲当木匠的，儿子依然当木匠；父亲做骗匠的，儿子依然做骗匠。在村里人的眼中，侯三的儿子应该只能做耍猴的。有人说，侯三，把你的技艺传给你儿子，还怕混不了一口饭吃？读什么鸟书啊，读书能当饭吃吗？侯三哈哈一笑，朗声说，老子走遍了大江南北，只懂得了一个道理，如果不读书，不读好书，只能被人当猴耍。

九月，侯三一手牵着玉龙，一手牵着玉虎，把小哥俩送进学堂，交给了村小的癫子老师。看着这一白一黑一胖一瘦一高一矮两个孩子，癫子老师的眼睛瞪成了灯笼。这也难怪，同样的父母，却生出了两个迥然不同的儿子，那相差也太大了。侯三对着癫子老师鞠了三个躬，缓慢而响亮地说，癫子老师，你尽管放开手脚教育这两个小子，如果不听话，你可以骂，可以打，我无条件支持。看着面前这个黑猴一样的小个男人，癫子老师忽然有了无形的压力。

安排好儿子后，侯三就带着猴子出了门。这一次，咪咪没有同去。猴三说，媳妇，你要为我看好家，我去挣钱给儿子读书。咪咪含着泪，抱了抱侯三，说，你放心去吧，家里有我。

玉龙玉虎舍不得猴子，紧紧拉住猴的手，哭眼抹泪。侯三说，龙儿、虎儿，别难过了，你们的猴叔叔要和我去挣钱，你们要好好读书，听到没有？

大黑，二胖，三三，小四，小蜜，一一蹲下身子，抱了抱玉龙，又抱了抱玉虎，叫了几声，好像在叮咛什么，然后挑起担子，转身离去。

侯三走在前头，猴们挑着担子，走上蜿蜒伸向天边的小路。

玉龙玉虎回到海子后，立刻成了众人关注的焦点。

一母带九崽，九崽各不同。这个道理，海子人懂，都懂。但是，这哥俩的差别也太大了吧。同样的父母，同年同月同日出生，哥俩的差别为何那样大呢？玉龙剑眉星目，额头宽阔，天庭饱满，仪表堂堂；而玉虎呢，几乎是侯三的翻版，喜动不喜静，伸头缩颈，抓耳挠腮，整个一副猴样。实在让人搞不明白，出生时不过先后几分钟，两兄弟咋就天差地别？玉龙长得俊，举止文雅，行动沉稳，说话办事如同大人。观相的人说，这孩子，肯定是星宿下凡啊，将来必定大富大贵。玉虎呢，整天疯疯癫癫，嘻嘻哈哈，打打闹闹，做事毛手毛脚。观相的说，玉虎天生猴相，难有大的作为。村小的癫子老师有文化，说了一句形象的话。癞子老师说，玉虎啊，简直就是玉龙的反义词。

有人半开玩笑半认真地问咪咪，你两口子是咋整的？这哥俩可不是一个模子倒的啊。咪咪懒得解释，有些事，越抹越黑，倒不如听之任之。就像风，你想把它困住，它却到处乱窜；倒不如撤掉所有屏障，任它四处散去，不留踪影。事实上，她也解释不了。她不知道自己的肚子究竟玩了什么把戏，变了什么魔术，把亲哥俩弄成了一对反义词。差别大就大吧，有什么要紧。俊也好，丑也好，都是身上掉下的肉，都是她亲亲的儿子。

玉龙进入学校后，很快就表现出了过人的天赋，成为班上的佼佼者。课堂上，玉龙始终挺着胸，抬着头，端坐如钟，亮晶晶的眼睛盯着老师，时不时露出会意的笑容。癞子老师挺喜欢这孩子，他的眼光总是停留在玉龙的身上，似乎教室里就只有他一个学生，其他学生都是背景。凡是老师讲过的话，玉龙几乎都能够记下来，几乎都能够原原本本地复述。老师提问的时候，几乎都是他第一个举手。他声音响亮，字正腔圆，表述清晰准确，经常赢得同学们经久不息的掌声。凡是老师安排的作业，他从未漏过一次。打开他的作业本，从第一页到最后一页，全部是优秀，画满了红钩，卧着一对对双蛋。双蛋就是满分，就是一百，就是最好的意思。每次考试，他总是领头羊，跑到全班的最前面。跑到最前面也就罢了，非要把第二名甩下一大截。癞子老师说，玉龙是蛟龙，是大鹏，是千里马，是人中之凤。癞子老师看玉龙的眼光，简直就是看自家孩子的眼光。哪怕他心情不爽，只要见到玉龙，脸上就自然露出阳光般的微笑。玉龙就是他的开心果，就是让他返老还童的仙丹。他经常摸着玉龙的脑袋，说一些夸奖鼓励的话。人们都说，这癞子老师，几乎是把玉龙当儿子了。这话传到癞子老师的耳中，癞子老师不禁长叹一声，说，要是有那样的儿子，我愿意马上去死。

癞子老师这话传出来后，玉龙成了大家眼中的神童。要知道，癞子老师不苟言笑，很少夸人，很难听到他说这种煽情的话。由此可见，这侯玉龙，定是文曲星下凡，前途不可限量。于是，村里人见了玉龙，都会争着和他说话，把他当神。他们教训孩子的时候，总把玉龙作为榜样，咬牙切齿地说，你娘的，你咋不是侯玉龙。

癞子老师的话传到侯三耳中，侯三喜极而泣。玉龙这孩子，真他妈争气，侯家的祖坟冒青烟了啊。侯三挑了个日子，剃净胡子，穿上新衣，带上几瓶好酒、几包好烟，牵着玉龙出了门。这一次，侯三要给玉龙找一个保护神。他牵着玉龙，穿过树林，跨过小溪，爬上山坡，走到癞子老师家。癞子老师看着门口衣装齐整的侯三，不禁有点发愣。侯三脸上露出了恭敬的神色，忽然弯下腰去，连鞠了三个九十度的躬。癞子老师吓坏了，赶紧拉着侯三，连说使不得。侯三把酒烟递给癞子老师，低声说，癞子老师，侯三有个不情之请，还请你成全。癞子老师说，你说吧，只要能做的，决不推辞。侯三又要鞠躬，癞子老师赶紧拉住。侯三说，癞子老师，玉龙身体不太好，算命人说，要给他找个属马的人当干爹。我知道你属马，斗胆请癞子老师成全。癞子老师听了，激动得脸都红了，大声对老婆嚷道，把那只大公鸡宰了，我要和干亲家好好整几杯。

办完玉龙的事情，侯三又带着猴子出发了，走向更远的地方。他们顶着烈日，冒着风霜雨雪，走过陡峭的高山、坎坷的小路、汹涌的大河、人迹罕至的峡谷、野狼出没的荒野、遮天蔽日的森林。无数次，他们饿着肚子，磨破脚板，体无完肤，但却没有萌生半点退意。他们一次次走进陌生的乡村，走上喧闹沸腾的街市，承受异乡人的欺辱鄙夷。他们一次次出发，又一次次归来，把散发着汗味猴味的纸币送回咪咪的手中。

每次回到海子，侯三都会给癞子老师送上几瓶好酒、几包好烟。每一次，侯三总会和癞子老师坐上半宿，把酒长谈。他们不停地喝着酒，不停地说着玉龙，根本停不下来。有时候，侯三也想谈谈玉虎，可每次刚起个头，又被癞子老师岔开了。癞子老师不愿谈，侯三也只好作罢。癞子老师多次强调，玉龙绝不是浅水之鱼，应该把他送到县城读中学，考大学。侯三想，可玉虎呢？玉虎怎么办？他和猴子挣的那点钱，根本不可能供哥俩进城读书啊。癞子老师似乎看穿了侯三的顾虑，大着舌头说，玉虎不是读书的料，让他辍学算了。

玉虎的表现确实不够好。说他是玉龙的反义词，真的没冤枉他。哪怕不是绝对的，至少是相对的。玉虎进入学校后，很快就和顽童混到一块，成了真正的孩子王。课堂上，他东张西望，抓耳挠腮，就像一只不安分的小猴子。老师训斥他，他却不长记性，最多三分钟，又开始搞起小动作。老师讲课的时候，他左耳进，右耳出。提问的时候，他抓头皮，敲脑袋，支支吾吾，结结巴巴。对老师布置的作业，他根本不上心，眉毛胡子一把抓，草草了事。打开他的作业本，几乎画满了红叉叉、单鸡蛋。单鸡蛋就是零，就是没有，就是最差。可以说，他是最让老师头疼的学生。不爱学习不说，还不遵守纪律，迟到、早退、缺旷、打架，总少不了他。下课的时候，他带着一大群顽童，疯跑、爬树、掏鸟蛋、玩泥巴、逮麻雀、欺负女孩子。总之，玉虎是学生中的刺头，让老师们恨得咬牙。时间长了，老师们几乎对他绝望了，任由他混光阴。癞子老师说，我要是有这样的儿子，肯定得发疯。

不过，侯三觉得，玉虎并不是一无是处。尽管他很少学习，时间大多花在捉鱼、逮麻雀、掏鸟蛋之类的事情上，可他的成绩并不算差。侯三悄悄打探过，几乎每次考试，玉虎的成绩都位于中上。侯三想，玉虎其实很聪明啊，如果用点功，说不定和玉龙有一拼。好几次，侯三想和癞子老师说说自己的想法，但刚起头，就被癞子老师岔开了。看来，癞子老师不想谈玉虎，玉虎是根刺，癞子老师不想碰。后来，侯三乘着酒兴，把这想法告诉了村里人。听的人不以为然，脸上都挂着意味深长的笑容。有个老头甚至说了句恶毒的话：玉虎嘛，读啥子书，跟着你学学要猴算了。

小学毕业后，玉虎升入了乡中学，而玉龙去了县城最好的中学——一中。按侯三的意思，手心手背都是肉，得一碗水端平。但是，到哪里去找钱呢？钱是一个天大的问题，横在侯三的面前，高不可攀。能有什么办法呢？只有委屈玉虎了。玉龙成绩好，前途大，理应接受最好的教育。村里人都站在玉龙那边呢，说玉龙是金凤凰，应该飞出大山去。老师们也说了，玉龙是蛟龙，别在这小池子里埋没了。

乡里近，就让玉虎自己去报名吧。玉虎走的时候，侯三摸着他的头，想和他说上几句话，嘴唇蠕动了几下，却一句话也说不出来。玉虎拿开侯三的手，扬起头，露出了秋阳般灿烂的微笑。玉虎大声说，爹，你想说什么，我懂。我知道，我哥比我有出息，应该让他去城里。对了，你和猴叔叔们常年在外，注意保重身体。说完，玉虎背上小小的行囊，转过身，大步踏上了征程。侯三伸出手，想拉住他，想叮嘱几句，却怎么也发不出声音。侯三直愣愣地站着，看着玉虎小小的背影越走越远，鼻子发酸，眼泪几乎流了下来。

县城远，侯三抽出时间，亲自护送玉龙进城。离开村子的时候，村里人都来相送，站了黑压压一片。癞子老师特意赶来，送给玉龙一条幅，上书四个大字：鹏程万里。

欢声笑语中，侯三背着行李，牵着玉龙的手，向遥远的城市走去。

多年以后，玉虎从师范学校毕业后，分到了村小学，当了一名教师。而玉龙呢，从某重点大学毕业，进入了县政府。

儿子们成人了，侯三决定不再耍猴，打算停卜奔波的脚步，和猴们一起安享晚年。时间过得真快，一晃眼，二十几年就过去了。侯三老了，猴们也老了。

这么多年以来，侯三和猴爬过了无数座山，蹚过无数条河流，抵达过无数座村落，演出过无数场猴戏。他们背着行囊，犹如孙悟空一行，迎来朝阳，送走晚霞，走过风霜，尝过雨雪。他们走的路程，应该比红军的万里长征还长得多吧。

侯三老了，才五十几岁的人，过早衰老。个头更矮了，嘴更尖了，腮更瘦了，眼睛变得浑浊，头发已经霜白。猴也老了，动作变得迟缓，身上的皮毛大块大块地掉落，斑斑驳驳，丑劣不堪。它们再也不能跟着主人的口号或手势，自由灵活地完成表演了。老去的侯三和老去的猴不再演戏，侯三带着它们落叶归根，准备安享晚年。

侯三和咪咪一起动手，腾出了一间屋子，作为猴的卧室。屋子里，摆放了五张木床，上面铺着厚厚的被子。屋子中央，还放了一个小火炉。猴们老了，怕冷怕寒，害怕过冬，得把一切准备妥当。有人说，老侯，这些猴子的待遇也太好了，你该不是把他们当老人吧。侯三长声叹息，说，这几位老伙计，一辈子跟着我，风里来雨里去，是该给它们一个安乐窝了。

每天睡觉之前，侯三都要走进猴的卧室，和猴们唠唠嗑，拉拉家常。时间晚了，他和猴们一一握手，抚摸它们的额头，絮絮叨叨地说，老伙计，好好睡吧，明天见。每天早晨，侯三就会早早起床，推开门喊道，弟兄们，起床了，别睡懒觉，该做操了，该锻炼了。于是，几只老猴伸着懒腰，抓耳挠腮，吱吱地乱叫着，慢腾腾爬起来。侯三虎着脸，不容它们偷懒，把它们赶到院子里，命令它们活动活动筋骨。侯三喊着口号，带着猴们扭屁股，踢腿，扭腰，摇头。有的猴子不想出力，侯三就要求它重做。侯三说，你们都老了，如果想多活几年，就得听我的，多锻炼身体。

村里人取笑他，说侯三啊侯三，人家是与狼共舞，而你是与猴同舞啊。侯三却不笑，用手抚摸着猴的脊背，说这几位老兄是我侯三的恩人啊，没有他们，玉龙玉虎哪会有今天，我侯三哪会有今天？人们见他如此严肃，也就变得正经起来，再不敢乱开侯三的玩笑了。

开饭的时候，猴们围坐在桌旁，侯三和咪咪忙着端菜端饭。侯三招呼猴们，大黑、二胖、三三、小四、小蜜，吃吧，吃吧，别客气哦。猴们就抓起水果吃起来。有时候，侯三用杯子倒满酒，给每只猴端一杯，然后举起杯子说，来来来，几哥弟整一个吧。猴们就嘻嘻笑着，端起酒杯，一饮而尽。这种时候，如果你恰好去侯三家，你还以为是几位老猴子在此聚会呢。

可是，这样的时光注定越来越少了，猴们正在迅速变老，不可挽回地走向死亡。

侯三常常忧心忡忡地看着猴，心里充满了哀伤。他尽力让它们吃得好，住得好，玩得好，可它们还是一天比一天衰老。猴们变得越来越安静，如老态龙钟的老人，动作迟缓，沉默寡言，丧失了活力，弥漫着死气。侯三用手抚摸着它们的脑袋，忧伤弥漫心头：它们就要死了。

第一只死去的猴是大黑。大黑死于一个春天，死于一个春花烂漫的日子。那时候，屋后的梨花已经开了，大片大片的，像下了一场大雪。桃花也开了，绯红如云，像一朵朵彩霞。那段时间，大黑变得沉默寡言，它喜欢独自坐在梨树下、桃树下，抬头看如雪的梨花，看如云的桃花，看高高的遥不可及的天空。侯三有种不祥之感，他觉得大黑有点怪，它的大脑似乎在捉摸一些古怪的问题。侯三几次三番想让大黑和其他几只猴子一起玩耍，让它从那个古怪的世界走出来。为此，侯三特地准备了水果宴，试图让大黑和大家一起嬉戏，寻欢作乐。但大黑似乎已经丢了魂，精神日益萎靡，皮毛凌乱不堪，眼睛渐渐暗淡。大黑孤独地坐在树下，时不时翕动鼻子，似乎在嗅风中隐秘的信息。

梨花将尽之际，桃花飘落之时，大黑似乎忽然恢复了精神，又吃又喝，和其他猴子嬉戏打闹。侯三高兴之余，又有点担忧，大黑的表现有点让人感到奇怪。一个有月的晚上，侯三躺在床上，翻来覆去，横竖睡不着。他的大脑空前活跃，多年前的往事历历在目。大概午夜之时，侯三忽然听见门外有脚步声，侯三想，莫非是小偷？紧接着，门外传来一声长长的苍凉的叹息。侯三披衣下床，蹑手蹑脚走到门边，轻轻拉开门。侯三看见大黑孤独地站在门外，眼睛直直望着头顶那轮月亮。大黑见了他，轻轻叫了一声，拉起侯三的手，径直走到屋后的梨树下。白白的月光下，雪白的梨花无声飘零，如一场花雨。大黑与侯三肩并肩，坐在梨树下的石凳上。大黑把头靠在侯三的肩上，无言无语，只对着月亮忧伤地叫了几声。那个晚上，侯三看见天上的月亮很大很圆。他想：大黑像他一样，老了，睡不着了。

第二天，大黑死了。那个早晨，细雨霏霏，天色灰暗，似乎是一个不祥的日子。侯三起床后，发现大黑蜷缩在床上，身体已经冰凉僵硬。侯三紧紧抱着大黑枯瘦的躯体，大放哀声，泪如雨下。二胖、三三、小四、小蜜，团团围着尸体，弯腰，鞠躬，干枯的眼睛涌出浑浊的老泪。

侯三找来棉衣棉裤棉鞋，像对待死去的老人那样，一丝不苟地给大黑穿上。侯三说，大黑啊大黑，你真不够意思，这么急就走了，那边冷，多穿点衣服，一定要多保重啊。接下来，又买了一副棺材，小心翼翼地把大黑装进去。侯三手扶棺材说，兄弟啊，到了那边，如果孤独了，就托个梦回来啊。

大黑被葬在了屋后的山坡上，那里长满了密密麻麻的白桦林。大黑活着的时候，侯三常带着猴们去白桦林里玩耍。下葬时，侯三和咪咪带着剩下的猴子，头戴白帽，身披孝衣，齐刷刷跪在坟前，焚烧纸钱，人哭，猴也哭。

此后，猴们便一只接一只死去。二胖死于烈日炎炎的夏天，小四死于秋叶飘零的秋天，小蜜死于大雪飞舞的冬天。每一只猴子死去，侯三都按照同样的方式，给猴戴白帽、穿白衣，为之送葬。那一年，每过一个季节，屋后的山坡就堆起一个坟包。四个坟包并排而立，坟前放着纸马花圈，坟上飘着白纸。

埋葬小蜜后，侯三和三三并排站在坟前，寒风吹动他们的白衣，簌簌发抖。侯三拍着三三的肩说，老伙计，只剩下你我了，我们谁也不准走了，如果要走就一起走啊。三三拍了拍侯三的肩膀，长长地发出一声叹息。

山坡上，四座坟并排而立，两个苍老的身影立在坟前，如同雕像。

玉龙在县政府发展得很好，卢县长很看重他，听说就要被提为政府办主任了。

卢县长到各乡镇检查工作，经常指名要玉龙陪同。每次到了乡镇，下面的干部都要为县长接风洗尘，以增进关系。酒桌上，干部们轮番向县长敬酒，县长常常叫玉龙代喝。玉龙来者不拒，兵来将挡，水来土掩，稳稳地挡在县长的面前。有几次，县长亲自当着众人的面夸玉龙懂事、能干。听那口气，几乎已经把玉龙当半个儿子了。久而久之，人们都知道，侯玉龙是县长的带刀侍卫，大红人。要放翻县长，得过侯玉龙那一关。

玉龙却很低调，夹紧尾巴做人。他清醒地知道，机关上的事情，不到最后一刻，什么情况都可能发生。机关、机关，把这两个字念上三遍，额头就会冒汗啊。他告诫自己，必须得稳住，学会做哑巴，扮聋子，当孙子。为此，他充分发扬老黄牛精神，工作兢兢业业，精益求精。当然，玉龙不是傻逼，他当然不想永远当牛做马，任人呼来喝去，想犁就犁。他在等，等一个当家做主的机会。经过几年的磨练，他已经摸清了机关里的道道，干得好的不如会吹的，会吹的不如会拍的，会拍的不如后台硬的。表面上，玉龙不哼不哈。暗地里，玉龙却找各种理由，带上精心准备的心意，多次去县长家拜访。久而久之，玉龙就成了县长的心腹。县长暗示，他会寻找适当的时机，提拔玉龙为政府办主任。

卢县长位高权重，要风有风，要雨有雨，但却有一大遗憾，他独子的大脑有点问题。用海子的话说，大脑有点散。"散"是一个含义丰富的词，想一想，一个人的大脑散了，他还能正常思考、正常做事吗？"散"往往意味着有点傻有点呆有点弱智，要不就是有点疯有点狂有点与众不同。卢县长曾带着儿子到处求医，不惜重金，但却无功而返。大家都知道，玉龙更明白，卢县长最大的心愿就是把儿子治好，后继有人，老有所依。如果谁能把他的独子治好，把他儿子的脑筋像捏泥巴一样捏成团，谁就是卢县长的恩人。如果成了县长的恩人，提个主任当个"长"又有何难？

事实上，自进入县政府以来，侯玉龙一直在暗中多方打听，访求名医，希望能找到一副治疗县长儿子的良药。功夫不负有心人，终于有人引荐了一位专治怪病奇病的老中医。在玉龙的秘密安排下，老中医为县长之子做了几次仔细的诊断，最后认为可以治疗。老中医说这病并不难治，就是需要用猴脑做药引，这猴脑可不好找啊。

那时候，猴子已经成为保护动物，乱抓乱杀是要蹲大牢的。不过，这难不倒玉龙，他想起了父亲那只名叫三三的老猴。在玉龙的秘密安排下，县长偕独子悄悄来到了海子村，同行的还有老中医。

玉龙心怀忐忑，担心父母不同意，就编了个借口，找人提前把父母约了出去。他想，等一切都结束了，不同意也得同意了。他还想，反正那猴已经很老了，活不了多久了，就当是让它为侯家发挥点余热吧。

那个血色黄昏，侯三昏昏沉沉地跟着邻居向村外走去，头脑里似乎一片蝉鸣，让他感到莫名的心烦。抬头望望天，太阳已经西沉，天边的晚霞一片血红，犹如鲜红的血流，正在天上流成一条河，让人莫名心惊。一条狗走在前面，一身黑色，悄无声息，如幽灵一般，充满神秘诡异之感。忽然间，侯三听见一声惊天动地的尖叫，一声，又一声，如一把飞刀飞进心里。

多年以后，人们还会说起那个诡异的黄昏。落日已经西沉，天地似乎已被血河浸染。一片朦胧血色之中，只见侯三的身影像利箭一样飞驰而来，瘦小的身躯如黑色闪电。他的身后，跟着一头幽灵般的黑狗。

侯三跑到屋后，一眼看见了鲜血淋漓的三三。三三被死死地绑在树上，脑袋已被利刀劈开，鲜血四处喷射；儿子玉龙正拿着勺子，一勺一勺地把猴脑舀出来……

三三瞪着眼，直直地看着侯三，嘴巴大张，发出凄厉的叫声。侯三骤然觉得，那尖叫声涌入耳朵，汹涌澎湃，大脑轰轰一片，似乎有千万只猴在尖叫，响彻天地！

侯三仰面朝天，大叫一声，鲜血喷出很高，一头栽倒在地上。

侯三就这样倒下了，倒下后就没再起来。

海子的第一个也是最后一个猴人就这样死了，从此，村里再也没出现过第二个耍猴人。

玉虎认为爹跟猴子打了一辈子交道，应该把爹和那些猴葬在一起，但却遭到了玉龙的极力反对。玉龙说，怎么能把猴跟爹相提并论，怎么能让爹跟猴平起平坐呢，你这不是侮辱爹吗，不是侮辱我吗？

玉龙最终请了个有名的先生，在吴王山上给侯三找了块风水宝地。据懂行的人说，那是海子的龙脉制高点，侯家将会出贵人，后辈肯定会封王封侯。

第二年清明，玉龙的司机开着一辆黑色铮亮的轿车，送他回来扫墓。车一停，侯三坟墓上空顿时烟火满天。玉龙顺便带了些烟酒糖果，送给左邻右舍。随后，侯玉龙乘着轿车离去，那辆车在飞扬的尘土里渐行渐远，缩小成一个黑点，最终消失在茫茫群山之间。

（原载《民族文学》2017年第9期）

杨芳兰

跃龙门

一

明珠来榕城那天，在车站等到天黑都没等到我。不是我故意不去接她，而是她乘坐的班车快要进站时，我却被抓上了警车。

我是熬村人，高三复读三年仍然考不上大学。当时班主任建议我再补习一年，在我犹豫一个暑假后，还是放弃了。我心里明白，我的英语底子差，每次考试，只能把ABCD四个答案放在手心像抓阄一样抽出一个答案来，结果可想而知。我不是不爱学英语的女孩，而是在熬村读书期间一直缺英语教师，根本没有开设英语课程。等到考上高中到榕城上学，英语自然成了天书。我知道自己有多少斤两，就调侃地回答班主任说，不读了，只怕再复读一年更糊涂了。踏出校园后，我想过回熬村，像我母亲和姑姑一样，嫁给一个熬村人，然后生儿育女。我还想过，像我的姐妹们一样，去北京上海打工，找一个外地男人嫁了。但我这人性格太倔，我认为高考失利最大的原因就是从小没在榕城读书。我是在这里跌倒的，就得在这里爬起来。

我决定去超市应聘收银员，但人家说我五官不够齐整，建议我去仓库搬货。我又跑去私人幼儿园应聘幼儿教师，园长问我有没有教师资格证，我说没有。园长说，没有资格证不能上岗，如果愿意，厨房还差一个洗碗工。我想都没想扭头就走。我漫无目的地在大街上溜达，有人发给我一张博爱医院开业宣传单，在宣传单的右下角附有一则名人传记：李嘉诚童年过着艰苦的生活，十四岁那年正逢战乱，他随父母逃往香港，投靠家境富裕的舅父庄静庵，可惜不久父亲因病去世。身为长子的李嘉诚，为了养家糊口决定辍学创业，向亲友借了五万港元，加上自己全部积蓄的七千元，在筲箕湾租了厂房，正式创办"长江塑胶厂"。看到这则传记，我仿佛在黑夜看到了黎明。我决定效仿名人，自己创业，于是在农贸市场附近摆起地摊。

在明珠未到榕城之前我已经摆了三年地摊，刚开始是从批发商那里批发少量光碟来零卖。经过一段时间的摸索后，发现毛片利润空间更大，于是暗中搞起二批发。这几年一直顺风顺水，下一步还有在榕城付一套商品房首付的打算。朋友们都说，姑娘家，菜籽命，以后嫁在榕城就有房子了嘛。我也这样想过，但从镜子里看看自己的长相就失去了信心，我黝黑的皮肤，四方的脸蛋，扁扁的鼻梁，笑起来两颗大大的龅牙。其实我对男朋友的家境没有要求，长得好不好看也不要紧，只要拥有榕城户口就行。这三年里，我处过两个对象，一个是大龄公务员，一个是瘸腿屠夫。在未去公务员家见其父母之前，他说他的母亲特别喜欢吃山东红富士。去的那天我特意到超市买了两箱红富士，扛到他家四楼时，累得我满头大汗。他妈妈看到我一脸的兴奋，说我身材高大，传宗接代没问题。老人一直嘘寒问暖，招呼我吃这样，喝那样。当听到公务员介绍我在农贸市场附近摆地摊时，他妈妈的脸立刻晴转多云，借故身体不适，扭着肥大的屁股走进卧室再也没有出来。另一个是卖猪肉的，我吸取之前的教训，在未见对方父母之前，叫他预先告诉他的母亲，我没有正式工作。他回答我说，只要人机灵，会做生意照样有饭吃。在见家长那天，他母亲一边给我夹菜一边问，你家是哪里的？我说我是熬村人。他母亲夹菜的筷子在半空停顿了几秒后又放回了原处，站起来对他儿子说，熬村离县城几十公里，经常有亲戚到县城赶场，如果你跟她结婚，我们家以后就成了饭店和旅馆，绝对不行！

在"没有工作"和"熬村人"这两个概念下，两次恋爱无疾而终后，我心灰意冷，几乎失去活下去的勇气。后来听到城建部门的朋友说，只要在榕城购买商品房就可以把户口迁移到相应的社区。从那以后我就发誓，不靠男人，我一定要成为榕城居民！不过话说回来，这几年虽然攒了一些钱，但这些钱却像借来的一样，生怕有一天还会还回去似的，心里不踏实，更不敢乱花。

前不久，舅舅家接媳妇办喜酒，我回熬村跟几个表姐妹共一桌吃饭。她们问我，在榕城发财了吧？都怪我这张关不住门的嘴，虚荣心作祟，我说，在榕城只要勤快，就算在街边弄一张凳子擦皮鞋，一天也能挣到几块钱。表姐妹们都用羡慕的眼神看着我，并表示要跟我一起来榕城做生意。我知道她们也就是随便说说，她们上有老下有小，男人们都在外面打工，田间地头的活路，哪里不需要她们的一双手完成？只有坐在一边的明珠没有任何表情。就在我喝到七成醉时，她说，兰香，你侄儿吴同济再过几年就要上初中，我可不想他在熬村上中学，你在榕城熟悉的人多，帮他找一个学校读书嘛。我说，表姐，哪有那么容易，不是榕城户口根本不行啊。明珠说，怎样才能弄到榕城户口？我说，要么买一套商品房，要么嫁给一个榕城人安家落户。明珠停顿了半晌，突然说，过几天赶场我就把猪卖了，你一定要带我在榕城学做生意。我一时头脑发热，竟然满口答应，没想到明珠真到榕城投奔我了。

我被抓那天，警察，工商、城管和文广局的稽查员到我的摊位突击检查时，我包里还有一百张毛片没来得及转移。毛片是一个肥头大耳的零售小贩预定的，开始说好三百张以上是四块一张，三百张以下就是四块五。他说先批一百张去试试。等我从住处把一百张毛片带到摊位边时，他只肯出四块，而且口气坚决。结果我一生气，就没有批给他。我生气有我的理由，他拿我当乡下人算计了，以为货到地头死。我们熬村人经常有这样的遭遇。赶场天，挑一挑木炭或者西瓜到县城卖，如果散场了还卖不掉，又不可能再挑回熬村去，只有廉价出手，我们称为"货到地头死"。我才不会这样做，我又不用挑回熬村去。

我刚用一个黑塑料袋做好掩盖，一大群穿着制服的人像乌鸦一样黑压压地朝我扑来，一个肩上扛着摄像机的人走在最前面。他们走到摊位边，一个脸上全是肥肉的人从上衣口袋摸出证件，说是文广局的，请我做好配合。我心脏"咚咚"地跳，我知道贩卖一百张毛片的后果。我大气不敢出，也不敢正眼看他们，眼睛时不时瞟向收藏毛片的纸箱。有个警察真是让我佩服得五体投地，好像天生就有察言观色的能力。顺着我的目光，他突然走到纸箱前，掀开箱盖，夸张地从里面拧出那一沓毛片来。我一下子蒙了，整个大脑一片空白。文广局的人站到我面前，严肃地问我从哪里进的货？我一再解释说是送货上门的，没有联系电话。警察说，这里说不清楚，还是跟我们到公安局去解释吧。警察把我推上车后，文广局的又把我所有的货物像丢垃圾一样丢到后备箱里，说是拉去销毁处理。

警察把我带到公安局是正午十二点，也是明珠到车站下车时。明珠是我姑妈的女儿，比我大三岁。十岁那年，姑爷因为上山砍树，被倒下来的大树轧死了，从此她就辍学在家放牛。在十四岁那年跟村里人外出打工，却被人贩子拐到广东卖给一个乡下老头。开始她不同意，生下吴同济后，她就认命了。没想到后来老头在一个建筑工地干活时，一不小心摔下十五层楼，一句话没留下就断了气。三年后，公安解救一批被拐卖的妇女儿童，明珠也在其中，她带着儿子重新回到熬村生活。明珠吃够没文化的苦头，她唯一的希望就是儿子考上大学后跳出熬村。

我被带进审讯室后，手机就被没收了。明珠到公用电话亭打了我几个电话都无人接听。我想，明珠一定被我害苦了，她从来没到过榕城，也不会用手机，又没有其他亲戚和朋友，会去哪儿住宿呢？可怜的明珠，第一次出门被人贩子拐卖。第二次到榕城，竟然被我放飞鸽。越想心里越愧疚，越觉得对不起她。坐在黑暗的拘留所，我心里暗暗发誓，出去一定带她在榕城多多赚钱。

我在拘留所待了两天一夜后，实在受不了里面的蚊虫叮咬，主动接受五千元罚款才被放出来。一出来，我就赶快拨村长家电话，村长走了二十多分钟才喊来我姑妈。姑妈一听是我的声音，就问，明珠找到你了吗？我愣了一下，确认明珠已经来榕城后，赶紧说，您老放心，已经找到事情做了！我深怕再说下去露了马脚，立刻把电话挂了。我迅速跑到车站，从车站大门找到车站后门，又从环城路找到主大街，甚至连路边饭店洗碗的服务员都看了一遍，始终没看到明珠的影子。明珠五官秀气，身材匀称。有人说她长得像《情深深雨蒙蒙》里的"小燕子"，只可惜没多少文化，皮肤稍微黑了一点，要不然可以去当演员了。我也是这么认为的，要是她在人群中，我第一眼肯定会发现她。

天黑时，我在小吃店吃了一碗炒粉。在去新城区找寻明珠之前，我先到公用电话亭拨打总批发商的电话，叫他配货齐全后直接托运过来。为什么我不用手机呢？我不用手机拨打电话有我的理由，关键是怕被人查到批发商的电话号码惹下麻烦。

新城区是榕城最繁华的闹市区，在这里找一个人，无疑是在空气中找寻一粒尘埃。在货物还没抵达榕城托运站之前，每天我都在大街小巷穿梭。直到第四天，托运站打来电话叫我去接货，我才放弃寻找。我请了一辆三轮车朝托运站奔去，货车上有几个搬运工正在卸货。当搬到我的两大箱碟片时，突然"啪嗒"一声掉在地上。托运部的老板大声呵斥着跑过去，指着一个戴着头帕、个头矮小的搬运工说，奶奶的，小心点，你一个月的工钱都赔不起这一箱货！搬运工抬起头来，大大的眼珠怯怯地望着我，好像一不小心就会被我吃掉一样。那双眼睛实在太熟悉了，我试探地喊了一声，表姐！搬运工突然眼睛一亮，揭下头上的帕子，一缕黑发垂到胸前。她迅速抓住我的胳膊，喊了一声，兰香！终于找到你了！

二

明珠第一次到榕城，出于歉意，我决定丢下生意，陪她到街上逛一天。我带着她到农贸市场和水果市场转了一圈。到水果市场时，我跟她介绍说，你看这些水果，都是我们熬村种植的，比如这些冰糖柑，商贩从我们手中批发过来一块钱一斤，到市场零卖就是两块一斤；比如甘蔗，商贩到我们熬村收购是三毛一斤，到市场上就是八毛一斤，利润都是翻倍的。明珠说，照你这么说，我们种植一年的果子得到的辛苦钱还不如商贩卖一天的钱多？我说，当然了。别看明珠没多少文化，但算起账来一点也不含糊。

吃中饭时，我问她是学摆地摊还是先做临时工？临时工当然是饭店洗碗，酒店打扫卫生之类。她小学三年级文化，不可能去宾馆前台搞住宿登记什么的。明珠想了想说，摆地摊还有点胆小，先做临时工吧。我觉得明珠是理智的，虽然地摊生意看上去不用缴房租和税收，但要躲避城管，也有一定的风险。比如卖水果，看着是翻倍的利润，如果几天卖不掉就会腐烂，就会血本无归。做临时工简单，力气活，做一天算一天的工钱，没有风险，没有压力。我带着她沿街找寻，看到贴有招工启事的饭店就进去询问，但大部分都已经满员，只是广告牌还来不及撕掉。走到街尾，有一家店面是卖早餐和宵夜的，急需工人，条件是每天早上六点起床，晚上十二点睡觉，包吃包住，六百块一个月。明珠有点动心，我轻轻拽了她衣角一下，示意她先跟我走。走出饭店后，我说，在超市只上半天班就是五百块一个月，这里一天干到黑才六百块，美元吗？别问了，跟我一起干，一个月付你一千。明珠感激地点点头。

第二天一早，天空一片蔚蓝，太阳直射到地面，让人浑身暖洋洋的。汽车的鸣笛和卖早点小贩的吆喝声传得很远，隔着几条小巷都能听到清脆的回声。街道两旁的商店都打开了，货物摆得琳琅满目。人行道上人们缓缓地走着，马路上车子疾驰而过，天上不时飞过一群白鸽发出一阵阵叫声，整个榕城一片杂音，万种生活。我一边摆摊一边教明珠：我们卖光碟的，不一定要在正大街跟城管对着干，在稍微偏僻一点的小巷也没关系，只要音乐响起，马上就会有人围拢来。你要学会察言观色，比如那些想买毛片的男人，眼睛是闪烁不定的，想开口又不知道如何开口的样子，你就主动问他，是不是想要"战争"片？如果想买，他会悄悄告诉你。等确定了数量，叫他在这里等待，再回住处取来就是。有些数要得大的，如果不确定是零售小贩，这样的钱宁愿不赚。还有一些青少年要来买毛片的，一定不能卖……我不断给明珠灌输做生意的心得和原则，也不断鼓励她，做买卖的人不管在生活中遇到任何不开心的事情，有顾客的时候你一定不能像别人借了你大米还你老糠似的，一定要面带微笑。

明珠一向有笑脸，这点我不担心她。要说做买卖，她起步至少比我早二十年。那时候我们俩都只有几岁，姑妈给她一角钱买了一个气球。看着飞舞的气球，我也跑过去跟她一起玩。没想到刚拍了几下，气球"啪"一声就爆炸了。明珠一下子就哭了，非要我赔她两角钱。我没钱赔她，她就整天在村口等我放学。只要我一出现在村口，她就把我揍一顿。我不得不赔了两角钱才算了结此事。还有一次，我跟她一起上山摘薇菜卖给来村里收购药材的商贩。明明我摘了半背篓，她硬说看到我在一座坟墓上摘了几根薇菜，如果不丢掉，坟墓的主人会托梦来找我。听她这么一说，我赶紧丢掉薇菜，再次上山摘了一背篓。等我下山来，丢弃在路边的薇菜早被明珠背回了家。我承认，我这点脑子，如果不是比她多跨了几年学堂门，绝对抵不过她一半的智商。

我租住的地方是糖烟酒公司的房子。糖烟酒公司改制后，就把空出来的库房用胶合板隔离成大小不等的小间对外出租。我们租住的地方是一个小库房，里面被隔成三小间，每一间除了一张床、一根凳子和一张桌子，还有一个简易衣柜。其中一间住的是卖烤肉串的新疆夫妻，这对夫妻早出晚归，很少遇见他们。我也不知道他们的名字，提到这对夫妻时，我们叫他们"阿里巴巴"。另外一间住了一对胖夫妻，十字街卖水果的，我们之间只隔一张胶合板。每到半夜，胖夫妻的屋子就会传来一阵阵响声，响声里夹杂着一个男人的喘息和一个女人的呢喃：猪，肥猪，大肥猪……我呢，开始以为两夫妻发生了争吵，但第二天起来，男人在门口发动摩托车，女人却红光满面地坐在摩托车后面，头依偎着男人的后背，用肥大的双手环抱着男人的粗腰扬长而去。我不知道胖男人叫什么名字，但知道他姓朱，我叫他朱哥。胖女人自然随他姓，我管她叫朱嫂。每次见到朱哥，我就会想起朱嫂在夜晚的呢喃，想象他们扭在一团的样子。

我们收摊回家时，在门口遇到了朱嫂。我跟明珠介绍说，这是朱嫂，以后多向朱嫂学习生意经。朱嫂问，这是谁呀？我说是我表姐，属蛇的。朱嫂说，哦，属蛇的比我小三岁，就算是我表妹了，快来我家吃西瓜！

朱嫂三十多岁，腰圆腿粗，说话却细声细气。朱嫂一边切西瓜一边说，钱在高岩，不攀不来。明珠点点头。朱嫂把切好的西瓜端到桌子上说，胆大的饱死，胆小的饿死，做生意不能瞻前顾后。我和明珠都点点头，一人拿了一片西瓜啃起来。朱嫂吃完一块西瓜后说，比如前几年，我打算接下农贸市场门口那家水果店，你朱哥硬是阻拦，说什么转让费太贵，房租合同又快到期了，等我犹豫了两天，别人早接过去了。人家做几年下来，不但买了两套商品房，还买了一辆前四后八的工程车……明珠看我一眼，正想说什么，我朝她努努嘴，示意她听朱嫂继续讲。

直到十点，我们才回到自己的房间，我们说了大半夜悄悄话。我说，做生意虽然要大胆，但也要估计一定的风险。朱嫂说人家胆大是因为本钱多，亏本了还可以东山再起，而我们刚起步不能妄想一锄挖个金狗仔……明珠眨巴着眼睛望着天花板，嗯嗯地答应着，我相信她确实听懂了。

三

我们通常是早上七点起床，煮饭吃后，估计城管例行巡逻走远了，九点才敢出摊。那段时间，市场上开始流行卖侗戏光碟。只要过年过节，村里有人演侗戏，比如《爬窗探妹》《珠郎娘美》等戏剧，就有人拍摄下来制作成光碟销售。这种光碟没有许可证，更没有出版公司，全部是私人刻录的。我说过，我是卖盗版光碟的，自然也要卖这样的光碟。只要有新的侗戏出现，在市场上就会火爆一阵子。批发商肯定不会放过这样的商机，买一张母碟，用刻录机翻录来批发。有时候我去跟批发商要货时，批发商还来不及写上光碟的名称，就会便宜一毛钱批给我。我叫这样的碟片为裸碟。裸碟到手后，我自己用大头笔来写名称。明珠看我一个人写字很辛苦，就试着拿起笔来写字，虽然歪歪扭扭的，有时候也写错笔画，但字白话不白，买碟片的顾客都能理解其中意思。盗版光碟本钱小，赚钱快，但我们批发出去的时候也适可而止。一天本来可以批三四百张，但我们只批两百张。演员和拍摄制作的都是当地人，抬头不见低头见，如果数量太大，原制作碟片的人会不高兴，会邀约几个人来砸你的摊子。搞不好，生意做不成。再搞不好，有可能被打伤住进医院，反正大家都是做违法的事情，你又不敢报警。我们是乡下人，打不过人家，受伤只能自己出医药费，得不偿失，还是小心为妙。

明珠没多少文化，但唱起山歌来却用词准确。比如，我们刚推三轮车出门，她随口就来：太阳出来圆又圆，这个年成只讲钱。无钱街前无人问，有钱深山有远亲。有钱走客人看起，多坐三五天都行。无钱走客人作贱，不理不睬坐一边。生怕开口借钱米……我没吭声，熬村人都有歌唱天赋，三天不唱嗓子痒。明珠更是唱山歌的高手，她已经很久不唱歌了，想唱就让她大声唱吧。

有一天夜晚，我们洗脸洗脚准备睡觉时，明珠说，兰香，我们也刻录光碟卖吧。批发别人翻录的光碟我倒是经常干，但亲自刻录光碟我还没想过，我犹豫很久都没说话。明珠说，如果你不敢投资买刻录机，我就用我卖猪的钱买一台。我以为她只是一时头脑发热，没想到一个礼拜后她真从外面扛回来一台小型刻录机，放在桌子上就开始插电源、放母碟和空白碟。我问她从哪里买来的，她不作声。我仔细一看，刻录机正面有几道划痕，而且一次只能刻录三张。我就知道是二手货，现在的刻录机早更新到一次出十张碟片的了。不管怎样，明珠比我有胆识和创新，这一点我敢肯定。

盗版光碟前景可观，这是毋庸置疑的。一张正版光碟，批发价都是十五块一张，零售商拿到市面上零售至少也要卖二十五块一张吧，谁买？碟片是货多，比如某段时间流行某一个歌星的歌曲，那一段时间这个歌星的碟片就大卖。如果有新的歌手出现，这些碟片又成了滞销货，放在角落无人问津，十几块就成了废品，只能以两块钱一斤卖给收废纸废报的。盗版碟就不一样了，成本低，利润高，消费群体大，不管是农民工还是上班一族，都消费得起。有利润，必定有人冒险。据我所知，早几年批发盗版光碟的五个老板中，有两个拿赚到的钱投资房地产又翻了几番，还有两个开了星级酒店，没事就开着奥迪在榕城兜风玩。只有一个破产的，因为在"3·15"打假那几天，他明目张胆地批发了上万张毛片，被工商的逮个正着，不但被没收全部光碟，还在收缴过程中引起一场斗殴，把一个工作人员打伤，结果被判刑十年。

其实做生意就像大河涨水一样，只要你有所准备又大胆，撒下渔网，大鱼小鱼随便你捡。如果你是一个胆小又没准备的人，就算大鱼小鱼跳出水面让你看见，你也束手无策。像我们摆地摊的，就是没有准备的人。并不是说我们后来的就没有风险，很安全，其实风险也有，只是相对小一点，我就有过前车之鉴。

明珠买到刻录机那几天，恰好遇上"3·15"打假。其实文广局的人也知道，地摊上没有一张正版光碟，包括租商店经营的商户也会卖盗版光碟，好几家影碟店老板因此被查，只好选择关门大吉。我和明珠大门不出二门不迈，正好闷在屋子里刻录毛片。虽然那几天风声很紧，不敢摆摊，但几个赶乡场的小贩还是通过电话找到了我，做成几笔小批发。

四

"3·15"打假日一过，我和明珠都以为危险期已经过去，可以大量翻录碟片，风风火火大干一场。哪知道，刚出摊第一天，就有人盯上了我们。那天我们摆好地摊，刚打开播放机，就有一个胖冬瓜漫不经心地走过来，说要买一套《珠郎娘美》侗戏光碟。明珠赶紧找出来递给她。胖冬瓜要求看一下配音效果，明珠自然不敢怠慢。刚播放一段序幕，胖冬瓜说，可以了，有多少全部拿出来给我。我开始一怔，觉得有点不对劲，但明珠已经把一大沓翻录的光碟全部递到胖冬瓜面前。胖冬瓜接过碟片，随着"哗啦"一声脆响，碟片甩得七零八落，满大街都是。我气急败坏地对胖冬瓜说，大姐，你过分了！胖冬瓜说，你更过分，为了拍摄这部侗戏，我花了两千块钱请演员，请制作人，我的本钱还没捞回来，你先拿来赚钱了。说完，她朝地上的碟片踩了几脚，又捡起两张掰成几瓣，觉得消气了，才招手叫了一辆的士。她上车后，我看到车屁股冒出一股白烟。

我心疼地捡起地上的碟片，等白烟散尽，才朝她走的方向甩出两张碟片。明珠想追上去，我把她拉住了。我说，这女人既然敢来砸我们的摊子，一定是有来头的人，咱惹不起躲得起。那天我们没有在农贸市场附近摆摊，而是跑到新城区休闲广场卖流行歌碟。盗版流行歌碟不怕，拍摄制作的人与我们相隔十万八千里，不会来找麻烦。生意还不错，一个小时就卖了十几张庞龙的最新专辑《两只蝴蝶》。正午时，一个中年男子手提一台新买的DVD朝我们走来。他说话的声音很小，遮遮掩掩，我们播放的音乐又有点吵，我几乎凑近他脸了，还是听不清楚他说什么。我猜他一定是要毛片，但又难以启齿。不是他一个人这样，第一次买毛片的顾客都这样。还是明珠机灵，拉他到一边用方言跟他交谈，他说话的声音一下子提高了几倍，我也听明白了。原来他真想买毛片，而且要美国的。我说，想要印度的都有，国产的十五块，外国的二十块。他说，你别糊弄我啊。那口音，一听就是很少到榕城赶场的人，汉语都讲不圆润。我糊弄他说，外国那么远，肯定要运费呀，也不讲二十了，十八块一张卖给你。中年男子说，上回我买一张才十五元。我说，十块一张的也有，但那种盗版碟片只能播放两三回。中年男子说，哦，怪不得，那张碟片好卡。明珠赶紧用方言补充说，一分钱一分货嘛，你也是第一次跟我们打交道，十六块一张卖给你算了，一回生二回熟嘛。中年男子正想掏钱，忽然被一双肥手抓住了。

来的又是胖冬瓜。胖冬瓜说，大哥，想买什么碟片？她们卖多少，我只收你半价。

胖冬瓜怎么又来了？我在心里暗暗嘀咕。明珠有点冒火，她说，大姐，你卖你的

185

侗戏碟，我们卖我们的流行歌碟，咱们井水不犯河水，你为什么要跟我们过不去？跟你们过不去？是你们跟我过不去吧？胖冬瓜抓起地上的碟片做出要甩出去的样子。明珠突然从后背操起一根凳子就劈过去，胖冬瓜躲闪及时，迈开了。胖冬瓜虽然胖，但反应迅速，站起来揪住明珠的长发就抓。中年男子看架势不对，惊慌失措地说，不买了不买了！

中年男子走后，胖冬瓜揪住明珠头发的手才松开。她说，看见你们摆摊一回砸你们一回！我的火气一下子上来了，我说，你凭什么说《珠郎娘美》就是你拍摄的？你经过文广局批准了吗？你有版权证书吗？我这一连串问，胖冬瓜一时语塞。她停顿了一分钟后，突然笑了。她说，老子去文广局举报你们。我说，大家卖的都是盗版碟，都是一根串上的蚱蜢，何必呢？胖冬瓜抓起我的碟片再次想甩掉，明珠一把抓住她的手腕。我也站上去揪住她的头发说，是不是非要来一个鱼死网破？胖冬瓜见势不妙，松了手，悻悻地说，你们是鸡蛋碰石头，有你们好看的。明珠说，我看你是活得不耐烦了，得寸进尺！说完就想动手。我赶紧松开抓住胖冬瓜头发的手，企图放她一码。但已经来不及了，突然从后面冲上来几个人，我只感觉眼前一黑，什么都不知道了。

等我醒来的时候，明珠和朱嫂守在我床边。我问她们我怎么躺在医院了？朱嫂说，胖冬瓜不是一个人来的，而是带了几个女人，其中一个我见过，是文化稽查大队王队长的老婆。她们看你晕倒后，回过头又把明珠揍一顿，幸亏我送货过路，打了报警电话，她们才罢手。

我强撑着要坐起来，朱嫂叫我别动。朱嫂说，兰香，实在不行就做其他生意吧。你们做这个生意，像老鼠怕猫一样，搞不好还会出人命。

改行？隔行如隔山，做其他买卖我还真不行。我说。

你一定要听我的，那个胖冬瓜我认识，她老公的弟弟是公安局的头头，你们可能不知道，上次被罚得倾家荡产的碟片老板就是得罪她老公出的事情。朱嫂眉头扭成一个深深的皱纹后说道。有一回，我们说女人到了四十岁，额头和眼角都会长出皱纹来。朱嫂说她其实还不到四十岁，但一遇到困难就爱皱眉头，所以才三十多岁就有了皱纹。看得出，今天的事情可能不是一般的困难。朱嫂在榕城做了十几年生意，认识不少人。她说，如果不是1996年那场大水，把她的养猪场全部淹没，可能她现在早有车有房，成阔太太了。我以前从来不相信命，但听她讲起她的故事，我开始相信命运这个东西来。

大不了再跟她们打一架，人都是欺软怕硬的！明珠说完捋起袖子，小臂上出现一道淤青。她转身去给我倒水吃药时，我看见她脖颈上还有一块淤青。

去照片子看看吧？会不会伤了内体？我对明珠说。

没事，我已经擦了正红花油，过两天就没事了。明珠把水递给我坐下后，我看到她的脸也拧成一个疙瘩，嘴也歪到一边去了。明珠身上的疼痛显而易见，只不过她强忍着罢了。

五

我在医院住了三天就出院了，不是因为已经痊愈，而是医院的收费高得离谱，量一次体温也要收十块钱，一天竟然量三回，谁受得了？刚走出医院，就收到城管发出的宣传单，大概内容是榕城西瓜订货会马上到了，订货会期间，大街小巷不准乱摆摊设点，发现一个处理一个。老实说，城管发宣传单，我一般是不予理会的。因为每次都说，这次是真的有领导下来检查，希望我们搞好配合，但每次都不见有什么领导来检查，只不过为他们收取罚款找个理由罢了。但这次不同，这是西瓜节，光我们熬村就有好几百万斤西瓜卖不出去，就算城管不来宣传，我也一定会主动配合。我跟明珠说好，等西瓜节过了再摆摊，我们正好回熬村玩几天。明珠也好久没回家了，她满口答应。但到了第二天，明珠又说不想回熬村了，想去街上逛逛。明珠来榕城已经一年多，天天跟着我摆摊收摊，还没有好好逛过一次。我不想逛街，因为在这里我已经待了近十年，每条大街小巷，甚至每一条巷子凸出的岩石有几颗我都了如指掌。她不回熬村，我一个人也懒得动身。

明珠中午才从街上回来，买了一幅长两米，宽一米二的"鲤鱼跃龙门"十字绣。我说"鲤鱼跃龙门"是最复杂的刺绣，听说绣好一幅至少要两年。明珠说，在一年之内我一定绣好，等你买到房子时，我就送给你挂在客厅。不管能不能实现，我的心里还是蛮感动的。明珠的针线活在熬村是没有第二个女子可比的，不管是绣背带还是绣鞋垫，同样的花色，同样的丝线，她绣出的图案总是带有一种灵动的美。我就不同了，就连绣鞋垫也从来没有绣成一件完整的。虽然她只比我大三岁，但我们却像不同时期的两代人。明珠一下午坐在门口绣十字绣，我则坐在房间看韩剧，看完韩剧又玩电脑。电脑是刚买的二手货，还没有连网络，但可以练习打字。房东说了，如果牵网线，一个月房租还要增加五十元，这分明是羊毛出在羊身上，我就懒得安网线。看几个碟片，练一个小时五笔，一天就过去了。在明珠未到来之前，我晚饭一般都是吃一碗炒粉解决。明珠不喜欢吃炒粉，她说炒粉不但不抵饿还浪费钱。明珠看看天色不早，说一起出去买菜吧。我们买菜要从老城区走到新城区，一路上来来往往的人说说笑笑，没发现一个小巷有摊点，看来所有的小贩都很配合城管工作。

晚饭依旧是明珠做，餐桌上除了一盘青椒炒肉丝和一碗白菜汤外，还多了一盘糖醋排骨。她一直劝我多吃点，还说这种糖醋排骨是同济爸爸最爱吃的菜。吃完饭洗好碗后，明珠又拿出十字绣来绣。绣了一会儿，她把十字绣放进针线篮里，在门口溜达了一圈又回来，在屋子里走来走去。我说，想走到大街上走，这屋子本来就窄，你这么晃来晃去，脑壳晕。她看我一眼，坐在床上不走了。我继续练习五笔打字，她坐了一会儿突然说，我想去春园楼找活路做。我一下子没明白过来，春园楼？就是新城区那个春园楼？她说，是的。我说，你知道春园楼是什么地方吗？明珠解释说，当然知道，但我只是去那里煮饭、打扫卫生。我说，不行，绝对不行，去春园楼的人，即使不做小姐，也会坏了名声。我已经答应老板娘了，明天就去上班，一个月一千五，包吃包住。明珠的口气很坚决。

表姐，听我一句劝，掉进染缸里不会白着出来的，你是不是急需用钱？真的要用钱，你可以先从我这里垫支。

不了，你的生意也不稳定，做了今天也不知道明天还能不能做下去。

再等几天就可以了。

不等了，你要是不答应，我今天就搬过去。

好吧，既然你已经决定，还是希望你晚上回来住，跟我有个伴。明珠再不好也是我亲表姐，面对她的执拗，我只能妥协。我的心绪很乱，一个人出去走了两个小时。等我回到住处，明珠已经睡着了，左手捏着"鲤鱼跃龙门"刺绣，右手的针已经滑脱到床上，但线还挂在食指上。我怕针尖刺到她，就把十字绣从她手里拿过来折叠好，她翻身抱了一个枕头又甜甜地睡去。她小时候就缺乏安全感，睡觉老是喜欢抱着一个枕头。在她父亲也就是我的姑父过世时，她在家里睡觉害怕，晚上就跑来跟我一起睡。本来只有两个枕头，她睡觉时还要抱着一个枕头睡。我问她为什么要抱枕头睡，她说抱着枕头才不会害怕黑夜。我不同意把仅剩的一个枕头拿给她，她就跟我抢，直到抢到手为止。其实答应明珠来榕城做生意那天，我就开始后悔了，我不该答应她到榕城来。

第二天早上起来，我还是劝她别去春园楼，再看看还有其他地方招工没。她大大的眼珠瞪我一眼说，人正不怕影子斜！

明珠算是正式向我辞工，我又开始一个人摆摊、收摊。明珠下班早的时候，偶尔也跑来帮我收摊。我们白天在一起的时间越来越少，只是晚上回到屋子说说白天的所见所闻。明珠一天的工钱是五十块，在小小的县城，拿到这样的薪水已经很不错了。姑妈时不时也给我打电话，叫我一定要照顾好明珠，明珠命苦，从小没爹，又没文化，脑子简单，怕她像以前一样，被人卖了还替别人数钱。我说，姑妈，您放心，明珠现在灵活得很，工资固定，快赶上国家干部的待遇了。

秋末，人行道的银杏树一片金黄，地上铺满了落叶。长在花台里的蒿草被寒霜浸润几天后，也都蔫巴巴地倒下来。天空是发灰的，好像是刚洗过毛笔的水盆，混混沌沌。这样的云彩挂在天空，让人有一种恐惧感，深怕一不小心就会带来雨点或者一场小雪似的。摆摊摆了一会儿，风太大，街上还是没什么人，浑身凉飕飕地难受，就叫旁边卖老鼠药的张大哥帮我看一下摊子，回家加一件毛线衣。经过春园楼时，看到警车停在门口，警车周围围着一大群人。我走上前，问其中一个人，出什么事了？一个人说，我也是刚到，不知道。

话音刚落，警察把一群人从春园楼带出来，像一个串上的蚱蜢一样，一个接一个，有男的，也有女的，都勾着头。正当我暗暗庆幸明珠不在里面时，突然从里面冒出一个脑袋，就是明珠！她勾着头走在前面，后面是两个警察。

表姐！我一下子慌了。明珠抬头看我一眼，正想说什么，被警察带上车了。在警车开走那一瞬间，我看到明珠无助的双眼望向我。

整个下午，我再没心思做生意，早早收摊回家。回到家里，我就躺在床上，想了很多种可能。我当然希望明珠不是因为做小姐被抓，充其量她只是一个做饭的厨娘。但转念一想，这样的可能性实在太小了，如果她没做错什么事情，警察也不会带走她。

夜幕降临时，我的手机响起来了，是公安局打来的。对方问我是不是李兰香。我说是。对方说，杨明珠是不是你表姐？我说是。对方说，你来公安局一趟。

我直奔公安局，明珠在铁栅栏里等我。我刚露出半个脑袋，明珠就站起来，刘海耷拉在脑门上，看上去一脸的茫然。她说，兰香，我真的没有干那事，你一定要救我出去。听她这么说，我悬着的心放下了一半。我说，好，我一定想办法救你出去。话是这么说，救她出去？谈何容易，这么爽快地答应她，只是为了安慰她而已。我哪有那本事？我在脑海里回想着我身边的朋友和同学。我上高中读的是普通班，我们那一个班里，考上大学后分配到榕城机关单位的不到三人，而且毕业后我和他们身份悬殊太大，早已没有任何联系。警察叫我到一个办公室缴纳明珠的生活费时，我问一个警察，春园楼到底发生了什么事？一个警察说，春园楼出人命案了，涉事老板已经被抓捕归案，在未结案之前，春园楼所有工作人员必须留在看守所协助调查。

刚回到出租屋，电话就响了，是一个零售小贩，说需要两百张毛片，明天早上来取货，我满口答应，挂了电话，我又在脑子里搜寻顾客中可能认识的人，说得更确切一点，就是可能跟警察说得上话的人。我突然想到一位中学老师，他有一个女儿，三十多岁，丧妻。他经常跟我买碟片，特别喜欢美国大片，有一次看到斯瓦辛格全集，标价四百八十元，他没有跟我讨价还价就买了去。买了多次以后，我就主动以批发价格卖给他。他看我这人比较实诚，就说，你们乡下姑娘讨生活不容易，我在公安局和文广局都有同学，如果有什么麻烦事可以来找我。我记得他姓刘，又好像姓李，就在我冥思苦想的时候，突然想起他曾经留过电话号码给我。当时他想买《泰坦尼克号》正版碟珍藏，但没货，就留下了联系方式。我几乎翻遍了所有的进货单，最后在一张货单上找到了这个号码，终于弄清楚他姓刘。我试着拨打过去，还真通了。电话那头很吵，有划拳吆喝的声音。我说，我是农贸市场旁边卖碟片的李兰香，有一事相求。那边沉吟了半晌后说，有什么事？一会儿我再打给你。直到夜间十一点多，这个刘老师才打电话过来，他在那边说，来夜市城吃宵夜吧，我们慢慢说。

去到夜市城他说好的包间，只有他一个人在。我把明珠的情况大致说了一遍，并一再保证：我表姐绝对不是小姐，你问问你同学，能不能把她保释出来？

不就是一个打杂的吗？应该不会有什么大事，不过这种事情想要保释出来还是比较麻烦，我打电话问我同学看看。他站起身，走到外面打了一通电话。他回包间不久，电话就响起来。那边说，保释可以，但要缴纳两千元罚款。我示意他说，能不能再少点？他又站起身到外面打电话。大约过了十分钟，他才从外面回来，坐下后，他说，那边说要象征性地收点费用，两百块。我几乎不敢相信自己的耳朵，问他是不是真的。他说明天早上公安就可以放人。我说太好了，怎么感谢你才好呢？他说，不用谢。我说，等我表姐出来后咱们一起吃个饭吧。他说，到时候再说。

六

办好罚款手续，明珠从里面出来时，我没有脸面到拘留所门口等她。直到她走到大街上，我才追上去安慰她说，没事的，反正这里也没人认识你。我带她到"杨氏牛滚荡"坐下后，才打电话给刘老师，叫他来吃酸汤牛杂。刘老师爽快地答应了，我和刘老师吃了两碗米饭，几盘杂碎，还喝了两罐啤酒。明珠一碗饭都没吃完，光端着一个碗发呆。我说，平时你最爱吃酸汤的，今天好像一点不饿？她说，到拘留所这两天一直不舒服，直到现在还想吐。

原来出事那天，明珠像以往一样，提着两大桶洗过的被子到后院晾晒，刚走到晾晒台，突然"扑通"一声，一个男人就从楼上掉下来，一地的血水和脑浆。明珠说，这辈子最怕看见血，看见那一滩血就想起吴同济的爸爸躺在地上的那一幕。兰香，你不知道死人的面孔有多可怕，满脸是红色，不，不是红色，是紫色的，不，不是紫色的，是乌黑……明珠很激动，刚说完"乌黑"二字，她就用双手捂住嘴巴，"哇"一声，幸亏刘老师递餐巾纸及时，才没有喷在饭桌上。

第二天一早我就起床了，明珠的脸红扑扑的，我一摸，有点低烧，赶紧给她烧了一壶姜糖开水叫她服下。临出门，明珠说，兰香等会儿，我跟你一起去。我说，现在你得把身体养好，同济以后还要上高中上大学，还要娶妻生子，你不能有什么闪失。明珠可能觉得欠我一份情，在我刚摆好地摊时，她也来了。那天生意不错，一开张就卖了八张流行歌碟。

没顾客的时候我就坐在摊位边看碟片，我喜欢看《流星花园》《情深深雨蒙蒙》之类的爱情片。二十四岁对于女孩来说，该是结婚成家的最佳年龄。看着身边的同学和朋友都成双成对进入婚姻的殿堂，我对家的渴望与日俱增。我花痴一般地喜欢着电视剧里的男主角，甚至把古巨基的宣传画粘贴成一条被子盖在身上。从这些电视剧中，我以为爱情都是凄美动人、荡气回肠，让人失魂落魄的，从骨子里也希望能有那么一场爱情来临。就像春天不会忘记角落里每一棵小草，一定会让它生根发芽一样。爱情也一样，一定不会忘记任何一个正常的青年男女。在认识刘老师后，我开始了一场单相思。这场单相思如一条涌动的暗河，它裹挟着我，让我神魂颠倒。

刘老师是榕城人，家里排行老三，头上有两个姐姐，脚下一个妹妹。在明珠未出事之前，我没有仔细看过他。自从那天吃过饭后，细细回想他酒后微醺的样子：乌黑深邃的眼眸，泛着迷人的色泽，那浓密的眉、高挺的鼻、弯弯的唇，无一不在张扬着高贵与优雅，这哪里是地上的凡人，分明就是天上飘来的白马王子嘛。每天放学时，我总是盯着他要经过的方向。很多时候，他都是骑摩托车呼啸而过，给我的感觉是，他的背影也是那么矫健迷人。在以后的一段时间里，他突然不骑车了，放学后我看到他快速闪进农贸市场，出来后，总是拎着一大包蔬菜之类往家赶，好像有很多家务要完成似的，竟让我有点莫名地心疼起来。有时候想，要是他是我的男人，我一定不让他干这些女人干的活。

有一次，我去裁缝铺换衣服拉链，居然看到刘老师在踩缝纫机。这在榕城是不可能看到的，何况刘老师还是有铁饭碗的工作人员。当时裁缝铺的老板娘笑着说，刘老师啊，你不但有知识有文化，连妇女的事情都全部干了，谁以后嫁给你真是幸福一辈子哟。他没有作声，而是继续"咕噜咕噜"踩着缝纫机。正是从那时候开始，我更加喜欢刘老师了。之后每天才摆好摊位，我就盼望着放学时间到来。我知道他每天下午要五点二十分以后才会经过，但我依然整天朝他要来的方向张望。后来国庆放假十天，我知道他不会经过我摊位了。在收摊回家时，就故意绕路经过他家门口，目的是看他在不在门口或者能看到一眼他的背影。那时候我根本不知道自己已经爱上他，只知道在见不到他的十天里，心里空落落的。没过多久就放寒假了，刘老师来得比较频繁。每次买菜，他只买一样，不久后又跑来买一样。每买一样菜，都要跑到我们摊位前蹲一会儿，有事没事老找明珠说话。有一回，明珠回熬村看孩子，一去就是四天。刘老师没看到明珠，显出很失望的样子问我，明珠去哪儿了？我心里有点不爽，没好气地说，回熬村了！

一天下午，我和明珠快要收摊时，来了一个"大客户"。"大客户"说，他想去找小姐，又觉得对不起在外打工的老婆，索性买碟片来自慰。他付了定金后又问我，你说我这样做对还是不对？我顺着他的话说，人是高级动物，都有七情六欲，就算到上帝面前评理都是对的。他说，既然是对的就给我选二十张人与动物的，我喜欢看那些稀奇古怪的玩意。我说，这些稀奇古怪的要贵一些。他说，贵是多少？便宜又是多少？我说，看在你数量多的份上，贵的十二块，便宜的十块。没问题，不就是相差两块钱么？下个月喊婆娘多寄几百块就是。他摸索半天，才从各个兜里摸出五十块零钱来。从他的眼神我看到了某些地方不对劲。一般不是做碟片生意的人，买个三五张就算多的了，他一开口就是二十张，太离谱了，最后他以五十块钱买了五张。

一天下来，收成不错，回家时，我们路过羊瘪馆，进去炒了一斤羊瘪带回家。中午我们都只吃了一碗炒粉，明珠看到羊瘪，口水直往外流。在饭还没煮熟之前，她已经吃了一大半。等我端饭上桌时，只留下一些花椒和辣子，我真后悔没有炒两斤，害我只能喝到一口羊瘪汤。明珠用羊瘪汤泡了一碗饭吃完后嘴巴一抹说，我最喜欢吃羊瘪了，羊瘪开胃。明珠自从进过公安局后，胃口就下降，身体也开始虚弱。只要明珠想吃，每天收摊回来我都炒两斤羊瘪回来。这东西我们熬村人都爱吃，在熬村，只有过节过年才能吃到。但榕城就不一样了，只要有钱，天天都可以过年过节。

过了两天，"大客户"又来了。我说毛片已卖光了，还没进货。"大客户"有点沮丧，他说，怕我没有钱买呀？我说，真没货了。明珠悄声说，住处不是还有一大堆吗？我朝明珠使眼色说，那些碟片有质量问题，不能卖给老客户。"大客户"失望地走了。明珠说，有货为什么不卖？我说，一看就知道这人脑子有问题，我们不能坑人家。经过一段时间调理，明珠的身体逐渐好起来。不过隔一餐没有羊瘪吃，她又吃不下饭了。这个没关系，羊瘪也不贵，只要身体好，天天摆地摊，吃羊瘪是没问题的。

每天摆摊、递货、收钱，我们平平淡淡地过着小日子。遇到榕城卫生大检查，我们就主动配合。城管喊我们搬走就立刻走人，绝不犟嘴。晚上收摊回家，她绣十字绣，我上网聊天、偷菜，偶尔也斗斗地主，此时我已经安装了网线。很多时候，我们都产生一种错觉，好像自己已经是榕城人了。

2008年春天，明珠要回一趟熬村，姑妈托人帮她找了一个对象，要回去见一面。对象是镇政府工作人员，叫李一鹏，四十岁，离异。我们一起到姑妈家时，他已经先到了。开始说话还算投机，等喝过酒后，李一鹏突然问明珠，同济爸爸过世时，得到多少赔偿款？如果可以的话，先到县城付一个首付，以后调进县城有个地方落脚。我和明珠同时意识到，他是冲着赔偿款来的。明珠赶紧说，她根本就没得到任何赔偿款，包工头当时只出了烧埋费。酒足饭饱后，李一鹏说还要加班写一个材料，明天县领导要下来检查工作，马上就回了乡政府。

我们当天夜晚就包了一辆面包车回榕城，到住处已经是晚上十点。洗漱完毕，正准备睡下，电话响起来了，是刘老师打来的，叫我们出去吃烧烤。没听到说吃的还好，听到"烧烤"二字，肚子竟咕噜噜叫起来。原来在熬村忙喝酒，竟然忘记吃饭了。明珠抢过手机说，这次你请客，我买单！他在那边说，好啊！挂电话后，明珠说，欠刘老师一个人情，今天恰好还上。

想不到搞烧烤的老板竟然就是跟我们一起租屋的"阿里巴巴"，他们夫妻刚盘下这家店面。夫妻俩看到我们，赶紧上了一壶茶水说，你们最近生意咋样？我笑笑说，外甥打灯笼——照舅。"阿里巴巴"半天才反应过来，笑了笑说，贵州人真幽默！

明珠问，喝白酒还是啤酒？我说，啤酒。烧烤味道不错，除了羊肉串，还有本地的细叶韭菜、豇豆和小白菜。素菜五毛钱一串，荤菜一块钱一串，鸡腿单卖，五块钱一个。这顿烧烤，我们吃得很痛快。已经吃掉二十串素菜、二十串荤菜、两扎啤酒。到十二点多，明珠喝多了，还喊上菜。我们都说已经很饱了，不能再吃了。"阿里巴巴"说，免费送你们一盘酸萝卜吧，解酒的。我用竹签挑起一片酸萝卜时，恰好看见刘老师默默地望着明珠。我说想上卫生间，回来后故意跟明珠换了个位置，刘老师的目光还是执着地追随明珠。后来，我又故意把筷子掉在地上，叫明珠去消毒柜帮我要一双筷子来，我发现刘老师的目光依旧跟着明珠不停地游移。刘老师好像把自己当成了向日葵，把明珠当成了太阳，目光一直绕着明珠的身影转。

吃完宵夜后，已经是凌晨一点，刘老师坚持要送我和明珠回住处。我故意说要去超市买女生用品，叫他们走在前面，我远远地跟在后面。那天晚上没有月亮也没有星星，天黑压压的，只能靠街道两边窗户透出的微弱灯光看清脚下的路。道路两边有许多沙堆和废弃的旧房架，这些都是新城镇规划后，有关部门要求街道两边所有的木屋全部换成砖房，在规定时间内没有动工而强制性拆掉的旧房架。明珠走得磕磕绊绊。他们离我不远，只要明珠一个趔趄，刘老师就赶快做出搀扶的样子，但明珠总是巧妙地避开了。

七

自从上次回熬村跟李一鹏相亲后，明珠好像变了一个人。她一口气买了两条连衣裙，两对高跟鞋，一部手机，还把一头瀑布式的齐腰直发烫成了溜肩大波浪。乍一看，一点也找不到往日的村姑形象了。明珠的皮肤细嫩，眼睫毛细长，脸上涂抹一层粉饰后，仿佛一挤就会挤出一杯水来。朱嫂说，以前没注意看，现在你表姐略加打扮，跟明星一样好看。事实上，明珠的脸蛋比很多明星都长得好看，身材也比明星妖娆，该凸出的地方一点也不含糊。

李一鹏每到周五就给她打电话，说周末要到榕城来看她。开始她还推说周末没空，到后来看见李一鹏的电话索性就挂掉了。

不想接电话索性拉黑他，我说。

他有用不完的话费就让他打吧。

他知道你没补偿款还来找你？

他说有没有补偿款都没关系，只要我帮他带儿子就行，他会把工资交给我管理。

那不挺好嘛，坐着享清福呗。

他是想找一个免费保姆，吃人家米饭，被人家使唤，女人得靠自己的肩膀骨硬！

也不知道她从哪里学到这些话，她说得铿锵有力，好像在做演讲一样。

我点点头表示赞同，又问她，你到底想找一个什么样的男人？

我想明白了，要找就找一个在榕城有户口有工作的，能让同济在榕城上学的。听她这么一说，我一下子惊呆了。以她的外貌和才干，找一个有榕城户口的倒是容易，至于在榕城有工作的，那就难了。谁都知道，有工作的，必定是有文化的，而明珠小学都没毕业。但明珠的语气很坚决，貌似有了目标人物一样。

不久后，明珠就提出要单干，她还说了，房租跟我平摊，不会在农贸市场附近跟我抢生意。我能说什么，她已经跟了我三年，从哪里进货，该怎么躲避城管，哪些是文化部门的面孔，她已经熟门熟路，也该放手让她拼搏一下了。

明珠摆摊的地点选在新城区，她卖的货物比我多，什么南孚电池、充电小电筒、播放机，甚至连牙膏、牙刷、洗脸帕都卖。我说她不是经营碟片，而是经营小百货。她笑笑说，我一不偷二不抢，愿者上钩不愿者下流。以前晚饭她从来不吃炒粉的，现在吃一碗卷粉也能过日子了；过去我们到十点前准时睡觉，现在她总是刻录碟片到半夜。

有一天下午，明珠打电话给我，问我晚饭想吃什么？我说吃一碗炒粉算了。她说，今天不用吃炒粉，请你吃羊瘪。难得明珠请客，自从她开始单干以后，没人做饭，我吃了两个月炒粉，肚子早生锈了。我们走到半路，碰巧遇见刘老师放学。刘老师满脸的喜气，我问他，买彩票中奖了？刘老师对明珠抛了一个媚眼说，中了个小奖，正想打电话叫你出来吃羊瘪呢。我说，我们正想去，要不然一起？刘老师精神大振，连连说，好好好，你们请客，我买单！刘老师坐下后问我们喜欢吃汤瘪还是炒瘪？我说喜欢吃炒瘪。他大喊一声，老板，三斤炒瘪！老板拿着茶壶应声就到，麻利地放好三个杯子，倒上茶水。不一会儿炒瘪就端上桌子，一阵阵羊瘪香味呛得我直流口水。刘老师指着锅子里面热气腾腾的羊瘪说，这是正宗的栽荡黑山羊，全是放养在山上的，放心吃。羊瘪味道真是过瘾，是那些大酒店的鸡鸭鱼肉无法比拟的。用一次性杯子倒啤酒太麻烦，刘老师建议大家用嘴对着罐子喝。

羊瘪馆的生意相当好，除了我们一部分榕城人，还有很多外来游客，他们都操一口普通话，我也分不清是哪个省的。羊瘪要几斤，随便点，羊肉早切好等在那里，只管过称下锅，一斤四十五元，小菜和米饭随便吃，不再算钱。

第二天我们起得很晚，到卫生间洗脸时，才看到我俩的双眼皮早肿成泡泡眼。明珠说，昨天我们到底喝了多少？我说，你真记不得了？她回忆半天说，开始喝了三罐头脑还清楚，后来拿起来就喝，不知道到底喝了多少。我们两个头晕乎乎的，打算休息一天。明珠建议到农贸市场吃凉拌腌生。腌萝卜，腌海带，腌粉丝，外加一个皮蛋。我们像榕城市民一样慢悠悠地吃，看着来来往往的行人，竟误把自己当成榕城人，莫名地感动了。吃饱喝足，明珠还要喝一碗冰凉粉，我只好陪她一起。坐下来后，她突然问我，兰香，如果有一个男人疯狂地追求你，你会拒绝吗？

有人追求你了？问完我又漫不经心地说，谁呀？

刘老师。明珠说。

说老实话，明珠找到自己的幸福，我应该祝福她才对，但她喜欢的，偏偏又是我暗恋的刘老师，心里不由自主产生一股醋意。我说，你得想好，他一个知识分子，为什么要找你一个小学未毕业，而且是有过婚姻的女人？明珠说，兰香，你怎么有那么多为什么？我说，你见过的太阳比我多一千多个，得考虑好。行了兰香，你都深入了解几个了，到头来还不是一个没抓住？

以后的日子，明珠和刘老师来往密切，刘老师每天放学后还做饭送到明珠摆地摊的新城区。

八月十六那夜，月明星稀，我一个人在房间上网，明珠出去买减价月饼了。头天我说买几个月饼敬月亮公公吧，让他老人家保佑我们做生意发大财。但明珠说，八月十五的月饼三十夜的对联，太贵，第二天再买，价格就是天壤之别。对于她的精打细算，我佩服得五体投地。

我们租住一楼便于放货，就是到深秋了还有很多蚊子，这点不好。如果它吃饱了就睡还好，当你睡得迷迷糊糊时，又嗡嗡飞来叮你一口，烦人。所以在睡觉之前，我要用杀虫剂把它们消灭干净。我把窗户关了，电风扇关了，正在"哗哗"喷杀虫剂，刘老师和明珠一起回来了。刘老师是第一次到我们的住处，我们的乳罩和内裤还晾在门框上，我想去收，但已经来不及了。刘老师已经走到我们的床上坐下。

我说，不好意思，租的房子，像个狗窝。

刘老师说，没事，能坐就好。

明珠说，不坐了，我们去鼓楼听人家唱山歌去。

我说，半夜三更的，发什么神经？

刘老师说，就是半夜三更才好听呢。

出门时，朱嫂和朱哥也收摊回来了，朱嫂问，你们还去哪里潇洒？我说去鼓楼听山歌。朱嫂说，年轻人真有闲情！

刘老师骑摩托车带上我们俩，绕了大半个榕城才到鼓楼。今年的中秋节和国庆节相差两天，榕城为了招商引资，举办了一场大型现场对歌会。歌会现场不是很宽，限定人数，只有演员和有门票的人才能进鼓楼。刘老师说，他知道还有一个后门，但要翻越一道围墙才能进去。围墙不高，但我们都够不着墙头，爬不上去。刘老师说，我在后面托你们的屁股就能翻过去。刘老师托住我的屁股时，感觉那双手热乎乎的，好像有一股神奇的力量让我神志清醒起来。脑子里突然闪现刘老师深邃的眼眸，高高的鼻梁，弯弯的厚唇……我突然一脚踩空，尖叫一声，摔到里面去了。

八

十五的月亮十六圆，一点没错。鼓楼里虽然点起了篝火，还是比不上月亮的亮光。歌声越唱越嘹亮，对歌的男女依依不舍。刘老师紧紧地拽着明珠的手，时不时在耳边嘀嘀咕咕，明珠开始还有些不自然，到后来索性依偎在刘老师的肩膀上。我走神了，脚步也开始游离起来，我一个人到风雨桥上晃荡，后悔不应该来当电灯泡，应该坐在家里上网、看电视、斗地主。反正做什么都好，就是不应该跟他们一起来。风雨桥上空无一人，面对着桥下潺潺水波和草丛里蟋蟀的鸣叫，孤独之感莫名涌上心头，本来最喜欢听山歌，也没了兴致。

我离开风雨桥，绕过鼓楼，越走越快，直到听不到任何声音，才放慢脚步。我心里难受得要死，眼泪差不多要掉下来。我不是嫉妒心很强的女孩，而是突然的孤寂让我心里空落落的。跟我一起毕业的同学，一部分结婚生子，一部分外出打工，他们都找到了自己的归宿，而我却像一朵浮萍，在水上漂来漂去，始终找不到一个落脚点。我走出鼓楼，在公路边拦了一辆破败不堪的三轮车回了住处。那夜，明珠没有回来跟我住，我能理解，热恋中的人嘛。

第二天一大早，朱哥和朱嫂就搬家了。他们说买了商品房，已经装修好，过年回去就把两个孩子接到榕城上学。本来我打算叫明珠租下隔壁这间，刘老师和她谈恋爱也方便，但想想还是算了。朱哥和朱嫂每夜发出的呻吟已经让我彻夜难眠，再来一个刘老师和明珠，我想我会发疯的。

关于明珠以后租房一事很容易解决，但明珠没文化，还生过一个孩子，刘老师的父母会答应吗？最让我担心的事还是发生了，刘老师的父母确实不同意。反对的理由很简单，刘老师家三代单传，当初第一个媳妇就是生了一个女儿，婆婆百般刁难媳妇，媳妇在一次负气出走时遭遇了车祸。从此，婆婆希望儿子能找一个未婚女子，那样就可以再生一胎。明珠是农村人，又有一个孩子，婆婆接受不了。我也觉得他们没戏，但明珠和刘老师很坚决。刘老师说，好不容易遇到一个真心喜欢的人，不想再错过了。明珠说，只要你真心对我好，我就把同济父亲的补偿款拿来付一套房子的首付。直到现在，我才知道明珠其实还是有补偿款的，只是还没遇到那个真正想托付终身的男人。

刘老师拿的是固定工资，除了吃喝拉撒，没积攒多余的钱买房，一直住在父母的老房子。为了向父母表示一心一意非明珠不娶，这次执意要搬出来租房住。他们在学校附近租了一套房。明珠的行李不多，主要是货物有点乱。明珠的东西都搬走以后，房间是空出来了，我的心也变成了空旷的田野。几年来，明珠一直陪着我，现在明珠走了，隔壁朱嫂也搬走了，以后每天收摊回家，一个说话的人都没有，我又是一个话痨，没有明珠做伴，我想我会憋死的。

我把他们送到门口时，明珠说，兰香，有空来我们家坐坐。是啊，家！多么温暖的地方，明珠即将有一个家了，而且是在榕城。真心祝福明珠永远幸福下去！

收摊后，我偶尔也去他们家玩，说得更确切一点，是去蹭饭。明珠说，刘老师手艺不错，什么红烧排骨，什么糖醋鲤鱼，什么牛瘪、羊瘪、鱼生都不在话下。确实，每次去她家吃饭都吃得我撑到走不动路为止。从此我在心里又多了一个找男朋友的条件：以后找男朋友，一定要找个会做菜的。

刘老师的母亲到明珠摆摊的地方砸过几次摊子，有一次还想脱下明珠的裤子，她说要看看明珠的下身到底长成什么样，是不是有什么麝香，让他的儿子如此神魂颠倒。但明珠态度好，既不还嘴，也不争辩，用手死死护住下身，等婆婆骂够了，她又继续做起生意来。

明珠已经把所有的积蓄交给刘老师，叫刘老师负责看房子。明珠在拿钱给刘老师之前，问我交钱给刘老师靠得住不？我说，既然爱他就要信任他。明珠就把钱全部交给刘老师管理。私下里，明珠跟我说，把钱交给刘老师付房子首付后，他母亲好像也不怎么反对了，看来有钱能使鬼推磨。我说，你好的不会讲，这些歪歪道理一大堆。

不知道是明珠的钱起了作用，还是刘老师的母亲脑子突然开窍，有一天，竟然叫明珠打电话喊我一起去他们家老房子吃饭。

吃完晚饭回到半路上时，明珠说，我一定要多多挣钱，让他们对我刮目相看！

我说，钱不是万能的，想赚钱也要讲究方式方法，不能乱来。

自从到刘老师家老房子吃饭后，明珠就很少打电话给我。我也忙于做生意，顾不上她。有一天刘老师路过我摊位前，他说明珠开始跑起了乡场，几天才回家一趟。好几次我打电话给明珠，她不是在赶乡场就是在赶乡场的路上。我只好打电话跟刘老师说，钱是赚不完的，身体是革命的本钱，叫明珠爱惜点身体。刘老师说，讲不听，其实在榕城摆地摊也够还房贷了，但她就是钻进了钱眼。明珠跟我渐渐疏远，后来几乎失去了联系。

有一天，明珠突然给我打电话，叫我去她的新房吃饭。我一进她家就傻眼了：明珠的儿子和刘老师的女儿在客厅看电视；地上铺的是圣象地板，卧室全是宫廷式大床，每个房间都有悬挂式空调……我故作惊讶地说，这是哪个大款家？明珠说，别取笑我了，想吃什么茶几上都有，先跟两个孩子看会电视，饭一会儿就好。刘老师正埋头在书房安装网购来的书架，他扭过头来说，好长时间没在一起吃饭了，过来给我们家烧一下锅底。

两个孩子看《喜羊羊和灰太狼》相当入神，根本没工夫理会我，我就到厨房帮明珠洗菜。我悄悄问明珠，装修是你出的钱还是刘老师出的？明珠说，做生意赚来的。我又问，你怎么赚到那么多钱？改行卖军火了？明珠笑笑说，除了军火和毒品，你再猜猜！

我不想猜，也猜不到。关于做生意这方面，我不得不承认，还是明珠脑子好用。

九

好。这是一个完美的字，有女有子。在当今严格规定，夫妻一方是公职人员只能生育一个孩子的情况下，他们同时有了女儿，又有了儿子，双方都有经济收入，而且相互喜欢。对于明珠来说，还求什么？还能要什么？在他们举行结婚喜宴那天，我没有做买卖，而是直接去酒店喝喜酒。

榕城这几年变化很大，回头三五天看不出来，如果回想到十年前，你就会感叹，榕城变化实在太大了。我刚到榕城读书那会，新开发区还没有修建起来，这一片全是田野和荒坡。当地老百姓说，夜间路过这里，鬼都能打死人。才几年间，一幢幢电梯房拔地而起，像春雷过后长出的竹笋，高高耸立在天际。横七竖八的马路，马路两旁全是店面。一个十几万人口的县城，光承办大型宴席的酒楼都有十几家。要是在以前，办一场酒，非得劳师动众，把所有亲戚朋友发动起来帮忙搞采买什么的。而现在不用了，只要给钱，所有事务酒店全包，亲戚朋友吃饭抹干净嘴就可以走人。

虽然是二婚，但刘老师家是榕城老住户，亲戚朋友多。刘老师一再说不想办酒了，但他母亲坚持要办酒，母亲的意思大家都心知肚明，平时他们家送出去很多份子钱，也想借这个机会捞点回来。

我到酒店时，刘老师已经先到了，正在迎接客人。我问明珠怎么还不到？刘老师说，一起出门的，在半路有人打电话要货，她又回去发货了。

明珠还没到，我又不认识其他客人，就站在酒店的窗户边看外面的广告牌：购买山水新榕城，坐拥城市繁华，闹中仍可求静；绝版水岸名邸，山水新榕城；超大绿化面积，满眼绿意春浓，唯有山水新榕城；浓厚的人文学术氛围，只有新山水榕城……因为房开商炒得厉害，榕城所有的房价一天一个样。不管怎样，明珠已经如愿以偿地在榕城有住房，下个学期吴同济就可以名正言顺成为榕城一小的学生。而我在榕城待了整整十二年，连一个卫生间都还没买到。想起这些，我的心里突然莫名酸楚起来。

酒店的人很多，个别喜气洋洋的，但大部分都是愁眉紧锁。喜气洋洋的当然是刘老师的家人，愁眉紧锁的，就是那些吃酒的客人。菜还没上桌，有个吃酒的人跟旁边的人说，国家应该要下发一个红头文件，对于结二婚的人，一律不准办酒请客才行。另一个说，是啊，现在办酒请客成了变相的敛财手段，一个月的工资一半随了礼……我就不明白了，榕城人是怎么想的，想送就送，不想送就别来嘛，难道有人牵着你鼻子来？不管愿不愿意，但他们还是来了。

刘老师忙进忙出地迎接宾客，看得出来，他非常激动。当然了，婚姻大事，虽然是第二次了，但也是找到了真爱。之前听明珠说，刘老师还准备了婚礼致辞，打算在婚礼上当着亲戚的面正式向明珠求婚。我跟明珠一样激动地盼着那幸福时刻的到来。看看时间，已经快到开席时间了，可是明珠还没来。我悄悄走到卫生间打电话问明珠是怎么回事，还有什么事比结婚更重要？明珠悄声说，快了。

饭菜已经上桌，明珠还是没有来，刘老师的家人也开始着急了，到门口望了几次又回来催促刘老师打电话。刘老师打电话，通了，但没人接听。我接着打，打了五次，通了，那边很吵，明珠说，兰香，兰香，别让同济来新屋。刘老师焦急地望着我，问我是怎么回事？我赶紧把手机递给刘老师。等刘老师接过去，电话又挂断了，再打，就是忙音。我们都感觉事情不妙，刘老师的手突然抖起来了，他说，这几天眼皮老跳，一定是出事了。我说，要不然报警？刘老师说，报，报，报警！

新家？那么就是滨江一号。刘老师顾不上跟亲友们解释，叫上我跑出酒店，我一边拨打110一边拦了一辆的士车。我和刘老师赶到新房，眼前的一幕把我们吓傻了：大门开着，里面的家用电器被洗劫一空，连茶几都被人抬走了。明珠躺在门边不能动弹，脑门上全是血，身旁是那块"鲤鱼跃龙门"的十字牌匾，玻璃已经碎了，几条绣好的鲤鱼布料在鲜血的浸润下显得更加鲜艳夺目。明珠的气息微弱，两眼充满无限恐惧和绝望，后脑勺全是血，脖子和衣服上也全是血，鞋子只剩下一只套在脚上。刘老师大惊失色，一个箭步冲上前，抱起明珠朝楼下跑。

就在医生告诉我们明珠很可能成为植物人时，警察也赶到了医院。警察从明珠的手机里调出最新联系电话，很快就找到了凶手。原来，明珠跑乡场时认识了二十几个同样做小买卖的商贩。他们每次进货都需要一大笔本钱，到银行贷款又没有抵押，自然贷不了款，明珠就想出一个筹钱的办法，即二十个人组成一个团体，按照抓阄的方式决定先筹钱给谁。比如张三这一个礼拜排在第一，那么剩下的十九人就把钱全部筹给张三，下一个礼拜轮到李四，张三连同其他的人就把同样的钱筹给李四。这样筹集几轮下来，确实缓解了大家资金周转困难，大家都佩服明珠有办法，做什么投资也信任她。就在上半年，一个信贷公司的业务员找到明珠，叫她入股，说现在生意不好做，拿钱投到信贷公司有三分利息回报。明珠想了想，三分利息，一万块钱，一个月就三百块钱，比做买卖强多了。她还被业务员带到信贷公司参观了一次，业务员说，我们公司营业执照样样齐全，资金雄厚，投资绝对没有问题。明珠第二天就火急火燎拿出三万块钱交到信贷公司财务室，财务经理马上返还明珠一个季度两千七百块现金。拿到利息的明珠迅速把这个消息告诉身边的朋友，朋友们想都没想就要跟明珠一起投资。明珠找到那个业务员，业务员说，这种高利息只是给熟人朋友，其他人只能是一分，要不然这样吧，叫朋友们把钱交给你，以你一个人的名义投资。为了让大家都赚到钱，明珠就召集朋友们筹钱，半个月时间就筹集到八十万，好多朋友是到银行贷款来投资的。财务经理为了奖励明珠，不但当场发展她为股东，第二天还奖励她五万块钱，就是当初装修房子的钱。得到奖励那天，明珠就打电话叫我投资，但没说她得奖励一事。我在电话里说了她半天，说这样的利息是不受法律保护的，千万不能贪图便宜啊。明珠在电话那头停顿了很久就把电话挂了，没说投资也没说不投资，没想到她早已经陷进去了。

就在明珠即将结婚那几天，信贷公司老板突然卷钱跑路，明珠的朋友们把责任全推给明珠，说要不是明珠游说，她们也不会把钱交给信贷公司。明珠说，她也想不到信贷公司是私人办的，以为像国营银行一样有保障。

结婚那天，本来大家只想讨回一个说法，并不想把她往死里打。麻烦就出在明珠出现在大家面前后，一再跟大家讲好话，说有话好商量，到家里去喝杯茶慢慢谈，不要去婚礼现场让她在刘老师家人面前丢面子。他们一进明珠家，看到那么气派的装修，火气一下子就上来了。其中一个说，这么豪华的装修，一定是拿我们的钱弄的，我要这台液晶电视抵债！另一个说，我要这台电脑抵债！剩下的人全乱了阵脚，开始疯抢起来。明珠一下子慌了，她不断阻止人们搬东西下楼，有一个人什么都没捞到，看墙上挂着一幅金光闪闪的鲤鱼跃龙门的十字绣牌匾，就随手拆了下来。明珠跑上去跟他争抢，两人在扭打时，牌匾从手中滑落，直接落在明珠的头上，她脚一软，眼睛一黑，鲜血立刻喷涌而出。一看见那么多血，大家拿起东西立刻闪人，前后不到十分钟。

明珠要动开颅手术，医生说要等家属签字了才能开刀。刘老师在家属一栏签字画押，明珠被推进手术室后，我才想起应该叫姑妈来榕城一趟。我拨打父亲的电话，叫他转告姑妈，父亲沉吟了很久才说，你姑妈这几天病得很严重，只怕她知道这个消息后，把自己先弄没了。那天晚上我和刘老师在手术室外站了一夜，天亮时，手术还没结束，我倒在过道的椅子上迷迷糊糊睡着了。睡梦中，明珠的一眸一笑出现在眼前：圆圆的脸蛋，深深的酒窝，长长的秀发，正款款向我走来，突然间，她的眼睛、鼻子、嘴巴全是血，还朝我吐了一口……我尖叫一声醒过来，睁开双眼，手术室大门还关着。我想，无论如何，等明珠醒过来，我就回熬村一趟，亲口告诉姑妈，我没有照顾好明珠，请求她的原谅。正想站起来喘一口气，身旁的电梯门忽然打开了，我姑妈和父亲站在电梯里，干干的，像两棵干枯的树枝矗立在眼前。

（原载《民族文学》2017年第11期）

句芒云路（龙凤碧）

手　语

人间的诗歌已诵尽
世上的辞话已唱完
我大巫熄灭三堆蜂蜡青烟
我大觋覆盖三锅蜡火雾霭

——苗族巫辞译文

多肉植物与祭师的手势

那天，你平生第一次见到了这么多古怪的花钵。

那天之后，你所见到的、听到的事都与你的生活风马牛不相及，遥远得像公元前发生的事情，中间还横亘着无数块磨砂玻璃，以至你后来回想总觉得它们压根没发生过，你只是在梦里自编自导了一部 3 D电影。

电影的开头是你搭乘一辆车窗全封闭式的白色大巴，风尘仆仆地抵达云贵高原的一座小县城。天色阴柔，雷声像位老人躬身隐于散乱的灰色云朵后面，不时闷闷地咳嗽两声。你刚一走出车站，就有四五个中年男女迅速围攻上来，满脸堆笑问你要不要住宿，要不要吃饭，要不要转车，热情过度的揽客方式让你十分不自在，你一律摆手表示拒绝，埋头走进了拥堵的城市深处。

七弯七拐的街道只有四个车道，左右两边被密密匝匝的车辆占据着，实际供行驶的

201

仅剩两个车道。走几步就是一个十字路口，四面八方全是丛生的门面和商品房，面容和其他城镇所见如出一辙。你以不无失望的心情咽下一碗当地的肉末臊子锅巴粉，然后按前些天闺蜜老麻口授的路线边走边问。

终于，你在路人手指处用目光揪出一家门头装修颇有民族风的小店子，与面目灰蒙的城市一河之隔，有意无意地营造着"所谓伊人，在水一方"的观感。"他们要我用手说出所有的情绪，我的双手举在空中却不能言语……"你穿过车水马龙走到店门时，耳朵稳稳地接住了这句歌词。毫无征兆地，你的心脏疼挛了一下。仰头一看，檀色木质招牌上手工雕琢着两个字：手语。"手"字的构思和雕工极见功夫，一撇两横一竖勾的简单汉字，脱胎换骨成一只若有所语的手掌，简约而诡异。

天空突然下起蒙蒙细雨，你这才想起自己又习惯性忘记带伞。顶着细雨，隔着玻璃窗，你打量着店里高低有序的一排排镂空花架。歌声飘在雨里，像牛奶融于咖啡，无形中让你对这家有"手语"控的店子又多生出几分好感。

店门吱呀一声向内打开，露出一袭藏青色棉麻布裙的身影，一张清水洗尘的圆脸。"进来吧，雨越下越大了。"女孩其实并没有说话，是脸上的笑容在进行传达，她迎请你进店的一系列肢体动作，让你有种莫名的亲切感。

你想说"我就随便看看，你忙你的……"，下一秒，你在白色橡木花架上找到了这些天来令你茶不思饭不想的实物——说来都怪你的闺蜜老麻喜欢卖关子，为了把你这个宅女引诱出门，硬不肯给你看她相机里的照片，说好陪你来这让你亲眼见为实，半路接了个电话，竟就撂下你跑了。

在这个布置得清幽雅致的小店里，靠左边墙体的一片区域，各种肉嘟嘟的青翠植物下面，一律的纯木花钵，而凸显出来的、环抱着花钵的两只手，看上去竟全是手工雕琢！勾、旋、翻、握、屈、拧、伸……运用这些动作组合做出的各种手势，粗粗一看竟有好几十种！你考古似的一钵一钵端起细瞧，再一次被它们深深地迷住。事实上，当日听老麻绘声绘色地说起它们后，你接连好几天睡不安稳。漆黑的深夜里，比划着各种古怪手势的两只手清晰无比地悬浮在你身体上方，在它们背后，是一个个隐匿的肉身，它们像被什么东西给缚住了，无法言语，只好用凝滞的手势向你申诉。夜色太深，不管怎么睁大眼睛，你都看不清它们。当你起身抬头问，"老板你好，花钵上面的这些手势都是什么意思？"女孩指了指自己的嘴巴，摆了摆手，然后微笑着递给你一张黛青色的名片。正面是一些联系方式，背面是一行娟秀的行楷：

"每一种手势都有一个秘密。每一钵多肉都是一个精灵。"

你这下才反应过来："哦，你……"

女孩微微一笑，点了点头。

女孩打着手语请你在藤椅上坐下，模样优雅地为你倒了杯苦荞茶，你看不懂她的手语，但感觉她应该会用某种方式为你解惑。

"朋友您好。您是来到我们店里的第一千二百零七位客人。"女孩在一张设计别致的深蓝色纸笺上填写好一个数字，然后将这段文字呈交给了你。这段文字老麻曾给你描述过，但她没有告诉你，这里的老板是个哑女。

干干净净的藤椅茶几上，放着一钵乖萌的多肉植物。你端详了一会儿说："这花钵的手势应该是佛门里的拈花一笑吧，和那边花架上的是一个系列吗？"

女孩点了点头，然后又摇了摇头，看你被弄糊涂了，便又微笑着在纸笺上写下一行字，然后从茶几板上推移到你手边：

"左边那排花钵的手势，全部是我们这一带祭师的手诀。具体意思我们不懂，不敢乱解释。"

女孩起身给你的水杯续水。你问，可以拍照吗？女孩打出一个"OK"的手势。"别放下！"你笑着把手机镜头对准眼前明眸善睐的女孩说，你们店里所有的手势中，我看得懂的，也就只有这个手势了。

你注意到，这时店里的背景音乐切换成了周杰伦的《手语》："看着你我开不了口，就是纯用手语也找不到字句来形容，你的美，太过梦幻，太过迷人……"

圆脸女孩在你的镜头里，恬静得像一钵世界上最美丽的多肉植物。

云朵掉落的村庄

第二天闹钟没闹你就醒了，事实上你一晚上都没法入睡。你原本就认床，加上隔壁不知什么机器发出的声音，还有酒店外面来往穿梭的各种车辆发动机的噪声，更让你濒临崩溃。后来你干脆把房间的单人沙发调个背坐下，拉开窗帘，把自己交给阑珊灯火。坐着坐着你又有了一种步入梦境的感觉，雕刻着各种古怪手势的花钵被一双双看不见的手挨个移放到灯火之上，如同你昨天在街道两边看到的密密匝匝的车辆，在你行走的方向一钵接一钵无穷无尽地延伸。也许是陌生城市的黑激发了你的第三只眼睛，你突然意识到白天在"手语"店里漏过了一个重要细节：相挨着镌刻在花钵边的两只手，不是来自同一个身体！一只线条较粗、硬、筋骨突出，应该是只男人的手，而另一只相对柔软、匀称，分明属于一个女人！

简单洗漱好你又拎起行李赶赴昨天那座太过热情的车站。勾引你来探寻"手语"秘密，却临阵脱逃的家伙告诉你，唐求福祭师家在县城西部的云落村，没有直达车，得赶早搭乘跑乡镇的中巴车，到乡里后再转一次，时间接得上趟的话一天之内能够到达。到达云落村前要翻过一座大山，当地人管它叫"坳扑西"，由尘土垒起的一座山的意思。祝你满载而归，小心蛇虫和巫婆哦！那家伙，总是狗嘴里吐不出象牙。

203

　　都说云贵高原一带雾深瘴重、波诡云谲，这回你算真正领教了。从县城的水泥路，到乡镇的毛坯路，云里雾里的大半天车程，把你颠簸得晕头转向、脚瘫手软，师傅一上车就发了个黑色塑料袋给大家，说想吐就吐在口袋里。你怕一吐更没法收拾，硬生生地憋着。村长老吴在村头接到你时，已是下午六点多钟。你扒拉了几口饭，倒头就睡，第二天在村委会办公室醒来，脑袋和肠胃仍没能从颠簸状态中切换过来，好在屋前屋后簇拥着的野樱花、油菜花，笑脸暖人，给出不少慰藉。

　　你来得不巧，答应见你的唐求福师傅临时被人接去城里参加节目彩排，说是农历四月初八那天县里搞节庆活动，要和另外四十八个祭师一起表演"绺巾舞"，估计昨天下午就在某段山路上与你擦肩而过。呆立在求福师傅家门口，一只皮毛黝黑的老土狗夹着尾巴朝你狂吠，瓦解了你想一窥祭师家庭的小图谋。你暗叫再次被老麻忽悠，在心头臭老麻、死老麻地凌迟了千万遍。路途遥远，不可能再坐车返回，即使去了唐师傅也不一定抽得出时间。既来之，则安之，接下来的几天，你没事便在云落村里转悠，逮到人就厚着脸皮搭讪，觉得有意思的就用手机悄悄录下来。

　　心平气和后，你发现云落村比想象中的要漂亮很多，倚山而驻，也面山而居，以木房居多，边上零星嵌了些新修的砖房，鳞次栉比的吊脚楼谈不上气势磅礴，却别有一种恬然闲适的气息。你居住的村委会大楼与云落村相向而建，倚靠在另一座相挨着的山坡上。于是，坐在天楼上与整个云落村对视，成为你每天早起必做的一件事，特别是有云朵在黛青色的瓦檐上栖落或经过时，整个云落村出脱得像一幅绢质的中国画。只是这样的中国画显然经不得细看，它和世界上很多正在老去的村庄一样，仅剩些老弱病残留守着，少了生机。

　　一开始老吴没事还陪你到处串门，后来感觉他滑溜溜的腔调一起来，大家反倒不爱接嘴，就再不要他作陪。反正没什么正事，你走走停停，不时用手机拍下一些静物：比如一座"病歪歪"的老木房，一面长时间无人问津的镜子，一张晾晒得满身尘土的涤纶脸帕，一根被虫子蛀得到处是窟窿的杉木柱，还有空荡荡的床、堂屋、厨房、猪圈、牛圈……它们都被主人生生遗弃，无处申冤，也只好一天天荒凉破败下去，厚厚的尘土，纷乱的蛛丝，像日夜堆积的眼泪的残骸。这些年，不时在网络上看到一些关于荒村老屋的图文，眼前的景象只是坐实报道而已，让你意外和震撼的是簇拥在房屋周围的各种花木，以一种自我赋予的使命感合力抵挡着丛生的荒草，这里一堆，那里一蓬，开得蓬勃盎然、自由自在。

　　下午四点过钟的时候，你在一座长满青苔的水井边遇到一个洗野葱的老人。这几天来，你遇见的基本上是老人。你自然没有放过她，想着办法和她套近乎："阿婆，忙不？"

　　"忙哦，天上星星打架都没时间看哩。"

　　"您老人家应该享清福了，让年轻人忙去。你们村子的名字蛮好听，有什么来由吗？"

"听说和古时候我们村子里走出去的一个英雄有关，具体缘由我说不全，以前我娘家寨子的如河师傅记性好，可以摆个三天三夜。可惜，他早已不在人世，墓里头恐怕连骨头灰灰都没有了。"

老人看上去六十来岁，圆领蓝底碎花上衣，黑色布裤，脸上没有村里其他老人那种一个模子刻出来的悲戚，额头的皱纹线条细柔，像水面上的涟漪，路过的风一旦走远，它们便会顺滑静美下来。老人笑起就是一脸菊花纹，同时露出两排稀稀落落的牙。老人的开朗和絮叨让你不无欣慰，看来你这个外乡人并没有给她老人家多少陌生感，或者她也正需要一个说话的伴。

你不时把话题往祭师上引，但老人的讲述和村里其他人没有太多不同。看来祭师确实是一种高深的职业或学问，外行人只能看热闹。你有些抓狂，而老人却总爱把话岔到别处，问你城里到底有什么好，城里人为什么结婚快离婚也快等等之类的，你好几次想结束谈话然后溜之大吉，想想还是抑住了。多年的采风经验告诉你，有意思的东西往往是在不经意间冒出来的，所以还是耐着性子守在老人身边，顺着老人的话题聊，并帮老人洗野葱和青菜。发育良好的青菜像一把把芭蕉扇，没一会就洗好了，而细如发线的野葱毫无章法地散在石板上，要将它们排兵布阵似的一根根处理妥当，真不是件容易的事情。老人说准备煮社饭吃，野葱再麻烦也得备齐。

起身要分别时，老人用当地的土话对你说了句什么，你一脸茫然的样子又把老人给逗笑了，"嘿，老毛病了，总是不习惯讲你们城里人的话……听说你想问唐师傅一些手诀的事？"

"是啊，可惜来晚一步，说是要后天才回来。"

"他们祭师的手诀神秘兮兮的，难怪你们城里人好奇。不过唐师傅肯不肯和你细说，有点悬……你说你一个姑娘家，大老远跑过来，也不怕万一出个什么事……唉，要问赶紧问吧，现在我们这边做祭师的，老的老，死的死，香火都冷了……"

老人把满满一撮箕的青菜、野葱夹在腰间，邀请你去家里吃晚饭，你原想拒绝的，听到老人家提起一件事后瞬间改变了主意。老人说，她小时候看到吴如河师傅做过一个手势，动作倒是非常简单，但表情非常古怪，这么多年她一直没弄明白是什么意思。那个如河师傅，是她儿时伙伴黛玛的父亲，跟我在等的求福师傅是同门师兄弟。

"歪雁蒙"

老人的屋子立在寨子中间，也是一大把年纪，板壁斜歪得厉害，如果不是得后边的房子撑腰，恐怕早已无法苟延残喘。院坝里有一大蓬浅紫色的花开得新鲜热闹，无数小花朵组装成一个大花盘子，色泽明暖动人。你忍不住凑上前细看，没提防被一股怪味袭击到，噎在喉咙咽不下去吐不出来。老人家把撮箕放在石磨上，起身看到你一脸中毒的样子，又像初见时笑开了豁牙的嘴，"臭牡丹！在城里没见过吧？"

你笑着说城里没见过臭牡丹，牡丹倒是有，一个个娇气得很，劲头完全不能和云落村的花花草草比。老人走到臭牡丹前，伸出手摸了摸花的叶，目光里的慈爱犹如手掌心下是个孩子的小脑袋："记得以前如河师傅说过，世上的很多东西都是这样，晓得的是宝，不晓得的是草。他认得的草药多，医术也好，有些人前脚已踏到鬼门关，他一两碗草药汤灌下去，硬把人家从阎王手头夺了回来，还有一年全寨子的孩子得急性肝炎，也是亏得他爬坡上坎扯药才躲过。"

"什么药能治急性肝炎？"

"现在哪还记得？只记得其中有种叫刘寄奴，开小白花，全部开的时候像一串串小星星。我家屋背后生得有。"

世上真是无奇不有，居然有种草药取了个人名儿。你想着这次出行又多了一个收获。

"云落村的花草虽然多，但和我娘家那边还是没法比，以前三四月份的时候，整个蔻罢村开成个大花园，香气熏得死人，"老人说，"原先也没那么多，是黛玛母亲嫁来后，没事就邀上一帮人，上坡下坎去挖回家来种，在她的带领下，大家都把自家院坝收拾得漂漂亮亮的……这个臭牡丹是黛玛母亲最喜欢的，臭是臭了点，但是能解毒。我嫁过来后，也学她种了一大篷。闻久了，居然觉得是香的。黛玛他们一家对谁都好，特别是黛玛母亲，走路碰到只蚂蚁都要绕开。唉，世道总是这样，好人命不长……"

老人言归正传回忆如河师傅和他的手势时，依然没有停下手里的活路：择蒿菜、洗腊肉、剥花生……老人家说过两天寨子里有人要去城里，想抓紧把社饭煮出来，托他们带给她的儿子、媳妇和孙子孙女们。老人讲话方言很重，不时还夹杂一些你听不懂的土话，使你在倾听时不得不老是打断她，请她稍作解释然后继续。

那时候，我好像有七八岁了吧，特别喜欢去如河师傅家找黛玛玩，我父亲死得早，我母亲有羊癫疯，村子里就只有黛玛他们一家不嫌弃我。那天我正和黛玛在土墙根下玩"过家家"，突然看到斜对面的臭牡丹丛中有两个人站着一动不动，我们悄悄走到近旁，原来是黛玛母亲正在用块方木板给如河师傅雕画像。如河师傅人高马大，浓眉大眼，穿着他那件做法事时才穿的大红绣花袍子，但没戴冠札，看上去花里胡哨、不男不女的，差点把我给逗乐了。如河师傅对黛玛母亲笑着说，你看，我现在也成了朵臭牡丹，遭人嫌弃了……一会儿又说，万一哪天我两眼一闭死了，得辛苦你一个人盘养黛玛。黛玛猛地站起身来，差点跑上前去，被我死死拖住，喊她再躲起听听。

好端端地怎么说这种话啊！黛玛母亲说着，手中的雕刻刀掉到地上，一把抱住了如河师傅。黛玛母亲个子娇小，瑟缩在如河师傅的大红袍子里，只剩下一头乌黑亮滑的长发，像一截遭人掐断的河面。如河师傅的手像只大木梭子，笨拙地却又是非常轻柔地，一遍又一遍地穿过它们。我和黛玛不知道出了什么事，缩在墙根下又紧张又害怕。

如河师傅再次把黛玛母亲按到画架前，把雕刻刀捡起塞进她手里。那把雕刻刀手柄粗长，刀尖亮晃晃的，样子非常恶狠。如河师傅说，来，我重新给你摆个样子，你把它刻下来，以后想我了，就看看。我清楚地记得，如河师傅慢慢地抬起右手，五个手指紧紧地并靠在一起，把右半边脸严严实实地给蒙住了。黛玛母亲问，你这个样子是什么意思？一个手诀。如河师傅说。什么意思的手诀？黛玛母亲又问，如河师傅笑得像个在玩捉迷藏的孩子，说，你自己猜。

那天，黛玛母亲把如河师傅的样子在木板雕刻出大致轮廓，告诉如河师傅可以把手放下来的时候，如河师傅没有。老人说到这里时，停止了手上的活路，嘴唇微微开阖着，眼睛里流露出一层梦幻而甜蜜的光泽："如河师傅依旧把半边脸蒙住，调皮地对黛玛母亲大声说：歪雁蒙……"

"歪雁蒙？调皮？"你问。

"歪就是我，蒙就是你，歪雁蒙就是我爱你的意思……当时我和黛玛看得脸都红了。我们农村人的心事一般都像红苕埋在地下，只有歌师例外，他们可以把它编到歌词里面，活灵活现地唱出来，黛玛父母亲的恩爱，我活到现在也只见过那么一对。"

"那个手诀怎么做的？"你说着也伸出右手，在自己的脸上比画起来。

"手臂提起来一点，手指全部伸直、并拢，往鼻子中间移点，再移一点，恰好一边一半的位置。对！就是这样，整整齐齐地遮住半边脸……样子像了，但表情不对……如河师傅那天笑得特别怪，我从没看到有人像他那样笑过……"

"怎么个笑法？"

"不是一般的笑法，没办法描述……整个人的样子，像个菩萨，又像个阎王……"

"这个手诀确实奇怪，感觉他们说的话、做的事也都怪怪的。"你放下手，顺便悄悄检查了一下手机有没有在正常录音。

"做祭师的人都会好多手诀，一般人学不来，也不可能晓得里面的意思。不过肯定是有想法的，不然干吗要喊黛玛母亲照着雕下来？"

"雕出来了吗？"

"雕出来了，不过我也是两三年后才知道，估计一般人都没看到过。那天黛玛抱着它，说要去监狱看她母亲，我还从屋头偷偷拿了床我母亲的花被单，喊她把画像罩起，不要乱让别人看见。黛玛母亲雕的时候给如河师傅头上加了个冠札，使他看上去更加威武。看着黛玛蔫皮耷拉的样子，我心里难过，忍不住大声哭了起来，把黛玛也惹哭了。田坎边拖拉机上有个中年男人不断催她，不知道是她的什么亲戚。黛玛面对我倒退着步子走了很久，车上的男人下车来帮她接画像，然后他们就一起坐车走了，再没有回来过。"

"黛玛妈妈怎么了？"

"杀人，判了死刑。"

"啊？！为什么？"

"我那时还小，听大人们摆，说是如河师傅胆子大，不听人家打招呼，在做法事时被抓个正着，押进了县城，不知道怎么回事死在了牢房里。黛玛母亲气不过，把那些害过如河师傅的人一个二个都整死了。最后一个死得最惨，心子都被剜了！"

"你不说黛玛妈妈心特别善吗，怎么可能？"

"有时候，心最善的人，也是心最硬的人……"老人把目光移向山外，像是自言自语地说，停了许久，才把目光移回，"你说怪不怪，如河师傅死后没多久，我们村接连死了好几个年轻人，有个在犁田的时候，被自家的牛突然发疯顶倒在烂泥田，扑腾半天愣没爬上来。有个上山踩野猪，半路踩到毒蛇，被叮死了。还有个是因为家里穷得揭不开锅，老婆跟人家偷偷跑后，自己想不开跳了河……后头就有些爱扯是非的人总结，那几个人都得如河师傅帮过大忙，其中有个的命还是如河师傅给的，但在如河师傅被抓前后都成了黄眼狗，不是黛玛母亲到阎王地府告阴状找他们偿命还能是谁呢？"

"黛玛应该最清楚前因后果，她和你说过什么吗？"

"打那天走后就再没见过她人，说不定已经去那边和她父母亲团聚。我们那时候，哪像你们现在的年轻人有福气，手机上左按右按几个小数字，天高路远都能看得见人、说得上话。唉……这些事啊，久得都生芽长霉了，要不是你问起，以后就跟着我一起埋到土头去啦……"

"阿婆，你娘家离这里有多远，我想去如河师傅家看看，您得空带我去好不好？"

"家？哪还有什么家？"

老人家告诉你，蓝罢村离云落村有一个多小时的路程，吴如河师傅的家以前立在河边的山崖上，那边阴气重，大白天走进去都阴深深的。前几年山洪暴发，把师傅的家冲得一根木头都没剩。她再三嘱咐你千万不要去，说万一在那边把魂魄给骇失落就不好了，还是耐心等唐师傅回来。

回到村委会临时铺起的床上，天已经黑透了。一大股老鼠的尿屎味冲鼻而来，你赶紧打开窗户，将味道撵出去。你想这几天下来总算有了点收获，虽然和你此行目的无关，但好歹了解得些这方水土的人情世故，将来也许派得上用场。让你莫名兴奋的事情，除了手诀，还多听得了另外一个祭师的故事，说不定后者的秘密更多。只是可惜，这些算不上古远的事情，已和生发它们的村子一样破败灰旧，在岁月的消磨中被抛弃、被遗忘。

你把自己扔到床上，翻来覆去地折腾。在你的"床边"，是四排铝皮打制的书柜，吴村长将你安置进来的时候，介绍说是上面给建的农家书屋，不过这些书基本没人看，就是拿来摆着接灰尘的。你弯起手当枕头，联想到自己想要访问的事情，何尝不是一本无人问津的书，由着尘土不断累积，也在一点一点地变成尘土。"坳扑西"——你眼前突然冒出这个属于山的名字。当年谁给取的啊？咀嚼着，越发觉得苍凉。有那么一会，你大脑里浮现一把长相凶狠的雕刻刀，在那个笑起就是一脸菊花纹的阿婆为你描述之前，你似乎就在哪里见到过。

不能说的秘密

农历四月初九下午五点左右，你从蓝罢村回来，在云落村旁一棵被雷电劈出黑洞的古树下歇息的时候，等到了唐求福师傅。确切地说，求福师傅下车后应该右拐进入寨子，但他却左拐向你这边走来。你一开始并不知道是他，隔得比较远的时候，你只看到一个身材瘦高的老人披挂着太阳的光辉，移着蹒跚的步子，一步一步向你走近。你当时满脑子都是如河师傅家那边满地的芭茅草和没有墓碑的娃娃坟，你还以为产生幻觉，如河师傅来见你了。

"是小龙吧？让你等久了。"唐师傅先向你打的招呼。唐师傅看上去八十岁左右，黑色的家织布对襟衣把他的身胚子衬得高瘦宽阔，黑色头帕下面，有道疤痕斜切在额头左上角，藏在深刻而绵长的皱纹里，这些信息村长老吴已准确地为你描述过。

"真是不好意思，前些天听说你要来，但答应好的表演又不能耽误。走吧，去我家。对了，吃晚饭了没有？"唐师傅一脸疲惫，话语之间却还是饱含热情，且中气十足。

"谢谢唐师傅，我在村长家吃了的。"

你伸手给唐师傅提他手中胀鼓鼓的红色塑料袋，唐师傅开始说不要，看实在拗不过你，才把袋子交给了你。你无端地联想着，红色塑料袋装的东西，一定是唐师傅参加跳绺巾舞时穿戴的大红绣袍、冠札以及师刀什么的。看来一退出舞台，他就重新做回了自己。

当太阳的最后一抹光消失在云落村的篱笆墙后面，你和唐师傅坐在他家的屋檐下，开始了东一句西一句的闲谈。唐师傅说到哪你就跟着聊到哪，并不急于直奔主题。一问一答中，唐师傅说到了他两个不成气的儿子，一个在银行自动取款机前抢人家的钱，被判了五六年的徒刑；一个已经四十多，媳妇还没个影子。唐师傅也给你说到了他最喜欢的一个徒弟，记性好，教什么说一遍就记得八九不离十，可惜前几年开春的时候也和人家去了深圳打工。也就从那年起，唐师傅再不肯帮人祭祀作法，唐师傅说现在世道好，想多活几年，不敢再熬更打夜。

让你非常开心的是，遭唐师傅几声训斥后，之前对你极为不友善的大黑狗态度一百八十度转弯，你们摆谈的时候它一直趴在你脚边示好，竖起耳朵和你一起当忠实的听众。暮光中，它的皮毛亮滑，目光炯炯。说话间，唐师傅不时熟稔地把烟叶卷成半个手拇指长，然后插入他那柄摩挲得油光顺滑的水竹烟杆里，点上火，一口一口地往身体里面吞。唐师傅说，烟杆就是那个徒弟在他七十九大寿那天送的。那个家伙，最晓得他爱什么。唐师傅边说边抚着烟杆，像抚着他的第三只手臂。

"手诀的事，你想知道什么？"夜阑人静的时候，唐师傅主动和你提起这个话题。在只有一个白炽灯在柱梁下悬吊的夜色里，你看到唐师傅的侧脸俨然一堵刀砍斧削的土墙。

"哦，是这样的，我喜欢雕塑，偶尔做些民俗文化方面的研究，前些天见到这些花钵特别有意思，朋友介绍我来向您请教，只要和手诀相关的，都行……"你边说边把手机相册打开，将"手语"店里的花钵图案逐张点开，放大给唐师傅看，"就是这些花钵，店老板说，每一种手势都有一个秘密。"

"看上去怎么觉得那么面熟呢？都是我们做法事用的手诀啊，活鲜鲜的，有意思！有意思！"唐师傅细细端详你手机里的图片，好一会才说，"这些手诀图应该是请祭师比划出来，他们照着雕上去的，基本上都全了，不过要说这里面藏着什么秘密，还真不知道。"

"唐师傅您是不是因为有什么忌讳，或者是我没有拜您为师，没有资格，所以……"

"这些东西是不能乱讲，但也不一定非要拜师不可，只是这些手诀在我看来真没什么多大的秘密，你要是不相信，可以去问下其他师傅。"

"对不起对不起……我不是这个意思……"你赶紧连声道歉，还好，唐师傅脸上并没有显现出不高兴的样子，"说实话，如果唐师傅您答应的话，我愿意拜您……"

"没事，女孩子家学这些不好，你想问什么，我能回答的都会照实说，没必要哄你。"

"那太谢谢唐师傅了……我最想知道的是，这些手诀有没有名字？具体怎么用？"

"有的有，有的没有，都是在做法事的时候用。用的时候不光是手诀，还要配合符、法器、咒语这些，什么法事配用什么咒语和手诀，各有各的讲究，一点都错不得。"

"您说的法事是指哪些？"

"那可就多了，我没学全，只会取骇、赎魂、撵煞、还愿这几样简单的，学的时候没想那么多，反正师傅怎么教，我们做徒弟的就依葫芦画瓢。现在的年轻人都觉得这些东西愚昧得很，姑娘你为什么感兴趣？"

"我也不知道为什么，好像有什么人叫我找你们似的，最近我一闭上眼睛就会想到它们，每天折腾到半夜都睡不着——"对话的发展有些出乎你的意外，你不知道是你不会提问题，还是唐师傅不愿意悉数相告，你隐隐感觉从唐师傅身上不会有太大收获，"现在，能不能请唐师傅您详细说一下每个手势的名字？"你指着手机里一个花钵，那上面雕着两只手，食指都弯曲成90度直角抵在大拇指的指甲边，中指向上翘伸，无名指和小拇指均自然向内弯曲。

"好，开始吧，我说你记啊，只是有些不经常用，好多都退还师傅了，"唐师傅难得地微微笑了一下，竟有不无羞涩和歉疚的感觉。"这个是祖师诀。在法事正式开始前请师傅和各方神灵的时候配合咒语使用。"

"这些呢？"你把手机相册的图片逐一点开、放大，一一请教唐师傅。

"二帝君王诀……"

"大尖刀诀……"

"黄斑卧虎诀……"

唐师傅边说边吧嗒吧嗒抽着烟，末了郑重其事地说："小龙，你诚心诚意来求解，我也就一五一十地告诉你了，只是这些东西你知道行，千万不要乱传，弄不好害人害己，我也有罪过。具体原因我就不说了，说了你们年轻人也不一定相信……"

不知怎么，你身体不受控制地颤抖了一下，有股电流穿过你的身体，从脚尖直到头顶。

被打鸡血的冬天

"唐师傅，真是非常非常谢谢您！最后想再麻烦您告诉我另外一个手诀的意思，不是花钵上的，是这个样子——"你说着抬起右手，遮住了半边脸。

"你、你怎么也知道这个手诀？！"你没被遮住的右眼看到唐师傅神情非常惊愕，然后倏地就黯淡了下来。"很多年以前，也有个人，来问我这个手诀的意思，你是第二个。"

"谁？"

"美镯。"

"美镯？"

"就是蓲罜村如河的女人，哦，也是，大家都不太晓得她的名字，就叫她黛玛的母亲。"

你愣住了。

"……村长没给我说，我也知道这几天有人要来找我，"唐师傅狠劲吞了几口草烟，朝夜空吐出一个个不规则的白色烟圈，"已经过去那么多年，现在大家都不提他们了，我们师兄师弟也尽量避免说起如河的名字，但我只要一穿戴起那套行头，就会马上想起他来，只要一想，心口就绞起痛……"

"到底发生了什么事？那天你们村里的吴老婆婆给我说了一些，没说全。"

"是的，她也是蓲罜村那边的人，那时候她还小，不晓得什么。"你看到唐师傅执着烟杆的手在微微颤抖，上面刻满了灰黑色的疤痕，纹路狂乱，不像岁月刻上去的，更

211

像是人为所致。面对这个对你无问不答的老人，和他脸上突然充盈的难过，你有些后悔刚刚问出的问题，内心却又期望老人能继续和你说下去。

"唉，我继续给你讲，既然都讲到这里了。"唐师傅说，"那天也像今晚上这样乌焦黑的，美镯把如河的画像抱到我家来，请我帮看看如河的手势是什么意思，就和你刚才做的那个一模一样。"

"你怎么说的？"

"说实话，我也不知道那个手势具体啥意思。我实打实告诉美镯，师傅教给我们的所有手诀中，没有一个手诀是这样子的，但、但是，我对美镯说了句不该说的话……那时如河刚下葬没几天，我很憋堵，也很难过……我说，如河师弟喊你把他蒙着脸的样子雕下来，恐怕是想告诉后人，他蒙受了不白之冤，他死不瞑目，他一定要睁大眼睛看看，那些害他死的人最终会落得个什么下场！"

"黛玛母亲怎么说？"

"她说她一定会让如河看到，那些害死他的人是什么下场，然后就走了。再后来……蔻罢村接连不断有人出事，因为他们各个都参与祸害过如河师傅，所以大家便在背后悄悄说是被美镯告阴状害死的……"

"告阴状？"

"纯粹瞎说，有些人吃饱了撑得难受就来编聊斋！人在做，天在看，他们是遭了报应！"

"那个在黛玛家被剜了心子的男人，也不是黛玛母亲杀的吗？"

"那个可能是，也可能不是。你没见过美镯本人，你如果见到，你就会知道那是一个多么美丽和善的女人……杀人害命的事，美镯绝对做不出来。但有件事一直很让我不安，万一美镯真用什么阴招祸害了人家，我就是个帮凶，我不该那么解释如河的手势，这不是在怂恿美镯给她男人报仇吗，万一如河根本不是这个意思呢？唉……"

"如河师傅究竟是怎么死的？"

"有人说他是被打死的，有人说他是饿死的，也有人说他自己撞墙死的，我不在场，确实不知道，但我更相信他是自己撞墙死的，如河是那种扛起棒棒不晓得换肩膀的人……那些年不太平，我们做祭师的，一个个泥菩萨过河，出门都要选个黄道吉日，说他是被整死的也有一定道理，不然好端端的一个人，怎么能说没就没了呢？！"

唐师傅抬起头望向夜空，吧嗒吧嗒咂着烟，许久没有说话。大黑狗趴在你们脚边一动不动，整个云落村静悄无声，似乎也在陪着你们一起沉默。你看着唐师傅把他烟杆里的草烟吸得一点气气儿都没有了，正打算起身告辞时，唐师傅却突然开口，与你谈起他和如河师傅最后在一起的时光。

"那是个冬天，具体什么时候忘了。只记得老天爷动不动就给人摆脸色，风刮得不像风，雨下得不像雨，你好说歹说求得它开点太阳吧，虚晃一下就闪了。各个地方的大人小孩一个个打鸡血似的，也跟着一样接一样地闹腾，今天捣鼓这里，明天收拾那个，搅得鸡飞狗跳。我们还没弄明白到底是怎么回事，火就烧到了我们身上。一开始事情也没闹那么大，只是命令我们把所有做法事的东西交出来，不许再装神弄鬼蛊惑人心。我晓得如河的性子，事发前几天还特意跑到蓖罢村给他打招呼，叫他把该藏的东西藏好，交点不值价的东西了事，千万莫鸡蛋碰石头。可他偏改不了那个臭脚气，后来被揪去游街了还大喊大叫：你们这些狗屁不通的东西！我有哪样罪？我是谋财了还是害命了？我们老祖宗一代一代传下来的宝贝，你们凭什么糟蹋它，你们就是把我整死，我也不认罪！再后来，我们在场的每一个人都看到了，为了让如河求饶，好几个人合力把如河死死地箍住，强行把庆生家'塔昂'时供奉的猪头、公鸡绑到了他脖子上、肩上，整得他一身的猪血和鸡屎。我挤在攒动的人头后面看到，如河把嘴唇都咬破了，他的血和猪头的血流在了一起。他一直僵直着脖子，皮子底下的骨头和筋全部鼓胀了起来，整个游街的过程中，不管人家怎么按压，他硬死活不肯低头，眼珠子瞪得像两座火焰山。有那么一小会，我们的眼神穿过拥挤的人群对上了，他冲着我，艰难地从嘴角边拉扯出一丝笑容，像火焰山上生出的一朵小水花。他大概是想告诉我，他不会轻易就被打败，他还能护住作为一个祭师的尊严。我的泪水一下子涌到了眼角边。我怕人看到，咬着牙齿憋起，后来它们改道从鼻梁根流出来，我才假装当鼻涕擦走。我感觉如河还有话想对我说，但又忍住了，他知道我是胆小如鼠的人。

"如河被挟持着继续向前，他的背影在人山人海中就快消失不见的时候，我突然听到一声完全嘶哑得不成声音的怒喊：'抬头——望青天——师傅——在身边——抬头啊——'有种僵硬的东西一下子堵住了我的心口，掐住了我的喉咙，憋得我喘不过气来。我心想，完了。

"果不其然，没过几天美镯就来喊我帮忙一起去城里接如河回家。到医院的地下停尸房，我们看到如河干干净净地睡在床架上，手脚已经完全僵硬。我们得到的说法是，如河死于意外。审讯他的时候，他死活不肯认罪，还跑去和人家抢他的法衣，结果用力过猛，法衣被扯烂，如河夺下一截衣袖，跌倒的时候后脑勺不巧撞在柱头的铆钉上，送往医院的路上就断了气。真只是意外吗？鬼扯！如河手上脚上青一块紫一块，明眼人用脚趾拇都能看出来他在死前没少遭罪。但话又说回来，看出来又能咋样呢？在阴惨惨的地下停尸房，我们一个个都变哑巴了，咳嗽都不敢放大声，乖乖按照人家的安排办好所有手续，还生怕在那里待久了也变成僵尸。当时真是惨，美镯死死地拉着如河的手，一路走一路呼天抢地地哭喊，不管我们怎么劝，都没能把他们两个分开。快进村的时候，她才突然一下子安静下来，她说，如河，你看，我们回家了，黛玛还在等我们哩。"

"你说的'他们'，是后来不久出事的那几个吗？"你忍不住插嘴问了一句。

"唉，都过去这么多年，就不在背后扯人家的是非了，你说人家糊涂没良心，人家还觉得自己聪明威风呢。就像那些历朝历代的汉奸走狗，可不都是脑壳里安滚珠的？其实……"唐师傅说到这里咬了咬下嘴唇，"我后来一直在想，其实害死如河的人，不只是别人，也包括他自己，他如果想活下去，低头认个罪不就完了？"

"你是说如河师傅早就有死的心了？"

"可能吧，我也只是乱猜。如河的性子，就像说书先生讲的，宁为玉碎，不为瓦全……另外，美镯恐怕也祸害了他，她太漂亮了，是个男人都想……林子大了，什么鸟都有，有的人有色心没色胆，而有的人就会借刀杀人……"

你被震住了，无数双你刚刚知晓名字但依然不得其解的手诀在你眼前浮现，不断地移动、变幻，最终定格成一只手掌，蒙住一个男人的半边脸，剩下的另外半边脸，笑没笑成形，哭没哭开来，真叫人琢磨不透。

"当时我认为他蠢得老火，这几年才慢慢想透彻，如河和我们不一样，他有自己的主张。"唐师傅似乎准备结束谈话，说出来的话像在给如河师傅盖棺定论似的，"他那样一死，到现在都还活在很多人心里，而我们这些黄土埋到半腰的老崽崽，虽然还死皮赖脸地挂张人皮，三魂六魄早就散了，和死又有什么分别？"

"你们现在不是很好吗？听我朋友说，现在祭师们非常受人尊敬，名气大的不时还被邀请到国外表演，这次县里举办四月八节庆活动，您也去了呀。"

"你觉得很好就是很好吧。"

"都说好死不如赖活着，如河师傅那种做法也不行。从古至今，很多事情都是折腾来折腾去的，要是做祭师的人一个个都像他一样走极端，世上的祭师恐怕早就死绝了。"

"当时我也是这样认为，想着三十年河东、三十年河西，说不准什么时候人们的看法又变了呢？……只是，现在看来更加糟糕，我们这一代做祭师的，好多都成了光杆司令，现在的年轻人，没几个人愿意拜师学艺……他们甚至不愿意教孩子讲我们本地方的话！依我看，当年我师弟他，怕是白死啦……"唐师傅说完站起身，拎起烟杆和板凳进了屋。唐师傅说晚上山风吹得凶，小心着凉。他嘱咐你不要再打听如河师傅的事，从哪里来就回哪里去。陈谷子烂芝麻的事，再翻出来早已没有任何意义。

四 无栖考诀

你的寻访再无进展。

悻悻地从云落村回来没多久，你莫名其妙大病一场，到医院检查诊断为急性扁桃体发炎，打针、输液、喷药，一套一套的医疗程序在你的身上实验和实施，却总是反复高烧。等你出院回家重新看到镜子里面的自己，差点以为看到的是一堆行走的骨灰。

入冬以后，日子慢慢回归往日的轨道和频道，每天上班、下班，朝九晚五，除偶尔会在拥堵的车流人海中怀念云落村的草木和云朵外，你对曾经勾引起你无尽想象的手势，兴趣和灵感全都不复存在。

一个周末的清晨，老麻突兀地敲响了你的房门。

你一直不知道，在你病重期间，老麻特意去了趟云落村，用她后来的话说，你的病是她招惹的，解铃还需系铃人。

经常上山下乡的女人确实非同一般，八层楼的步梯纯粹不在她的话下，你打开门后见到的老麻，腰不弯，气不粗，胸前还抱着个木盒子，一脸的亢奋："龙，我帮你找到关键人物了！"

你睡眼惺忪，半天没转过弯来，急性子的老麻已换好拖鞋把木盒放在了茶几上，"亲，特意去'手语'店给你买的，先打开看看，我再给你宣布条爆炸性新闻。"

四无枷考诀！打开木盒盖看到手诀花钵的瞬间，你情不自禁叫出了声。

"没想到吧？赶快给个大大的拥抱犒劳一下老麻同志，"老麻边笑边把花钵从木盒子里小心翼翼地端出，"更大的惊喜在后面！"

"我的麻大姐，你不会真把黛玛给人肉搜索到了吧？"

"哈哈，那可不，没备好大礼，哪敢登你的三宝殿？其实事情经过一点都不复杂，我就是又去了几趟手语店，然后在哑巴女孩那里求爷爷告奶奶，问得了她们老板的联系方式，哈哈……"

"莫非黛玛才是'手语'店的老板？"你恍然大悟，转了一大圈，原来你想要寻找的谜底就在谜面里。

"哈哈，孺子可教，回答正确！这女人厉害呢，现已经移民到国外去了，是个大学的美术教授。"

花钵近在咫尺，你忍不住伸手摸了摸上面的多肉和木质手指。老麻选的这盆多肉植物，线条柔软的叶子们层层叠叠地展开，俨然一朵朵青色的莲。实木花钵上凹凸呈现的两只手，右食指轻轻勾连，中指和无名指屈指轻叩，左手大拇指的两个小拇指自然翘起，给你初雪的体温。

老麻走后，你没有马上添加黛玛的QQ，你陷入一种严重的纠结之中。你甚至有些心惊胆战，唐师傅的嘱咐或说告诫还响在你耳朵边，刚刚过去的那场莫名其妙的病，也让你心有余悸。你不能告诉老麻这些，你不想成为唯物主义的闺蜜的笑柄，你也害怕再次重蹈从希望到失望的覆辙。

半个月之后的一个夜里，你坐在黑着脸的电脑面前发呆，一夜没睡，电脑磁盘的某个位置，收藏着你云落村之行得到的一些图片和文字。花钵的经络顶着你的手，向你提醒着它的存在。昏昏沉沉之中，你所了解到的那个故事片断，像水草在你脑海里游走、招摇，它们明明就在你旁边，但你却怎么都抓不住它们。最后你抓住了花钵上的手，你把你的手完全覆盖在花钵的手指上面，你听到你手下面的手在说话，向你幽幽地叙述它主人一生的悲欢喜乐。一阵颤栗从脚尖发起，像那晚在唐师傅家那样，你清晰地感觉到一股电流穿过你的身体，直抵头皮。

你打开电脑，输入老麻给你的QQ号，申请加为好友。系统显现出一个奇怪的昵称：代码。在你这边是凌晨两点，你不知道地球另一端的她那边是早晨还是黄昏。

她很快加了你，你有些错愕：难道她也一直守在电脑边？你看到她的QQ头像是一只花钵，花纹和你手边的极其相似，只是看上去年岁更大些，颜色也更苍老些。四无枷考诀。你轻声念出了它的名字。不知怎么，你觉得你手边的花钵应该是她QQ头像上那个花钵的后代。

请把我的心养在钵子里

"您好。"

"你好。"

"谢谢老天爷，终于找到您了，非常非常喜欢您家的花钵。"

"谢谢。"

"您店里的手诀花钵全部是您的雕刻作品吗？"

"确切地说，是我母亲当年为我父亲雕刻的，我只是把它们仿制了出来，然后寻访了些老祭师，在类别和数目上做了些增补。"

"您怎么想到把它们和多肉结合在一起呢？"

"既然是花钵，总得种点什么。多肉植物命硬，只要有一点点泥土就能生根发芽。所以很自然的，就把它们放在一起了。"

"每一种手势都有一个秘密。这个，是你们的广告词，还是真的有什么秘密？这个问题一直在困扰我。"

"这话是我父亲说的，其实也一直在困扰我。他走得太急了，什么都没说，也什么都没传授给我。"

"啊？！"

"父母亲的事对我打击很大，直到前些年爱人对我说，你们的祭师或许和我们的神父一样，在他们身上传承了千百年的东西，实在不应该狭隘地理解，更不该简单粗暴对待。手诀也好，法术法事也好，那些我们暂时无法认知的事物里面，说不定潜藏着高超的智慧！在爱人的鼓励和帮助下，我开始慢慢试着重新认识我父亲以及他们祭师身上背负的东西。再后来，就有了'手语'店。"

"原来您说手势里有秘密，不是您知道了秘密的内容，而是想要人们去探究秘密。"

"确实如此。"

"查资料的时候看到有学者说，所有的手诀包括符、咒、口诀等，都是祭师们在做法事的时候，与天地神灵进行沟通交流的一种语言，所以我做过猜想，这种秘密是不是就像我们现在要进入某种电脑程序或系统前，必须输入的密码？又或说，祭师们通过自我调频，接受了某种看不见的电波？如果那个世界真的存在，您父亲他们凭借这些就能实现沟通交流，那就不是神秘，而是神奇了。"

"这些我也不明白，恐怕祭师自己都说不出所以然。他们如能澄清，很多事情恐怕就不是今天这样了。在我小时候，经常看到父亲用法术给乡亲们治病，不打针也不吃药，你说，最终治愈他们的是什么呢？"

"真可惜，我没能亲身经历这些。看来您父亲他们做的法事也好，法术也好，没有半点欺瞒诈骗，明明都是在救赎啊。千百年了，为什么没有科学家给予关注并进行系统研究，然后用现代科学手段和语汇来为它们洗刷污名呢？"

"急不来，这些没法证实也没法证伪的事情，就交给未来吧。"

"也只能这样了。对了，您做的店子真的挺棒，我想你们以后可以开成连锁店，让世界上每个城市都至少有一家'手语'店，就依照现在的模式，还能同时帮助到一些聋哑人。多好啊！"

"谢谢你的建议，我现在就是这么做的。我聘请的所有员工都是聋哑人。我一直认为，一个人，只有当他没办法言语的时候，才能真正体悟手语的意义。"

"能和我说说您的父母亲吗？对不起，如果这个话题让您不开心的话就不说了。"

"没关系。我们隔着半个地球都能取得联系，想必也是冥冥之中的安排。我愿意把他们的故事交给你，通过你的手变成文字、雕塑、电影，或者其他什么你们年轻人喜欢的东西，但请你在转述的时候一定不要添油加醋，就像我父亲当年让我母亲照着刻下他的手语一样，让他人自由理解和看待。"

…………

你们的交流很奇怪。你们像相识多年的故人，没有时间差，也没有空间阻隔，你们有很多只可意会不可言传的默契。你把它归功于云落村的阿婆和求福师傅，是阿婆告诉了你非常多的黛玛小时的故事，分享了她们之间不少的小秘密，而求福师傅毫不藏私地，带你走进了可能探知手势秘密的大门。黛玛的QQ文字，让你惊异，她书面化的叙述，让你感觉，她不是讲述故事，而是写了篇小说给你读。

母亲生我的时候难产，接生婆没办法了，不断逼问我父亲要大人还是要小孩，我父亲不吭声，一直在院坝做法事，挥动绺巾舞蹈了一夜。是父亲祈求老天，赐给我和母亲生命。

父亲九岁半就随着爷爷到处给人做法事，二十出头牵阶，正式成为一名拥有八千神将鬼兵的祭师，后来的生涯中，小到帮孩子取骇祛邪，大到主持然戒、椎牛等祭祀大典，一直被族人当作半人半仙敬奉着。谁都没有想到，我父亲的命运会在他二十九岁那年的冬天，硬生生打了一个暗黑的破折号。

出事的那天傍晚，父亲在庆生叔家给他逝世的母亲"塔昂"，寻看老人的亡魂是否已经平安抵达鬼国，落脚在哪里。那段时间禁止做法事的风声已经很紧，但不管母亲怎么劝阻，父亲还是一意孤行。庆生叔来迎请父亲的时候，也当面给母亲发了毒誓，保证一定亲自把完完好好的父亲送回家来。说来也是阴差阳错，父亲藏身躲影去往鬼国折腾了大半夜，老人的亡魂还是不知所终。在鬼国，我父亲会向他遇到的每个魂灵进行问询，如确定了亡魂的身份，会有一束束电流穿过他的身体，又像千万只蚂蚁在经脉里穿行，父亲的身体会颤抖、发麻，还有那个卦木，也会帮助父亲。

后半夜的时候，事情就突然发生了。门外砰砰砰一阵轰响，一些乱棍打在板壁上，十几个手电筒的光刺破肃穆的夜晚，一刀一刀地晃闪，把围观的乡亲们从古远而美丽的祭辞之中拽回到现实。"搞什么？一个二个在搞什么？反天了你们！"嘈杂声中，鱼贯而入的一大伙人分开人群，手电筒的光全部集中射击在父亲脸上，父亲没法一下子从鬼国返回，双眼紧闭，脸上一片煞白。

他们不由分说就把我父亲推搡上车，祭桌上的所有祭品也作为赃物一并被打包拖走。在场的乡亲们都惊呆了，没有一个敢站出来帮忙说句话。自始至终都没有。庆生叔是主人家，"塔昂"的事情最初是他惹起的，大家都指望他能替父亲说点什么，但那个在我母亲面前发过毒誓的人被吓蒙了，直到我母亲赶来现场他才如梦初醒，扑通一下跪到了母亲面前。

接下来的几天，母亲和求福伯伯还有几个亲戚去了县城，把我一个人丢在家里。好不容易等到第三天，我盼星星盼月亮终于在村头等来一支扛着担架的队伍。大家走得从容不迫，担架上的床单干净白亮，母亲面无表情，和离开家的时候一个模样。我当时还以为，父亲只是生病或是累睡着了。直到求福伯伯摸着我的头发，沙哑着声音对我说，黛玛，你以后没得父亲喊了，要坚强啊，我才哇的一声哭了出来。

有天傍晚，我在火坑边给母亲煨药，母亲像坨木苑苑一样侧坐在我身边。一阵阵冷空气在门里门外盘旋呼啸，散乱了我下午给母亲梳好的发髻和药罐底下吞吐着的红色火苗。母亲的白发是一夜之间长起的，父亲入土为安的那一天，她美丽的长发和所有的喧嚣一起粲然归结于死寂。

　　每到傍晚，母亲都非常安静，她说太阳和月亮换班的时候，是亡魂精灵们最活跃的时候，去了那边的父亲会回来看望我们。

　　突然，母亲抬起她乳白色的头，指着瓦檐对我说，黛玛，你看，下雪了！好多好多雪！我吓一大跳，定眼细看，原来是在下雪粒子。我还没说话母亲又叫了起来，黛玛，你看，你父亲在回来的路上了，我这就去接他！然后，一头扎进无序溅落的雪粒子中。母亲身子本来就细弱，很快就融成一团雪粒子看不真切了，把一缕长发剩在虚空中无着无落。

　　父亲死后，我总担心我和母亲的苦难才刚刚开始。总有些莫名其妙的可恶的疾病，前赴后继地折磨着母亲。睡不着觉的时候，母亲喜欢用桃木板组装成花钵，然后在上面雕出各种各样的手，对，就是你在"手语"店看到的那些。父亲做那把雕刻刀的时候太匆忙，手柄太短而刀刃太长，经常把母亲弄得伤痕累累，但我母亲说，出点血好，雕出来的东西才有灵性。刀用多了会钝，母亲会把它插入棍棍柴里一起烧，棍棍柴燃得最尽兴的时候，母亲便将它从火坑里抽出，迅速浸在水里，哧的一声，火光熄灭，灰烟和水泡同时腾起。专心致志锤炼刀刃的母亲让我十分恐惧，我不知道未来还有什么灾祸在等着我们。

　　我把煨好的药端给淋得一头雪粒子的母亲，问母亲天天把父亲的手诀雕到花钵上是有什么打算，我的意思其实是想和母亲探讨一下，日子还得过下去，而我们两个也该有点什么打算。母亲回我说，药太烫了，放一会儿再喝。等待药冷的时间，母亲给我讲了花钵的故事。

　　很久很久以前，有位穷人家的唱歌郎，晚上没什么事的时候喜欢在河边唱歌，诉说心里的悲欢喜乐。他的歌打动了邻寨一位美丽的姑娘，每月初一和十五，她都会坐在河对岸静静倾听，用心分担他的愁苦。不幸的是，当有天晚上唱歌郎终于鼓起勇气蹚过河奔跑到姑娘平时坐的地方，才知道姑娘根本没来，只有一个稻草人，戴着姑娘的帕子，穿着姑娘的衣裳。唱歌郎从此不吃不喝，半年过后消瘦如柴，他对母亲说，阿妈啊，你不要为我悲伤，我虽然人死了，但心不会死，我死后，您就用刀把我的心剜出来，包好，养在钵子里，无论是哪家有红白喜事，您都去，我的心会给他们唱歌，为他们贺喜或解愁，他们就会给您酬谢，您就生活无忧了。在一场热闹非凡的"满月酒"上，老妈妈怀里的心脏歌声一起，便把酒席上所有的人们都吸引住了。员外家的儿媳妇抱着孩子出来，她走到老妈妈身边，细问唱歌的是什么人，老妈妈掏出花钵里那枚已经干枯了的心，细说唱歌郎身死心存的事，员外家的儿媳妇接过花钵，簌簌落下眼泪。奇怪的事情发生了，泪水滴进花钵后，里面竟然慢慢生长出一只手臂，抚上员外家儿媳的脸，为她抹去眼泪。唱歌郎那枚已经枯干的心说：终于得到了你用心的回应，我心满意足了。

　　药汤早已经冷却，母亲忘记喝，我也忘了提醒。我的心脏突兀而慌张地跳动起来，

219

我第一次听到，人的心脏可以像灵魂一样脱离身体而存在。我同时非常害怕地想到，母亲是不是打算有天也把她的心养在花钵里面？突然，母亲指着父亲的画像对我说，黛玛你看，你父亲用手抚着脸，像不像故事里唱歌郎的手抚摸他恋人的动作？我说像，母亲也说，像！可下一秒母亲却歇斯底里地叫起来："不！不是！你父亲是想告诉人们，他蒙受了好多好多的冤屈！你看，他一辈子敬天地，敬鬼神，为众生，超度了那么多的亡魂，为什么神灵不保佑他，为什么他救过的人们在他有难的时候一个个都不帮他，反倒还要合起伙来害死他！"

母亲给父亲雕画像的时候，我也在场，我和我的一个伙伴躲在土墙根下偷看，那时的我们喜欢窥视大人，总觉得他们隐藏着很多不可告人的秘密。我想和母亲说父亲的手势不一定是这个意思，但我想不出更好的意思，来劝慰我那精神已在崩塌边缘的母亲。

杀人的一定是魔鬼吗

"太晚了，你要休息一下吗？听说你离开我们老家后生了场大病，刚刚出院不久。"

"我不累。您累吗，要不休息吧？"

"真不累？我理解你的心情，你是不是担心我以后不一定肯讲了？"

"呵，被您说中了。"

"以后的某一天，如果因为我父母亲的事牵连出什么麻烦和问题，我可能会后悔今晚给完全陌生的你回忆这些，但现在不会。我继续给你说吧，我父亲母亲的事讲到这，也快完了。"

你无限感激，在QQ表情包里找到一杯热气腾腾的茶，隔屏递了过去。

黛玛给你打来一句突兀的问句：你觉得，杀人的一定是魔鬼吗？

当时是午时。

要是在古代，这是一个杀人的吉时。

母亲被一群身穿着警服的人五花大绑，架出家门，然后推搡上车，警车上的喇叭一直在响，"哇！哇！哇！"像一群鬼怪在惨烈地挣扎。之后大半年，我一个人瑟缩在家里发呆的时候，仍能不时听到这种声音在荒草丛生的山谷里嚎叫。你看我是不是挺惨的？我的父母亲，他们都是被人强行挟持走的，我是他们唯一的孩子，可我什么都做不了。

那天，我母亲头发散乱，衣衫破烂，几近裸身，一身血迹。走的时候，她谁也不看，只看我一个人。

那时的我，紧张地抱着两个空花钵。说实在的，我也不是特别清楚到底发生了什么事情。后来很多人向我询问究竟，包括公安的人要我老实交代母亲是怎么杀的人，我都说不出个所以然。他们都说我母亲杀了人，还不止一个，大家看见的那一个是最后一个，说是被我母亲一刀捅死，然后还残忍地把心剜了出来，而之前死去的几个，是被我母亲用一些神秘手法杀死的。他们怀疑是下毒什么的，但他们没有任何证据，他们猜测的依据仅仅是那几个人都与父亲那天晚上被抓现行有关，而他们都不是正常死亡。他们不相信世界上会有那么多的巧合，死都死得前仆后继。

一直以来，对父母亲的话题我都讳莫如深，外人是不能理解他们的。再说，谁也没办法让我父亲从木板里走出来，还给我一个完好无缺的母亲。

我最后一次在家里看到母亲时，母亲瑟缩在堂屋的一角，温情地抚摩画像里的父亲，似乎想劝说他把凝固在脸上的手臂放下来，好好抱一下她，同时让她看到他的另一只眼睛。我低下头时才发现血流一地，裸着上半身的庆生叔面容狰狞地浸在血泊里，不断有血水从他胸腔下的一个窟窿里汩汩地冒出来，而母亲的右手臂从上肘位置硬生生地断了。我吓坏了，大脑一片空白。只听母亲对我说，妹仔，当年就是这个人故意设的局，然后喊人进城告状，害得你父亲被抓！我用了三年多时间，终于看到害死你父亲的人一个个都死了！你快去院子里帮我找两个花钵，把我的手和他的心分别埋在钵子里面，种上你父亲生前最喜欢的臭牡丹。这只手是干净的，没拿过刀，没杀过人。

我当时不该惊慌失措，半天挪不动步子，等我好不容易翻找到花钵，返回屋里想去捡母亲的手肘时，警察已经冲去屋来了，他们把我揪住，再不许我靠近母亲。后来，他们清理并封闭现场，把一切都带走了。

母亲的死刑很快判了下来。母亲对一切供认不讳，她说她就是要以牙还牙，让所有害死我父亲的人不得好死。我最后一次在人世看到的母亲，瘦弱的身体被一件极不合身的灰色囚衣套着，右边半支衣袖空荡荡的，看上去像个有体无魂的稻草人。我抱着父亲的木板像走进探视室时，母亲整个人僵尸一样弹跳起来，一下子扑到我面前，手铐撞击在铁栏杆上，丁零咣当直响。我把罩在父亲画像的床单取下，小心翼翼地呈送到母亲面前，母亲那张苍白如纸的脸一下子充盈了血色。我就知道，母亲在走之前，一定想再看看这个她倾心全部情和爱雕出来的祭师，我的父亲。

母亲伸出她仅剩的那只手，细细地抚摩了一下画像，想起什么又放下了。"黛玛，对不起……"母亲脸上浮起一层薄薄的无法辨认的笑，"我今天再看你父亲，再看他的手势，突然感觉我以前是不是领会错了？你父亲会不会是想告诉我，世上的事情太复杂险恶了，做人最好睁一只眼闭一只眼，可惜，我没做到。这下，要把你一个人扔在这个世上了……黛玛，你不用觉得自己是罪犯的女儿，在人面前抬不起头来，过来，我告诉你一个秘密……你庆生叔不是我杀死的，他喜欢我，我也喜欢过他，我怎么会剜他的心？是他喝醉酒了，想亲近我，我把他以前给我接好的手臂砍下还给他，宁死都不肯让他摸我一下，他便硬要把他的心剜出来给我看……我辜负他，他害死你父亲。我们谁也不亏欠谁了……你也别怪他，他当初最多只是想让你父亲遭点罪，没想过害死他……"

所有这些，母亲是用我们那边寨子的土话和我说的，我不知道旁边的监狱看守人员听不听得懂。母亲不许我告诉任何人，她说她愿意认罪，确实也是她故意刺激他，甚至眼睁睁地看着他剜了自己的心。

我说不出话，只能紧紧抓住母亲的手，和她一起看向画像里的父亲。我亲爱的敬爱的父亲凝固在画板上，似乎想大骂，又似乎想大哭，他捂在脸上的右手好像在给右眼擦眼泪，却把微笑着的左眼留给了我和母亲。

我一直觉得自己才应该是说对不起的那个人，我没能留住母亲的另外一只手，也没能拾起庆生叔的心，把它们真的栽进花钵里养起来，某年某日，它们说不定也能像唱歌郎的心脏一样，能说话，会唱歌。在看守人员把我和母亲拉开之前，母亲的手一直死死地抓着我的手。她不笑，也没哭。

黛玛把这一长串文字一起发给你后，QQ聊天界面上再没有任何动静。你逐字逐句看完，回转头又再细看了一遍。你的眼眶一直湿润着，你无法形容内心的震动，你想象着如果黛玛此刻就在身边的话，你一定要给她大大的拥抱，用尽你所有的力气。

你最后想问黛玛：您后来调查清楚了吗，您父亲是他杀还是自杀？

你原本已把组合成问题的文字敲打在QQ聊天界面上，轻敲Ctrl+回车键就可以迅速发送到黛玛那一边，但你一会儿又将它们一个字一个字地删了去。你回想起那天求福师傅送你离开云落时说的一段话。

求福师傅说，如果能回到过去，他绝不会再做缩头乌龟，他要和如河一起。

死。

阳光底下的相逢

黎明已至。

城市地平线的太阳血淋淋的，像刚刚挣脱母体胎盘的婴儿。静寂中，你听到老麻送给你的多肉植物在拔节。你想起黛玛曾对你说，当偌大的店子只有她和手诀花钵时，往事就会像无所不在的空气，杂糅在植物香气里一起往她的骨头里浸。她贪恋这种感觉，如同她选择学习雕刻花钵和经营"手语"店一样，她愿意用这种方式和父母亲同在，并以此为他们做点事情。过年过节太想他们的时候，她就把填满腐土的花钵抱在怀中，慢慢闭上眼睛，嘴里唱诵起着父亲当年经常用来哄她睡觉的祭辞：

"此土不是非凡土，此土落在空中，空中落在地中，地中落在田中，田中落在钵中，钵中落在弟子手中……"

唱诵起祭辞，黛玛就会看到，花钵里缓缓伸起一只手臂，像她父亲的，又像她母亲的。当那只手臂抚上黛玛的脸，将黛玛右眼蒙住的时候，黛玛体会到了一种半梦半醒的美好，黛玛深信不疑，这种美好一定是当时做着这种手势的父亲也感受到的。

"手语"店开业那天，黛玛端详着店门上自己亲手设计、雕刻并悬挂上去的门牌，突然意识到，原来手语比口语更能表达人的心意，只是对方必须用心灵而不是耳朵来聆听。母亲对她解说的父亲的手语，可能都是母亲站在自己的角度，一厢情愿地揣测。母亲无法接受爱人离开的事实，只能那样思量他的手语。当时光冲蚀了记忆里的伤痛，在现已暮年的黛玛看来，很多年以前，做着这个手势的父亲，大概已预感自己即将离开人世。作为一名祭师，面对这个给他无数欢喜也给他无数伤害的世界，以及这个世界的自以为是的人们，他一点都不生他们的气。他让自己的脸一半隐于黑暗，一半呈于光明，一半清醒一半迷离地享受着那一刻美好，只想传达或掩盖他内心的忧虑，以及深切的怜爱。

应该就是这样，父亲才会在放下手之后对母亲，也对所有有缘听懂他手语的人说——

歪雁蒙。

所以，黛玛现在再瞻仰父亲的遗像时，不再感到恐惧、怨恨、悲伤，她听到了父亲用手说出的话语：不哭，孩子！我就在你身边。我爱你们。你看！我的一只眼睛在这个世界闭上了，但我的另一只眼睛会一直在另外一个世界睁开着，看着你们。

很多天之后的一个下午。周末没事，你坐在书房喝茶听歌，顺手拿起旁边的一本摄影画册随意翻看。是前段时间老麻的一位"摄鬼"朋友送的，他们参与举办了一个专题摄影大展，有来自上百个不同地域的摄影艺术家参与投稿，收到的精美作品达数万件。后来主办方将部分优秀作品公开展出，最远送到了马来西亚槟城举办的国际摄影大展，全世界各地观众不计其数。在一部像3D电影一样至真至美的画册中，你偶然而又必然地看到了这样一幅影像作品：

一位七十岁上下不知名姓的祭师头戴冠札、肩挑绺巾伫立在茫茫人海前，赤色法衣在太阳底下光艳夺目。那是一件镶着许多精美绣片以及八卦图、圆形镜片的长袍，一些不知其意的符诀在其间或隐或现。衣袖宽大而深邃，在心口系衣带位置附近，分别用紫蓝青黄四色丝线绣着四个小字，右边是"阿弥"，左边是"陀佛"，针脚缜密，筋骨凸显，一丝不苟。正如你从未谋面的如河师傅一样，老人举着一只皮肤皲裂的手掌，五指紧闭，轻轻蒙住了他的右眼睛。他留给镜头和世人的半边额头、半边眉毛、半边眼睛、半边鼻子、半边嘴唇、半边下巴，显现出无边无尽的温和、慈悲、诡秘。

曹　永

巨　石

楔子

栖凤山庄在西海码头附近，从窗口就能看到湖里的风景。这时候，太阳很好，阳光斜斜照射进来，屋里显得很亮。山庄的老板严瑾钰正坐在柜台后，拿着账簿，查看营业额。几个服务员跑出跑进，有些忙不过来。严瑾钰想，过几天，再招几个人来帮忙。

严瑾钰正埋头算账，突然感到光线暗了一下。她抬起头，看到一个体形偏胖，穿着西服的顾客钻进来。严瑾钰赶紧说，老板吃饭？顾客显然是外地人，他用普通话说，还有没座位？严瑾钰说，请问几位？外地人手里拿着皮包说，八九位。

严瑾钰把外地人引到一个雅间，说您看这里行不行？外地人把皮包放在桌上，说就这里吧。看到服务员忙不过来，严瑾钰自己动手给客人泡茶，她拎着热水壶，往茶杯里灌水。她说，这几天天气好。外地人说，你们这边，紫外线太强了。严瑾钰笑说，所以这里的人长得黑。

外地人抹着额头上的细汗说，确实有点受不了。严瑾钰说，老板来这边旅游？外地人说，噢，来做生意。严瑾钰说，这年头生意不好做。外地人说，所以专门过来请客吃饭。严瑾钰把菜单递过去，说您看吃点什么？外地人拿着菜单胡乱扫了几眼，说干脆你来安排。

严瑾钰说，老板有什么要求？外地人豪爽说，请人办事，当然不能节约，多弄几个菜。严瑾钰说，没什么忌口吧？外地人说，没忌口，你只管拣好吃的上。严瑾钰说，还有几桌菜没上，恐怕要多等一会儿。外地人说，没关系，反正朋友还没来。

　　严瑾钰从雅间出来，认真挑选十多样好菜，写在单上交给厨房，然后回到柜台，继续算账。严瑾钰在质保站工作，有几个跟她一样的中年妇女，都是领导夫人。单位有事情，基本都是刚考进来的年轻人做。她们比较清闲，没事就在办公室打牌，或者烧洋芋吃。

　　以前还好，虽然男人马平川应酬多，很少在家里吃饭，但严瑾钰还要照顾儿子，每天到学校接送，总算还有些事情。后来儿子出国读书，留在外面工作，两年难得回来一趟，严瑾钰闲发得慌，想找点事做。她跟马平川商量了几次，最终开起这个山庄。

　　栖凤山庄开业只有半个多月，但顾客盈门，生意很好。其实生意好主要有两个原因，首先是男人马平川，他是县委宣传部的部长，几个单位搞接待，都特意安排过来。其次，山庄离湖泊近，占着地理优势，每天都有几拨游客进来吃饭。

　　玻璃门擦得没半点灰尘，要不是上面贴着"欢迎惠顾"的字样，也许会撞在上面。门口是几棵树，枝繁叶茂，绿油油的。远处种着成片花草，看起来五彩纷呈。要是站在二楼的阳台，甚至还能看到湖泊里的船只。

　　高原地区，山大沟深，很难想象居然有个湖泊，安静地躺在这里。据说，这地方原本没湖，只是一块广袤的盆地。在明朝的时候，还有卫兵在上面屯田。清朝咸丰七年，突然落雨四十多天，山洪暴发，夹沙抱木，导致落水洞堵塞，渐渐形成这个淡水湖。

　　1958年和1972年，曾经搞围湖造田，就是放掉湖水，开垦田地。几经治理，生态系统才逐渐恢复。随着环境改善，湖泊变成鸟类的栖息地。在这些珍贵鸟类之中，最稀罕的是黑颈鹤。原来严瑾钰想把这里取叫黑颈鹤饭庄，但马平川觉得拗口，于是改成栖凤山庄。

　　马平川早年在乡镇教书，经常写点小文章，因此被调到县委办。后来，慢慢从秘书爬到领导岗位。在这个一百多万人口的大县，当上宣传部部长，也算是位高权重了。本来他可以爬上更重要的位置，好像是骆玉民从中作梗，最终没能上去。

　　以前骆玉民是县委办主任，马平川是副主任，他们关系非常好。不晓得从什么时候开始，两个人慢慢产生矛盾。严瑾钰曾几次动过念头，准备向男人旁敲侧击地打听到底怎么回事，但终究没敢。严瑾钰清楚男人的性格，只要两条眉目往上挑，就意味着他胸口憋着火。

　　严瑾钰懒得再管这些事情，她把心思都放在山庄上面了。几桌客人吃完饭，陆续结账走了。那个外地顾客的菜也弄好了，满满一桌，但他没动筷子。他看看手表说，朋友还没来，我再等一会儿吧。

　　严瑾钰抬起头，看到远处一群黑颈鹤飞过。湖泊离山庄没几步，但严瑾钰好多年没去过了，顶多到码头转转，然后就回来了。不仅全国各地，甚至不少外国游客，都跑来观光，看湖里的黑颈鹤。严瑾钰住在湖边，反倒不想去看了。

严瑾钰坐在那里，突然有些想念儿子。前两天，儿子打来越洋电话，让她过去住上一段时间。严瑾钰去过两次，后来再也不想去了，那边环境非常好，但言语不通，她觉得自己就像一个哑巴。严瑾钰希望儿子能够经常回来，但离得远，几年难得看到踪影。

时间慢慢过去，外地人邀请的朋友还没来，他坐在雅间，不停地喝水。严瑾钰忍不住走进说，老板，饭菜有点凉了，您朋友过来，提前说一声，我让厨房重新热一下。外地人站起来说，我得去一趟卫生间。严瑾钰指着后面说，过去左拐就是。外地人走到门边，似乎想起什么，又转回去拿桌上的皮包。严瑾钰想，这些外地人真是小心，在这里吃饭，谁会拿你的包啊。

已近晌午，其余的顾客吃完饭，都相继走了。外地人从卫生间出来后，显得有些焦急，他不时伸着脖颈，张望外面。服务员和厨师想弄吃的，又怕外地人的朋友突然赶来，只能咽着清口水，坐在大堂枯等。

外地人好像沉不住气了，他摸出手机，跑到门口打电话。过几分钟，他回来说，几个朋友都有事情，他们不来了。严瑾钰说，这些饭菜怎么办？外地人沮丧说，这些菜吃不完，家也不在这里，不能打包，我随便吃上两个，别的就不管了。严瑾钰说，那给您热一下？外地人摇头说，我将就吃点，还要去办事情。

外地人开始吃东西，他胡乱吃几口，就结账走了，剩下满满一桌菜。那些菜全是好吃的，虽然有些冷了，却能把肚里的馋虫勾起来。几个服务员试探说，这些饭菜都没吃过，扔掉可惜，要不然就让我们吃了。严瑾钰也觉得可惜，说那就吃吧，别浪费了。

山庄有两个厨师，五个服务员。其中两个服务员，跟厨师到厨房热菜，另外三个坐在那里，嘻嘻哈哈地吃起来。严瑾钰没吃，她胃不怎么好，早上吃过一碗面条，感到不怎么舒服。她想过会儿去买点药，顺道去一趟单位。虽说没什么工作，但长期不露面，总不太合适。

严瑾钰收起东西，刚要出门，突然听到里面传来响声。严瑾钰跑进去，看到一个服务员趴在桌上，还有两个躺在地上，她们搂着肚皮，痛苦挣扎。听到声音，厨师和里面的服务员也跑过来了。

雅间里一片凌乱，那个趴在桌上的服务员倒在了地上。她们吐着白沫，呜呜地叫。严瑾钰着急说，到底怎么回事？厨师说，我们也不晓得啊。严瑾钰说，是不是饭菜出问题了？厨师跺脚说，今天中午用的，都是同样的食材。

严瑾钰准备叫救护车，但来不及了。地上的服务员蹬着腿，慢慢咽气了。严瑾钰想到那个外地顾客，知道被投毒了。她拨通男人马平川的手机，带着哭腔，说山庄出事了，你赶紧过来看看。

没过多久，马平川就赶过来了。他头发往后梳，肚皮微挺，看起来很有领导的架势。严瑾钰说完事情的来龙去脉，让男人赶忙给公安局打电话。马平川站在那里，神色沉重。严瑾钰焦急地说，快点让警察把那个外地人抓起来，无缘无故地，怎么做这种歹毒的事。马平川没说话，呼吸粗重。严瑾钰说，到底得罪什么人了，要这样对付我们？马平川皱着眉头，脸上的肌肉微微颤动。

严瑾钰说，莫非是……马平川打断她，恨恨说，除开他，还能有谁？严瑾钰满脸吃惊，早几年，他们经常和颜悦色，同时出现在县台的新闻里，根本看不出问题。严瑾钰虽然知道他们关系糟糕，但没想到居然有这样深的仇恨。马平川执意要把儿子送到国外，会不会早就提防这种事情？她捂着脸，越想越恐惧。马平川把厨师和两个吓得哭哭啼啼的服务员叫到屋里，关起门来秘密谈话。严瑾钰瘫坐在椅子上，实在吓坏了。

马平川离开的时候，刚刚开业半个月的栖凤山庄，莫名其妙挂出停业装修的牌子。马平川开着私家车，连跑两天。在一个夜深人静的晚上，死者的家属开着微型车，把尸体悄悄运回去了。当它再次营业的时候，似乎一切都变了，厨师和服务员都换成新面孔。

以前的时候，山庄的老板严瑾钰成天忙着算账，或者跑出跑进招呼顾客。严瑾钰显得非常兴奋，不仅是财源茂盛，更重要的是这些年，在单位没多少工作，在家里也没什么事做，时间不好打发。打理这个山庄，让她觉得自己还有价值。现在严瑾钰仿佛大病，她坐在柜台后面，失魂落魄的样子。有时听到什么响声，她会无端吓一跳。

严瑾钰终究没在那里坐多久，重新开业没几天，栖凤山庄再次发生诡异的事情。那天深夜，天上飘着细雨，县城无比安静。乌蒙山区，早晚温差大，白天还很炎热，晚上就冷得要命。橘黄色的路灯，悄无声息地照着路面。前边有几个人，也都缩着脖颈，匆匆走远了。

这时，一辆黄色的起重机，像坦克似的，吊着一块几十吨重的巨石，从马槽井拐出来，顺着沿河路，慢慢往西海码头驶去。由于冷清，路面显得非常宽敞。最近扩建码头，路边堆着砖瓦砂石。起重机停在栖凤山庄的场坝上，伸着铁臂，把巨石放在门前，然后调转方向往回走。

新招的厨师和服务员都住在山庄，他们听到响声，以为有车辆给码头运送材料，也就没当回事。第二天早晨，他们从里面拉开门，看到一块巨大的石头，像山崖一样挡在前面，出不去，也进不来。他们慌忙给严瑾钰打电话。

严瑾钰跑到现场，眼珠都快脱出来了。她想不明白，这样大的石头，到底是怎么搬来的。她打电话通知男人马平川。这一次，马平川没过来，他在电话那边沉默半晌，缓缓说，我会找人把石头弄走，但从今天起，山庄就不要再开了。

一、赵青龙

赵青龙从床上爬起来，胡乱洗把脸，没顾上吃东西，出门就往黄维琼家走。昨天晚上在那里推筒子，赵青龙输得精光，他找金大牙打水，但人家不肯。赵青龙想，如果十多年前，就算让金大牙擦鞋，他也保准不敢摇头。

赵青龙手下曾有几百号人，走哪里都前呼后拥。那时候，金大牙只是他的跟屁虫。后来什么都变了，跟着赵青龙的那帮兄弟，也就慢慢散了。他们有的跑货车，有的卖水果，有的在湖里划船……有几个看不清形势，到处惹事，被捉去吃牢饭了。还有两个，抢劫杀人，结果遭枪毙了。

金大牙头脑灵活，弄来一些钱，拿到赌场放水。放水就放高利贷，利息高得吓人。赵青龙只能开微型车，但金大牙的水公司没开几年，就已经开上奥迪了。据说，现在已经身家千万了。赵青龙还记得，过去他见到自己，总是点头哈腰，像电视里的汉奸。这几年，随着腰包变鼓，金大牙的脸上早已看不到那种谦恭了。

昨天深夜，赵青龙把身上的钱输光，找金大牙借钱扳本。金大牙说，带来的全都放出去了。赵青龙知道这是假话，他亲眼看到金大牙的皮包里还放着两万块钱。赵青龙觉得自己虎落平阳，不禁有些愤慨，恨不得朝金大牙的脸上啐几泡口水。

以前赵青龙不沾赌，后来媳妇跟白元勋跑掉，光阴难熬，总喜欢往人多的地方跑，慢慢就迷上赌钱。他有点倒霉，开始就输了几万块。他想扳本，拿房产证抵押，结果越陷越深。赵青龙的房产证押在别人手里，按照约定，如果三年之内没钱还债，房子就不是他的了。

赵青龙甩着两条胳膊往前走，街道上坑坑洼洼，有的地方还淌着污水，看起来脏兮兮的。两边楼房低矮，颓败不堪。新城区可不是这个鬼样，那里尽是高楼，显得非常气派。宽敞的路面，跑着各种轿车。从头走到尾，老城区也看不到几棵树，但新城区到处绿油油的，前年刚种上香樟，去年就把它砍掉，换成槐树。那些槐树还没长开，今年又被砍掉，栽上银杏了。路面也是，上半年才扩建，下半年就重新翻修。当官的喜欢鼓捣新城区，那边永远都有做不完的事情。相比起来，老城区早被遗忘了，几十年没见变样。

早些年，赵青龙在县城呼风唤雨，觉得生活充满希望，想要的东西，似乎顺手就能得到。现在，他感到自己跟老城区一样，都在慢慢腐朽。刚输掉房子的那几天，他胸口堵得难受，渐渐就麻木了。在他看来，什么都不重要了，包括生命。活一天是一天，哪天实在活不下去，也就算了。

黄维琼家有三层楼，第一层租给四川人卖皮鞋，第二层开赌馆，第三楼自住。这里属六安派出所管辖。大家都喜欢凑到黄维琼家赌钱，因为派出所所长是他姐夫，比较安全。赵青龙钻进鞋店，顺着墙壁朝楼梯走。他经常跑出跑进，算是熟客。那个精瘦的四川人朝他点点头，算是打招呼。

赵青龙走进赌馆，发现昨晚的几个家伙还坐在那里推筒子，他们脸色苍白，眼珠上布满血丝。屋里像着火似的，飘满烟雾，墙角扔着几个方便面盒子。靠窗的地方是沙发和茶几，开货车的秦三猴坐在那边玩手机。

赵青龙搂着胳膊，站在旁边看赌钱。几个赌鬼拿眼睛瞟着赵青龙，都没吭声。这时候，他们都很疲惫。赵青龙在那里看了一阵，走到沙发边，挨着秦三猴坐下了。秦三猴拿着手机玩游戏，玩得非常投入。赵青龙说，你怎么不玩？秦三猴盯着手机说，输得毛都不剩半根，拿什么玩？赵青龙说，水公司呢？秦三猴说，早回家休息去了。赵青龙说，你不跑车赚钱，成天躲在赌馆。秦三猴没说话，他端着手机，紧张地扭来扭去。

茶几上放着茶叶和一次性塑料杯，还有几杯喝剩的茶水。茶叶不好，加上泡的时间长，茶水黄里透黑。几个杯子全都瘪瘪的，看起来怪模怪样。拿这种杯子喝水，大家都喜欢捧着手里，边喝边捏。只喝几口，杯子就失去原来的形状了。

几个赌鬼埋头赌钱，没弄出多少声音。赵青龙看他们面前堆着钞票，突然想这几个家伙整宿没睡，熬到现在，肯定晕头转向，要是现在出手，搞不好能把昨晚输的钱赢回来。这样想着，赵青龙就有些手痒。

那边的赌鬼不断打哈欠，他们努力睁起眼睛，似乎随时都有睡着的可能。赵青龙坐在那边观察，见他们满脸睡意，确实快要支撑不住了，于是赌瘾就更强烈了。赵青龙盘算去什么地方弄本钱，后来，目光就慢慢落到秦三猴身上。

赵青龙说，你的四桥车呢？秦三猴还在打游戏，顺嘴说，停着的。赵青龙说，这样停着浪费。秦三猴端着手机，拇指不停地按。赵青龙说，反正也不跑，不如拿给我抵押算了。秦三猴说，你抵押来做什么？赵青龙说，当然是赌钱。

那边的几个赌鬼听到赵青龙的话，觉得事情很有意思，都把目光投过来了。秦三猴斜斜躺在沙发上，侧脸看他。赵青龙说，到底敢不敢？秦三猴嘴巴半张着，似乎还没反应过来。赵青龙说，不敢算了！秦三猴说，怎么不拿你的微型车赌？赵青龙说，那辆破车，还比不上一辆摩托，鬼都不要。秦三猴转着两粒眼珠，没说话。

赵青龙取出一个塑料杯，伸手抓茶叶。秦三猴摸出钥匙和证件，抬手扔过来了。赵青龙其实没抱多少希望，他想要是不成，就当开玩笑，没料到秦三猴居然答应了。赵青龙顾不上泡茶，拿着钥匙和证件走过去说，抵押四桥车，可以吧？几个赌鬼没张嘴，只是挪着身体，给他腾出一个位置。

赵青龙觉得自己睡得好，头脑清醒，对付几只昏鸡应该没问题，但他想错了。没到两个时辰，他就把借来的车输掉了。赵青龙还想接着来，但那些赌鬼摇头说，实在撑不住了，要赌晚上再来。他们拿着四桥车的钥匙和证件，让赵青龙赶紧找钱来取。赵青龙无比懊悔，他想既然都要散场了，就不该白白送上一笔钱。

从赌馆出来，赵青龙感到肚子饿，这时他才想起自己还没吃饭。赵青龙打算到街头吃羊肉粉，他沿着石板路往前走。自从迷上赌博，他就习惯吃这种东西，节省时间，味道也不错。城老区有几家羊肉粉馆，每家他都吃过。半年前有对金沙来的两口子，在街头开了一家新粉馆，每天清早都拿羊骨头熬上浓汤，然后用砂锅煮粉。经过比较，赵青龙觉得这家新粉馆的东西味更浓，汤也更鲜，索性固定下来，隔三差五就去吃一回。

赵青龙走到门口，看到前面挂着一只黑山羊。那只山羊显然是刚刚宰杀的，因为脖颈的刀口还滴着血珠。赵青龙看看那只黑山羊，抬脚跨进粉馆。他刚进去，就看到韦国柱坐在里面。赵青龙从小生活在老城区，随便放个屁，熏到的都是熟人，但在这里碰到韦国柱，他仍然有点意外。

韦国柱显然早就看到他了，坐在那里使劲招手。赵青龙稍微犹豫，随即走过去了。韦国柱说，正想找你，没想到在这地方碰到了。赵青龙眨着眼，有些困惑。韦国柱摸出盛世贵烟，抽出一支递过来。赵青龙摇头说，我抽不来这种东西。韦国柱说，这烟不错，我比较喜欢。赵青龙说，这种烟价格贵，普通人抽不起。韦国柱说，也就一百多块。赵青龙最看不惯这种财大气粗的样子，心想，早晓得碰到这个龟儿，就不来这家粉馆了。

金沙男人站在门口，提着喷火枪，朝挂着的山羊喷火。焰火蓝中透红，所到之处，羊皮慢慢变黑。随着嗞嗞的响声，周围飘浮着皮肉烧焦的味道。金沙婆娘系着围裙，在案板上切葱。韦国柱伸着脖子说，老板，加一碗粉。那个金沙婆娘抹着手，转身取砂锅。赵青龙经常来这家店，但金沙人记不住他的口味，老是弄错，于是赶紧补充说，不要放酸菜。

韦国柱摸出打火机，把烟点着，瘪嘴说，你原来抽过一段时间。赵青龙说，没烟瘾，后来就不抽了。韦国柱说，成天泡赌馆的，没几个不抽烟。赵青龙说，我不抽，但也不反感。韦国柱说，听说你的手气有点差。赵青龙说，逢赌必输，真他妈见鬼了。韦国柱说，输掉多少？赵青龙皱眉说，少说也有几十万。韦国柱说，确实糟糕。

赵青龙晦气地说，倒霉的时候，喝水都硌牙齿。韦国柱说，听说连房子也输掉了？赵青龙说，没办法。韦国柱说，赌桌上去得快，也来得快，也许再过几天就赢回来了。赵青龙说，没那种命。韦国柱说，以后赢到钱，到新城区买商品房，这种卵地方，脏不拉叽，住着没意思。赵青龙听到这话，觉得很不舒服。韦国柱说，我手里还有几套房，什么时候要，给你打九折。赵青龙说，我连个厕所都买不起。

韦国柱弹着烟灰说，要想挣钱，也有门路。赵青龙说，有狗屁门路。韦国柱说，我就想找你谈这个事情。赵青龙感到莫名其妙，说找我做什么？这时，羊肉粉端上来了。两口砂锅，腾着热气。韦国柱说，先吃东西。赵青龙发现羊肉粉上还有酸菜，就拿眼瞄金沙婆娘，觉得她的记性真被狗吃了。

羊汤在锅里不停冒泡。赵青龙拿着筷子把酸菜挑出来，然后噘起嘴巴，朝砂锅吹气。现在才吃东西，赵青龙早饿坏了，等不及温度变低，挑起来就往嘴里塞。他用力一吸，羊肉粉就像几条细长的白虫子，甩着尾巴往嘴里钻。赵青龙吃得很快，他边吃边想刚才的话。

韦国柱也吃得很快，他弄得汤汁乱溅。吃完羊肉粉，韦国柱抹着嘴巴掏钱。赵青龙没动，他想只要有钱，人确实会变。以前在一起混，什么都要自己付钱。想让韦国柱拿出几块钱，简直要他的命。那时候，韦国柱只抽两块钱一包的草海烟。即使抽那种便宜香烟，他也从不递给别人，自己摸出一支点上，就赶紧塞回去了。

从羊肉粉馆出来，韦国柱说，有个事情能够弄钱。赵青龙说，到底什么事？韦国柱说，找个安静的地方再说。赵青龙跟在后边，说搞得神秘。韦国柱说，这个不是小事。赵青龙说，只要能弄钱，让我把阎王爷的鸡巴割来都行。

二、陈明扬

陈明扬蹲在地上，拆解一台发动机。他先拧掉螺丝，接着倒机油，准备检查里面的东西。机油黏稠，倒半天还拖着一股黑得发亮的细线。陈明扬拿起扳手，正要卸零件，手机突然就响了。他擦掉手上的油污，摸出手机，看看上面的号码，迅速起身往外走。

场坝上停着几辆车。陈明扬钻进其中一辆吉普，关上车门接电话。他听着里面的声音，脸上说不出是什么表情。车里有两只苍蝇，嗡嗡地叫着。也许它们被困在这里很久了，振着翅膀想逃出去，但每次都撞在挡风玻璃上。

陈明扬挂掉电话，把座位调低，双手枕着脑袋，仰面躺着。车里密不透风，有些沉闷。阳光斜射进来，半空飘着许多细小的灰尘。陈明扬咬着嘴唇想，事情总算开始了。自从父亲死后，他总是不得安宁，经常梦到一块巨石朝自己凶猛滚来。他只能拼命奔跑，害怕稍微缓慢，就被碾到土里。这些年来，他老想起父亲惨死的模样。

事情发生在十多年前，那时陈明扬还在读书。宝州县自然环境差，但煤炭资源比较丰富。后来提出工业强省，要求所有地州市调整结构，建设一批各具特色的工业园区。省里的政策出台后，到处都在修建厂房，积极响应号召。

当时的县长骆玉民头脑灵活，他招商引资，找来福建的双鹰公司，签订合作协议，让他们把山里的部分村民安置到园区附近。这样不仅解决百姓的就业问题，更能加快工业园区的发展，条件是所有搬迁村寨的煤矿，全都交由双鹰公司开采。这个模式得到省里的高度肯定，宝州被确定为工业园区建设的示范点，迅速在全省推广。同时，也给骆玉民的晋升打下基础。

宝州县土地贫瘠，生态恶劣，庄稼收成不好。村民听说可以搬到城郊，还能打工挣钱，都很高兴。没想到搬过去后，才知道那些公司只是趁机圈地，他们建起简陋的厂房，但根本没开工的打算。村民不能进厂打工，也没有地种，生活过得艰难。有些年老的，只能在城里捡垃圾，年轻的就偷盗抢劫。但更多的村民，是逃回山里了。

这些村民跑回来，发现山里已经失去原来的模样，遍地坑洞，看起来就像数不清的疮疤。路上是厚厚的灰尘，车辆跑过，拖着长长的尾巴。路边的树，也都变得灰头土脸。要是把洗完的衣裳晾在门口，没过多久就沾满尘土，变得像脏兮兮的羊皮。

这些村民离开时，曾和双鹰公司签过租地合同。按照协议，双鹰公司租用两年，然后恢复原样。当初大家不清楚底细，以极低的价格把世代耕种的土地和山林租借出去。回来才看到，土地被刨得乱七八糟，即使回填夯实，里面也全是煤矸石，不要说种庄稼，就连种树都难得生长。山林更糟糕，地皮被剥开，有的山甚至削平了。还有部分土地没租出去，但路被挖断，同样没法去种。

陈明扬家在响水村，他的父亲陈俊生，看到土地遭毁坏，跟几个村民跑去阻止，结果差点挨打。双鹰公司说，已经付过租地款，再敢找麻烦就不客气了。后来，响水的村民想到办法，咬定合同上只租耕地，但村里的道路及其他东西并没包含，而且强烈的噪音和漫天尘土也影响生活，需要补偿。双鹰公司没答应，因为不仅响水村，他们在整个宝州县，甚至更广的地方都有布局。他们知道，一旦松口，就再也收不住了。

村民得不到补偿，联合起来堵路，并每天轮流值守，让双鹰公司采出来的煤炭运不出去。于是，祸根就这样埋下了。一天深夜，值班守路的村民正躺在简易棚睡觉，几十个蒙面人突然冲进来，把他们押到车上，拖到离村很远的地方。部分村民听到消息追过去时，天已经亮了。对方早有准备，村民们刚刚接近，就被那些蒙面人提着钢管打回来。

剩余的村民全部冲过去，结果再次被打散。当地的派出所赶到现场，但场面混乱，警力不足，根本控制不住。最后派出所的警车，只能当临时救护车用。陈明扬的二叔陈俊朗也在冲突中受伤，瘸着一条腿逃回家来。

双鹰公司不只在响水，在很多地方都碰到麻烦。开采进度跟不上，让公司老板余万程感到很头疼，后来他跑回福建。当他回来的时候，湖龙帮也随之而来。湖龙帮是很大的势力团伙，几十万人分布在世界各地，他们来到宝州后，迅速组建起一支强大的保卫队。在双鹰公司的采煤区域，布满配着对讲机和警棍的保安。这些安保人员分工明确，组织严密，有的负责固定岗哨，有的负责移动巡逻。甚至还有特别机动队，统一配备摩托车，只要有突发事故，立即以最快的速度赶赴现场。

响水村的煤层较厚，质量也好，看起来像银锭似的闪闪发光。要是用水冲掉炭块上的杂屑，把它揣在兜里，甚至连衣服都不会弄脏。负责保卫的几十号人员，就驻扎在离煤井不远的半坡上。响水的村民再也不敢阻挡，只能眼睁睁看着各种机械，把山岭开膛破肚。

陈明扬的父亲陈俊生，在村里比较有威望。他带着几个村民，准备悄悄到省里上访。没想到，刚摸到车站，就被逮回来了。半个月后的一天夜晚，有人冲到家里，打碎灯泡，把陈俊生拖走了。陈明扬和妹妹吓得躲在被窝，呜呜地哭。第二天早晨，陈明扬才在村口的山沟里，找到父亲的尸体。

陈明扬常常想起当时的场景，父亲趴在血泊中，脑袋上有几个窟窿，全身布满伤痕。警察跑来调查，但没什么结果。陈明扬的母亲死得早，家里只有他和妹妹。当时宝州县开展结对帮扶，副县长马平川恰好帮扶陈明扬家。最后经马平川过问，县民政局拨来两万块钱，才把陈明扬的父亲安埋掉。

陈明扬跑到西藏当兵，他希望能当特种兵，练好本事回来报杀父之仇。但很不凑巧，他被分配当汽车兵。兵种不理想，多少让他有些气馁。好在陈明扬专业技术过硬，体能也比较出众，于是被选拔成士官。陈明扬在西藏，一待就是五年，等他复员回来，双鹰公司和湖龙帮已经撤走了。

陈明扬打算回村种果树，但响水像个蜂窝，到处都是坑洞。山林土地被严重毁坏，要是种果树，恐怕十年都没法挂果。村里经常刮起黑色的旋风，以前很少出现这样的景象。陈明扬外婆的坟墓，在离村不远的半山上，前面有一个水潭。清明的时候，陈明扬去给外婆扫墓，发现那个水潭也莫名其妙干涸了。

陈明扬想在县城做生意，但几万块的退伍费根本不够。实在找不到出路，他只能在城边租了两间水泥砖搭建的简易房，用部队学到的手艺开修理厂。陈明扬的生意不怎么好，后来马平川无意中碰到，就特殊照顾，单位的车辆出毛病，都安排到这边修理。

陈明扬听马平川说过，税务局曾到双鹰公司收税，结果被赶出来，还说，公司挣的钱，差不多都送给你们领导了，还交个屁！陈明扬怨恨骆玉民，如果不是这个人，双鹰公司就不会来宝州。如果没骆玉民做靠山，湖龙帮也不敢这样嚣张，他的父亲更不会被人不明不白地打死。虽然没能找到骆玉民勾结余万程的证据，但陈明扬认定两者肯定有见不得人的勾当。

陈明扬曾经揣测，马平川和双鹰公司是否也有牵扯，但他最终打消这个念头。那时候马平川只是无足轻重的副县长，而且分管文教卫，即便真有这个心思，他也未必插得进手。马平川是恩人，早些年帮扶，给过陈明扬书学费。父亲出事，也是马平川解决的安埋费用。妹妹初中毕业后，想到深圳打工，结果被拐卖到河南，同样是马平川找公安局设法解救回来的。

之前陈明扬接的，就是马平川的电话。马平川和骆玉民都从县委办起步，他们一个当副县长的时候，另一个已经是县长。只是这些年，骆玉民走势更好。马平川还在县里任宣传部部长，而骆玉民早已调到市里，当政协主席。陈明扬横竖想不明白，他们共事多年，怎么非但没交情，甚至还结下深仇大恨。

自从复员回来，陈明扬没和异性交往过。曾有个乡镇女老师来修车，见他模样周正，能力也强，几次发起过攻势，但陈明扬始终揣着明白装糊涂。最终，那个女老师失去耐性了。其实这几年陈明扬都活在煎熬之中，父亲的死像团火苗，一直燃烧在他的胸口。也不晓得为什么，最后那团火越来越旺盛，简直烧得他皮焦肉裂。好多次从噩梦里惊醒过来，陈明扬都恨不能跑到码头，猛然跳进湖里，让冷水浇灭熊熊怒火。

在西藏跑车时，有一次运送物资，碰到山洪，但陈明扬死里逃生。他已家破人亡，觉得自己还能活在世上，是因为还有事情没做完。他要报仇雪恨，替父申冤。陈明扬不敢结交女朋友，是害怕连累对方。陈明扬早就开始寻找复仇的机会，他对市里不熟，如果在那边动手，恐怕难以脱身。他打算等逢年过节，趁目标回宝州再伺机行动。但先前接到的电话，让他改变原来的计划。

陈明扬两手枕着脑袋，仰面躺在座位上。那两只苍蝇还在车里，到处乱撞，试图寻找出路。陈明扬在吉普车里坐了好大一阵，才慢慢钻出来，重新蹲在那里拆发动机。由于走神，竟然几次拆错零件。他干脆扔掉工具，胡乱吃点东西，钻到被窝里睡觉。

陈明扬醒来的时候，已经凌晨四点。他找出一顶鸭舌帽戴在头上，裤兜还揣着一双白手套。他开门往外走，打算去什么地方弄辆大车。修理厂在城边，周围尽是低矮破旧的楼屋，有的地方挂着广告牌，半边闪光灯坏掉，看起来有些诡异。陈明扬缩着脖颈往前走，眼睛的余光到处搜索。路边停放着的，差不多都是越野车和各种轿车，根本没见大型车辆。

陈明扬突然想到，往前两里的地方，有个废弃的加油站。陈明扬几次经过，都看到一辆四桥车停在那里。陈明扬抬腿往加油站走，月亮不怎么好，路面灰蒙蒙的。他走到加油站，看看四周，然后戴上手套。他将一把特制的钥匙插进锁眼，猛地用力，咔嚓一声，车门就开了。

陈明扬钻进驾驶室，伸手在方向盘的下面摸索，终于摸到三根线。他知道，细的是启动线。另外两根粗的，是马达线和电瓶线。他把两根线扯断，搭在一起。嗒嗒几声，没能打着。陈明扬弯着身子，边搭线，边竖起耳朵听。他很快就听出问题，这辆车的马达出毛病了。

陈明扬从车里溜出来，准备重新物色一辆。他连找几个地方，都没找到合适的车辆，索性跑回修理厂，拿回一个马达。陈明扬手脚麻利，没过几分钟，就把马达装上了。陈明扬启动四桥车，顺着公路跑。抵达黑泥沟后，他把车停在路边。他的斜对面，是一座煤矿。

最近几年，宝州县搞矿产结构优化升级，对产量较低、布局不合理的煤矿进行合并，实现统一规划，提升矿井的综合能力。煤矿整合的好处是，生产得到提高，安全也有保障，弊端是资源近似垄断。有一座证照齐全的煤矿，无疑是坐拥金山。而黑泥沟煤矿，是全县最大的一座。

天色还早，周围空荡荡的，鬼影都看不到一个。陈明扬蜷着腿，躺在座位上，觉得时间缓慢。陈明扬清楚记得，自从父亲上访被逮回后，村里的防范更严格了。保卫队随时流动巡查，还在路口设立关卡。所有进出村民，都遭到检查盘问。最紧张时，甚至要凭身份证才能通行。陈明扬很是愤懑，他想不明白，怎么无端受这种欺凌。

陈明扬找不到余万程和湖龙帮，只能把这笔账算在骆玉民的身上。想到马上就能动手报仇，陈明扬有些按捺不住。太阳越来越高，光线有点刺眼。陈明扬从反光镜里，看到一辆黑色的奔驰从后面驾来。接着，那辆奔驰顺着岔路，拐进煤矿去了。陈明扬咬着嘴唇，紧紧盯着前方。四五十分钟后，那辆奔驰慢慢从矿区跑出来。陈明扬把车启动，等奔驰驾到正路时，蓦然踩紧油门冲过去。

嘭的一声巨响，两车剧烈碰撞。陈明扬身体前倾，胸口抵在方向盘上，抵得肋骨疼痛。四桥车推着奔驰往前滑动几米，终于停下来了。奔驰车的前部分彻底变形了，挡风玻璃碎得到处都是，驾驶员伏在里面，看不出死活。陈明扬开着偷来的四桥车，慌忙逃离现场。

三、王建峰

王建峰像疯掉似的，到处寻找李婵娟。就算在炎热的土地上洒几滴水，多少也会留下痕迹，他不相信一个人会消失得无影无踪。费尽周折，他终于打听到，李婵娟的闺蜜张清芳在白马塘教书。他想，这次或许能得到李婵娟的消息。他顾不上给所长打招呼，开着门口那辆猎豹车就跑。白马塘离县城不远，没过多久，他就找到张清芳。

那时候，张清芳刚上完第一节课，从教室走出来。知道他的来意后，张清芳拍着手上的粉笔灰说，这事找我没用。王建峰说，你跟她是闺蜜。张清芳说，我确实不晓得她在哪里。王建峰说，你肯定瞒着我。张清芳说，两年前她倒是给我打过电话。王建峰急忙问，她说些什么？张清芳说，当时她说想去广东打工。王建峰说，到底去没？

张清芳摇头说，后来再也联系不上了。王建峰说，真怕她有啥三长两短。张清芳说，你应该找她家里人。王建峰说，我跑过几次，也不晓得为什么，直接把我轰出来了。张清芳说，她有个妹妹，你可以去问一下。王建峰说，我只差跪下央求了，她就是不搭理。张清芳说，也许真不想见你。王建峰说，但你们关系好，怎么也不联系？张清芳说，可能她伤透心了，只想躲起来一个人过安静的生活。

王建峰咬牙说，无论怎样，我都要找到她。张清芳蠕着嘴唇，似乎想说什么。王建峰说，我会请她原谅，然后回到我身边。张清芳说，莫非你真不知道她为什么躲起来？王建峰沮丧地说，怨我不够坚定。张清芳说，看来你什么都不清楚。王建峰眨着眼睛，满脸困惑。

张清芳说，你们分手后，她发现自己怀孕了，悄悄跑到医院堕胎，结果婴儿已经成形了，是对双胞胎。王建峰吃惊说，你怎么知道？张清芳说，她离开医院就给我打电话，哭得很伤心。王建峰说，她应该告诉我的。张清芳说，那时你们刚刚吵架。王建峰愧疚地说，我确实不晓得这个事情。张清芳说，严重的是，医生说她再也不能生育了。王建峰没想到弄成这样，突然感到难受。张清芳叹气说，她这辈子，算是被毁了。

从白马塘往回走，王建峰心里有些沉重。早几年，他在省城读警校，女朋友李婵娟在那边读医学院，平时各自在学校读书，周末约会。王建峰想当警察，李婵娟想当医生。按照当初的设想，他们毕业回来就结婚，然后一个争取考进公安局，另一个争取考进县医院，生活跟理想两不耽误。

王建峰长得俊朗，篮球也打得好，有个女同学非常喜欢他。只要王建峰接到球，那个女同学就在场边喊加油。有一次，两个班级的学生比赛，规定输的请客。吃饭时，那个女同学跟着去了。王建峰带着球队赢得比赛，比较兴奋，喝得有点过量。当晚，他和那个女同学睡在一起。

事情败露，他们大吵一架，然后分手了。冷静下来，王建峰后悔了，打算等李婵娟消气了，就跑去认错。没想到，他找到医学院时，李婵娟已经不知去向。王建峰到处寻找李婵娟，简直快要疯了。在此之前，他横竖想不明白，李婵娟还没毕业，怎么就离开学校。直到今天，他才搞清状况。王建峰坐在猎豹车里，精神恍惚。他不知道，是否还要继续寻找李婵娟。

经过一片树林，猎豹车噗噗几声，突然熄火了。王建峰拧着钥匙连试几次，丝毫没着火的迹象。他害怕造成交通堵塞，跳下来把车推到路边。离县城还远，他不知道怎么办。王建峰想起前面有个砖厂，那些开装载机的师傅，似乎都会修东西。他想实在不行，就借辆摩托先回城里。

王建峰顺着公路往前走，拐过弯道，看到前面挂着块破铁片，上面锈迹斑斑，写着修理厂的救援电话。他掏出手机拨通号码，把地址告诉修理厂，然后回到车里。猎豹车有些年头了，看起来非常破旧。坐垫上有两个破洞，里面露出脏兮兮的海棉。去年县里开旅游发展大会，请来许多嘉宾。有几个皮条客不知好歹，仍然往各酒店发招嫖名片。仅一个晚上，领导就在门缝边捡到七八张，觉得脸上无光，责令公安局严查。这辆猎豹车，就是那次扣留的。也许是嫌车破旧，罚款不划算，始终没人来取。有时所里的车忙不过来，大家就用这辆破猎豹。钥匙挂在办公室，谁都能用。

王建峰坐在猎豹车里，仰起脸，身体靠在座位上。路边的树紧紧挤在一起，它们枝叶茂密。车里很安静，听不到风声，但能看到树叶不停摆动。王建峰又想起李婵娟的模样了，她长得清秀文静，个头不高，但五官非常精致，越看越觉得漂亮。尤其是鼻梁左侧的黑痣，让她显得更有韵味了。王建峰曾以为会和她一辈子过下去，没想到弄出后来的事情。

王建峰想到张清芳的话，感到有些压抑。他坐在车里，好半天没动弹。时间慢慢过去，修理厂的车终于来了。修理工很年轻，穿着迷彩服，过来问情况。王建峰看着修理工，觉得他有点特别，主要在于眼神。普通人的目光，都比较慵松懒惰，但这个修理工的眼睛，却显得炯炯有神。他取出工具箱，掀开猎豹车的引擎盖，仔细检查。王建峰见他身体健硕，手脚灵活，忍不住说，你当过兵？

修理工说，在西藏当过五年。王建峰说，我有同学在那边当兵，听说环境恶劣。修理工说，夏天还好，就是冬天冷得受不住。王建峰说，你既然当兵，怎么会这个？修理工说，我当的是汽车兵。王建峰说，汽车兵都会修车？修理工说，在那边跑车，这些是基本功，车辆坏在半路，只要发动机没毛病，其他的差不多都能自己解决。

王建峰来兴致了，说那边路况怎样？修理工顺嘴说，许多地方是山路，跑起来耗油。王建峰说，早就想去西藏，一直没去成。修理工说，如果自驾游，最好开越野车，轮胎也该使用纹理深的。王建峰说，会不会缺氧？修理工说，每个人的身体状况不一样。

修理工鼓捣一阵，说可能是燃油泵出问题了。王建峰说，那怎么办？修理工说，只能先把车拖回去。王建峰站在旁边，感到有些晦气。修理工直起身时，伸手按胸部。王建峰说，你不舒服？修理工说，老胃病。王建峰说，看来当兵还是辛苦。修理工说，经常跑长途，差不多每个汽车兵都有胃病。王建峰说，原来以为只有我们警察饮食不规律，没想到当兵也是。修理工把引擎盖放下来，边按边拿眼瞥他。

他们拴好拖车绳，修理工驾车在前面拖，王建峰挂着空档，握着方向盘跟在后面跑。没走多远，王建峰接到所长电话。所长慌忙火急地说，你跑哪里去了？王建峰说，在外面办事。所长说，出事情了，你赶紧回来。王建峰无比焦急，但这种情况，没法跑快。尤其碰到下坡，王建峰怕突然撞上去，只得踩着刹车，控制车速。

王建峰把车弄到修理厂，抬腿就跑。他冲进派出所，只有两个协警守在办公室。看到王建峰，他们说，所长到处找你。王建峰喘着气说，出什么事了？协警说，交警队接到报案，说黑泥沟发生重大交通事故，经过现场勘查，觉得不像意外事故，于是打电话过来。王建峰说，伤亡情况呢？协警说，听说死掉一个，连刑侦队都赶去了。

王建峰想去现场，但所里的车出去了。他抹着额头上的汗水，急得要命。现在不仅刑侦队去了，连派出所也倾巢出动，看得出来，事情确实严重。王建峰在办公室不停地喝水，他坐立不安。几个小时后，所里的警员回来了。看到所长沉着脸走进来，王建峰赶紧站起来。所长顺手把警帽扔在桌上，指着他的鼻尖训斥。其他民警晓得所长性格火暴，各自埋头做事，都不敢劝阻。

王建峰知道自己做了错事，盯着脚尖不敢吭声。离派出所不远的地方，是财政所。那边几个新来的年轻人都喜欢打篮球，他们崇拜王建峰，说他打球技术好，运动能力也强，要是省里有球队，肯定是专业球员。见所长骂得难听，王建峰有些尴尬，他想要是让财政所的几个年轻人听到，那就丢脸了。

所长骂得口干舌燥，气呼呼地端着茶杯喝水。王建峰见他没再骂的意思，赶紧退开。他从所里出来，就给何信友打电话。他们是警校的同学，后来一起考进公安局，区别是何信友进入刑侦队，而王建峰则分配到派出所。王建峰说，老何，究竟是啥情况？

电话里声音嘈杂，何信友说，勘察路面痕迹，初步预判为凶杀。王建峰说，弄清死者的身份没有？何信友说，事情弄大了，死的是黑泥沟煤矿的老板。王建峰感到吃惊，黑泥沟煤矿的老板骆永川，是市政协主席骆玉民的独生子。何信友说，我这边有事，回头再给你说。王建峰还想再问，但那边已经挂电话了。

王建峰想，难怪所长像吃火药，这回问题严重了。所长不太喜欢王建峰，觉得他不肯本分做事，老是胡思乱想。王建峰原本想去刑侦队，结果分到派出所。两者都是公安系统，待遇上没多大区别，但工作性质有差异。派出所的工作非常琐碎，调解纠纷、办理户口、扫黄抓赌……甚至上街巡逻，什么屁事都做。刑侦队就不同了，主要负责各种刑事案件，要是嫌犯出逃，还可以展开一段冒险，到处追捕。

王建峰最爱看警匪片，每次看都热血沸腾。他希望自己能像电影里那些英雄警察，跟歹徒斗智斗勇，除暴安良。王建峰嫌派出所没意思，他想现在是调换岗位的机会。王建峰知道，刑侦队的队长是大名鼎鼎的杨云霄，他比较欣赏何信友。王建峰打算暗暗侦查，要是能找到蛛丝马迹，给破案提供帮助，到时让何信友牵线，也许可以向县局提出申请，把自己正式调入刑侦队。

四、赵青龙

赵青龙很憋屈。那天吃完东西，韦国柱把他拉进旁边的巷道，说有个事情可以挣钱，就看你有没有胆量。赵青龙眍着眼说，你觉得我有没有这个胆呢？韦国柱说，我思来想去，确实只有你最合适。赵青龙说，到底做什么？韦国柱伸手在脖颈比画，说做这个。赵青龙瞪眼说，杀人？韦国柱张望四周，看到附近没人，说到底敢不敢？

见他迟疑，韦国柱说，如果你不敢，我找其他人。赵青龙说，多少钱？韦国柱说，保准让你满意。赵青龙说，只要价钱合适，啥都好说。韦国柱说，本来可以找别人，但听说你忙用钱，索性让你来做。赵青龙晦气地说，它妈的，连裤子都快输掉了。

　　韦国柱说，这种事情，千万不能拖泥带水。赵青龙说，这个我晓得。韦国柱感慨说，当年扛着刀，可以从街上追去砍去，现在不行了。赵青龙疑惑说，在宝州，什么人敢得罪你？韦国柱说，不是我的事。赵青龙说，那是谁的事？韦国柱说，晚上九点，你到凤山顶上的观景台等着，雇主会来找你。

　　韦国柱离开后，赵青龙仍然抱着胳膊，弯着一条腿，斜斜靠墙站在那里。太阳暖融融的，照在身上很舒服。周围的楼房比较矮，靠近街道的还好，至少也有三五层。那些背街的地方多半是瓦房，年久失修，破烂不堪。如果不是地处县城，宅基比较值钱，简直和农村差不多。

　　韦国柱家原本也在老城区，跟赵青龙家离得不远，都是两所破旧的老瓦房。那时候，他们一起在宝州混社会。赵青龙是老大，韦国柱是老二，两个都是响当当的角色。闯荡几年，韦国柱混进城管队，还当上队长。他满身江湖习气，没过两年，就在执法过程中弄出事情，丢掉工作。好在县里开发新城区时，韦国柱在那边弄到一块上千平米的土地。随着新城区的繁荣发展，那块土地也陡然增值。后来有人找他投资，在那块地上建楼房。投资方得下面四层商铺，韦国柱得上面六层住宅。

　　赵青龙和韦国柱是铁杆兄弟，曾在一起出生入死，他们关系非常好，后来就慢慢疏远了。赵青龙输得眼红，他削尖脑袋，到处弄钱。差不多能借钱的地方，他都跑去借过。以至亲戚朋友看到他，远远就躲开了。赵青龙几次想找韦国柱，但很快打消念头。他觉得自己丢不起这个脸。

　　今天碰到韦国柱，他多少有点意外。韦国柱财大气粗的样子，让他很不舒服。韦国柱说有门路弄钱，没想到居然是杀人。他想知道雇主的底细，但韦国柱神神秘秘，没透露半点信息。

　　快到九点时，赵青龙开着那辆破微型车，跑到凤山顶上的观景台。月亮不怎么好，灰蒙蒙的。一辆黑色的轿车停在对面。赵青龙坐在车里，拿不准是不是雇主。这时，轿车突然连闪两下灯光。赵青龙低着头走过去，他刚走近，车门就打开了。

　　车门打开时，里面顶灯亮了一下。赵青龙看到里面坐的是毛俊卿，这让他感到有些意外。毛俊卿是骆玉民的夫人，她满头卷发，体形稍胖。白元勋在宝州时，跟骆玉民走得比较近。赵青龙曾跟着白元勋，几次去过骆玉民家。那时候，骆玉民还在宝州当县长。

　　毛俊卿没认出赵青龙，说你知道做什么吧？赵青龙说，知道。毛俊卿坐在那里，傲慢地说，这笔钱不是好挣的。赵青龙看到她居高临下的样子，觉得有点不舒服，回答说，我晓得不好挣。毛俊卿说，如果后悔，还来得及。赵青龙有点不服气，说要是害怕，我就不来了。毛俊卿说，这种事，要做得干脆利落。赵青龙说，我会处理好的。

　　毛俊卿拎出一个布袋，说最好别让我失望。赵青龙接过来，感到沉甸甸的。毛俊卿说，还有一部手机。赵青龙伸出手，果然摸到一个鼓鼓的东西。毛俊卿说，里面存着我的号码，有事可以联系。赵青龙想，做事谨慎，这个女人不简单。毛俊卿说，完事以后，立即把手机扔掉。赵青龙说，我明白。毛俊卿说，要是事情败露，往后别留在宝州了。

赵青龙说，我懂规矩，真出问题，我会自己扛下来，不牵连任何人。毛俊卿说，听说信得过，所以才来找你。赵青龙说，目标呢？毛俊卿递来一张相片，恨恨地说，就是这个贱人！赵青龙打开手机电筒，发现居然是个年轻姑娘。赵青龙说，在什么地方？毛俊卿说，还没找到准确地扯。赵青龙瞪眼说，那怎么动手？毛俊卿说，如果不在海南三亚，就在黔东南镇远，你要做的第一件事情就是把她找出来。

毛俊卿开着车走了。赵青龙把布袋拎到微型车上，打开一看，里面是二十万崭新的钞票。他无比兴奋，打算先还掉部分高利贷，剩余的拿来扳本。他看不惯韦国柱猖狂的样子，他想早晚有一天，自己也会暴富的。在赌桌上传奇故事没少发生，他认识的一个老师，从来不上课，成天赌钱。那个老师就赢了上千万，好像还注册了一家抵押担保公司。

赵青龙站在观景台上，眺望远方。前面是县城，新城区灯火辉煌。相比之下，老城区的灯光就黯淡多了。早些年，赵青龙曾在这座城市威风凛凛，无论走到哪里，别人都敬畏有加。如果说宝州有两个社会秩序，那赵青龙无疑就是地下秩序的维持者。

最开始，附近农民经常背蒜薹红豆之类的东西，跑到老城区来卖。北门那帮商贩，也跑到这边做生意。只要看到老城区的人收东西，他们肯定冲过来把秤砸掉，如果顶嘴，保准还要挨打。老城区的人甭说做生意，就算买几个鸡蛋吃，也都提心吊胆。

赵青龙和韦国柱年轻气盛，看到街坊邻居受欺负，就把同龄人发动起来，驱赶北门的商贩。北门的地痞流氓十分猖狂，听到风声后，反过来追砍。北门的人多，下手也狠，几次交锋都取得胜利。老城区的年轻人被打得头破血流，满街逃窜。赵青龙和韦国柱不服气，挑出有胆量的年轻人，躲起来喝血酒，组成"黑颈鹤敢死队"，然后给北门的地痞流氓下战书。

那天傍晚，两伙人来到凤山寺的场坝上。赵青龙提着一把锋利的杀猪刀，率先往前冲。北门有几十个人，老城区只有十多个，双方展开激战。北门的地痞流氓虽然人多势众，但看到对手这样亡命，很快就乱了阵脚，最终溃败。老城区的"黑颈鹤敢死队"，由此威震宝州。

县城的许多青少年，看过香港电影《古惑仔》，早就热血沸腾。听到敢死队的威名，纷纷加入。随着队伍的扩增，他们决定从赵青龙和韦国柱两人当中，推选一个当头领。赵青龙勇猛，打起架来，就算碰到神仙，他都敢冲去戳几刀。韦国柱下手狠，同样是敢死队的中流砥柱。两个人呼声都很高，不好抉择。

　　别的团体争权夺利，是相互斗争。他们争夺头领的位置，是在自己的身上比狠。赵青龙和韦国柱各拿一把牛角刀，用手捏着，只露刀尖，飞快往自己的身上扎。他们把自己扎得像张破渔网，全身血淋淋的。最后，他们扔掉牛角刀，彼此搀扶，跑到医院缝针。医生看到他们的模样，吓了一跳。几个医生累得腰酸背疼，好不容易才把密匝匝的伤口缝完。

　　赵青龙和韦国柱等伤好之后，重新把手下兄弟召集起来，当着大家的面数伤疤。谁的伤疤多，就做"黑颈鹤敢死队"的头领。最终的结果是，赵青龙成功当选。许多拉帮结派的青少年，迄今仍为争夺权力而厮杀。但多年过去，从来没人敢再尝试用赵青龙和韦国柱曾经的方法解决问题。

　　赵青龙声名远扬，无论走到哪里，都前呼后拥。他的鼎盛与衰落，都和白元勋有莫大关系。当年双鹰公司到宝州发展煤矿，不断遇到阻力，甚至屡次和当地农民发生冲突。双鹰公司已经投下大量资金，不能顺利开工，别说营利，连成本也无法收回。于是，双鹰公司的老板余万程把白元勋请来，帮助维持矿区秩序。

　　白元勋是湖龙帮的重要头目之一，主要混迹于温哥华。白元勋带着几十名骨干来到宝州，找到赵青龙，让他帮忙组建保卫队。赵青龙在宝州一呼百应，他一句话，手下的上百号兄弟纷纷加入。随着采煤区的扩张，又陆续招兵买马，先后招募几百个无所事事的青少年参加保卫队。

　　保卫队经过白元勋带来的几十名骨干，分批进行组织培训，变得纪律严明。还由双鹰公司配发的统一装备，看起来简直像一支军队。赵青龙跟着白元勋，经常和骆玉民等县领导在一起打麻将泡澡堂。那时候，赵青龙风光无限，他觉得自己简直就像土皇帝。只要他愿意，在宝州几乎没做不到的事情。

　　赵青龙还没从黑道皇帝的梦幻里醒来，湖龙帮就已撤离宝州。而最让赵青龙痛苦的是，他无比敬仰的白元勋，居然在离开时带走了他的老婆。赵青龙的老婆，是宝州远近闻名的美人。每一个领域，只要做到超群出众，差不多都能获得女人的爱慕，混江湖同样如此。何况是在自古好勇斗狠、民风彪悍的宝州县。

　　曾让赵青龙感到得意的，是自己能在宝州呼风唤雨，还有就是征服了这个县城最漂亮的女人。没想到，赵青龙引以为豪的两样东西，竟然同时离他而去，这让他猝不及防。以前，赵青龙虽然也打麻将，但只是消遣娱乐。自从媳妇跟白元勋跑掉，他陡然觉得心里空荡荡的，难受得要命，于是慢慢沾上赌博。只有赌钱的时候，他才会暂时忘记痛苦和难堪。

五、陈明扬

陈明扬拿着套筒扳手，蹲在地上拧轮胎镙丝。他手上使劲，鼓着肌肉，把镙丝拧得咯噜响。陈明扬刚把轮胎拆卸下来，就发现光线暗了一下。拧过头，他看到那个年轻警察站在门口。陈明扬站起来，警惕地看了一眼窗口。窗户没关，风灌进来，呼呼地响。

别的修理厂，地理位置占得好，刚开张时，也都在宣传上花过功夫。陈明扬这里稍微偏僻，也没钱打广告。他琢磨了几天，想到一个省钱的方法。他找来许多破铁片，用喷漆写上电话号码，到处悬挂。这个方法效果不算好，但不能说没有。那天接到救援电话，陈明扬赶过去，碰到的就是这个警察。他穿着便衣，开着辆破猎豹。陈明扬本来没怎么注意，闲聊才晓得他的身份。陈明扬当即一惊，镇定下来后，猜测这人是新警察。这不仅是从年龄上得出的判断，而是老警察身上有个通病，都有种舍我其谁的傲慢。

年轻警察走进来说，在忙啊？陈明扬拍着手上的灰尘说，补轮胎。年轻警察说，猎豹修好没？陈明扬说，还要等两天。年轻警察皱眉说，我忙着用车。陈明扬说，我这里没合适的燃油泵，已经从省里发货了。年轻警察催促说，你抓紧时间。陈明扬说，零件送来，我马上就弄。

年轻警察张望说，你是老板？陈明扬说，哪是什么老板，混碗饭吃。年轻警察说，厂里没帮手？陈明扬说，有两个修车师傅，这几天请假回去了。年轻警察说，开修理厂，最少也得请几个修理工，没见过一个人弄的。陈明扬搓着手上的油污，表情尴尬。年轻警察四处看看，揣着两只手走了。

陈明扬坐在轮胎上，多少有点懊丧。想起来，这些年什么事都不顺利。他母亲原来很勤快，老是忙出忙进。有一天早上，母亲去割草喂牛，中午还没回来。大家感到奇怪，出门寻找，才发现她顺着山坡滚下来，喉咙跌在自己的镰刀上。父亲的性格本来很好，从那之后，慢慢就变了。父亲经常喝酒，每次都喝得烂醉。

响水村山大沟深，落后闭塞。陈明扬想好好读书，以后离开那个鬼地方。但那边教学质量差，初中毕业后，他就回家种地。家里出事后，他跑到西藏当兵。在跑长途的过程中，陈明扬最怕的不是汽车半路抛锚，也不是挨冷受饿，而是难以忍受的寂寞。看着荒凉的公路，陈明扬常常产生错觉，仿佛这个世界上，只有自己一个人孤独存在。光阴难熬，陈明扬老想起父亲惨死的景象。

陈明扬想不通，父亲诚实正派，在村里比较有威望，他是因为上访才被人打死的，但警察跑来查案，偏说找不到线索。听说保卫队在许多地方，都和百姓产生过冲突，有不少村民被打伤，但每次处理都草草了事，顶多给点医药费。再顶多，也就捉个人随便拘留几天。他们最终出事，是因为一场影响恶劣的内部斗争。

据说那天晌午，陈明扬的二叔陈俊朗，正在修补开裂的墙壁，突然看到远处腾起一股黑色的尘土，就像一条巨大的蟒蛇在山上翻滚。他扔掉手里的东西跑出去，看见几十辆摩托冲到煤井前，然后一群手拿刀枪棍棒的人跳下来，在那里指手画脚。接着，陈俊郎看到旁边的树林里，钻出几百个身穿迷彩服的人。双方像打仗似的，凶狠地打起来。

陈俊朗感到惊讶，他家靠近山顶，离煤井不算太远，居然没发现有这么多人埋伏在那里。那些骑摩托的人比较少，在打斗中渐渐处于劣势。他们想跑，但退路被截断，摩托车也被砸成废铁。陈俊朗忘记了做事，伸着脖子在那里站了一个多小时，他看得心惊肉跳。那些骑摩托车的人起先还能抵抗，随后被打倒在地。

陈俊朗站在门口，看到那些人抱着脑袋滚来滚去，鬼哭狼嚎。没过多久，陈俊朗见几个人顺着地埂爬上来，慌慌张张往他屋里跑。陈俊朗估计这些人是趁着混乱逃出来的，他想阻止，但害怕挨打，只能眼睁睁看着几个人往屋里钻。那些穿迷彩服的发现有人逃走，提着钢管，在村里到处搜索。

那几个躲藏在陈俊朗家的人被搜出来了，他们被拖到场坝上，按在地上毒打。开始他们还能哀求，渐渐只能蠕动呻吟。后来，就趴在地上不动了，只听到钢管打在皮肉上，嘭嘭钝响。场坝上满是血渍，甚至还有几只遗落的鞋子。陈俊朗简直吓坏了，站在那里打哆嗦。

那些穿迷彩服的打累了，在那里抽烟休息。然后，他们钻到屋里找东西。他们翻箱倒柜，弄得乱七八糟。他们没找到想要的东西，抬着那些挨打的人离开了。傍晚，警察也来了，同样满屋乱翻。陈俊朗感到疑惑，不知他们到底找什么。直到最后问话，陈俊朗才晓得他们在找枪。

很久以后大家才知道，操纵这次群殴的是白元勋和余万程。白元勋带着几十名得力干将来到宝州后，先是依附双鹰公司，负责采矿区域的保安工作。坐稳地盘后，白元勋慢慢染指煤矿，触及双鹰公司的利益。由此，余万程和白元勋渐生矛盾。余万程非常敏锐，在白元勋势力还没坐大的时候，就借用对方的组织模式，开始培养自己的队伍。那次惨烈的斗殴，是白元勋指使手下，前来抢占双鹰公司的煤井。没想到的是，双鹰公司提前埋伏。

那时候陈明扬还在西藏，当他回来才听说这个事件。他不清楚具体的伤亡人数，只晓得那次血案，共有三四百人参加。由于涉枪必追，省公安厅等多个部门联合执法，关闭涉案矿区，没收采煤设备。也正是这次打击，致使双鹰公司和湖龙帮匆匆撤离。

从军营回来，陈明扬找不到事做，只能利用自己的部队学到的手艺，办起这个修理厂。同样是修理厂，但陈明扬的规模小，生意也冷清。他接的生意，差不多都是加气补胎之类的零碎活。就连刮灰喷漆，也都是大修理厂忙不过来，人家才把车开到这里的。

陈明扬请来两个修车师傅，按照口头协议，他们拿的是底薪加提成。底薪只够生活费，生意惨淡，提成根本指望不上。半个月之后，他们请假说想回去几天。陈明扬见他们的神色有异，已经猜到几分。果然，前些天陈明扬从一个修理厂门口经过，看到他们在里面干活。

陈明扬过得压抑，不知道修理厂怎么维持下去。越是烦闷，就越容易胡思乱想。他觉得自己活着的唯一目的，就是要报仇雪恨。多年以来，怒火始终憋在他的胸口。生意糟得一塌糊涂，那团火越来越旺盛，烧得他血肉焦枯。白天感到憋屈，晚上就做噩梦。那块梦里的巨石，老是穷追不舍，他每次惊醒，都痛苦不堪。他常用脑袋撞墙，硬把墙壁撞得咚咚响。

那天接到马平川的电话，他没丝毫犹豫，马上就采取行动。他开着那辆偷来的四桥车守在路边，趁着奔驰车从煤矿驾出来，猛然迎面撞去。做完事情后，陈明扬发现自己没半点兴奋，只感到鼻梁发酸，莫名想痛哭一场。

陈明扬开始有些紧张，但他回到修理厂后，慢慢就镇定下来了。马平川是县委宣传部部长，少不得和公安打交道。马平川知道现在的侦查技术，特意嘱咐几个事项，还让他千万别留下任何痕迹。陈明扬做得干脆利落，他不相信警察能够抓住自己。

陈明扬报复的重点对象是骆玉民，他觉得这个人才是罪魁祸首。就在陈明扬考虑怎样才能除掉目标时，马平川再次找到他。马平川交给他一张相片，说你要斩草除根。陈明扬接过来看了一眼，说只是个小孩子。马平川说，这是骆玉民的独孙子，既然想报仇，就要断绝他的香火。陈明扬看着相片，没吭声。马平川说，出事以后，他就把孙子藏起来了，等我找到准确地点，你就动手！

六、王建峰

县局成立专案组，由分管刑侦的曹副局长担任组长。由于警力不足，要从各城区派出所抽调警员。接到通知，所长就拿眼睛到处找王建峰，让他晌午去县局报到。王建峰是直肠子，肚里装不住话，有次喝酒，感慨说，在派出所有卵意思。旁边的民警说，那你想干吗？王建峰喝得高兴，没注意所长的脸色，喷着酒气说，还是搞刑事工作好。旁边的民警说，别人嫌搞刑侦危险，你倒好，偏偏喜欢这种工作。王建峰攥着酒杯说，我的理想是当刑警，专门收拾那些社会败类。所长不太喜欢王建峰，趁着这次机会，正好把他派去。

事情凑巧，王建峰抽到刑侦队的第二天，就接到派出所的电话，说有护林员在沙石坡的树林里发现一辆烧毁的货车。他们赶过去，看到一辆大型货车斜斜停在草地上，中间部位烧得黑乎乎的，只剩车头和车尾没燃烧的痕迹。地上的野草也被烧掉大片。看得出来，有人用硬物把油箱凿出两个洞，然后放火烧车。如果不是斜坡，油淌得快，这辆车早就烧成废铁了。

　　负责技术的警员勘验驾驶室，试图从里面提取到有用的物证。但轮胎燃烧时冒出的黑色的灰尘，落得到处都是，就算有痕迹也被盖住了。随后，他们以货车为圆心，往周边弧射梳理，仔细在树林和草地寻找，看看有无足迹，烟头之类的东西。王建峰弯着腰，找得认真。自警校开始，王建峰就查阅了大量有关刑事案件的文章，他得出的结论是，没有天衣无缝的谋杀案，无论凶手怎样小心谨慎，都难免留下痕迹。在一个命案里，有时甚至能够提取到几十处遗留物证。

　　每次翻阅相关资料，王建峰都遗憾自己当时没能参加侦办。在他的阅读经验里，几乎没有特别离奇的案件。北京一个厨师拿片鸭刀抢劫杀人后，把身上穿的衣服裤子烧掉，偏偏把刀冲洗后放回厨房。在西安，嫌疑犯临走时，竟然在窗帘上抹鼻涕。浙江一起女性死亡案，没找到相关物证。法医关紧门窗，戴上手套打蚊子。然后经过检验蚊子血，发现其中有六名男性和一名女性的血液。随后，围着血液展开排查，终于找到嫌疑犯。现实里的凶杀案，远不及电影里的那样精彩，似乎只要细心，总会有迹可循。遗憾的是王建峰在附近寻找几个来回，也没发现半点蛛丝马迹。

　　现场勘查的第二天，开技术分析会。曹副局长坐在上首，端着茶杯说，县领导对这桩案件非常震惊，责令我们加大力度尽快侦破，案情的进展，需要随时上报，大家说说自己的看法。杨队长说，我再介绍一下情况，接到报案后，交警赶到黑泥沟，发现并不是简单的交通事故，于是向110指挥中心反馈，最后交给我们处理。

　　刑侦队是县局的招牌。而队长杨云霄，则是刑侦队的灵魂人物，由他抓捕的犯罪分子不计其数，即使在全省的公安系统，也是有名的角色。王建峰见他发言，两只耳朵立即竖起来。杨队长说，凶手试图伪造成意外事故，但通过勘验，根本不符合交通事故的特征，网安组曾对案发时段所有经过现场的手机网络轨迹进行分析，但没取得成效，由此可见，行凶者有详细的预谋，或许还有反侦查能力。

　　王建峰忍不住说，凶手会不会是警察或者退伍军人？杨队长说，不排除这种可能。王建峰说，云南昆明曾经出现过一个武装抢劫团伙，短短两个月时间，先后作案二十三起，杀死十九人，重伤一人，主犯就是警察和军人，他们没具体的作案动机，仅是受过几个处分，升迁无望报复社会。

　　技术组的田二旺说，那辆被烧毁的货车，可以确定为肇事车辆，我们发现启动线和马达线被人为扯断，估计是偷来的，所以初步推断，凶手对车辆比较熟悉。杨队长说，有没有查过失窃车辆？田二旺说，目前没接到报案，但通过发动机号和大架号，已经查到车主资料。杨队长说，车辆被盗却没来报案，确实有点蹊跷。

　　在这些之前，刑侦队早已对凶手的作案动机进行分析和讨论，也展开大规模的走访排查，但没丝毫突破。现在找到肇事车辆，也掌握车主信息，算是找到线索。随后的工作是，尽快找到车主秦三猴。他们找到秦三猴时，这家伙正和几个婆娘在黄维琼家打麻将。

天气有点热，苍蝇在屋里飞来飞去。秦三猴光着膀子，伸手摸牌，突然听到门咣地一声，他回过头，看到几个警察冲进来。秦三猴站起来想跑，却陡然被按在地上。桌子倒在地上，麻将滚得到处都是。几个婆娘也满脸慌张，摆手说我们只是打小麻将，算不上赌博。他们没理会，拧着秦三猴就走。

秦三猴被揪到审讯室，王建峰趁机跟进去。何信友说，知道我们为什么找你吧？秦三猴说，我就在琢磨。何信友说，你最好老实点！秦三猴说，如果是赌钱，怎么不抓那几个婆娘，单抓我一个人。何信友说，先说说，看到我们，为什么要跑？秦三猴说，在麻将馆，谁看到你们不害怕啊。何信友说，十九号那天早晨，你在哪里？秦三猴说，还是在黄维琼家打麻将。何信友说，上午你打什么麻将。秦三猴说，熬夜嘛，打通宵。

杨队长坐在那里，端着茶杯喝水，突然插嘴说，通常超过三四天，很少有人能记住自己做的事情，但说到十九号，你没半点停顿，顺嘴就说出来了，你怎么对那天记得这样清楚？秦三猴说，我儿子是五月十八号的生日，那天晚上嚷嚷要吃蛋糕，所以记得嘛。

何信友接着说，你的货车呢？秦三猴说，借给赵青龙抵押了。何信友说，抵押做什么？秦三猴说，借给他抵押做赌本。何信友诧异说，自己有车不跑，怎么借给别人抵来赌钱？秦三猴晦气说，那辆车跑得不顺，老是半路出问题，辛辛苦苦跑半个月，运费还不够修理。何信友说，那也不至于借给别人抵押赌钱吧？秦三猴说，我几次想卖掉，但根本卖不出去，干脆批好价格，借给赵青龙做赌本，想趁他手气好转，弄点钱回来。

屋里有点热，秦三猴的话像剩下的面汤，再也捞不出有用的东西出来。离开审讯室，杨队长带着几个警员挤进一辆车。从公安局大门出来，迅速往老城区赶去。街道是石板铺成的，不算平整，轮胎辗在上面，弄成一串细碎的响声。两边的楼房低矮破旧，看起来灰头土脸。老城区属六安派出所管辖，王建峰比较熟悉。他指着前面一幢破房子说，应该就是那里。那幢房子是几十年前修的，红砖青瓦，房顶上还盖着几块塑料胶布。

他们把车停在路边，冲到屋里，发现赵青龙躺在沙发上睡觉。赵青龙被响声惊醒，睁开眼睛，看到几个警察提枪站在旁边。杨队长说，跟我们走！赵青龙似乎没反应过来，仍然满脸惊愕。杨队长说，不要磨蹭，赶紧起来。赵青龙见几个警察神情严肃，慌忙起身。

他们把赵青龙逮回局里，审问半天，同样没得到需要的东西。赵青龙表明把车抵押后，自己根本没动过，甚至还不晓得货车失窃的情况。虽然赵青龙无法交代自己十九号上午在什么地方，但同样没法证明他就是案犯。扣留几个小时后，只得把赵青龙放出来。

　　连续几天都围着那辆车调查取证，但没任何进展。曹副局长急得上火，他把专案组的成员召集起来，要求加大侦办力度，尽快找到突破口。办案讲究成本，但曹副局长历来惯用人海战术，这个招数也屡有成效。这次遇害的不仅是全县有名的企业家，更是市领导的公子，社会影响比较大。县局指定曹副局长担任专案组长后，他到处抽调警力，准备不计代价，扩大走访范围。

　　专案组的警力像一张网，被曹副局长用力撒出去。他们四处摸排，搜集信息和筛选线索。死者骆永川结婚五年，媳妇是个师范学校老师，有一个三岁的儿子，家庭关系稳定，基本没有遭遇情杀的可能。骆永川的黑泥沟煤矿，倒是曾在生意上和几个人起过纠纷，但经仔细排查，也都排除作案嫌疑。

　　王建峰开着那辆破猎豹，去黑泥沟走访骆永川手下的煤炭工人。回来的时候，他突然想找秦三猴和赵青龙聊几句，希望能够补缺查漏。许多重案要案的线索，都是从细节里面捕捉出来的。现在侦查陷入僵局，有必要把调查工作做得周密扎实。王建峰喜欢这样跑来跑去，只有忙碌起来，他才能暂时忘记李婵娟。

　　从白马塘回来后，王建峰失魂落魄好几天，幸亏把他抽到专案组，参加侦办命案，他才勉强提起精神。王建峰是家里的独苗，父母巴望他早点结婚生子，把香火传递下去。王建峰的母亲爱哭，老是催他赶紧找女朋友，见没效果，已经当面抹过几次眼泪了。王建峰很孝顺，知道李婵娟再也不能怀孕时，多少感到有些纠结，对象可以重新选择，但父母不行。

　　王建峰把何信友约出来喝酒，向他征求意见。他们年龄相当，但何信友已经成家，也比较老成。何信友说，我现在忙完手里的工作，就想赶快回家，早点看到女儿。王建峰满脸困惑，说你这意思，是让我别找她了？何信友端着酒杯说，每个人都有做父亲的权利，就看你怎么想喽。王建峰说，是我把她害成这样的，我总该承担这个责任。何信友说，莫以为离开你，别人就活不下去了，也许她现在过得更好。王建峰痛苦地说，我现在拼命想她。何信友意味深长地说，如果你真的非常爱她，那就什么都不是问题了。当时王建峰很茫然，后来就渐渐想清楚了。没有李婵娟，他觉得自己快活不下去了。王建峰打算结案以后，继续寻找她的踪迹，但目前要做的，是尽早找到破案线索。

　　王建峰先把秦三猴找出来，他们并排蹲在老城区的一堵破墙边。秦三猴嬉皮笑脸地说，你们警察似乎很自在嘛。王建峰拿眼睨他，说，好好讲话。秦三猴说，今天找我做什么？王建峰说，随便聊几句。秦三猴说，还以为又要揪我去公安局哩。王建峰板起脸说，如果喜欢，可以让你再待二十四小时。秦三猴赶忙摆手说，千万别，那个地方看着就让人害怕。

　　王建峰说，你跟赵青龙到底什么关系？秦三猴说，普通朋友吧。王建峰说，他当年搞什么"黑颈鹤敢死队"，你没跟着鬼混吧？秦三猴说，我还真没参加。王建峰说，听说老城区的青少年多半跟在他屁股后边跑，你为什么没有？秦三猴悻悻说，他们嫌我胆小，看不上。王建峰说，要是跟这些地痞流氓搅在一起，搞不好你现在还吃牢饭。

秦三猴蹲在那里，嘿嘿地笑。王建峰说，既然没特别关系，你还肯借车给他做抵押？秦三猴说，破车卖不出去，只能这样处理。王建峰说，车被偷了，烧成废铁，感到后悔吧？秦三猴说，已经把车交给赵青龙了，这是他的事。王建峰说，现在把钱给你了？秦三猴晦气地说，给个屁，前几天见他有钱，也不肯给我，说要先试手气，结果又输得差不多了。王建峰说，有多少钱？秦三猴摇头说，具体不晓得。

王建峰思忖说，好像不太对劲。秦三猴说，没啥奇怪的，赌场有几家水公司，十万八万，随手就扔出来了。王建峰不解说，什么水公司？秦三猴说，就是放高利贷的，他们就怕你不借钱。王建峰说，居然这样猖狂。秦三猴说，归根结底，其实没几个赢的，赌场上的钱最后都流到水公司去了。王建峰说，那你们还赌？秦三猴叹气说，这几年生意不好做，大家都憋得慌，光阴不好打发，不赌钱还能做什么？王建峰说，我们经常抓赌，也没见断根。秦三猴嘀咕说，你们还好意思说。

太阳黄澄澄的，没精打采地挂在天上。王建峰说，那辆车有什么问题？秦三猴说，修过几次发动机，马达也时好时坏。王建峰说，随时能开？秦三猴说，这得看运气。王建峰站起来说，你也没什么事情，跟我去看看。秦三猴似乎想说什么，但看到王建峰盯着自己，嘴唇嚅动几下，没再说话。

七、赵青龙

那天从凤山回来，赵青龙反复端详那张相片。那个姑娘坐在草地上，显得非常清秀，她的鼻梁左侧，有一颗黑痣。赵青龙想不明白，这个漂亮姑娘到底惹什么祸了，毛俊卿竟然舍得拿出二十万，非要把她除掉。赵青龙搞不清底细，也懒得琢磨。他拿到钱，就跑到赌场，还掉部分高利贷，然后接着再赌。

赵青龙在宝州，曾是响当当的人物，后来落魄，大家看他的眼光就慢慢变了。那天他伸手借钱，金大牙竟然当着众人的面拒绝。赵青龙觉得有点难堪，没想到原来的跟屁虫，现在也看不起自己了。还有韦国柱那个狗东西，老是财大气粗的样子，他觉得有点戳眼睛。

赵青龙想从赌桌上重新爬起来，让那些势利的家伙好好瞧瞧。但他手气不怎么好，连续几天输钱。赵青龙正烦躁，突然接到毛俊卿的电话。他从赌场出来，开着微型车往凤山跑。没有月亮，四周黑压压的。山腰上有座古寺，好像是明朝修建的。县里就在山顶修个观景台，算是配套设施。白天偶尔还能看到人影，晚上就显得特别荒凉。风比较硬，吹在挡风玻璃上，呼呼地响。

赵青龙跑到观景台，看到毛俊卿缩着脖颈，站在栏杆旁边。他把微型车停在路边，关掉灯光走过去。他拿不准，毛俊卿把自己喊上山来，到底有什么事情。山脚是宝州县城，灯火闪烁，看起来有些陌生。

毛俊卿嗓音沙哑，说让你做的事，做得怎么样了？赵青龙说，还没打听到消息。毛俊卿说，那个事情，先不做了。赵青龙有些慌张，他害怕毛俊卿让自己退钱。沉默半晌，毛俊卿说，你知道前几天发生的事吧？赵青龙说，什么事？毛俊卿悲愤说，我儿子被人撞死了。赵青龙说，噢，噢噢。

毛俊卿声音低沉，却显得很有力量，说不管用什么方法，给我把凶手找出来！赵青龙说，听说这是事先预谋好的，恐怕有点麻烦。毛俊卿说，只要找出凶手，多少钱都好说。赵青龙挠着后脑，说这种事我没经验。毛俊卿说，杀人你也没经验。赵青龙说，那个只需要胆量。毛俊卿说，之前的二十万，算是定金。赵青龙搓着手说，我试试看。毛俊卿转身往回走，她走到车边，用不可违拗的语气说，每隔几天，必须向我汇报进度！

赵青龙回来就往赌场钻，他已经输红眼了，根本顾不上寻找凶手。他输得倾家荡产，急着把钱赶紧扳回来。赵青龙输得越来越多，没过多久，就把手里的钱输得精光。他想找水公司借钱，但那些家伙不晓得跑到什么地方去了，影子都没看到。赵青龙想走，但目光像被什么粘在赌桌上，怎么也无法拽开。坐在旁边的，是那个四川皮鞋匠。

皮鞋匠瘦得像只猴，刚到老城区时，他两手空空，什么都没有。他手脚麻利，非常勤快，就靠当苦力挣钱糊口。看起来零敲碎打，似乎没挣到什么钱，没想到几年后，他就开店卖皮鞋。还在这里娶老婆生孩子，站稳脚跟。他晚上做皮鞋，白天开门做生意，弄得两只手上全是老茧。钱挣得辛苦，用起来也节约。皮鞋匠连水果都舍不得买吃，但他老婆喜欢赌钱。黄维琼家的赌馆里，有时赌大钱，有时玩小麻将，有时还两者共存，互不打扰。

皮鞋匠的老婆有赌瘾，虽然不敢赌大的，但只要有人打小麻将，差不多随时跟上。打麻将看起来输赢不多，但如果连输几天，谁都吃不消。皮鞋匠的老婆最近手气不好，输掉几千块。皮鞋匠知道后，非常生气，也跑来赌钱。他想这是辛苦挣来的血汗钱，实在要输，还不如自己来。谁都没料到，皮鞋匠有这么好的财运，几乎逢赌必赢。皮鞋匠看到旁边赌大钱，忍不住尝试几把，结果财源广进。皮鞋匠没想到挣钱这样容易，很是激动，只要看到有赌鬼跑到黄维琼家，他马上关好店门跟上来。

赵青龙见皮鞋匠的面前堆满钞票，心里痒痒的。后来他实在控制不住了，说借点钱。皮鞋匠数了五千块，默默递过来。赵青龙无比兴奋，鼻尖上冒着细密的汗珠。他想尽快扳本，但没过多久，就把借来的钱输光了。赵青龙身无分文，感到有点不好受。桌面上的钞票像火苗似的，灼得他眼睛疼。

皮鞋匠仍然在赢，他不停地搂钱。由于亢奋，他把钱捏得皱巴巴的。赵青龙舔着嘴唇说，再借五千。等不及皮鞋匠张口，他伸手就抓。皮鞋匠没来得及阻止，钱就被抓过去了，只能坐在那里瞪眼。赵青龙比较倒霉，钞票扔出去后，再也没法收回。他似乎把皮鞋匠的钱当成自己的，不停地伸手去抓。皮鞋匠的脸色越来越难看，身体也微微颤抖。后来皮鞋匠站起来，转身往外走。大家以为他去撒尿，都没当回事。

当皮鞋匠再次出现时，手里握着一柄斧头。黄维琼没赌钱，他在那边找茶叶。他发现皮鞋匠手里的家伙，失声说，哎呀，你这是做什么？众人听到黄维琼的惊呼，纷纷抬起头。皮鞋匠挥起斧头，突然朝赵青龙冲去。赵青龙慌忙跳开，惊声说，你疯掉了？

皮鞋匠抢起斧头，还要再砍。皮鞋匠长得瘦小，性格也温和。大家都没见他发过火，现在陡然动刀，简直让人猝不及防。赵青龙见势不好，本能地躲闪。赵青龙在前面跑，皮鞋匠在后面追，周围乱成一团。黄维琼害怕弄出事情，趁皮鞋匠不注意，拦腰把他抱住。

赵青龙抹着头上的汗水说，你搞什么名堂？皮鞋匠恨恨说，你欺侮人。赵青龙说，我怎么欺侮你了？皮鞋匠说，你们看我是外地来的，就不把我当人看。赵青龙说，好端端的，你说这种莫名其妙的话。皮鞋匠说，你们叫我川耗子。赵青龙说，我可没叫。皮鞋匠张牙舞爪，使劲挣扎，但手里的斧头被旁边人抢掉了。他蹲在地上，呜呜地哭。黄维琼怕弄出麻烦，劝赵青龙回家休息，他只能悻悻地离开赌馆。

连续几天，赵青龙都像生病似的，提不起精神。他在宝州县，也曾是响当当的角色，没想到竟被一个外地人追到满屋逃窜。回想当时的情景，他觉得十分狼狈。赵青龙不想出门，又担心别人说自己被吓怕了，只得硬着头皮去赌场。他每次去黄维琼家，都觉得那些赌鬼表情怪异。他想说话，但不晓得该说什么。赵青龙有些尴尬，他在沙发上枯坐一阵，起身往外走。刚迈出门槛，就听到里面的人讲话。他怀疑那些家伙在议论自己。

赵青龙心里乱糟糟的，说不出的难受。赵青龙从小生活造孽，没少受欺凌和歧视，他立志要出人头地。终于，他靠狠劲在这块土地上闯出一番名堂。赵青龙的老婆长得漂亮，他走到哪里，都喜欢带在身边。他怎么也想不到，那个贱人竟背叛自己。老婆跑掉后，他的活力似乎也被抽走了，变得没精打采，做什么都提不起劲。

赵青龙过得煎熬，只能在赌桌上打发日子，没料到忽然弄出这种事来。早些年他什么风浪都见过，最后却在阴沟里翻船。他感到自己的脸丢尽了，往后不好在老城区立足，应该找个机会，好好收拾皮鞋匠。赵青龙长得壮实，真要打起来，皮鞋匠根本不是对手。赵青龙还没来得及挣回颜面，就接到毛俊卿的电话，他只能心烦意乱地往凤山跑。

宝州地处高寒，温差较大。白天还热得要命，晚上就冷飕飕的。赵青龙跑到观景台，然后钻进旁边的轿车，和毛俊卿并排坐着。毛俊卿体形微胖，她坐在那里，肚皮上鼓着两圈赘肉。也许是皮肤问题，毛俊卿看起来油腻腻的，像根没裹好的油条。顶灯熄灭，车里重新暗下去。

毛俊卿说，办得怎么样了？赵青龙说，我正设法调查。毛俊卿愤怒地说，你根本没做，整天忙着赌钱，还当我不清楚？赵青龙辩驳说，事情复杂，总得有个过程。毛俊卿说，你既然在社会上混饭吃，就该讲点道义！赵青龙说，我会处理的。毛俊卿说，你应该知道我的身份。赵青龙坐在车里，没吭声。毛俊卿冷冷说，在宝州县，谁敢黑吃我的钱，保准让他吃不完兜着走！

赵青龙胸口憋着什么东西，有点难受。毛俊卿生硬地说，我能找你去弄别人，也能雇人把你灭掉！赵青龙的呼吸渐渐粗起来，他忍受不了这种盛气凌人的样子。前些年，他在宝州呼风唤雨，在这块地盘上，从来没谁敢这样威胁他。毛俊卿没察觉变化，仍然喋喋不休。突然，赵青龙钻出去了。毛俊卿张着嘴，有些诧异。

晚风哆哆嗦嗦，弄出轻微的响动。赵青龙走到自己的微型车旁，从里面拎出一把铁锤，然后绕到轿车的另一侧，拉开车门，伸手攥着毛俊卿卷曲的头发，使劲往外拖。毛俊卿还没来得及呼救，脑袋上就重重挨了一锤。噗地一声，她感到自己的半张脸塌下来了。她无比恐慌，伸手乱抓，但什么也没抓到。

赵青龙的铁锤不断砸下去，之前他胸口堵得难受，这会儿却感到轻松舒畅。起先毛俊卿还能挣扎，两腿乱蹬，后来渐渐就不动了。空气里弥漫着浓厚的血腥味，赵青龙坐在那里，水泥地坚硬而冰凉。刚才有些黏稠的东西溅到身上，他扔掉手里的铁锤，拉起袖子擦脸。靠近栏杆，能够看到远处的灯光，但坐下来，周围就黑沉沉的，什么都看不见。似乎世上所有的东西，统统消失无踪。

八、陈明扬

陈明扬发现，只要提到那个名字，马平川就脸色苍白，两腿哆嗦，好像很冷的样子。他想不通，一个人的心里到底积压着多深的怨恨，身体才会有这种奇怪的反应。这个时候，马平川就站在他的旁边，穿着西装，梳着倒背头，很符合官员的形象。但只要稍微注意，就会察觉他神色异常。

这是文化局用过的破楼房。自从县直单位搬到综合办公楼，这些老楼就闲置了。站在这里，能看到远处的草海湖。严瑾钰开的栖凤山庄，就在西海码头附近。房间空荡荡的，什么也没有。他们站在窗口，眺望远方。马平川缓缓说，这次花了很大的代价，才查到他把孙子藏在什么地方。

陈明扬看着前面的湖泊，那里灰蒙蒙的。马平川递过一张纸条，说这是地址。陈明扬接过来看了一下，慢慢把纸条揉成一团。马平川说，做完这件事情，你想去什么地方？陈明扬说，以后的事，我没想过。马平川说，我有几个朋友在缅甸做生意，实在不行，你去那边吧。陈明扬转过脸，有些茫然。

马平川说，他们跟第四特区的主席很熟，你可以到那里找点事做。陈明扬看到一群鸟儿从天上飞过，根据体形分辨，似乎是黑颈鹤。马平川说，大家都说缅甸穷，其实，那边自然环境好，老百姓也比较富裕。陈明扬看到那群黑颈鹤越飞越远，最后变成一些黑点。

他们站在那里，好半天没说话。陈明扬突然说，听说骆玉民以前非常霸道。马平川说，他不像领导干部，歹毒得像个土匪！陈明扬侧过脸，发觉他又在微微颤抖。马平川咬牙切齿地说，只要得罪他，永远别想过安稳日子。陈明扬没说话，周围寂静。马平川也没说话，他看着远处的码头，那里跑着几辆汽车，它们忙着运送材料，隐隐还能听到机器的响声。

陡然，马平川又想起堵在山庄门口的巨石了。那天他并没现身，但听说那块巨大的石头，像山崖一样大得吓人。事情发生后，他多次设想当时的场景。马平川觉得那块巨大的石头，仿佛压在胸口，始终让他喘不过气来。后来，他转身往外走，脚步声在走廊咚咚回响。

陈明扬站在窗口，凉风像水似的迎面泼来。他的手里，仍然捏着那个纸团。这几年，他不仅盯着骆玉民，还一直在打听余万程和白元勋的消息。据他掌握的情况，湖龙帮以人蛇起家，组织成员遍布世界各地，差不多有华人的地方，都有他们的存在。白元勋带着几十名得力干将，联手双鹰公司，从阳汉的煤炭上获得暴利。离开宝州后，重返原来混迹的温哥华。而双鹰公司的老板余万程，先后跑到重庆、河北，以及内蒙古等地。他复制宝州模式，总能迅速打开局面。

以前，双鹰公司曾涉足许多领域，赚钱的手段似乎都比较温和。自从接触湖龙帮后，方法也渐渐变得粗暴起来。一旦碰到阻力，他们就在当地招收社会青年，迅速组建保卫队。借用白元勋在宝州的范例，保卫队分工明确，纪律严明，跟村民交手，简直所向披靡。以武装力量解决阻挠的双鹰公司，采矿量井喷式增长，随着开采区域的扩大，老板余万程也慢慢进入该省富豪排行榜之列。

陈明扬调查过，余万程曾在河北抢夺矿井，被网上通缉。随后在重庆因合同诈骗，再次被当地警方通缉。后来，余万程在山西大同暴力伤人，虽然那次被警察抓捕，但当天就取保候审。陈明扬想不明白，为什么父亲老实本分，仅仅是争取自己的基本权益，就被活活打死，而余万程这类人屡次犯案，却能自由活动，疯狂敛财。

陈明扬使劲捏着那粒纸团，他觉得自己家破人亡，祸根就在骆玉民的身上。他的想法是，先除掉骆玉民，接着再设法找余万程和白元勋。陈明扬在那里坐了很长时间，天色渐渐变暗。他弯起指头，把纸团弹出去，然后起身往外走。

　　陈明扬坐上长途客车，到达目的地之后，感到说不出的疲惫，于是找客栈住下。这座叫镇远的古城里，有一条清澈见底的河流。河流两边是吊脚楼。陈明扬住的客栈，就在河岸上。这个时候，已近黄昏。太阳黄澄澄的，光芒柔和。陈明扬在阳台上远眺，河面漂着几艘小船，很散漫的样子。

　　风顺着河面飘来，轻轻吹拂在脸上。陈明扬突然鼻梁发酸，他想能够活在世上，真的太好了。宝州县偏远闭塞，活在那里，就像被人塞进牢房，难受得要命。过得压抑，大家都性格暴躁，打杀之类的事情在那边并不稀奇。后来陈明扬跑到西藏当汽车兵，那里的环境没比宝州好多少。他开车跑上几百公里，经常看不到半个人影。有时看到山顶有狼，他赶紧把车停在路边。听着嘹亮的狼嗥，他感到莫名的欣慰，总算听到活物的声音了。退伍之后，日子过得煎熬，他老是胡思乱想。

　　那次从黑泥沟回来，陈明扬还多少感到紧张，出门也提高警惕，害怕警察从什么地方扑过来。后来看到风平浪静，他就慢慢镇定下来了。陈明扬不太喜欢警察，觉得他们没少做坏事。陈明扬认识一个派出所的所长，那个家伙爱喝酒，还喜欢打麻将。他输钱以后，经常醉醺醺地跑去踹开那些店铺，伸手借钱。大家知道他借钱不还，但从来不敢拒绝。

　　骆玉民把宝州祸害得不成样子，不仅没被追究责任，反而还得到晋升，调到市里任政协主席。陈明扬知道，骆玉民是市领导，他儿子被撞死，警察肯定全力侦办。有几次，陈明扬远远站在公安局门口，看着那些警车跑出跑进，他嘲讽地想，父亲的死这样明显，还说找不到线索，就看这次能有什么结果。

　　在部队时，领导问为什么来当兵。陈明扬顺嘴说，想学好本事，回去报杀父之仇。领导满脸诧异，询问一番后，把他叫到办公室做思想工作。陈明扬的身体素质不错，或许就是那句话，才被分配成汽车兵。让领导想不到的是，陈明扬报仇的念头非但没消失，反在跑长途的过程中，因孤独而变得更加强烈。

　　西藏的时间似乎特别漫长，有时不跑车，陈明扬只能跟其他战友一样，用书本消磨光阴。他知道秦朝以前复仇自由，讲究以命偿命，以伤抵伤，后来这个权力被收回，再也不准私人复仇。陈明扬想过，如果真被警察抓住，那也认命，算是自己应该付出的代价。

　　陈明扬准备把事情做得周密详细，他像个游客似的走在古城里，打算先熟悉环境，再找机会动手。周围风景漂亮，街道两边的楼房，是电视里常见的那种江南庭院。巷道幽深，错综复杂，路面全是几十年前铺的石板。年长日久，那些石头早已失去棱角，看起来圆溜溜的，闪着亮光。

　　后来，陈明扬在一座院落前面停住脚步。看着门牌上的地址，他伸手按住腰部的藏刀。前些天，他看到几个藏族人在街上摆地摊，突然想起以前的日子，于是顺手买了这

253

把刀。这次出来，他特意把藏刀带在身上。他把眼睛凑近门缝，朝里面看。院落略微倾斜，墙脚种着几棵树，显得很雅致。一个娃娃在场坝上开电动车。

陈明扬看看四周无人，轻轻推开院门。他走进去，站在那个娃娃的面前，呼吸渐渐粗重起来。这些年，他没少受马平川的恩惠。这次过后，他的仇报了，恩也报了。娃娃开着电动车围着陈明扬转，他露出两瓣虎牙，咯咯地笑。看着娃娃的笑容，陈明扬攥着藏刀的手慢慢松开了。以前他看到孩子，似乎没什么特别的感觉。说不清怎么回事，现在突然觉得这个娃娃很可爱。娃娃开着电动车，从这边跑过去，又从那边跑回来。

顶上划过一群鸟儿，看不清是什么鸟。陈明扬抬起头，看到天空蓝幽幽的，远处飘着两朵白色的云，很轻盈、很舒缓的样子。有风吹过，院墙边的几棵树簌簌地响。有树叶脱离枝头，缓缓飘落。也许是娃娃按着什么键了，电动车突然响起儿歌。

陈明扬站在那里，满脸和蔼。他听到有声音在里面传来，说快回来喝牛奶了。陈明扬抬起头，看到一个年轻女人从屋里钻出来。那个女人长得很清秀，也很漂亮。她的鼻梁左侧，有一颗黑痣。陈明扬有些慌乱，刚转身要走。年轻女人说，请问你找谁？陈明扬惶惶说，噢，我走错地方了。看到年轻女人满脸狐疑，陈明扬慌忙往外走。

陈明扬顺着青石巷道，匆匆往前走，最后他来到河边。岸上长着两排榕树，枝繁叶茂。远处的楼房上，挂着许多灯笼。陈明扬感到鼻梁酸楚，这些年来，父亲惨死的景象不断在脑海里闪现，让他不能安稳生活。现在找到这里，却没法下手。他不晓得究竟怎么办，更不知道，接下来该去什么地方。

九、王建峰

王建峰和秦三猴去看车，没想到竟然找到新线索。秦三猴把烧毁的四桥车里里外外翻了一遍，看着那个马达说，哎，这个不是我的东西啊。王建峰急忙说，你再仔细看看。秦三猴说，我记得清楚，原来的马达没这样新，而且不是这个牌子。王建峰说，你把它取下来。秦三猴找出工具，弯腰拧镙丝，弄得咯吱响。终于，他把马达取下来了。

王建峰说，这种东西，什么地方有卖？秦三猴说，这不是啥高科技，修理厂都有。王建峰说，换上去难不难？秦三猴擦着手上的油污说，也没啥难的，开这种车的基本都会。王建峰说，赵青龙会不会换？秦三猴摇头说，这个不晓得，没见他开过大车。

王建峰把马达带回刑侦队，并汇报情况。进展比较缓慢，曹副局长急得上火，看到新线索，立即命令队长杨云霄赶紧带着警员摸排查找。这个看起来简单，其实工作量不小。且不说乡镇，单县城就有几十家修理厂。警力不够，专案组就先从城关修理厂着手，逐个查访。宝州县矿产资源丰富，能用这种马达的车型，少说也有几千辆。修理工每天和不同的车辆打交道，事情琐碎，根本记不清。耐不住警察纠缠，只能歪着脑袋，努力回想。

王建峰找到线索，暗暗兴奋。在别人看来，派出所的工作虽然烦琐，但生活规律，也比较安全。搞刑侦就不同了，碰上蹲点，连续十天半月风餐露宿，把人活生生熬得像只猴。如果追捕嫌犯，那就更麻烦了。有的重犯，看到警察，抢起家伙敢来拼命。但王建峰在派出所干工作没动力，他的理想是搞刑侦。他悄悄找何信友咨询过，说要是可以侦破几桩案子，能不能让刑侦队向局里提出申请，把自己正式调进去？何信友说，好端端的，怎么想进刑侦队？

王建峰说，刑侦队名头响，是县局的招牌，我当然想来。何信友说，都是一个系统，其实差不多。王建峰皱眉说，在派出所没啥意思，尽是鸡零狗碎的事情，干起来泼烦。何信友说，这个倒是，刑侦队工作不单调，碰到提拔，业绩也过硬。王建峰追问，到底有没有调进去的可能？何信友挠头说，总得搞出点动静，我才好给杨队递话。

这次，王建峰觉得机会来了。他积极在几个修理厂之间来回奔跑。那天找到给自己的拖猎豹车的修理厂，发现已经关门了。门口空荡荡的，只有几个破轮胎。他警惕地想，那个老板是退伍军人，还会修车，应该着重调查。房主叫孙宝鱼，这里是他家原来的土地。随着城区发展，土地变得珍贵起来。他于是建起几间简易房，用来出租。

王建峰上门查访。孙宝鱼说，人家已经退租了。王建峰说，怎么突然退租？孙宝鱼说，生意冷清嘛。王建峰说，你还知道什么情况？孙宝鱼说，我只晓得他是当兵回来的。王建峰说，现在去什么地方了？孙宝鱼说，这个不清楚。王建峰说，总该有他的联系方式吧？孙宝鱼说，他留过电话号码，但已经打不通了。王建峰，你打过了？孙宝鱼说，前两天有人来租房，发现他屋里还剩东西。王建峰急忙说，开门看看。

开门进去，屋里尽是废弃零件。孙宝鱼说，也不晓得到底要不要，堆着占地方。王建峰没搭理，他忙到处乱翻。他想要是找到一个牌子的马达，可以把这家伙列入重点嫌疑。他寻找半天，弄得满手油渍，但没找到同样的马达。孙宝鱼嘀咕说，再不搬走，我就拖去卖废铁了。王建峰说，还有别的东西没？孙宝鱼说，我来取钥匙，就是这个样子了。王建峰从废铁堆里迈出来，有些失望。孙宝鱼说，刚开业，我就晓得这个修理厂肯定要亏损。王建峰站在那里，拿眼看他。孙宝鱼说，办修理厂同样需要不少投资，资金充足，才能多拿配件，也可以租好位置，我看他没钱投进去，就知道早晚要倒闭。

王建峰嫌他话多，转身想走。突然，孙宝鱼神神秘秘地说，那个事情是不是真的？王建峰眨着眼，满脸困惑。孙宝鱼说，听说今天早上，骆玉民被省纪委带走了。王建峰说，最好不要乱说。孙宝鱼兴奋地说，我表弟在市政府当保安，这是听他说的。王建峰懒得理会，他抬腿就走。这两年，各种谣言屡禁不止。有几个传谣的家伙，甚至还被行政拘留。

从修理厂出来，王建峰脑里满是退伍军人的样子。看起来，那个退伍军人至少比死者骆永川年轻七八岁，他们不是一个年龄段，生活上缺少交集点。而且，他在部队当兵，似乎也没什么作案动机。但许多命案，凶手都没具体的动机，属于即兴杀人，所以并不能轻易将他排除嫌疑。

王建峰跟其他警员一起，扩大范围，到处走访排查，获得几百条线索，在确定一个又一个嫌疑对象后，又陆续排除。他们力度下得很大，但马达的事还没查出头绪，竟然再次发生血案。这次的案发现场在凤山顶上的观景台。上面停着死者的轿车，地上有一摊血渍，还溅着许多黑色的血点。尸体被抛在沟里，草地有拖拽的痕迹。受害者的身份已经确认，赫然是骆玉民的夫人毛俊卿。王建峰凑近去看，死者伏在草丛里，头部被砸得稀烂。

死者身份特殊，曹副局长接到汇报，无比吃惊，匆匆赶到现场。技术组的警员穿着勘查服，拎着工具箱，忙着做痕迹检验。还有两个警察蹲在地上，用石膏打模，提取足迹。其余的呈扇状散开，仔细梳理草地。王建峰在地坎边发现一个矿泉水瓶，也弯腰取走。凶手作案时，由于紧张，总感到口渴，往往会喝东西。

现场勘查完毕，大家聚集在曹副局长周围，进行案情分析。曹副局长说，今天的勘验，大家有什么想法？杨队长说，死者的身上没找到财物，钱包也被扔到草丛里。曹副局长看着他，没吭声。杨队长说，几年前，有情侣跑到这里来玩，也曾遭到抢劫。曹副局长说，你认为是抢劫杀人？

杨队长摇头说，我的观点是，凶手故意伪造抢劫的假象，误导侦查方向。曹副局长说，死者是市领导的家属，按理说不会晚上跑来这种地方。杨队长说，所以极有可能是熟人作案。曹副局长低着头，皱眉思索。杨队长说，死者体形肥胖，凶手在观景台作案，再抛尸到几十米外的地方，应该身体强壮。

曹副局长说，黑泥沟案现在是什么情况？杨队长说，已经找到相关物证，只等进一步追踪调查。曹副局长说，鉴于两个受害者的关系，是否合适并案侦查？杨队长说，就目前来看，确实像案情升级。曹副局长站在那里，神色越来越沉重。

王建峰试探说，现在并案，会不会太早？大家看着他，没说话。王建峰觉得多少有点紧张，他舔着嘴唇说，这次和黑泥沟案，特征上有区别。没出太阳，山风有点冷。王建峰接着说，黑泥沟案，凶手似乎计划周密，没留下什么线索，但这次作案比较草率，留下的痕迹也多。

杨队长说，这个没可比性，黑泥沟地势偏远，凶手完全可以从容作案，但这个地方不同，说不清什么时候就有人跑上来。王建峰看着凌乱的草地，感到有些困惑。杨队长说，甚至还有可能，凶手作案时，看到远处有车上来，所以匆匆抛尸，然后逃离现场。

观景台建在山顶上，夜晚有车上来，确实远远就能看到灯光。曹副局长说，黑泥沟案，县领导已经气得拍桌子，现在更麻烦了。大家站在观景台，觉得问题确实严重。曹副局长说，相比以前，侦查手段流失最快的，是传统的调查走访，现在双管齐下，负责技术的，赶紧拿出结果，别的继续搜集线索，筛选信息！

按照曹副局长的部署，专案组一方面源着马达顺藤摸瓜。另一方面，凡是和骆家有矛盾冲突的，统统重复摸排。侦办刑事案件，不能仓促，讲究的是循序渐进，但涉及骆玉民，事情就变得麻烦了。黑泥沟案发只有短短十多天，县领导就几次追问进展，现在更是随时跟进。形势紧迫，专案组像转动的陀螺，忙得没半点休息时间。

何信友听说几个昭通人曾跟骆永川有货款纠纷，连夜赶去调查情况。王建峰则忙着到修理厂，追查所有卖出的马达，有时在路上看到货车，他也紧紧盯着，恨不得拦下来盘问。甚至看到每个成年男性，他都觉得像犯罪嫌疑人。在许多谋杀案里，凶手都是男性，他们没前科，是邻居眼里非常老实的人。而且杀人动机，更是鸡零狗碎，微弱到不可想象。

王建峰在走访过程中，再次听到骆玉民落马的风声，但顾不上这些闲言碎语，他把所有的精力，都投到案件上面去了。世上不存在天衣无缝的凶杀案，他坚信只要在侦查时足够仔细，早晚能找到线索。虽然搞刑侦比较辛苦，但他喜欢这种紧迫的感觉。

这天，王建峰到西海查访。村庄附近就是码头，宽阔的湖泊上，漂着几条小船。近处是新修的观光走廊，旁边长满花草。远处是还没完工的堤岸。王建峰看到那边有一辆吊车，伸着铁臂，把树吊起来，慢慢放进土坑。然后，有人围过去填土。更远的地方，是一片金黄，看起来无比显眼。王建峰经常来湖边，知道那里原来是荒地，突然变得漫山金黄，他觉得奇怪。后来才知道，那片黄色的东西竟然是塑料花朵。王建峰很是愤慨，这些家伙不肯踏实搞绿化，偏要搞这种虚假，他们脑里装的简直是糨糊。

王建峰突然接到电话，说技术那边已经锁定目标。他合上手机，匆忙往回走。这条路翻修不久，还没来得及清理，路边堆着砂石砖瓦之类的东西，看起来有些凌乱。走到半路，王建峰看到前面的栖凤山庄。据说，那是宣传部领导马平川夫人开的，后来不晓得怎么倒闭了。有几个工人拿着家伙，在那里拆卸招牌。

王建峰回到局里才知道，原来，网安组对案发时段出现在凤山的手机轨迹进行跟踪分析，初步认定犯罪嫌疑人是赵青龙。在死者的车门上，发现几枚没擦净的指纹，通过对比，仍然与赵青龙的吻合。那天王建峰从黑泥沟回来，打算先找秦三猴，接着再找赵青龙，希望补缺查漏，没想到马达的事情，让侦查思路拐弯了。

王建峰虽然分到派出所没两年，但他清楚赵青龙的底细。这家伙臭名昭著，曾纠结一批流氓地痞，成立什么"黑颈鹤敢死队"，到处为非作歹。据说湖龙帮渗透宝州时，还与他走动密切。王建峰曾经感慨自己生不逢时，他想要是早几年当警察，就能把这些社会败类抓起来。现在，机会终于来临。

两部警车冲出公安大院，赶去抓捕犯罪嫌疑人。新城区满街是高楼，上面挂着各种广告牌。道路也宽敞，两边种着昂贵的绿化树。相比起来，老城区就寒酸多了。街道狭窄，楼房低矮，看起来灰头土脸，破败不堪。听到急促的警笛声，前面的车辆纷纷避让。

前面就是赵青龙家的房子，红砖青瓦，屋顶长着青苔，上面还盖着塑料胶布之类的东西，看起来像几块补丁。王建峰发现门竟然开着，他异常兴奋，飞快地从车里钻出来了。从警以来，王建峰一直想调到刑侦队。他尤其向往的，是刑侦队下属的追捕组。

宝州地处乌蒙腹部，山大沟深，偏远闭塞。据省公安厅统计，全国的逃犯，差不多有百分之二十逃到云贵高原。而宝州民风彪悍，经常发生命案。凶手作案后，也多半逃进深山野岭。后来公安局挑出十多名警察，成立一支专业缉逃队伍。杨云霄身手敏捷，体能过硬，是第一任组长。他率领过上千次追捕行动，抓获逃犯数百名。杨云霄由此声名大振，不仅多次获得公安系统的表彰，他的事迹还被一个著名导演拍成电影。现在，杨云霄虽已晋升为刑侦队长，但碰到重特大逃犯，仍然亲自带队抓捕。

王建峰崇拜杨队长，希望在他的面前好好表现，所以抢先往前冲。他冲到屋里，发现情况不妙，脚步陡然停住了。靠门的地方，是一块落地窗帘，那里微微鼓起，还露出半截刀尖。后面的警察见他一条腿往前，一条腿往后，像踩地雷似的站在那里，都有些诧异。王建峰用眼睛余光扫视窗帘，额头冒出一层细汗。外面的警察说，嫌犯在没？王建峰舔着嘴唇说，屋里没人。他身体绷紧，慢慢往后。退到门边，他蓦然跳出来说，嫌犯有凶器，大家小心！

赵青龙掀开窗帘，冲向楼梯，顺着往上爬。他窜到楼上，扯开塑料胶布。几个警察站在屋檐下，看到上面瓦片坠落，慌忙躲闪。事情有些突然，他们只能眼睁睁看着赵青龙钻出去，顺着屋脊往前跑，随即跳进后面的巷道。他们慌忙追过去，但绕到后面时，早已不见嫌疑犯的踪影。

王建峰站在那里，无比沮丧。他耷拉着脑袋，前所未有地想念李婵娟。虽然他知道，任何情况都该首先保证自己的安全，但发现窗帘后面露出半截刀尖时，完全没想到自己居然这样恐慌。他甚至感到身上的汗毛，统统竖起来了。此前他还雄心壮志，想着自己冲到屋里捕获犯罪嫌疑人，然后凭着英勇表现，设法留在刑侦队。顷刻之间，这些想法烟消云散。

（原载《芙蓉》2018年第5期）

王　刚

师娘子

一

师娘（niāng）子是花嘎的土话。此处的"娘"读第一声，与"师娘（niáng）"相去甚远。"师娘（niáng）"是对师父妻子的称呼，而"师娘（niāng）子"则类似于女巫或神婆。在贵州西部这个边远的村庄，师娘子是一种很古老很神秘的职业，介于阴阳之间。在人们看来，师娘子是人与鬼神的信使，打通了人鬼间的界限，具有不可思议的魔力。

干师娘子这一行的，往往是些又老又丑又变态的女人。她们生活在最阴暗最潮湿的角落，犹如黑色的蜘蛛褐色的壁虎。不过，陶三娘却是师娘子中的另类，她曾是花嘎最美的女人，没有之一。人们说，陶三娘之所以干这一行，不是吃错药，就是昏了头。要知道，师娘子算不上正常人，如同幽灵，半人半鬼。人们除了找师娘子求求神，占占卜，抽抽签，驱妖除魔，几乎没人会主动与师娘子来往。师娘子与大家的关系，似乎仅仅在于交易。一个拿钱，一个做事，如此而已。就像电影里的杀手，雇主拿钱，杀手杀人。不同之处在于，师娘子不杀人，而是杀鬼杀妖杀魔。做完事，拿钱走人，没有多余的交集，甚至不会多说一句话。事情就这么奇怪，几乎所有人都离不开师娘子，大到生老病死，小到鸡毛蒜皮，都得找师娘子点化点化；可几乎所有人又都嫌弃师娘子，唯恐避之不及。也许正是这个原因，往往只有那些有点傻有点呆有点痴有点神经质的老女人，才愿意干这一行，混混生活。

按村里的习惯，往往只有那些身体或大脑有某种缺陷且被神灵附体的女人，才有可

259

能成为师娘子。女人被附体后，就成了神灵的坐骑，一切行动听指挥。再普通的人，只要被神灵附体，就会变得不平凡，让人高看一眼。也就是说，大家敬畏的不是人，而是骑在人体上的神。也许，神灵是个又聋又瞎又丑的老太婆吧，要不她怎么总青睐那些看似不正常的女人呢？物以类聚人以群分，说的不就是这个道理吗？可是，轮到陶三娘，神灵怎么瞎了眼？花嘎最美的女人居然当了师娘子，这还有天理吗？还有王法吗？

陶三娘为什么会干这一行？这是花嘎的一桩悬案。对此，人们的说法稀奇古怪：有人说是因为她怀上了她公爹陶远光的种，有人说是因为她丈夫陶大安的命根被废，有人说是因为神灵附体，有人说因为她被神婆所蛊惑，还有人说因为当师娘子可以不必下地劳动，动动嘴巴就来钱……

那么多年过去了，陶三娘的故事还在花嘎流传。在人们的讲述中，陶三娘骑着纯黑的公马，从蒲公英飘扬的小路上一跃而过。

二

陶三娘原名小米，年轻时人称豆腐。

花嘎人读书少，形容人往往就地取材。陶大安个矮，肤黑，皮糙，就叫黑铁。陶大安的妹妹陶小梦，脸蛋胖，屁股大，就称皮球。小米肤白光嫩，吹弹即破，父母又恰好是做豆腐的，就叫豆腐。小米的哥哥龙大草，又高又胖，有点智障，吃东西不知深浅，被称为猪头。

小米十八岁那年，由豆腐变成了桃花。说起来，这称号与癞子老师有关。癞子老师大名杨德邦，是个下乡知青。他来花嘎后，混了很多年，没有半点长进，也就死了回城的心。听人说，他刚到花嘎时，脸蛋嫩得可以掐出水。几年后，他皮粗肉糙，黑头黑脑，没了半点城市气息。他说花嘎口音，穿花嘎土布衣，跟花嘎人一样干活，一样吃喝拉撒，比花嘎人还像花嘎人。不过，癞子老师还是保留了一些习惯。他每天早晚端着杯子，蹲在屋檐下刷牙，满嘴白沫。花嘎人看不惯，说他嘴骚，别人操女人，而他却操嘴。这话有点损，但癞子老师左耳听，右耳出，不当回事。要知道，那时候的花嘎人是不刷牙的，几乎人人满口黑牙黄牙。每当癞子老师张口说话，满嘴白牙发亮发光，格外引人注目。除此之外，他还喜欢看书，有事无事，手里总拿着一本书，翻来覆去地看。这让人们很佩服，说他是文曲星，是秀才，是先生。也有看不惯的，说他就是一条虫，书虫。别人的嘴巴吃五谷杂粮，他却用来啃书。后来，村小学缺老师，乡里让他到学校当民办教师。人们之所以称他为癞子老师，是因为他不仅头发少，头顶上还有几道高高凸起的青紫疤痕。听说，那些疤痕是"文革"期间挨斗留下的。而他之所以挨斗，是因为红卫兵从他屋里搜出一大堆古书。还好，他们没有把他当大毒草连根铲掉，只是敲破了他的脑袋。

许多年前，一个春光灿烂的日子，癞子老师夹着一本唐诗，从小米家门前经过。房前屋后的桃花开得正好，如云似霞，灼灼如火。说来也巧，小米恰好从窗子探出头，笑盈盈地看着满树桃花。那一刻，一向榆木的癞子老师如遇狐仙，死死盯着小米的脸，呆了，痴了，良久叹出一句：人面桃花相映红。巧上加巧的是，王婆恰好经过，听到了那句话。王婆是花嘎大名鼎鼎的媒婆，虽然不识字，但巧舌如簧，有过耳不忘的本领。据说，没有王婆说不成的媒。只要出手足够大方，哪怕想要天上的嫦娥，王婆也能哄下来。此外，王婆还有一项特异本领，无论什么事情，只要王婆知道，最多眨眨眼的工夫，全村人就知道了。王婆听到那句话后，意味深长地看看小米，又看看癞子老师，笑眯眯地走了。没多久，那些大字不识的庄稼汉们都在反复念叨一句话：人面桃花相映红。他们聚在一起，议论纷纷，揣测意思。猜来猜去，他们得出一个结论，认为这句话的意思很简单，是说豆腐的脸红得像桃花。豆腐的脸为什么像桃花呢？这说明她害羞了。她为啥害羞呢？这说明她看上癞子老师了。大家欢呼雀跃，为破解这一暗语兴奋不已。于是，有人提议，小米不再叫豆腐，改叫桃花吧。

那时候的小米，正值女儿家的黄金年华，是村里最漂亮的姑娘。打不太恰当的比喻吧，小米是一块肥肉，身后跟着众多疯狗。"疯狗"们为了吃到肥肉，可谓绞尽脑汁，怪招迭出。东村的狗栓，经常出现在龙家磨豆浆的石磨旁，驴子一样推着那扇沉重的吱嘎吱嘎的石磨；西村的陈水牛，经常帮龙家犁地，担水，割草，放牛，背柴；北村有名的歌王左蚕豆，经常爬到小米家后面的山上，一首接一首地唱火辣辣的情歌；南村的杨老虎，有点痞子气，扬言小米生是他的人，死是他的鬼，谁敢打小米的主意就揍谁……这些后生们，肚子里放着同一把算盘：第一个把红旗插到小米的战壕上去。

谁也没想到，小米竟看上了呆头鹅似的癞子老师。自从癞子老师站在窗外，说出那句"人面桃花相映红"后，她仿佛被施了魔法，不可救药地喜欢上那个人。特地提一句，小米把癞子老师称为"那个人"。那个人不愧是教书的，牙齿如白银，舌头似弹簧。"人面桃花相映红"，这话说得真好，比唱歌还好听。这样的话，那些大老粗打破头也想不出来。他们牙如黑煤，舌如木头，能说出什么好听的？豆腐豆腐，在他们眼中，就只知道吃。吃，吃，吃，连牛马也知道吃呢。那个人不一样，他说她是桃花，是桃花啊。桃花桃花，多好听，多美，多洋气。多年以后，已经嫁给陶大安成为陶三娘的小米还会想起那个阳光明媚桃花盛开的下午，那个人恰好走到了她的窗前，她恰好探出头去看桃花，那个人恰好念出那句让她终生不忘的咒语。

小米的父亲龙富贵，个高，脖长，体瘦，背驼。有人叫他龙驼背，也有人称他骆驼。也许是常年磨豆浆的缘故吧，龙富贵臂膀畸形发达，一拳就能把石头砸个坑。龙富贵对女儿的管教相当严厉，叫往东就不能往西，叫吃饭就不能喝汤。小米自小就怕龙富贵，怕他那一砸一个坑的铁拳。龙富贵的老婆姓杨，名叫金花。杨金花似乎是为了反衬龙富贵，个矮、脖短、体胖，长着一双眯眯眼。有人叫她胖婶，也有人称她冬瓜。对女儿的教育，龙富贵动手不动口，杨金花则动口不动手。杨金花无数次警告小米：女娃娃家，得夹紧自己的腿。宁愿丢命，也不失身。如果裤子被人拉下去，这辈子休想拉上来。

杨金花的这句话流传很广。有人借题发挥，说小米把腿夹得连条缝都没有了，别说男人那玩意，连绣花针也插不进去。

三

文盲多如牛毛，一抓一大把。村委根据乡里的指示，以村小学为主阵地，组办了扫盲班。村小学的几个民办老师负责上课，白天教学生，晚上教村民。

天黑后，教室里的煤油灯渐次亮起来，一人一盏，或两人共用一盏。灯光散发出蛊惑的光芒，引来黑压压的飞虫。虫子嗡嗡乱叫，如一架架小型战斗机，拼命往玻璃上撞，发出叮叮当当的声响。虽然关了窗，关了门，但仍有虫子从缝隙钻进来，满屋子乱窜，见灯就扑。每一盏灯下，落满了虫子的尸体，或乌黑或金黄，发出刺鼻的焦臭味。学员们乱七八糟地坐在座位上，有拉鞋垫的，有抽叶子烟的，有奶孩子的，有说笑话的，有大声骂娘的……男男女女，老老少少，打打闹闹，吵吵嚷嚷。脚味，汗味，屁味，煤油味，肉臭味，胭脂粉味，叶子烟味……混合在一起，简直就是一锅大杂烩。老师讲课的时候，学员们照样干自己的事情，左耳听右耳出，根本不当回事。有的甚至把头埋到桌子里，呼呼大睡，鼾声如雷。

面对这些油盐不进的家伙，老师们大多选择了睁只眼闭只眼。他们站在讲台上，照本宣科，有口无心。有什么办法呢，不是不想"扫"，而是"扫"不了。用老师们的话说，你见过母猪上树吗？没见过，是吧——那就对了，就算你是神仙，也不可能把一大群猪赶上树吧。

不过，凡事都有例外，癫子老师就是这个例外。癫子老师有点呆，做事一根筋，钻牛角尖。轮到他上课的时候，他下苦功，出死力，认真备课，拟写教案。如果学员没有达到要求，他就不厌其烦地讲解，一遍不行，再来一遍。学员累，他也累。学员们意见很大，吵闹，吆喝，说笑，叫嚷，走动……故意跟他对着干。癫子老师毫不妥协，该吼就吼，该骂就骂。他挺直脊背，巍然站立于讲台上，高声大气地讲课，试图压住下面的吵闹声。由于用力过度，他的嗓子都撕裂了，声音沙哑破碎。不只如此，他还给学员们布置作业，要求学员不仅要动嘴读书，还得动手写字。学员们笨手笨脚，怎么也摆弄不了小小的笔杆，写的字不像字，倒像鸡脚叉叉。癫子老师走到学员中间，一一握住他们的手,点撇竖横捺,一笔一画地教。学员并不领情,经常故意刁难。有的说,杨老师,你给我们讲个故事,我们就好好听课。癞子老师也不推辞,讲就讲,三国西游,鬼怪聊斋,张口就来。有的说,杨老师,你给我们唱首歌,我们就好好写字。癞子老师张嘴就唱《在希望的田野上》《弹起我心爱的土琵琶》《我的祖国》等,倒也像模像样。有的说,杨老师,你吹一曲笛子。说吹就吹,癞子老师抽出笛子,干干脆脆地吹起来。不得不承认,那笛声悠扬婉转,很是好听。还有的学员说,杨老师,如果你学几声狗叫鸡鸣,我们就真佩服你了,你以后说什么我们就干什么。癞子老师略一思索,撅起嘴巴喔喔喔,张开嘴巴汪汪汪,引来一阵阵快活的笑声。

跟其他学员不一样,小米是个例外。大家闹哄哄的时候,小米安静地坐在座位上,眼睛一眨不眨地盯着台上的那个人。她看他浓黑的剑眉,宽阔的额头,高挺的鼻子,厚眼镜片后那双间或发出亮光的眼睛,尤其是他那张说个不停的嘴巴,还有闪着亮光的牙齿。那个人唱歌,她就好好听歌;那个人讲故事,她就认真听故事;那个人吹笛子,她的心就随着笛声飞扬;那个人学鸡叫狗叫,她就厌恶地看着周围笑得前俯后仰的人们。那个人叫读书,她就认认真真地读书;叫写字,她就一丝不苟地写字。当那个人握住她的手,教她摹写点横竖撇捺时,她的眼睛格外明亮,忽闪忽闪的,如两颗星星。

渐渐地,有人发现了小米的异样。小米不知道,当她盯着那个人的时候,有多少眼睛盯着自己。要知道,小米是扫盲班人气最高的学员。她的身边,总围着一大堆男学员:狗栓、陈水牛、左蚕豆、杨老虎、陶大安……谁都想离小米近一点,再近一点。女人们最善于捕风捉影,私下里叽叽咕咕,散播着各种猜测。男人们很不平,尤其是看着癞子老师握着小米的手写字时,恨不得拍死他,像拍死一只嗡嗡嘤嘤的苍蝇。小米从没想过,她在无意之中,已经把那个人推到了多少人的对立面,使他成了他们的仇人。

有人打趣小米,问她为啥总盯着癞子老师,他脸上又没长花。小米答非所问,说癞子老师的嘴巴好用,舌头厉害。

问的人笑起来,说,莫非,你用过?

小米的脸红了,瞪了问的人一眼,说,你才用过。

问的人说,那你是什么意思?

小米撇了撇嘴说,什么意思?这不是明摆着吗?你们的嘴巴只会吃饭喝酒,吃肉吃菜说粗话。人家杨老师的嘴巴还能说故事,吹笛子,唱歌,说人话。

癞子老师的处境变得很不妙。一个伸手不见五指的晚上,癞子老师上了扫盲班,打着电筒回去,半路跳出几个蒙面人,将他塞进尼龙袋子,拳打脚踢。第二天,癞子老师出现在人们面前时,鼻青脸肿,脑袋整整大了一号。有人问他怎么回事,他红着脸说,不小心被马蜂叮了。

四

大年底，癞子老师站在村小学的操场上，为众乡邻写对联。

花嘎人看重祖宗传下来的规矩。每到年底，他们都会买来红纸，请癞子老师写上几副春联。癞子老师能写一手好字，点是点，撇是撇，捺是捺，精神饱满，有一种顶天立地的精气神。更难得的是，癞子老师好说话，来者不拒，分文不取。集市上也有卖对联的，但对联内容大同小异，字也缺乏个性，松松垮垮。癞子老师则尽量满足不同要求，他总是耐心地询问求字人，根据他们的需求拟写对联。浓黑的字，大红的纸，搞一副贴在门上，看上去喜庆，心里也有奔头。

那天的太阳真红，又大又圆，看上去又干净又新鲜。教学楼的瓦盖上，三三两两的褐色麻雀蹦跳着，发出叽叽喳喳的叫声。周围的椿树落尽了叶子，稀疏的枝干上站着几只黑色的乌鸦，一动不动，如铁铸一般。操场中央，摆着一排长桌；长桌上，平平整整地摆满红纸。墨已经磨好，散发出好闻的墨香。癞子老师沐浴着金色的阳光，站在长桌边上，悬腕握笔，目光如电。人们排成长队，按照先来后到的次序，一个一个来，谁也不准插队。如果谁不听招呼，癞子老师会板着脸，毫不留情地把他请出去。大家都知道，癞子老师比较拧，大道理多，只得顺着他。怎么说呢？他就那牛脾气，还能与他对着干？

小米来得早，却捧着几张红纸，站到队伍的尾巴上。长蛇缓缓向前移动，小米却一点也不着急。她若有所思地看看房顶上的褐色麻雀，树梢上如铁铸的乌鸦。她眯着眼，仰头望着白亮亮的太阳，听到了来自天际的悠扬鸽哨。

日头渐渐升高，渐渐坠落。求字的人已经走了大半，只剩下几个稀疏的人影。就连那些吵闹的麻雀，铁铸般的乌鸦，也不知去了哪里。癞子老师的动作变得舒缓起来，每写完一副对联，他总要朝夕阳仰起头，伸伸胳膊，扭扭腰杆。余晖脉脉，癞子老师似乎站在一个大舞台上，让小米感到头昏目眩。有那样的瞬间，她恍惚觉得，那个人全身金色，成了一团热烈的火焰。

其他人陆陆续续走光了，偌大的院子，只剩下小米捧着红纸，站在癞子老师的面前。癞子老师揉了揉眼睛，忽然失去了提笔挥洒的自如，变得局促起来。他看见，穿着红衣捧着红纸的小米踏着余晖，款款走到面前，不禁心跳加速。看着面红耳赤的癞子老师，小米反而平静下来，她把纸放在桌上，扑哧笑道，杨老师，不认识我啊，我会吃人？癞子老师镇定下来，看着小米说，你要写什么？说吧。

没多大工夫，对联就写好了。小米看着红纸上的字，咬着嘴唇，没有离开的意思。癞子老师问，怎么？不满意？

小米摇摇头，吞吞吐吐地说，我还想请你写两个字。

说吧，别说两个，十个，一百个，我都帮你写。

小米没有作声，癞子老师催促道：你说，我写！

小米低下头，轻轻说，就写两个。

写哪两个？你说啊。

小米咬咬嘴唇，似乎下了最后的决心，低声吐出两个字：桃——花。

小米从怀里掏出一张叠好的纸，递给癞子老师。癞子老师的手不易觉察地颤抖了一下，把纸接过去，顿觉脸烫起来。他打开纸，发现被折叠成四格，是四个字的位置。他提起毛笔，顿了顿，问，写两个桃花吗？

小米瞥了他一眼，抿嘴笑道，你傻啊，写两个桃花干啥？

可是，另外两格写什么呢？癞子老师问道。

小米说，你傻啊，后面两格落你的名，说明这字是你写的。

后来，那个十八岁的下午成了小米最美好的回忆。她的阴谋得逞了，那个人不仅写了"桃花"，还在后面落了"德邦"。真好，"桃花""德邦"终于在一起了。

拿到字后，小米决定给那个人做一双鞋垫。那时候，姑娘中流行纳鞋垫送鞋垫的风气。姑娘有了意中人，往往会亲手做上一双鞋垫，送给意中人，以表爱慕之情。姑娘们煞费苦心，充分发挥她们天才想象力，在鞋垫上绣上各种各样的图案，以表达她们隐秘的心事。比如，有的绣并蒂莲，有的绣双飞鸟，有的绣鸳鸯，有的绣玫瑰花，有的绣……可以说，一双鞋垫就是一封情书，一封写给意中人的情书。不过，小米与她们不一样。小米决定绣字，一只绣"桃花"，一只绣"德邦"。小米觉得，只有这样一双独一无二的鞋垫，才配得上那个人。

小米把写着"桃花""德邦"字幅压在枕头底下，像藏一个天大的秘密。夜深人静的时候，她点燃煤油灯，把字幅取出来，仔仔细细地看。点撇横竖捺，一点一点刻进心里。渐渐地，那几个字完整了，变得清晰起来。看着看着，那些字竟仿佛动起来，站起来，走起来。朦胧的灯光中，那字慢慢幻化成那个人的眉眼，一点点向她靠近。她的呼吸越发急促，紧张地向四周看看，赶紧把字幅藏起来。

准备材料，制作袼褙，画样剪纸，裁剪布料，拉线绣字。小米小心翼翼地做，一针一线，细细密密。她做得很仔细，如果有一点不满意，立刻推倒重来。小米不像其他姑娘，当着众人的面纳鞋垫。她总在夜深人静的时候，守着如豆的煤油灯，悄悄把心事纳进鞋垫里。她不愿意让人看见自己的秘密，那可是她这辈子的第一封情书啊。

小米想，等鞋垫做好后，一定要挑一个有月亮的夜晚，把鞋垫送给那个人。

小米无数次想象过那样的场景。那个人接过鞋垫后，一下子瞪圆眼睛，痴愣愣地看着她。她低头笑笑，叫那个人试一试。那个人却没有笑，他脸色严肃，郑重其事地将鞋垫举起来，对着月光看了又看。"桃花""德邦"四个红色的大字闪闪发光，仿佛四朵热烈开放的花朵。那个人看了又看，看了又看，忽然泪流满面，小心翼翼地将鞋垫插进腰间，亮晶晶的眼睛盯着她的脸，慢慢向她逼近，猛然将她搂进怀中……

五

龙富贵一直有块心病，儿子龙大草快三十了，还没讨上老婆。

乍一看，龙大草又高又壮，相貌堂堂。可稍一深究，人人都能看出龙大草的弱智。首先体现在吃饭上，萝卜酸菜豆腐，死牛烂马耗子肉，只要能下口，他生冷不忌，大有把自己撑死的豪气。其次体现在说话上，一句简单的话，龙大草要断成几句，一个字一个字地往外吐。不只说话慢，走路也慢。这样一个男人，哪个姑娘会看得上他？

龙富贵托王婆说了几次媒，都以失败告终。龙富贵对王婆说，不是说没有你说不成的媒吗？老子告诉你，如果你能给大草说下对象，我会把你当菩萨，供到神龛上去；如果你只会吹牛逼，老子就找把锤子，把你的招牌砸个稀巴烂。

有心病的不止龙富贵，还有铁匠陶远光。陶远光有三个儿子，个个都跟他一样，肤黑，皮糙，个矮。老大老二几年前娶了妻，生了子，分户单过。老三陶大安不让人省心，已经二十七八了，还是条光棍。按理说，陶大安虽然模样差点，但身子骨结实，算得上一等一的庄稼汉，找个对象应该不会难到哪里去。嫁汉嫁汉，穿衣吃饭，谁不想找个能干活的？如果陶大安有自知之明，眼光低一点，找个媳妇不在话下。问题是，这家伙没金钢钻，偏要揽瓷器活。他放出话来，除了小米，谁也不娶，七仙女也不行。几年来，为了讨小米的欢心，他像一头忍辱负重的牛，长年累月地为龙家干着脏活重活。小米从不正眼看他，但这小子脸皮厚，活照干，饭照吃，撵不走，骂不动。陶远光见儿子对小米如此着迷，只得找到王婆，求她撮合这门亲事。陶远光许诺，只要王婆能够说动龙家，他定会奉上大红包。陶婶并不喜欢小米，她觉得小米太妖，担心陶大安降不住。但陶大安已经走火入魔，除了小米无人能救，陶婶也只好表示赞同。陶婶说，就当给大安买颗还魂药吧。

王婆选了个好日子，打扮得花枝招展的，撑着伞去了龙富贵家。王婆对龙富贵夫妇说，马走马路，车走车路。以大草这条件，如果不走点偏路，恐怕只能一辈子打单身了。龙富贵和杨金花急了，他们就这样一个儿子，如果讨不上老婆，龙家岂不断了香火？龙富贵叫杨金花炒了几个好菜，给王婆倒上好茶，斟满酒，求她帮忙想办法。王婆吃好喝好，张家长李家短地扯了半天，卖够了关子，这才提出了换亲的主意。王婆说，只要龙家将小米许配给陶大安，她就叫陶家把女儿嫁给龙富贵。龙富贵夫妇有点迟疑，他们觉得陶大安长得糙，配不上小米。一直以来，他们希望小米能嫁户好人家。事实上，他们已经看中了在乡政府上班的一个小伙子，正谋划如何搭上关系呢。

王婆看穿了龙富贵夫妇的心思，冷笑说，你们难道没听到村里的传言？小米亲口承认，她用过杨癞子的舌头，还说那舌头很好用呢。

杨金花说，王婆，饭可以乱吃，这话可不能乱讲。

龙富贵涨红了脸，骂道，王婆，你再胡说八道，我撕烂你嘴。

王婆冷笑说，纸包不住火，这事谁人不知？上夜校的时候，小米跟杨癞子眉来眼去，全村人都看见了。有一次，我看见杨癞子站在你家楼下，瞪着眼看楼上的小米，还说句什么人面什么桃花什么相映红。杨癞子对小米那点心思，我还看不出来？你们再不下决心，小米就要被杨癞子拐走了。那杨癞子有什么好，又老又丑，不就会画几个鸡脚叉叉（指字）吗？能当饭吃，还是当水喝？几年前，红卫兵敲破了他的脑袋，杨癞子差点成了死癞子。庄稼人嘛，图个啥？有吃有穿，平平安安，就是上辈子修来的福气。陶大安哪点不好？矮点黑点怕啥。嫁汉嫁汉，穿衣吃饭。你看人家多能干，耕田犁地，收麦打谷，哪一样拿不起来？这样好的人家，打着灯笼都难找，还等什么？

他婶子，就没有其他办法了？杨金花小心翼翼地问。

王婆沉下脸说，有，有，那就让大草打一辈子光棍吧。

龙富贵咳了几声，说，他婶子，陶家真愿意把女儿嫁给大草？

王婆笑了笑，你说呢？只要你们同意，这事包在我身上。

龙富贵看看杨金花，杨金花看看龙富贵，双双点了点头。

寒冷而漫长的冬天刚刚过去，桃花还没绽开，陶家和龙家就举办了婚事。一顶花轿把陶小梦抬到了龙家，一顶花轿把陶三娘抬到了陶家，换亲仪式圆满结束。村里人说，这叫黑铁砸豆腐，猪头啃皮球。

小米结婚那天，癞子老师没有去吃喜酒。他站在山顶，捧着小米送给他的鞋垫，看着龙家的瓦房，泪流满面。那只鞋垫，是小米嫁人的前一晚送给他的，上面绣着两个字：桃花。

另一只鞋垫，小米自己留下了。

那只鞋垫也绣着两个字：德邦。

六

小米嫁给陶大安后，人们称她为陶三娘。

换亲的第二天，陶婶溜进新房，瞪大眼睛，来回扫视洁白的床单。陶婶看了又看，脸色变得阴沉起来。白床单干干净净，一丁点血迹都没有。陶婶急了，一把扯起床单，走出家门，放在阳光下，仔细查看。看来看去，还是没有发现梅花状的血迹，却看见一些些斑斑驳驳的淡黄色的痕迹。陶婶伸出舌头舔了舔，咸的。陶婶马上明白过来，那是眼泪的味道。

陶婶阴着脸走进屋子瞥了一眼正在扫地的陶三娘，沉声说，大安家的，活先放一放，跟我来。

陶三娘跟着陶婶，走进里屋。陶婶说，把门关上。陶三娘把门关上。陶婶又说，把门闩上。陶三娘拿起门闩，把门闩上。陶婶哗啦啦地抖开手里的床单，朝陶三娘晃了晃，沉下脸说，大安家的，这是怎么回事，你给我解释清楚。陶三娘看着白色的床单，低声说，妈，我不懂你的意思。陶婶把床单使劲抖了抖，提高声音说，什么？你不懂我的意思？我看你懂得很。陶三娘说，妈，我真的不懂。陶婶盯着她的脸说，大安家的，你是不是不见棺材不见泪？陶三娘说，妈，你到底要我说什么？陶婶忽然扬起手，将床单高高举起，怒气冲冲地吼道，我问你，床单怎么没有见血？

血？什么血？妈，我真不懂你什么意思。陶三娘颤声说。

陶婶冷笑一声，你不懂？你把事情都做了，还不懂？

妈，你别乱说。

我乱说？你看看，这床单白得像一张纸，这说明什么？人在做，天在看。别以为我是瞎子，这床单会说话。我问你，是不是杨癞子？

陶三娘说，妈，你别，别乱嚷。

陶婶说，我乱嚷？你这小狐狸，把什么事情都做了，还有脸嫁进我们家。你与杨癞子的那点破事，别以为我不知道。那癞子有什么好，你把身子都给了他。你都这个样子了，还嫌弃大安？你还好意思淌猫尿（眼泪）？

陶三娘说，妈，别乱嚷，我没有，真没有。

陶婶指着床单说：这是什么？你昨晚为什么哭？大安配不上你？你舍不得那癞子？放不下那个烂人？我们陶家亏待了你？你还有资格哭？不行，我得把事情告诉大安，让大安休掉你。

陶婶拔开插销，拉开了屋门。陶远光冲进来，拦住她说，你要干什么？陶婶望着陶三娘说，我说这货不可靠，你们父子偏把她当宝，这下好了，娶回个敞口子货。陶远光伸手捂住陶婶的嘴，望着陶三娘说，大安家的，你去忙吧，别听你妈乱嚼舌根。

陶三娘低着头，捂着脸，侧身跑出屋子。

陶三娘跑远了，陶远光这才松开手。陶婶气呼呼地说，陶远光，你疯了，要捂死我？陶远光呵斥道，别瞎嚷嚷，你怕别人听不见？闭上你的臭嘴。你好好想想，就你儿子那样，谁家姑娘愿意跟他？大安家的屁股大，奶子挺，是个能生养的货。甭管她破不破，只要能生儿子，不就结了。你他妈把这事情捅出去，不是抽自己的脸吗？如果休了她，你儿子怎么办？

陶远光说得有道理，生儿子是大事。恨归恨，陶婶只能打落牙齿和血吞。再说，她也不敢得罪陶大安。那小子是个混球，什么事都干得出来。陶婶把牙咬了又咬，狠狠丢下一句话：好，我等着，如果生不出儿子，老娘跟她没完。

这件事情，谁也没有告诉陶大安。熬了二十多年，好不容易娶了个仙女，陶大安像掉进了蜜罐，哪里还会有工夫理睬其他事情。他无暇顾及陶婶的脸色，对陶三娘百依百顺，当姑奶奶对待。他就像一条忠实的狗，成天围着她打转。估计陶三娘要天上的星星，他也会帮她摘下来；就算陶三娘要他杀人放火，他肯定也不会皱一下眉头。有一次，陶三娘闲聊时说起她家的桃花，春天像云朵一样，在屋前房后飘动，连空气都充满了花香。陶三娘随口一说，陶大安就上心了，在屋前房后栽了十几株桃树。陶大安对陶三娘说，再过几年，你就可以像以前那样，坐在窗前看桃花了。

结婚不久，陶远光召开家庭会议，对家里的事情做了安排。陶婶身子单薄，长期生病，主要负责打理家务，煮煮饭，做做菜。陶远光是铁匠，得花大量的时间打制铁具，再把铁具装进箩筐，背到集市上出卖。也就是说，田地里的活主要交给陶大安和陶三娘。分工完毕，各做各事，该挣钱的挣钱，该干活的干活。生活就这样按部就班地往下过，倒也风平浪静。

不过，陶婶很快就发现，陶大安疼老婆怕老婆，实在太过分。庄稼人嘛，娶妻干啥？不外乎生儿育女，种田种地，打理家务。陶大安倒好，娶的不是妻，是菩萨，捧着供着。名义上，陶三娘跟着陶大安去地里干活；事实上，陶三娘只是走走过场。凡是重活苦活，陶大安往往一人包干，绝不让陶三娘挨边。下雨的时候，他叫陶三娘撑着伞站在旁边，看着他做事。天晴的时候，他找个阴凉的地方，让陶三娘老实待着，他却独自冒着烈日忙活。事实上，陶三娘并不怕干活，但她拗不过陶大安。陶大安有一股蛮劲，只要他决定的事，陶三娘只能服从，无条件服从。陶大安常说，你给老子好好待着，这点儿活，还不够老子一个人干。陶三娘怕他生气，更怕他犯浑，他怎样说，她只得怎样做。陶婶很不满，曾拿这事敲打过陶三娘，叫她别当自己是少奶奶，什么事都叫男人做。

陶大安知道这事后，非常生气。他瞪着斗鸡眼，恶狠狠地对陶婶说，老子的媳妇，老子想让她闲着，她就可以一辈子闲着。

七

九个月后，陶三娘产下了一丫头片子，取名小桃。小桃的出生并不容易，接生婆使出浑身招数，才将她掏出来。陶三娘被弄得死去活来，几乎用光了所有的力气。女儿被掏出后，她成了一个漏气的皮球。

孩子哇哇大哭，陶婶似乎没有听见，而是盯着陶三娘说，怎么是个无用的？

陶三娘刚产了女儿,身体轻如一片枯叶。她转过眼,不敢和婆婆对视。窗外的桃花开得正好,在风中翩翩起舞。陶三娘嗅到了风中的香味,她知道,桃花开了。那些桃树,是陶大安为她种的。那时候,她刚嫁进陶家不久,陶大安把她当手心里的宝。她记得,那个老实的男人一口气种了十二棵桃树,累得满头大汗,却没有说一声累,只是看着她笑。那时候,她抱着手臂站在旁边,看他挖坑培土,种植桃树。她抱着手,站在温和的风中,看着那个挥汗如雨的男人,心里有了某种暖意。她甚至觉得,就连他那双丑陋的斗鸡眼,都不那么难看了。

孩子越哭越凶,陶婶没有看一眼,而是仰起干瘦的脸,望着窗外灰暗的天空说,怎么是个无用的?顿了顿,忽然转过头来,眼睛死死盯住陶三娘的脸说,大安家的,你说,你做过什么见不得人的事?

陶三娘不说话。

陶婶又说,大安这兔崽子,眼睛瞎了,偏要看上你,还把小梦也赔了进去。我们家小梦多有本事,已经给你哥生了个大胖儿子。你再看看你,有什么用?人在做,天在看,女人脏了,老天都不保佑。

陶三娘闭上眼,觉得有一把锋利的匕首挑断了筋骨,刺进了骨头。自从她进了这个家,这个老女人从来就没正眼看过她。她的脸上永远带着某种高高在上的神气,眼睛望着斜上方,当她是空气。她现在懂了,在这个成了精的女人眼中,她根本没有什么秘密。不错,她是骚货,敞口子货,狐狸精,扫把星。这个老女人的眼睛里钻出千万只手,将她扒光,一丝不挂。这能怪谁呢?只能怪自己。千不该万不该,换亲的头一晚,不该去见那个人。

那天晚上,她拿着做好的鞋垫,偷偷跑出家门,去见癞子老师。星光下,松树林,小河旁,她不顾一切地抱住那个人。她是一个溺水的人,而他是唯一的救命稻草。她疯狂地亲他,咬他,掐他,捶他。后来,不知是谁先动的手,他们赤条条地抱在了一起。以天为证,以月为媒,她要成为他的女人,哪怕就一夜。疯狂之后,她冷静地穿上衣服,把那只绣着"桃花"的鞋垫举到月光中,交到他手里。她忍住眼泪,笑着对他说,"桃花"就交给你了,"德邦"我留下。说完,她转身就走,害怕自己稍一犹豫,再也迈不动脚步。他拉住她,不让她走。他说他可以带着她,逃出花嘎,逃到城里去。他拽着她的胳膊,眼睛熠熠生辉,闪烁着热烈而又诡异的光芒。她心一软,差点放弃了挣扎。可是,她咬咬牙,立刻硬下心来,张嘴咬了他一口。他惨叫一声,松开了手。她一把推开他,飞快地跑进苍茫的月光。踢踢踏踏,踢踢踏踏,林子里发出了杂乱的响声。她恍惚听见身后传来的叫喊声,还有他的脚步声。但她没有回头,她紧咬牙关,像一只逃命的鸟,拼命飞向天边弯钩般的月亮。她没有哭,一滴眼泪也没有,以奔跑的姿势跑向呜呜咽咽的唢呐声。她本以为,有了那一夜,哪怕嫁给陶大安,也能撑过这辈子了。她哪里知道，这竟成了她的死穴，被婆婆捏在手里，就像捏住了蛇的七寸。

陶大安提着刀，准备宰鸡炖汤，被陶婶拦住了。陶婶说，杀什么鸡，喝点蛋汤就对得起她了。不知是说对得起陶三娘，还是对得起刚出生的婴儿。陶大安就失了神，刀子咣当的一声掉到地上，长叹一声，双手抱头，蹲在屋檐下。

几天后，陶婶买了香，买了纸，去了吴王山的求子庙。当她从庙里回来时，皱巴巴的脸上开成了花。她点了三炷香，插在神龛前，叫陶三娘跪下，絮絮叨叨地说，大安家的，你听着，你给我好好听着，我已经为寺庙捐了钱，给菩萨烧了香，请神灵保佑陶家。我告诉你，菩萨已经答应了，送给我们陶家一个儿子。你给我记住，好好待在家中，别出去招惹是非。

从那以后，陶三娘就很少外出。偶尔出门，怀里总抱着小桃，身后要么跟着陶婶，要么跟着陶大安。就这样待了一段时间，陶三娘觉得自己快憋坏了。陶远光几乎不在家，他要么去铁匠铺打铁，要么背着背篓赶转转场（即从一个集市到另一个集市，周而复始），出售他打制的铁器。陶大安早出晚归，去田地里卖命，干着永远干不完的活。家里就只剩下陶婶和陶三娘，还有几个月大的小桃。陶婶要么躺在床上，要么坐在屋檐下。她的身体越来越差了，瘦得像根干柴棍，动一动就直喘气。小桃哭的时候，陶三娘一个人顾不过来，她也懒得搭把手。她总是眯着眼，直勾勾地盯着陶三娘。陶三娘觉得脊背发凉，仿佛爬着满背的蛇。偶尔有人上门，如果是女的，陶婶爱理不理。如果是男的，病恹恹的陶婶仿佛获得神力，从凳子上跳起来。她的小眼睛死死盯着陶三娘，闪现出凶狠的光芒。

陶三娘觉得自己快疯了。冷冰冰的屋子如同牢房，她是囚犯，而陶婶是看守。终于有一天，她斗胆对陶婶说，她要回娘家看看父母。陶婶眯着眼，皱着眉头想了半天，这才答应了她的请求。陶婶叫陶大安，叫他亲自把陶三娘送过去。陶婶还说，三天后，陶大安会亲自上门，接她回来。

陶三娘抱着小桃，跟着陶大安走出家门，走上了那条久违的小路。许久没出门，小路已经开满金黄色的蒲公英。有的蒲公英已经长满细小的褐色种子，种子上长着一簇白色绒毛。再过一段时间，白色绒毛就会带着种子随风飘去，四海为家。陶大安瘦小的背影走在茂盛的草丛间，像一截会移动的枯树桩。陶三娘看着他的背影，一时有点恍惚。她想，要是自己是一朵蒲公英，那就好了。

可惜，她做不成蒲公英。她看着那截木桩，叹了口气，跟了上去。

八

陶三娘抱着小桃走进龙家大门外时，恰好碰上抱着儿子的陶小梦。

陶小梦看了她一眼，撇撇嘴说，你来干什么？陶三娘说，小梦，我来看看。陶小梦说，看什么？陶三娘说，看看你们，看看我爹我妈。陶小梦说，那就好，只要不看别人就好。陶三娘说，小梦，你别乱说，我还能看谁？陶小梦努努嘴，指了指不远处的村小学。陶三娘勉强笑着说，小梦，你想多了。陶小梦说，最好是这样。

进屋后，陶三娘看见龙富贵站在堂屋里，弯着腰压豆腐。他将豆浆倒进一个白色布袋，用布条扎住袋口，使劲推压。陶三娘知道，这是做豆腐至关重要的一环，只有把豆浆的水分榨干，才能形成一大块方方正正的豆腐。压豆腐很讲究功夫，要拿捏好力度。龙富贵是个做豆腐的高手，他的豆腐有一股韧劲，取下薄薄的一块，摇来晃去，也不会断裂。看着弯腰使力的龙富贵，陶三娘想起了自己当女儿的时候，经常帮着他压豆腐。她不由鼻子发酸，真想压一次豆腐。她抱着小桃，走到龙富贵的身后，叫了一声爹。龙富贵用力压了几下，这才缓缓回过头来，看了看她。她摇着小桃说，小桃，小桃，叫外公。小桃当然不会叫，她瞪着黑葡萄似的眼睛，看着面前这个胡子拉碴的老男人。龙富贵说，怎么过来了？陶三娘一愣，说，来看看，看看你们。

龙富贵不再说话，他转过身，将一块大木块抬起来，放到布袋上。随后，他弯腰抱起一块大石头，放到上面。陶三娘知道，再过几个小时，将石头木板拿开，打开布袋，就能看见一整块方方正正的豆腐了。

堂屋的角落里，龙大草正在推磨，发出轰隆隆的声响。龙大草虽傻，却是把推磨的好手。拉那么重石磨，他却脸不红，气不喘。杨金花站在磨边，灵活地从盆里舀起豆子，准确地喂进磨眼。石磨的四周，汩汩冒出乳白色的豆浆，大雪般飘落。这场景，陶三娘很熟悉。她还没出嫁的时候，经常与大草配合，一个推磨，一个喂豆子。听着轰隆隆的声，她觉得手掌发痒，真想放一次豆腐。她抱着小桃走过去，叫道，妈，你抱孩子，我来换你。

杨金花说，你怎么来了？是不是有什么事情？

陶三娘说，没事，就是，就是过来，看看，看看。

杨金花说，好好带孩子，不用你换。

大草放下磨把，停下动作，凑到陶三娘的面前，笑嘻嘻地说，小，小米回来了，小米，小米，推磨，推磨，我们，一起。

小米，小米，好久没人这样叫了。自从她成了陶三娘，小米死了，桃花也死了。陶三娘心中一热，她摇了摇小桃，轻声说，桃子，叫舅舅。大草伸出手，小心翼翼地摸摸小桃的脸，笑着说，小家伙，叫，叫舅，叫舅舅。

陶小梦咳了一声，大草吓了一跳。陶小梦说，龙大草，还不赶快推磨，天色不早了。大草赶紧走到磨边，抓住磨把手。几秒钟后，轰隆隆的声音响起来。

陶三娘站不是，坐也不是。她忽然发现，这屋子里没有她的位置。她抱着小桃，站在屋子中央，不知手脚往哪里放。这时，她想起她以前的卧室，低声说，妈，你们忙，我去奶孩子。她抱着小桃，逃一般穿过了木门。进屋后，她这才发现，屋子已经变成一个杂货铺，摆放着坛坛罐罐，大袋小袋。她四下看看，却没有一个可以坐下的地方。她忽然想起一个问题，她和小桃晚上睡哪儿呢？

这时，小桃大声哭起来。她机械地拍打小桃的背，转身退出屋子。龙富贵还在压豆腐，大草还在拉磨，杨金花还在喂豆子。陶小梦抱着儿子，仰面坐在椅子上，表情悠然自得。

小桃还在哭，怎么也哄不乖。陶小梦不耐烦地说，叫她别哭，会吵醒我儿子的。杨金花停下动作，小跑过来，摇了摇小桃，连声说，别哭，别哭，别吵醒弟弟。小桃不听，还是哭。杨金花说，这孩子，哭得真凶，怎么办？龙富贵走过来，闷声说，先带她出去转转，不哭了再回来。

陶三娘抱着小桃，走出龙家大门。说来也奇怪，刚走出门，小桃就不哭了。陶三娘转过身，打算进门，小桃又大声哭起来。陶三娘只得抱着小桃，沿着长满金黄色蒲公英的小路，漫无目的地向前走。小桃瞪着黑豆般的眼睛，看这看那，发出嘎嘎的笑声。不知不觉中，她竟然已经走到了村小学。

这时，两个民办教师从学校里走出来。陶三娘悚然一惊，转身要走。可是，已经来不及了，两个民办教师跑到她的面前，笑嘻嘻地说，陶三娘，是来看癞子吗？他去镇上参加考试，你进来等等吧。陶三娘赶紧说，不是，不是，只是路过。他们越发笑得厉害，喘着气说，对，对，是路过，是路过。陶三娘不想废话，她赶紧转过身，抱着小桃往回走。可是，她才走了几步，就愣住了。她看见，陶小梦正站路中，冷冷地瞪着她。

陶三娘抖索着嘴唇，低声说，小梦，小梦。

陶小梦朝地上吐了口唾沫，高声骂道，骚货，狐狸精。

陶三娘瞪大了眼睛：小梦，你骂谁？

陶小梦说，谁接话，我就骂谁。

陶三娘说，小梦，真的不是你想的那样。

陶小梦说，少废话，老娘不是瞎子。

陶小梦，你别太过分了。陶三娘气极了，身子哆嗦起来。

陶小梦扯起嗓子吼道，你能做，我还不能说？老娘刚刚打了个盹，你就屁颠屁颠跑这儿来了。滚回去，别出来丢人现眼。老娘告诉你，我哥好欺负，我可不是好惹的。

哇的一声，小桃大声哭起来。

走，我们走，我们走。陶三娘哭着说。

陶三娘抱着小桃，低头匆匆跑过长满蒲公英的小路，跑过龙家大门。她流着泪，抱着嘤嘤哭泣的小桃，爬上了村口的石桥。她万万没想到的是，她刚走到石桥这头，就看见"那个人"从桥那头走过来。他穿着的确良衬衣，显得精神焕发。陶三娘低下头，想找个躲避的地方，可却无处可逃。那个人大步走过来，走到她的面前。他低下头，看着她，轻声喊道，小米，小米。

陶三娘惊恐地看看四周，低声呵斥道，让开！

那个人不让，急切地喊道，小米，小米。

我不是小米，小米死了。

那人又喊道，桃花，桃花。

桃花死了，我不是桃花。

陶三娘说完，使劲推开他，落荒而逃。

九

大概又过了一年，陶三娘生下第二个孩子，取名小菊。

接生婆刚把孩子掏出来，陶婶就急不可耐地掰开那两只嫩藕似的小腿。只看了一下，陶婶就愣了，她把婴儿往床上一扔，骂道，活见鬼，又是个没用的。老天爷，你瞎眼了？不是已经求了菩萨了吗？女人脏了，连菩萨都不保佑。

陶三娘连生两个"不值钱的"，彻底惹怒了陶婶。陶婶认为，陶三娘不守妇道，导致陶家跟着遭殃。她整天阴着脸，见鸡骂鸡骚，见猪骂猪脏，见狗骂狗作。陶远光再也拦不住她，她成天喋喋不休地念叨着，把陶三娘的老底翻个底朝天。她甚至不再避讳其他人，只要遇上聊得来的，她就会从头到尾数落陶三娘，并加入许多自行发挥的东西。可以说，陶三娘就是陶婶嘴里的菜，有事没事总要嚼上几口。时间长了，陶婶的话渐渐钻入陶大安的耳朵，如同咒语，让他开了窍。鸡骚了脏了，不会生儿；狗骚了脏了，不会生儿；猪骚了脏了，不会生儿——那人呢？自然而然，也生不出儿子。陶大安想不明白，那样好看的老婆，为什么就生不了儿子？难道她也脏了？骚了？渐渐地，陶大安迷上了赌博，爱上了喝酒，还学会了发脾气。有人说，陶大安撞邪了，变成了脾气火暴的斗鸡。

老实人往往一根筋，钻牛角尖。陶大安就是这样的人，他天天想着"破鞋"，很痛苦，很纠结，他瞪着血红的斗鸡眼，见狗问狗，见鸡问鸡，见猪问猪，见人问人。对大安提出的问题，狗不语，鸡不鸣，猪不叫，但人却回答了。有人笑嘻嘻地对他说，你老婆没脏，也没骚，但她被别人破了。陶大安问，破了？是什么意思？人们又笑了，破了都不懂，破了是被人搞了。

陶大安喝了半斤酒，提着酒瓶，摇摇晃晃地往家里赶。那瓶里还剩半瓶酒，发出稀里哗啦的声音。陶大安一边走，一边喝，走到家门口时，他忽然扬起手，把酒瓶砸在青石板上，发出刺耳的破碎声。

陶三娘提着猪食桶，正在往猪盆里倒汤水。两头黑猪埋着头，摇着尾巴，吃得津津有味，发出欢畅的咀嚼声。陶三娘放下猪食桶，看着黑猪想心事，她想，等猪长大了，一头宰了吃肉，一头卖了补贴家用。对了，给小桃小菊做一身新衣，陶大安也做一套吧。正想着，被突如其来的破碎声吓了一跳，抬头看见了醉醺醺的陶大安，不由嗔怪道，大安，你砸瓶子干什么？

陶大安不说话，瞪着血红的斗鸡眼，一把抓住陶三娘，甩到肩上，踢开门，扔到床上，厉声吼道，你说，是谁破了你，谁破了你？陶三娘吓坏了，她怯怯地爬起来，抓住陶大安的手，低声说，大安，别听别人嚼舌根。陶大安甩开她的手，啪地一巴掌抽到她的脸上，厉声吼道，告诉我，是谁破了你？

陶三娘跌坐在床前，鲜血从嘴角流下来。她抬起脸，满脸泪水，低声哀求说，大安，别听别人乱说。大安，你相信我，我会给你生儿子的。

生儿子？可能吗？女人脏了，连菩萨都不保佑。不知道什么时候，陶婶站在门边，一副似笑非笑的表情。陶大安举起手，巴掌带着风声，落到了三娘的脸上。骂道，骚货，你说，是谁破了你？

陶三娘躺在地上，眼泪汹涌而出。模糊视线中，她第一次发现陶大安原来这样高大，他像一座山似的压在自己的身上，巴掌挥舞得密不透风。

陶三娘挨了几巴掌，反而不哭了，她猛然弓起身子，将陶大安掀个四仰八叉。她一下子站起来，披头散发，活像聊斋里的女鬼。她俯视着陶大安，发现他那样矮，那样小，那样丑，像个侏儒。

"砰"的一声，陶三娘感觉脑袋挨了重重一下，缓缓倒下去。恍惚中，她看见陶婶提着一根铁棍，狞笑着俯视着自己。

狐狸精，骚货，反了你，还敢打男人？陶婶破口大骂。

陶大安翻身跳起，骑到她的背上，抓住她的头发，拳头冰雹般砸下来。

陶三娘不再挣扎，她想起几年前那个遥远的夜晚，想起了那轮高悬天空的如钩的弯月，漫天的星光，寂静的松林，潺潺的小河，那个人扭曲变形的脸，冰冷刺骨的月光，呜呜咽咽的唢呐声……各种景象，一闪而过。她不再哭泣，有了那个夜晚，她也不枉为女人一次。那个夜晚是她这辈子的底气，哪怕一无所有，她也能挺过去，熬下去。她不再哭泣，反而笑起来。她的笑声越来越大，轰轰作响，回荡在天地之间。老娘就脏了，老娘就骚了，老娘就被人破了，老娘就是愿意，谁管得着？

陶大安抓起一根凳子，劈头盖脸地砸下去。

一声巨响，陶三娘恍惚看见汹涌的红色液体扑面而来，就什么也看不见了。

也许，我就要死了。陶三娘想。

这时，陶远光冲进来，一把拽住陶大安的胳膊，骂道，妈的，你们疯了？

陶大安嚎叫一声，将凳子砸到地上，向门外跑去。

陶婶喊着陶大安的名字，追了出去。

陶远光蹲下身，伸手试了试陶三娘的鼻息，将陶三娘从地上抱起，放到床上。

陶三娘感觉到，那只大手使劲捏了捏她的奶子。

十

不久，村里开始流传陶三娘克夫的谣言。

有人说，陶三娘是狐狸精转世，一身骚骨。有人还说，陶三娘擅长采阳补阴，谁搞她她就采谁。男人被采后就会萎靡颓废，流年不顺。相反，陶三娘"采取"精华后，会越来越妖艳。还有人说，陶三娘是白虎，下面一根毛都没有，这样的女人如狼似虎，一般男人受不了。这样的女人，只有青龙能克，青龙遇上白虎，定会行大运，达到天人合一的妙处。普通男人遇上白虎，往往会被吸干阳气，神思恍惚，疯疯癫癫。就如陶大安，居然叫李麻子踩他的命根子，这不就是因为睡了白虎吗？

那是个落日西下的黄昏。陶大安喝了几碗老烧酒，闷闷地出了门。他踩着血红的阳光，走过杂草丛生的小路，游荡到了村边。一棵大枫树下，一群人围成一圈，正在推牌九。他们见到了陶大安，兴高采烈地喊道，黑铁，黑铁，过来试一把。当庄的是邻村的李麻子，此人满脸麻子，身材粗壮，是个赌钱专业户。大凡赌的场合，几乎都可见李麻子的身影。这李麻子牌技高明，会出老千，人称老狐狸。李麻子抬起头，目光扫过陶大安鼓鼓的荷包，眯着眼笑起来。

赌局开始了，陶大安哪里是李麻子的对手，没几个回合，陶大安的钱就全部进了李麻子的荷包。陶大安赌红了眼，非要再来一盘。李麻子轻蔑地笑道，赌？你拿什么赌？

陶大安摊开手，大声叫道，谁有钱，借我一百块，我还一百五。

东村的候玉虎掏出几张票子，朝陶大安晃了晃，说，我只有五十块，可以借给你，但你得还七十五。

陶大安一把将钱抓过去，不耐烦地说，知道了，七十五就七十五。

赌局又开始了。陶大安瞪圆了眼睛，额头渗出细密的汗水，咬着牙把钱全部押上去。李麻子眯着眼，气定神闲地发牌。周围的人摇动手臂，大声叫喊着，开，开，开！

陶大安又输了。李麻子笑容满面，把钱抓起来，往兜里揣。陶大安急了，叫道，别走，再赌一盘。

李麻子撇撇嘴说，还赌？你拿什么赌？拿命赌？

陶大安又伸出双手，对周围的人嚷道，谁有钱，借老子两百块，老子还三百。

　　周围的人看着他，死一般寂静，谁也不说话。

　　借老子二百，老子还四百，不，还五百。

　　村北的左蚕豆站出来，大声说，黑铁，你要说话算话？我借你二百。

　　少废话，把钱拿来。

　　左蚕豆掏出一把钱，陶大安猛然扑过去，闪电般把钱抓到手里。

　　没有什么意外，陶大安又输了。他站在人群中央，大汗淋漓，仿佛刚从水里捞出来似的。李麻子拿起钱，吐了吐口水，仔细数了一遍，又数了一遍，这才心满意足地装进兜里。他慢条斯理地洗牌，发出刷刷的声响。周围的人看着他，脸上流露出羡慕向往的神色。

　　陶大安怒气冲冲地叫道，不行，赌，再赌！

　　李麻子摊开手，摇了摇头，笑了。

　　陶大安嚷道，别小看人，老子家有两头大猪，折合成钱，再赌一把。

　　李麻子眼睛放光，挥了挥手，对大家说，此话当真？请大家做个证。

　　陶大安说，各位，大家听好了，如果我输了，就把两头猪让给李麻子。

　　人群吵嚷起来，纷纷举起手，表示可以做证。

　　结果可想而知，陶大安又输了。李麻子洗好牌，放进荷包里，对陶大安说，走吧，去你家赶猪。陶大安不说话，呆呆地站着，一动不动。李麻子伸手推了推他，走吧，你难不成想反悔？陶大安忽然跳起来，掏出生殖器，对着李麻子撒了泡尿，笑嘻嘻地说，要钱没有，屌有一根，要就拿去。

　　李麻子冷冷地看了看那根缩头缩脑的家伙，轻蔑地撇撇嘴，说：那样小，难怪你老婆被人破了。算了，猪就不要了，把你老婆叫来，让老子好好干一盘。

　　周围的人哄然大笑，有的还吹起了口哨。

　　陶大安涨红了脸，咆哮着朝李麻子冲过去。李麻子侧身闪过，陶大安收不住脚，摔了个狗吃屎。李麻子一把将他提起，摔在地上，他像只肚子朝天的青蛙，哇哇乱叫。李麻子运脚如风，闪电般踩住陶大安软软的命根子，如踩一棵小草。"妈呀"一声惨叫，陶大安蜷曲着身子，杀猪般叫了起来。

　　土医生张华佗费了九牛二虎之力，也没能挽回陶大安的命根子。张华佗说，陶大安的命根子毁了，他做不成男人了。听了张华佗的宣判，陶婶一屁股坐在地上，呼天抢地，号啕大哭。

　　陶三娘抱住她的腰，想把她扶起来。没想到，陶婶猛然转过身，将一口浓痰吐到她的脸上，骂道：骚货，狐狸精，这下你高兴了，你满意了！

　　黏稠的痰沿着陶三娘的脸颊，慢慢滑落下来，啪的一声掉到地上。

　　一只母鸡跑过来，闻了闻痰，摇摇头，转身跑了。

十一

　　陶大安日益变得懒散。男人跟公鸡差不多，只要被阉割了，就不会争强好胜，不会喔喔打鸣，不会气势汹汹往母鸡背上跳。陶大安就是这样一只公鸡，自命根废掉后，他没了野心，没了血性，没了狠劲。他把田地里的活路一股脑儿丢给陶三娘，当起了甩手掌柜。从此，他的世界只剩下四个字——吃，喝，赌，睡。

　　陶大安每天起床的时候，陶三娘已经做好饭，炒好菜。陶大安趿拉着宽大的拖鞋，歪歪斜斜地坐在饭桌边，眼睛也懒得抬一下。陶三娘赶紧舀好饭，递到他的手里。陶大安懒懒地吃饭、喝汤、喝酒，旁若无人。吃着吃着，陶大安会把碗往桌上一摔，骂道，妈的，这饭比屎还难吃，是人吃的吗？你这骚货，想毒死我？陶三娘什么也不说，只是泪花在眼里打转。小桃小菊躲到一边，满脸惊恐，簌簌发抖。陶远光有时会说陶大安几句，但似乎作用不大。陶婶则坚定站在儿子一方，说陶三娘真没用，连饭都做不好，惹丈夫生气，真是个败家娘们。

　　陶三娘如同哑巴，埋着头，做着永远做不完的活。陶大安罢工后，家里劳力不够，陶远光只得丢下铁匠活，与陶三娘一起下地。陶三娘常年穿着一件黑衣，陶远光也穿着黑衣，两人走在一起，常常被人误认为是两口子。村里人见了他们，常常故意喊道，老陶，你老两口下地啊？陶远光就骂，狗日的，你狗眼瞎了。说话的人也不恼，反而笑得越发放肆，似乎大有深意。陶远光无招，只好装聋卖哑。类似的话多了，陶远光变得恍惚起来。看着面前一身黑衣的儿媳，竟觉得她好像就是自己的老婆。

　　渐渐地，陶三娘觉得情况不妙。她越来越害怕陶远光，这老家伙，经常有意无意碰她的手指，碰她的衣服，甚至碰她的屁股。陶三娘害怕别人说闲话，害怕陶婶看出端倪，害怕被骂骚货狐狸精。陶三娘试图远离他，他却如影随形，根本甩不掉。有时候，他竟然用一些不荤不素的话暗示她。陶三娘脸红心跳，假装不懂他的意思。事实上，陶三娘心知肚明：他想搞她。

　　陶三娘想起了杨金花说过的话，女人只要把腿张开，就什么也不是了。陶三娘下定决心，必须夹紧自己的腿。她甚至想，如果他敢对自己下手，就用石头打破他的头。陶三娘万万没想到，她的决心顶不上一个屁，陶远光没费多大力气，就轻而易举地把她搞了。

　　那个最让陶三娘耻辱的下午，陶三娘和陶远光在比人还高的苞谷林里锄草。头顶烈日炎炎，一丝风也没有，只听见林子里传来知了干燥的鸣叫。陶远光说，太累，歇会儿吧。陶三娘就收了锄头，坐在苞谷林下休息。陶远光说，饿了吧，吃点东西。陶三娘抓起一个馒头，闷着头啃起来。陶远光倒了一杯水，递给陶三娘，说，别噎着，喝口水，慢慢吃。陶三娘懒得跟他废话，就把水接过来，一扬脖子，全倒进了喉咙。喝完水后，她又啃了几口馒头，却感觉脑袋有点发昏。她觉得脑袋越来越重，眼皮越来越沉。不知不觉中，她竟然倒在苞谷林下睡着了。不知过了多久，她感觉有人在自己身上使劲，猛然睁开眼睛。她骇然看见，陶远光伏在她的身上，如同一只老狗，哼哧哼哧喘着粗气。他丑陋的老脸完全变形，狰狞恐怖。陶三娘想推开他，却觉得浑身无力，只得眼睁睁地看着老狗在自己身上卖命，流汗，轰然倒塌……

　　杨金花说得不错，女人的裤子一旦被拉下去，就再也拉不上来。从那个下午开始，陶三娘就成了陶远光的地，有事无事就犁上几垄。陶远光"上"了陶三娘后，变得极为霸道，他想犁就必须给他犁，他想上就必须让他上。家里，路上，田地里，只要没人，他就要上陶三娘。陶三娘本想拒绝，但根本没用，他一把抓住她，如捉一只小鸡。起初，陶远光尚心存畏惧，只敢像猫样偷偷腥。渐渐地，陶远光变得越来越胆大。有一次，陶婶外出串门，陶大安在隔壁睡觉，陶远光竟然一把放倒陶三娘，三下两下剥光衣服，骑上去大干特干。陶三娘躺在地板上，惊恐地看着天花板，只希望他赶快完事。陶远光说，怕什么，狗日的已经成了废人，你早就是老子的人了。

　　陶远光"上"陶三娘，从来不采取什么安全措施。他就像个豪放的农夫，遇上一块肥沃的土地，胡乱地把大把的种子撒进地里。至于种子发不发芽，这与他无关，这是地的事情。陶三娘叫陶远光小心些，但他根本听不进去。他还说，怀上好，正好给老子生个儿子。这话让陶三娘很糊涂，自己是陶远光的儿媳，生的孩子怎么就成了他的儿子？

　　多少次，陶三娘想跑出陶家，去找"那个人"。她无数次想象，如果能够见那个人，她一定不顾一切地扑进他的怀里，放声大哭。可每一次，到了最后的关头，她却打消了念头。有什么用呢？听人们说，那个人已经参加民转公考试，成了公办教师，被调到了镇中学，娶了个洋气的女教师。他发达了，还会记得她吗？她这副鬼样子，还有什么资格走到他的面前去？

　　不久，陶三娘最担心的事情发生了，她怀孕了。

十二

　　肚子越来越大。无奈之下，陶三娘只得去找盛婆。

　　盛婆是个孤寡老人，长年累月穿着黑衣，浑身上下弥漫着阴森鬼气。盛婆十八九岁的时候，父母把她卖给了一个姓盛的地主，抵三十块大洋。盛婆嫁给那个大自己四十几岁的老头后，本以为可以过上几天安稳日子，不想却生不出半个儿子，遭到了地主的鄙弃。地主当着她的面，把一个更年轻的姑娘领进了家门。无奈之下，盛婆只得离开盛家，东奔西走讨生活。为了混一口饭，盛婆浆洗过臭衣服，服侍过生脓疮的病人，死皮赖脸向人乞讨，甚至被人卖进了妓院。后来，盛婆从妓院逃了出来，又饥又饿，病倒在花嘎村路口，被一个叫龙婆的师娘子遇上，收留了她。几年后，盛婆忽然变得疯疯癫癫，胡言乱语。龙婆却说，盛婆被神附了体。后来，在龙婆的指导下，盛婆拜了师，成了一名真正的师娘子。盛婆用当师娘子挣来的钱，不仅养活了自己，还为龙婆养老送终。

据说，盛婆有一双通天法眼，能看见到处游荡的鬼魂。人们碰上"不干净的东西"（多指撞上鬼魂等），往往选择向盛婆求助。盛婆穿黑衣，戴黑帕，念咒语，行大法，布下天罗地网，追拿妖魔鬼怪。盛婆捉住牛鬼蛇神后，把它们装进罐子，密封起来，贴上符咒。从此以后，可保主家太平无事。盛婆还会抽签算命，占卜吉凶，化解不幸。总之，如果遇上无法解决的事情，只需到盛婆那里付几块钱，盛婆就会用她的慧眼，看穿他们的前世今生，为他们指点迷津，让迷路的人找到方向，让地狱里的人看到天堂。

多年前那个残阳如血的黄昏，陶三娘惴惴不安地坐在盛婆面前。昏暗的屋子角落，黑色的盛婆正襟危坐，像一只挂在墙上的蝙蝠。盛婆沉默许久，忽然伸出黑色的爪子，抓住陶三娘的手。盛婆的爪子冰冷如铁，寒气源源不断地侵入陶三娘的体内，五脏六腑，心肝血液。陶三娘禁不住战栗起来，如寒风中发抖的树叶。盛婆微闭着眼，眼缝里闪出凛冽的寒光，仿佛刺穿了陶三娘的身体。仿佛过了漫长的一个世纪，盛婆终于放开陶三娘的手，垂下眼说，不好，你被鬼怪附体了。陶三娘"砰"地跪下去，掏出了所有的钱，颤声说，盛婆，救我。

盛婆是怎样拿掉陶三娘肚子里的孩子的？最普遍的说法是，盛婆用一种叫"夜关门"的草，捅掉了陶三娘的孩子。

夜关门是一种很神奇的药草。这种草的花白天开放，晚上闭合，所以称之为"夜关门"。一般人很难遇上这种草，只有具有超常法力的师娘子可以觅其影踪。那个月黑风高的晚上，盛婆用棕绳将陶三娘死死绑在床上，蒙上她的嘴巴，蒙上她的眼睛，脱掉她的裤子，开始清除"鬼怪"。盛婆嘴里念念有词，将一根夜关门捅进陶三娘的下体，来来回回反反复复搅来搅去。陶三娘像只被开膛破腹的青蛙，蹬腿（无奈被捆住），张嘴（无奈被蒙住），抓手（无奈被绑住），睁眼（无奈被蒙住），只能用头碰床，发出"砰砰砰"的响声。盛婆不为所动，嘴里念个不停，动作越来越快。忽然，一团血红的人形肉体掉了出来，像一只红色的小青蛙。盛婆将红色青蛙扔进一盆事先准备好的水中，那红蛙掉入水中后，忽然四肢跳动，张着嘴巴，拼命地往上抓，发出哗哗啦啦的声音。一会儿，红蛙沉入水中，水面恢复了平静。盛婆的脚下，那盆水像血一样红。

晚上，天地墨黑一片，连一粒星光都没有。裹着头巾的陶婶只露出两只眼睛，闪进了盛婆家里。昏暗的煤油灯下，盛婆头顶黑帕，身穿黑衣，脸色暗黑，微闭着眼，坐在床头边的凳子上，嘴巴微微翕动。陶婶进去后，她头也没抬一下，只是伸出鸟爪子似的手，指了指床上的陶三娘。陶三娘盖着厚厚的棉被，露出头发凌乱的脑袋。陶婶抖抖索索地走过去，站在床边，低头看着陶三娘。一天不见，陶三娘仿佛缩水了，只剩下干瘪的一张皮。她眼睛紧闭，脸红彤彤的，嘴唇呈紫黑色。陶婶壮着胆，伸手摸了摸她的脸，一下子缩了回来。烫，如同火炭，如同烧红的铁块。这时，陶三娘张开满是裂口的嘴巴，发出一阵阵呻吟，开始扭动起来，踢被子，抓头发。陶婶束手无策，拿眼睛去看盛婆。盛婆却置若罔闻，低垂着头，嘴巴一张一合，低声嘟囔着什么。

陶三娘的动静越来越大，腿脚并用，乱蹬乱抓，发出惊天动地的叫声。陶婶吓坏了，一把抓住盛婆的手，结结巴巴地说，她，她，怎么办？盛婆抬起头，眯眼望着黑漆漆的天花板，阴惨惨地说，神灵附体，她被神附体了。陶婶吓坏了，忙问怎么办？陶婶闭上眼，念了几句稀奇古怪的咒语，叹息说，她与神灵有缘，老身可以帮她一把。说完，摊开双手，一动不动，如老僧入定。陶婶大骇，赶紧从兜里掏出一叠钱，放进盛婆的手掌中，鞠了个躬，猛然转过身，逃出了盛家。

陶三娘在盛婆家住了下来，与人不人鬼不鬼的盛婆娘共处一室。盛婆采来一些花花草草，熬了一大罐臭气熏天的热汤，给陶三娘灌下去。喝了药汤后，陶三娘又拉又吐，肚子几乎被翻了一遍。吐过拉过后，陶三娘安静下来。经过一段时间的调养，陶三娘慢慢恢复过来。但人似乎变呆了，脸色苍白如纸，整天直着眼，一句话也不说。盛婆告诉她，她已经被神灵附体，得"过法"。"过法"就是指被神附体后，需要找一个有道行的师娘子做师父，指导其修炼法术，最终成为合格的师娘子。

盛婆为陶三娘过法之前，让陶三娘对着祖师爷，行了拜师礼。盛婆说，陶三娘是她这辈子唯一的徒弟，她帮她过了法后，她得为她养老送终。

陶三娘出师那天，全村人都来看热闹。盛婆在地板上撒满红火炭，清瘦的陶三娘赤着脚，披着长袍，衣袂飘飘，踩着火炭载歌载舞。火炭烧肉的嗞嗞声不绝于耳，人们甚至嗅到肉被烤焦的味道，不禁咋舌动容。定眼去看陶三娘，只见她脸色平静，似乎毫无痛感。跳过之后，盛婆叫人拿来一块烧红的犁铧口，用铁钳夹着递给陶三娘。陶三娘接过犁铧口，把赤脚伸进铧口，如同穿鞋。一股更加浓郁的烤肉味在空中弥漫开来，人群大惊失色，两股战战。陶三娘却面如桃花，神采飞扬地吟唱着神秘的经文。有人用碗端来了火炭，放在陶三娘的面前。陶三娘一边念念有词，一边用手把火炭抓起，放进嘴里咀嚼，如吃鲜美的大餐。围观的人大惊失色，面如土灰，陶三娘却依然笑意盈盈，艳若桃李。

十三

陶三娘真正初露身手，是在侯玉虎的婚礼上。

侯玉虎结婚那天，厨子从一大清早就忙开了。浓郁的香味引来成群结队的麻雀，叽叽喳喳地叫着，盘旋在侯家上空。狗们全体出动，拖着长长的红舌头，嘴角挂着长长的涎水。人们一大早就起来了，男女老少，披着衣趿着鞋，三三两两地向侯家走去。不一会儿，侯家的屋前屋后围满了人，有的洗菜，有的淘米，有的烧火，有的劈柴，有的宰鸡，有的喝酒，有的打牌……说说笑笑，吵吵闹闹，真是热闹非凡。小孩子们跑来窜去，不时引来几声呵斥。唢呐匠憋足了劲，鼓着腮帮子，吹奏着欢乐的曲子。

大概十二点，酒席开始。吃酒席要讲规矩，由管事（主管）点人入席，管事点到谁，谁就入席。管事没点到的，只能干瞪眼。管事请人入席挺有讲究，先请帮忙的（即做事的），然后请年长的、辈分大的或重要客人，再请其他人。来者都是客，无论男女老少，绝不能漏掉一个客人，否则，会伤了主人家的面子，落人话柄。侯家的客人实在太多了，有的人空着肚子等了几个小时，还是没有机会上桌。他们三三两两地站着，伸长脖子，翘首张望，身子摇来摆去，犹如风中茅草。突然，意外发生了，只听"咚"的一声，一个叫杨小牛的小伙子像半截麻袋，一头栽倒在地上。

人们骚乱起来，有人喊道，不好，有人撞鬼了。

杨小牛口吐白沫，全身抽搐，喉咙里发出可怕的咔嚓声。人们把他抱起来，只见他直翻白眼，一句话也说不出来。他一下又一下地抽搐着，脸色苍白，细密的汗珠从额头渗出来。人群顿时大乱，围着杨小牛，喊的喊，叫的叫，嚷的嚷，跳的跳，窜的窜。那些胆小的妇女或孩子，被吓得哭出声来。狗们夹着尾巴，汪汪汪乱叫。几个人对着杨小牛乱捶乱打，掐他的人中，翻他的眼皮，叫他的名字，有的甚至把嘴凑上去，要给他做人工呼吸。侯玉虎及家人更是急得跳脚，慌成一团。要知道，娶亲的时候，如果出了人命，这是非常不吉祥的。

慌乱中，忽听有人高声叫道，闪开，让我来！

人们回过头，只见陶三娘衣袂飘飘，大步走来。人群鸦雀无声，自觉闪到两边，让开一条道，看着陶三娘走到杨小牛身边。

陶三娘蹲下身，伸手试了试杨小牛的鼻息大声叫道，不好，是洋叉鬼上身，快，捉只公鸡来。

有人马上抓来一只公鸡，交给陶三娘。

陶三娘吩咐几位壮汉，抱紧杨小牛的腰，托起他的头，用棍子撬开他的嘴巴。她提起鸡，朝空中晃了晃，嘴里念了几句含混不清的话。随后，她将鸡头压在一根木块上，抓起菜刀，手起刀落。鸡惨叫一声，猛然跳起来，弹跳了几下，落到地上，鲜血喷溅而出。陶三娘扔掉刀子，将鸡脖子一下塞进杨小牛的嘴巴里。那鸡被杨小牛咬住，翅膀乱扇，双腿乱蹬，鸡毛四处乱飞。杨小牛的脖子里发出咕咚咕咚的声音，人们说，那是洋叉鬼在喝血。不多大工夫，鸡就丧失了挣扎的力气，变得僵硬起来。陶三娘把鸡从杨小牛的嘴巴里使劲拔出来，扔到地上，发出扑通的声响。有人把鸡捡起来，发现已经变得僵硬，如一块石头。

陶三娘叫人打来一碗水，烧了几张钱纸，扔到碗里。她念了几句咒语，将碗里的"法水"洒到杨小牛的脸上。杨小牛呻吟几声，睁开了眼睛。

陶三娘反手扔掉水碗，对大家说，没事了，鬼被驱走了。

人们欢呼起来，好了，好了，没事了。

陶三娘救杨小牛的事，被人们一遍遍传颂，越传越奇。有人甚至说，陶三娘赶到时，杨小牛剩下一口气。陶三娘睁开天眼，看见几只青面獠牙的鬼附在杨小牛的身上，有的啃头，有的拉腿，有的绑手，有的掐脖子。万分危急之际，陶三娘及时出手，用鸡血喂饱饿鬼，然后再用"法水"驱逐，终于赶跑了那些鬼。多险啊，再晚一点点，杨小牛将血尽而亡，成为一具骷髅。

因为救了杨小牛，陶三娘一举成名。从那时起，陶三娘走村串寨，为人们消灾祈福，占卜算命。那些年，陶三娘业务繁忙，收益颇丰，不仅用挣来的钱撑起了败落的家庭，还承担起了赡养盛婆的费用，一直到盛婆终老。

值得一提的是，陶三娘自从当了师娘子，在家里的地位扶摇直上。有了神灵护身，陶婶再也不敢对她使脸色了。陶远光也变安分规矩，不敢再把她当地——借他十个胆子，他也不敢日"神"啊。就连陶大安，虽然改不了喝酒赌博的坏脾气，但也不再对她动手动脚了。

人们说，陶三娘当上师娘子后，终于过上了幸福生活。

十四

陶三娘养了一匹公马，纯黑，无一根杂毛，连蹄子都是黑的。

黑马健壮异常，油光水滑，行走起来如一阵风。黑马通人性，叫它走就走，叫它跑它就跑，叫他停就停。有人说，那马真他妈善解人意啊，简直就是陶三娘的情人，与她形影不离。还有人直言，那马不就是癞子老师吗？仔细看看它的眉眼吧，简直跟癞子老师没什么两样。于是，人们不说陶三娘骑马，而是说骑癞子老师。每次看见陶三娘，他们就说，看，陶三娘骑着癞子老师过来了。

每逢赶集之日，陶三娘总要梳洗一新，骑着同样梳洗一新的黑马，风一样奔向集市。到街上后，陶三娘把马牵到阴凉处，让它休息吃草。黑马通人性，无需用绳子拴在树上，它也不会乱跑。据说，黑马之所以不乱跑，是因为陶三娘能够驱使小鬼，她安排了几只小鬼，替她照看着黑马。不过，其他人却有不同的说法。他们说，癞子老师怎么可能会乱跑呢？他可是陶三娘的男人啊。

集市上的人渐渐多起来。来自各村的师娘子汇聚街头，坐在集市的入口处，拿着签筒，等待顾客的光临。师娘子们大多非老即丑，一律身着黑衣，头缠黑帕，手握签册，眼睛半开半闭，像冷硬的雕像。陶三娘却是另类，她头发光滑，衣服鲜艳，手握签册，眼波流淌，笑盈盈地坐在街头。

师娘子们不喜欢陶三娘。陶三娘坐在哪里，她们就会远远避开，仿佛她带有瘟疫。这不怪她们，要怪就怪陶三娘，谁叫她长得那样妖气？简直就是一只狐狸精。她坐在哪里，哪里就会聚集起一堆人，把她里三层外三层地围起来。围观的人百分之九十九是男人，他们伸长脖子，拼命地往陶三娘面前凑，巴望近一点，再近一点。他们的眼睛，死死地盯着陶三娘粉白的脸，饱满的胸，恨不得啃上几口，摸上几把。陶三娘并不怕，人越多，她的声音越甜，笑脸越灿烂。她扬起手中的签册，看着其中某个男人，说，这位大哥，抽上一签吧，妹子给你掐算掐算。

陶三娘给男人们掐算的时候，脸上始终挂着微笑。她不像其他师娘子，面无表情，声调冰冷，三言两语，收钱了事。与之相反，她非常注重与抽签者的交流沟通。直到很多年后，那些老去的男人还能回忆起她说签的情景。她眨巴着大眼睛，看着她的顾客，柔声叫他们挨着自己坐下，打开顾客抽中的签，微微张开红艳艳的嘴巴，开始进行解说。她微微勾着脑袋，时不时抬一下下巴，笑盈盈地看着面前的顾客。说签的时候，陶三娘用手指点着顾客的额头，点着点着，顾客就被点痴了、呆了。点完后，他们还不愿意离开，于是再抽一签，再请陶三娘继续点。说签说得兴起的时候，陶三娘的腿就会动起来，时不时碰碰顾客的腿。碰着碰着，有的顾客就上瘾了，有事无事，总要找她掐算掐算，碰上一碰。当然了，陶三娘可不是白点的、白碰的，要收费的。不过，男人们哪怕勒紧裤腰带，怎么说也要找陶三娘掐算一回才甘心。这样一来，陶三娘的生意就特别好。她的摊位前，人头攒动，黑压压一片。

师娘子们看不惯陶三娘的做派，说她亵渎神灵，靠卖"人"挣钱。"卖人"是委婉的说法，她们巧妙地换了一个字，既有暗示性，也好说出口。那些找陶三娘掐算的男人，几乎都占过她的便宜，无数的人碰过她的大腿，无数的人摸过她的奶子。有人还说，陶三娘不是神附体，而是狐狸精附体，她需要和不同的男人上床，采阴补阳，才能维系魔力。这话传到陶三娘的耳中，她冷笑着说，真是吃饱了撑着了，有事没事总要嚼舌头，就算老娘狐狸是骚货是妖精，又没惹谁招谁。有本事，她们也去当狐狸精嘛。

陶三娘说这话的时候，陶家正不可挽回地走向衰败。别说只是几句风凉话，就算是下刀子，也挡不住陶三娘挣钱的决心。那时候，陶大安已彻底成了废人，整天提个酒葫芦，时不时灌上几口老烧酒。他时而哭，时而笑，时而疯跑，时而乱骂，时而乱摔东西，时而一言不发。人们都说，陶大安完蛋了，他躲在酒中，再也不肯走出来。陶婶生了一场病，喝了几大罐草药汤，却没有多少起色。说话如敲锣打鼓的她，渐渐变得安静起来。她很少出门，常常坐在屋檐下发呆，满头白发丝丝抖动，俨然已是一个老太婆。

陶远光依然干着田地里的活，但自从身边少了陶三娘，他干活的劲似乎全没了。他种的庄稼，稀稀疏疏，面黄肌瘦，还不及杂草茂盛。他扛着锄头走在小路上，佝偻着背脊，形单影只，像个死了老婆的鳏夫。人们惊异地发现，他一下子老了许多，几乎已经成了老头子。

值得一提的是，小桃小菊入了学，成绩都不错。有人劝陶三娘，女娃娃家，读啥子书？读来读去，还是人家的人，何必花那个冤枉钱。陶三娘脸上的微笑没了，变得严肃起来，一本正经地说，男娃可以读，女娃怎么不读？我不但要让她们读，还要送她们到镇上，到县里。顿了顿，又说，哪怕累死苦死，我也要让她们读下去。

问话的人摇摇头，皱皱眉，叹息几声，走了。

有人抓住了"镇上"这个词，说陶三娘死性不改，还惦记着癞子老师。癞子老师不就在镇上吗？陶三娘要把女儿送到镇上去，这说明了什么？看来，陶三娘旧情未了，要把自己送到癞子老师的嘴边。唉，最毒妇人心啊，陶大安又要戴绿帽子了。出人意料的是，小菊小陶小学毕业后，陶三娘做出了一个让所有人大跌眼镜的决定：直接把她们送进了县城。

有人惊呼，天啊，这得花多少钱啊。

有人疑惑，她到底要干啥？怎么不去镇上？

陶三娘不解释，不争辩，骑着黑马，风一样地跑过杂草丛生的小路。

她的背影，仿佛一朵飞扬的蒲公英。

十五

白天，陶三娘在集市摆摊，抽签算命。晚上，陶三娘骑马赶场子，帮人家驱邪叫魂，抓鬼捉妖。有人说，陶三娘不怕鬼，鬼却怕她。还有人说，那匹黑马真是成精了，走在伸手不见五指的黑夜中，目光如炬，运蹄如风。人们遇上各种不顺的事情，都要找陶三娘收拾收拾。多少寂静的夜里，陶三娘骑着黑马归来，仿佛一个幽灵。人们听见由远而近的嗒嗒嗒嗒的马蹄声，就会嘟囔一句，陶三娘回来了。

陶三娘为人家收拾家里，有一套固定不变的模式。一般情况，主人家要在堂屋里摆上桌子，桌上放一斗米，米里面插着香，还插上几张折叠的纸币。纸币大多是十二元。如果主人家阔绰些，也可以是三十六元，甚至一百二十元。陶三娘做完事情，钱归她所有。主人家至少还得准备两只鸡，条件好的，可以多准备几只。陶三娘在堂屋里念经的时候，手里提着鸡，从主人家的头顶扫过来，扫过去，有时还要划破冠子，用鸡血来驱邪。事情结束后，这鸡就归她了。陶三娘家的鸡笼里，关满了从各家各户拿来的鸡，大小胖瘦，争奇斗艳。还有，得准备干竹片，准备干粉（把米炒熟，然后碾成粉末），以做打粉火用。陶三娘手持火把，叫一人端着干粉紧跟其后，她一边念经文咒语，一边抓起干粉打到火把上。干粉遇上火，腾起一阵阵旺盛的火焰，发出令人沉醉的米香。陶三娘就这样一手拿着火把，一手扬起干粉，打遍屋里的每一个角落。据说，粉火能够烧尽屋里不干净的东西，驱走隐藏的鬼魂。据说，粉火所到之处，鬼魔无处藏身，拼命逃窜，发出声声惨叫。那种时候，你千万别站在门口，否则逃窜的鬼会撞到你的身上。打扫完毕，陶三娘在门的正上方贴上一道草纸画的符咒，那符咒上面还盖有鲜红的印章。据说，鬼怪看了那些符咒，就不敢靠近半步。于是，主人家太平，大吉。

陶三娘做事的时候，黑马被安置在一个干净的地方，惬意地吃料喝水。几乎所有人都知道，这黑马是不能怠慢的，必须奉为上宾。大家都认为，不把黑马安顿好，陶三娘就不会安心办事，不会拿出全部法术。有人调侃说，黑马就是癞子老师啊，谁惹得起？

做完事后，陶三娘走到黑马身边，亲昵地拍拍它的脸。黑马半跪前蹄，让陶三娘骑上去，然后起身，一溜烟离去。看着陶三娘骑着黑马远去的背影，人们就笑，妈的，癞子老师很懂女人嘛。

不得不说，陶三娘确有过人之处。要不，怎么能让一匹马如此通人性？村里人普遍认为，陶三娘是花嘎有史以来最好的师娘子，其他师娘子能做的，她能做；其他师娘子不能做的，她也能做。比如，她敢于封杀人人害怕的干痨鬼，这可是大多师娘子想做却不敢做的。

干痨鬼是什么样子？没人见过。传说中，这种鬼瘦骨伶仃，四肢枯瘦，眼如枯井，脑袋硕大，一副病恹恹的样子。但这种鬼牙齿锋利，快如利刃，能轻易破开人的血肉、骨头，钻进人的身体游走。在乡村的白天黑夜，干痨鬼在风里飘飘荡荡，无形无色无味，寻找着可以附体的人。干痨鬼爪子尖利，形如钩子，能轻而易举勾住从他身边走过的人。无论老少，无论男女，只要被撞上，它就毫不留情地钻进你的身体，灵活自由地穿梭于你的血脉，大块吃肉，大口喝血。也就是说，人被干痨鬼附体后，就成了它的食物。干痨鬼幽灵般潜伏在人体内，喝血吃肉吸骨髓，但却看不见，摸不着。渐渐地，患者变得干瘦如柴，咳嗽不止，胸痛咯血，呼吸困难。当病人血肉被干痨鬼吞噬完毕，也就成了一把骨头，成了药渣。

干痨鬼更可怕的地方还在于，人死了，鬼却不死。干痨鬼把人弄死后，它会从人的嘴巴、鼻孔、耳朵等钻出来，然后又附到死者的家属身上。也就是说，一人被附体，全家都遭殃。所以，在花嘎村，只要谁家有人被干痨鬼附体，几乎是没人敢和他交往。师娘子虽然可以收鬼，但一般的师娘子却不敢收干痨鬼，道高一尺魔高一丈，怕就怕收鬼不成，反害其身。而陶三娘，却敢对付这种可怕的鬼魔，当然，收这种鬼的费用也高得让人咋舌。

多年前，有人曾目睹陶三娘封杀干痨鬼的情景。村东的秦大娘被干痨鬼附体，勉强撑了两年，成了一根干柴棍。秦家人拿出重金，请陶三娘上门收鬼。陶三娘骑着黑马，风一样赶到秦家。此时，秦大娘还未断气。须知，封杀干痨鬼很讲究时机，如果患者已经断气，那鬼就会立刻从体内钻出来了，封杀也就没了作用。必须抓住时机，在病人即将断气那一刻，果断出手，将鬼封杀于人体之内。陶三娘瞥了一眼枯瘦如柴的秦大娘，立刻叫人们把蒸熟的糯米端来，只留下一人打下手，其他人全部退出。陶三娘披头散发，念念有词，请神作法。就在秦大娘气息将断之际，陶三娘果断出手了。她三下五除二撕开秦大娘的衣裤，用冒着热气的糯米封住她的嘴，眼，鼻孔，耳朵，肚脐眼等。片刻工夫，干痨鬼的出口全部被糯米封死，陶三娘累得满头大汗。据说，干痨鬼被封住后，会在尸体里到处疯狂奔跑，寻找出路，发出悲惨的呜呜声，嘶喊声，嚎叫声。过不了多久，干痨鬼就会被憋死（也许是累死，饿死）在尸体里，从此主家太平。

据说，封杀干痨鬼伤身伤神。完事之后，陶三娘几乎连马背都爬不上去。

每做完一次，她几乎都要大病一场。

十六

师娘子之间形成了某种默契。她们看着陶三娘打马而过的背影，恨得直咬牙，希望她忽然从马背坠落下来，跌断腿，摔断手，折断腰，碰破脸。私下里，她们说她是贱货，母狗，白骨妖，狐狸精，美女蛇，吸血鬼……凡是能想到的骂人的话，统统往陶三娘身上砸。她们甚至扎了一个形如陶三娘的稻草人，往稻草人的胸口上扎满了针。不过，陶三娘没工夫理会，她忙，确实忙。她像一个大明星，骑着黑马赶场子，抽签，算命，降妖，伏魔，捉鬼。没办法，她需要钱，太需要钱了。一大家人的开支，盛婆的养老费，小桃小菊读书的费用，都得靠着她。她只能骑着马，马不停蹄地奔跑。看着陶三娘的背影，有人冷笑着说，这女人疯掉了，早晚得弄出点事情来。没过多久，陶三娘果然出了事。她给人家"收拾"家里时，引起火灾，烧了人家的房子。

事情是这样的。陶三娘前往五六十里之外的天门村，帮一户姓陆的人家收拾屋里。陆家女主人患了怪病，整天披头散发，到处乱跑。有时候，她甚至脱掉衣服，拍打着两个沉甸甸的奶子，对着过往的人嬉笑。陆家人找到陶三娘，声称只要她能捉到鬼，愿意付一百二十元，加两只大公鸡。陶三娘立即带上签册，骑着黑马，冒着烈日，赶往陆家。那天的天气有点反常，风不大，但却嗖嗖有声，如鞭子抽过脸庞。太阳亮晃晃的，像一面硕大的镜子，一动不动地照着大地。陶三娘紧赶慢赶，跑了几十里路，终于在太阳落山的时候赶到天门。她把黑马拴在树上，叫人给马端来食料，顾不上休息，立即着手准备晚上的法事。黑马一反常态，心神不宁地站在树下，伸着长长的脖子，对着天边冉冉升起的月亮，时不时发出几声忧伤的长啸。

陶三娘披长袍，上香，念经，杀鸡，占卦……按部就班，该做啥做啥。月亮升高了，又大又圆，但不够明亮，看上去昏黄朦胧，仿佛一块古老的铜镜。晦暗不明的月光中，陶三娘有一种奇异的美。长袍随风飘动，身段婀娜多姿，像一株柔软的柳树。面部显得模糊，似乎很严肃，似乎又充满了亲切动人的笑意。人们站在四周，借着夜色的掩护，眼睛疯狗般往她身上扑。

陶三娘念了经，跳了舞，像往常一样，拿起火把打粉火。陶三娘手持火把，念着经文咒语，满屋子乱窜乱跑，追杀妖孽鬼怪。她的身后，跟着一个身手敏捷的小伙子，端着一盆干粉，如影随形。陶三娘脚步如风，形如闪电，时不时反手抓起干粉，猛然摔到火上，火把立刻腾起熊熊火焰。这种事情，陶三娘做得多了，从来没有出过半点纰漏。那天晚上，当陶三娘满屋子乱窜时，忽听后面有人喊，不好，起火了。人们闻声望去，赫然看见陶三娘跑过的另一间屋子，腾起了半人多高的火焰。

刹那间，人们叫喊着，乱哄哄地朝着火的屋子跑去。陶三娘趁乱跑出陆家，跳上马背。黑马撒开四蹄，如一道黑色的闪电，跑进了昏暗的月光中。

陶三娘骑着黑马，一口气跑了十几里。回头望望，身后除了影影绰绰的树木，什么也没有。陶三娘松了口气，放慢了脚步。风声呜呜咽咽，夹杂着几声隐隐约约的狗吠。陶三娘打了个寒颤，看了看自己和黑马伶仃的影子，感到某种刻骨铭心的悲凉。多少年来，她骑着黑马走南闯北，不知走过多少夜晚，从未有过半点恐惧。可那天晚上，她站在昏暗的月光中，忽然感到了难以抵挡的恐惧。她赶紧伸出手，习惯性地去摸袋子，那里装着她的签册。那签册是神婆传给她的，已经历经几个师娘子之手，有一种让鬼怪害怕的神力。可以说，签册不仅是她吃饭的家伙，还是她的保护神。可是，那个诡异的晚上，当她的手摸着袋子时，她一下子愣住了，如被石化。袋子空空如也，签册竟然被弄丢了。

陶三娘做出了一个疯狂的决定，沿路返回，寻找签册。陶三娘招呼黑马，叫黑马转身。黑马不安地踩着步子，梗着脖子，嘴里发出扑哧扑哧的声响，死活不愿意掉头。陶三娘急了，狠扯马绳，狠声呵斥着，硬生生把马的脑袋拉回来。黑马只得驮着她，沿着杂草丛生的小路，走进晦暗不明的月光。

陶三娘睁大眼睛，如两把电筒，扫视着路面。黑马心事重重，缓缓地往回走，马蹄一下又一下踩进深不可测的月光之中。铜镜似的月亮越发显得锈迹斑驳，孤零零地挂在空中，让人觉得仿佛走进了远古时代。风时不时地嚎上一嗓子，摇晃的树木发出窸窸窣窣的声响。

不知走了多久，也许一小时，也许两小时，奇迹终于出现了。当他们走进一片小树林时，陶三娘的眼睛一下子亮起来，她赫然看见，签册躺在小路中间，闪烁着黄色的光芒。陶三娘喝住马，一跃而下，跪下身子，小心翼翼地捡起了签册，仿佛捡起一片片金子。

黑马骚动起来。它竖起耳朵，扬起脑袋，四蹄不停地晃动，嘴里发出阵阵急促的喘息。陶三娘仍然跪在月光中，捧着签册，一动不动。黑马把脸伸到她的面前，把粗重的喘息喷到她脸上。陶三娘猛然惊醒，纵身跳起来，收起签册，打算上马离开。可是，已经迟了。几个人影从林子里跳了出来，叫着喊着骂着，把她和黑马团团围住。

天门人抓住陶三娘后，把她吊在一棵大树上。村里人一起出动，笑着闹着叫着，如过盛大的节日。陶三娘神色漠然，眼睛越过人群上空，去看高空中的月亮。月亮很亮，她甚至看见了月宫里的桂花树，看见了嫦娥，看见了玉兔，看见了砍树的吴刚。人们叫她，喊她，她却置若罔闻，仿佛一切都与她毫无关系。几条汉子跳出来，站在四面八方，用木棍捅她，她成了一只鸟，飞来飞去。他们兴奋地叫喊着，她却死死地闭着嘴巴，仿佛他们叫的人不是她。他们气坏了，捅她的力度加大，速度加快，她如同转马灯，在人们的头顶转来转去，引来一阵阵喝彩声，吼叫声，口哨声。她看见脚下的人们伸长脖子，仰着头，仿佛一只只鹅。

玩了半天，他们累了，丢下了棍子。这时，几个青面獠牙的师娘子站出来了，鸟爪子似的手指着陶三娘，骂她是骚货，是狐狸精，是母狗，仗着脸蛋漂亮，打着师娘子的旗号，坑蒙拐骗，骗吃骗喝骗钱。师娘子们手舞足蹈，唾沫横飞，发出一阵阵叫骂声。陶三娘不说话，只是瞪着眼，盯着身下那几张变形狰狞的老脸。忽然，她张开嘴，口痰如子弹射出，差点射进了某张大张着的嘴巴。嘴巴的主人大叫一声，连连后退几步，撞到其他人的身上，这才稳住阵脚。那人是天门的师娘子，忽遭一击，气得哇哇叫。她憋足劲，张开嘴，猛然跳起来，将一口浓痰朝上射去。不过，口痰没有飞到陶三娘的高度，就已经成了强弩之末，啪嗒掉了下来，砸到她前面的地上。

天门村的人决定换一种玩法。他们把陶三娘放下来，绑在树干上。她不是喜欢玩口痰吗？那大家就陪她玩玩吧。他们闹哄哄地围着陶三娘，朝她吐口水。他们憋足气，嘟起嘴巴，忽然张开，口痰就子弹般飞出去。每一个人的嘴巴，就是一个枪口。面对枪林弹雨，陶三娘始终紧闭嘴巴，自始至终一声不吭。她昂起头颅，直着眼望着天上。

玩够了陶三娘，天门人决定玩一玩黑马。他们吼叫着，高举皮鞭，一下又一下，抽打马背马屁股。每一鞭下去，都会留下一道长长的血红伤疤。他们边打边看陶三娘，陶三娘却不看他们，始终仰着头，看着天上。这态度让他们很愤怒，很没面子。妈的，这臭婊子，真是不见棺材不掉泪。他们丢下鞭子，凑在一块，商议了几分钟，找到了另一种玩法。很快，有人捡来干柴，烧起了火。有人拿来铁块，扔到火堆里。黑色的铁块躺在火中央，慢慢变红，完全变红。这时，一个黑汉用夹钳把铁块夹出来，如持着一把火，笑嘻嘻地朝黑马走去。黑马使劲缩脖子，拼命撅蹄子，无奈被棕绳拴住，无法脱身。黑汉举起铁块，准确地摁在黑马的背脊上，发出滋滋滋的声响。黑马一声惨叫，身子猛然弹起，蹿到空中，如一张弓。焦臭的肉香味弥漫到空中，引来铺天盖地的麻雀，黑压压的苍蝇。黑马扑通跪倒在地，脑袋伸向空中，泪如大雨滂沱。陶三娘猛然张开嘴，发出惊天动地的嚎叫，吐出一块血红色的东西，像一团火，闪电般飞向人群……

后来的一天，陶三娘骑着马走到村口，意外地碰上了癞子老师。癞子老师站在路中央，伸出双手，拦住了陶三娘。陶三娘看着衣冠整齐的癞子老师，一下子呆住了。癞子老师呆呆地看着陶三娘，看着她夹杂着伤痕的脸，看着她稀疏的已经掺杂银丝的头发，看着她凹陷的枯井般的眼睛，嘴唇抖动起来，一句话也说不出来。

陶三娘拍拍马背，面无表情地说，让开，我要赶时间。

癞子老师低声喊道，小米，小米！

陶三娘呆了一下，低声说，你认错人了，我是陶三娘。

说完，猛拍马背一掌。

黑马一声嘶鸣，抬起马蹄，缓缓向前走去。

癞子老师站在原地，看着她踽踽独行的背影，就像一朵飘零的蒲公英。

十七

一晃，几十年就被大风吹走了。

这期间发生了很多事情。盛婆死了，陶婶死了，陶远光死了，陶大安死了，黑马也死了。陶三娘一一为他们办理丧事，将他们安葬在吴王山上。其中，黑马死于一种奇怪的病。不知从何时起，黑马身上的毛大块掉落，皮肉一块块溃烂，溃烂处蠕动着一条条白蛆。黑马痛苦难忍，不要命地乱跳乱蹦，怎么也停不下来。陶三娘找了不少兽医，试图把黑马救过来，但都没用。黑马越来越消瘦，脾气越来越坏。皮毛几乎落尽，皮肉溃烂发脓，散发出恶臭。黑马忍了许久，最终还是忍不下去了。它挑了个黑漆漆的夜晚，将脑袋撞向了石墙。那时候，整个世界沉入沉沉子夜，人们都睡成了死人，谁也没有听见马圈里的惊天一响。第二天，陶三娘去给黑马喂食时，才发现黑马四肢伸直，躺在一摊乌黑的、已经凝固的血迹中，僵硬得像一块石头。它的脑袋破碎不堪，脑浆喷溅到墙上地上，面目模糊难辨。陶三娘一把抱起血肉模糊的马头，使劲地摇晃着，张了张嘴巴，却一点声音也哭不出来。

值得庆幸的是，两个女儿都有了好的归宿。小桃考取了师范，以优异的成绩毕业，被分配到县一小教书，并嫁了个公务员，小日子过得逍遥滋润。小菊中专毕业后，嫁了个包工头，开了家酒店，住上了高楼，可谓是芝麻开花节节高。

陶三娘老了，满脸褶子，不再美丽。每逢赶集，她还会揣着签册，拄着拐杖去集上。她坐在集市口，手握着签册，神色严肃，沉默如同颜色剥落的雕像。赶集的人来来往往，谁也不看她一眼。这年头，还有谁抽签算命呢？陶三娘那一套早过时了。那些上街算命的师娘子，几乎已经死光了。小桃小菊和她说过多次，家里不缺那几个钱，别出去丢人现眼。说归说，陶三娘根本听不进去。如果不去集市上坐坐，她总觉得不踏实。

小桃小菊打算把陶三娘接进城里，享几天福。好说歹说，舌头都磨破了，陶三娘就是不去。她坚决地拒绝了女儿们的请求，独自居住在花嘎的老房子里。她总是闲不住，在房前屋后种了白菜、苞谷、辣椒、西红柿等，还栽了很多桃树。

小桃说，妈，你到底什么时候才跟我们进城？

小菊说，妈，你一个人住在这破房子里，算什么事嘛！

小桃说，你不跟我们走，人家会戳我们的脊梁骨。

小菊说，对啊，妈，你不为自己考虑，也得为我们考虑考虑……

陶三娘咧着嘴笑，不说话。逼急了，才摇着头说，不去，不去，等我老得动不了，你们再来吧。

又过了几年，陶三娘生了病，再也无法打理自己的生活。小桃小菊开着轿车，回到了花嘎，要把她接到县城去，接受检查治疗。按小桃小菊的意思，陶三娘年事已高，经不住颠簸折腾。这次去了之后，就让母亲住在县城，不再回来。

收拾东西的时候，他们看见了一个竹签筒，里面插着破损发黄的签册。小桃一把抓出来，打算扔掉。陶三娘急了，一下子从竹椅里坐起来，颤声喊道，别扔，别扔，这东西得带走。

小桃说，妈，这东西已经成古董了，还留着干吗？

陶三娘说，我说留着就留着，万一哪天遭难了，我还可以摆摊算命，找几个救命钱。

小菊憋不住，扑哧笑出声来，妈，你真逗，都什么年代了。

陶三娘沉下脸说，带走，如果不带走，我就不去。

小桃说，好吧，妈，听你的，还不行吗？

按照陶三娘的意思，小桃小菊耐着性子，仔细清理家里的东西。陶三娘说了，凡是能带走的东西，她都得带走。有什么办法呢，人老了，就成了小孩子，跟她没道理可讲。带吧，能带的就带吧。只要她高兴，只要她进城，想咋地就咋地。

屋子的角落里，站着一只颜色灰暗的大柜子。自从小桃小菊记事起，柜子就站在那里。听说，那是母亲出嫁的嫁妆。柜子上挂着一把大锁，柜面上落满了灰尘。小时候，陶三娘常会打开柜子，从中抓出一把瓜子或几颗糖果，放到小桃小菊的手里。那时候，她们对柜子充满了好奇，觉得里面藏着无穷无尽的好东西。现在，她们终于可以打开柜子了，却发现里面装满了旧衣服。有一些衣服，竟然是她们小时候穿过的，又小又丑又破，但却干干净净。

　　掀开衣服，她们发现柜子的角落里放着一个严严实实的小盒子，上面挂着一把小锁。轻轻一拉，锁就断开了。打开盒子，看见里面躺着一只鞋垫。

　　鞋垫已经褪色了，上面依稀可见两个字：德——邦。

　　那时候，正是春天，陶三娘躺在大竹椅上，面容枯槁，头顶的桃花正开得如火如荼。

（原载《民族文学》2018年第6期）

杨芳兰

篾匠街

　　篾匠街没有篾匠，就像黄金路没有黄金一样，只是榕城一条普通的街。篾匠街全长约四百米，宽六米。有人说，在大搞建设的榕城，能在篾匠街拥有一间店面就等于拥有一棵摇钱树，只要卷帘门一开，顾客就会蜂拥而至——掏钱购物。

　　凤英和芳芳是熬村一起长大的伙伴，到篾匠街开店后又成为共用一个屋檐滴水的邻居。凤英的烟酒店在左边，芳芳的服装店在右边。凤英的老公宏亮在装修公司做水电工。宏亮老实、本分，寡言少语，凤英喊朝东，绝不朝西。芳芳的老公茂林是篾匠街人，长途货车司机，十天半月才回家一趟。芳芳嫁给茂林后就做起服装生意，见识广，经验也丰富。

　　凤英装修店面第一天，芳芳就到她店里说，篾匠街人欺生得很，如果听你口音不是榕城人，就会变着法子跟你借钱，明地说是借，暗地却是老虎借猪。凤英似信非信地问，都什么年代了还有这样的事？芳芳说，篾匠街的人呀，别的本事没有，赌钱打牌第一，我买下这间店面就是房东好赌欠下高利贷后卖给我的。凤英感激地点点头说，芳芳，以后还靠你多关照。芳芳说，我在篾匠街也没什么朋友，你来我隔壁就好了，远亲不如近邻，以后咱们就是亲姐妹。

　　芳芳到大门口看了一下说，什么时候挂牌子？凤英说，一直想不好店名，你帮我取一个名字？芳芳说，名字不用太复杂，我的店名叫好又来服装店，你叫好又来烟酒店咋样？

　　凤英在心里念了一下：好——又——来——烟——酒——店，嗯，就用这个！

　　起初芳芳打电话给凤英说，我刚买下一间门面在我旁边，希望你来开个烟酒百货店。凤英再三说自己不是做生意的料，还是在超市打工稳妥。芳芳说，自己开店比在超市上班时间长，也要自负盈亏。但一个人的店面，价格可以灵活机动，在顾客购物时，随手送点小礼品，回头客自然多。再说篾匠街又是榕城最繁华的老街，里面有一个中学，附近有那么多居民每天要吃喝拉撒，还有好几家机关单位和一个大型农贸市场。凤英说，现在的人买东西都喜欢往大型超市跑，只怕小店利润不够付房租。芳芳停顿了一下又补充说，小店做生意就像用撮箕在河里捞鱼一样，人家用网把大鱼捞走了，总会漏掉几只小虾的，不用害怕！

在芳芳的鼓动下，凤英回熬村卖掉一片杉树林后，又跟亲戚朋友借了一些钱，终于把店面开了起来。

凤英的店面四十多平方，后面还有一个小仓库。店门口靠右放一台卷烟零售展示柜，剩下三板墙面，一面放条装烟和饮料，另外两面放茶叶、酒类和日用百货。店子正中央放一台茶几，茶几上放一套茶具和几种牌子的散装香烟。香烟旁边标明：顾客免费品尝区。这种卷烟一般是刚上市的新品种，顾客一时难以接受，凤英就打开一包，让顾客吸一根。这个办法很有效，特别是年轻人喜欢新事物，只要吸了一根，就算不喜欢这种口味，出于好奇，绝对会掏钱买一包。不买新品种也没关系，吃人家的嘴软，大部分顾客也会买其他牌子的卷烟。反正吸过免费卷烟的人，绝对不会空手出门。

开张不到一年，篾匠街的居民和附近几个机关单位都成了凤英的常客。新货来了就出库，很少囤积。不久后，习酒公司派人下来考察榕城市场，看凤英为人谦和，货物吞吐量也大，就找到凤英，把"好又来烟酒店"作为习酒在榕城的总经销商。很多单位和零售店需要送货上门，凤英一个人忙不过来，就请了一个帮工。每年结算下来，除开工资、房租以及各种费用，账上也有十几万收入。

最让凤英感到欣慰的是，一起走出熬村的姐妹，到榕城饭店、超市做事嫌弃工资低，自己开店又没胆量，干脆外出打工，一年回家一次，孩子就成了留守儿童。孩子放学也不想回家，学习不好不说，小小年纪就打架斗殴。而凤英在篾匠街做生意，女儿在榕城上学。凤英每天在店里忙碌，宏亮收工后也来店里帮忙做饭炒菜，女儿放学回来有父母陪伴，也安心写作业，每个学期都被评为学习模范。等到夜深人静打烊时，两个大人数着抽屉的钞票，隐藏着疲惫，但脸上全是笑容。凤英时常想起刚到榕城时的手足无措，到现在有了可观收入，她从心里感谢芳芳让她有施展能力的机会。

篾匠街的行道树栽的全是桂花树，一到秋天，桂花的香味就飘满整个榕城。凤英知道，这是芳芳最兴奋的季节，因为女人放了一个季节的衣服又不想穿了，就要添置新的衣服。三五成群的女人，从这件试穿到那件，再从那件试穿到那件，其实在她们心里，想买的衣服和准备砍的价钱都在她们掌控之中。很多时候，女人试穿自己喜欢的衣服，总是舍不得脱下来。这时候芳芳就告诉自己，千万不能冲动，要想顾客买下这件衣服，就得有耐心，就得在旁边不停地打边鼓：这件衣服就像比起你身材做的，太合身了！顾客喜欢的话一定穿在镜子前照来照去，故意挑三拣四，做出一副不满意的样子。这时候芳芳也不慌张，而是满脸无奈地说，就算是帮你带一件，按本钱给你，下次记得带姐妹来照顾生意就行。其实每一件衣服都是翻倍叫价，顾客怎么还价，还是能赚到一定利润。当经过一阵讨价还价后，顾客把钱交到芳芳手里，芳芳的眉眼立即舒展开来。

可是，近两年凤英发现，踏进芳芳店面的人越来越少。

有一天中午，凤英做了红烧肉，端一碗给芳芳吃。刚跨进店门，看见芳芳愁眉苦脸地坐在衣服堆里。凤英就跟她一起叹气：芳芳啊芳芳，记得我刚到篾匠街开店那会，顾客买衣服像不要她们钱一样。有一次，你收到两百元假钱还跟我开玩笑，说是猪油吃多了，糊住了双眼。如今你精装店面，卖了品牌，怎么这些人都不来了呢？芳芳苦笑一下说，以前每天都进新货，卖得也快，就像人的新陈代谢一样，吃进去很快就消化了，身体自然健康。而现在就相当于一个人到了胃癌晚期，胃壁已经完全扩散堵塞，食物无法进入胃部，肠道无法吸收，等营养消耗完了，人也就饿死了。芳芳说完，看见柜台上有些灰尘，就用鸡毛掸子来回清扫，像在清扫心里无尽的烦心事。

吃过中饭，街上仍然没几个人。

太阳正顶时，才进来一男一女。男的右手捏着苹果手机，左手腕戴一根手指粗的金手链。女的一进门就直奔模特穿的那套双面呢大衣，眼睛直勾勾的。这套衣服是新款，也是店里最贵的一套衣服。女的摸摸衣服的手感，叫芳芳从模特身上脱下来给她试试。女的穿上在镜子前扭来扭去，男的轻声问，老板娘，多少钱？芳芳说，标价是一千八，打折下来一千六百多。男的拿出手机对着衣服的商标拍下两张照片，在淘宝搜了半天，拿着淘到的页面对芳芳说，你看，网上才九百多，你的牙齿比象牙还长！女的换下衣服，没来得及砍价，就被男的连拖带拽扯出店面。芳芳心里一阵失落，心又凉了半截。

其实，这种人她看多了，也想得通。特别是近两年网购的普及，好多女人到店里试穿衣服后，就用手机拍下商标，然后再按照名称到网上购买。有些顾客觉得不好意思，就在试衣间里面拍照，有些无所谓的，就当着芳芳的面拍照后说不合身转身走了。芳芳也是一个追赶潮流的人，在智能机刚刚上市的时候就买了苹果手机，还注册一个淘宝账号。家里吃的用的，经常都是在手机上轻轻一点，三两天快递员就会送到家里。网上购物比实体店便宜很多，还省去逛街的烦恼，谁不乐意？芳芳还是一个微信控，不管是白天看店时，还是夜间躺在床上，她听不得微信铃声响起，更看不得微信消息上有任何红点。只要拿起手机，就点开微信，只要看到"发现"一栏有个红点，总是禁不住点开来，转发转发转发，点赞点赞点赞，生怕错过任何一个细节似的。偶尔遇到什么开心事，在朋友圈发条说说，于是一大帮好友立马点赞刷屏，内心的虚荣感立马得到满足。

今天的芳芳没心情看微信，也没心情发朋友圈，更没心情逛淘宝网，就把手机锁在抽屉里，企图跟手机保持一段距离。因为芳芳越来越觉到，好像手机不是为她服务，而是她被手机坑了。要是没有智能手机就没有网购，就算所有的机关单位和农贸市场都搬迁了，服装店生意也不会急剧下滑。

一天夜晚，宏亮回熬村帮父母收割稻谷去了，凤英关了店门就跑来跟芳芳聊天。临走时，芳芳说，自从我们各自成家后，好久都不在一起睡了，要不然跟我睡一晚？凤英笑着说，好啊，咱们聊到天亮！

凤英上床一会儿就打起鼾声，而芳芳却在黑暗中瞪大了眼睛，没有一丝睡意。芳芳心情特别沮丧，今天留凤英住一晚，是想告诉她一件事情。

事情是这样的，白天店里来过一个顾客，是社区主任王大姐。王大姐是来买裤子的，在付钱时跟芳芳说，新城区大量商品房卖不出去，房开商欠下农民工巨额工资。政府为了配合开发商销售商品房，早日兑现农民工工资，决定把农贸市场和机关单位都搬迁到新城区，让新城区先繁华起来。文件还规定，原先在篾匠街有经营执照的商贩搬迁到新城区还可免收五年房租，以后新城区将作为榕城最大的货物交易中心……这个消息千真万确，王大姐手里还拿了盖有公章的会议资料给芳芳看。芳芳看着王大姐手里的资料，当看到最后一行注明一年之内务必搬迁完毕时，差点就要崩溃了。开店靠的是人流量，各机关单位和农贸市场都搬迁后，篾匠街哪里还有生意可做？王大姐又悄声说，以后篾匠街就冷清了，你还是早日到新城区找一间店面留个退路。王大姐走后，芳芳仿佛一下子就掉进冰窟窿。她在收银台前坐下来，脑子里不断盘算一笔账：买下旁边这间店面还欠下八十万元贷款，以后去哪里找钱还银行？按照当时买下这间店面的租赁收入预算，十五年就能还清所有房贷。芳芳怎么也没想到，房子买了几年就有变化了。如果搬迁成功，相当于打断她几根肋骨。

芳芳翻来覆去睡不着，把目光投向窗户，窗外一片漆黑。她索性翻过身，故意把背弓着，让风钻进被子来，好把凤英弄醒。背上是凉了，但凤英只翻了一个身，又把被子重新扎好，接着打起鼾声。芳芳觉得好无助，想哭却又不敢喊出来，只好把眼泪往喉咙咽。

第二天芳芳起了一个大早，没心思打开店门，就在厨房做早餐。她在心情烦躁的时候喜欢不停地做家务，比如擦桌子、扫地之类。她一边做早餐一边想，我必须抓紧时间在人们还不知道篾匠街市场要搬迁的时候把这间店面卖掉。

芳芳的"房屋出售"还没贴出去，篾匠街市场即将搬迁的事情已经像桂花飘香一样，遍布榕城大街小巷。

不到三个月，政府为了搬迁顺利，首先把农贸市场强制搬到新城区。农贸市场一走，篾匠街逐渐冷清下来。其他服装店看新城区热闹起来也想着法子往新城区跑，芳芳是自家店面才勉强撑下来。但批发进来的衣服一直卖不出去，又无法更换新的款式，两个季节一过，衣服堆积如山，服装店面临倒闭的边缘。

农贸市场和机关单位都搬走后，省里又下达了禁酒令：公务接待一律不准用酒。凤英的中高档酒类销售受到很大影响。不过还好，篾匠街居民还在，每天吃喝拉撒睡还是要消费的。凤英觉得请一个小工有点多余，就把小工辞了。

芳芳就没那么幸运，顾客越少，越舍不得开灯。整天坐在深暗的柜台后面，眼巴巴望着紧闭的推拉玻璃门发呆。芳芳经常忘记做早晚饭，凤英不管做了饺子还是包了卷粉，总要给芳芳母女多做一份。宏亮每回熬村一次，都会带来大量土特产，凤英会分一半给芳芳。茂林很少在家，芳芳店里灯泡坏了，又或者下水道堵塞了，宏亮就主动过去帮忙。茂林不喝酒，但爱抽烟，香烟都是从凤英这里拿成本价。逢年过节，两家人就拼在一起，大部分是芳芳母女到凤英门口来，因为凤英门口不像她的门口摆有两个存货处理摊位，宽敞，两家人一边吃饭还能一边守店。

凤英觉得自己的回馈，芳芳应该看在眼里记在心里了吧？相反，芳芳好像视而不见。

元旦节头天，芳芳就把半边店子衣服货架拆下来，装上百货货架，元旦节不但进来饮料、啤酒和糖果，还从二批商那里进来大量习酒搞促销，在方品习酒一百零八元的标价签上打一个大红叉后写上八十八元优惠价。

傍晚，凤英店里进来一中年男子，皮肤蜡黄，头发花白。他从布口袋小心翼翼地掏出一张苹果醋促销优惠券说，想要二十件苹果醋办喜酒。

这张优惠券是国庆节期间，凤英为了促销而发出去的，五十五元一件，十件送一件，只有半个月时间。凤英看他满手老茧，就想到在熬村干农活的哥哥，心里一阵酸楚。她说，大哥，早过了活动日期，这样吧，按照五十一元一件给您，另外每一件再送您一包餐巾纸咋样？中年男子说，我再去隔壁看看。说完头也不回地走向芳芳的店子，凤英探出半个脑袋看向芳芳的店面。芳芳热情地说，大哥，是不是要苹果醋办喜酒？中年男子说，接媳妇。芳芳说，苹果醋按照四十九元一件给您，您看还需要什么酒和烟？中年男子说，要十箱雪花啤酒，四件方品习酒，二十条磨砂……听到这，凤英心里"咯噔"一下，赶紧把脑袋缩回来。

凤英在心里算了一下，四十九元一件苹果醋可以赚三元，雪花啤酒一件少说也要赚四元，方品习酒一件赚六十元……这一笔交易最少也要赚近千元，近千元呀，够几天的房租和生活开支了。芳芳这么做，凤英很生气。但凤英想，房子是芳芳的，万一把关系弄僵了，以后怎么相处？

其实凤英没有跟芳芳红脸的根本原因还有一点，是因为烟草实行专卖，没有烟草专卖零售许可证是不能卖烟的。她以为芳芳办不了证，卖日用百货和酒，对她并没多大冲击。

一个周末，凤英正在电脑前打开新商盟订烟网，芳芳就风风火火走进来。她不像往常那样站在烟柜前跟凤英说话，而是拉一根凳子坐在电脑前看凤英下订单。

芳芳做服装买卖，做成一笔交易少说也赚上百元。以前芳芳看凤英卖几块钱一包的卷烟才赚几角钱，她总会说，要是我像你一样捡角角钱一定打瞌睡。

凤英看芳芳坐着不走，就说，今天怎么有闲情看我捡角角钱了？芳芳笑笑没有说话，凤英就懒得理她。尽管凤英不怎么理芳芳，芳芳还是坐在电脑边纹丝不动。芳芳提交完订单后，芳芳问凤英，最近卷烟好走不？凤英说，勉强够付房租吧。芳芳说，比卖服装强。

凤英摸不透芳芳到底想问什么，说话也小心翼翼地。芳芳有一句没一句地问这问那，最后看着凤英的烟柜说，你这烟柜蛮好看，在哪里买的？

凤英心里震了一下，但转而又想，烟草局的说了，以后新办烟草专卖许可证要与原有许可证保持一百米距离，芳芳跟她店面相隔不到一米，肯定办不了。凤英就漫不经心地说，烟柜是烟草局按客户要求尺码定做的。她刚一说完就后悔了，心想，不应该把这个信息告诉芳芳的。

不大一会儿，芳芳的手机响了。是烟草局打来的。烟草局的说，你的烟证批下来了，我们已经把新商盟订烟网站以及密码发到你手机，只要打开电脑下单就可以订烟了。

凤英的脑袋"嗡"地一下。

芳芳办证的速度这么快，是凤英没想到的。换作另外一个人，凤英想得开，关键是多年的好姐妹，过年还一起回家拜年，孩子们开口闭口姨妈姨娘地叫。同行是冤家，没想到转眼就成了同行，成了冤家，这是凤英最难过的。芳芳一边接电话一边往自家店面走。望着芳芳大摇大摆的背影，凤英恨不得追上去抓住芳芳的胳膊问，改行做什么不好？非要跟我卖烟酒？

芳芳刚走一会儿，宏亮就收工回来了。凤英劈头盖脸就是一句，床铺底下养恶蛇！

宏亮一头雾水，问，骂谁？

凤英说，芳芳！过后又气呼呼地把芳芳已经办到烟草零售许可证以及今天就可以订烟的事情说了。

宏亮说，你的意思是叫我去说芳芳？

凤英说，又不是放在我们店里卖，有什么权力干涉人家？

宏亮说，就是嘛，一水养三家，她卖她的，你卖你的。

好在凤英开的是老店，有很多回头客。回头客多的原因是她诚实守信、为人谦和，每天坚持整理货柜，卖出的商品绝对不会出现霉变或过期现象。

不要小看一个烟酒店，网络时代，销售也是讲信息的。多年来，好又来烟酒店有一个好的口碑，那就是日日有新货，即使没有，只要顾客预定，说几天有货就一定得到。她经常赊货给附近的居民，有时候看人家实在困难，就说不用还了。居民们也过意不去，就说有借有还再借不难，以后还要长期跟你赊账呢。所以，附近的居民都喜欢跟凤英做买卖，只要凤英店里有卖的东西，绝不跑到大超市去购买。

芳芳第一次购进卷烟后，就把服装店牌子卸了下来，重新挂了一个大大的招牌：芳芳烟酒店。

篾匠街的人背地下都说，凤英跟芳芳是一个村子的，从来没少付芳芳一分房租，芳芳不应该跟凤英抢饭碗。芳芳听到后，把鼻孔一扬说，满大街生意，凤英一个人做得完？凤英想三人对六面地问芳芳，这么多年是不是有什么地方得罪了她？凤英打算在一次喝酒的时候好好跟她说说，好几次做好饭菜叫芳芳一起吃，芳芳总是以各种理由推脱。凤英后来决定上门问清楚，每次走到芳芳门口又转身回来了。她知道上门质问的后果，肯定要撕破脸皮。凤英只好暗地让人传话：生意各做各，但不能以价格大战拉取客源，大家都赚不到钱。

芳芳为了招揽客源，根本没把凤英的话听进耳朵。

过完年不久就到情人节。凤英大清早从鲜花店批发玫瑰花来卖，一朵五元，一早上就卖了几十朵。芳芳看销量好，中午就进一批在旁边用喇叭大声叫卖，十元三朵！顾客一下子全往她店子跑。情人节卖玫瑰就像三十夜卖对联一样，过了这天就得等一年。晚上凤英拉下卷闸门，把剩下的玫瑰花全部丢进垃圾箱后，突然心里一悸，万一好又来烟酒店开不下去了，该做什么呢？不会又像以前一样去超市打工吧？这个想法在芳芳办到烟证那天就开始有了。现在一想起这个问题，她的心就有被人捅一刀的感觉。

回到家里，凤英在床上翻来覆去睡不着，就找宏亮念叨。念叨一个晚上，宏亮实在不耐烦了就问，波罗经念完了吗？我可以睡觉了吗？凤英翻过身皱着眉头，不满地看宏亮一眼。凤英看宏亮的时候，他半靠在床头，双手捧着手机在看朋友圈。凤英有点窝火，宏亮，这么喜欢手机，你跟手机做夫妻去。宏亮没有回应她，掀开被子，把手机放在床头柜，准备去关灯。

凤英说，不许关灯！刚才我说什么你听清楚了？

宏亮斜眼看了凤英一眼说，以前不开店不是照样活下来了吗？

凤英像突然触电一样，一骨碌从被窝里爬出来，披头散发地坐在床上大叫一声，活该受穷！

宏亮说，发神经了。

一天下午，凤英店里进来一个中年男子。进店时，他朝凤英点点头，此后一直站在烟柜前，用目光从左边扫到右边，又从右边扫到左边。最后，他的目光在十三元一包的磨砂烟前停下来。他用手指着烟柜问，多少钱一包？其实每一款香烟都明码标价。凤英还是从烟柜里取出香烟说，十三元一包。他拿在手里，正面和背面都看得仔细，还把正面的字念了一遍：黄果树。那种认真的态度，让凤英产生一种错觉，好像是烟草公司稽查员在查假烟。凤英很想说，香烟绝对是真的，放心嘛。但想想又忍住了。

每年进入冬季后，榕城人办红白喜事都喜欢用磨砂烟上桌招待客人。办一场喜酒，少要十几条，多则上百条，磨砂烟自然成了紧俏货。偏偏烟草公司在进入冬季后又控制磨砂烟的数量，普通零售户一个礼拜只供应五条，凤英是榕城示范经营店，一个礼拜也只供应十五条。很多店家早断了货源，顾客有疑问也是理解的。他足足看了几分钟说，到处都没有磨砂烟卖了，你店里怎么还有卖的呢？凤英说，烟草公司为了在上半年提前完成销售任务，在春夏两季就大量放磨砂烟库存，我就囤积起来了，资金得积压大半年呢。中年男子又叫凤英拿出两条磨砂和两条盛世贵烟来比较一下代码。确认是真烟后，中年男子却放下磨砂烟，说要两条盛世贵烟。凤英的心雀跃一下，刚准备拿货，他又说，等等，还要两瓶茅台和一盒铁观音。凤英从货架上把烟和酒放在收银台上，又在货柜上拿铁观音。就在凤英取下铁观音时，他往旁边的店面挪了几步仰头念道：芳芳烟酒店！

凤英心里"咯噔"一下，生怕顾客又往芳芳店子跑。顾客并没有朝芳芳店子跑，而是回过头来叫凤英算一下货款总额。

卖烟酒的人都心知肚明，买高档烟酒的人不吃，吃高档烟酒的人不买，买的人都是低三下四有求于人。自从各机关单位搬到新城区以后，凤英的店子很久没有人买一千元一条的盛世贵烟了。顾客一下子买两条，还加两瓶茅台和一盒高档茶叶，又不砍价。凤英觉得过意不去，就说，盛世贵烟按九五折给您吧。中年男子说，卷烟是真的就行，不用打折。凤英觉得好笑，第一次遇到店家让利而顾客拒绝打折的人。凤英还想问他一些问题，比如他是干什么的？是不是遇到什么困难？为什么不在机关单位附近买烟，而是跑到篾匠街来？

正想开口，她突然想起前段时间，榕城工商局联合几个单位进行食品大检查，新城区新开的大型烟酒专卖店查出有假烟、假酒，过后还在晚间新闻点通报批评。榕城人心中自然有数，要买正宗烟酒，还是篾匠街好又来烟酒店放心。这样一想，凤英心里又雀跃一下。

多年来，凤英已经学会看人卖货。比如穿得一尘不染的，手上戴粗金条的，头发梳得一根一根的，一定是买五十元以上的高端烟，这种人一般都是搞工程或做木材生意的人；那些裤脚挽得一高一低的，从荷包半天都掏不出钱来的，一定是买十元以下香烟的农民工；那些老远就从皮夹掏出十几块二十几块的，全身西装革履的，一般都是公务员……她辨人很少出差错，但对于眼前这个顾客，却不敢断定他是做什么的，心里也生出很多问题来。比如，他穿一身西装，头发油光可鉴还有点卷曲，脚上却穿一双解放鞋。

这人既不像老板，也不像公务员，也不像农民工，他是做什么的？买这么好的卷烟是拿去送给谁？凤英想打开心中的疑问，但转念一想，人家送不送礼关你什么事？

凤英没有问，倒是顾客先开口了。他说，前几天我一个客户到芳芳烟酒店买到一条霉变磨砂，回来找她死不认账，她说不是她店里的代码，根本不是她的卷烟，朋友建议我不要去她家买烟酒。凤英看他一眼，笑着说，每个零售户的卷烟都有一个统一代码，就相当于一个人的身份证号码一样，您朋友拿回来的卷烟跟她店里的代码不一样，肯定不能退钱给他呀。

在顾客惊诧的眼神里，凤英麻利地把包装袋放在柜台上。顾客一边掏钱一边问，有发票吗？

凤英说，要税务发票还是普通收据？

顾客说，要普通收据就行，但要盖个印章。

凤英问他写什么名称？他说就写我的名字陈大仙吧。

凤英嗯嗯答应着，写好收据，在抽屉找了半天才找到印章。印章很久不用，油墨已经风干，哈了几口气，才勉强按出一个红色圈印来。

陈大仙付了钱又说，给我进一件檀香和两袋冥纸，过几天我来取。

凤英有点犹豫，她跟批发部的人很熟，要这些小百货是轻而易举的事情，关键是这种东西进来了，篾匠街的人根本不会买。如今家家都起了砖房，屋子都粉刷得白生生的，为了省事，大家都买了电子香烛，逢年过节，只要把插头往插板上一插就行——香烛纸钱的火焰要多大就有多大，谁还愿意买燃烧的香烛把屋子熏得黄黄的？如果陈大仙不来买，就只能在店里当废纸压着。陈大仙好像知道她心里的难处，就解释说，跟你明说吧，我是鬼师，今天买的这些就是合力家具城老总要求买去感谢财神爷的。财神爷要的东西能打折吗？当然不能，除非供奉的人不想发财。不过下次我自己买的时候，你得给我打折。

凤英知道合力家具城，在新城区。家具城老板请鬼师看风水的故事也传得沸沸扬扬：合力家具城的前身叫双虎家私城，老板投资几百万，年年亏损，最后请来一位鬼师手持罗盘现场勘测厂房和店门，鬼师说，此地风水欠佳，财路堵塞，再加上门头上两只龇牙咧嘴的大老虎，不亏损才怪。老板说，难道我的资金就这样打了水漂？鬼师笑道，能知道风水不好，就有能力调整，不知道老板愿不愿意试？老板喜出望外，迫不及待地说，当然愿意！于是，鬼师叫老板把家具城整栋大楼的外墙由金色全部刷成乳白色，并把之前的铁树全部换成发财树。鬼师说，这样既能汇集人气之态势，又具敛财之风水，就取名为合力家具城吧。后来又结合老板的生肖，在门头绘上两条腾飞的青龙。说来也奇怪，做了调整后重新开业，合力家具城果然财路亨通，生意越做越大，还在其他县城开了几家分店。

　　凤英知道此人就是那个鬼师后，一下子不知道说什么好，再推诿就显得自己不厚道了。凤英说，其实，你可以直接到新城区批发部要货，那里还便宜些。凤英很奇怪，怎么一激动，就变相给批发部拉拢顾客了？陈大仙想了想说，我儿子在篾匠街中学读书，我租的住房就在附近，到你这里买东西更方便。凤英心里一阵窃喜，看来又多了一位大客户！

　　凤英留陈大仙喝一杯茶再走，陈大仙也不推辞。他刚坐下，一个二十多岁的小伙走进店子来。凤英问，需要什么？小伙子淡然一笑说，不买东西。小伙子停了一下又说，老板娘，你店子离中学很近，我想在你店里安几台水果机，利润五五开好不好？凤英知道水果机就是一种赌博机，很多青少年喜欢玩，但玩这种游戏的人很少赢钱，全都让机器给吞了，有人又把这种游戏机称为"老虎机"。为人母亲的凤英对赌博机有一种本能的排斥，她认为人生有太多的事情需要做，特别是现在的青少年，一旦迷上游戏机不但浪费学习时间，还可能让一个孩子走上犯罪道路。

　　凤英毫不犹豫地回答小伙子说，我宁可没饭吃，也不赚这种昧心钱！

　　小伙子咬住嘴唇，半天说不出一句话。临走时说，你怕钱咬手呀，芳芳烟酒店就答应放五台。

　　小伙子刚走，又进来一个十四五岁的男孩，背着书包，又瘦又黑的小脸全是青春痘，头发乱蓬蓬的，像个鸡窝。男孩开口就要买二十五元一包的芙蓉王。凤英一看就明白，这是一个农村来榕城读书的孩子。现在的中学生，读书写字不行，抽烟喝酒却厉害。好多父母在外打工，满以为孩子在学校好好读书，他们却拿着父母的血汗钱挥霍无度。凤英实在不忍心卖烟给他，就说：你父母拿钱给你，是让你好好学习，不是让你买烟抽吧？男孩并不领情，拿走烟柜上面的钱，转身走向芳芳的店面，买了两包芙蓉王朝学校走了。

　　凤英实在忍无可忍，走到芳芳门口问，你怎么卖烟给未成年人？芳芳不应答，也不理凤英。凤英又叽叽咕咕说了半天。芳芳突然大骂凤英，你他妈算老几？难道每个来买烟的顾客我都要求别人亮出身份证？再说了，又不是我拿刀架在他脖子买的！

　　凤英说，眼见别人孩子跳进火坑你也不管？

　　我不卖给他，别人照样会卖给他，不赚白不赚！芳芳说。

　　争了几句，芳芳和凤英的店子都进了顾客，她们立马停下来。凤英爱钱，当然芳芳更爱钱，哪能放着买卖不做？凤英不作声了，芳芳却一边收钱递货一边不忘探头吼一嗓子，少管闲事多发财！凤英痛心地说，唉，可怜天下父母心。

　　陈大仙看出凤英的隐痛，就安慰她说，你也别往心里去，做生意对得起自己的良心就行。以前我忙于赚钱，一直把孩子丢在乡下给奶奶带，结果学习不好不说，吃喝玩乐样样第一。我说他，你不像人家孩子考个一本二本嘛，考个六本也行啊。凤英忍不住扑哧一笑。

陈大仙又说，带孩子到篾匠街来租房子读书，就是想亡羊补牢，对孩子有个照应。

凤英听了陈大仙的话心里稍微平息一些，给他倒一杯茶，还拿出一包开心果和一包酒鬼花生米拆开放在茶几上。陈大仙说，你这人好良心，以后顾客问鬼需要烟酒茶都从你这里购买。凤英心里一喜，到烟柜里拆了一包玉溪，抽出一支给陈大仙点上。

陈大仙离开时说，老天是有眼睛的，善恶终有报。

陈大仙走后，凤英的目光盯着人行道上一颗被人踩扁的烟头发呆，目光收回来时，恰好落在烟柜的警示牌上：禁止中小学生吸烟，不向未成年人售烟。下面还有举报电话。凤英眼睛一亮，对，打举报电话，一定要治治芳芳，不能让卷烟坑害青少年。

呼叫半分钟，那边才传来一声，喂，烟草举报中心，请问需要什么帮助？凤英停顿一下，立马把芳芳向未成年人售烟的事情说了一遍。那边听完后漫不经心地说，这事找当地客户经理处理。说完就把电话挂了。挂电话不久，客户经理刚好市场巡查经过，凤英为了说明事件的严重性，把芳芳搞价格大战的事情也一起添加上去。客户经理说，价格问题嘛，一个愿买一个愿卖，至于向未成年人售烟，只是关乎商家的良心道德问题，还没有一个具体处置方案。凤英心里一沉，她明白了，这年成多一事不如少一事。为了完成卷烟销售任务，连客户经理都在推卸责任。

随着一场凌厉的寒风吹过之后，桂花树变得越发清瘦了。篾匠街似乎也变得更加宽敞，一个人影都看不见，幽幽的街道一眼便望到了头。不过，这是闲天的篾匠街。到了赶场日就不一样了，榕城附近乡镇的老百姓种出的农副土特产品，还是喜欢运到篾匠街销售。到了那日，烟酒百货店就挤满了人。这一天，什么东西都有人买。假如老百姓要买四元钱一包的红梅，店里没有，你完全可以卖给他四元一包的软白沙；假如有人要买娃哈哈矿泉水，没有，你完全可以递给他一瓶农夫山泉。他说不对，要娃哈哈矿泉水，你就说农夫山泉更好喝，然后他付钱就走了。没办法，到篾匠街赶场的老百姓都太实诚了。

一天散场后，凤英和宏亮一边吃饭一边聊天。宏亮对于这个烟酒店无所谓，他说，烟酒店开不下去还可以出去打工，反正咱们有的是力气。凤英却非常舍不得，并且跟宏亮罗列出在篾匠街开店的种种好处：第一，离学校近，孩子上下学方便；第二，地方小，人与人好相处；第三，早上开门到夜间，没时间逛街，能省下许多不必要的开支；第四，离大型超市远，小商品卖得起价，利润还不错。凤英还说，当初我们到篾匠街开店只想待在孩子身边，能养家糊口就行了，没想到几年下来，还能在榕城首付一套商品房。宏亮说，唉，都是篾匠街附近的老百姓养育了我们。凤英说，是这么回事，他们就是我们的衣食父母。

两人说话间，烟草局刘局长路过门口时拐进来买了一包烟。刘局长是篾匠街人，曾经在芳芳店子隔壁住。前几年买了商品房后就把整栋房屋租给美容馆，今天是收房租的日子。凤英觉得刘局长是直接领导，以后肯定会有求于他，怎么也不肯收刘局长递过来的烟钱。刘局长笑笑说，你不肯收钱就是想害我，现在四风抓得紧，一旦被人举报收受零售客户的财物，是要掉乌纱帽的。凤英说，就一包烟而已，你又不是天天到篾匠街来。

刘局长说，你们起早贪黑守店不容易，只要遵纪守法，我们不会为难你们的。凤英听刘局长说到遵纪守法，忍不住问，向未成年人售烟算违法吗？刘局长说，当然算。凤英就把芳芳的事情说了。

刘局长沉默了一会儿悄声说，芳芳的来头不小，她老公的亲叔叔是省烟草公司的，他的烟草零售许可证就是省里直接打招呼办下来的。

凤英一听，终于明白，为什么榕城那么多副食店想办烟草专卖证比登天还难，而芳芳在短短两个月就把烟证办下来。凤英心里有点冒火，就激刘局长说，县官不如现管，刘局长想治理一个零售户就像捏死一只蚂蚁。刘局长说，话不是这样说，官大一级压死人，我们也有我们的难处。

恰好刘局长电话响起来，他一边接电话一边头也不回地走了。

凤英心里一阵失落，看来治理芳芳并不容易。

事情有点出乎意料，凤英跟刘局长说过几天后，芳芳就到凤英店子赔礼道歉。并再三说明，以后两家要同一个鼻孔出气，再也不搞价格大战，再也不向未成年人售烟了。她已经买了三斤牛肉，叫凤英一家到她家吃酸汤火锅。凤英说什么也不肯去。芳芳说，刘局长已经跟我敲过警钟了，向未成年人售烟是不对的，我们都是有孩子的人，不应该赚这些昧心钱。凤英说，知错就好，吃饭就免了。芳芳说，你不答应吃饭就表示不肯原谅我。凤英要的就是这个结果，生意各做各，两人以后还是好姐妹。

凤英店面吊顶用的是白色塑料扣板，如今已经全部泛黄，尽管安上十几颗节能灯，室内还是暗淡无光。凤英早都想重新装修一下店面，顺便把门头也换了，但一直跟芳芳有隔膜，万一芳芳哪天不高兴，收回店面，岂不是白忙一场？

芳芳亲自下厨，还开了一瓶金质习酒。三人都喝高了，凤英一不小心就说出准备装修店面的事。芳芳愣了一下，转而笑嘻嘻地说，装吧，装吧，不能只要马跑不让马吃草，也该打扮打扮店面了，如果要二楼放货说一声。

凤英笑吟吟地说，当然要借用你家二楼。

两个孩子吃完饭就去上晚自习，三个大人拿起手机在百度搜索烟酒店装修效果图。芳芳说，装修店面要凿墙钻孔会惊动土地菩萨，是不是找风水先生看个日子？凤英说，我和宏亮结婚都不看日子，还不是照样顺顺利利？鬼师都是装神弄鬼糊弄人的。

宏亮说，就是，懵懂大吉利！

三个人，两个态度一致，芳芳觉得不看日子心里有点悬，但宏亮第三天就从装修公司叫来装修师傅，也不好再说什么。为了给凤英节约装修工期，芳芳主动要求做饭给三个装修师傅和凤英一家吃，晚上还叫装修师傅加夜班。凤英要付伙食费，芳芳说什么也不收。凤英心里有些愧疚了，她不该跟刘局长说芳芳的坏话，让她在烟草局领导那里留下不好印象。

凤英的烟酒店重新开张，吊顶是白色石膏板，里面镶嵌三十多颗白炽灯。地上是乳白色圣象地板，原木的。货架全换成铝合金，货物成列得整整齐齐，中间还增加了两个糖果架，空气里弥漫着糖果的清香。门头也换成大红色，门柱两边还放了两盆发财树。

装修过后再开张，营业额也比之前翻了一倍。凤英的心彻底放宽了，跟芳芳也变得更加密切起来，不像以前一样提防着芳芳。比如凤英要出去送货，就把店面丢给芳芳照看。偶尔芳芳缺什么货了，凤英就把自家的货以成本价拿给她零售。

有一天，茂林刚出门不久，芳芳就突然晕倒。凤英赶快把她送到医院，检查结果出来，什么病也没有，就是有点低血压，多补充一些钾，输液两天就行。凤英问芳芳，要不要打电话叫茂林回来一趟？芳芳说，不用，能挺过去。

出院后，芳芳每天照旧打开店门，但一坐下来就打瞌睡，四肢无力，皮肤蜡黄。凤英就笑话她，是不是茂林太久没回家，那天回来就拼命折腾，响动太大，把鬼得罪了？芳芳说，乌鸦嘴！

几天后，陈大仙来凤英店里买茶叶，恰好芳芳也在店门口晒太阳。他付完款后悄声说，我观察很久了，你店面人流量大，想跟你合作个生意，不知道愿意不？凤英问，什么生意？我想挂一块问鬼的牌子在你门框上。凤英一听，想都没想就摆摆手说，我才不信世上有鬼，人死后就变成泥巴变成空气，哪里还有鬼？陈大仙并不恼，而是笑着说，无论日月星辰、山川河流、草木神兽跟人一样都是有脾气，有意志，有灵魂。特别是人死了以后，魂魄还在世上游荡，这些魂魄其实就是鬼。这些鬼跟人一样，有好鬼和恶鬼之分，好鬼帮助人，保佑人，而恶鬼伤害人，诅咒人。人一旦被恶鬼诅咒，就会生病甚至会失去生命。好鬼有时也会变坏，比如仙逝的祖先、土地菩萨、山神菩萨、财神菩萨等，如果不小心得罪了他们，也会受到他们的惩罚。当人与鬼出现了不可调和的矛盾，就得喊我们鬼师出面调解……凤英打断他的话半开玩笑地说，照您这么说，您就是见人讲人话见鬼讲鬼话的人？

陈大仙认真地说，对，对，说得文雅一点就相当于现在艺人的经纪人，说得不好听就是讲鬼话的人。我只挂一块牌匾在你门框上，又不耽误你做生意，一个月给你两百块广告费。凤英有点心动，但还是心有余悸地说，在门框上挂一块问鬼的牌匾，那些鬼不会有事无事来我门口转悠吧？陈大仙哈哈一笑说，鬼不欺负善人，再说了，要是哪个恶鬼胆敢欺负你，我叫他永世不得投胎做人！

　　凤英朝远处晒太阳的芳芳努努嘴说，讲真格的，你看芳芳病恹恹的，去医院检查又没什么毛病，你如果真能问出鬼来，我就免费给你挂一块招牌。陈大仙说，问鬼是有条件的，最重要的一条是她本人必须信鬼。凤英说，这点我可以保证！

　　陈大仙走到芳芳面前，叫芳芳伸出右手，只见她手背上仿佛拱着两条交叉的青蚯蚓，血管的青筋由手腕一直延伸到食指和中指。陈大仙问，最近是不是看见什么不干净的东西了？芳芳回忆了一下说，上个月赶场天，我门口有一个收蛇人的口袋绳索不知道什么时候突然打开来，两条眼镜蛇盘旋着向我店里涌来，吓得我脸都绿了。陈大仙说，简单得很，是掉魂了，帮你收一下魂就好。

　　陈大仙叫芳芳拿来三炷香，一叠冥币到店门口。然后叫芳芳坐在点燃的香烛前闭上眼睛，他伸出右手，并将食指和中指并拢到在嘴角小呵一口气，然后将两个手指在芳芳的脑门前盘旋，同时嘴里快速念道：荡荡游魂，何处流存。三魂早降，七魄未临。河边野外，庙宇庄村。宫廷牢狱，坟墓山林。虚惊怪异，失落真魂。今请山神吾道，过路将军，速令：本州城隍，当庄土地，天门开，地门开，千里童子速速送魂来……咒语念完，他盘旋的手指突然收回，蹲下来，两只粗大的手掌慢慢在地上合拢，手上仿佛捧着一条鲜活的泥鳅，生怕溜走一样。他缓缓站起来，缓缓地将"活泥鳅"放在芳芳的头顶，打开来。陈大仙用嘴对芳芳的额头轻轻一吹，拉着芳芳迅速站起来说，从今以后脱灾脱难，大气饱力的！

　　第二天，芳芳果然红光满面，又跳出跳进地在店里忙碌了。

　　一个礼拜后，凤英的门框上果然挂了一块问鬼的广告牌。当然陈大仙也不是白挂，每个月给两百块钱广告费。

　　挂完牌子后，按照陈大仙的约定，每月月底叫凤英送一批香烛冥币到他租住的地方，因为初一问鬼的人比较多。那天一大早，凤英送货到陈大仙家门口时，脚步突然停住了，里面传来一个女人的哭泣。凤英想往回走，但想想打开店门以后就再也抽不出时间过来，只好硬着头皮往里走。

　　堂屋中间一张四方桌，桌子上放有一升米，米上三炷香和一个红包。陈大仙坐在桌子前，穿着青布长大褂，头上戴着道士帽，背对着大门，全身发抖。一个四十岁左右的男人穿着一件夹克，脚上蹬双凉拖鞋，脚已经洗过，但脚趾里仍有泥沙。女人也穿一双凉拖鞋，虽然穿了一双袜子，但脚后跟有一个洞，坐在男人的左边。夫妇俩同时发现了凤英，女人用食指放在嘴前朝凤英做了一个"嘘"的手势。凤英明白其中意思，蹑手蹑脚走到四方桌前坐下，终于看清男人两鬓的头发全白了，女人有白发，但不多，眼神却是空洞的，直勾勾地盯着陈大仙的嘴巴。

　　也许是凤英的到来打乱了陈大仙说话，他停顿了大约半分钟后喊了一声：娘。这声音嗲声嗲气的，就像一个十一二岁的少年。女人又开始放声大喊，儿呀，都是我的错，非要送你回乡下读书，我应该把你带在身边的。女人说完这句话用双手捂住双脸泣不成声。男人用手不断抚摸着女人的背说，儿呀，叫你别去河边玩，你硬是不听。你这一走，叫我们怎么活？女人轻轻推开男人的手说，儿呀，都怪爹娘没文化才来榕城摆地摊，你在那边一定要好好读书，缺学费了给娘说一声，我就是再苦再累也会给你多烧点纸钱。

陈大仙的嘴角开始颤动，娘啊，我也想上学，到了学校门口，校长不准我进去，说我没有当地户口。

女人哭得更伤心了，女人说，怎么到了阴曹地府还是这样，你问校长，要多少钱才可以上学？

陈大仙的声音变成了哭腔，爹，娘，我不读书了，你们回家照顾妹妹吧，你们如果真想我读书，就把我的书本全烧给我。对了，在你们床头柜有我两张奖状，本来想你们回来过年时给一个惊喜，但没法看到了。

女人赶紧问，是哪边床头柜？

陈大仙说，就是掉拉环那个抽屉，一张是学习模范，一张是数学竞赛第一名。陈大仙的声音变得有点自豪了，同时还有一种娇气在里面。

男人哭起来问，就是我喝酒醉时碰坏的那个抽屉？

陈大仙说，对，还脱了一大块油漆。

女人突然又大哭起来，儿呀，你在那边冷不冷？要不要给你买件棉衣？

陈大仙沉默了许久才说话，娘，我冷，我好冷。

女人说，娘回去就给你买新衣。

陈大仙说，娘，爹，你们不要哭了，我得走了。

女人突然大喊一声，儿呀，别走！陈大仙突然脱下道士帽子站起来吹灭了蜡烛，只见头发湿漉漉地冒着一股水蒸气。

男人赶紧从兜里掏出一沓钱，一块、五块、十块、二十块的都有。他数了一百八十块钱摊在桌子上，又打算再放几张二十块的。陈大仙一把抓住男人的手说，够了够了。说完又从一百八十块钱里面抽出一些递给男人，留下十八块在手里说，这些得留下，是进贡大师的香烛钱！

离开陈大仙家，凤英一路想，人死了还能变成鬼说话，真是太神奇了。路过芳芳店门口时，一片树叶落在脚下，凤英的心里生出一种莫名的孤独感。自从开店以来，哪儿也走不了，朋友都疏远了，也可以说没有一个交心的朋友。每天打开店门时，朋友们才起床。关下店门时，朋友已进入梦乡。她也想与朋友们一起拉拉家常，一起出去旅游，可生活开支样样都要钱，哪能放松自己呢？以前心里有了苦闷，还可以找芳芳说说。自从芳芳开了烟酒店，做什么事情都得防着点。表面上是好姐妹，暗地下却成了竞争对手。同行是冤家，没错，转眼就成了冤家。冤家能说真心话吗？当然不能，一切喜笑颜开都是表面的。

平静的日子没过多久果然出了岔子。

那天，凤英的嫂子听说小姑子重新装修了店面，就想来榕城看看，顺便买些年货回去。嫂子已经两年不到榕城了，凤英决定带嫂子逛一下街，顺便买一些东西孝敬父母，就叫宏亮请半天假看店。在逛街之前，还特意到隔壁嘱咐芳芳，宏亮整天在工地干活，不熟悉店内业务，叫芳芳帮看着点。

凤英上街不久，芳芳就急匆匆跑进店子来。她说有个外地顾客要六十条磨砂烟，而芳芳的磨砂刚刚卖完，顾客出一百二十五元一条，问他愿意卖不？宏亮盘算一下，六十条磨砂一下子就赚到一千零二十元，这样的生意哪能不做？

可是，半个小时以后，顾客又把烟退回来了。顾客说，我们是修高速公路的，其他采购员已经买到烟了，下次采购的时候我们再来跟你购买，但我们也不会亏待你，一条烟少退我二十元就成。宏亮还想说什么，芳芳就在旁边打边鼓，磨砂本来就缺货，这笔交易实际上已经赚到钱了，等下一个顾客购买时，你还可以再次赚到钱，何乐而不为？顾客看宏亮还在犹豫，又在旁边催促说，我们车子停在路边，交警会贴罚单的，能不能快点呀！

高速公路采购员采购重复的事情不是没发生过，宏亮也听凤英说过。经过芳芳这么一说，宏亮忙手忙脚地点了一下数量就把烟放进货柜里，扣除每条二十元后迅速把剩余钱款退给顾客。

顾客刚走不久，就来了四个手拿文件夹的人，其中一个在宏亮眼前亮出证件，说是省烟草局稽查大队的，需要客户配合检查。宏亮又是递烟又是递王老吉，但四人好像全成了哑巴，不说不喝，也不说不抽。打开柜子就翻腾起来，很快，被退回来的六十条磨砂被稽查员一条条翻出来。

宏亮问，有什么问题吗？其中一个稽查员说，你自己看看。宏亮看了半天，看不出个所以然。稽查员看了一下营业执照上的名字和代码，又看了宏亮一眼说，店主？宏亮说，上街了。稽查员说，叫她回来。宏亮说，她刚出去一会。稽查员说，跟你明说吧，这一堆全是假烟！

宏亮一下子蒙了，迅速打电话给凤英。

凤英接到电话火急火燎地赶回店里，一条条仔细辨认后，脸色一下子青了。凤英颤颤巍巍地说，各位领导，我向天发誓，卷烟是从烟草局进货的，绝对不是假烟。

一个稽查员说，发誓也没用，假烟都摆在眼前了。从现在开始你店里所有卷烟必须封存起来，停止销售，等鉴定结果出来再给你处理意见！

稽查员一走，凤英一下子就瘫软在凳子上说，完了！完了！这下子全完了。

宏亮问，什么全完了？

凤英说，前几天我和芳芳去烟草局开年会，刘局长才宣布，贩卖五十条以上假烟要吊销烟草专卖许可证。

宏亮站起来就要走，并愤愤地说，我去找芳芳！

凤英拦住他，你去找芳芳干吗？

宏亮说，肯定是她搞的鬼。

凤英一下子没明白过来，问宏亮是怎么回事。宏亮才把芳芳推荐顾客买烟又火急火燎地帮着叫他退钱一事说了。

凤英一听，蒙了半天，突然"哇"一声哭了。凤英一把眼泪一把鼻涕地说，宏亮呀宏亮，顾客是芳芳叫来的又是她喊你退钱的没错，如果你是细心人，在烟退回来时认真检查一下，哪会出现这个错误？你想想看，我们的烟草零售许可证被吊销了对谁有好处？

宏亮说，当然是芳芳！

凤英说，知道就好。

宏亮说，叫芳芳给我们做证，是被调包了。

凤英说，乌鸦吃到嘴巴的肉会吐出来？

宏亮两手一摊说，一般不会。

凤英说，这事先不要声张，改天我去找刘局长。

多少年来，凤英从来不让宏亮单独看店，没想到第一次让他看店就出了这种事。凤英冷静了一会儿又说，在烟草局没有拿出处理意见之前，不能拿脸色对芳芳。

宏亮嘴上是答应了，但心里还是不痛快。以前下班回来都要绕过人行道再经过芳芳门口跟芳芳打声招呼才进来。那天下班回家直接从对面马路横穿过来，差点撞上一辆疾驰而过的电动车。

这个举动很快被凤英发现了，凤英说，一个大男人，能不能有点城府？

宏亮说，反正看到芳芳就来气。

凤英一下子火了，捉贼抓赃，抓奸擒双，你凭什么说是芳芳搞的鬼？

宏亮说，反正不想看到她。

凤英说，有本事莫租人家房子！

宏亮说，凭什么不租她房子？当初装修店面时已经说定我爱租多久就多久。

凤英彻底无语了。当初装修店面时，凤英要求芳芳签一个书面合同。芳芳说，都是好姐妹，到期缴纳房租就是。凤英还想说什么，宏亮却在一边附和说，合同是死的，人是活的，只要讲话算话就成。宏亮总是这样，凡事又没多个心眼。假如这次顾客在退货时留意一下，哪会惹下这么大麻烦？凤英心里明白，跟宏亮讲清道理，比上天还难。

　　凤英心里憋屈着，第二天打开店门时，她望着门头上"好又来烟酒店"六颗金光闪闪的大字，想起刚到篾匠街做生意时的两手空空到现在有装修一新的商品房，虽然是按揭的，但每个月还了房贷也还有结余，再说了，以后女儿上大学还指望这间店面支付生活费呢。她已经把这间店面当成了家，当成了衣食父母。要是跟芳芳撕破脸皮，以后就没法再跟她租房子。

　　凤英的店面以前一打开就先播放轻音乐，今天却静得出奇。芳芳打开店面后，走过来愧疚地望着凤英说，都怪我一时大意，没帮宏亮把好关。凤英不想理芳芳，故意把目光望向灰蒙蒙的天空说，人在做天在看。

　　开门了一会儿，十几个顾客都是买烟的。看凤英的烟柜空空的都拿着钱到芳芳店里去了。凤英越想越不是滋味，决定晚上到刘局长家打探一下情况。

　　下午宏亮下班早，早早做了晚饭。吃过饭后，凤英就叫宏亮去找刘局长，毕竟他们都是男人，说什么话也好把握分寸。宏亮也答应去找刘局长，刚走到门口，凤英又不放心了。凤英说，等等，我关门跟你一块儿去。

　　宏亮把事情的来龙去脉说完后，刘局长说，你说是被调包了，有什么证据？

　　宏亮说，隔壁芳芳可以证明。

　　刘局长说，把芳芳的电话给我。宏亮把电话找给刘局长。刘局长拨通芳芳的电话，并按下免提键。

　　喂，我是烟草局刘建国，你是芳芳吗？

　　是的，刘局长有什么事？

　　昨天你隔壁店子卖掉六十条磨砂烟时你亲眼辨别过真伪吗？

　　我忙看店，只带顾客进来就走了。

　　退回来的时候你仔细看过吗？

　　顾客催促很急，没细看。

　　刘局长两手一摊说，你们看，不是我不想帮你们，而是芳芳根本无法证明你们销售出去的卷烟就是被调包的。唉，刘局长叹口气又说，这回是全省交叉检查出的纰漏，难呐。

　　凤英脑瓜"嗡"的一下蒙了，眼泪不听使唤地哗哗往下掉。

　　宏亮使眼色叫凤英别哭，赶快跟刘局长说说好话，让刘局长想想办法。

　　凤英不理宏亮。

　　凤英不想理宏亮有她的苦衷，结婚以来，家里大小事情都是凤英一人操心，本以为宏亮高中毕业，还到广东打工几年才回榕城，应该见识广，没想到却轻而易举受骗上当。凤英抹了一把眼泪恳求刘局长说，局长大人，您想想，我多年老店，明知走私假烟是要吊销经营许可证的，怎么会自己砸自己饭碗呢？

刘局长说，话是这样说，但还是有个别零售商户以身试法。

凤英朝宏亮努努嘴，意思叫他也说几句好话。没想到宏亮一张嘴就说，天下乌鸦一般黑！

凤英眼睛一瞪，宏亮，放屁先在肚子酝酿一下，免得放出来熏到人！

凤英担心宏亮说话口气生硬，把刘局长得罪了。

没想到刘局长却给宏亮和凤英一人倒了一杯茶，然后语重心长地说，如果你们能打通上层关系，或许这关能闯过去。凤英说，我们都是从农村来的人，结交的顾客都是一手交钱一手交货，根本没有深交，哪里有上层关系？

凤英想不出上层关系，就一个劲地哭。

刘局长说，你们先回去吧，有什么消息立刻通知你们。

宏亮在回来的路上说，去年茂林开车撞死人，虽然是死者的责任，但烧埋费也赔掉十二万，如果芳芳有困难想赶我们走，可以跟我们明说，没必要背地捅一刀。

凤英哭着说，人家就捅你一刀，咋样？

宏亮说，咋样？老子就是不搬，以前她说好的，除非我们不想租。

凤英问，她跟谁说了？有谁听见了？

宏亮说，你、我和茂林都听见了。

凤英说，小孩子过家家呢？当时我喊芳芳签合同，你三杯酒下肚，就不知道东西南北了，这下好了，人心隔肚皮，尝到辣椒水了吧？

宏亮耷拉着脑袋，不敢说话了。

第三天，刘局长电话来了。

凤英心跳一下子加速好几倍。刘局长停顿一会儿说，凤英呀，事情有点复杂。

凤英的心"咯嘣"一下问，怎么复杂法？

刘局长说，上面想杀鸡给猴看，还是要取缔专卖许可证。

凤英一下子蒙了。店面经营主要靠卷烟利润维持，她做梦都没想到，烟草专卖许可证说没就没了。刘局长叹口气说，唉，篾匠街是老城区，又没安装天眼，是谁搞鬼只有天晓得了。刘局长说到"天晓得"三个字时，凤英想到了陈大仙。

宏亮还没下班，凤英就把此事用电话告诉了宏亮，并说想找陈大仙问一下鬼。宏亮在那边说，算一命得一听，打一卦得一怕，我才不信鬼，长痛不如短痛，干脆搬到新城区重新开一家。凤英觉得宏亮说得有道理，芳芳做人当面一套，背后不知道又使什么阴招。跟这种人生活在一起说不定都不知道哪天被整死。

第二天，凤英就到新城区打听新门面。位置好的一间店面年租金最少十万元，加上转让费、装修费，没有二三十万打整店面，想都别想开张。位置差的地方，百货的保质期又短，过期后莫说减价能卖出去，就是送给别人吃都没人敢要。

夜深人静时，凤英在床上翻来覆去睡不着。现在她不是舍不得搬离篾匠街，也不是不敢投资二三十万，而是这二三十万拿出来根本没有回收的把握。

宏亮说，实在不行，我们去找芳芳，求她打个电话给茂林的叔叔。

凤英听宏亮说要去求芳芳，一下子急了。她说，人家想帮你，早主动打电话了，不会等处理结果出来。

宏亮说，有道理。

凤英说，她不让我好过，我也不让她好活！

凤英说不让她好活就是去找陈大仙问鬼。

在决定找陈大仙的头天下午，凤英做了两盘糖醋排骨，叫宏亮端一盘送给芳芳。

宏亮说，黄鼠狼给鸡拜年，何必呢？

凤英咬牙切齿地说，在未搬离篾匠街之前，咱们还是好姐妹。

宏亮把糖醋排骨端到芳芳的柜台上，芳芳笑嘻嘻地朝正在电脑边玩游戏的女儿喊道，姗姗，你姨爹又送糖醋排骨给你吃了！宏亮看着芳芳那张皮笑肉不笑的嘴脸，扭头就走，心里骂道，笑面虎！

第二天一大早，宏亮出去上班，凤英打开店门一会儿就关了。关门时故意在门口喊，芳芳，我出去一下，帮忙看着门口几根凳子啊！

芳芳闻声走出店门来问，准备去哪里？

凤英说，人不肯说真话，只好去问鬼！

芳芳愣了一下，看凤英手里提着一包米，另一个塑料袋里还有香烛冥纸就笑道，你也信鬼呀？

凤英冷冷地说，善恶终有报！

这句话凤英觉得应得非常满意，不能直接骂芳芳，间接骂一下，心里也痛快些。

凤英回到店面时，头上的太阳已经火辣辣的了。凤英从包里取出陈大仙给她的一红一黑两个锦囊，心里掠过一阵窃喜，但转而又充满无限悲伤和不安。

按照陈大仙的嘱咐，夜深人静时，篾匠街的人都睡下了，她才抱着念过魔咒的两个锦囊和宏亮拿着小锄头一前一后来到对面的花台边。尽管不是盗窃花台的鲜花，但心还是像做贼一样"咚咚"跳得厉害，拿小锄头的手也不停地颤抖。

挖好小坑后，刚准备把黑色锦囊放下去，突然一对青年男女打情骂俏走过身旁。凤英一慌，锦囊从手里滑落，却不想被一棵玫瑰刺绊了一下，黑纸刺破了，露出一个正方形的木坨来，木坨上写着三个字：殡仪馆。

凤英莫名地怀疑起来，再打开红色锦囊，也是一个正方体木块，上面写着：屏风。

她再也按捺不住，掏出手机给陈大仙打电话，问他这是什么意思。

陈大仙说，按照店面风水学的说法，有人就有生气，人愈多生气就愈旺，这就关系到店面的选择问题。比如，店子对面是学校或游乐场，那么就有人多，生意一定兴隆。相反，对面是殡仪馆、医院、厕所等，一天到晚不是哀号、呻吟就是臭气熏天，谁愿意去这样一个地方购物？轻则造成店主生意萧条，重则造成店主精神不振、心气不畅，更严重的还会气绝身亡。

凤英又问，为什么"屏风"要挂在我店门头上呢？陈大仙说，你想想，殡仪馆对着你家，是不是要把霉气挡回去？凤英不再怀疑，使劲挖坑，埋好锦囊后，看着新垒砌的土堆，她既开心又不安，自言自语地说，对不起啊，你做初一我做十五。

说完正欲离开。宏亮悄声说，别动，芳芳来了。

凤英心里一慌，脚下一个趔趄，顺势趴在地上一动不动。

等芳芳在对面人行道走远了，凤英才喘着粗气爬起来。在拍打裤脚上的泥土时，发现膝盖处戳破一个洞，里面还脱了一大块皮。凤英一点也不觉得疼，相反还感到高兴。她觉得这点疼痛比起芳芳以后的倒霉，简直就是小菜一碟。

凤英和宏亮回店里挂完"屏风"后已经是十二点多，正欲关门，芳芳手里捧着一碗汤粉回来了。

芳芳老远看到凤英就说，哟！两口子去浪漫来呀！

凤英心里一慌，就说，哪里，突然觉得饿了，去夜市消夜来。芳芳上下打量凤英，看得凤英两腿发麻。芳芳说，别骗我了，茂林刚回来，他说饿了，我才去夜市给茂林买宵夜来，再说了，吃宵夜会弄得两脚泥巴？

对于芳芳的疑问，凤英没有分辩，只是觉得心里空荡荡的，有点虚。

凤英正打算关门，芳芳回头又问一句，烟证被吊销了，房租下个月就到期，还继续租吗？

凤英心里咯噔一下，心想，狐狸尾巴终于露出来了。她沉默了一阵冷冷地说，过两天答复你。

关了店门，宏亮说，烟证没了，改行做其他买卖试试？

凤英说，隔行如隔山，其他买卖哪有那么容易？你没看到篾匠街的店面都贴满门面转让吗？以前一年五六万的，现在两万块钱当仓库都没人租，改行做什么生意？

这一问，宏亮又哑巴了。

第二天早上，芳芳又主动找到凤英。她说你没了烟证，继续开下去只会亏本，不如这样吧，你店里的货物全部盘给我，你也能抽出资金做点别的买卖。

凤英在心里嘀咕：两面三刀！

凤英虽然舍不得这间店面，但光卖百货和酒，连房租都难保证。既然芳芳主动提出帮忙处理存货，何不退掉店面落个清闲？

退掉店面的凤英，打算舒舒服服地睡它三天三夜。多年来，她太渴望睡一个自然醒的瞌睡了。如今睡了两天却怎么也睡不着，第三天就开始到处找事做。

一年来，她换过七份工作，到美容院学过美容，到酒店当过清洁工，到手机店卖过手机，还到蛋糕店学过糕点师。不是她做不好，而是想亲自体验一下什么买卖好做，结果得出结论，什么生意都有风险，还是做烟酒百货稳定。卷烟没有存货。特别是近几年，食品饮料公司像春笋般冒出来，厂家竞争激烈，每天都派有专职业务员到实体店查看自家产品，发现快要到期的产品及时更换新鲜日期，再也不愁过期卖不掉。

铁下心找店面继续做烟酒百货后，她白天到街上寻找合适店面，晚上回来就在家里跟宏亮唠叨。宏亮说，老板娘变成打工妹，心理不平衡了吧。说实在的，凤英心里还是很愧疚的。特别是房贷还有十几万要还，女儿已经接到大学录取通知书。宏亮为了多挣点钱，收工后还去车站附近跑摩的到凌晨一两点。

一天早上，凤英在一个小区谈妥一家店面回家就接到芳芳打来的电话。芳芳激动地说，凤英呀，你时来运转了！凤英说，积点口德吧，托你的福，我都荣升成打工妹了。芳芳急了说，还想卖烟吗？

不说卖烟还好，一说到卖烟，凤英的火气就上来了。凤英冷笑一声说，全篾匠街人都知道我贩卖假烟被吊销许可证了，你别告诉我是一个冤假错案。

芳芳说，恭喜你答对了！走私团伙已经捉拿归案，你的烟证恢复了，快回来吧。

凤英愣了一会儿，不知道如何是好，干脆趴在沙发上放声地哭。哭了一会儿，觉得应该跟刘局长核实一下。

刘局长接到电话后说，你搬走后，我和芳芳一起去省里找过茂林的叔叔，但是他已经退居二线，说话不管用了。上个月那帮人准备再到芳芳店里行骗时，多亏芳芳一眼就认出其中一个是跟宏亮调包的人。这帮人被抓后也承认犯罪事实，才洗白你的冤情。如果你想继续卖烟，随时都给你恢复烟证。凤英问，不在篾匠街卖烟可以吗？刘局长说，只要你在榕城范围内找到店面跟我说一声，分分钟搞定。

就在凤英装修新店面准备开业时，芳芳的女儿却出了意外。

那天夜晚，芳芳的女儿跟同学聚会回家。她一边走一边看淘宝网，走到篾匠街第一个红绿灯路口时，刚好红灯亮起，她却径直往前走。一辆电动车疾驰而过，女孩瞬间倒在地上。开电动车的人见势不妙，开着电动车就跑。路过的行人只顾拍照上传网络，没有一个上前搀扶。直到交警赶到现场才送到医院抢救，医生说没有生命危险，但右脚可能废了。

凤英知道这个消息后，心里一震，很快就被内疚感覆盖了。

凤英赶紧拨打陈大仙电话。

陈大仙很意外，小心翼翼地问凤英有什么事。

凤英问，在家吗？我马上过来。

陈大仙犹豫了一下说，孩子考上大学后，我就搬离篾匠街了。

在哪里能见到你？

新城区农贸市场二十八号店面。

凤英来到农贸市场是在挂掉电话二十分钟后。

陈大仙正在给顾客称水果，只跟凤英笑了一下，算是打过招呼。等顾客走后，凤英问，改行卖水果了？陈大仙说，做水果生意心里踏实些。凤英又问，是当鬼师赚钱多还是卖水果赚钱多？陈大仙笑笑说，父子俩脱裤子比——一样的。凤英说，别开玩笑了，赶快帮我解除锦囊魔咒吧。为什么呢？陈大仙歪着脑袋问了一个大问号。目光紧盯着凤英的眼睛，好像是必须知道答案。凤英望向那堆金光灿灿的水果说，芳芳的女儿出事了，两口子就这么一个女儿，以后怎么过？陈大仙说，有因必有果，这就是报应。沉默了一阵他又问，你真的相信我能看见鬼？

凤英肯定地点点头。

陈大仙沉默了很久，望着远处的高楼说，人算不如天算，人算就够了，为什么还要天算？被人算计是可以化解的，而被老天算计，那就无法避免了。

凤英说，我还是不明白。

陈大仙说，这样说吧，就算你在芳芳家对面埋上几千个锦囊，也不会对她造成任何伤害。尽管陈大仙说得非常认真，回到家里的凤英还是觉得无比愧疚，满脑子全是芳芳女儿拄着拐杖走路的样子。特别是茂林又经常跑长途，万一出什么意外，自己怎么安心？

当天夜晚，估计芳芳关门后，凤英一个人悄悄溜进篾匠街。她用尽浑身力气，挖遍整个花台，却找不到"殡仪馆"。

凤英垂头丧气地离开篾匠街时，天已经麻麻亮了。一群麻雀在桂花树上叽叽喳喳地鸣叫，等凤英走近时，它们又扑腾着翅膀飞到另一棵桂花树上。

凤英一头撞进家门时，宏亮也满眼红肿地从外面进来。

宏亮问，去哪里来？为什么连手机也不带？害我找你一个晚上。

凤英没好气地说，挖"殡仪馆"来！

宏亮没有言语，但眼里转而流露出满目柔情，一下子泼洒在凤英的脚上。凤英的双脚全是泥土，地板上有两排泥巴脚印。

宏亮把凤英沾满泥土的双手放在胸前喃喃地说，傻瓜，在你埋下去的第二天就被我抠出来扔了。

凤英问，为什么？

冉正万

唤　醒

点水雀在飞，蚱蜢在跳，燕子在穿梭，一切都生机勃勃，但一切都将过去。秋天已经到下半场，天空越来越远，溪水越来越清凉。

明月把野棉花铺在晒席上，让太阳暴晒。这张晒席与其他晒席不同，从没晒过粮食。晒粮食的晒席用慈竹编织，八尺宽一丈长，卷起来像炮筒，粗糙的篾片常分裂出细篾丝，折断后极其锋利，扎进肉里又痛又痒却又看不见，恨不得把手剁掉。明月的晒席很小很柔软，是芦苇的青篾蒸煮后编织的，可以折叠。这是大户人家给幼儿当席子用的，光洁玉滑，不但吸汗，还能兜住尿，不会弄脏席子下面的被褥。明月的东西不多，但都很精致。野棉花暴晒三天后，小棉球爆开翻转，像一个个小棉帽。摘掉干缩的黑色核籽，把储藏着太阳光的小棉帽装进枕芯，枕在头下一年四季都会充满阳光。

野棉花在偏刀水镇最常见也最烂贱，人们除了觉得它没用，不再有别的看法，任它在田坎上堡坎上小路旁水沟边自生自灭。粉红色的花瓣有种肉质感，丰满而圆润，形象被女子们绣在背带上，衣服上，喜庆而朴实。金色的花蕊被绣成图钉似的圆球，一百个小圆球就是一百个金色的太阳。偏刀水镇只有明月用野棉花做枕芯，一到秋天就去采摘。棉花球比麻雀蛋还小，球上布满了斜向交叉的麻点。棉球爆裂开后麻点变小，缀在花绒上，像小了很多倍的孔雀羽毛的眼状斑点。

明月来偏刀水几十年了，没有人知道她的身世，没人知道她为什么来偏刀水，也没人见她去过别处。她不和当地人来往，她不讨厌他们，也不喜欢他们。她就像一棵栽错位置的树，周边没有一棵树和她相像。她更像飘浮在山头上的白云，看上去很近，其实很远。

有人说她来自云南边陲深处的红河，一个当地人没去过的地方。说她是一个地主的小老婆，地主有十几亩水田，被政府枪毙后，她不愿改嫁又不敢在原来的地方生活，稀里糊涂地来到了偏刀水。偏刀水人自豪地感叹，幸好偏刀水人心地慈善，一点都没有为难她。他们推断她是地主小老婆的理由很充分，一是她长得漂亮，二是她不会干农活，三是她特别爱干净。

大家确切记得的只有两件事，一件是明月有一支手枪。枪被派出所没收了，她去要过几次，没有还给她。

她连钉锤都没有，居然有一支手枪。有一次她换枕芯，换完后坐在屋门口，旁若无人地把玩一支精致小巧的手枪，看她拿枪的样子不像会打枪。她颠来倒去地看，像年纪太小的孩子拿到一个从没玩过的复杂玩具，爱不释手又不知道怎么玩。十有八九平时还是放在枕头下面的，要不然怎么会在换枕芯的时候翻出来呢？她喜欢握住枪管，而不是枪柄，就像拿着一把锤子。她抚摸着每个部件，有时还把枪口朝向自己，想看看枪膛到底有多深，深处是否有什么机关。谁都看得出来，这支枪是她的心爱之物。

这个禁物在偏刀水镇并没引起轩然大波，只是进一步加强了大家的印象。一定是地主留给她的，让她用来防身，还没来得及教她怎么用就死了。

有个自以为是的小青年，想法与众不同，说这个女人有可能是特务，解放了不中用了，被她的上级抛弃。这话立即招来众人的鄙视：特务？偏刀水有什么呀，难道握锄把修地球，追着牛屁股犁田打耙的全是大人物？难道打田栽秧需要派一个特务来破坏？嚼你的舌根，嚼烂了都没有人信。

这个脑子不全的小青年不明白大家对明月的感情，虽然她和他们没有亲密的交往，但他们全都信赖她，就像信赖山坡上那棵高挑的白杨，他们于她无求，只要她在那里就好，正是这样才不允许有嫌隙，有裂痕。她与世无争，像白杨树一样端庄慈祥，他们享受着这份宁静、这份吉祥如意就心满意足。

没有人报告派出所，是派出所的民警无意中听说后赶来的。当时枪支管理还没那么严，没有人觉得她保存这支枪有什么不妥。生产队长柴启物带着民警来拿走时，她只弱弱地说了一句：这是我的。

连老实巴交的农民都看得出来，明月的枪不是用来朝某个地方射击的，是一个秘密纪念品。当民警问她，子弹呢，没有子弹吗？她弱弱地回答：这是我的。看热闹的人忍不住想提醒民警：不要再逼她了。他们的每个愿望都向着明月，却又不知道该怎么办，只能看着民警像取走她的魂一样，把手枪装进公文包，骑上自行车扬长而去。他们知道总有很多事情让人无可奈何，想到自己身为农民，更觉得万般无奈。

他们记得的第二件事情，是明月来到偏刀水时到处打听剿匪指挥部在哪里，似在寻找一个他们都不认识的人。

剿匪是在1961年春天进行的。土匪大鼻子老烟，20世纪四五十年代的悍匪。大鼻子老烟的人马不多，喜欢单打独斗，以寒婆岭为中心，活动在方圆百余公里的大山丛中。很少有人见到他的真身，只知道他是个大鼻子。他抢劫从不留活口，把被劫者全部杀光。实施抢劫后从不逗留，连夜奔逃几百里，在深山老林里一躲就是几个月。没有固定住处，对密林里几百个山洞就像对自己的耳朵嘴巴一样熟悉，不用照亮也能摸进去。大鼻子老烟是个神枪手，看见他的人和动物都得死，全都一枪爆头，不浪费一颗子弹。打死的动物皮剥下来，是他山洞行宫里的被褥。被他打死的人往往不明就里，到了阎王那里也结结巴巴交代不清楚。大家对悍匪大鼻子老烟无不谈虎色变，为了不看见他，走路时尽量低头看路，不东张西望，以免引火烧身，以免长了眼睛的子弹朝自己飞来。大鼻子老烟被剿灭后，他的枪法被人津津乐道，讲述者情不自禁地竖起拇指食指，"叭"的一声，仿佛自己就是大鼻子老烟。除了枪法，大鼻子老烟还会一种特别的奔跑步法，叫鬼步，一步滑出去足有四五米，相当于腿长的人走七八步。这或许仅仅是传说，但他确实做到了来无影去无踪。有人天真地向往：用这种步法去参加体育比赛，不是打遍天下无敌手？

1953年，大鼻子老烟抢过一辆运送救灾物资的汽车。救灾物资有棉絮和粮食，押运的民兵只有三个人，这对他来说太简单了，不简单的是他竟然把那么多粮食搬走。这次抢劫激恼了政府，派驻军中队百余人，加上三千民兵，对全县进行地毯式搜索。没找到粮食，也没抓到大鼻子老烟，他像烟一样消失了，直到1961年春天再次露面。

那些年，所有人在饥饿的恐慌中活着，都在想方设法寻找食物。粮食和蔬菜远远填不饱肚子。1960年年底，农村公共食堂已经解散，包产到户年初就推开了，但饥饿蚕食着人们对未来的理解和信任。果不其然，不久就明确指出，包产到户是走资本主义道路，必须纠正。这几年，没人再关心大鼻子老烟，饥饿的折磨比死更糟。令人们意外的是大鼻子老烟也在挨饿，这天他在都溪林场边的玉米地里抠红薯，边抠边吃。一个九岁的小孩看见了，小孩不知道他是大鼻子老烟，开始以为那是一头野猪，继而觉得那是野鬼。小孩逃跑时被大鼻子老烟一枪打在屁股上，临死前说他看到鬼了。或许是因为饥饿，大鼻子老烟第一次失手，没能一枪爆头。

大鼻子老烟这一枪不但暴露了自己，也让省市驻军和公安部门震怒，省军区以最快的速度派出部队将林场包围，从大鼻子老烟出现的地方开始搜索，最后在一百公里外的横断山熬硝洞把他找到了。搜索部队的人影一出现在洞口就被他射杀，射杀了十余人后，部队决定不再主动进攻，堵住洞口，他出来就用机枪扫射。堵了七天，大鼻子老烟没有出来，进剿部队用绳子将二十个手榴弹捆在一起吊下去，悬在洞口，再让狙击手开枪打爆手榴弹。手榴弹爆炸后进洞搜索，大鼻子老烟死了，手榴弹没炸着他，不知何时他已经饿死了。

这是大饥荒年间最振奋人心的消息，人们奔走相告。兴奋之后，关于大鼻子老烟的传说却越来越多。

明月来到偏刀水，来寻找指挥剿匪的人，可剿匪时也没人知道指挥官是谁，指挥部设在哪里。他们得到的命令是，发现大鼻子老烟的踪迹不管真假都要立即向民兵报告。大鼻子老烟一死，剿匪部队就撤走了，撤走好几个月后明月才来。

偏刀水没见过这么漂亮的女子，她的额头像瓷勺的背面一样洁净光滑，头发如水草般葱茏，身材丰满匀称。不过最叫人难忘的是她的神态，像在做梦，完全不知今夕是何夕。她买了一间小房子住了下来，小房子原先是一户人家的粮仓。现在粮食分得太少，用不着粮仓，几个瓦缸就装完了，瓦缸比粮仓好防老鼠。明月把房子里里外外洗了一遍，干净得发亮，让人觉得，住在那样的房子里连做梦也是清爽和适意的。

不过最叫人搞不懂的是她的年纪。来偏刀水时就很年轻，几十年过去后，相貌几乎没改变，岁月忘记让她变老，而她自己仿佛也忘记了世间的一切。

拜偏刀水的偏远所赐，让历次轰轰烈烈的运动忘记了这里，这里的人很懒散很固执。那些信仰阶级斗争，习惯于借运动整人打击异己，习惯于运动群众去实现私欲的干部，都嫌偏刀水民风蒙昧顽劣、认死理，难以启迪教育，远不如其他地方成果显著。在县城，公安局一个专案组长怀疑一位印尼华侨是特务。这位华侨是中学老师，上课遇到重要的问题要用黑板擦敲三下讲桌，提醒学生注意。专案组长说她这是在向外国发报。他拆解讲桌和黑板擦没找到发报机，又说发报机在她的牙齿里面，把她的牙齿全部敲下来还是没找到。女老师自杀了，专案组长亲自划开她的肚子寻找发报机，还是没找到，得出结论是阶级敌人太他娘的狡猾。这样的故事在偏刀水绝不可能发生。有个下放来偏刀水劳动改造的教授，想搞清楚劳动在从猿到人转变过程中的作用，请猎人捉了几只长臂猿，他教它们干活，教它们使用工具，甚至教它们说话。教了三年猿还是猿，和捉来时一样聪明，它们像儿子一样向教授讨吃讨喝，没有更进一步的变化。教授写了篇文章，说通过实验证明，劳动不可能让猿变成人。教授因此被押送到一个劳改农场，从此再也没来过偏刀水。这是偏刀水和政治运动关联最大的事情。人们谈起这事都觉得好玩，教授训练猿猴很认真很辛苦，这些认真辛苦也很好玩。教授知道偏刀水有长臂猿，得知下放到这里时很高兴，他以为他可以在这里大显身手，可以通过实验给恩格斯的伟大著作提供实证材料。偏刀水人说起他就好笑，说他太老实，长臂猿要是能干活，我们都可以当老爷，什么活都不用干，让猿猴去干就行了。

没有人和明月开玩笑，因为和如此美丽端庄的人开玩笑，是一种亵渎。她在小房子后面围了块菜园，是偏刀水最小最精致的菜园，他们说她种菜"像绣花一样"。她和其他人一样参加生产队劳动，和大家一样懒洋洋地干活，无论别人说什么，听没听见都笑笑，从不参与谈话中。她每年把自己的小房子洗一遍，有人说她的房子太小了，所以可以洗，也有人说她过于讲究，活得稀奇。但不管怎么说，他们对此并不反感。他们说："水井里的水又不要钱，你勤快你也可以去挑来洗嘛。"他们说："有那个时间和精力，宁愿躺在床上大睡三天。"他们的确太累了，从没睡过一个好觉，一辈子疲惫不堪。女人们羡慕明月，却又不可能像她一样生活，偶尔的嫉妒之后是对自己的哀叹和抱怨，哀叹自己命不好，抱怨家里这么多人却没有一个可以做帮手。

物质对明月来说总是丰盛，什么也不缺。没人到她家去做客，她连一条像样的板凳都没有。但这又有什么关系？她不过是寄居在偏刀水，不是要在这里生根发芽。大家都没料到，有一天他们突然发现她老了。岁月不但想起了她，还在一夜之间把几十年的光阴从里到外进行了最彻底的毁灭，每个细胞仿佛原本安装了光阴的定时炸弹，时间一到全都爆炸了。她像一件精美的瓷器，瞬间布满了裂纹。大家早就习惯了她一直不老，一刹那变得这么老，他们来不及适应。明月额头上的皱纹，不像总是为缺吃少穿忧虑的人那么粗那么黑，但确实是皱纹，又细又密。听见孩子们叫她明婆婆时，所有人都感到失落，同时也莫名其妙地松了口气。孩子们平时就叫她明婆婆，虽然相貌不老，年纪毕竟不轻。掰起指头一算，她来偏刀水有四五十年了，我的天。

野棉花和从前一样多，一到秋天就仰着头等待明月来采摘。与其爆开挂在枝头变黑、腐烂，不如到明月的枕头里把收藏的阳光一点点献给她。

偏刀水镇原本是一条小街，只有四十余户人家。街道上没有门面，虽然约定逢五逢十在街上做买卖，但他们自己并不做生意。他们把门板取下来，架在板凳上，租给做买卖的人。他们自己和乡坝里的人一样，种地、养猪、养鸡、养鸭，他们从没将这里当成真正的集市，仿佛只是偶尔有缘凑成了一条小街。做生意的是外地来的，场期一到，他们或挑或背，把乡村需要的种种物品带来。小街后面的果林叫猪市坝，其实不光是猪，马牛羊等等大牲口都在这里交易。每次收市后，果树下臭气熏天。几天后，粪便被清理干净，等待又一批牲畜在此交换主人。有些牲畜被交换后很快就没命了，另外一些则有可能遇到好主人而过上好日子。

猪市坝的果树是徐海舟家的，有梨树、核桃、李树，还有林檎。徐家从来没把这些果树当回事，但有了畜粪的滋养，果子年年都结得好。徐家看重的是粮食，一粒谷子的价值远在一个梨子之上。粮食可以买卖，赚得的钱可以买更多的土地，水果没人要，买卖水果被看作可笑的事情。想吃自己栽一棵就是，哪里用得着买。

徐家的土地越买越宽，到民国三十四年，从偏刀水源头一直到四牙坝，有一半良田是徐海舟家的，这片良田依赖泉水灌溉旱涝保收。偏刀水既是这股甘甜丰沛泉水的名字，又是泉水流经的十余个自然村的地名，更是田坝中间这个小镇的名字。水从山脚流出来，出水处有一块巨石，形如大刀，泉水被这把大刀挡住，只能向南流。往西是一片荒滩，往南是一片稻田。当地人说这是武圣关公的刀。关云长青龙转世，见这一片稻田无水灌溉，山脚下一股大水却白白流向荒滩，便挥手将大刀插进大山肚子，这股水从此改邪归正，温顺地流进南面的良田。

出乎人们预料，至民国三十四年，徐家不再买田。乡下人都知道三不嫌，不嫌儿女多，不嫌土地多，不嫌亲戚多。徐海舟四十来岁，并不比一般农民有心计，他不过是凭勤劳节俭，靠祖上贩卖桐油买下的五亩良田，精耕细作，这才有钱买进更多土地。不过接下来发生的事，却让人惊讶。徐海舟不赌不嫖不抽大烟，也就是说他不需要那么多现钱，但是从三十四年开始，他家的田越来越少，到民国三十六年，经他置办购进的土地全部卖了出去。第二年，连祖上留下的良田也只剩一半。他辞掉在他家干了半辈子的长年，只留下管家柴启物。正街上的大瓦房也卖掉了，只剩一列三间和带厢房的后院。

两年后，人们恍然大悟，他这一招走对了。

但没有人相信他有这本事，几年前就知道世事会发生这么大的改变。说起来，徐海舟是个勤快又老实的农民，长工做什么他也做什么，种地有的是力气，花言巧语却怎么也说不出来。

有人说，这全是柴启物的主意。柴启物也四十出头，外地人，没成家，自从来到偏刀水，一直是徐海舟的管家。说是管家，其实什么活都干。

以前，谁也没把这种主仆关系当回事。看到地主们被长工、佃户批斗、殴打，被政府枪毙，家财被分光，而徐海舟平安无事，才隐隐觉得柴启物是个高人。不过，有些事永远没人看懂，一是柴启物为什么不成家？为什么要把单身生活进行到底？以他和徐海舟的关系，以他对徐家做出的贡献，成个家并不难，徐家有义务也有能力帮他成家。二是无论社会怎么变，柴启物都没离开过徐家，虽然不再是主仆，还当过生产队长，但他一直和徐家老少生活在一起，不知道是有隐情，还是舍不得离开。

人们总是弄不明白，徐家对他虽然一直很好，可这毕竟是寄人篱下呀，金窝银窝不如自己的狗窝呢。也有人说他刚到徐家时一无所有，是徐家慷慨收留了他，甚至说他当时就要饿死了，是徐家救了他的命。可他干了这么多年，又那么能干，他可是全劳力，人情债还没还清吗？早就应该还清了呀。

柴启物确实能干，除了女人干的针线活，男人干的活他全会。最让人惊讶的是他会修汽车。境内公路修得早，但很少有汽车进来。1957年，县交通局把一辆汽车分送给偏刀水区公所，汽车开到偏刀水镇就抛锚了，是一辆从战场上缴获的嘎斯车。司机只会开不会修，丢下车灰头土脸走了。偏刀水人倒也理解：若是好车，人家舍得送你呀？汽车停在猪市坝，有天清晨传来叮叮当当的声音，人们循声望去，看见柴启物已经把引擎盖打开。没人相信他会修汽车，以为他不过是好奇，并且胆子大，敢碰公家的东西。这种公家的东西，是没人敢去触碰的。柴启物叮叮当当敲打了半个月，居然把它修好了，并

321

且把它开到山坳上又开回来。人人都以为柴启物要去当司机，谁都知道，开汽车比当区长还气派。就连赶牛车都让人羡慕，比肩挑背扛轻松。可柴启物把车停在猪市坝，重新扛起锄头走进地里，就像什么也没发生，他对大惑不解的人说：叫他们重新派个司机来。

这句话让人们重复了很久，引申义越来越广，用途越来越多。吵架时用，开玩笑时用，不管怎么用都逗人发笑，仿佛这是天下最贴切最幽默的话。吵架时指责对方无理取闹，"你不讲理，给我重新派个司机来"。或者，指着那些干活、做事马虎的说："你不行，给我重新派个司机来。"有一回，人们甚至看见一个乡邻气呼呼地从区公所出来，大声嚷叫："没见过你们这样的干部，给我重新派个司机来。"直到有一天，这句给偏刀水人带来无限快乐的话，终于被"吃饭没有"的问候取代。

人们感慨，小小的偏刀水镇还真是藏龙卧虎啊。

问题是，他是什么时候什么情况下学会修汽车的呢？难道完全凭他的聪明才智无师自通？可他还开了几公里哩。在他朴素的外表下隐藏着这么多秘密，可根本没人注意到。

"吃饭没有？"是那些从饥荒年代挺过来的人，见面时的问候与祝福。只有他们才明白，这样的问候，才是最真诚、最崇高的祝愿。哪怕在茅厕相遇，也依旧一脸坦然真诚："吃了吗？"没有半点尴尬和不自在。

这绝不是笑话。如果你亲身经历过那旷日持久的饥饿，看着亲人因饥饿死去，你肯定笑不出来。

有那么一天，一辆满载大米的汽车经过偏刀水镇，将开往川黔铁路工地。川黔铁路开工已经四五年，何时完工不再有人关心。大家关心的是铁锅里有什么可煮，菜根树皮皮鞋皮带，一切可以和不可以塞进嘴里的东西都煮来吃过。铁锅从来没有像饥饿年代这样，张开血盆大口，让人恐怖。正是因为知道饿死人是怎么回事，对粮食的觊觎才如此强烈。猪市坝生产队几个人准备打劫这车大米。

不是什么月黑风高夜，那天晚上星光灿烂，粮车停在偏刀水镇养猪场。只有养猪场修了围墙，这围墙不是用来防小偷的，是防猪逃跑。猪不拱横木，前面有横木就不会跑。养猪场门口有人站岗，车上有机枪守护。硬冲进去是不行的，但今晚不动手，粮车开走就没机会了。他们知道打劫粮车是死罪，但他们宁愿当个饱死鬼，吃顿饱饭再死也值。并且不光是为了自己，还要让其他挨饿的人也能吃上一口，这种想法让他们勇气倍增。

半夜里，其中一个人装疯，什么也不穿，佝偻着腰在街上走来走去，边走边喊：饿啊，饿啊。大家都饿，包括站岗的民兵。他这一喊，站岗民兵也受不了，喊声给他招来一群青蛙，青蛙跑到他肚子里咕咕叫。饿像一种思想紧紧地攫住了他，以至没发现从身后溜过来的两个人。他们缴了他的枪，叫他走。他们认得他，叫他回家，正在发生的事与他无关。机枪手在车上睡着了，他们捆住他手脚，又用汗淋淋臭烘烘的衣服塞住他的嘴。那个装疯的人听到粮车那边传来公鸡打鸣声，知道同伴得手，边喊边去找放在徐家屋檐下的衣服，这次喊的是：吃啊、吃啊。这是暗号，意思是大家拿口袋来装粮食。

附近的村民全来了，粮食很快被他们悄无声息地分光，像蚂蚁搬家。天还没亮，米饭的香味挤破了黎明。分粮时互相叮嘱，马上吃，吃到肚子里才保险。

只有徐家冷锅冷灶，连门也没开，后来才知道柴启物不准家里人去分粮。另外一个没去分粮的是明月，这大家想得通，麻雀那么大点饭量，用不着去分。

其他人兴高采烈地吃了顿米饭，有人差点撑死。他们知道接下来不会有好事发生，吃完后什么也不做，等待有人来取他们的脑袋，或者把肚子划开将米饭取出来收回去。当他们听说小镇被包围起来，不仅松了口气，"该来的真的来了"。同时也有点沮丧，怎么这么快？

肇事者主动站出来，伸出双手让手铐戴上去，那潇洒无畏的样子，让人感动又心酸。公安局局长下令，把疏于防范责任的区武装部长、民兵连长同时逮捕，押到县里面，与抢劫犯一起择日公判。说这不是普通抢劫，是阶级敌人早有预谋的蓄意破坏，所有罪犯必须严惩。那些年对枪毙和死人已经见怪不怪，但固执的偏刀水人怎么也想不通：这怎么是蓄意破坏？是汽车开到偏刀水后，才知道那是一车粮食，此前什么也不知道啊。

争辩和怀疑是没有用的，那就等着为那几个年轻人收尸吧，他们能做的，只能是见证苦难一拨接一拨地到来。判决还没进行，他们全都当上了兵。这年六月贯彻全民皆兵，以区为单位编成民兵团，公社、大队、生产队相应改叫营、连、排。当的是民兵，没有枪。他们问当上排长的生产队长，我们的枪呢？有人举起锄头对着天空：叭、叭、叭。然后说，这就是我们的枪呀。排长说，要把一切对农业生产有害的东西都当成敌人，比如狗尾巴草、牛筋草、马兰头、苍耳子，还有试图破坏生产的阶级敌人，我们要毫不留情地坚决地将他们铲除掉。

但是干活不像打仗，没有真正的敌人。除了饿和累，没有让人感到紧迫的场景。连长排长对农活的安排一半出于自己对农业的理解，一半来自上级的指示。把锄头当枪使的人对农活的理解是得过且过，自己少挖一锄没人知道，多挖一锄也不会多得一颗粮食。他们没法把狗尾巴草当阶级敌人，他们不恨它也不爱它，他们不恨生长在土地里的任何东西。把犁田耙地说成解放全人类，他们更是觉得可笑：你去解放人家，人家会不会放狗咬你哟？人家又没请你去，哪个要你揽行夺市？

这天排长命令所有人去稻田里捉卷叶虫，这是一种肉叽叽的虫子，躲在稻子嫩叶鞘里。他们把捉到的虫子放进竹筒，以便把虫子拿回去喂鸡。想到鸡都有肉吃，不免有些嫉妒。继而觉得做人不如做猫做狗，做人这么辛苦，连饭都吃不饱。

突然，所有人都跑起来。跑到田埂上，没去穿鞋，腿上的泥也没洗，装卷叶虫的竹筒攥在手上，像接力棒。有人把竹筒拿倒了，虫子掉到地上，挨着草的重获新生，落到尘土里的来不及高兴就被晒干。虫子的命运也如此诡谲。他们一窝蜂往人多的地方跑去，他们听到了自己心脏跳动的声音，不是因为累，而是因为恐慌。

宣判大会在猪市坝召开，抢劫粮食的人被押了回来，是柴启物修好的汽车把他们拉回来的。这是他们平生第二次坐车，第一次是那天逮捕时乘坐的拖拉机。在别处已经开过公审大会了，拉回偏刀水镇开最后一场，开完后就地正法。

荒诞岁月里，即便你什么也不做，也总有一些人想方设法让你不自在。这些即将死去的人，是他们熟识的，是不时可以随意开玩笑，随意置气斗嘴的乡邻，这让他感到了有生以来最大的不自在。年纪最大的二十七岁，最小的十六岁，他们的死，让他们感觉自己的生命和身体不再完整，继而感到社会的残缺和无法修补。他们耻于承认从此患上了恐惧症，耻于承认如果由他们来做决定，他们应该把那些恶乍乍闹麻麻的人赶走。而实际上，他们什么也不敢做，忧惧和悲伤让他们对世间既失望又不解。喇叭里飞出的声音夹枪带棒，落在地上像钉子一样锥人，飞到空中则像霰弹，所有的鸟都躲得远远的。当他们听到，中国的关键问题是教育农民，他们不服气地想：我们受的教育还不够多吗？

枪毙人用的是一支新枪，一年前本县青年出席全国民兵代表大会，中央军委授予了一支五六式半自动步枪。枪拿回来还没用过，现在正好可以试试新枪。喇叭里的人介绍新枪时温柔多了，就像在介绍他刚参加工作的孩子。

与喇叭里的声音比起来，枪声并不特别刺耳，但女人们捂住了耳朵或嘴巴。从此，她们常常从噩梦中惊醒，常常在噩梦中哀号。

死者的亲属，踉踉跄跄地前来收尸，他们被预先打了招呼，不准哭不准找人帮忙，要从内心里认可这是罪有应得，是不杀不足以平民愤。他们跪在地上裹尸时，暗黑的脸颊不断抽搐，脑袋晃个不停。

出工，依然是捉水稻卷叶虫，人们比平时专注，不再像平时那样家长里短。回到家唤鸡吃虫，鸡吃得嗉囊发胀，走起来满足地一歪一倒，完全不顾人间的悲剧。

几天后，小道消息在私下里传播，说那些死者家都收到一麻袋大米。就在他们死去的当晚，有人把米放在门口，不知道什么人放的。这让他们感到些许安慰。

那么到底是谁放的呢？谁敢担这么大的风险？并且有本事弄来这么多米？

抢粮车，开宣判大会，柴启物没任何异常，和普通人一样。自从实行全民皆兵，公社指定的排长就取代了他这个生产队长。他也从田里爬起来就往猪市坝跑，也伸着脖子看那些人被押下车，也被他们胸前打了红叉的名字所震撼。宣判大会后没有枪毙的武装部长和民兵连长分别判刑，又让嘎斯车拉回去，直接送劳改农场。没有人来和柴启物打招呼，感谢他修好这辆车，他也一副和自己无关的样子。

但人们不可能停止猜测，说有可能是那天去分粮的人送来的，他们拿回去后舍不得吃，现在良心受不了，晚上悄悄还了回来。其他人也想还的，但吃完了，没法还。本来就不多嘛，拿到家大吃了一顿后没剩多少，米饭的滋味，还没好好享受就滚到肚子里去了。他们很内疚很过意不去，觉得怎么也应该留一点。这几个人为米付出了生命，他们都是好人。

还有一些人则认为这是柴启物所为，放在死者家门口的粮食是他从粮库偷来的。徐海舟家当时没去粮车分粮食，从生产队分得的粮又不比别人多，可他家从来没缺过粮，这都是柴启物的功劳，说他会飞檐走壁。新任区武装部长对这种说法很感兴趣，把柴启物关了几天，他不承认，被毫不客气地揍了一顿。之后流行抓特务，柴启物再次被当成特务抓起来，这次被打得更惨，腿都打瘸了，他再也无法飞檐走壁了。

这段时间人们总看不见明月，以为她死了，才又出现在人们面前，饿得眼皮都抬不起来，但仍然美貌动人。

死者的坟埋得很草率很小，但几年过去后，他们的坟比当地其他的坟都大。大家心照不宣，如果这天收工回家正好顺路，他们就往坟上添土，悄悄地，不能让积极分子看见，以此表达歉意，让心得到些许安慰。

徐弯弯是徐海舟的孙女，从小就知道老屋是留给哥哥的，和她无关。她喜欢天井里的青石板，喜欢用象牙似的嫩草根把石缝里的小虫钓出来，看着它们在石板上弯来拐去，然后把它们装进玻璃瓶，直到它们变成飞蛾才把它们放走。她喜欢天井里的桂花树，桂花含苞未放时她就开始摘花苞，米粒那么大的花苞只有她的葱根小手才能摘下来，摘下来给爷爷泡桂花酒。爷爷每次给她两角钱，她喜欢的小玩意全是自己摘花苞挣来的。她喜欢老屋的宁静，尤其是月光下的老屋，它像奶奶一样慈祥。奶奶曾抱着她在天井里仰望星空，沐浴月光。她唯一不喜欢的是雨后的街道，人踩马踏后全是烂泥，男孩可以光脚踩过去，让黄胶泥从脚趾中间挤出来，痒酥酥的。她不喜欢那种感觉，觉得黄泥挤出来时像拉出的屎。她讨厌黄泥蛮不讲理的黏性，穿着皮鞋走过去，要么脚拔出来了鞋还在原地，要么像提一个大鸡窝。有一次把她新买的红色凉鞋的扣襻扯断了，她难过了好几天。现在的街道铺了石板，虽然有点新有点矫情，但再过几年，成千上万的鞋底磨去棱角，磨掉戾气就好了。老房子还剩一半，另一半供电所修办公楼时拆掉了。现在哥哥不要，这些房子即将归她，她不知道拿它怎么办。

哥哥和她不同，他对老屋从来没喜欢过。不喜欢它的陈旧，不喜欢它黯淡的光线，不喜欢楼辐（房梁）和辅壁以及窗格上经年的陈垢，尤其讨厌蟑螂的腥臭味。腥臭味最浓的地方是碗橱，碗橱里每天都有剩饭剩菜。母亲来自乡下普通人家，收拾家务不在行，宁愿下地干粗活。他还讨厌楼板下面的老鼠，它们一到晚上就吱吱叫，在屋角拉屎拉尿，把他的书咬碎后拖去铺窝。正是对蟑螂臭味的讨厌和对老鼠的痛恨促使他拼命读书，决心摆脱老屋对他的束缚。

徐弯弯记得，哥哥初中毕业时，舅舅逗趣说可以给他定亲了，初中毕业算秀才，房子是现成的，再过几年就可以娶媳妇。哥哥当时气哭了，别人以为他害羞，其实是对老屋的厌恶和恐惧。哥哥的用功在偏刀水镇是有名的，成绩一直名列前茅。大学毕业后留校工作，硕士博士文凭在三十岁以前就搞定。副教授、教授、学科带头人，继而担任校刊主编、副院长、院长、副校长，成为该校有史以来最年轻的校级领导。偏刀水镇没有人不为他骄傲，但只有他知道自己是多么努力，只要想起蟑螂和老鼠，他就立即投入苦读当中。正当别人艳羡他前途无量时，上帝却摘下墨镜，用有蕾丝花边的手帕擦擦镜片，摇了摇头。如果上帝真戴墨镜，那一定不是为了别的，就是不让人猜透他的意图。

哥哥在单位组织的体检中查出患了绝症。四十来岁，正是年富力强的时候，上帝却说他到点了，该回到他身边了。深为惋惜的同事认为他是因为太累，想要的东西太多。徐弯弯认为这是天妒英才，是老天瞎了眼，如此捉弄勤奋的人，人生的意义究竟在哪里呀？她父亲——徐海舟的儿子，那位怀才不遇的小学老师，则怀疑是祖坟出了问题。

哥哥反倒坦然，说自己的确该休息了。他最后的愿望是回到偏刀水镇，他不想让即将参加高考的儿子受影响。他请妹妹来陪他，并要求她不要对县里领导透露任何消息。全县都知道她有一个了不起的哥哥，得知他回来一定会来看望他。他害怕打扰，害怕毫无用处的安慰，更讨厌别人向他推荐偏方和灵丹妙药。他很清醒，因为没救，所以不必救。最初的恐慌过去后越来越淡定，他决定仔细体会并认证生命这最后的过程。上帝让他年纪轻轻就完成此项研究一定别有用意，垂垂老朽是无法完成的，他决定服从上帝的旨意，为他写一份生动的认证报告。他像无数次临考前一样，充满了期待和小小的骄傲。

他四年没回来了，绕了一圈才找到老屋。门前屋后全都变样，四周漂浮在水泥地上的新建筑完全改变了老屋的形象，更显出它的风烛残年。他想，它迟早会消逝，就像现在的一切，假以时日也将面目全非。任何东西从成就那天开始，都奔赴在消亡寂灭的路上，成住坏空是必由之路。行李很简单，最重要的是《中阴闻教得度》，这本书比任何东西都重要。他特地选择晚上回来，没让街坊看见。小街早就变成了一个大镇，其实认识的人并不多，不认识的人越来越多。如果不是这老屋，去任何地方和上帝握手都一样。

徐弯弯第二天才回来，路上心情很复杂。哥哥告诉她，不想看到她悲悲戚戚，剩下的时间越是不多，他越是希望每天都轻松快乐。"最近我一直在读关于死亡的书，死亡并不可怕，真正到来时一定要把它当成老天给你的一份礼物，把握好死亡前的每一步，将比活着更重要。我希望你也读读这些书，好好读。没有读过这些书的人，不懂我在说什么。灵魂在中阴界的丰富堪比人生，清晰地认知它，认证它，掌握命运更容易，反之，命运将更凄惨更恐怖。妹，这是哥带给你最大的礼物。"哥哥坚定、自信。徐弯弯紧紧抓住手机才没哭出声来。她想说，"哥哥，我爱你，我听你的。"她知道一旦说出来，就再也管不住自己的眼泪。见面后说什么，怎么做到心情平静，她毫无把握。听了哥哥的话，她比以往任何时候都更崇拜他，更以哥哥为荣。但是，他就要走了呀。昨晚上大哭了一场，今天上路后感觉好多了，但离偏刀水镇越近，抑制不住的悲伤又阵阵袭来。

哥哥是象棋高手，上初中时就和另一位高手随便在地上画块棋盘，用石子当棋子，他们都能记住这些石子分别代表什么。旁人看不懂，他们却凭着聪明才智指点江山。那位高手是粮站站长的儿子，站长也是奇人，可以左右两只手各打一架算盘，并互相验证。这位棋友后来去了非洲，在那里勘查石油。出国前，哥哥不时和他在电话里下盲棋。他们嘴里说得最多的就是"死"这个字，你的兵死了你的马死了你的炮死了你的车死了，没有任何忌讳。有些棋子确实死得快，刚开战就被拎到边上，成了僵尸。但他们从没说过你的老王死了，老王离死掉还有三四步他们就知道了，这时候要么承认我死了，要么说你死了。现在这位棋友不会再和哥下棋了，徐弯弯把哥哥的情况告诉了他，他沉默许久发来一条短信：

炮打翻山，他比我抢先了一步。

聊象棋肯定不行，自己又不懂。徐弯弯想。

那就和他说说下雪吧。偏刀水一年只下两次雪，最多三次。那年下雪后，哥哥带她到屋后的菜园堆雪人，他们堆了白雪公主和七个小矮人，她以为可以了，很好了，哥哥却坚持要堆国王和王后。她说，王后是坏人呀。哥哥说，没有这个坏人，也不会有白雪公主。她听不懂，觉得哥哥只不过是想继续玩。现在她懂了，生活必须要有鲜花和荆棘，要有毒药和良药，要有生和死。

推开大门进去，哥哥正在天井里看书。小茶几上摆了茶壶和茶杯。除了消瘦和脸色略为苍白看不出其他变化。

"哥？"挺住，一定要挺住。她告诫自己。

哥哥抬起来头，露出笑容："来了，快来喝茶，这是我学生送给我的鸟王茶。"

"妈和爸呢？"

"出去了。"

"我去放下包。"

"好。"

她不是为了放包，是为了把眼眶里的泪水擦干，然后补下妆。

桂花树好几年前就被挖走了。徐弯弯问过，父亲说枯死了。徐弯弯觉得不可能，打电话告诉哥哥，哥哥说，对失去的东西不要执恋，有生命的东西都会死。徐弯弯说，可我希望在你和我的有生之年它都在那儿。哥哥笑着说，你和我现在都不在那儿了呀。

爸妈一会儿就回来了，晚饭很香，是他们小时候的味道。哥哥说，妈妈的菜越做越好了，以前不讲究，做什么都只讲数量不讲质量。妈妈争辩道，那时候讲究不起嘛。父亲一早去钓鱼，哥哥当上领导后，父亲不再抱怨怀才不遇，知道自己那点才，在儿子面前算不了什么。哥哥不准他杀钓来的鱼，他像不明就里，但愿意做一个听话的小孩一样，把它们放进院子里的石水缸养起来。

"弯弯小时候最喜欢吃酱油拌饭，"哥哥说，"都担心她长不高，没想到长这么高。"

哥哥笑着说，其他人也跟着笑。只有哥哥的笑容是开放的、坦荡的、轻松的，其他人都有抑制不住的凝重和忧愁，看上去既虚假又难受。越是这样，徐弯弯越是想说，哥哥我爱你。

徐弯弯在家陪了半个月，把工休假用完了。每天读哥哥给她的书，刚开始她既读不进去也读不懂，文字都认识，但读不懂这些句子。在哥哥的引导下，慢慢知道这些文字后面的博大精深和简单明了的真理。好多年没有这么认真读书了，她终于理解了哥哥的从容和洒脱。她相信哥哥说的话，他说他是幸运的，在生命的尽头能遇到这些伟大的书籍，使他没有糊里糊涂地死去，这比再活一百年更重要。擦洗干净的饭桌两边，兄妹俩像小时候一样对坐，除了翻书和呼吸的声音，屋子里安静得像密室。徐弯弯祈祷这样的场景延续得越长越好，即便就这么老去她也愿意。

有一天晚上，她实在抑制不住激动的情绪，打断了阅读中的哥哥。

"哥！"

"嗯？"

"我希望你下辈还做我的哥哥。"

"那你要努力，要把这几本书读懂，读懂了还要读熟，要在任何情况下都能受用。这不是参悟，不是修行，这是你生命的真相。"

她使劲点头，像她小时候，哥哥答应给她漫画书，但要乖乖听话一样。

"只要有空我都会读。"

"每年至少读一遍。"

"一言为定。"

她激动又感激，暗想哥哥能像她小时候从石缝里逗出的小虫，一阵难受之后变成飞蛾就好了。从那本《中阴闻教得度》里，哥哥确实知道他的去处。她相信他能把握好进入中阴状态后的每一步，就像他一直以来迎接的考试一样从容不迫。但是，她感到了孤独，预感到没有哥哥以后的缺失，这份缺失没有什么东西能够填补。

疼痛常常让哥哥汗流颊背，但他不吱一声。有一天哥哥说今天不看书了，兄妹俩好好聊聊。

"我这次回来，除了教你读书，还有一个秘密使命，一个非常重要的任务。这个任务本来是我的，我无法完成了，只有托付给你。"

徐弯弯平静的心提了起来。首先想到的是嫂子和侄儿，"是老屋托孤？最后的时刻到了。"她想。其实对嫂子和侄儿哥哥尽可放心，她不会让他们受半点委屈。但哥哥的话南辕北辙。

"你还记得在我们家生活了一辈子的大爷爷吗？"

"记得，但他的长相有点模糊了，他死那天我没在家，我在学校，刚进初一。应该还有照片吧，一会儿我看看照片。"

"照片有的，他叫柴启物，比我们的爷爷大两岁，所以我们叫他大爷爷。"

"我听说，他是我们家的管家，很早就在我们家干活。"

徐弯弯背心微凉，会不会是长工爱上财主家某个女人的故事？甚至想，哥哥是不是要告诉我，大爷爷才是我们真正的爷爷，而我们的爷爷徐海舟只不过是替身。大爷爷对哥哥的宠爱人尽皆知，小时候让他骑在脖子上逛街，带他去看热闹。得了奖状回家，大爷爷会给他另外准备一份奖品。大爷爷对她徐弯弯也不错，那双被黄胶泥扯断的凉鞋正是大爷爷给她买的。但哥哥打破了她的疑虑。他说：

"爷爷一直告诫我们，要对大爷爷好，不能把他当外人，我们永远是一家人。现在我也这样告诉你，大爷爷托付给我的事，我们一定要完成好，不能让他有半点遗憾。大爷爷去世那年，我正准备出国进修，接到爸爸的电话说大爷爷想见我最后一面，我连夜赶回来。都说他已经不行了，就要落气了。可一见到我，他的精神马上好起来。他叫其他人出去，还叫我锁门不要让任何人进来。他告诉我，他是一束暗藏的红色火种，除非有人来唤醒他，否则要一直潜伏下去。现在，他知道他的生命就要终结，他要我答应，如果唤醒他的人来了，一定要到他坟前告诉他。如果一直没有人来，那就再等三十年，然后把信物交给有关部门。"

哥哥把大爷爷留给他的信物拿出来，外表像私章，食指般大小，三公分长，长方形。与私章不同的是一头的截面是斜面，四十五度角，像个小小的楔子。侧面刻了几个字：无苦集灭道，无智。阴刻，楷体。斜面文字是阳刻：来日方长。篆体。

哥哥告诉弯弯，侧面是《般若波罗蜜多心经》上的句子，"无苦集灭道，无智亦无得。""无智亦无得"的"亦"字只有一半，另一半和"无得"两个字在另一块信物上，两块信物的文字和木纹对上了，就是前来唤醒他的人，只有唤醒后才可以从事相关活动。和一般潜伏者不同，平时不需要做什么工作，把自己当成一个普通人即可，不到万不得已，组织不会派人来将他唤醒。他和另外三十二个人是红色火种计划的火种，如果革命事业中途失败，他们这些人将被唤醒，重新把革命的火点燃。三十三个信物连在一起，是一部完整的《心经》。

"大爷爷是潜伏者？"

"是的，1934年初从江西瑞金出来就潜伏在偏刀水，严格来说潜伏在我们家，直到现在也没暴露，已经六十年了。有人说他会飞檐走壁，还会修汽车。最让人不解的是他一直给我们家干活，一干就是几十年，要知道我们的爷爷是地主啊，偏刀水最有实力的地主。"

徐弯弯将信将疑，觉得完全没必要啊，革命成功了呀，早就没必要了呀，若是早点把信物拿出来，早点亮出身份，早点和有关部门联系上……

哥哥以叹息般的声音说："我知道你要说什么。弯弯，这就是信念。他的腿被打瘸了都没把自己的身份说出来，更不要说腿瘸后遭受的白眼。我们这一代人没他们坎坷，所以意志远比他们脆弱。"

"是不是担心说出来没人信？"

"他可以在任何时候说出来，他有信物，能说出领命时的情景，授予他信物的人的名字。他们的最高首领亲自叮嘱过他，唤醒的人不来到面前，到死也不能暴露。亲自指导他射击和伪造信件的首长说过，革命成功了也不能暴露，何时唤醒必须遵照上级指示。如果他不坚守秘密，把他当特务抓捕时说出来，他腿不会瘸，事后说出来，他可以得到补偿。但如果他说了，他就不是我们的大爷爷了。他告诉我，死都不能说，打一顿算什么呀。我觉得打一顿确实不算什么，最难的是长征时期，解放战争时期，一次次政治运动。他明明知道自己的人来了，却不能走上前去和他们握手。红一军团攻下县城后，他很想装成卖粮食的农民去看望他们，但他忍住了，万一有认识的人，他的身份就暴露了。"

"我要你答应我去认证，替我帮大爷爷还愿，把信物交给有关部门，最好得到其他证明材料。把它们拿到大爷爷坟前烧掉，告诉大爷爷，他被唤醒了，不用再潜伏了。"

"好。"

"还有一件事也要你帮忙。有一个人，你可能不认识，她家离街上两三里路。他们叫她明婆婆，她找过我，叫我帮她写信，可那个收信人已经去世几年了。我当时小学毕业，小升初得了个全校第一，成了偏刀水镇的名人。她不识字，但她拿来的报纸上有那个人的照片。我看到后不以为然，这可不是一般人，是个在北京的大人物。我觉得她神经有问题，怎么可能和这个人有关系。我想告诉她这个人已经去世了，但说不出口。她的相貌显得很年轻，这让我莫名其妙地感到害怕，就像遇到妖精一样，年轻得不正常。"

"我怎么一点印象也没有？"

　　"你还小。第二天她又来了，还是叫我写信，还是写给那个人。我因为害怕，硬着头皮答应了。她给了我一包覆盆子，我不敢吃，正准备悄悄丢掉，哪知道她倒回来叫我把信读给她听，刚才已经读过两遍，要我再读一遍。我没有给她再读，因为害怕和惭愧，我跑掉了。跑到街背后，我把覆盆子丢进稻田，把信揉成一团，也丢进稻田，又怕人捞起来看，我把它撕碎后放进水沟，让水把它冲走了。我最近老梦到这件事，梦见信在水上漂，梦见她问我寄出去没有。"

　　"给你。"徐弯弯给哥哥倒了杯水。

　　"曾经有人撮合大爷爷和她好，两个都是外乡人，年纪差不多，又都没成过家，当时大爷爷的腿还没瘸。没料到两个人都不干。"

　　"她也是一位潜伏者？"

　　"有可能是，也有可能不是。大爷爷还告诉我一个秘密，他在江西修械厂时，部队总指挥来修枪，他告诉大爷爷，还有一支枪和他这把一模一样，不知道那支现在怎么样。'在哪里呢？'大爷爷问。'送人了。'总指挥脸上有几分惆怅。不知为什么，大爷爷从总指挥的神情得出结论，另外一支送给了一个女子。大爷爷听说明月有支手枪，想去看一眼，这期间有人要给他和明月做媒，他一下打消了这个念头，他的组织纪律规定，不允许他和身份不明的人结婚，他连枪也不敢去看了。直到派出所来收枪，他终于看见这支枪，他非常吃惊，这支枪和他当年见过的那支一模一样，枪柄上都刻一个'建'字，建国大业的建。大爷爷怀疑明月是另外一批当中的一位潜伏者，他那一批没有女性，不敢肯定另外一批也没有。同时又觉得不可能，真正的潜伏者不可能这么粗心。他在没有任何人知道的情况下，几十年来一直暗中照顾她。他也因此独身，一直到老。"

　　"老一辈的故事真是精彩。"

　　"想起她失望的表情，我就感到内疚，我不应该把信撕掉。我当时太年轻了，觉得给一个死去的人写信没有意义，寄出去也收不到。现在我才知道，轻视他人是一种杀生，扼杀了她生的希望，她把这么重要的事托付给我，肯定是想了又想，犹豫再三才走到我面前。我记得她的脸红得很不自然。"

　　"你不必自责，谁都有不想管闲事的时候，何况你当时还是个孩子。"

　　"我不应该轻视她，应该好好和她谈谈。"

　　"可实际上人人都有可能被轻视，这是不可避免的。对了，大爷爷在偏刀水镇潜伏这么多年，没有人对他的行为做出过评价，这是不是一种轻视呢？我觉得是，是极大的轻视。把一生献给一声不能吭的事业，我不知道这是伟大还是悲哀。我就不明白，大爷爷为什么要潜伏在我们这里。偏刀水镇又不是军事要地。"

　　"他是火种，火种藏在偏刀水这样的地方才是最安全的。对他而言，这不是轻视，这是他的意志和意愿。只不过，唤醒他的时候到了，他的潜伏任务结束了。明婆婆也一样，她沉浸在执着的期盼中，也应该被唤醒，只有唤醒后才能重新去经受，才能让心智打开。"

"不唤醒也许更好，永远保持在潜伏的神秘状态，他们的人生反而完整。"

"我必须给明婆婆道歉，我不能背着这个包袱离开人世，你陪我去好吗？我走不动了，你借台车，悄悄去悄悄回。"

整整三十年，明月不再上床睡觉，她怀着希望去偏刀水镇请人替她写信，回来后就不再上床睡觉，她的床等她已经等了三十年。困了在凳子上打盹，眯上几分钟即可。三十年了，她还记得小状元替她写的每一个字，这些句子成了她身心的一部分，它们就像路过红河的喇嘛唱颂的经文，可以在空中飞翔。她在等他的回信，她相信他，她一生挚爱和等待的人，一定会给她回信。和那些患失眠症的人不同，她并不觉得难受，坐着眯上一会儿就可以了，连梦都不用做。

她坐在那儿，身体越来越小，越来越不显眼，和小小的板凳就要融为一体。身后的厨房很难冒一次烟，她把厨房也忘记了。来附近走亲戚的人看见她，非常惊讶她还没死。

"天，都快成仙了，她不准备死了，难道？"这样的话当着她说都没关系，反正她听不见。她没有聋，是她把自己的耳朵忘记了。按说，附近的人她都认识，可他们走到她面前她没任何反应，眼睛偶尔眨一下，没有一样东西能进入眼底，她把自己的眼睛也忘了。除此之外她还忘了白天和黑夜，忘记了日落与日出。她忘了笑，忘了哭，没有什么事能让她笑，也没什么事能让她哭。清风徐来，她忘记了季节。

越是这样，大家越是怕她。夜深人静，总觉得明月是那么清醒，而自己糊里糊涂地进入梦乡，有点叫人抓狂。他们相信，她能看到他们怎么也看不到的景象。他们因此宁愿谈论村里另外一个老太婆，这个老太婆勤快，脾气大，吃糍粑时一颗牙粘在糍粑上，她把这颗牙和糍粑一起咽了下去。而她死去的男人当年犁田，犁出一块伟人像章，他把像章给牛戴上，他大哥忙叫他取下来。公社武装部长听说后把他抓去，当队长的大哥前去解释说，他不是给牛戴，是留下给自己戴。你们把"留"当成"牛"了，这才化险为夷。明月没什么好谈的，她除了不睡觉不吃饭，不能给他们带来任何乐趣。孩子们也开始怕她，在某处玩耍，只要其中一个故意喊叫"明婆婆来了"，其他人就会惊恐地尖叫着奔逃。

与她有关的奇迹都不是她创造的，是神秘的自然在造作。有人从她门前小路走过，看见柿子树上两条青竹标在交配，觉得倒霉，立即往旁边草地上看，草地上也有两条蛇在交配，像绳子一样缠在一起。这人吓得屁滚尿流，边跑边吐口水。看见蛇交配，不死也要大病一场。这人埋怨明月，她就坐在那里，可她什么也没看见，偏偏叫我看见了。另外一个人牵着牛去耕地，离明月还有两丈远，耕牛掉头就跑，就像见到老虎一样。这样的事情比专门开会周知传播还要快，沸沸扬扬，所有人都患上嘀咕症，无论见到谁都要嘀咕一番。非要把无中生有的不幸往自己梦里塞，塞得越多越好嘀咕。等到真有某事发生了，心里悬着的石头咔哒落地。"我说的嘛，我说的嘛"终于印证了自己有先见之明。如果什么也没发生，他们就仍然提心吊胆，现在没发生不代表将来不发生。时间在他们这里是线性的，只要在这条线上，就一切皆有可能。

所有人都知道自己的出生年月日和时辰，这不仅牵涉一生的命运，还将作为去世后何时掩埋、坟墓朝向、第一次垒坟时间等等的依据。这不仅关系到自己的来世，还关系到子子孙孙。他们完全出于好心，想知道明月明明婆婆的生辰八字，以便她死后好好安葬。虽然明月比他们长寿，但总归要死的呀。询问过后，她居然说她不知道。她的命运，他们说不出来是好还是不好。作为一个孤清的女子，似乎很不好。但她活了这么长，并且还要一直活下去，不像有些人轻而易举地把命丢了。出于对死亡的恐惧，任何人都不能说长寿不好。道士先生为死者入殓时肯定不会说，"你活得够长了，可以了，笑嘻嘻地去吧。"也不会有人弯腰安慰那些被污染而寸草不生的泥土，"不要紧的，你们曾经生长过好看的花。"人们一边相信定数，一边又想方设法躲开定数。

在明月家门前看见蛇交配的人很懊丧，碰到人就说太稀奇了，树上两条蛇，树下两条蛇。每次说完吐三泡口水，他以为吐得越多，越有可能把霉运摊薄。有人教他解厄消灾之法，叫他在屋檐下挂两根绳子，让它们像蛇一样缠在一起，一边缠一边念茅山咒，念完后把绳子烧掉。但他还是死了，骑摩托上街买化肥，过桥时一头栽进河里。水不深，把他淹死了。他的头插进水中石缝，拔出来时把头都拔烂了。

明月忘记了笑和哭，但没有丝毫的闷闷不乐，她太安静了，以致让人把她的安静当成一种拒绝。如果是小孩，可以指着对方："你不理我？再不理我要揍你了。"以此来威胁，以此解决心头的不爽。对一个被死神忘记的人，他们一点办法也没有。人们讨厌她和害怕她都没有道理，她活在自己的梦境中，没有妨碍任何人。他们唯一感到不爽的是不爽本身，是他们对生活的不满意和不满足。他们曾经送过她公鸡和母鸡，甚至一条小狗，一只小猫，一头小猪。衷心希望她像他们一样生活，让鸡鸭猫狗把她唤醒，像他们一样有喜怒哀乐，而不是像出神一样安静。但公鸡和母鸡并没变成鸡群，她总是忘记关鸡圈，狐狸似乎也知道这一点，从鸡圈里把鸡叼走一点都不难。她每天只吃一顿饭，她吃什么小狗也吃什么，小狗因此瘦得皮包骨头，最后不是变成野狗就是走在即将成为野狗的路上。猫和猪是怎么消失的她不知道，它们说走就走，没和她打招呼。他们一边埋怨她不理事，一边把米和鸡蛋放在她的灶头上，"不放灶头上怕都不晓得煮来吃哟。"他们说，大声地说。言下之意是，你们看，我做好事了。他们的好心并没得到传颂，因为其他人也是这么做的。明月知不知道东西是谁送的呢？他们觉得她十有八九根本不知道，这让他们有点难受，但过一阵还会继续去送，"管她的哟，年纪那么大的老人，吃不了好多。"偏刀水人都是好人，也都是凡人。

但有一天，明月对送鸡蛋的说，"请不要再送来了，我要走了。"提着漂亮篮子的人问她，"明婆婆，你要去哪里呀？"明月微微一笑，指了指天上，送鸡蛋的人明白了，她就要死了。"你有哪里不舒服吗？""没有。""那你怎么知道你就要走了呢？不吉利的话不要说哟。"明月摇了摇头，她不知道如何告诉这个好心人，这和吉利不吉利无关，就像出生之前，根本不知道吉利不吉利就来到这个世界，这不由自己选择。她相信来到这个世界之前也曾害怕、也曾向往。不知为什么一来就忘记了，来了个最彻底的遗忘。现在就要离去，对将去的地方一无所知。她只知道有一片清纯耀眼的蓝光在向她召唤。

送鸡蛋的人在回家路上遇到人就嚷，你们快去看看，天啦天，太吓人了，吓死我了，明婆婆老了，前几天还好好的，今天老得不成样子了，老之不堪。她怕自己像那个看到蛇交配的人一样倒霉。

明月的房子后面有一棵千年古树，巨大的树冠下面，小木屋像一个小小的神龛。一条粗壮的树根绕过小木屋，从小小的院子里拱出来又一头扎下去。

明月把小铜锅、小坛子、小水壶、小瓷碗、小镰刀等等没用坏的东西从屋子里搬出来，摆在树根上，有人路过就叫他拿走，想拿什么拿什么。她的东西不多，当天就拿光了。这些人对东西并不在意，说："你老活了这么久，我拿去做个纪念，好赶你的寿。"这多半是真心话，谁不想长寿呢？同时还有好奇，想看看她是否真的能够预知死期。

明月同时做了两个野棉花枕头，这么多年不再睡觉，但野棉花枕头年年做。这次做的枕头与以往不同，是两只仙鹤。她用白布来做，比平时做的枕头小。看着像两只鹅。做好后，她抱着一只出发了。认得的人看见后问她去哪里，她说去街上。"天，比蚂蚁还慢，你要哪年才能走到啊？"她停下来，认真地听完，然后回答："总会走到的。"有好心人要用摩托送她，她拒绝了：

"我不敢坐，我怕。"

"怕什么呀？"

"就是怕。"

有人做饭时到菜园摘茄子，看见她走在马路上，饭都吃好了，看见她还在马路上，只走了几十丈远。她每迈一步，都不会超过另一只鞋的鞋尖，严格来说不是走，是梭出去三寸再缩回来两寸，和原地踏步没什么区别。

"天，造桥虫梭得都比她快哟。"

"幸亏天气好，要是下雨，她根本躲不过大雨。"

远远地替她着急，又帮不了忙。

但明月再次让他们感到诡异，第二天一早，有人看见她在门前打扫，不知道她是什么时候回来的。如果她是变成蝴蝶飞回来的，他们的疑惑还少些。说她用"梭梭步"走回来，反倒难以理解。她扫得非常仔细，发硬的泥皮清扫后泛出微光，门槛抹得干干净净。这同样让人觉得奇怪。

"人都要死了，打扫那么干净做什么？又不是要躺到地上等死。"

"哪里是要死了哟，怕是想死都死不了呢。"

"不要乱说哟，她几天没吃饭了。"

"是哈，煮饭的东西都送人了。"

有人含讥带讽地说，"男饿三，女饿七，老把把饿二十一。几天不吃算什么呀？"意思是老太太饿二十一天才会死。本来可以不说，但不说出来就不痛快，被戏谑的邪恶驱使着，仿佛这样才显示自己正常，别人都有点假正经。

明月扫地的动作很慢，那些灰尘是被她数清楚后扫走的。她像在和这些灰尘告别，光阴的故事结束了，让它们也得其所哉。打扫干净后，她换了身干净衣服，然后心满意足地躺在阔别了三十年的小床上。枕的是那只塞满野棉花的仙鹤，就像最后时刻到来，她将丢下躯壳，乘着它飞向极乐世界。

大家很快知道她把另外一只仙鹤送给了谁，那是偏刀水镇百年不遇的大人物，他们一直为他感到自豪，现在又深深地为他感到惋惜，觉得老天太不公平，他的寿命比明月的一半都还差得远。送仙鹤去时那人还没死，这让他们大为惊讶，她不但知道自己的死期，还知道别人的死期，太不可思议了。她为什么要送这个枕头给他，他们之间是什么关系？她的死期越近，人们越不得不心悦诚服，她是他们认识的人中唯一与神相通的人，这才觉得失去她是多么不同寻常。仔细想想后发现，她从没和人吵过架，连鸡和狗都没骂过。没埋怨过收成不好，也没埋怨过那些无中生有的闲话。她的枪被没收时，有人说她是特务，有人说她是大土匪的女人。最恶毒的说法是当过妓女，枪是嫖客送给她的，这是觊觎她美貌而不得的人有意诬陷。她概不辩解，听之任之，眼睛总是那么明净清澈。现在，她就要走了，默默地离开，同样没有任何怨言。

她清理门前的尘土时，有人问她什么时候走，她说大雨一来就走。秋高气爽，怎么会下大雨呢？家家户户都在晒谷子呢。这真让他们担惊受怕，怕大雨马上就来，谷子不晒干会发烧，一发烧就可能发芽，发芽后碾不出大米。明月很体贴似的，出了两天明晃晃的大太阳，等大家把谷子全部晒干，到第三天夜里才开始下雨。他们终于相信，大雨什么时候下也是她说了算。

"我们只有理解死亡的真相后，才能渐渐理解生命的真谛。"徐弯弯从哥哥读过的书里读到这句话，感觉太哲学化，不能解决她关于生死的疑惑。她把哥哥读过的书全部翻了一遍，只读被他画重点的句子。"等有空了再认真读吧。"她想。同时又心知肚明，自己十有八九不会再读。总有一些该读的书阴差阳错地错过，就如同一人一生总会错过许多本该认识的人。按照哥哥生前的叮嘱，落气后不能让任何人知道，一天一夜后才能搬动遗体。不准哭丧，也不准放鞭炮。"不能让任何哭声让我分心，我必须专注中阴境界的情景，在中阴阶段让心性得到认证。"利用哥哥的权威，她做到这几点并不难。先让父母去亲戚家，她一个人守在哥哥身边，直到他呼出最后一口气。她看到哥哥晒然一笑，笑得既释然又欣慰。她相信，哥哥一定看到了他自己的前世今生，看到了大爷爷和明月的前世今生，但他再也无法讲给她听了。

徐弯弯默默地为哥哥念了十二小时佛号，然后给父母打电话，教他们如何料理哥哥的后事。电话放下，缩在小时候睡过的床上，不到三分钟就睡着了。

哥哥说，我死后，你在半年之内不会梦见我。

半年过去了，她果真一次也没有梦见过他。生活好像是在继续，又好像是在原地踏步。半年来，她给人的感觉是时而清醒，时而糊涂。她不再热衷逛街，也不再一边看着糖炒板栗想吃一边担心长胖；不再纠结家里那个人是不是爱她，对生命的理解不同，婚姻也就不那么重要。当有人感叹，现在当公务员不容易，一定要想法给自己留个后门，关键时候要有路可走。她笑着说，前门你都出不去，后门也不会让你走远。

这半年来她老是梦见明月。她陪哥哥去给她道歉，惊讶她的相貌如此年轻，仿佛凝固在二十来岁。当她听到哥哥说，他没把她的信寄出去，因为那个人当时已经不在人世，他觉得没必要，他把信撕了。她看到，明月的脸上冒出一块灰斑，这块灰斑迅速扩大，同时像听到嚓嚓声，像烧红的瓷器放在水中。她想叫哥哥不要说，已经来不及了。明月的脸像皲裂的瓷器，光洁的额头瞬间布满裂纹。她保持着一成不变的笑容，身体越缩越小。

几天后，明月给哥哥送来一个枕头。

在徐弯弯的梦里，明月总是个妙龄少女，偶尔才是那瞬间衰老的老人。梦中，两人的身份常常互换，她成了明月，明月成了徐弯弯。徐弯弯越来越觉得这不是梦，她不但能够轻松地进入梦中人的世界，还实实在在地感觉到对方经历过的某些事情。在梦里，她们是一个人，醒来后才变成两个人。

梦里，徐弯弯来到明月家，她的家在一条小溪边，而不是现在那棵高大的木荷树下。溪水有时清澈，有时浑浊，不变的是一年四季都飘浮着白色的薄雾。雾从溪涧升上来，一离开水面，就想和小溪分道扬镳，隐身在明净的空气里，仿佛这才是归宿。这是挂在悬崖上的村庄，村前的小溪流不了多远一头栽进红河，村后是茂密的原始森林。如花似玉的明月，喜欢在衣裙上绣野棉花，鲜艳生动的花朵惹得蜜蜂一路追随。

　　她梦见了外婆，明月的外婆——她拄着拐杖轰赶拐枣树上的乌鸦，"滚，飞到外国去，不要碍我的眼！"明月觉得外婆和她的拐杖是一起来到世上的，它们总是在一起，连睡觉也会跟在枕头边。但乌鸦并不怕她，就像早就识破她的伎俩，知道她不会扔石头，拐杖也射不出子弹。乌鸦没有惹她，没吃过她菜园里的菜，没朝她院子里屙过屎，只是借拐枣树歇歇脚。不像黄雀，啄柿子啄拐枣啄稻谷啄小米，还把屎屙在菜叶上。外婆发誓要砍掉拐枣树，但她除了每年春节期间给拐枣树和其他果树喂饭时砍上几刀，别的时候只有抱怨，从没去拿过斧子。给果树喂饭时砍上一刀，然后问：结不结？外婆高声替果树回答：结。往砍开的口子里填上饭菜。再砍一刀，甜不甜？甜。落不落？不落。砍三刀，喂三次饭。明月问外婆，为什么要砍它们呀？外婆蛮不讲理地说，就是要砍。四舅偶尔来看她们，有一次准备朝拐枣树上的乌鸦开枪，外婆却又不准，"把你的烧火棍收起来吧，碍你什么事呀？"四舅总是带着枪。

　　外婆的脾气越来越大，特别讨厌来到村子里的陌生人。有陌生人来她就躲开，说是碍眼。十八年前，村里来了一队马帮，以前住一宿就走，这次遇到战事，停留了三天。他们离开后，明月的阿妈失踪了。外婆不反对女儿跟任何人好，但不允许她跟别人走，只能把喜欢的人留下来，作为家里的一员。她欢迎任何男性加入他们的家庭。在这里，人们最看重的不是土地和牲口，而是人。他们是遥远的北方迁徙来的异族，迁徙途中，由于追杀不断，来到此处后剩下的几乎只有女人，女人也因此成了这片土地上的主人。在此定居几百年后，人口依然很少，并且男少女多。为了族人的血脉得以延续，他们热情地招待过路的客人，让他和家里的某个女人同宿，留下种子后再离去。汹涌的红河水挡住了顽强的追捕手，也挡住了胆小的探险者。来此做客的人还没有跑到村子里来叼鸡的狐狸多。直到多年以后，有人发现翻过村后的大山，去越南更方便，这才有了渡口和悬崖上的小路，才有了转运货物的马帮。外婆不懂女儿为什么要不辞而别，为什么不把意中人留在村子里，即使留不住外乡人，她自己也应该留下来。外婆找不到责怪的，只好怪拐枣树上的乌鸦。女儿离开那天，拐枣树上的乌鸦在"哇、哇"地聒噪。

　　褓褓里的明月被马帮带回来放在拐枣树下，顺便给外婆一个口信，她的女儿女婿打仗去了，从云南打到贵州，从贵州打到四川。明月有七个舅舅，九个姨妈，有多少个外公连外婆也说不清楚，但这一点也不影响外婆在悬崖村获得的尊重。村里人尊称她多崽婆。明月从小以为外婆来到世上就这么老，来到世上就当起了外婆。外婆大概也是这样认为的，恨不得把外孙女含在嘴里。她还没长大时，多崽婆充满绝望地祈祷，你什么时候才长大呀，我这老骨头怎么陪得起你呀。有一天多崽婆嗅到了危险，掐指一算明月十六岁了，多崽婆惊魂未定地抱怨，怎么这么快就长大了呀，怎么不慢点长呀。她恶狠狠地给明月敲警钟，不准出远门，不准走出她的视线，晚上睡在她生了十七个孩子的大床上，用绳子将两人的手连一起。"你要是像她一样，我挑断你的脚筋！"多崽婆不愿提及明月妈妈的名字。

马帮和匪帮都喜欢在悬崖上的村子落脚。匪帮在河对岸抢劫后，把船也拉过来，然后在悬崖村大吃大喝。马帮和匪帮有时难以区分，马帮的货物被抢了，会想办法去抢别人的。这些人把村里人当自家人，每次把抢来的东西分一些给他们。失去这个落脚之地，他们有可能葬身红河。多崽婆有三支火枪，是三个不同的男人留给她的。明月出落得越来越漂亮，多崽婆在院子里放枪的时候越来越多。这是警告，不准陌生人靠近她家。她放的是空枪，只有火药没有镏子，马帮和匪帮都能听懂。

但她挡不住流言，她越挡流言传得越厉害。终于，这年秋天，红河来了一支剿匪部队，他们的团长挎洋枪骑白马，英姿伟岸，眉目俊朗，堪比吕布赵云。他的英名像阳光一样普照红河流域，马帮和匪帮在说他，村子里的男女老少也在说他。说到他时，感觉房屋、院子、猎狗、鸡鸭都比平时漂亮，仿佛它们也感受到了那个人的光芒。多崽婆听过后惊呼，天哪，这是要我的老命吗？有人笑她自作多情，她则坚定地认为，这个流言是冲着漂亮的外孙女来的。

谁也没想到，英俊的团长降临到悬崖村比鹰还快，在一个秋天的深夜，村子里人叫马嘶，呼啸山林十余年的响马娄彪被捉拿归案。娄彪是红河水坝塘的土豪，率众为匪，先是会办署委娄彪任支队长，娄彪竟然劫了投靠会办署川军三十二旅的枪支。会办署饬娄彪归队，娄彪阳奉阴违，不复应命，会办署遂令第四混成旅出兵袭剿。豹团、虎团受命前往，娄彪窜匿未获。虎团遂退，豹团复留兵侦察，得知娄彪潜匿观音洞，团长亲自率兵袭击，将其擒获后押解至悬崖村。

团长派人把娄彪押往红河署，自己和大队人马留了下来。娄彪并不是唯一的响马，另一支猖狂的响马在县城抢劫了三天，把大小商铺的东西全部抢光。县城离悬崖村十五华里，团长决定沿岸堵截，不准响马回南岸老巢，伺机剿灭他们。

团长果然挎洋枪骑白马，年青神武。脸上透着淡淡的和气与儒雅，他并非整天骑马打枪，来到悬崖村后，他请村里的老甲长给他找个安静的地方，他要读书。老甲长知道最安静的是多崽婆家，他同时也知道最不可能去的是多崽婆家。多崽婆听到人叫马嘶后放了一枪。团长问这是何意，老甲长如实相告。团长听后笑了笑，决定择日去会会多崽婆。

多崽婆和明月正在吃饭，听到一声马嘶，明月端着碗就想往外走，被她用眼睛恨住。她还没来得及数落明月，团长已经站在门外打招呼："大娘，打扰了。"多崽婆抬头看去，顿时浑身发飘，仿佛回到二十岁。她这辈子从没见过这么英武的男人。这人笑吟吟的，目光炯炯，相貌堂堂。她觉得低矮的黑瓦房根本装不下这个孔武轩昂的人，但不请进屋又不合礼数，一时不知如何是好。"大娘，你慢慢吃，你吃好了我再来。"他的举止音容超凡入圣。多崽婆急忙放下饭碗，把自己坐过的板凳用衣袖拂了一遍，"客人，请院子里坐。"她的身体和灵魂都被慑住了。

多崽婆把儿子和女儿都叫来，叫一半人收拾房间，一半人陪客人说话，不是怕他孤单，而是怕他离开。好在悬崖村经常人来人往，多崽婆的儿女们练就了察言观色和能说会道的本领。茶还没泡好，他们和客人像老熟人一样聊起来。

儿女们离开后，客人留了下来。从这天起，多崽婆把外孙女当仆人，呼来唤去。

"明月，快去找你三舅，叫他把岩羊分一腿给你。"

"乖乖，泡茶的水烧开了吗？"

"明月，不要什么事都要我吩咐呀，自己的眼睛要看事。"

"东张西望什么呀，还不快去煮饭。"

"你扫地洒的什么水呀，灰腾起那么高。"

"晾衣竿都没抹就把他的衣服晾上去了，拿下来重新洗过。"

她自己呢，拿着大烟杆坐在屋檐下，那架势，谁要是敢来打扰客人读书，她一定会把三尺长的烟杆当丈八蛇矛，把他赶回长坂坡。任何人走进她的院子都必须放慢脚步，都不准大声笑，大声说话。连她养的狗也越来越怕了，只要感觉到她手里有个什么东西动一下，吓得立即夹起尾巴，跑出几十米才委屈地呜呜叫唤。

几个月后，大股土匪已经被剿灭，剩下的毛贼不用团长亲自动手，他的部队驻扎在这里，毛贼就像多崽婆的狗一样不敢轻举妄动。团长偶尔去一下县城，每次回来都带一捆报纸和一堆杂志。他读杂志和报纸并不认真，拿起随便浏览一眼就丢开，最终还是拿起平时读的书，仿佛这书是一座大山，他非要一头扎进这座大山不可。明月把他不看的报纸和杂志规整地收好，像对待他所有的东西一样，以便他需要时，她可以立即拿给他。她不动的只有挂在柱子上的手枪，她假装没看见，假装不知道这是什么东西。这是响马在悬崖村借宿时留下的规矩，什么都可以动，客人的枪绝对不能动。

明月在团长房间待的时间不能超过三分钟，超过三分钟外婆就会打炸雷一样喊叫，找借口叫她出来。她替他收拾房间时非常利索，不敢分心。有一次外婆喊得太急，她一头撞在手枪上，疼得她泪花打转。可比起受到的惊吓，疼又算不了什么。她再次进屋送外婆敲好的核桃时，团长笑着把枪挂到她肩上，说要教她打枪。他笑起来，国字脸和胸膛比平时更宽了。他们走到屋前的竹林前，他教她向大酸枣树开枪。她浑身发抖，他叫她不要怕。她心里说，我不光发抖，我恐怕要飞起来了。枪声响后，她顿时大汗淋漓。她实话告诉他，她不喜欢打枪。

这一枪没打到离她二十米远的大酸枣树，把旁边一棵小竹子打折了。团长哈哈大笑，说她枪法真好，那么小的竹子都被她打中了。

这一枪打中了多崽婆，她病倒了。她恨外孙女偷了她的东西，偷了什么却又说不出来。当她像小姑娘一样伤心地哭泣时，她的儿女们都说她老了，心想她活不长了。

外婆倒下后，明月更忙了，既要给团长洗衣煮饭，又要服侍外婆。但每当夜晚到来，团长就把她扶到马背上，和她一起在田坝里信马由缰。她觉得喜悦就像月亮洒下的光辉，无所不在又无所企求。

一天晚上，她正要悄悄地把外婆拴在她手上的绳子解开，外婆挣扎着爬起来，摸黑端来一碗水，叫明月喝下。明月感到一股涩味，她没有犹豫，全部喝完。她以为外婆又要吼她，没料到外婆对她说，你去吧，从现在起我不拴你了。

没有人对明月说，越是美好的东西越容易失去。但当团长说他将要离开，去很远的地方时，她一点也不惊讶。她失望的心情比红河峡谷更宽更长，她有种"意料之中"的感觉。团长说他没别的东西，只有这支跟随了他八年的手枪可以送给她。他要去做很多事，要去很多地方，实在太远，没法带她同去。去那么远的地方干什么呢？她没有问。

团长这一去就是几十年。后来听马帮的人说，他去了法国，又去了江西。一位四海为家的郎中，言之凿凿地说，他亲眼在太行山看到当年的团长依旧骑着一匹白马，率军与进犯的日寇鏖战。

多崽婆又活了两年才去世，去世后，悬崖村的人才说，多崽婆给明月喝过绝育的药。悬崖村可以向过路的任何男人借种子，但绝不要军人的种子。他们南迁之前，杀戮他们的正是朝廷的军人。明月的美貌达到顶峰，但没有人向她提亲，不仅仅是绝育的问题，这毕竟未经证实。最大的原因是她和所有男人，都像红河对峙的两岸，可望又不可即。几十年过去了，人们惊讶地发现，明月美丽依旧，她的相貌被团长用咒语封住了。有个过路的喇嘛，带了十几个随从，在悬崖村住了一宿。都说这个喇嘛是个大修行人，能看见飘在风中的经文。明月非常希望自己也有这个本领，能从风中看到或听到团长的消息。直到有一天，风中飘来的声音说，黔北一个叫偏刀水的地方在剿匪，那是一个非常狡猾的土匪，但指挥剿匪的人身经百战，土匪已经成了瓮中之鳖。声音是从收音机里传来的，明月觉得她终于等到了团长的消息。她带上团长当年留给她的手枪，还有那些发黄的报纸和书刊出发了。偏刀水在千里之外，但她一点也不觉得远。

在前往偏刀水镇的路上，她捡到几张报纸，从其中一张上面一眼就认出那是她的团长，她信心倍增。

············

徐弯弯从梦中惊醒，忍不住喊了一声：加油！

徐弯弯为明月感到难过，1961年指挥剿匪的人跟她没有任何关系。明月哪里也不想去，在偏刀水住了下来，从此爱上了搜集报纸。徐弯弯从她房间里看到堆积如山的报纸，全都和那个人有关。她觉得这非常伟大，一种不是滋味的伟大，既崇高又残酷。这些报纸大多是使用过的，包过黄糖，包过面条，糊过墙壁，因此全都污损残缺。在当时，没有用过的报纸是不可能给她的。它们全都被明月抚得平平展展，清理得干干净净。徐弯弯很高兴，觉得自己掌握了一个巨大的秘密。同时又很惶惑，怎么去认识这个秘密，这当中深藏的人性和人情，她如何理解和把握，才能让自己，让明月，让报纸上的那个人得到安慰，才能把云遮雾障的历史变得有价值。要是哥哥还在就好了。

"这上面的人都不在世了吧？快一百年了，在世都一百多岁了。"满头白发的老馆长说，"但这份名单现在不能公开，离规定解密的时间还有十七年，不能给你看，更不可能复印。""这么说，他的死是真正的死，是彻底消失？"徐弯弯用力地思索，以便抓住一闪即逝的思考。这一点她永远不如哥哥，任何想法进入哥哥的脑子都跑不掉，都会被他紧紧抓住。

"他在坟墓里还要潜伏，我的意思是说，继续潜伏已经没有任何意义。"

"客观上来说，确实是这样。"

"应该是唤醒他的时候了。"

"这不由你和我说了算，要由有关部门认可。"

老馆长早就习惯了忍耐，他一丝不苟的银发证明了这一点。徐弯弯有种深恶痛绝的感觉，却又不知道应该厌恶谁。当她感到大爷爷柴启物事实上已经不能够被唤醒时，她禁不住打了个冷战。"有关部门"，说起来就是那些部门，而实际上，你又很难知道应该是哪些部门，部门的复杂远不是战争年代可比。

老馆长对此深感内疚，他努力从记忆深处打捞与红色火种有关的东西，带徐弯弯查看可以公开的档案。在一个最不重要的铁皮柜里，她看到一份手稿。标题很直白：关于红色火种的一点记忆。徐弯弯一阵狂喜，感觉陈封的历史就要被自己打开了。手稿从当时的艰难谈到保存红色火种的必要性，然后才说到正题。作者说，他作为警卫员，陪同首长与火种们一起喝了壮行酒，首长在临行前一再告诫，忍耐是最大的任务，而忍耐的主要内容就是没被唤醒的情况下，任何时候都要藏住心头的秘密。

原来，火种计划的负责人不仅仅有首长，还有明月日夜期盼等待、当年那个在红河边剿匪的团长。徐弯弯浑身冒汗，但她暂时顾不了明月，她激动地说，也许可以从这个人的其他文章里找到相关信息。老馆长说，作者不识字，手稿是别人替他写的，他没写过其他文章。因为红色火种计划没有公开，这篇文章也没敢发表。

徐弯弯回到宾馆，有点绝望，想到大爷爷柴启物还有十七年，他留下的信物才能交出去，她就感到委屈。她相信哥哥说的，大爷爷如果不被唤醒，就仍然处于潜伏状态，就不能投胎转世，以大爷爷的性格，为了保持潜伏者的身份，他是不会丢下这个身份去转世的。转世等于逃跑和背叛。不知为什么，她暗中希望大爷爷和明月同时投胎转世，然后成为相亲相爱的两个人，以此补偿他们这一世的清苦。

　　她没想到这么简单的问题，居然没办成。两个月前，她拿着有关单位的证明，希望通过和江西这边档案馆的材料形成印证，然后出具唤醒的文件。可事情远比她想的复杂。他们不能凭柴启物留下的信物让她查看这么绝密的档案，而和这个信物相对应的东西，他们根本不知道在哪里，没听说过更没见过。她除了这枚小小的信物没有其他东西，她带来的材料只能证明柴启物长期在偏刀水镇生活，务农，未建立过家庭等等。更让她难过的是，档案馆的人说，即使找到相关证据，证明他确实是红色火种，他们也没法出具唤醒的文件，他们是一个小小的档案馆，没这个资格，至于谁才有这个资格，他们也不知道。徐弯弯说，这只不过是形式而已，当事人都去世了，不过是给他一个安慰，对他几十年默默无闻的潜伏一个肯定。你们嫌麻烦，内容我来写都可以，你们盖个公章就行了。文件我拿到他的坟前烧掉，不会外传。烧的时候我可以拍视频，到时候传给你们。档案馆的人说，盖公章的文件一律要进入档案馆的档案，我们不可能把它销毁。再说，即便我们盖了章，你的大爷爷也不会满意的，因为我们没有这个权力，就像村里面的章，不能用来证明省市有关规定。建议你去找军分区，这种事应该归军队管。

　　徐弯弯没去军分区，她去了朱砂镇，这是柴启物的出生地。

　　朱砂镇有一半人姓柴，但说到柴启物，没有一个人认识他。徐弯弯找到年纪最大的老人，老人说，柴启物好啊，柴启物好啊，好得很啦。徐弯弯问怎么个好法，他说，这还用问，好就是好嘛。听了半天听懂了，老人把柴启物当成"才起屋"，也就是才修建的房屋。告诉他柴启物是一个人时，老人说，启字辈的早就死完了。徐弯弯不甘心，请人带她去看柴家老坟，看了三十多座，终于在一块模糊的墓碑上看到柴启物的名字。柴启物是墓主人的长子。碑上有名字的人全都不在人世了，这碑是1920年立的。她找到了其中一个人的后人，柴启物妹妹的小儿子。这位七十多岁的杂货店老板告诉她，柴启物是他大舅，小时候听母亲说过，外公家原先有田有地，外公挖朱砂发了财，买了三条洋枪，抢了娶亲路上的女人来做小老婆，仇家买通外公家的矿工，把外公骗到矿洞里杀害，把他的房子也烧掉了。外公的小老婆拿走被火烧变形的银圆，说这是她重新嫁人的嫁妆。为了有地方遮风挡雨，外婆带着最小的两个孩子改嫁，让大儿子柴启物自谋生路，大女儿给别人家做了童养媳。听说逃亡的路上一位挑桐油的人救过柴启物，他最终去了哪里没人知道。一个当兵回来的人说，曾在江西的一个汽车修械厂看见过他。

　　当年的汽车修械厂非常少见，只有国民政府及其军队才能开办。徐弯弯轻松地找到了这个早就消失的修械厂的相关记载。修械厂在赣南，曾多次易主，在国共的争夺中，柴启物和部分设备到了瑞金。他不是士兵，不算俘虏，来到瑞金后继续当工人。至于怎么成了红色火种，她不想继续调查了。她觉得这就够了，大爷爷是从瑞金来到黔北的，这足以说明问题。

　　徐弯弯拿着自己写的调查报告，再次来到这个红色档案馆。这次她没找档案馆盖章，而是找到老馆长，希望通过他证明，柴启物确实是火种之一，告诉他可以不用再潜伏，转世去吧。老馆长说，这个忙他帮不了。

徐弯弯站在窗前，看着川流不息的车流和行人，突然觉得，他们很像急匆匆去投胎的阴魂，那么匆忙，那么自信。大爷爷要再等十七年，十七年是多么漫长啊。十七年将发生什么，谁也说不清楚。要她像大爷爷一样十七年不去想这件事，她可做不到。她把大爷爷那枚信物拿出来，已经被她摩挲得越来越亮。据说，人死后可以根据身体余温消失的状况，判断其去向。余温出现在头顶，此人去了极乐世界。余温出现在两眼之间的眉心，此人去了天界。余温在胸口，此人转世为人。余温在腹部，此人去了鬼道。余温在膝盖，此人将成畜生。余温在脚底，此人已到地狱。哥哥的余温消失在眉心，落气十二小时后，她的手心在哥哥的眉心感受到了微弱的温度，而其他地方都像湿铁一样冰凉，一种黏糊糊的冰凉。为此，她特地伏在哥哥已经听不见的耳朵上，向他表示祝贺。可大爷爷呢？他怎么办？再过十七年，自己也该退休了。大爷爷的十七年和自己的十七年不同，大爷爷是等待，自己面临的将是无常。等待让人感觉漫长，无常让人感觉刹那即至。为了平复心情，她摩挲着印章，默诵心经，诵到"无智亦无得"，不自觉用劲搓一下。她希望明月慢一点转世，等一等大爷爷。她相信，这两个原本毫不相关的人，在自己的默诵下，将会发生某种关联——美好的、让万物发亮的关联。

几天后，她回到偏刀水，去了大爷爷的坟前，把一束菊花放在墓碑上。来到明月的墓地，小小的坟墓裂了很多条缝，仿佛她的皱纹还在变大。徐弯弯心里一惊，哥哥当时道歉是不是错了？让明月一直处于期待状态，或许更好？

她看到点水雀在飞，蚱蜢在跳，燕子在穿梭。一切都生机勃勃，但一切都将过去。秋天已经到下半场，天空越来越远，溪水越来越清凉。

（原载《花城》2019年第2期；《中篇小说选刊》2019年第4期转载）

晏子非

梦里可曾到千山

一

门轻轻关上时，石曼心里一颤。她闭上双眼，两手抱在胸前，无力地靠在门板上，长长地吐了一口气。那张苍白的脸像一只水母，紧紧地抓扯着她的神经，怎么也挣脱不开。

石曼当然知道他没有睡。他闭着眼睛，只是表示对她的不满。她无视他的存在，义无反顾地出门远行，他心里肯定不好受。自从石曼决定与唐娟一道出门旅行，他就没有与她说过一句话。

那天唐娟来看石曼，说她请了公休假，想去一个地方玩玩。石曼问她准备去哪里。她说去千山。

千山！石曼脑子里一下子闪出了"会当凌绝顶，一览众山小"的诗句来。她问，千山在什么地方？

思州夜郎，去不去呀？

你问我？石曼不解地看着唐娟，心想，你明明知道我守着一个瘫痪在床的病人，不是戏弄人吗？她朝里屋的床上望去，只见昏暗的床头，他那双眼睛像猫眼一样闪亮，惊惶不安地瞪视着她们。石曼心里一动，心底涌起一股快感，恶作剧般地说，去！陪你去玩两天。他昂着头，鼓着眼，伸长着脖子，吃力地挥动着左手，呜呜呜地叫嚷着，好似在争辩着什么，身子也随之麻花似的扭动起来。石曼故意大声说，我们好久没有一道出门旅游了。唐娟疑惑地看着石曼，好一会儿才说，你真去？你去了伯父怎么办？石曼武断地说，这个你就不用操心了，我自有安排。他扭动的身子顿时瘫软不动，像风中摇摆的充气玩偶突然被人拔掉气门，无助地垂下头，独自呜咽幽怨。

路边树上的喜鹊在喳喳地叫。石曼睁开眼，抬头看看天，阳光清朗明丽地照在远近高低的建筑物上。她正了正头上的遮阳帽，拖着行李箱，大步向前走去。

一辆的士迎面驶来，石曼慌忙上前拦下，急急地钻进去，对驾驶员说，去高铁站，随后就掏出手机，拨通了老拔的电话。

喂，老拔，老爷子交给你了哟！

行，你去好好玩吧。

午饭我提前喂了，屎也拉了，身子也擦了，床单和被套也换了。中午他要睡午觉，下午两点多你来帮他换一下尿不湿。

好的。

记住，每天三餐，早餐就蛋白粉、黑芝麻糊、白米粥轮换着吃，中餐和晚餐不要喂多了，菜饭总共就那一小钢碗。

知道。

你晚上不要睡得太死，怕他要喝水时叫不醒你。

没问题。

还有……

你就放心去吧，我知道。

石曼摇了摇头，心想自己怎么变得婆婆妈妈的？自从养父瘫痪后，她还没有离开过他。虽然每天早晨她一睁开眼，心里就塞满了千般愁烦万般苦恼，但真要离开他，她又放不下心。她收了手机，透过车窗玻璃，看着街边阳光照着的一排落完叶子的梧桐，那张苍白的脸，又无声无息地飘进她的脑子里，隐隐不安，像雾一样挥之不去。

来到高铁站，唐娟已在进站口等她。

真让老拔顶岗？唐娟明知故问。

石曼笑而不答。

你真绝！

怎么绝？

哈，你心里那点小九九，我还不知道？唐娟使着鬼脸笑。

你厉害！是我肚子里的蛔虫。石曼揶揄道。

这次回来该没话说了吧？

不一定。

天，我的老小姐，再挑三拣四，怕你这辈子真的要孤苦伶仃了。

不是还有你吗？

我才不陪你呢，我要陪我家爷儿俩。

她们就这样打打闹闹地来到自动取票机前，各自拿出身份证取了票。

和老拔还谈得来吧？

什么叫谈得来呀？不过，他这次得到老爷子的认可，我就相信你说的话。

老爷子还没有松口？

没有。

就因为老拔是二婚？

还嫌他年龄大了些。

是呀，一个黄花大闺女，确实有点屈。

那你怎么还把他介绍给我呀？

是谁口口声声说，要找一个重情重义老实可靠的？

你怎么知道他重情重义老实可靠？

一个中年男子丧妻后，几年不近女色，你说可靠不可靠？

也许压根儿就没有女人看得上他！

你搞错没有？人家堂堂一个牙科医生，想找什么样的女人没有。

过了安检，石曼将拉杆箱往唐娟手里一塞，挤挤眼说，我今早从起床一直忙到现在，还没有来得及上厕所呢。

唐娟看着她朝卫生间走去，无言地摇摇头。

二

列车下午七点四分准时到达夜郎南站。京都到夜郎，两千多公里，仅用了八个多小时。刚出站，一个青年男人就迎面朝她们走来，与唐娟无声地拥抱在一起。石曼见了，痴痴地站着，目瞪口呆。唐娟挣脱那男人的怀抱，对她介绍说：刘立，大学同学，在这边开了一家中药材公司。石曼才长长地"哦"了一声，一边与刘立握了握手，一边看着唐娟挤眉弄眼地笑，心想，难怪你抛子别夫，只身一人来这里旅游。唐娟狠狠地瞪了她一眼，转身向刘立介绍说，石曼，我闺蜜。唐娟说完，拖着箱子就朝前走。

石曼有意落在后面，看着唐娟与刘立的背影，心里有些失落。唐娟从未向她提及过刘立，就是她们决定同行，也没有与她吱一声。她想，早知这样，自己就不该来。

走了很远，唐娟才发现石曼落在了身后。她停下脚步，等石曼走近，挽着她的手臂，半依半拥，跟着刘立走向一辆凯迪拉克。

他们来到黄金大酒店，登记入住，收拾洗漱，吃过晚饭，刘立邀她们出去走走，说小城的夜景很美，夜市也很热闹，去看看吧，顺便到小吃一条街尝尝我们这里的美食。

你们去吧，我有些累了，想回房休息。石曼看着刘立，一脸歉意地说。

走吧，我们出去逛逛。唐娟摇着石曼的手臂说。

石曼不答，只是似笑非笑地看着唐娟。

好吧，那你一个人在酒店乖点哈。唐娟抿了抿嘴，转身挽着刘立朝门口走去。

石曼回到房间，仰躺在床上，打量着房间内的陈设，吊灯，电视，沙发，电脑……一股落寞伴随着疲惫从她心底升腾起来，把她包裹、淹没，慢慢向四周扩散。她常常会生出这样的感觉，哪怕身处人群，也如溺水般孤独与恐惧。她脑子里又浮现出那张苍白的脸，那绝望的表情让她不安。她有些后悔，不该一时冲动答应唐娟，参与这次不尴不尬的旅行。

石曼起身来到窗前，掀开窗帘，一股冷风铁片一样刮着她的脸。她不禁打了个寒战。站立在这二十一层高的楼上，临窗俯视，小城的夜，似一片倒映着繁星点点的湖泊，安静，秀丽。

高楼间，一片低矮的砖混结构建筑，像煤炉里快要熄灭的炭火，灰暗间，透出一丝丝猩红，横七竖八，散发着微光。

石曼被那片低矮的建筑深深吸引，匆匆出门，走进其中的一条裂缝一样的巷道，很快就被那巷道中的气息所迷惑。

长长的巷道，只有转角处亮着一盏路灯。幽暗的灯光下，断砖碎瓦，砂土木材，间或一丛花草，有茉莉、桂花、玫瑰、仙人掌、夹竹桃等等，参差错落地摆放在墙角，凌乱、潮湿、惺忪、沉稳，使整条巷道显得繁复驳杂而又自成一体，似乎走进了遥远的记忆。石曼看着一个个透出白光的窗户，不时停下，站在窗前，想象着里面人家的生活，似乎透出一股果子熟透的甜丝丝的腐败与庸常，让她心生向往，向往那烟熏火燎热气腾腾的气息。

当一个丁字路口出现在眼前，她记忆中的某个片段随之闪现。她喘着气，细细端详，那幽深的巷道，凹凸不平的青石街面，以及路口边上的水泥电线杆，和电杆上嗡嗡鸣叫的变压器以及蛛网似的穿来绕去的电线，一切都是那样地熟悉。她有些迷惑，不自觉地往旁边那条更窄的巷道走，心中暗想，转过这个墙角，应该有一个打开的窗户，里面坐着一个老太太，守着一窗花花绿绿的零食和玩具。她定了定神，转过墙角，果然看见一个窗户，只是窗台没有想象中的那么高，窗户紧闭着，没有花花绿绿的零食与玩具，也没有一张慈祥的笑脸。她想，或许是天黑了，收摊了。她又继续朝前走，想前面应该有几级石阶。她朝巷道深处望去，光线很暗，什么也看不清。她迈步前行，近了，果然有三级石阶横在脚下，若不留意，定会绊倒。她止不住一阵兴奋，也有些惶惑，继续朝前走，来到巷道的尽头，在一户人家的门前站定，那褪色的红漆木门，门边残破的对联，都是她意料中的样子。她似乎还能想象得出屋中的格局与物件：屋角一个铸铁的北京炉，另一旁是一张小方桌，靠墙立着一个黑漆的碗柜……当这些东西出现在她的脑子里，她自己也感到吃惊。她记事以来，并没有见过这些东西，可为什么此刻那样顽固地盘踞在她的脑子里，那么坚定地相信它们的存在？石曼想着想着，就热血沸腾了。她在那巷道徘徊了许久，几次走出巷道，又返身回去，伏在那窗台上，透过碎花玻璃往里看，只见一片模糊的光影，什么也看不清。她举起手犹豫了许久，最终还是没有敲响那扇玻璃窗。离开时，她用手机照下了那个门牌号码：桐花巷53号附2号。

她站在街口，对眼前的景象深信不疑，这让她兴奋，想与人分享这喜悦。她拿出手机，把联系人从头翻到尾，又从尾翻到头，没有找到一个可说话的人。她停在了唐娟的号码上，手指悬在屏幕上，最终还是放弃了。她不知此刻唐娟与刘立在哪里，她不想打扰他们，不觉间，却拨通了老拔的电话。还没有待她开口，老拔就先向她诉起苦来。老拔忧心忡忡地说，老爷子的情绪很坏，晚上什么东西也不吃，问他也不应，只是长一声短一声地呻吟，这样下去，怕拖不了几天。她听着听着，只觉心绪烦闷，早没有倾诉的欲望。她知道养父怕死。他每天悬着一颗心，怕自己突然死去时，石曼不在身边。可他瘫痪了三年多，仍然活得好好的，只是不能下床行走，不能利索地说话。常言道，久病床前无孝子，石曼早已身心疲惫。有时，她真希望他死。他死了，对她，对他自己，都是一种解脱。石曼想，病成了这个样子，活着还有什么意思？但石曼知道，他活一天，她就得照顾他一天。这是她的责任。

石曼回到宾馆时已是深夜十一点二十六分，唐娟还没有回来，房间里空寂而寒冷。她将空调定在二十七度，换了睡衣，洗漱完毕后，就关了灯，躺在床上，打开电视，拿着遥控器转了一圈，没有一个可看的节目。中央空调在头顶呼呼地吹，温度也渐渐升高了，可她怎么也睡不着，脑子里塞满了一些奇思怪想。她意识到这将又是一夜的失眠。她打开床头灯，起身从旅行包里取出那本随身携带的玄幻小说，看了半天，一句也没有看进去，脑子里仍是关于那条巷道的想象。她索性丢开书，瞪着天花板，隐约感到自己与那条小巷有什么关系。什么关系呢？她又很快否定了。她知道自己有一个怪毛病，每到一个陌生的地方，就会生出一种幻觉，觉得自己曾经来过或在此生活过。她摇摇头，不想被这些无妄的想法纠缠。她关了灯，打开手机，翻出催眠曲，闭上眼睛，任由那轻柔的声音引导着她的思绪，慢慢飘进邈远的天空。她先是在灰蒙蒙的云层中飞翔，后来又进入了一片晴空。她像一只鹰，在群山之巅盘旋，俯视着大地。大地如一个巨大的沙盘，有山丘，有河流，也有种着各种庄稼的原野。渐渐地，大地上升起一片雾，越来越浓，模糊了河流，模糊了原野，模糊了山影，天地间一片昏暗。隐约有哐当哐当的撞击声传来，由远而近，冲破浓雾，直奔而来，撞进她的身体。随后，她发现自己的身体变成了一列长长的火车，绿色的火车，而自己的灵魂在一节节车厢里穿行，带着汗味和陈腐的烟臭味的热烈气息，充满了一节节狭长幽暗的车厢。她沿着列车前行的方向逆向而行，一张张奇形怪状的脸迎面扑来，像一群受惊的鸟，呼啦啦飞过，有的仰面长鼾，有的俯首垂涎，有的左摇右晃，有的稳如磐石，然而，没有一张是她熟悉的脸，是她要寻找的脸。她不知道这火车从哪里来，也不知它要到哪里去。她无望地盯着窗外，窗外一片漆黑，仿佛这火车不是在地面上奔跑，而是在空中飞行，在很高很高的空中飞行，越飞越远，也越飞越高。她有些害怕，心想如果这火车哪天不飞了，突然停下来，那不是就要从很高很高的空中往下掉？她害怕火车停下，希望它永不停息地飞。但又不知道这样一直飞下去，将会把自己带到哪里。她再次朝那一张张陌生的面孔望去，觉得那些面孔随着列车的颠簸而摇晃，如一群觅食的怪兽，正虎视眈眈地看着她。她全身一阵痉挛，像被捆缚一般，努力挣扎着，双脚猛力一蹬，突然醒来，全身汗湿淋淋。

许久没有做这个梦了。二十多年前那一次远行中的恐惧，又死灰复燃，向她袭来。她再次沉陷于那无助与渺茫中，感到生命如暴风中的一片枯叶，无处停靠。影子一样的妈妈再次出现，她想不起妈妈的样子，只记得她带着她来到一个街口，就再不见了，接着就是一个叔叔，那个左额上有一道疤痕的叔叔，随后就是那长长的绿色火车和哐当哐当的声音。

三

第二天，唐娟与刘立回宾馆时，石曼正在宾馆前面的草坪上遛弯。自从养父瘫痪在床，石曼就养成了早起的习惯。唐娟笑着走到她跟前，讨好地递上一包早点。

我已经吃了，宾馆里的自助早点很丰盛。石曼拍拍肚子说，脚仍不停地在原地踏步。

吃个尝尝吧，这是我们这里的特色早点。刘立劝道。

什么东西？石曼禁不住他们的劝说，拉开塑料口袋，一股浓厚的葱油香直冲鼻孔。

煎包。刘立说，很好吃的，吃个吃个！

石曼尖着手拿了一个，见是饺子一样的东西，一口咬去，油就淌了一手。她哇地叫了一声，往后退了一步。唐娟连忙递过纸巾，问，怎么样？

嗯，不错，皮软馅香，只是太油了。石曼细细品尝着。

这天，他们的目的地是矿山公园，不远，就在城郊，十多分钟的车程。沿途处处都是有关黄金元素的文化符号，什么黄金大厦，金都体育场，金色花园等等，都是与黄金有关的名字，一个个门牌店匾，也是清一色的金黄色。

你们这里盛产黄金？石曼好奇地问。

是的，我们这里的黄金世界闻名。有上千年的开采历史，古今中外，一个个冒险家，背井离乡，不远千里，来这里实现暴富的梦想，留下许多动人的故事。刘立介绍说。

这么说，这里的经济主要是靠黄金产业？

早成了过去喽！刘立叹息道，在20世纪90年代，这里的金矿产业就开始萎缩，金矿在2000年政策性关闭，2009年，国家宣布千山为资源枯竭型城市，金矿经济就退出了千山的中心舞台。

那现在靠什么呢？

旅游呀！千山千山，千态之山，我们这里的山特别多，溶洞也很多，奇雄险峻，千姿百态，很有特色。特别是几百年的采矿历史留下许多矿洞遗址，纵横交错、四通八达，形成了洞中有洞的神奇景观。我们现在去看的地质公园主体，就是20世纪六七十年代采矿时留下的一小段坑道。刘立说。

你该改行做导游。唐娟笑道。

你忘了，我不仅是千山人，还是金矿的子弟。刘立说。

哦，对了，我记得你好像是说过，你父亲是什么矿上的矿工。

就是这金矿的矿工，这里是我的家，每一条小路，每一个山头，都留有我的脚印。

你是土生土长的千山人？

不是，是云南曲靖。我父亲当年从部队退伍后，就分配到这里，直到退休。

这么说，这里许多人都是外地的？唐娟问。

可多了，当年中央一声号令，全国各地的人纷纷往这里赶，那阵势，可热闹了。

这么说，这里曾经也辉煌过？

嗬，了得！20世纪80年代，这矿上还有几万人，一度被誉为小香港，那时矿上效益好，职工多，消费自然高，这里人的衣着打扮，吃喝玩乐，总是引领着时尚风潮。那时走在街上，见到一个稍有姿色的女人，一打听，保证是矿工的家属，刘立自豪地说。随后他语气一转，神色黯淡地说，矿山政策性关闭后，矿工纷纷下岗，那些既没有技术也没有门路的矿工，最后连菜都没得钱买，到市场上捡脚叶菜吃。那段时间，这矿上的广播里天天播放刘欢那首《从头再来》，本来是想激励人们不要向命运低头，但许多人听着听着，并没有激励出志气与豪情，倒激出了一脸泪水。你想想，都是四五十岁的人，为金矿奋斗了几十年，一转眼就没了，既没有本钱，又没有出路，如何叫他们从头再来？

是哦，我父母也是下岗工人。他们同在一个机械厂，刚下岗时，因为一下子断了收入，一家人的日子过得紧巴巴的，家庭矛盾随之升级，常常为一件小事，就会大发脾气，无休无止地争吵。唐娟深有感触地说，他们那一代人的命运总是与国家政策紧紧连在一起的。

是哦，那时整个矿区好像末日来临，走到哪里都是静悄悄的，死气沉沉的，让人惶惶不安。刘立说。

他们来到一个宽阔的广场，见前面有三个鎏金色巨型 A 字组成的大门。

这就是矿山公园。刘立说着，径直将车开了进去。

怎么不买票呀？

我父母还住在这里面，我经常回来看他们，所以守门的人都认识我。

那我们去看看老人家吧。

不用不用，他们现在好了，每月拿着几千元的退休金，在这里养鸡种菜，自得其乐，不愿外人打扰。

见刘立这样说，唐娟就不再坚持。他们走过了一条笔直的大道，来到一个停车场停了车。刘立带着她们来到悬崖边，沿着一条半山崖上的栈道前行，凭栏望去，只见朦胧雾中，重峦叠嶂，层层山影，起起伏伏，如万马奔腾，扬起阵阵尘烟。刘立不时指着前方绝壁上那一处又一处洞口，说，那就是古人开矿时留下的遗址。她们抬头仰望，绝壁如削，再伏身凭栏，朝下望去，仍是悬崖数丈，让人望而生畏。

刘立说，那些矿洞有的深数十丈，长十余公里。在生产力十分落后的年代，靠人力一錾一錾地凿壁开山，煅石取金，该是怎样的艰辛与悲壮？就连那些矿洞废弃了许多年后，仍有人冒着坠坑、迷路、遭遇野兽蛇虫的危险，进入那些洞穴盗矿，常常是有去无回。

听着刘立的讲述，石曼抬头再次看向那些奇形怪状的洞口，好似一个个张开的大嘴，向世人无休无止地讲述着人类采矿炼金的历史。

她们还没有从古人采矿的场景中回过神来，却已经置身于一个现代的坑道里，只见一条用五彩灯光装扮一新的坑道，还铺着防滑地板，不仅流光溢彩，两旁清流潺潺，薄雾轻绕，人行其间，如若闲庭信步在神话的龙宫里，全不见当年矿工的艰难与险境。只有细心观察，才会发现洞壁四周不规则的凿痕断石犬牙交错，挂着一串串水珠，步道两旁，乱石堆砌如山，略显当年生产景况。

刘立说，这是20世纪六七十年代采矿时留下的坑道，为了让游人实地体验当年矿工战天斗地的激情、辛劳与惊险，特意开发出来的。

他们从坑道出来时，已是中午十二点。三人吃过午饭后，来到一条老街，顿时被一阵陌生的氛围惊住了，好似来到另一个世界，到处都是红旗飘动，一街都是口号标语，满耳都是斗志昂扬的歌声。沿街那一栋栋房屋都是20世纪五六十年代修建的砖木结构，有供销社、医院、学校、体育馆等，这些房屋都不高，两到三层，青砖灰瓦，木门木窗，虽然粉饰一新，仍然显出些斑驳的景象。街上游人不多，但在那激情音乐的衬托下，显得十分热闹。刘立说，这条街是当年矿工的居住区，一切按原样修复后，作为矿山公园的一部分，让人们体验那个年代的工人阶级生活情景。是的，置身于这样的氛围中，有一股豪情在全身冲撞，让人跃跃欲试。

他们来到一块开阔的坝子上，四周仍是老式的建筑，只是格局略有不同，敞亮，疏朗，墙上写着标语，什么"工业学大庆"，"抓革命，促生产"，"鼓足干劲，力争上游，多快好省建设社会主义"，等等。一栋人字架结构的房屋前，摆放着一台巨型冲床，足足有两米多高。一栋苏式建筑的墙上写着"禮（礼）堂"二字，礼堂旁边有一栋小洋房，大门旁挂着一块小方木牌，写着几个金色大字：俄罗斯餐厅。刘立介绍说，这是当年金矿的办公区和生产区，据说，20世纪五六十年代，有许多俄罗斯专家来这里指导采矿炼金，这个餐厅就是专门为他们烤面包牛排，煮咖啡牛奶。

石曼又一次生出似曾相识的幻觉。当那栋苏式建筑跳进她的眼里，她一下子就愣住了，特别是门楣上那"禮堂"两字，如一盏灯，照亮了她幼时记忆的黑洞，就连墙上的那些标语，都是记忆中的样子。她急步走进那个礼堂，昏暗的灯光下，只见一片前低后高有序排列的椅子，前方是一个拱形戏台。她坐在前排的椅子上，坚实的钢架稳稳当当的，没见一丝摇晃，一如当年。她死死地盯着那个戏台，似乎看到了记忆中那块镶着黑边的电影银幕，上面还有人影跳动。一时间，久违而又熟悉的气息隐约飘来，让她迷醉。她闭上眼睛，深深地吸，贪婪地吸，努力地分辨，终于记起了那是汗与烟草混合的气息。这气息像腐蚀汁迅速浸透她的全身，脑子里浮现出了一个肩膀，一头浓密的头发。她鼻子一酸，泪水就止不住淌了出来。是呀，怎么会忘记呢？来这里看电影，是她童年最快乐的时光。每次看完电影，她就伏在爸爸的背上，爸爸的臂膀是那样坚实与温暖。她的身子随着爸爸的步伐一左一右地摇晃，那股汗与烟草混合的味儿，从他那冒着热气的脖子和浓密的头发间扩散出来，把她紧紧包裹，不知不觉，她就在这气味中睡了，在梦里继续着电影中的故事。此刻，她随那气味的牵引，童年时光从记忆深处袅袅升腾起来，浪花一般，在她脑子里漂浮闪现。尽管如此，石曼仍然怀疑眼前的真实性，担心只是自己的幻觉或错觉。她愣愣地看着那个戏台，狠狠地掴了自己一耳光，脸上的疼痛证明意识是清醒的。是哦，这么多年，自己怎么把那段记忆遗忘了呢？

唐娟见石曼许久没有出来，也跟了进去。里面的光线很暗，待眼睛适应这暗淡的光线时，她才看清是一个剧院。她四处寻找，眼前是一片黑压压的椅子。她叫喊了两声，不见石曼回答。正准备往外走，跟在后面的刘立说，那里不是？

她朝刘立指的方向望去，只见最前一排椅背上，冒出一个人头的暗影。他们走过去一看，果然是石曼，见她正痴呆呆地看着戏台，他们在她的前面站了好一会儿，她也没有发现。唐娟吓得不轻，忙上前搂住她摇晃，连声问道，你怎么了？

我找到了，找到了……

找到什么？

…………

石曼低头不语，说不清是高兴，还是伤心。她感到全身没有一点力气，一下子伏在唐娟身上，低声抽泣起来。

唐娟一时不知所措，忙把她揽在怀里，一下一下抚弄着她的后背。

许久，石曼才说，我找到了我的家。

你的家？你什么家？刘立不解，瞪着唐娟问道。

唐娟轻声说，你不知道，以后慢慢告诉你。她搂着石曼，迟疑地问，不会又是幻觉吧。

不是的，这次一定不是。我对这里的一切都是那么地熟悉，特别是这个礼堂，我经常与我爸爸来这里看电影。我记得最清楚的是那部叫《妈妈再爱我一次》的台湾电影，我与爸爸来看了一次又一次，每次我都哭得一塌糊涂。你们小时候也唱《世上只有妈妈好》这首歌吧？我那时天天唱。因为我一直记不起我妈妈的样子，也不知道她在哪里。每次唱这首歌，我就努力地想啊想，可想来想去，脑子里总是电影中那位妈妈。我就把妈妈想成她的样子，在心里一遍遍为她唱。离开这里后，我仍然唱，只是我把歌词中的妈妈改成了爸爸。

你爸爸叫什么名字？刘立不解地问。

不知道。

姓什么呢？

也不知道。

你妈妈呢？

更是不知道了，在我的记忆中，她只是几张照片，一个影子，好似从来没有真实存在过。

那你怎么能肯定这里就是你童年的家？

对这里的记忆呀！石曼说着，又将昨晚的经历告诉了他们。

那你怎么不早告诉我呀。唐娟责怪道。

我当时拿不准，怕是自己的幻觉，直到见到这里的一切，我就有信心了。

那个地方在哪里？

一个叫桐花巷的地方。石曼说着，拿出手机，找出昨晚照的照片。刘立接过去看了一会儿，说，对，桐花巷，离你们住的酒店不远。

那我们现在就去看看。唐娟激动地说，上前扶着石曼往外走。

上车后，石曼主动将自己的身世向刘立详细说了。

那你是怎么到你养父家的呢？

我也记不清了，只记得坐了几天几夜的火车，其他的都记不得了。

这么多年，你就一直没有找过父母？

没有线索，怎么找呀，再说我养父不准，时时防着我呢。

有一次不是我与你到公安局查过？唐娟说。

对，只有那一次。当时我看见电视上一则打拐新闻，说各地成立了什么打拐办，只要把DNA上传到数据库，就会在全国进行比对，比对上了，就能找到亲人，我就邀你一同去了公安局抽血化验。

后来没有结果？刘立问。

没有。石曼幽幽地说。

他们来到桐花巷巷口，因为路太窄，加之两旁堆着杂物，车辆无法通行，刘立只得将车停到对面的停车场。他们步行在巷道，看着两旁低矮凌乱的房屋和阴暗的巷道，石曼犹豫起来，她不相信这就是昨晚自己所走的那条巷道。她觉得昨晚那条巷道似乎要整洁明亮些。她问刘立，这就是桐花巷？刘立说，对呀，难道不是这里？石曼看了好一会儿，说，不是这里。刘立翻出她手机里的照片，再次确认上面的地址，石曼仍然将信将疑。直到他们来到那个丁字路口，看到那两根木电杆和变压器，石曼才确认昨晚走过的就是这个巷道。他们走进那条更小的巷道，整条巷子空无一人。他们站了一会儿，失望地往回走。刚走过一个拐角，与一个五十多岁的妇人擦身而过。石曼一愣，觉得这个妇人有些眼熟，转身紧走两步，上前问候道：阿姨，您好。

你们找哪个？妇人站定，好奇地打量着他们。

向你了解件事。石曼定定地看着妇人，觉得又有些陌生。

哪样事？

请问您在这里住多久了？

三十多年了。

那这附近的人家您都熟悉吧？

几十年的老邻居了，能不熟悉吗？

那二十多年前，这条街上有没有哪家的小孩被人拐卖？

小孩被拐卖？妇人想了想，肯定地说，没有，我们这条街从来没有出现过孩子被拐卖的事情。

他们三人对视了一会儿，眼里的光就渐渐暗淡下来。

四

这天晚上，石曼一直闷闷不乐。她分明记得那个礼堂，记得那条桐花巷。她坚信这里就是自己记忆中的家乡。可如何去求证呢？二十多年的时间，犹如一片茫茫水域，让她无法泅渡。她躺在床上，陷入了无边的绝望。偏偏此时，老拔打来了电话。老拔在电话中涩涩地说，老爷子他……

他怎么了？石曼急切地问，她想这个老拔，人高马大的一个男人，怎么说话做事哼哼唧唧的，就主动问道，他今天吃东西了吗？

没有，只是一遍又一遍地催我给你打电话。

给我打电话干什么？

叫你回来。

叫我回来？石曼睁大眼，突然从床沿边站起身来，大声说，你告诉他，让他安心等着吧，我还没有玩够哩！等我玩够了，自然会回来。石曼说完，愤愤地挂断了电话。

唉，这老爷子，也真是够闹的。唐娟坐在旁边，见石曼气呼呼的，只得摇头叹息。

你说他把我当成什么人了？就是一个使唤丫头！石曼大声说。

唐娟忙给她倒来杯水，说，别生气别生气，管他呢，生病的人都是这样小气。

石曼接过水，喝了一口，又放在床头柜上，说，这三年我没白天没黑夜地伺候着他，容易吗？现在才离开两天，他就不干了，你说这不是有意折磨人吗？

唐娟拿着遥控器不停地转着电视频道，不知如何应答。她怎么不知道石曼的苦？她本是自由散漫惯了的人，却被一个瘫痪在床的病人套着，寸步不离。而且，一套就是三年。好不容易下定决心出来走走，刚来两天，就催她回去，还以绝食威胁，她怎么不郁闷呢！

这时，刘立打来电话。唐娟如释重负，对着手机连声说了几声好，就挂了电话。她站起身笑盈盈地对石曼说，走，刘立叫我们去喝茶。

你去吧，我就算了。石曼笑笑说。

走吧，去见见他的几个朋友。唐娟上前拥着石曼，央求道。

还有其他人？那我更不去了。石曼压着情绪，眨着眼说。

哎，我说你怎么能这样呢？给人家一个面子嘛！唐娟佯装生气，强行把石曼推出门。

来到楼下，刘立已等在了门口。原来，他是将车开到楼下才给她们打电话的。

他们来到古城，是一片临江而建的明清时期的老建筑，一条青石板街依山环绕，街道一旁是一片杂乱的木楼，显然是旧时的民居。另一旁是一排四合天井筒子楼，石门石柱，高墙大院，夹着一条条幽深的巷道，什么唐府、熊宅、杨家胡同等等，井然有序。虽然修缮一新，仍保持着旧时的格局与气势。街上行人寥寥，昏黄的路灯照着长长的石板街，行走其间，影子也被灯光拉得长长的。刘立说，因为有三条江在这里汇合，水运时期，这里便是货物运输的主要码头，也是商品集散地，直到民国时期，这里的八大商号仍然名声显赫，生意遍布湖广，有的还发展到了海外。而今，繁华不再，倒成了人们闲谈雅聚的酒肆茶楼。

他们来到一栋叫淡园的木楼，走到楼上，包房里已坐了一圈男女。刘立一一向她们介绍，有他中学时的同学，有他生意上的朋友，也有政府部门的公务员。当他介绍到一位青年男子时，唐娟心里灵光一闪，欣喜地看着石曼，不住地眨眼。

石曼不解，在她左臂上掐了一下。唐娟忍着，只看着石曼鬼鬼地笑着。两人坐定后，唐娟伏在石曼耳边轻声说，自己心里有鬼，就以为别人不安好心？

石曼又在她手臂上掐了一下。

我知道你想歪了，那个人不是公安局的吗？何不找他帮忙查查？

查什么？石曼不解地问。

查你的生身父母！你不是怀疑自己是这里的人吗？

石曼恍然大悟，羞愧地笑笑，心想是呀，怎么自己没有想到呢？她将头偎在唐娟肩上，心里满是感激。

喝茶闲谈的间隙，唐娟低声对刘立说，让你那个朋友帮个忙，到公安局的打拐办帮石曼查查档案。

好，好。只是她能确定自己的身份吗？

如能确定，还要他查什么？

我问问。刘立说着，借着敬茶的机会，起身走到那位青年男子身旁，与他耳语了一会儿，就与他一同走出了包房。

他让我们明天去他们单位找他。刘立回到座位上后，低头对她俩悄声说道。

唐娟看了石曼一眼，轻轻地将她揽在怀里，不停地抚着她的后背。

回到宾馆后，石曼仍止不住兴奋，在房间里一圈圈地走。唐娟见了，有些焦急，也有些心疼。她不知明天是什么样的结果，如果不能如愿，那石曼这一夜的期待又将落空。其实，石曼一向沉着稳健，之前，她俩遇着什么事，总是她拿主意，而今如此烦躁不安，让人心生怜惜。

今晚我们睡一张床吧！唐娟说。

怎么了，一个人睡不习惯？

说什么呢，我们好久没有一起睡了，有些怀念过去的时光。

好吧，今晚我们就做一回临时夫妻。石曼高兴地说。

又贫，你忘了，当年可把我妈吓得半死！

哈哈哈哈，我怎么会忘呢？石曼大声说着，洗漱后，就钻进了唐娟的被窝，紧紧地抱住她，下巴不停地在她头发上摩挲着。

石曼记不得是怎样认识唐娟的。虽然她俩同级不同班，但上学放学，总是形影不离。她们俩一胖一瘦，同学们说她们一个如秤砣，一个如秤杆，真是秤不离砣。那段时间，石曼养父经常出差谈业务，常常一去就是十天半月。每次出门，他不仅要给石曼买足食品，还要给她百多元钱。而唐娟的父母刚刚下岗，整天如两只无头的苍蝇，四处乱飞，就任凭她们俩整天腻歪在一起，以至于闹出她俩搞同性恋的传言，吓得唐娟母亲跑来向石曼求饶，求她放过唐娟。每当提起这段往事，她俩就止不住大笑。

你说，明天会是什么结果？石曼拥着唐娟，幽幽地问。

如果你的记忆没有出错，结果就不会很坏。

石曼当然相信自己的记忆，自从那个礼堂出现在她眼前，她就坚信自己的判断。

这一夜，石曼没有合一眼。她瞪着眼望着天花板，脑子里不停地闪现一个又一个场景，一会儿是她坐在爸爸的肩头，唱着电影里的歌谣穿行在夜晚的巷道中；一会儿又是一对年老而又陌生的夫妇向她颤颤巍巍地走来，满面泪水地望着她，用粗糙的手不停地抚摸她的脸；一会儿又是那列长长的绿皮火车哐当哐当地响……

天没亮，石曼就悄悄起了床，洗澡梳头，换上一套深黑色的毛料大衣。

唐娟也早醒了，见一向素面朝天的石曼突然收拾打扮起来，本想戏弄她一下，可最终还是忍了。她看着石曼笨拙地在脸上涂涂抹抹，心里有些发酸。

他们来到公安局时，刘立的朋友早已等在了门口。他带着他们来到打拐办，向一位民警交代了几句，那民警热情地给他们倒了水，才坐下来听石曼讲述。随后，他打开电脑，调出了1990年到1995年千山失踪小孩的档案，一一核对，又到档案室翻找查阅，却没有一起与石曼的情况相符。

你能肯定自己是这里的人吗？

我也说不清楚。昨天我们去矿山公园，对那里的许多场景都有记忆。

你哪年被拐的？当时多少岁？

1991年吧，应该是四五岁吧。

太小了，那时的记忆应该很模糊的。

可那个礼堂我清清楚楚地记得，我与我爸爸常去那里看电影。

要不这样，你先去查一下DNA，看能不能比对成功。

前几年，我到我们当地的公安局查过，可一直没有消息。

这就怪了，如果你真是这里的人，那么就只有一种可能，你父母当年没有来报案。民警望着石曼，一脸疑惑。

没来报案？不可能，哪有父母不疼自己的孩子？唐娟急忙说。

如果报案了，应该有记载。

还能有其他什么办法吗？刘立问。

还能有什么办法呢？一是她仅有儿时的记忆，不能确定她就是这里的人；二是近二十多年千山人口流动很大，不仅外出打工的人多，而且从全国各地前来这里投资创业的人也不少；三是这几年千山正处转型期，金矿关闭后，有的工人调到其他地方去了，有的工人下岗后已外出谋生，还有的回了原籍，留下来的大多数是老人；四是时间太长，二十多年了，而且又没有当年的立案记录。你让我们怎么查呢？

从公安局出来，石曼彻底失望了。

他们当年为什么没有报案？石曼不停地问。

不会的，一定是哪里弄错了。唐娟开导她说，孩子都是父母的心头肉！你看刘德华主演的《失孤》，据说就是根据一个真实的故事改编的，让人多心酸呀。其实现实中那个父亲的苦与累，哪里又是一部电影就能表现得尽的呢？

我正是看了那部电影，真切地理解父母对失踪孩子那份撕心裂肺的爱与痛，才决定要在我有生之年一定要寻找到他们。

见时间还早，刘立看着她俩征询道：要不，我们还按原定计划出行吧。

你看呢？唐娟看着石曼问。

对不起，把你们的行程也耽搁了。石曼答非所问地说。

这天，他们紧赶慢赶，游了九丰农业，又去了海洋馆、夜郎谷、彩虹海。回城时，已是黄昏，唐娟与刘立的脸上仍是一脸兴奋，不住地打情骂俏，好似忘了石曼的存在。石曼一直不在状态，心不在焉的，一路的景致，一路的欣喜与欢悦，好似都与她无关。她心里总盘旋着一个问题，自己的父母为什么没有报案呢？她百思不得其解，莫非他们不在乎她，或是有意要卖她。她这样想着，不禁打了一阵寒战。可是，她真切感到爸爸是爱她的，每天晚上睡觉，他总要陪着她，给她讲故事，唱儿歌，直到她睡熟，才离开；每次上街或看电影，就让她坐在肩上，或是唱歌，或是学着鸟儿叫着飞奔。倒是妈妈，她没有一点印象，每次想起，都如一缕烟，一片雾，缥缈不定。

来到市区，石曼才回过神来。他们走进一家河鱼馆坐定，刘立说，今晚请你们吃我们这里的特色菜。不一会儿，服务员端来满满一锅热气腾腾的鱼，上面泛着一层厚厚的红油，飘着一股酸辣的香味。石曼的眼瞪得老大，她扇动着鼻孔，贪婪地吸着锅里冒出的气味。不待服务员点上火，她就急急地夹了一块，嚼着嚼着，一股浓稠的酸辣，雾一样从舌尖漫开，在口腔里旋回，向两腮扩散，再滑入喉咙，钻进胃里，躁动的胃一下子就妥帖安静了。

这是什么？石曼好奇地问。

凯里酸汤鱼。

你不觉得这味道熟悉吗？她对唐娟说。

唐娟朝锅里看看，半信半疑地说，你家老爷子做的酸汤鱼？

嗯，完全是他做的那个味道。石曼不解地望着唐娟。

唐娟也夹了一块，慢慢嚼着，说：是哩，完全一样。

这么说，你家老爷子也在这边生活过？唐娟瞪着石曼说。

不知道。我只记得小时候我一生气，他就给我煮这酸汤鱼。

你从小就喜欢这酸汤鱼？刘立好奇地问。

是的，也许是跟他生活久了的原因吧。

还有一种可能，你们都是这里的人。刘立说，见唐娟白了他一眼，赶紧收住了话题。

石曼好似没有听见一样，注视着锅里翻滚的鱼，没有说什么。她盯着这酸汤鱼，脑子里又浮现出那张苍白的脸，那双躲闪的眼睛。那眼神里有软弱、无奈，还有几分乞求。是的，别看他在外面风风火火，一回到家，他总是小心翼翼。每次对抗，她总是占上风。他要她吃饭，她偏要去睡觉；他要她睡觉，她偏要弄出一些响动来，让他不得安宁。看着他无助乞求的样子，她就有一种说不出的愉快。慢慢地，她就对享受这种愉快成了瘾，每隔几天，就要故伎重演。只有在吃这酸汤鱼时，他们的心才贴得近些。他总是把肉厚刺粗的鱼块夹给她，自己吃鱼头或鱼尾。他们常常吃得大汗淋漓，彼此都有一种心照不宣的满足，仿佛忘了心中的不快。但这平静不会维持多久，只要她感到泼烦，就会弄出一些出格的事，或是把柜子里的衣服抱出来满地撒，或是把水龙头开着，让水整天哗哗地流，或是用五颜六色的蜡笔在雪白的墙上乱涂乱画。可是，不管她如何刁蛮耍泼，他从不打她，也不骂她。有一段时间，她觉得他好可怜，想缴械投降，叫他一声爸爸，可是，心中的那层坚硬无比的壳把她的情感世界包裹得紧紧的，怎么也叫不出来。

而今，回想那时的无知，石曼才意识到养父这二十多年来的不容易，既当爹又当妈，把她拉扯大，自己还时时让他生气。才意识到自己有多混蛋，三十多岁了，仍没有站在他的角度想过。她猛然醒悟，自己只是身体长高了长重了，而心智仍未成熟。她看着桌上的火锅，想着养父每次吃这酸汤鱼的样子，才记起自从养父瘫痪后，他们就再没有吃过酸汤鱼。她多想此刻他就在自己的身边，也能尝尝这久违的味道。她深感自责，想着养父三天来汤水未进，而自己仍安之若素地游山玩水，吃吃喝喝。常言说，男饿三，女饿七。她真怕他出什么事，那会让她后悔莫及。她顿觉归心似箭，想回去亲自给他做一锅酸汤鱼，让他知道，养育了二十多年的女儿成熟了，懂事了，知道感恩了。

明天我要回去。石曼突然放下筷子说。

明天回去？不去游梵净山了？唐娟睁大眼睛望着她。

不去了。

既然来了，怎么不去呢？那可是一座神秘的佛教名山呢！刘立劝说道。

你们去吧，我得赶回去，我家老爷子三天没吃东西了。

既然你要回去了，我也回去吧，一个人有什么好玩的？唐娟说。

不是还有刘立陪你吗？

我才不要他陪呢，孤男寡女的，被他老婆发现了，那可说不清楚！

算了吧，你们不正好重温旧梦！石曼玩笑道。

看看，连你都这样看我们了，赶紧走，不然，真说不清了。

真的，你好好玩，我要回去了。

老爷子还没有吃饭？唐娟问。

没有。

唉，这个老拔也是，就没有一点办法？

不怪他，老爷子是在与我赌气。

还在与你赌气？

嗯，只有我回去了，他才放心。

那你乘飞机还是高铁？刘立问。

不知是高铁早还是飞机早。

飞机早些，上午九点十分起飞。

直飞吗？

直飞。

那就乘飞机吧。石曼说着，当即让刘立在手机上给她订了票。

两张。唐娟犹疑了一会儿说。

你真要走？刘立定定地看着她。

走。

不去梵净山？多可惜呀！

下次吧，到时来见你也好有个借口呀。

唉，行吧。刘立摇头叹息。

石曼见唐娟执意要去，心里涌起一阵感动。她再三劝说，要唐娟继续她的行程，可唐娟执意要与她同行。石曼觉得有些对不住她，要是自己知趣，不与她同来，那就不会打乱她的行程。可是，也不能全怪自己，谁叫她之前没有说清楚呢？她拨通了老拔的电话，说她们明天赶回去，要他明天去菜市场买条鱼。

买鱼做什么？

给老爷子做酸汤鱼。

酸汤鱼！怎么做？

你只管买，我来做。

你来做？

是的，明天我就回来了。

明天几点到？

十二点左右就到。

好，到时我来机场接你们。

行。

五

吃罢晚饭，刘立邀她们去杉木河散步。还是带你们去逛逛这个城市最美的夜景吧。刘立说。

你们去吧，我回宾馆了。石曼说。

你怎么能这样呢？多没意思！走吧走吧。唐娟挽着石曼的手臂，强行把她拉上车。

石曼看到唐娟眼里满是恳切与怨怒，只好半推半就。他们来到杉木河边，只见波光粼粼的河面满是彩灯的倒影，河不大，蜿蜒穿行在城中，两岸都是人工园艺，草地，树木，楼角，亭台，人行其间，犹在画中，心旷神怡。

他们走过一片丛林，穿过一片假山，隐约有音乐声传来，放眼望去，树影婆娑间，不远处的河心竖着一垛一百多米长的水帘。他们急步上前，挤过人群，见各色水柱跳跃，随着音乐旋律，或群芳争艳，或长袖独舞，或浅浅低语，或直冲云霄，如梦似幻，物我两忘。当最后那首乐曲从一个高昂的音符果断地停止，那一片水柱突然断流，像被快刀生生砍断的植物，齐整整跌落下来，一切归于平静，他们仍旧痴痴地看着被击碎的河面，直到人群三三两两散去，走远，才回过神来，原来是水上音乐喷泉。

他们沿着一条用鹅卵石镶嵌成各种图案的林荫小道，继续往前走。来到健身广场，唐娟与刘立在一张木椅上坐下，低声轻语地说着什么。石曼全身有些酸软，见他们那依依不舍的样子，不便与他们坐在一起，但又不好单独坐在一旁，只得沿着广场漫步，观看广场边一座座雕塑。这些雕塑再现了不同时期矿山工人开山采矿、碎石炼金的历史，有古代人原始工艺开采的情景，有对外国资本入侵掠夺资源和压榨劳工的控诉，有建设新中国热火朝天的生产场面，也有改革开放以来，从辉煌到政策性关闭，以及转型升级的腾飞。石曼逐个看完那些雕塑，愈加感到疲惫。她见唐娟与刘立还在亲密地交谈，只得强打精神，来到一个巨型玻璃橱窗前，百无聊赖地看着橱窗里的文字与图片。她看了许久，什么也没有看明白，只感到腰酸背疼，腿肚发软。她打算不辞而别，悄悄回到宾馆休息。就在她转身的那一瞬，一张照片跃进眼里。那是一张三十多岁的中年男人的脸，长发淡眉，瘦长脸，眯缝眼。她见照片下面写着"邓方全"三个字，脑子里轰的一声巨响。她极力控制着情绪，紧紧地盯着那张照片，记忆中爸爸的形象渐渐清晰。她看着看着，情不自禁地瘫坐在玻璃橱窗前，仍仰头望着那张照片，眼里一汪泪水模糊了视线。唐娟以为她累了，叫她过去在石凳上坐，连叫了几回，她都没有答应，就拉着刘立走过来，一声声询问。许久，石曼才抬起头，指着那张照片说，他，就是我爸爸。

你爸爸？唐娟不解地问，抬头仔细看着那张照片，又看了看下面的简介，这个叫邓方全的人是金矿的职工，还是省级劳模。

原来他就是你爸爸？刘立疑惑地问。

你认识他？唐娟惊喜地问。

他是我们这里的名人，谁不认识呢？刘立睁大眼睛，不解地说。

就因为他是劳模？

不是不是。

那为什么？

怎么说呢？反正我们这里的人没有不认识他的。

那他现在在哪里？

有好几年不见他的踪迹了。

他家住在哪里呢？唐娟追问道。

一个疯子，到处流浪，谁知道他家在哪里？一个从他们身边经过的人不屑地说。

谁是疯子！石曼一脸惊愕，站起身来，朝那人冲过去。

刘立一把拉住她，问，你真确定，他就是你爸爸？

不会错，你看那一头长发，那张长长的瘦脸，都是我记忆中的样子。

他确实疯了许多年。刘立说。

疯了！怎么会疯呢？石曼突然像被什么击中，惊恐地问。

从我记事时起，他就整天在外流浪。刘立说。

此时，他们身边已围了几个过路的人，好奇地打量着他们，七嘴八舌地议论着这个叫邓方全的人。

一个苦命人呀！一连遭遇那么多打击，不疯才怪呢？一个老太太瘪着嘴说。

其实，开始他并没有疯，后来在寻找他走失的女儿的过程中，不知受了什么刺激，就疯了。另一个男人插话道。

他女儿走失了？石曼问。

可不是，走失二十多年喽。那个老太太说。

他为什么不报案呢？

哼，报案，有哪样用？男人冷笑着说。

那他现在在哪里呢？

人们议论纷纷，有的说他死了，有的说他回老家了。

哪里哟，听说在精神病院。那男人说。

精神病院？石曼惊问。她再次来到玻璃橱窗前，看着那张照片，有些不知所措。唐娟走过来安慰她说，别急，既然知道他的下落了，明天我们到精神病院去看看。

现在就去吧。石曼转过头来，盯着唐娟说。

现在！可能不行。到精神病院看病人要经过医院同意才行。刘立解释道。

这么说，要等明天才能去喽。石曼问。

明天都还不一定呢。刘立说。

既然这样，我们只有把票退了，明天再来？

只能这样了。

回到宾馆，石曼打电话给老拔说，临时有事，可能回不去。

听说你们要回来，老爷子可高兴了，还喝了小半碗粥。老拔说，现在你们又不回来了，不知他又要怎么闹呢。

你给他好好解释吧，就说飞机误点了。

第二天，他们早早赶到远离城区的安定医院，四周少有人烟，一片荒凉，只有对面的山头建有一片工业区，升腾着一片白茫茫的雾气。他们进去一打听，邓方全果然在那里。他们找到了主治医生，说明情况，医生给他们交代了一些事项，就带领他们来到二楼，走过一条长长的幽深的走廊，两旁的绿漆铁门紧紧地关闭着，让人顿生森严之感。不时，从铁门里射出一道雪亮的目光，好奇而又呆直地盯着他们，好似随时要向他们扑来。来到中间靠左的一间房间，护理人员打开铁门，先进去与他交代了几句，才让他们走进去。屋里光线更暗，护士打开窗帘，才见一个瘦得皮包骨的老人弯着身子躺在床上。老人目光呆滞，脸色苍白得如一张洁净的纸。他惊恐地看着他们，尽力将身子往床角缩。她努力在他脸上身上寻找着记忆中的痕迹，那张瘦得脱了型的脸，那双惊惧的眼睛，那个被剃光了的头。一切都是那样地陌生。

是他吗？唐娟走近石曼，轻声问道。

石曼一脸茫然。她走到床边，俯身靠近他，仔细察看他的脸，有意识地闻闻他身上的气味。他紧张地盯着她，突然转身扑向枕头边，紧紧抱住一个布娃娃，惊恐地叫道，莎——莎——石曼被这叫声吓了一跳，莎莎，这个名字像寒冬的雪天飞来的一颗石子，击打着她的心。她感到一阵尖利而窒息的疼痛。她隐约记得自己就叫这个名字，可是，当她再次把这个名字与自己联系起来时，又是那样地别扭与陌生。

莎莎是这个布娃娃，他以为你要抢他的布娃娃。医生对他们说，连忙上前安抚他，说别怕别怕，他们是来看你的，还给你送来了许多好吃的东西。刘立赶紧将手里的东西提到他眼前晃了晃，放在床头柜上。他见了，才搂着那布娃娃，坐直身来。他将布娃娃小心翼翼地抱在怀里，嘴里不停地说着什么。此时，石曼才认出，那个布娃娃正是自己小时候最好的伙伴，那圆圆的大眼睛，那直直的鼻子，还有那蕾丝边纱裙，一切都是那样熟悉。那时候，每晚睡觉，她总要搂着这布娃娃才能入睡，白天一个人在家时，只要有她相伴就不孤单。到了养父家后，最初每晚睡觉时，她哭闹着要她的布娃娃。养父给她买了一个又一个，仍不能制止她的哭闹。养父没有办法，见她哭得伤心，只有陪着她掉泪。后来，她每当想起这个布娃娃，就会想到她的爸爸，就有一种撕心扯肺的痛。这个布娃娃已破旧不堪，身体软塌塌的，金黄的头发也所剩无几，雪白的蕾丝边纱裙已成了灰黑色。

石曼这才坚信，眼前这男人就是深爱自己的爸爸，是教她牙牙学语，扶着她摇摇晃晃走路的爸爸，是给他童年无限欢乐与温暖的爸爸，但她怎么也不相信，那个瘦弱的肩膀怎么能肩负幼时的自己。那时，她常坐在他肩头，闻着他身上那股汗与烟草混合的气味，一路歌唱，一路欢笑，那是多么快乐的时光。她感到一阵心酸难过，好想上前抱抱他，或像小时候一样，偎依在他的怀里，与他说说话。她犹豫着，还是放弃了，怕自己的不慎触动他脆弱的神经，揭开他心头的伤疤。她只能这样默默望着，任泪水无声地滚落。

走出病房，医生叹息道，如果你们有空，常来看看他吧，他真可怜，之前从来没有一个亲人来看过他，只有一个工友，半个月或一个月，来探视他一回，给他带些吃的，帮他洗洗澡。我们有什么事，也是联系他。

那人叫什么名字呀？

王胜利。

石曼掏出手机，记下了那人的电话，与医生挥手告别。

离开精神病院，石曼决定去看一下王胜利。她要向他表达感激之情，可当她拨通了王胜利的电话，说明了自己的身份和来意时，王胜利迟疑着，哼哼哈哈地好一会儿，才说，不——别了。

石曼说，您这么多年来，一直照顾我爸爸，再怎么也要来向您表示感谢。

电话里的王胜利说他回老家了。说完，就挂断了电话。

石曼以为是自己不小心触到了手机，等她再拨过去，对方不接。她有些疑惑，紧接着又拨打过去，对方却已关机。石曼不解，一种不祥的预感在心头升起。

他们站立在街头，一时不知所措。刘立迟疑了一会儿，掏出手机，给他父亲打了电话。他父亲说，王胜利？认识认识，他下岗后，就到环卫站当了工人，你们找他有哪样事？

一个朋友想见见他。

那我帮你们问问。

好的。

不一会儿，刘立的父亲打电话来说，王胜利今年上半年已退休了。

他家住哪里呢？

他是大坑的，应该是住桐花巷。

桐花巷？石曼看了看刘立和唐娟，有些吃惊。

对，当年大坑和中坑的都住桐花巷。

大坑是什么意思？石曼不解地问。

当年采矿分几个坑道，一个坑就是一个作业单位，相当于现在的一个局级单位。大坑是主洞，是矿上的主体。

他们再次来到桐花巷，一打听，王胜利家住桐花巷丁字路口的那条小巷。他们来到王胜利家，再次遇见那个妇女。她显得有些慌张。她说她是王胜利的爱人，她说王胜利的老娘生病了，他半月前就回老家照顾他老娘去了。石曼问王胜利的老家在哪里，妇女闪烁其词，支吾半天没有说清楚。最后，她兀自走进屋，把门关上后，就再不出来了。

从桐花巷出来，石曼感觉蹊跷。这个叫王胜利的人既然对她爸爸那么好，为什么又要躲避她呢？莫非是他？石曼脑子快速地转着，一个模糊的身影从记忆深处走来。她记得自己在那个街口等妈妈时，一位叔叔向她走来，说带她去找妈妈，于是，她就跟着走了。她没有想到那位叔叔会骗她，因为她记得他是爸爸的朋友，爸爸经常带他到家里吃饭喝酒。许多年后，当她在电视上看到有关打拐的新闻，她意识到那位叔叔骗了自己，才知道自己是被他拐卖了。

难道就是他？石曼暗自想，可谁知道他老家是哪里的呢？她要刘立再打电话问问他父亲，进一步了解一下王胜利的情况。

我也不知道。他是大坑的，可能只有大坑的人才知道。刘立的父亲说。

哪些人是大坑的？

都走喽，不知还有哪些人在这里，要不，你们到矿山社区看看。

矿山社区？

对，那里应该查得到他的档案。

查档案？他们同意给我们去查吗？

你们说明情况，应该同意。

他们随后来到矿山社区，来到办公室，见一个四十多岁的男子独自守在电脑前玩游戏。他们上前说明了情况，男人沉迷于游戏之中，头都没有抬一下，直到一场游戏结束后，才疑惑地打量着他们说，你们去他家里找呀！

他回老家了，我们不知他老家在哪里。

莫非你们要去他老家找？男人不解地看着他们。

我们有点事情想向他了解一下。

王胜利？

365

对，王胜利。

他老家在常德。男人丢下一句话，又埋头忙着玩游戏。

湖南常德吗？刘立问。

不是湖南常德难道北京还有一个常德？男人不耐烦地说。

常德哪个县呢？

你问我，我问谁呀？

刘立有些生气，正要发作，见一个年轻女子走了进来，唐娟急忙上前向那女子打听。那女子说，我也不知道他是常德哪里的。我查查看吧。女子说着，从办公桌的抽屉拿出一串钥匙，打开靠墙的一个档案柜，从里面抱出一大摞卷宗，一本一本地找，一页一页地翻，终于查到了王胜利的信息，原籍是湖南省常德市石门县胡家沟村人。

这里到常德有直达车吗？从矿山社区出来，石曼急急地问。

没有，只有乘高铁到长沙，再转车。

行，你们去梵净山吧，我去常德。

你一个人去哪行？唐娟说。

怕什么？

还是我们跟你一道去。刘立说。

真不用。石曼诚恳地说。

开玩笑哟，那么远的地方，你人生地不熟的，怎么可能放心让你一个人去？唐娟显然下了决心，不由分说地上了车。

在去高铁站的车上，石曼拨通了老拔的电话，告诉他，今天不能回来了，要去一趟湖南常德，要他再辛苦几天。

你们到常德去干什么？

有点急事。万一老爷子还不吃东西，你先给他输瓶能量吧，等我回来再慢慢给他调养。

好，你就放心去吧。

挂断电话，石曼闭着眼，长久不说一句话。

六

他们赶到常德的石门县时，天已经擦黑。他们在街边一家超市买了两瓶蜂蜜，两包黑芝麻糊，一盒纯牛奶，随后，在街上拦下一辆的士，连夜朝那个名叫胡家沟的小村赶。车出城不久，就开始爬坡，手机导航不断提醒前面弯多坡陡，雾大路滑。果然，没走多久，前面车灯的光柱里，只见浓雾滚滚，能见度不足二十米。很快，车玻璃上就积满了水珠，越积越密，连成一片，雨刮器不时刮出几声揪心的嘎嘎声，水线如蚯蚓般蹿下。一路上，司机手忙脚乱地不停换挡变速，以每小时十公里的速度缓慢前行。

刘立与唐娟随着车身左摇右晃，很快就睡着了。石曼坐在副驾位上，紧紧盯着手机导航，见那条弯曲的绿色线路越来越短，她的心也开始狂跳起来。她不是担心这一路的安全，而是不知道如何面对那个人，那个躲避她的人，他的心里一定有许多有关她的秘密。

突然电话铃声响起。他们同时坐直身子，四下张望。石曼见是老拔打来的，没假思索就接了。老拔在电话里急切地问，你家的床单在哪里？

什么床单？

老爷子的床单。

怎么了？

他尿床了，被子和床单都打湿了，上面还有屎。

你没有给他垫尿不湿吗？

垫了，被他扯了，撕得满床都是。

他怎么了？石曼惊恐地问。

今天天一亮，他就问你什么时候回来，开始我还敷衍他说，你下午回来。可到了下午，他又问，我就只好把实情告诉他了。他听后就沉默了，又开始不吃不喝，也不与我说话。后来我见他睡着了，就回店里去一趟，回来就见他赤身裸体躺在被子外面，尿不湿撕扯得满床都是，被子上，床单上，到处都是屎和尿。

石曼不解，向来言行检点的养父怎么能做出这样不知羞耻的事来？她羞愧万分，无地自容，似乎在老拔面前赤身裸体的，不是她养父，而是她自己。她想，一个男人面对着另一个男人的裸体，而且，这个赤身裸体的男人还可能成为自己的岳丈，多难为情呀！还要给他擦洗身子，收拾被屎尿弄脏的衣服床铺。老拔在电话里显得十分平静，就连抱怨的语气也没有。石曼心里顿时升腾起一份感激，觉得老拔成熟老练，宽和平静。

他们来到胡家沟时，已是晚上九点过。村庄在靠近河边的小山沟里，极静，只有零星的灯光从树影间透出来，晶亮晶亮的。他们刚下车，一群小孩就好奇地围了过来打量着他们。

你们去哪里？一个孩子问。

这里是胡家沟吗？刘立答非所问。

是。你们找谁呀？

王胜利家在哪里？

王胜利，哪个王胜利？几个小孩你看看我，我看看你。其中一个突然朝村寨前的一圈人大声叫喊，他们找王胜利，他们找王胜利。人群中走出一个瘸脚男人。瘸脚男人得知他们找王胜利，兴奋地说，他是我哥。

你哥？

是呀。瘸脚男人说着，转身往村子里走，一瘸一瘸的，却极快。他们打开手机里的电筒，努力跟在他的后面，一串凌乱的脚步声，引来一串激烈的狗叫。瘸脚男人走远了，见他们没跟上，才停下来等。可不一会儿，他又独自走到前面去了。

这路不好走，你们要小心点。瘸脚男人第三次停下来时，对他们说，快到了，转过这个弯就是。

果然，不一会儿，他们就听到瘸脚男人大声叫道：哥，有人找你。

哪个？一个苍老的声音在屋里答应。

不认识。

石曼心里一紧，生怕王胜利再次逃离，她推了推刘立。刘立会意，几步跟上瘸脚男人，大声叫着，王师傅，是我。

门开了，一个黑影背着光走出来，打量着刘立，不解地问，你是？

我叫刘立，是三坑刘慎光的儿子。

哦，你爸爸是刘慎光，我认识。

在他们答话间，石曼与唐娟也赶了上来，站在院子里，打量着眼前的房子。这是一栋木质结构的老屋，虽然有些破旧，但收拾得还算干净，院子里的地面用水泥硬化了，可能是当初没有抹平，到处坑坑洼洼的，有些硌脚。

听说老人家病了，我们顺便来看看。刘立递过手里的东西说。

哎呀，让你们破费，怎么好意思！王胜利接过东西，疑惑地打量着唐娟和石曼，这两位是？

这位是唐娟，我大学同学，这位是她的朋友，叫石曼。

哦，那快请屋里坐。

王胜利把他们引到西屋。屋里空气中浮动着一股陈腐的气息，像长久没有开窗一样。屋角的老式木床上，一位头发蓬乱的老人蜷曲在被子里。刘立上前问候，她不理睬，只顾呻吟。

老人家什么病？刘立问道。

老人仍是不答，只是呻吟声更大了些。

也没什么，老毛病。王胜利笑着回答说。

高寿呢？

八十六了。瘸脚男人右手比了个八字，自豪地说。

那平日全靠你照顾喽。刘立望着瘸脚男人赞许道。

不靠我靠谁呀，我哥怕我嫂子。瘸脚男人嘿嘿笑着说。

你不怕老婆？

我家这么穷，谁愿嫁给我？瘸脚男人说着，仍旧是一脸的笑。

王胜利把他们引到东头的外屋，陈设十分简陋，一个很大的灶头占据着半个屋子，墙角立着一个碗柜，中间摆着一张小木桌，几个小竹凳。他提了几个小竹凳，招呼他们到灶前的火塘边烤火，火塘里正燃着树根，冒着一缕缕青烟。

他们刚坐下，王胜利就叫瘸脚男人烧水泡茶。瘸脚男人往锅里加了半锅水，转到灶前来烧火。他不断地朝灶孔里添干树枝，火焰蹿出灶门，屋子顿时明亮了许多。石曼见那个瘦小的老人从碗柜里拿出三个花色不同的碗，又从碗柜的抽屉里翻出半包茶叶，分别往三个碗里倒。待水开后，向三只碗里加了开水，一一端给他们。随后，就着锅里的开水，从一个塑料口袋里拿出鸡蛋，一个接一个地往里磕，磕完鸡蛋，他又往锅里下面条。

这么晚了，下碗面将就一下。他说着，不停地用筷子搅着锅里的面条。

我们农村，没得什么好吃的。坐在灶前烧火的瘸脚男人讪讪地说。

这鸡蛋是正宗的农家土鸡蛋，面条也是传统的手工面条，现在的城里人很难吃到这纯天然的食物呢！老人抢过话题，好似在纠正瘸脚男人过分谦虚的话。好，好，现在还真难得吃上土鸡蛋煮粗面条呢。刘立兴奋地说。

当王胜利端着一碗鸡蛋面条递给石曼时，石曼不经意地看了他一眼，见他左眉上有道显目的疤痕，手一抖，端在手里的碗险些掉在了地上。他说了一句，小心。她没应答，惶惶然，魂不守舍的样子。毫无疑问，眼前这个老人就是当年与她爸爸一同喝酒，后来又将她领向那列绿皮火车的叔叔。

石曼细细打量，见他一副落魄的样子，完全是个矮小干瘦的老头，不仅发际已退到了头顶，就连头顶上仅有的那几根头发，也柔弱发黄，像冬天原野上干枯的荒草，在寒风中不住地颤抖；还有那张干瘦松弛的脸，如似一片枯叶，阡陌纵横；那细窄的眼睛里，透出一丝浑浊的光，当年英姿焕发的模样荡然无存。可是，他左额上的那道疤痕早已深深地烙在了石曼心里。看着这个恨了二十多年的人，如今变成了这般模样，她说不清是喜是悲。

刘立和唐娟一边吃一边称赞这土鸡蛋真香，说有许多年没有尝到这味道了。石曼却什么味也没吃出来。她一直在想，如何与他说才不会让他抵触与否认？可她脑子里如一锅粥，怎么也理不出个思路来。

王胜利收拾妥当后，又重新烧水给他们泡了茶，随后给刘立上了烟，才来到灶前一个塑料凳上坐下，自己也点上一支烟，慢慢吸起来。

你认识我吗？石曼将凳子朝王胜利身旁移了移，倾斜着身子问道。

你是——记不起来。王胜利看着石曼好一会儿，摇摇头，凄然地笑着说。

二十五年前，不是你把我交给石光明的吗？

石光明？他瞪着石曼看了半天，惊愕地说，哦，你就是昨天打电话给我的那个邓——邓——莎莎？

我叫石曼。石曼恨恨地说。

石——曼——哦，对，你是该姓石。你父亲叫石光明。

石光明是我的养父。

唉！你是一个苦命的孩子。他停了停，深深地看了石曼一眼，叹息道。

你当年得了多少钱呀？石曼鼓足勇气，终于问出了心中的疑问。

什么多少钱呀？

你把我卖给石光明得了多少钱？石曼愤愤地问。她知道他会否认，但她想看看他怎么解释。

天地良心！我一分钱没得。他重重地拍了一下大腿，急切地发誓道。

石曼紧紧地盯着他，一句话不说。

你真的以为是我卖了你？王胜利睁着眼，似有所悟地反问道。

不是卖，那是为什么？

唉！王胜利深深地吸一口烟，又长长地吐出来，说，莫非你们今晚是专程为这事来的？

是的。石曼冷冷地说。

王胜利不再作答，只顾闷着头，一口一口地吸烟。好一会儿，他才将烟蒂重重地在鞋底上摁灭，说，你还记不记得你妈妈？

记得，但想不起她长什么样。

我领你走的那天，她说她去买东西，你还记得吗？

记得，我在一个街口等她，她老不回来，后来就看到了你。

你知道她为什么走开吗？

她不是去买东西吗？

不是，她是为了让你跟我走。

为什么？石曼眼前一黑，脑子里再一次浮现出了那个影子一样的人，她真怀疑自己是不是她亲生的。

不为什么，只为了让你生活得更好。

让我生活得更好？笑话。

我知道你不理解她。

她现在在哪里？

死了。

死了！石曼被吓了一跳，脑子里一片空白，什么时候死的？

就在你离家后不久。

什么病？

唉！王胜利摇摇头，长叹一声，说，绝症。

这么说，当年她是把我卖掉得的钱拿来治病了？

不是这样！王胜利说。

那为什么？

你想想，她都快死了，谁来养你嘛。

我爸爸呢？

你爸爸？眼看金矿日落西山，几个月才发一次工资，他自己都养不活了。

再养不活自己，也不能把自己的女儿卖给别人呀？

不是卖，唉，你怎么能这样想呢？王胜利没好气地说。

那是什么？

看来我只能对不住你妈妈了。

怎么对不住她？

她临终前要我向她承诺，一辈子守住你身世的秘密。

我身世的秘密？我的身世有什么见不得人的秘密？

唉，说来话长呀。王胜利说着，又抽出一支烟，独自点上，闷闷地抽了一会儿，才抬头幽幽地说，你本来就是姓石，你是石光明的女儿。

什么？石光明的女儿！石曼张大嘴，犹如晴天霹雳，惊愕地瞪着唐娟，见唐娟也定定地看着她。

对，你是石光明的女儿。

怎么可能！石曼脑子里晕乎乎的，理不清头绪。

哦，对了，你父亲怎么样？

谁呀？石曼愣着，没回过神来。

石光明。

瘫了，已经瘫三年了。

瘫了？他不过才六十多岁吧？

六十八岁。

他的命也苦呀！

他与我爸妈之间到底发生了什么？

　　唉，看来我只好给你说说了，好在你现在已经长大，应该知道自己的身世。你妈在天有灵，也会原谅我的。王胜利吸了一口烟，不慌不忙地说，那时，我和你爸都是大坑的矿工，石光明是我们的坑长。王胜利说，当时我们矿上很红火。我们走到哪里，人们投来的都是羡慕的眼光。周边县区的姑娘都以嫁给我们矿工为荣。也就是在那时，你爸认识了你妈。你妈可漂亮了。她是西边一个县的。她有个嬢嬢在区政府工作，与石坑长关系很好。她嬢嬢就请石坑长帮忙，把她介绍到矿上的职工食堂待业。那时，一个坑长权力可大了，相当于现在县里的一个局长。你爸得知你妈是石坑长介绍到矿上来工作的，就去求他。石坑长当晚就带着你爸爸上门说媒，你妈妈二话没说，就满口答应了。

　　你爸妈结婚的那天，我们可高兴了，人人都喝醉了。石坑长也醉了，石坑长醉了就哭。我们知道他心里苦。他结婚十多年了，老婆一直没有生育。

　　从此，你爸就与石坑长攀上了关系，深得石坑长的关照，很快提成了作业组组长。那时的作业组组长也是一个不小的官，有很多优待，比如常到外地出差，或外派到大城市学习。刚结婚不久，你爸就被派到贵阳学习半年。你爸也是一个有志向的人，只是有些离不开你妈。他接到通知后，犹豫了许久，还壮着胆子去找石坑长。石坑长一听就火了，狠狠地批评了他，说，好不容易争取的名额，你不去，你还想不想上进呀？你爸没办法，只得去了。你爸外出学习多了，见多识广，很快成了矿上的技术骨干，提为了技术科科长，负责矿上的技术改进，多次受到了冶金部的表彰，还连续三年都被评为全省的劳模。

　　虽然那时矿上仍旧热火朝天，但已显出了些衰败之象。广播里天天鼓动干部职工辞职下海。一些大胆的人就辞职下海了。石坑长就是其中的一员，并且还离了婚。现在看来，石坑长当时的选择是英明的，只是不知他是因为辞职才离的婚，还是因为离了婚才辞的职。就在他辞职不久，矿上就日落西山，一天不如一天了。到了20世纪90年代，职工的工资也难保障了。那段时间，许多矿工们都开始恐慌了，感到黑天无路，找不到求生的法子。一些矿工的家属就结伴南下。你妈与我爱人就是那时去广州的。你爸也本打算跟她们一道出去，因为要照顾你，他就留了下来。

　　矿上出去的女人中，数你妈最顾家。王胜利说，她每月都要汇钱来，每年回来过年，不是带彩电，就是带冰箱，有一年还带来了一台吸尘器，把屋里旮旯角落的灰尘都吸得干干净净，让矿上的人眼热了好久。你不知道，在那个年代，家里能有彩电冰箱，可是不得了的。我家那婆娘在外只顾自己。后来，把我们的儿子也接过去，就再没有寄过钱回家。我以为她再不回来了，哪知前几年，她又突然回来了，一问才知是她患糖尿病，加之年纪已大，在外面找不到钱了，才想到这个家。

　　一次，你妈回来，突然来找我，我被吓了一跳，她整个人完全变了形，头发几乎脱光了，戴着一个假发。她说她得了绝症，叫什么艾滋病，快要死了。她说她什么牵挂也没有，就是放心不下你。她还向我坦白了当年她与石坑长的事。其实，之前人们就议论，说你是石坑长的女儿。不久，这一传言就得到了证实，因为你长得像石坑长。但你爸被蒙在鼓里，一点都没有察觉，一直把你当成亲生女儿疼爱。

石曼脑子里嗡的一声，晕晕忽忽的，好似他说的不是她妈妈，而是她自己。她感到莫大的耻辱，真想对王胜利大吼一声，叫他闭嘴。

王胜利一点也没有察觉石曼的不快，继续他的讲述：你妈还跟我说，在她与你爸爸结婚之前，她与石坑长就好上了，但石坑长不是真心爱她，只希望她给他生个孩子。你妈也承认你是石坑长的女儿。你妈说，石坑长在外面做生意发了，也一直想把你接过去抚养。所以，她希望我联系石坑长，把你送到他身边，让你有个好的成长环境，有一个好的未来。

现在看来，当年石坑长与他妻子离婚，与他辞职下海无关，而是因为他妻子察觉了他与你妈的事。石坑长的女人是矿上有名的厉害角色，她哪里能容忍自己的男人对自己不忠呢。

石曼意识渐渐模糊，她听不清王胜利在讲什么，只见他嘴巴不停地张合，从他嘴里吐出的，好似不是话语，而是一只只蜜蜂。她看见千万只蜜蜂从他嘴里飞出，聚集在她的眼前，不停地飞动着，嗡嗡地鸣叫，一下一下地蜇着她的神经。王胜利仍在继续讲述，嘴角堆起了一团白色的泡沫。随着他嘴角泡沫越堆越高，石曼眼前的蜂群也越聚越大，有一种遮天蔽日的阵势。她感到心烦意乱，头痛欲裂，忍无可忍，猛地站起身来，大声咆哮道，不要讲了！

夜里，石曼浑浑噩噩地躺在床上，脑子里一片混乱，没有停息片刻。她父母的往事，像夏日晴空夜幕上的繁星，不停闪现。她万万没有想到，自己是那个既可恨也可怜的石光明的女儿。她希望经历的这一切，只不过是一个梦，醒来后，一切又回到原样。可她分明知道眼前的一切都是那样地真实。她顿觉人生一种沧桑，似乎经历了几生几世，深感命运的不测与无助。

七

第二天天没亮，他们一行人就往回赶。石曼说，她要回千山给妈妈上坟。

那我与你们一道回去吧。王胜利说。

你不是要照顾你母亲吗？石曼说。

她是老毛病，不要紧的。王胜利说，你爸妈在千山既没有亲戚，也没有多少朋友。我若不去，怕你们坟都找不到。

石曼听了，一股热流涌上鼻尖，想到自己昨晚的失态，愧疚万分。她连忙上前，拥着王胜利，说，对不起，王叔叔，让我恨了您这么多年，昨晚又发了那一通脾气，多有得罪。王胜利大度地说，没什么，今天能看到你回来，我很高兴。

来到千山时，已是下午。王胜利带着他们到街角的一处丧葬用品店买了香、纸和烛。出城后，他又向附近的一户农户借了一把弯刀和锄头。见石曼一脸不解，他说，每年我去给你妈上坟时，都要顺便去把她坟上的杂草砍砍。石曼鼻子一酸，见他苍老的样子，又想到了她的爸爸，心里如刀剜一般地痛。听王胜利说，她爸爸至今还不知道她的身世，一直把她当着亲生女儿。正因为如此，她的失踪给了他致命的打击。他一年又一年地寻找，一次又一次地失望，最后就疯了。王胜利还说，看着你爸爸可怜的样子，几次都想向他说出你身世。但他思来想去，还是没有，如果说了，对他无疑是一个更大的打击。因此，他就一直隐忍着，没有说。只是一遍又一遍地劝慰他。但苍白的劝说哪能抚慰一位父亲的失女之痛呀！

他们来到城郊，朝后面的山坡走去。显然，这条路平日少有人行走，已被荒草荆棘封住了。好在王胜利在前面边走边砍，才现出一条窄窄的路来。

来到一个山垭口，王胜利指着荆棘丛中的一个土堆说，那就是你妈。石曼朝他手指的方向望去，见那个土堆，好似一个羞羞答答的人，正躲在草丛中偷偷地看他们。石曼伫立在坟前，泪水不自觉就盈满了眼眶。她很难想象，这就是那个影子一样的妈妈，是给她生命，为她操劳的妈妈。她顿觉自己与这个土堆有了一种血肉相连的牵扯与疼痛。石曼想，这么多年，她独自在这荒郊野外，是那样地孤单，那样地可怜，像她当年离开他们时，一样孤苦伶仃。石曼双膝一软，扑向前面的杂草，伏在坟堆上，任心中那股激流翻腾奔涌，多少年的思念，多少年的苦楚，多少年的期盼与渴慕，一股脑儿地化成一声又一声撕心裂肺的悲号。

石曼不知哭了多久，感觉自己已化成了一摊泥，与身下的坟堆融为一体，成了它的一部分。许久，唐娟才把她扶起来，坐在旁边的一个土台上。石曼见王胜利正在坟头一下一下地砍着杂草，刀起刀落，一片片茅草纷纷倒下。刘立也拿了锄头，在坟堆旁清理边沟。渐渐地，坟头从草丛中显露出来，圆润饱满，好似一个刚出笼的馒头。

石曼与唐娟来到坟堆前，燃香点烛，一张张烧纸化钱，火焰在寒风中左右摇摆，发出嗬嗬的叫吼声，像亡人的灵魂在扭动挣扎。不知何时，王胜利也来到了坟前。他上前作了三个揖，说，玉兰，对不起，我失言了，没有守住对你的承诺，好在你女儿已长大成人，现在她来看你来了，你在九泉下安息吧。他刚说完，风就止了，烟直了，火焰也不吼叫了，轻轻袅动着，从容而端庄。

石曼见了，连忙弯下腰去，闭上眼，念念有词，深深地鞠了一躬。她的脑子里再次浮现出那个影子一样的妈妈，是那样地轻盈，那样地缥缈。她轻声呼唤着，生怕一不小心，她就飘散了。直到唐娟上前拉她，她才睁开眼，抬起头看着前面那个光秃秃的土堆，说，妈妈，您好好安息吧。明年，我回来给您立块碑。说完，就一步一回头地朝山下走去。走了很远，仍见坟前火焰在袅动，青烟飘向天空，好似高举的手臂，不停地向他们挥动。

来到半山腰，石曼的手机铃声响起。她摁下接听键，还没有移到耳边，就听到老拔急切地说，老爷子他——他——

他怎么了？石曼一愣，定定地站着，听着老拔的话，一股气流从她的小腹往上蹿，硬硬的，淤积在胸口，不断膨胀，一会儿，腹部气鼓鼓的，胸腔也气鼓鼓的，压迫着心脏。她感到心慌意乱，天旋地转，眼前的世界逐渐模糊，暗淡……

（原载《民族文学》2019年第3期）

戴　冰

张琼与埃玛·宗兹

　　他中途去餐车吃饭，从那个女人的对面路过，但她恰巧侧转身体，去看窗外，所以他最后只看见了她右边的脸颊。吃饭的时候他想，一个人怎么可能这么漂亮又这么暗淡无光？

　　他不记得那天他点了什么主菜，反正不是鱼香肉丝就是宫保肉丁，那是他最偏爱的两道菜了。他大口吞咽，急着吃完，那副吃相要是被他母亲看见，肯定又要啰唆，会给他举出很多因急性胰腺炎发作导致死亡的例子。他意识到了自己不可告人的心情，有点好笑，想吃得慢一点、从容一点，但最后还是很快就结束了午餐。他往回走，一面走一面用纸巾飞快地擦嘴。快要走到那节车厢时他放慢了速度，从后面往前，一排一排地看，在10F的座位上又一次看到了那个女人；她仍然侧脸向外，姿势跟他之前看到的完全一样。这次他注意到她穿了一件银灰色的羽绒服，领子高高竖起，头发藏在里面，看不出长短。越过她的座位时，他忍住了没回头，他觉得那样就未免有些放肆了，于是目视前方，径直穿过两节车厢，回到了自己的座位。

　　接下来的三个小时，他玩手机，打盹，上卫生间，和旁边座位上一个回家奔丧的年轻人闲聊，尽力不让自己去想那个女人。有那么两三次，他成功地抑制住了想要再去餐车吃一顿饭的冲动。

　　那是一列从贵阳开往武汉的高铁列车。当时他刚在广西师大出版社出版了一本书，武汉物外书店邀请他去参加一个分享会。他和那本书的责编赵金以及负责营销的黎金飞约好，先各自坐高铁去武汉，在车站汇合，然后再一起去预订的酒店。之前他从未坐过高铁，只是听说过许多相关的传闻，比如一枚硬币立在桌面上可以纹丝不动之类的。刚上车时他的确有些新鲜感，因为他发现比他从小到大坐过的任何火车都要整洁、舒适和时尚；但列车开动之后，他发现从视觉上说，列车行驶的速度远比他想象的慢，当然，他知道那并不是真的慢，而是窗外那些大型参照物，比如工厂、楼舍等等，都距离遥远的缘故。他听说那是为了避开辐射有意设计的。

按照黎金飞最早的设想，分享会将由他们两个分别坐在一张圆桌的两侧，以一种对话的方式进行；但不久黎金飞又改变了主意，觉得零碎的问题会限制他对作品的完整阐释，还是他一个人从头讲到尾更好。那是一本有关博尔赫斯的学术随笔，书名叫《穿过博尔赫斯的阴影》，内容包括十三篇解读博尔赫斯小说的随笔作品和四篇他用博尔赫斯的方式创作的小说。他花了十五年时间断断续续把它们写出来，自己并不完全满意，但感觉已经无话可说，于是交给广西师大出版社出版，算是做个了结。书出版后，已经先在贵阳达德书店举办过一次分享会，整个过程除了结束前和书友们有半小时互动，其余时间都由他一人讲述，等于有了一次预先排演，所以黎金飞最后的决定对他来说其实更简单，他想都没想就同意了。

分享会总的来说进行得十分顺利。他先是介绍了博尔赫斯的生平，提到博尔赫斯英雄辈出的祖先、悲惨的眼盲以及平生唯一的一次性经验，接着他把博尔赫斯最具代表性的小说都历数了一遍，强调了其虚幻的内容与作者悲惨的身世之间的关系；最后，为了指出大师身上也难免出现瑕疵，他特别列举了一个平时并不常被研究者们提到的例子，那就是小说《埃玛·宗兹》。但他刚复述完故事梗概，黎金飞就过来和他耳语，说他的讲座已经超时，必须马上结束，因为下一场分享会的嘉宾和书友们都已经等得不耐烦了。他顺着黎金飞的手指看过去，果然发现门边聚集着一大群默不作声的人，他对他们做了个抱歉的表情，匆匆结束他的讲座。他隐隐有些不快。这之前，在提到博尔赫斯唯一的一次性经验时，台阶上的听众席中间传来轻微的笑声，显然有人把他的话当成了轻佻的噱头，于是他向笑声传来的方位瞪了一眼，笑声戛然而止——就在那一瞬间，他脑子里掠过高铁上那个女人的侧面，与此同时，他的肚腹开始隐隐作痛，而且似乎越来越明显，好在疼痛并没有强烈到影响他说话。分享会结束之后，他又陷入一连串的后续环节之中：接受当地一家汽车电台的采访，为一些购买随笔集的读者签名，等等。中途时他还和两个曾在贵阳实习过的大学生聊了几分钟贵阳的小吃，比如豆腐果、肠旺面和素粉什么的。整个过程，他的肚子一直在痛，只是并没有加剧，始终保持在一种可以忍受的范围内，直等到所有事情终于完结，他和赵金还有黎金飞来到物外书店的餐厅开始喝一杯柠檬水，疼痛才一下释放出来，几秒钟就传遍了全身。最先疼痛的那个部位如今躲在身体深处的某个地方，螺丝一样紧绞，似乎还在向更深的部位挖掘。他脸色煞白，借故离开书店，独自来到大门外一个垃圾桶的旁边蹲下来，佯装抽烟，静静地等待疼痛过去。

回到贵阳之后，有那么一两个星期的时间，他不得不反复向不同的朋友描述那次分享会：物外书店号称"武汉最美书店"、规模接近一万平米、精致的装饰，以及它和台湾诚品书店的渊源（它的设计师与诚品的设计师是同一个人，它的总经理是诚品的老员工，曾在诚品待了十五年）。但他对任何人都只字未提高铁上的那个女人，他没什么好说的，因为什么事情也没有发生，他有的只是一些无以言表的感觉。

他着重描述的是那阵突如其来的疼痛。好在我控制得很好，他说，从头到尾都没有人发现。但他父亲一点也不奇怪，说那实际上还是因为紧张，只是你自己不知道罢了。他反驳说，如果他真的紧张，就不可能那么顺利地完成整个分享会了。说到这里，他还特别提到分享会上他开的几个玩笑以及书友们欢快的回应。他最终说服了父亲。那就不知道什么原因了。父亲说。是啊，他说，真是咄咄怪事。

但在私底下，他却固执地相信那阵疼痛与高铁上的女人有关，与他看到那个女人时的一瞥有关。什么原因他说不清楚。可能我哪里被刺痛了。他想。然后又觉得刺痛这个词严重了些，于是换成了触动。可能我哪里被触动了。

半年之后，他几乎忘掉了那次短暂的武汉之行（进出只有三天，除了物外书店，他哪儿都没去。家就在武汉的赵金曾提议去看下黄鹤楼，但他毫无兴趣，因为他很清楚，诗词中的黄鹤楼跟实际的黄鹤楼可能毫无关系），只有在想起高铁上那个女人时，他才会把武汉和物外书店顺带联想起来。又过了一年，他发现其实就连那个女人本身，他的记忆也在开始隐退，就像年深日久的笔迹从底部浮上纸面，然后洇开。

六月的一个下午，五点半，他从供职的杂志社下班出门，站在中华北路老出版大楼的小广场前挥手打的，准备去一个叫"一鸢"的话剧社。剧社当时正在排练一部由他改编自博尔赫斯小说的舞台剧，剧名与小说同名，就是他在武汉分享会上提到过的《埃玛·宗兹》。

"一鸢"是贵阳目前唯一的一家实验剧社，完全民营，已经成立五年，每年都会自筹资金演出两部新戏和重演两部旧戏。剧社创始人马玲是贵大艺术学院戏剧系的老师，也是剧社的专职导演；剧社其他成员都是马玲在戏剧系的历届学生，毕业后因为种种原因，大都已经没有再从事表演专业，但"一鸢"成立后，马玲又把他们从四面八方征召回来，平时各自谋生，有戏要演这才又聚在一起。马玲的丈夫吴勇是他多年的老朋友，他们年轻时经常会和另外几个朋友聚在一起喝啤酒听摇滚乐，都对"U2"和"恐怖海峡"着迷不已。两年前，也就是他去武汉前不久，剧社曾排演过他的一个剧本《技术问题》，双方合作很愉快。那次从武汉回来后，他送了一本《穿过博尔赫斯的阴影》给马玲，马玲说她多年来一直想执导一部描写女性心理的、具有极端情绪和强大冲击力的作品，看了武汉分享会的现场直播之后，对他在现场提到的《埃玛·宗兹》非常感兴趣，找了小说来看，一看就喜欢得不得了，读了不到一半就已经决定把它改编成话剧。它太合适我的想法了，她说，你想想，一个十九岁的小姑娘，没有勇气面对杀父仇人，只好假装妓女去接客……从表面上看，她是个妓女，但从心理上说，她认为自己是被强奸了，她有意让自己被强奸，好激发出最大的愤怒去报杀父之仇，这种心理太复杂太有意思了，对我，对演员，都是一次考验。她希望他能把这篇小说改编成剧本。

对马玲的这个想法，他并不认同，不过他很高兴有个机会把他在武汉没有说完的话说出来。他一直觉得《埃玛·宗兹》是博尔赫斯小说中写得比较糟糕的一篇，许多情节设置都令人难以信服，比如马玲最激赏的——也就是艾玛·宗兹去枪杀仇人之前先冒充妓女接客的情节，他就认为不可理解。难道杀父之仇的愤恨还不够饱满和强烈，还需要再多那个冒充妓女的环节吗？另外，小说里，女主角是趁仇人给她倒水之机，偷出仇人放在抽屉里的手枪杀死了仇人的（原文："他书桌的抽屉里经常放着一支手枪，这事谁都知道"），这是小说里最大的败笔，因为这一系列过程（她请求喝水、仇人转身去倒水、她趁机打开抽屉、抽屉里一如既往地放着一把枪），只要出现哪怕一丁点偶然情况（仇人不肯去倒水、她拉开抽屉时弄出声响惊动了仇人、手枪那天碰巧不在抽屉里、手枪在抽屉里但没有上子弹，等等），就足以毁掉整个计划，而且导致的结果女主角根本不可能承受。试想，一个像埃玛尼·宗兹这样处心积虑的复仇者，会把性命攸关的计划建立在一系列偶然之上吗？

他建议不如改编博尔赫斯《恶棍列传》中那些极富戏剧性的作品，比如《心狠手辣的解放者莫雷尔》《难以置信的冒名者汤姆·卡斯特罗》，或者《女海盗金寡妇》……还把其中的几篇的故事大致说了一遍。但马玲坚持要改编《埃玛·宗兹》。她说她好不容易才找到这样一篇各方面都能满足她想法的作品，不能遇到一点麻烦就放弃。关键是我看了这篇小说后有冲动，她说，非它不可。你觉得不合理的地方你可以把它改合理。

他拗不过她，只得假装同意，他知道剧社当年还有两部已经确定要演的新戏正在筹备，一部是原创的《花·鱼》，一部是曹禺的《原野》，加上按照剧社的惯例，中间还要重演一部旧戏《射背碑》（另外一部春节前已经演过），真要把排演《埃玛·宗兹》的事提上日程，至少已经是来年的事；何况，《原野》中的金子一角，在他看来，完全可以满足马玲的愿望，导完《原野》，她也许不会再对《埃玛·宗兹》有现在那么大的热情。

但他猜错了。《射背碑》重演了两场，第二场演完，马玲把他作为与剧社长期合作的编剧之一请上了台，事前完全没有和他商量就突然向观众宣布，"一鸢"在新一年的第一部戏，将是由他改编自伟大的博尔赫斯的《埃玛·宗兹》；她还强调，这是剧社第一次演出一部外国题材的戏剧，她希望能给"一鸢"的粉丝们带来惊喜。

他对此完全没有思想准备，但马玲既然当众宣布，那就是把他逼到了墙角，他知道自己已经没有任何回旋余地，所以只得放下手上别的事情，立即开始着手写剧本。他按照他的想法修改了原著中那些不合理的地方，又经过两个多月反复争论和修改，剧本《埃玛·宗兹》的故事最后变成了这样：十九岁的埃玛·宗兹得到父亲的死讯，知道真凶是工厂老板艾伦·洛文泰尔，于是决心为父报仇。她到鱼龙混杂的码头买了一把手枪，准备寻机杀死洛文泰尔，但她怎么也做不到朝一个活生生的人开枪（即使那是杀父仇人）；她整日在工厂门口徘徊，几次目睹洛文泰尔进出办公室，却始终无法下手。她痛恨洛文泰尔的同时也开始痛恨自己。某个晚上，她到码头的酒吧喝酒，被一个瑞典水手误以为是妓女，强奸了她，之后，她发现愤怒和屈辱让她产生了巨大的勇气（原文："经过那一场穷凶极恶的凌辱之后，她非杀死洛文泰尔不可"），她利用了这次稍纵即逝的心理变化，打电话给洛文泰尔，说她有一些关于工人罢工的秘密讯息要告诉他。洛文泰尔同意见她。她来到洛文泰尔家里，掏枪打死了他，然后撕碎自己的衣裙，打电话报警，说工厂老板借口向她了解罢工的事，试图强奸她，被她失手开枪打死。

在他完成剧本初稿不久，马玲就已经决定，埃玛·宗兹一角将由剧社最年轻的女演员李芯来扮演。马玲选择李芯的缘由，不仅因为李芯的年纪和长相都非常合适扮演埃玛·宗兹，最主要的是，她是马玲唯一一个参加过美国华德福教育专业戏剧大师工作坊培训的学生，马玲非常看好她，认为她潜力巨大，希望她最终能成为剧社的专职女演员。但剧本刚开始排了不到十天，大家就发现有点排不下去了，问题恰好就出在李芯身上。

依据剧本提示，埃玛·宗兹在被那个粗野的瑞典水手误当成妓女施暴的过程中，她的心理变化是层次丰富且极其微妙的：开始她当然是本能地反抗，而这种反抗又导致了瑞典水手更激烈的施暴，但她突然意识到这个过程让她产生了之前从未体验过的愤怒，一种可以驱使她实施任何极端行为的愤怒（比如杀死洛文泰尔）——问题就出在这里——这个时候，面对瑞典水手，埃玛·宗兹的反抗已经不再出于本能，而是出于策略（原文："对他来说，埃玛无非是个工具；对埃玛来说，他也如此；只不过埃玛是他泄欲的工具，他则是埃玛报仇雪恨的手段"），所以她的反抗必须表现出某种内省的、犹豫的甚至若有所思的成分；但与此同时，反抗又必须是真实的，因为只有反抗是真实的，强奸才是真实的，由此导致的愤怒也才是真实的——而这一切，既不能表现得太隐晦，也不能表现得太显明，难度远远超出了所有人的预想。他们为此陆续设计了不下十种具体的表现方式，但李芯还是把握不住。在试演了无数次之后，她终于临近崩溃，对着马玲大喊大叫，任性地威胁说她不演了，她觉得根本没有任何人能表现出这样一种相互矛盾的心理来。

排练不得不暂时停顿下来。

那段时间，他每天下班后都会带着一些模糊和零碎的想法去到剧社，和剧社的人一起吃盒饭，然后聚在演出大厅，把自己的想法提出来，供大家讨论，也参与讨论别人的一些模糊和零碎的想法。他轻微地焦虑，但并不特别上心，因为他觉得解决表演的问题，那是导演马玲的事情，越俎代庖可能反而适得其反。

正是下班高峰期，路过的每一辆出租车上都挤满了人，短时间内看样子连拼客的可能性都没有。他的嘴里又干又苦。每天这个时候他的嘴里都又干又苦。他想如果五分钟之内再打不到车，他就要去旁边的"阅读时光"咖啡吧喝一杯加冰的柠檬水。他突然非常渴望那种冰凉和酸甜的口味。据他母亲说，黄昏时分喜欢酸甜口味的人都是因为脾脏不好。

他掏出手机看看，六点差十分。一辆银灰色的富康车从他面前滑过，停在离他几步远的地方，一个沙哑的女声从车里传出来。兄弟，走不走？

他犹豫了那么几秒钟。通常情况下他是不打黑的的，黑的司机大多不熟道路，喊价通常又比正规出租高出三分之一，但他似乎没什么选择余地，只得拉开车门，一头钻了进去。水口寺，老化工原料厂。他说，看了开车的女人一眼。

哟，水口寺我知道，但化工原料厂我可不知道。

到了水口寺我再给你指路。他说，又看了她一眼。

车子拐进六广门体育场，往右绕了个大圈子，重新又回到一环，然后朝着油榨街方向行驶。

车真多啊，贵阳的交通看样子是离崩溃不远了。他无话找话，目的是可以再看那个女人一眼。她比他几年前第一次在高铁上看到时胖了一些，也没印象中那么漂亮，头发染成一种像是玉米须的颜色，一半披着，一半绾成一个髻，潦草地堆在后脑。和印象中的形象相比，他觉得她唯一没变的，就是那种说不清楚，但是笼罩全身的一种什么东西。

但她根本没有听他说话。她一手拿手机，一手握方向盘，始终和一群男男女女在微信群里用语音聊天。那显然是一群跟她一样的黑的司机，快活，同时相当粗俗，聊天的内容在他听来毫无意义，不过是相互之间暧昧的调侃打趣；偶尔有一两个严肃的声音冒出来，煞有介事地通报某个地段已经堵死，或者某个地段有警察正在查车……她非常投入，不时咯咯大笑，或者把手机的底部靠近嘴边，说几句凑趣的俏皮话。在一个路口，漫长的等待之后，红灯闪烁，变成绿灯，她启动车子，眼睛从手机屏上移开，瞟一眼窗外，又回到手机屏上。一辆电动摩托从他的一侧飞快地插进来，左右晃动，最后狠狠地撞上了前面一辆轿车的尾部。她听见声响，头都没抬就踩下了刹车。车子往前一怂，稳稳停住，离前面已经侧翻在地的摩托只有不到一米的距离。

兄弟，看我这技术。她得意地说。

开车的时候能不能不要玩微信？他忍不住呵斥了一声，口气激烈得出乎他的意料。

话一出口他就后悔了，赶紧自言自语地解释一句，这太危险了⋯⋯

他以为那个女人会因此不快，但她没有，而是笑嘻嘻地连连点头。好吧，听你的，不玩了。她说，其实不用担心的，兄弟，我的技术好得很，老司机了。

那之后她果真没有再摸手机。下一个路口等待红灯时，她从左边的车门下面取出一副白手套，在他惊诧的注视下，很认真地一只一只套到手上。那副手套白得耀眼，像是把她身上那种暗淡的东西都冲淡了几分。她的举动让他心生愧疚。干这行很无聊吧，他说，和朋友聊聊天倒是个解闷的好办法。

我聊微信倒不是为了解闷。她说，主要是为了随时掌握情况。上星期三就是因为没上微信，打脱了一个交警查车的消息，结果被逮住，罚了五千元。

那天为什么没上微信？

群里冒出个原本不认识的人，天天盯着我胡言乱语，恶心透了。

男的？

她看了他一眼。废话。

又遇到一个红灯。他终于没忍住。

大前年，他说，十一月底，冬天，你是不是去过一趟武汉，坐的高铁？

她看了他一眼。没啊⋯⋯

不可能。他说，好像⋯⋯他算了一下从餐车回到自己座位时一共经过了几节车厢，六号车厢的10F⋯⋯

没有，我从来没去过武汉⋯⋯

目的地到了，她果然向他要了比正规出租多出一半的钱。他没有搭腔，心里隐隐焦虑，他知道付钱下车之后，他几乎没有再见到她的可能。四百万人口呐，他想，茫茫人海⋯⋯

她误解了他的意思，以为嫌她要价高了，于是解释说，这么远，又这么堵，好多红灯⋯⋯

能不能微信付款？他问。

当然可以。她像是松了口气。

他掏出手机扫她的二维码，付了钱。她盯着手机等钱到账，同时用抱歉的口气说，你别看我现在这个样子，原来也是找了几百万的人呐兄弟，我几年前开的车，说出来吓死你，不过都不说了，说了伤心。

留一个你的电话吧。他说，以后有急事我就请你送我。

好啊。她说，不过也得看当时我在哪里，远了也没办法。

她报了手机号，他仔细核对两遍，这才开门下车。

他没忙着去剧社，而是站在路边，打开刚才扫的二维码，看到收款人姓名那一栏写着"张琼"两个字。他用她的手机号加了她，备注说"就是刚才打车的那个人"。不过两秒钟，她就验证同意了。他发了条消息：这么快？同时加了两个表示惊讶的表情。对方立即发回两个龇牙的表情。他继续发消息：我一下车，你肯定马上脱下白手套，开始玩手机。对方这次回了两个字：那是。开车的时候最好还是不要玩手机，很危险。他劝告道。没事，我有把握的。她又回过来，不过还是谢谢兄弟提醒……

他还想再说几句，但觉得再说就无聊了，于是没有继续。

那天晚上的讨论跟之前几天一样，没有任何进展，大家沉闷地散坐在演出大厅的地毯上，抽烟、喝茶、有一搭没一搭地闲聊。他恍恍惚惚，不断想起从高铁窗口看出去，那轻盈的、梦幻般的速度让田野突兀地展开又倾倒般地收缩，每一个刹那都朝着左后方逝去……但他记得很清楚，他当时的位子是背对着列车行驶的方向，景物不应该退向左后方，于是他很快醒悟过来，那其实不是他的视角，而是高铁上那个女人的视角，是那个叫张琼的女人侧身坐在窗前时看到的景象……

扮演瑞典水手的演员高宏明（西南工具厂一个货车司机，马玲最老的学生，年纪比马玲还大三岁），在毯子上走来走去，突然把手臂上印着一只褐色大锚的假刺青刷地揭了下来，发出刺耳的一声响，就像他揭下的是自己的一层皮。他一面朝大门走去，一面很不高兴地嘀咕：我每天都以为要演，每天都以为要演……要不等你们商量好了再叫我吧，我还得回家招呼孩子做作业呢。而李芯坐在地毯上，听着对面的马玲说戏。她显然已经对演出失去了信心，这时垂着头，眼神游离，似乎根本没有在听马玲说话。

他掏出手机，在微信里给那个叫张琼的女人发了条消息：能不能到刚才我下车的地方接我一趟？我付你两趟的钱。他顺便看了下时间，已经是晚上九点半。

微信很快就回复过来：对不起，我住得远，今天不想再出来了，不好意思啊兄弟。

马玲给他打电话，说照目前这种情形，戏可能就排不下去了，她只有两种选择，要么修改剧本情节，要么换掉李芯；她个人意见是修改剧本，因为如果连李芯这样一个专业演员都搞不掂，她也不知该到哪里去找更合适的了。

我们总不能因为一点挫折就换人吧，她说，这对一个年轻演员来说太残忍了，甚至可能从此毁了她的专业信心。

他暗自埋怨马玲当初不听他的建议，但也知道相比之下，修改剧本更现实些；他不想李芯以后恨他，何况换一个演员，整出戏就得从头来过，而且新换的演员未必一定就比李芯强。

接下来的十多天（周末除外），他白天躲在办公室改剧本，下午仍旧到剧社去和大家晚饭，然后一起讨论。他先后设计出两个方案，一个是埃玛·宗兹发现自己始终没有勇气开枪杀死洛文泰尔，于是主动引诱洛文泰尔和她发生关系，然后再撕烂自己的衣裙，开枪杀死洛文泰尔，最后再报警指控后者强暴了她；第二个是埃玛·宗兹被水手强暴时什么也没想，只是单纯地表现出本能的反抗，之后（当强暴完成），她一面哭喊咒骂，一面掏出手枪向水手胡乱射击，水手仓皇而逃，一面逃一面说，您居然开枪打我，看样子您是真生气了，生气的女人真是什么也干得出来。水手的话提醒了她（让她知道自己此时此刻正处于一种什么都干得出来的状态），于是她来到洛文泰尔的办公室，杀死了他……

这两个方案的确大大降低了埃玛的表演难度（可以说已经完全没有难度），但他自己也不得不承认，这样一来，整个故事中最富戏剧性的部分也就跟着丧失了，变得非常平庸和老套。马玲毫不犹豫地否掉了它们。排练于是又回到了之前那种停滞不前的状态。他开始觉得厌倦，考虑是不是建议马玲另找一个编剧，或者干脆下个决心，换掉李芯。

这期间，每天下班之前一小时，他会先给张琼发一条微信，问她有没有空过来接他，而每次从剧社出来，他也会提前一小时，问她有没有时间过来送他。在他的印象里，张琼真过来接送他的时候其实不多，有时候即便事先答应了，临到事头又可能会有变化，比如她的车被堵死在某条路上，估计一时半会儿动不了；或者她的车突然被谁挂擦了，正扯皮。这种时候，她总是先说完来不了的原因，然后加一句，对不起啊兄弟。他很不喜欢她这种听上去相当市井和江湖的口吻，他甚至觉得，他们第一次见面时他抑制不住地呵斥她，似乎也跟这种口吻有关。但他们根本不熟悉（也似乎怎么也熟悉不起来），他不可能在这种情况下指责她或者劝说她。其实每次只要坐上她的车，他总是不断提起各种话头，试图让她把话题引向她自己，但她心不在焉，对他的搭讪敷衍了事；大部分时间里，她的注意力都集中在那个挂在方向盘旁边的手机上，只要遇上红灯，她立即就会把手机从挂架上取下来，打开微信，听群友们发送的各种语音信息，听到俏皮话，仍旧自顾自地咯咯大笑——自从第一次他明确地表示过反对之后，她倒不再跟群里的人聊天了，这无疑是因为他坐在旁边的缘故。他意识得到这一点，但依然感到焦虑和不快，他觉得高铁上那个原本模模糊糊的形象如今虽然活生生地挨着自己，感觉上却还是那么遥远和模模糊糊，而那句几乎每句话都会捎带上的口头禅更加深了那种间离感。他觉得她不应该是用这种口气说话的人，

有天下午，她比答应到达的时间晚了二十分钟，见面就给他道歉，说对不起啊兄弟，今天我换机油耽误了点时间。他开始没有吭声，走到一半才说出来。你能不能不要每句话后面都加一个兄弟？

怎么了兄弟，她说，这话怎么了？

他一时不知该怎么解释，因为要解释就不得不提到高铁上的那个女人。他又想起那个女人侧身坐在窗前时看到的景象，突然觉得她其实并不是任它们毫无滞留地掠过，而更像是在与眼前的万事万物一一道别。

你真的没去过武汉？他问。虽然她已经否认过一次，但他还是不得不再问一次。他费力地想要找到一些更确切更清晰的细节来证明她就是那个女人。

当时正是冬天，你穿了件银灰色的羽绒衣，领子很高，这样竖起来，加上头发，你大半个脸都被遮住了。你一直侧着身子看窗外……

这样说的时候，他模仿那个女人的坐姿，把身子朝着她的方向侧过来。他又一次看到了她右边的脸颊，再次肯定眼前这个握着方向盘的女人就是高铁上那个看着窗外的女人。她们都把同一张脸的同一个面向他呈现出来，而且一次比一次距离更近。

我没有说错吧？他看着她，难以想象在这种情况下她还要否认。

你已经是第二次问这事了。她说，你看到的那个人真的不是我，我真的没去过武汉……你看，我这次就没说兄弟对吧，你说我每句话后面都会加一个兄弟。

他的嘴里又出现了那种又干又苦的味道。他没有理睬她，而是自顾自地说下去。他描述了高铁上那个女人从头发和衣领里翘出来的精致的鼻尖、石雕般一动不动的坐姿以及好像正与整个世界一一道别的神情；他急匆匆地吃饭，想要尽快再次看到她；邻座的年轻人絮絮叨叨地说着他母亲离奇的死亡，而他却想着是不是再去餐车吃一顿饭；他还说到分享会上他突然想到那个女人，然后肚子开始阵阵剧痛……

你喜欢上她了兄弟？她说，你就看了她那么一眼就喜欢上她了？还喜欢得这样耿耿于怀的。

有时候一眼就够了。他说，我觉得我已经非常熟悉她了，熟悉得就像已经认识有一百年。

她似乎有点不安。你都在想些什么哦兄弟，她说，至于吗？

他继续自顾自地往下说。所以那天一上你的车，虽然你长胖了点，又染了头发，我还是一眼就知道是你。你不承认也没关系，也可能你真的不是她，但这个不重要，重要的是我觉得你就是她。

说完这句话，他觉得她承不承认真的变成了一件特别不重要的事情。

那个叫张琼的女人在座位上局促地扭动了几下，就像她被屁股底下一个细小但是坚硬的东西硌得非常难受。

那又怎么样？她说，你想泡我？我可比你大呢。

谁想泡你啊？他觉得那个泡字太刺耳了。

她嬉笑起来。你不想泡我为什么天天叫我接你送你？还开那么高的价，贵阳市又不是只有我一个人开黑的。瞎子都看得出来你想干什么。我给你说兄弟，想泡我的人多了，全国各地的都有，重庆、昆明、长沙……也有武汉的，不骗你，不过我真的没去过武汉。

为了避免在她是不是那个女人的问题上发生争吵，他觉得他已经退让一步，暂且假定她有可能不是那个女人了，但她把他看得跟别的男人一样，却让他不能容忍，感到自己受到了轻微的侮辱。

又是兄弟又是泡，他说，你说话怎么像个天桥底下卖国库券的婆娘……

他也不知道自己怎么会突然想到这样一个莫名其妙的形象。

这样说的时候，他尽力克制着语气免得过于严厉，但张琼还是不高兴了。见你的鬼……她嚷起来，又一下刹住口，露出恍然大悟的表情。你是觉得高铁上那个女人不会这样说话是吧？问题是我不是她啊，已经给你说过N多遍了我不是她，你这话可说不到我头上……听不惯我说话麻烦你以后不要再喊我来接你！

他非常沮丧。他不知道她为什么不愿承认她就是高铁上的那个女人。他不相信世界上还有那么相像的人，不只是外貌的相像，那不重要，重要的是骨子里的那种东西，那种从骨子里散发出来又笼罩全身的东西。他不相信那种东西也会相像，他坚信那种东西可能比人的指纹还要独一无二。

那之后，直到车子停在他居住的那个小区入口，他们之间谁也没再说过一句话。下车之前，为了向她传达一种他自己也不明所以的态度，他第一次用现金付了费，仍旧是双倍。

接下来一个多星期，他自己打的来去，没再联系她，不过他只打黑的，一次也没有打过正规出租。平时他坐出租车，是不怎么跟司机聊天的，他天生不是个爱闲聊的人，但那段时间，他一上车就对黑的司机嘘寒问暖，表现得十分健谈。他和他们一起议论那些最日常的话题：孩子、房子、物价、交规、单行线……自从他听一个黑的司机说到不久前发生的一起群殴事件（一方是正规出租车司机，一方是黑的司机，为争夺客源大打出手）之后，和他们的交流就变得更为容易和热烈。当然，也有天性冷漠或者那天心情不好的司机，压根不搭他的腔，但即便遇上这样的司机，他也不会放弃碰碰运气的机会，他会先非常好奇地问那个司机：听说贵阳的黑的是从2008年凝冻时的"绿丝带"行动开始的？据说那一年因为凝冻路滑，公交车停运，有些私家车主出于助人为乐的初衷，发起了"绿丝带"爱心活动，免费搭乘那些顺路的上班族；自愿加入行动的私家车主们会在后视镜上系一根绿丝带，活动由此得名。有些得到帮助的人心怀感激，会主动拿一点费用给车主，渐渐由绿转黑，发展成黑的行业。对这个说法，黑的司机们大都并不认同，他们认为黑的行业早在2008年之前很久，就已经在沿海经济发达地区出现了……

但贵阳的黑的行业是不是由2008年的"绿丝带"行动发展而来，对他来说无关紧要，那不过是个话头，他真正想要知道的是另外的事。出租车司机一向都很团结，他说，其实你们黑的司机也很团结啊。他又一次提到那次群殴。是啊，黑的司机很得意，群里一发消息，四面八方立马来了几十部黑的，如果不是警察把路封死了，那次出租车们还要更惨。你们黑的司机都在群里吧？他问，我想打听一个叫张琼的黑的司机，女的，你知道不？他要打听张琼的理由听上去非常充分：有一天晚上，他坐她的车，下车后手机落车上了，她还给了他。

幸好我的手机没设密码哦，他说，她打开手机拨了我一个朋友的电话……刚买的iPhoneX，新崭崭的，差不多一万块呢。

但黑的司机们大都没听说过这个名字，他们说贵阳的黑的有差不多八万辆，司机们各有各的群，群里聊得多，平时见得少，而且百分之九十九都不会用真名，微信名又稀奇古怪各式各样，很难知道谁是谁。

但她的微信名就是真名啊。他说。

你怎么知道？黑的司机不屑地说，说不定只是看起来像真名呢。这种看起来像真名的微信名其实更假。

只有一个女司机对张琼这个名字似乎有些印象。我入行入得晚，她说，如果不是我上班的那家仪表厂去年破产，没别的办法，我一个女的，说什么也不会愿意过这种担惊受怕的日子。据她说，她刚入现在这个黑的微信群时，曾听群里的人说过，群里原来有个女人，好像遇到过一些不好的事，所以微信名也取得怪，一长串，具体什么她记不清楚了，大约是谁谁谁悔恨过去或者后悔过去再或者害怕过去之类，那名字不是张琼就是张什么琼。据她说，那个女的长得有点漂亮，所以群里好多男人喜欢跟她啰唆；她平时看上去也特别开朗随和，但哪个男的要是真的挨她挨得近了，她说翻脸就翻脸，什么难听的话都骂得出来。说到这里，女司机笑起来，说那个女人最经典的段子是有一次她的车限号，坐公交车，就是司机后面那排长椅子，一个男的可能看她长得好，硬要挤着她坐，她让了几次让不开了，就站起来抓那个男人的头撞旁边的铁杆子，还当着一车老老小小的人问他，说你老妈的屄那么窄，你也要硬挤进去？

一个女的呢，女司机说，真骂得出口，我现在说给你听都觉得不好意思。

群里人多了，总有几个玩得好的。女司机说，玩得好的几个有时候肯定就会约着打盘麻将，吃顿饭嘛，或者一起自驾游，我都跟着他们出去过两次了，一次是小七孔，一次是大理——只要找的钱够敷得走一天三顿，我们也要享受生活对不对？但他们说那女的从来喊不动，就没听过她跟谁一起玩过。

她以前遇到过什么不好的事？他问。

我哪知道。

她后来又为什么要退群呢？

我哪知道。我不是给你说我入行入得晚吗？

他一阵茫然，感到事情好像变得越来越复杂。他无法想象张琼不是高铁上的那个女人，但同时更不能想象女司机嘴里那个污言秽语的女人也是高铁上的那个女人。

周三早上，他接到吴勇电话，让他下班后别来剧社了，直接到蛮坡小海螺酒家的215包房去吃饭。马玲在上海读研时的导师来了，吴勇说，刚从法国参加街头艺术节回来，兴奋得不得了，现在又准备去云南参加一个艺术节，特意在贵阳停留一天，会会马玲。马玲的意思是不如大家都一起见见，一是听他聊聊艺术节，二是也将就和他讨论一下《埃玛·宗兹》现在这种状况。

这倒是个好事。他发现大家对李芯的抱怨已经过了高潮期，慢慢开始把矛头对准了他，剧本改不出来，看样子最后所有的抱怨都会落在他一个人身上。他现在是既无可奈何又骑虎难下。

那天他到场之后才发现，参加晚宴的全是《埃玛·宗兹》剧组的人，别的一个也没叫。他由此看出了马玲焦虑的心情。

导师有六十来岁，脑门很大，梳着大披头，一口细碎的烂牙在他飞快说话的间隙不时暗黑地一闪，配着鲜红的嘴唇，就像西瓜瓤上的西瓜籽。

他的猜测没错，开席之前，马玲分别给大家一一打招呼，说我这个导师只要沾到酒，可就什么正事也谈不成的，你们今天别灌他酒啊。

但局面显然并不受马玲控制，那个导师才一入席，就开始一面自顾自地喝酒吃菜，一面大谈法国艺术节，从巴黎的戏剧说到里昂的丑角杂耍表演，然后又是瑟堡和沙隆的车技、飞人、高空秋千……根本由不得马玲插嘴。晚上十点的时候，导师醉了，眼睛变成一大一小，他看着马玲，用家乡话（据说导师是江苏南汇人）问她，好像你在电话里说要问我一个什么事？马玲很勉强地笑，说没什么重要事，等你回上海我再电话给你说吧。

他坐在导师的右边，对导师在瑟堡看到的一部韩国实验剧非常感兴趣，一直默不作声地在心里琢磨。那部韩国实验剧听上去非常血腥，内容是仇杀，表现方式很独特：整个演出都隔着一层半透明的类似磨砂玻璃的材料，观众只能听见对话和看见模模糊糊的人影，最后，血案发生，飞溅的鲜血像特写镜头一样清晰地布满整个玻璃。他感兴趣的不是那道玻璃，《埃玛·宗兹》显然不能照搬这种方式，而是它有意与观众之间形成某种间离的观念。他想起他在《穿过博尔赫斯的阴影》中曾经讨论过博尔赫斯的一篇小说，名字叫《叛徒和英雄的主题》，他认为那是一篇典型的"元小说"，一篇关于小说的小说。他觉得那篇小说与那部韩国实验剧在性质上存在着一种什么关系，他一时还没想明白，但许多场景已经纷繁而至，让他隐隐地激动。

　　他不顾礼貌，当着大家的面用手机在网上找到了那篇小说，开头就是那段他迫切想要看到的文字，和他印象中的一模一样：在切斯特顿（他撰写了许多优美的神秘故事）和枢密顾问利比尼兹（他发明了预先建立的和谐学说）明显的影响下，我想出了这个情节，有朝一日也许会写出来，不过最近下午闲来无事，我先记个梗概。这个故事还有待补充细节，调整修改；有些地方我还不清楚；今天，1944年1月3号，我是这样设想的。

　　他盯着那段文字反复阅读，相信《埃玛·宗兹》所有的问题都得到了解决。

　　当天晚上回到家里，他几乎通宵未睡，一口气改完了整个剧本。他是这样设想的：为减轻李芯的表演难度，也为了增加视觉上的动感，剧本中埃玛被强暴一节将采用他后来修改方案中的第二种，即强暴结束后，埃玛向水手开枪射击，水手的话提醒了她（"您居然开枪打我，看样子您是真生气了，生气的女人真是什么也干得出来"），其余的不变；但整部戏增加了一个关键角色，那就是"《埃玛·宗兹》的导演马玲"；也就是说，《埃玛·宗兹》的导演将在《埃玛·宗兹》中饰演《埃玛·宗兹》的导演；马玲将在整部戏的表演过程中与演出同步，向观众阐释她导演整部戏的过程，从开始到最后，让整部戏都被包裹在她的叙述中。比如她作为一名女性导演，多年来就一直渴望执导一部描写女性心理的、具有极端情绪和强大冲击力的作品；她如何偶然在一次网络直播中听到了《埃玛·宗兹》的故事，于是决意改编这篇小说；她如何听从编剧的劝告，修改了其中不合理的部分；她如何理解女主角埃玛·宗兹复杂的心理变化过程；为处理这种复杂的心理变化过程，她曾设计过哪些具体的表现方式；剧本排练到中途，又出现了哪些无法解决的问题；观众们目前看到的这种结果又是出于什么样的考虑而最终导致的，等等。在她叙述的过程中，演员可以停顿下来，也可以做一些不需要与别的演员交集的动作，比如沉思，走动、喃喃自语——甚至可以考虑让演员在过程中中断自己的演出，插入她的阐释，与她对话，提出自己在表演这个环节时的不同理解——与此同时，她阐释时的语气还应该是日常的，带有日常表达惯有的轻微语法错误、反复、停顿，甚至口吃，与演员在表演时经过刻意雕琢的对白区别开来，形成另外一个语境系统……

　　这样一来，不仅解决了埃玛被强暴时一系列难以被外在表演传达出来的复杂心理（一切都可以在马玲的阐释里被描述得一清二楚），更重要的是让整部戏具备了一种真正意义上的实验性和先锋性。

　　修改过程中他觉得自己脑洞大开，思如泉涌，各种新奇的念头层出不穷，他都快要被自己大胆得近乎荒唐的构想吓住了。凌晨四点，剧本改完了，在发给马玲之前，他特意在剧本的第一页最上端用比正文大两号的粗体字打下一行提示："一部元戏剧。一部关于戏剧的戏剧。"

　　他的心情好得无法形容，他甚至有点等不及天亮就想立即就给马玲打电话，但现在可是凌晨四点半，窗外一片寂静，只有遥远的某个工地上传来清冷的角铁敲击的声响，这种时候给马玲打电话未免过于疯狂。他在房间里四处走动，搓着手，他想上床睡觉，但事先就知道自己睡不着，接着他就想起了张琼，意识到整个晚上他居然一次也没有想起过她。他拿过手机，给张琼发了条微信：那天我说话太冲动，是不好听，让你生气了，我道歉。微信发出去，他有些惊讶地发现，重新想起张琼，让他轻易就从刚才那种急不可待的狂热中抽出身来。但他觉得自己还是应该解释一下，于是又发了一条：可能是我太不希望你变成现在这个样子了。你现在这个样子简直让我痛心。第二条微信还没发出去，他突然想，如果她们三个真的是同一人，张琼可比女司机嘴里那个粗鄙得不可思议的女人正常得多，也可爱得多，那么时间再久一点，她会不会又重新变回高铁上的那个女人呢？这个想法让他隐隐有点内疚，于是接着刚才的话又补充了一段：不过你可能比起以前已经改得多了，只是我不知道。

深更半夜的，他原本想张琼不可能马上看到，但才过了几分钟，居然就收到了张琼的回复：你这是非要把我当成是高铁上的那个女人啊兄弟，你要我怎么给你说呢？

他没意料到她会回复得这么快，一时不知道怎么接话，但她的口气里显然没有太多生气的意思，那句平时让他听起来非常刺耳的"兄弟"，这次却让他倍感欣慰；他不愿再在这个问题上和她争论，免得又回到之前那种不通音信的局面，于是简短地发了一条：那就不说了呗。明天下午五点半，我还在老出版大楼路边等你。

张琼的回复更简短：嗯。

不出他的意料，剧本得到了包括马玲的导师在内的所有人的激赏，马玲的导师甚至通过电子邮件发来将近五千字的解读。从莱昂内尔·阿贝尔对元戏剧的三种界定说到理查德·霍恩比对元戏剧的五种界定；从奥尼尔的《进入黑夜的漫长旅途》说到贝克特的《等待戈多》……只有承认自身内在戏剧性的生活才能成为有意味的舞台表演，他写道，只要导演表现出她知道她正在导演，而演员表现出她知道她正在表演，这戏就算是成功了——其实很难想象它会失败，因为演出过程中无论出现任何情形，比如某一时刻的即兴呈现甚至错误，都可以被看成是一种故意为之和事前设置……他还特别肯定了剧本中演员可以停下来和导演讨论剧情的设想，认为这是对元戏剧理论的一种拓展。我们可以暂且把它称之为戏剧上的一种"复调叙事"，他说，每个参与者都既是演员，也是导演……

类似的话听上去非常玄乎，大约除了马玲，没有人听得明白，但他的身份（上海戏剧学院的博导），加上文中那种引经据典的理论氛围和不容置疑的雄辩口吻无疑给整个剧社吃了一颗定心丸。马玲尤其兴奋，她说这部戏肯定可以给"一鸢"带来一次历史性的突破，她甚至在考虑带着这部戏去参加第二年的乌镇戏剧节。其实从排练第一天起，我就开始写导演手记，已经写了差不多有三万字了，她说，原本只是想整理一下自己的思路，不想现在派上用场了，我可以把那些最有感觉的部分挑出来。她环视了剧社所有的人一圈，也包括他，挥着拳头喊了一声，加油，"一鸢"。

吴勇当然也很高兴。他对剧社事务的参与程度一向很深，对马玲的影响力也很大，这一点从《原野》剧尾配乐竟然是崔健的音乐作品就可以看出来。他笑眯眯地上前握了一下李芯的手，说幸得你原来没演好哦，演好就没现在这个本子了。

接下来的排练顺利得让人难以置信，虽然中间也出现过一些小混乱，混乱的原因来自马玲导师那句"每个参与者都既是演员也是导演"的话，大家可能对这句话有些过度发挥，每个演员都觉得应该把自己的主体意识充分表现出来，于是出现了一些令人啼笑皆非的情形。比如李芯演着演着，会一把推开高宏明，说你他妈别那么用力卡我脖子啊，又不是真的要强奸，卡得老子气都喘不过来；高宏明有一次刚把李芯扑倒在木床上，突然想起什么，停下来对着空无一人的观众席结结巴巴地说，我觉得，我觉得，我现在应该真的捏一下她的乳房……在被马玲喝止后他们都觉得委屈，因为他们认为这样做正体现了"我知道我现在正在表演"的性质。类似的情形弄得整个过程不太严肃，像个玩笑，但总的来说还谈不上是问题，倒更像是欢乐的花絮，等马玲稍作修改，删掉了演员可以中止演出停下来讨论的部分之后，排练又回到了那种无比顺利的进度当中。

他们坐在那辆银色富康车狭窄的厢体里，还是跟从前一样找不到什么话说，但他感觉到，自从她重新开始接送他，他们之间的氛围就发生了一些微妙的变化，之前他们像一滴水和一滴油，各自待在自己的分子结构里：他琢磨她，而她的注意力集中在她的手机上；现在不同，她始终戴着那双白得耀眼的手套，手机从方向盘旁边的挂架上永久性消失，躲进了随身的小挎包（小挎包放在打开的中央扶手盒里）；她没有刻意改变她灰扑扑的着装，但他注意到她扎头的橡筋换成了暗红的彩带；与此同时，她眼睛里那种对什么都兴致勃勃得有点神经质的光亮也暗淡下来，变成一种近乎羞怯的柔和的神色；他稍有举动，她的眼角就会立即扫过来……她还是忍不住不在每句话的后面加上兄弟两个字，为此，她特地向他道过歉。好多年了，她说，改不了，我也不知道是哪个时候说习惯的。

她第一次拒绝接受他付的双倍车费，是有一次他请她消夜之后，她从微信上转回来二十元钱，大方地说你是老主顾了，从今天开始我优惠你。那是《埃玛·宗兹》排练完成的当天晚上，他的心情就像刚修改完剧本那天一样好，虽然去掉了演员参与讨论的部分，但马玲表现得极为出色，她时而插入演员的演出情景中，对埃玛的遭遇表现得感同身受，时而又抽身出来，面向观众席侃侃而谈，或激情或理性地阐释她的导演理念……他坐在一旁，几次为其中的一些场景感到震撼，不得不承认去掉了那些闹剧般的部分之后，整个演出更具探索、反叛和另类的精神，开始她只想吃碗素粉，但他觉得那样未免结束得太快。我今天特别高兴，他说，我想喝瓶啤酒，我们吃烫菜吧。

她同意了。我就发现你今天是有点高兴，满面红光的，眼睛眨得也比平时快。什么事这样高兴啊？

他觉得真要给她说清楚他高兴的原因就太复杂了，那他得从博尔赫斯和他的《埃玛·宗兹》说起，说到马玲和"一鸢"剧社，说到埃玛悲惨的遭遇和细腻的心理过程，说到扮演埃玛的李芯、马玲的导师、元戏剧……他事先就觉得张琼不会对这些东西感兴趣，就算感兴趣也没法给她说明白，所以他只是简短地说，我写了个剧本，今天刚排完，再听听大家的意见，抠抠细节，就可以公演了。

啊，她露出大吃一惊的神情。你原来是个拍电影的啊，我就说，你天天往那么个旮旮旯旯的地方跑，原来是去拍电影哦？你猜你以为你干什么去了，我以为那里有一堆麻友，你天天去和他们搓麻将呢。后来我一想又觉得不对，打麻将哪会散得那么早呢，和你不熟，也不好问。难怪哦。

他们在路边一家烫菜摊子旁停下车来。张琼主动为他拿杯子倒啤酒，又不停地往他的碗里夹菜，劝他多吃点，还冲着老板娘大声嚷嚷，说拿给他的碗没洗干净。他不知道她这样殷勤是不是因为把他误会成了拍电影的，所以不等她也坐下来就告诉她，他不是在拍电影，而是在排一部话剧，他也只是写剧本的那个人。这次她听明白了。那也不得了啊，她说，那就是说，你是个文化人啰？说着她突然笑起来。说其实我最不喜欢文化人了。为什么？他问。文化人啰唆得很，她说，只要是个戴眼镜的上来，不信你看嘛，还没坐稳就开始和你讲价钱，一块两块的，计较得很。不过你和他们不同。他想起他每次都给她双倍的钱，但还是问了一句，我跟他们有什么不同？她又笑起来，眼睛眯成一条缝：你神神叨叨的。

等戏真演的时候带我去看？她说。

好啊！他很高兴。这个戏正好说的就是一个女人的故事，不过挺可怕的，你可别吓着了。

有多可怕？

他于是简单地把故事给她说了一遍，同时出于某种隐约的炫耀的意图，他还把元戏剧理论也轻描淡写地提了一下。她听得很专心，听完之后愣了愣神，然后惊讶地看着他。别的我不懂，但世界上哪有这样的事啊？她说，小姑娘包里有手枪，那个水手抓她的时候，她怎么不马上掏出来打死他呢？

她来不及啊。他说。

哦。

但她想想，还是摇头。就算当时来不及吧，她说，但后来她想杀的应该还是那个水手啊，怎么又变成去杀另外一个人了呢？

他只能简单地给她解释。不是给你说了吗，他说，那是她的杀父仇人啊。原本她不是不敢吗，后来被水手强暴，然后水手又跑了，追不到了，她这股气找不到地方发，不是正好借着那股气把那个仇人杀了吗？

她困惑地看着他，啧啧称奇，你真能编……

他有点尴尬，解释说其实故事不是他编的，而是另外一个叫博尔赫斯的特别有名的外国老头编的，他只是把这个故事改成剧本。

其实那老头编的还要不合理些。他说，我都改得合理多了。

谁编的都不行。她似乎越来越感觉不可思议。要杀就杀，不敢杀就算了，为什么要让人家一个好端端的姑娘被强奸呢？完全是瞎编嘛。你刚才说那老头叫什么斯？哪个国家的？

他被她的神情逗笑了。问这么清楚干什么？你还想追过去打他？

她也笑起来。你说这老头很有名吗？我是说编这样的东西也能出名？

他很赞成她的这个说法，但是又告诉她，那老头不是靠这样的故事出名的，而是靠另外一些故事。他想起他其实一开始就给马玲说过，《埃玛·宗兹》是博尔赫斯最失败的作品之一，但她不听。他觉得自己最终把本子改成目前这个样子，简直可以算得上是化腐朽为神奇了。

他给她说了几个典型的博尔赫斯式的故事：《阿莱夫》《小径分岔的花园》《沙之书》和《圆形废墟》。她听得津津有味，但是一脸茫然。我承认我没什么文化，她费力地比画着手势，但这个老头到底想讲些什么呢？

他想起他在《穿过博尔赫斯的阴影》的最末一篇里曾引用过巴伦内查对博尔赫斯的评价：博尔赫斯是一个立志毁灭现实，把人变成阴影的出色作家。于是对她说，他就是想把所有真的东西都写成是假的。

她重复了一遍他的话，想想说，那怎么可能呢兄弟，要真能那样，倒好了。

按照惯例，剧社的每部戏，在公演之前十天，都会先举办一场小范围观摩演出，之后还会有一场讨论会。邀请的人员每次不超过三十人，大多是媒体和文化艺术界人士，目的主要有两个，一是请专业人士提意见，看看还有哪些需要修改的地方，二是媒体动员，为公演当天的报道营造气氛。

他原本的计划，是想等公演那天再请张琼去看的，但张琼一听说之前有这么一场演出，就非要先看不可。公演那天肯定人山人海的，她说，我最不喜欢这种场合了。你不是说这一场人少吗，正好。

他只犹豫一秒钟就同意了，他很高兴她表现得这么急不可待。

那天到场的人数比预计的要多一些（有些人事先不打招呼就带来了亲戚朋友），大约有四十人，坐满了小剧场座位的前面两排。张琼显然把看演出当成一件郑重的事情，不仅换了套灰白色的职业装，淡淡地涂了口红（颜色和她扎头发的带子一样），还给他和自己都准备了饮料和零食。给他带的是一瓶可乐、一袋红枣和一袋芒果干，她自己则捧着一大包"德克士"的爆米花。他陪她坐在第二排靠右些的位置。演出开始不久，他就听见她小心地咀嚼爆米花的声响，喳、喳、喳。他几次想阻止她，但最后都没有忍心那样去做，这让他有些心神不宁，好一会儿才把注意力重新投入演出中去。

……埃玛捧着那封被人从门缝里塞进来的信，一面读一面在房间里踱步，动作越来越缓慢，脸色越来越凝重，渐渐变成痛苦，变成愤怒……聚光灯从埃玛身上移开，罩住一直站在舞台一角的马玲。她左手捧着一个十六开大的红色硬塑料文件夹，右手拿着一支笔，面向观众，声音缓慢地：1922年1月14日，埃玛·宗兹从塔布赫·洛文泰尔编织厂放工回家，发现门厅地上有封信，是从巴西寄来的，她立刻就想到她父亲大概已经不在人世了……埃玛在工厂大门外徘徊。她看着洛文泰尔从办公室离开的背影，手放在手袋里（捏着手枪），紧张得浑身发抖……埃玛沮丧地来到码头的酒吧，要了杯烈性酒一饮而尽，又要了一杯。一个粗壮的水手站在一旁，始终淫邪地看着她……水手一手扼住埃玛的喉部，一手抓着她的肩膀，在周围酒客的哄笑声中把她拖进旁边的小屋（小屋实际上只是一个用涂色泡沫隔开的虚拟空间，面向观众的一侧完全敞开，但垂下一层黑色的、半透明的纱幕。这个想法还是马玲从那部韩国剧里得到的启发，目的主要是不想让强暴过程过于露骨和刺激）……水手半裸着身体从小屋逃窜而出，埃玛一只手提着裙子的下摆，一只手挥舞着手枪朝他胡乱射击，水手一面四处躲闪，一面说您居然开枪打我，看样子您是真生气了，生气的女人真是什么也干得出来。两人追逐而下……埃玛拿着手枪又独自回到舞台，绝望、沮丧、略有所思……

他突然意识到他有一会儿没听见张琼咀嚼爆米花的声音了，他转头去看，发现她的嘴角沾着一粒爆米花的碎屑，鼻头发红，浓密的假睫毛上挂着一粒反光的东西，他不确定那是不是眼泪，但还是取出一张纸巾，碰了碰她，示意她擦掉嘴角的碎屑。她接过纸巾，慌乱地擦去嘴角的碎屑，又要了一张纸巾，把眼睛鼻子都擦了一遍。她似乎尴尬得手足失措。他不知道她是因为嘴角上的碎屑尴尬，还是因为大动感情尴尬，总之她显然不希望他看到她当时那个样子，所以他若无其事地继续看戏，直到结束，他再没转头去看过她。

讨论会的地点安排在演出大厅楼上一间小会议室。演出结束后所有的人都朝楼上走，他自然而然地也跟着上楼，调脸却发现张琼没有跟上来，他只得下楼找，一直找到她停车的位置，才看到她已经坐回车里，正在手机上写着什么。看见他，她说我正要给你发微信呢，你开你的会，我在车里等你。一起去啊。他说，还不知道开到几点呢。没事，她说，多久我都等你。说着，她抽了一下鼻子，他这才肯定她刚才的确是哭了。每个人都可以发表意见的，他说，其实你也可以说说嘛，刚才我发现你好像也看得比较……投入。她用力摇头，你们都是些文化人，我哪插得上嘴哦，别去丢你的脸了。他有点失望。人家剧社还准备得有水果糕点呢，你不想去吃点？她还是用力摇头。他不忍心让她独自一人待在黑漆漆的院子里，于是默默站了一会儿。她没有看他，只是心不在焉地乱翻手机，好一会儿才像是突然发现了他。你还站在这里干什么？快去开会啊。人家怕是都开始了。他不好再强迫她，只得回来。

那天的讨论会分歧很大。他进到会议室的时候，正听见贵大语言研究所的所长王良范和艺术批评家张建建在激烈争论，两人平时是好朋友，这时说话却毫不留情，似乎都已经动了意气。他听了好一会儿，才恍然明白，两人实际上都在批评这部戏，王良范的意见是马玲在一旁阐释的这个构想完全多余，影响了角色形象的塑造，还把原本线索流畅的情节分割得七零八碎，让观众根本无法进入情景。这种想法只在观念层面成立，他说，似乎很先锋，很前卫，但今天的演出却证明实际效果不好，而且可以说非常不好。马玲之前显然已经解释过这样做的理由，所以他还听见王良范非常不客气地说，传达不出那种复杂的心理变化，那只能是导演的问题，是演员的问题，不能避重就轻玩这些花招。

张建建的意见跟他正好相反，认为元戏剧的方式正是这部戏最大的特点，问题出在元戏剧的成分不够，观念上不彻底。观念艺术不做彻底就没有意义，他说，这个戏跟《原野》不同，本来就不是给普通观众看的，这一点事先就得想清楚，要有信心。"一鸢"是个实验剧社，本来就该尝试各种可能性，否则实验二字又从何说起？他建议让所有的演员参与进来，把演出过程中的所思所想都当众呈现出来。每一场肯定都不一样，他说，那就让它们不一样。这样，每一场戏都是独一无二的，不可复制的。

这个想法不就跟他和马玲导师当初的设想完全一致吗？他连忙插话进去（也是为了缓和一下气氛），把当初排练时两个演员的表现当成笑话说了一遍，大家果然哄堂大笑。张建建非常高兴，大声说太好了，这就对了嘛，就该是这样，我没觉得这有什么不好。

李芯原本在王良范发言的时候已经一副心如刀割大受打击的样子，这时听了张建建的话又才缓过神来。

其余的人有的赞成王良范，有的赞成张建建，还有的模棱两可。比如贵州都市报的记者赵毫，轮到他发言时，他说作为一个普通观众来说，他赞成王良范的意见，但从他的职业角度说，他赞成张建建的意见。因为有新闻点嘛。他说。

马玲悄悄走过来，忧心忡忡地给他说，分歧太大，我都不知道该怎么办了。他安慰马玲，说一部实验剧有争论是好事嘛，没争论才叫麻烦呢；何况今天我带了个朋友来，人家都看哭了。马玲睁大眼睛看着他。真的，我不骗你，他说，一个女的，我还拿餐巾纸给她擦眼泪呢。

讨论会在继续，但他已经不想再待下去了，一方面时间晚了，他不好意思让张琼在外面没完没了地等，另一方面讨论会上两拨不同意见的人不仅争论不休，越说越南辕北辙，就是同一个人的两次发言，也开始前后矛盾起来。

他谁也没打招呼，下楼来到张琼的车边，发现她开着车窗已经睡着了，手里还握着手机。她睡得很沉，鼻息浓重，头向后靠在椅背上。他悄悄在车窗前蹲下来，有点犹豫，不知道是不是应该马上把她叫醒。他发现这是他第一次看到她左边的脸颊。发现这一点让他微微有点吃惊。他回想了一下他们见面时的那些场景，确定他这是真的第一次看到她的这个侧面。他想起他母亲说过，为了不惊吓熟睡的人，最好的唤醒方式就是用中指和食指交替轻点两条眉毛的正中心。于是他伸出右手，在她的眉心轻点了几下。她果然眼皮跳动，然后缓慢地睁开了眼睛。开完了？她问，一面说话，一面发动车子。但他蹲在原地不想起来。上次我在高铁上只看到你右边的脸，他说，隔了这么久，我今天才又看到你左边的脸。

老天呢。张琼按下门锁，快上车走啰。你这人怎么像做梦醒不过来一样。

他绕到另外一边，打开车门上车。她问他，大家都怎么说？肯定表扬的多吧？

他简单地复述了一下两边的意见。说着说着，他也像马玲那样，心里越来越没底。这种事就是这样，他有些感慨，众口难调，谁的意见都好像有道理。

那等于是说，大家都不喜欢了？

他没有接话。说大家都不喜欢不是事实，但大家显然也不像他和马玲之前以为的那样认可，也是事实。

他的心情开始有点阴郁，有种前功尽弃的感觉。费了这么大功夫……他说，以后我再也不写什么剧本了。

她转过头来，抚慰似的看了他一眼，伸手拍拍他的膝头。我确实不懂你们那些高深的东西，她说，什么"圆戏剧""方戏剧"，不过我觉得这戏真看的时候，比只是听你说要好。那个水手演真像，真让人恶心；但女的不行，她躲在黑纱后面其实还是看得出动作，软绵绵的，声音更不对，小声小气，哪像被强奸哦……开个玩笑你别当真，我怎么觉得她倒像挺喜欢这样似的。

他解释说那是为了不干扰导演在旁边的解说。

我已经说过我不懂的，她说，我就是觉得太假。说到这儿，她停下来，似乎微微一笑。她肯定没被强奸过，她说，所以她演不出那种被强奸的感觉。

她可能也觉得自己的这句话有点荒唐，于是咯咯大笑起来。

人家当然没被强奸过，他说，这话听起来就像是你被强奸过似的。他不高兴了，可以说很不高兴，他突然觉得今天好像所有人都在和他作对。你懂个屁。他先在心里骂了一句，等了几秒钟，压压情绪，才又口气冷淡地说，人家可是参加过美国华德福教育专业戏剧大师工作坊培训的……

她没有说话，他也没有说话。他有些懊恼，他知道自己是把演出没有得到预期认可的气撒她身上了。他自说自话地加了一句，反正我只是个写剧本的，要好，也是导演的功劳，要不好，也是导演的责任。戏剧啊，电影啊，都是导演的艺术嘛。

她显然也有点不高兴，没有理睬他。车到蟠桃宫，她才重新开了口，声音又干又涩，就像嗓子里沾满了沙子。我原来有个闺蜜，她说，我们两个好得跟一个人没什么差别。市西路批发市场还没拆的时候，她在那儿有三个门面，两个租出去，一个自己做，做童装。财运好得挡都挡不住，冬天晚上数钱，数到手上开裂口。可能是因为长得漂亮……

有你漂亮没有？他故意问。

我有什么漂亮的，她说，比我漂亮。

我不相信。

你平时没这么会聊天啊。她笑起来，那种又干又涩的嗓音消失了，就像喉咙里的沙子被她吞了下去。

有个男的，她接着说，冒充水泥厂子校管后勤的，打电话要订八百套校服，说得有鼻子有眼，约好第二天下午送几套样货去学校给他们领导挑。第二天，她开部小面包车，拿蛇皮袋装了七八套过去，到了才发现是个圈套。那男的帮她提袋子，带她七弯八拐，最后进到一间废弃的厂房，四面不靠，到处都是厚厚的水泥灰，另外两个男的就在那里等着；他们用一块不知从哪个餐馆弄来的旧地毯，油浸浸的，铺在地上，从下午两点过到天快黑尽，折磨了她六七个小时……

她没再说下去，他也没敢接话。过了几分钟，他才问，人后来抓住没有？

她摇摇头。没报警。放她走之前，他们就这么光着身子围住她，轻言细语地和她商量，说他们也不想伤天害理，如果她不报警，他们以后也不会再找她，如果她报警，他们的原话是说，警察总不见得一次就把他们三个同时抓住吧，只要其中一个还有点时间，就一定先把她老公和女儿都杀了……他们早就打听得清清楚楚，她老公在哪上班，她女儿读哪个学校……

后来呢？

后来她老公就带着女儿和她离婚回老家了。她老公本来就不是贵阳人，是黔西那边的。

她后来没有继续做生意了？

哪还有什么心情做生意？她把所有的钱都给了老公，名义上说是给女儿读书留学用，其实是觉得出了这个事，对老公有亏欠……

你和她现在还有往来吗?

她愣了一下,就像这个问题让她猝不及防。几年没见了,她想想说,出这个事情后她好像谁都不想见,也包括我……

那你也不知道她现在过得怎么样了?

肯定过得不好啊,她说,出这样的事谁还可能过得好呢,又不是白胆猪。

从她开车到水泥厂和那个男的接上头,她说,一直到那三个男的离开很久,她一个人从毯子上爬起来,她什么都给我说了,我什么都记得,时间久了,我觉得就像我亲身经历过的一样。

车来到小区大门,她熄了火,没有开灯,就坐在黑暗里面。已经是凌晨一点,整个街面上死寂无声,偶尔有一辆摩托或者小车从桥上悄无声息地滑下来,低沉地掠过他们的车,像一种冷漠的邂逅。他意识到她叙述的整个过程一次都没有说兄弟两个字。

她最后悔的不是她当初太轻信那个打电话的男人。她说,谁会知道那是个圈套呢?她最后悔的是他们折磨她的时候,她因为害怕没有拼命反抗,她后来觉得要是她当时使劲咬他们,掐他们,把他们惹毛了,一刀捅死她,事情反而就简单了。

你能不能想象那几个小时她遭的罪?那之后我就得了个教训。她说,一面伸手到座位底下去,弄出一阵塑料袋哗啦啦的声响。只要晚上出来跑车,我都会在座位底下藏一把匕首,如果遇上这样的事情,我打不过他们,我就在自己脖子上来一下……你想不想看看这把匕首?

第二下午,他比平时提前了一个小时去剧社,因为马玲有点不高兴,觉得他头天晚上不打招呼就擅自离开,留她一个人听那些让人无所适从的批评和建议很不仗义。剧本剧本,一剧之本,她在电话里嚷起来,导演和演员都没溜,你这个写剧本的怎么倒先溜了?她让他马上到剧社去,一起商量接下来怎么办,是原封不动照常演,还是综合一下大家的意见,做一点小范围的改动。为此,她专门请了省话剧团一个退休老导演来把关。

因为事发突然,他没有请张琼送,只是在微信里大致解释了一下,最后说如果晚上有空的话,他还是希望她来接他,他会提前半小时通知她。

老导演是马玲读本科时的老师的老师,八十多岁了,戴着老光镜,花了差不多两小时反复读剧本,读完闭着眼睛又是半天。大家围着他,屏气凝息,就像在等一个老法官最后的判决。终于,老先生睁开眼睛,说剧本没问题,有点花里胡哨的噱头也不是什么坏事,但我还是得看了具体的演出才知道该怎么说。

他松口气,回头看马玲,发现她眼睛都急红了。那时已经是晚上七点半,吴勇建议大家先赶紧出去找个地方把晚饭吃了,然后再回来演。马玲不同意,硬逼着吴勇去给老导演打盒饭和豆浆，一面吃一面看演出，其他人等演完再吃。她抱拳四面作揖，说陈老，各位哥哥姐姐弟弟妹妹，火烧眉毛的事，大家见谅……

整部戏演完大约需要一个半小时，老导演自始至终看得非常专心，腰板挺得笔直。他坐在老导演的右边，饥肠辘辘，神思恍惚，只在演到埃玛被强暴时看得仔细一些。他没发现什么问题。那出戏里，埃玛和水手的对手戏本来就只是背景，重要的是马玲的解说；黑纱后面的埃玛的确声音偏小动作无力，但声音偏小是必须的，不可能真的让她大喊大叫，那样一来，她和马玲之间就没有主次之分了；至于动作无力就更容易解决了，他甚至觉得可以考虑让埃玛完全不发出一点声音，只要加大厮打挣扎的强度就可以了。

但老导演和他的意见正好相反。演出结束之后，老导演先欠起身子用力拍巴掌，又一连说了五六个Very good，这才招手把马玲叫过来。说你算我的徒孙了，但我看完你们年轻人排的戏，却觉得惭愧啊，好多手法是我们当年想都不敢想的。看样子我们这辈人是真的要退出历史舞台了。

这个开场白把马玲吓坏了，赶紧上前想扶老导演坐下，老导演却把她挡开了。不过我还是要提点意见，他说，仅供你们参考。说得昏聩，你们就全当耳边风。他所谓的意见，针对的还是埃玛被水手强暴那一节。不能本末倒置。他说，这一节是全剧最重要的转折，是真正的高潮，一般来说，一部戏的高潮大多设置在全剧的四分之三或者五分之四，但这部戏的高潮却是在中间，这正是这部戏的特点所在。这个时候，应该让观众被情景吸引，进入情景中去，而不是让马玲的解说把观众从情景中抽离出来。马玲在这个时候解说，只能遮盖和削弱高潮部分的张力。不是情景应该为马玲让步，而是马玲应该为情景让步……我建议演到水手把女工拖进小屋时，甚至更早一些，马玲就要退开了，退到舞台最边上去，一直要靠到墙，然后聚光灯要打在那间小屋里——你们还没有充分意识到舞台艺术中灯光语言的重要性——好，接下来就是考验两个演员的时候了，男的要表现得出那种蛮横的兽性，而女的要表现得出那种拼命挣扎但最终无可奈何的虚弱……之后，高潮结束，所有的人都需要一个缓冲，一个安安静静的缓冲，水手干完坏事，要恢复一下体力，女工被蹂躏，要回回神；观众也一样，他们是屏着呼吸看完这一段的，这一段完了，当然也要喘口气——这不仅是现实逻辑的需要，更是艺术节奏的需要。这个时候，马玲就可以重新上来了。记住，马玲回来，灯光也要跟着回来，离开小屋，让小屋一片漆黑，悄无声息，这个时候的小屋就叫于无声处听惊雷，此时无声胜有声。

陈老的眼睛太毒了。马玲显得由衷佩服，姜还是老的辣啊。

他也觉得老导演的建议切中要害，改动起来也很容易，只是这样一来，又得加强李芯的表演强度，她能不能胜任又成了个问题。

老导演把外衣脱下来，扔在座位上，走到场子中央，要两个演员马上照他的要求重演一遍。记住，他说，一个兽性大发，越来越疯狂，一个拼命反抗，但越来越虚弱。

陈老……李芯带着哭腔说，我现在就开始虚弱了，我都饿得快要站不住了。

老导演呵呵地笑，说忘记大家还没吃东西了，我这是饱汉子不知饿汉子饥啊。先吃饭，先吃饭。

在等待上菜的过程中，他躲到屋外给张琼打了个电话，让她今天别过来了。吃完饭可能还得继续排，他说，也不知会搞到几点钟。

她迟疑了一下，问他，不会搞一个通宵吧？如果只是晚点倒没关系，反正我天天晚上不吃安眠药都是睡不着的，弄完了你通知我，我还是过来接你吧。

那也好。他说，今天我们请了个话剧团退休的老导演来看，他跟你的意见一样，也是觉得女主角和水手那场戏要加强。我还在担心，现在这样你都觉得她演不好，再加强怎么得了。

哈，真的啊。张琼有点惊喜，你看，人家老导演也这么说，可见我还是有点感觉吧。

听到张琼这句话，他心里突然冒出一个模糊的想法，还没想明白，他已经说了出来。要不，他说，你现在就过来？看看在老导演的指导下是不是要演得好些？

好啊好啊。她说，我还从来没见过导演怎么拍戏呢。

他回到饭馆，把马玲拉到一边，悄悄给她介绍了下张琼的情况。就是昨天我给你说的那个看哭了的朋友。他说。然后又把张琼闺蜜遇到的事情又复述了一遍。

昨天晚上她就给我说李芯演得特别不像，他说，我看李芯也没信心。我刚才已经打电话让这个朋友马上过来。我的意思是一会儿重排那一段，你也可以私底下问问她的意见，说不定她能提供一些很特别的细节也说不定。

马玲听得惊诧不已。天，太好了，这简直就是雪中送炭嘛。我刚才也在担心，这样一来，不是又回到原来的老问题上了吗。

但他反复告诫马玲，千万别在张琼面前提她闺蜜的事。那事对她刺激特别大，他说，你就当她是个普通观众，假装只是因为她在场，所以顺便问一下她的意见。

明白。马玲说。

排练开始的时候，他看到马玲非常亲热地挽着张琼的手，把她拉来和自己坐到了第一排的正中间，他则故意走开，坐到了第二排她们后面的位子上去。

接下来的排练中，老导演果然显示了深厚的导演功力，短短几句提示，就让李芯的表演起色不少，特别是他设计的一个动作，更是让马玲佩服不已：埃玛先是拼命挣扎，然后突然停下，接着四肢开始痉挛似的抽动，一下，一下，节奏越来越慢，但力度却越来越大，最后完全停顿下来，保持在一个极不自然的、僵硬的姿势上，任由那个水手肆意摆布。

也许是马玲认为在老导演的指导下，李芯已经完全达到了她的要求，所以他看到马玲悄悄在张琼耳边说了几句什么，张琼扭捏地动了动身体，然后用力摇摇手，之后一直到排戏结束，马玲没再和她说过什么。

快离开剧社的时候，他找个机会悄悄问马玲，你问过她了吗？

马玲说问过了。但人家不肯说啊，她说，只是一味地夸演得好。

回去的路上，他问她，我听马玲说你觉得这次演得比上次好？

我哪好意思说演得不好啊，人家老导演亲自指挥的。

我倒觉得比原来好呢，特别是那个抽筋的动作。

我也说不出到底哪里不好，反正还是觉得假，一眼就看得出来是装的；特别是你说的那个抽筋的动作，太搞笑了，像我小时候看过的木偶一样。

那你觉得到底应该怎么演呢？他有点烦躁。要不你给我说说你那个闺蜜，她当时到底什么感觉，你不是说她什么都给你说了，你什么都记得吗？

她没有说话。他不知道她是在回忆那个闺蜜的话呢，还是在想什么别的。

好一会儿她才又说，我只是觉得那个演员的情绪没有出来，她没有那种从心里面冒出来的东西。我说不出来，但我知道。

情绪没有出来，他夸她，这话说得很有水平呢，已经是专业的了。

是吗？她得到了鼓励，口气也轻快起来。有次我的车和别人挂了，其实是我的责任，不过我当然不可能一开始就认这个账对吧，我怕我没这么憨，我就和他鬼扯，扯了半天，他不说话了，就那么一声不吭地站在那儿，也没看我，但我一看他的脖子就知道他气毒了，气得要开始发狠了，吓得我连忙认错。

他的脖子怎么了？变红了？变粗了？

不是，是突然变粗糙了，起了一层小疹子，就像鸡皮疙瘩。

你怎么知道他原来脖子不是这样？

说不清楚，我就知道。我一看他右边耳朵下面的皮肤变了，我就知道不能再和他扯，再扯就要出事了。那个女演员就没有演出这样的感觉，所以我觉得她假。

他困惑地看着她，想半天，还是觉得不能理解。

她转头看了他一眼。你别这样看我，我给你说过我说不清楚的。不过要是我来演，肯定比她演得好——我只是说小房子里那一段啊，别的当然不行。

他突然想起她对这个故事的评价，是在不同的时间和场合说的：悲惨和恶心。他的心怦怦乱跳。这跟博尔赫斯原著里的话只差了一个词，博尔赫斯是怎么说的？"悲哀和恶心盖过了恐惧"。

要不……他说，我们让那个演水手的和你演一次给我们看？

她完全没把他的话当真。你神经哦，她头都没动一下。怎么可能。

我说的可是真的。他说。他越想越觉得这可能真的是一次天意，翻来覆去折腾不完的一部戏，难说就在她这里收了口。

你靠边把车停下来，他说，我们好好说说这事。

你别又神叨叨的了。她说，这深更半夜的停在外环路上，一会儿警察来还不知道我们在干什么呢……我座位底下还有把刀，查出来可是要拘留的。

他没有说话。她感到了他的执拗，有点紧张。我是不会去演的，她说，我怕是疯了还差不多。

又不是真的演，他说，只是把那种感觉给他们示范一下。就算最后不行，又有什么关系呢？你又不是演员，谁也不会笑你。

车子缓缓地插进一条斜巷，停了下来。就算帮我们一个忙，他说，你只是按你认为对的样子做给他们看一下，完全是私底下的，又没让你真的上台演出。

她开玩笑似的把手在他额头上按了一下。你没发烧？想得出这种馊主意。

他突然很想抽烟。他已经戒了有一段时间了，平时没什么感觉，但他发现每次只要他想要郑重其事地说点什么，就会犯烟瘾。你先等下，我去买包烟。他说着，准备去开门。

啊，你还抽烟啊？她有点惊讶。我这里有。她从旁边的扶手盒子拿出半包烟递给他。

这次轮到他有点吃惊了。你抽烟？

她摇摇头。前两天一个客人掉的。她说。把点烟器烧红，递给他，他接过来点上烟，吸了一口，感到后脑勺一阵晕眩。

给你这样说吧。他又抽了一口。这部戏反反复复已经排了好几个月，不是这毛病，就是那问题，不说别的，光是每天吃盒饭就不知道花了几千块钱。问题就出在那个演女主角的演员身上，她毕竟太年轻了，没什么生活阅历……当然了，这种事也不是有生活阅历就能知道的……我的意思是说，像你闺蜜遇到的那种事，可能一百万一千万个人里面也没有一个会遇到……是很悲惨，这不用说，但从另外一个角度，比如从我们排戏的角度，你也可以把它看成一种非常……怎么说呢，非常难得的，甚至可以说可遇不可求的经验……你别多心啊，各人的角度不同。我原来也想过，请你那个闺蜜过来看一次戏，但又觉得太残忍，何况你又说你也好几年没见过她……她肯定给你说了许多细节性的东西，动作啊，心理啊什么的，所以昨天晚上你才会给我说，时间久了，你觉得就像你亲身经历的一样，要不你也不会看出来李芯演得不对是吧……我是写小说的，我知道这个，这就是细节的感染力了……你看，离公演已经没有几天了……你帮我们一次，我们所有人都会感激你的……

他觉得自己说得语无伦次，毫无一点说服力。他越说越气馁，几乎不敢看她。最后，他决定放弃。算了，走吧。他说，不为难你了，这想法是有点神神叨叨的……其实我都想得很周到了。马玲有个朋友，也是一鸢的粉丝，至少有两部戏都是他资助的；他在花溪河边有个庄园，里面有间很大的茶室，起码有六十平米，我们就可以到那里去，现场人也不要多，只要我、马玲还有那个演水手的演员高宏明，就我们三个……你不是说那个演水手的演得好，演得让你恶心吗？

她没有说话，直直地靠在座椅上，平静地看着窗外的马路。那些不多的、来来往往的车辆亮着灯驶过，在窗玻璃上形成一些发散的光晕，又投射到她的脸上，让她的脸亮一下，暗一下。

我们昨天晚上看演出的那个房子……她突然问，那里原来应该就是一间厂房吧？

是啊，他说，化工原料厂嘛。

其实那里还要更像些……跟我那个闺蜜说的差不多，都是那么高的房顶……还有地毯，脏兮兮的红地毯……

他一阵惊喜。你是说你同意了？

她没有回答他的话，而是问他。上次你说编这个故事的人，就是你改成演出的这个故事，那个老头，瞎眼那个，叫什么斯那个？

博尔赫斯。

嗯。她费力地试图回忆起什么。你说过他是想把所有真的东西都变成假的？

他记不起他给她说过这样的话。其实也不只是他这样说，他说，我们佛教里也有这样的意思……

我不是想问这个，我想问的是，他用什么办法把真的变成假的呢？把它写出来，真的就变成假的了吗？

他一时语塞，不知道怎么给他解释。

并不是说他写出来就把真的变成假的了，他说，这个作家只是有这样一种想法，于是他就用小说的方式把它写了出来……大致就这么回事。

噢……她说，你还是没明白我的意思，不过我也说不清楚。算了，不说了，和你们文化说话真的太费劲了。

她发动车子，从巷子里倒出来，重新又回到外环路上。

他迟疑地看着她，说那么……你到底同不同意呢？

同意什么？

给我们演一下啊。

她没有马上接话，想了一下才说，那……除了你，就只能有刚才你说的两个人，多一个都不行……

秘密演出安排在周三晚上，离周六的第一场公演只有两天时间。之前他给马玲说这个事情的时候，马玲大感吃惊，她说昨天晚上她连说都不肯说，现在倒愿意演了？但她很犹豫，觉得已经没有这个必要。陈老设计的那个细节已经非常精彩，她说，我觉得够了，加上时间紧迫，何必节外生枝。他极力劝说，说我费尽口舌，好不容易才说动她，这样的机会可以说千载难逢，以后你还到哪去找这样的事？何况你作为导演，多收集点细节也不是什么坏事，这部戏用不上，说不定下部戏就用上了呢？

吴勇坐在那个大设计台的后面，一直没吭声，这时才慢腾腾地说，我觉得看她演一次也不费什么事。说句不该说的话，陈老这个人有水平，这次也算是帮了忙，但老先生平时爱邀功，爱显摆，经常芝麻说成西瓜，戏出来，说成是你在他指导下导的也保不定……我的意思是，如果能换成你自己设计的细节，又有什么不好呢？

马玲恨了吴勇一眼，打断他的话。不要乱说，她说，人家陈老什么时候把芝麻说成西瓜了？你看人家昨天说话好谦虚。你就是这张嘴。

吴勇嘿嘿两声，没有继续说下去。

马玲又恨了吴勇一眼，转头对他说，那就趁早，就今天晚上。我先通知周宏明，排练完以后他悄悄留下来，如果有人问起，大家口径一致，就说他的表演也需要加强，我们要单独给他说说戏。

那天下午，他是自己打的去的剧社。临离开单位时，他给张琼打了个电话，约好晚上十点她准时到剧社来。你就不要来接我了，他说，你在家好好回忆一下你那个闺蜜给你说的话，把那种……就是你说的从心里面冒出来的东西好好酝酿一下。记住，十点，不要晚了。

张琼在电话那头没有说话，等他说完，才自言自语地回了一句，你们这些人呐……

他不知道这句话什么意思，但怕问多了，她又改变主意，于是假装没听见，赶紧挂断了电话。

他不知道马玲是怎么给高宏明交代的，但他觉得还是有必要给高宏明说说他的想法，所以那天晚上等高宏明演完他的部分，从后台下来之后，他又单独把他拉到吴勇的工作室，反复叮嘱他。虽然这不是真正的演出，他说，但从某种角度说，比真正的演出还要重要；既然是对手戏，你们之间就是一种相互激发的关系，你要投入，她就投入，你要不投入，她也不可能投入……

总之，他总结说，你只有真的想强奸她，她才会真的反抗。

　　为了不让高宏明太过劳累，也为了让大家能够早点离开，那天晚上马玲只排练了埃玛枪杀洛文泰尔的一幕，所以九点不到，大家就散了。他先是给张琼发了条微信，说排练提前结束，你也可以提前出发了，然后和马玲、高宏明坐在吴勇的工作室喝茶闲聊。他们都有点兴奋，尤其是高宏明，但他同时又表现得忧心忡忡。我只瞥过这个女的一眼，他说，就是观摩演出那天晚上，我还以为是哪个报社的记者呢；样子都没看清楚，我怎么好意思突然就去那个人家呢？何况她又不是干我们这行的，适应得了不哦……

　　他们安慰他。说她知道这是在演戏。不过，他怕这句话又误导了高宏明，赶紧补充说，一会你可别想这么多，你必须动真格的，否则今天晚上就白忙活了。

　　高宏明又腼腆又局促地搓着手，说哪可能动真格的哦。

　　但那天晚上直到十一点，张琼都没出现，打她电话是通的，但无人接听，给她发微信、短信，也不见她回。

　　他开始时非常恼怒，觉得没法向马玲他们交代，后来又担心起来，想起她藏在座位底下的匕首，怀疑是不是遇到警察查车，被搜出来了……直到十二点半，他已经回到家，才接到她的微信。对不起，我觉得我做不到。

　　他立即拨打她的电话，这一次她接听了，但除了浓重的鼻息（他想起她在车里睡着的情形），她始终一言不发。

　　他的恼怒一扫而光。其实应该是我说对不起。他说，我这个主意真的是太馊了。

　　她还是不说话。

　　你在哪里？他问。我马上过来。

　　她挂断了电话，但随即给他发来一个微信导航地址，同时简短地说明：五号房。那是恒丰步行街上一家普通的酒吧，名字叫"棕色"。他从来没有去过，甚至没听说过这个名字。

　　他先是打的到了步行街，之后，又跟着导航走了好一会儿，才在一条岔路的尽头看到那家酒吧的招牌。酒吧显然是由一座老建筑改造的，很陈旧，顾客也不多，围绕房子的回廊四角都安置得有隐形的音箱，只有走到跟前，才能听见若有若无的音乐，烟雾一样从地里冒出来，又飘散在空气中，像在倦怠地营造着某种氛围。

　　包房里的陈设跟大厅一样陈旧，墙纸、窗花、桌布和沙发的色调都是那种很耐脏的褐色暗纹。之前，跟着服务生在那些回廊里绕来绕去时，他设想过这时坐在包房里的张琼会在干什么，是无声无息地流眼泪？还是正恨得牙痒痒？他设想不出来。他这时才意识到，刚才她在电话里的那阵沉默，深沉得像口井，堆满了他之前想象不到的枯枝败叶。

　　进门之后他情绪激动，但碍于服务生也跟着进来，守在一旁，礼貌地请他点单，他什么也没敢说，什么也没敢做。沙发前宽大的茶几上除了一杯几乎没动过的柚子茶，别的什么都没有，空旷得就像沙漠中央一处突兀的峭壁。张琼胸前抱着一个肮脏的靠垫，挤在沙发靠背和扶手之间的夹角里，空出了沙发的绝大部分。她从他进门开始就一动不动，只是默不作声地看着他点茶，点水果，脸上的神色平静得让他又一次想到了那口井。她身上穿的还是那天看戏时的灰白色套装，但没有扎头发，而是让它们卷曲地披散下来。

服务生一离开，他立即就坐到她旁边，侧身看了她一会儿，然后一下把她搂了过来。她的双手自然下垂，下颏沉重同时尖锐地顶着他右边肩膀和脖子的交界处，几秒钟之后就让他感到一阵难以忍受的疼痛，但他一动不动；那阵疼痛开始胀大，同时向下传播，最后抵达他身体内部的一个什么位置，并在那儿开始形成结核。他醒悟过来，那就是几年前武汉分享会上他突然开始疼痛的地方……他推开她，抓住她的两个肩膀，好让她能够看到他；他想对她说出他在那阵沉默里感悟到的一切，那些黑暗的光亮，那些腐烂的芳香……但他才吸了口气，就听见服务生敲门的声音。张琼往后一靠，回到了他刚进门时看到的姿势。

他不知道服务生是怎么离开的，他茫然地看着托盘里的茶壶、茶杯和果盘里那些切成片、插着塑料叉子的水果，有那么几秒钟，他完全不明白那是些什么东西，为什么会突然出现在他的面前；他只感觉到在他发愣的时候，张琼慢慢向他挪动过来，几乎来到了他的背后；接着他感到张琼的一只手搭上了他右边的肩膀，嘴里呼出来的热气喷在他左边的耳朵上，让他忍不住打了个惊悚般的激灵。

我没法和你做那种事……他听见她说，停了一会儿，他又听见她说，我身上好多东西都没了，有些还是假的。嗯？你明白我的意思不？我觉得我其实已经不是个女人……

他想扭过头去看她，但发现如果那样他就需要转动一个几乎一百八十度的弧形，那太遥远了，遥远得根本不可能抵达。

那之后他们没再怎么说话。又待了不到十分钟，她提议回家。我下午四点就到这里来了，她说，坐到现在，屁股都坐痛了。

他陪她走出恒丰街，一路来到马路对面的市美术馆停车场。他们还是没有讲话。她坐进车里，没有说要送他，而是把手指按在车窗按钮上，抬头对他笑了一下。我真的不是高铁上那个女人，她说，我没骗你，不过我一直都很喜欢你把我当成她。

他知道这是一种道别的方式。对此他心领神会。

他想问一下她的微信名一直都是现在这个呢，还是后来改的。但没等他开口，车窗已经缓缓地升上来，隔在了他和她之间。

《埃玛·宗兹》按照老导演最后决定的版本如期在周六公演了第一场。让他始料不及的是，现场真像张琼那天说的那样，人山人海，而且还有人倒票，一百八十元一张的票到距离开场半小时前居然炒到三百二十元。这是前所未有的事情，剧社的人，当然也包括他，都互相交换着眼色，露出不可思议甚至感觉有点滑稽的神色。事后，剧社专门邀请各界朋友，又开了个研讨会来分析这种现象。有人认为这是经过几年努力，"一鸢"的品牌形象已经完全塑造成功，这次出现的火爆场面正是这种品牌效应的结果；另外有人认为这与事前宣传的方式和力度有关，而其中宣传方式又更为重要。比如《贵阳日报》文艺周刊的记者郑文丰，就创造性地请了一个心理咨询师，对埃玛·宗兹的愤怒、胆怯以及无论付出什么代价都非要亲手杀死洛文泰尔的执拗进行了常人闻所未闻的分析；还有人认为，这是博尔赫斯本人闻名遐迩的声名所致；说这话的人提到当年他那本关于博尔赫斯的随笔集在贵阳举办分享会时的情形。楼上都坐满了，他说，达德书店的老板廖云飞为此还担心老旧的木楼板承受不住，最后酿出什么事故来。在我看来，那人总结说，那次分享会实际上是这次演出的一次遥远的伏笔和前奏，而这次演出则是那次分享会的一个回声。后面发言的人显然占了最大的便宜，他们把前面的观点重复了一遍，认为此次的盛况并不是某种单一原因的结果，而是所有以上那些原因的综合作用……

演出在一个半月的时间里一共演出了六场，其中最后一场是一家银行工会的包场，为此，他多得了五千元的稿酬。第二年五月，《埃玛·宗兹》作为"一鸢"的经典剧目又重演了四场，他只观看了第一场和最后一场。最后一场结束前（他记得很清楚，他坐在第三排正中的位置），埃玛突然从挎包里掏出手枪，对准了惊慌失措的洛文泰尔。他知道接下来他会听到连续三声枪响，但那天他发现自己听到了四声，只是第四声比前三声明显微弱，就像子弹刚飞出枪膛，就掉到了地上。几秒钟之后，他意识到那其实不是枪声，而是微信的提示音。他打开微信，发现是张琼的信息：你方便给我打个电话不？他暗自笑了起来，觉得他们两人之间算是扯平了，因为上次他们好久不见，是他主动联系的她，只是这一次他们没见面的时间比上次长了无数倍。

他离开剧场，一面拨打张琼的手机号码，一面往下走，一直来到楼前的院子里。

张琼的声音听上去喜气洋洋。我要去武汉结婚了。她说，嗯，我给你说过的对吧，想追我的人全中国都有，因为……所以我最后选了个武汉的。他也是个黑的司机，人特别好……不过我不是来给你说这个的。我是想再核实一下，我怕我记错了，你说你上次在高铁上看到的那个女人，她坐的是六号车厢的10F位子，对不对？

他想了一下，说没错，是六号车厢的10F。

太好了。她在电话那头几乎欢呼起来，那我就没有买错。我简直不相信我真的买到了这个座位。

他非常困惑。哪有这么巧的事？

什么这么巧？她说，是我故意挑的啊。你不知道现在高铁已经可以在网上自己选票了吗？

我真不知道呢，他说，那太好了。

挂上电话，他才发现他一直站在那天晚上张琼停车的位置上。

他往回走，一面走一面想，我为什么要说太好了呢？这有什么好的。

（原载《天涯》2019年第4期；

《中篇小说选刊》2019年第5期、《中华文选刊》2019年第9期转载）

姜东霞

四月花开

一

她捏着鼻子说。她听到自己的声音从手指中间流出来，完全不是她的声音。第一次这样捏着鼻子跟前夫杨木打电话的时候，她还忍不住要笑出声来。现在她已经很平静了，就像是她本该这样说话。

"你的想法不合时宜"。

杨木说。

她听见杨木把什么东西掉到地上了，他起身去捡，屋子里安静了一会儿。

他说："不好意思，药掉地上了。"

她问他吃什么药，为什么要吃药。他说跟前妻离婚后，他每晚无法入睡，总要吃点安眠药。然后他们的对话又回到先前那个问题上来了。

"是的，我知道我很蠢。"

她一边说一边想。他们为夫妻时，她不会这样对他说话，她以为他什么也不会懂，而事实是他从来都不想懂。至少她认为身为狱警的杨木天生就缺少一种能力，那就是交流。在他们生活的十多年里相互都不了解对方。现在他们依然同住一个屋檐下，每天深夜之后，用这样的方式交流（当然杨木并不知道是她），反而觉得彼此亲近了，至少她是这样感觉的，心里就涌出一种酸涩味。"相爱总是简单，相知太难……"这首歌唱得太好了，有时她会反复地听这首歌，听到不能自拔。

"其实，人现实一点会过得更好。"

杨木这样说话时，她听到了他下床的声音。她屏住呼吸，立着耳朵听他有没有打开门，如果他开门出来，到厨房接水，她就暴露在厨房的阳台上。她为自己用这样鬼鬼祟祟的方式跟杨木打电话，感觉到羞耻和无地自容。杨木一直把她当成了另外一个女人，他要是知道是她在给他打电话，天啦！他会有多么瞧不起她。她这样想的时候，急出了一身汗。她这一辈子，就是太要面子了，他们为夫妻时，她就大吼大叫告诉他她不想过那种处处不如人的日子。是的，现如今她凭着自己吃苦耐劳的韧性，过上了她认为至少是有尊严的日子。

杨木屋子里的动静有点大，她想要躲回女儿的房间，可是如果他从卧室出来，两个人就会正好撞个满怀。她感到脸颊发烫，她握紧手机听着他重新又回到了床上，他在床头柜上翻找东西，然后就又躺下了。

"哦，哦，明天再聊吧。"

她很快挂断电话，身体发虚声音颤抖。她意识到话还没有说完，由于刚才太紧张，已经把捏着鼻子的手放了下来。杨木会不会听出自己的声音来，真是太无耻了这样做。

每次打完电话，她都不会立即回卧室睡觉，她总是静静地坐一会儿，确定杨木睡了，才会轻手轻脚地走过杨木睡的房间。有几次她看见杨木屋子里的灯亮着，就静静地立在他的屋门口，听见杨木在发手机短信，看一眼自己的手机，才又悄悄地摸进女儿的屋里和衣躺下。

透过厨房的玻璃，窗前的几棵槐树，灯光落在上面，让她心情怅然。这段时间，她天天盼到深夜，为的就是给杨木打电话。真是精神空虚到了极点，虽然她骂自己，想结束这样无聊无耻的勾当。她也只能坚持一个晚上，她必须把手机关了。到了第二天她还是忍不住想打电话。她最初用这种方式打电话，仅仅是想恶搞，因为她第一次用这个新号码给杨木打电话，完全是无意的，她是想试一下新手机的通话质量。服务员把新号码装进手机，她就拨了杨木的电话。当电话里传来彩铃"把握生命的每一分钟……"时，她立刻就挂了，她意识到打杨木的电话很无聊。可是后来他打了过来，他没有想到是她，而是完全把她当成了新认识不久的一个女人。她是这样判断的。因为杨木在电话里说对不起，手机进水了，把你的号码弄丢了。杨木用了很蹩脚的普通话。他还说他想她了。她在心里骂了句脏话，恶念就是在那一瞬间产生的，她捏着鼻子，学着他用一种很奇怪的"厂矿"普通话跟他说话。她记得那天她问杨木的前妻怎样，怎么不复婚？杨木不假思索地说她太强势了。

哦，太强势了。她反复地回味着这句话。他说这话的时候很冷淡，像一个裁判员对他裁决的对象已经失去兴趣。她这样对菲菲说。单位人传言菲菲会被提拔成副局长，这跟菲菲近几年交往的官员有关。菲菲一边玩她的手机游戏，一边笑着说他太不了解你了。

我也不了解他。

她本来也想这么说的，话到嘴边她又咽下去了。她的确不了解他，他在她心里像是一个窝囊废，还不讲道理。而她在他心里也是一无是处，两个人生活到了这个份上，是该分开了。她想起有一次，他下班走在回家的路上，那时候警察还没有要求下班要着便服，穿着警服的他听见有人喊抢劫，一回头就看到一个男人飞快地跑过他的身边，后面被抢的女人边跑边喊，他就朝着前面的男人追上去，在一个岔路口制服了那个男人。

那条路是回家的必经之路，她买菜回家通过围观的人群，她看到了杨木一条腿半跪在地上，另一条腿压在那个人的身上，将他的一只手从肩上反过来。然后她看着他迅速解下自己的鞋带，将男人的两个大拇指捆在一起。这一幕看得她心惊肉跳，她没有敢完全停下来，这个动作是擒拿格斗术里的拉肘别背，在警校上学时，她也学过，并且在一个冬天，那时她和杨木是同学，在一次训练时，杨木动作迅速地将她摔倒，她的牙齿磕出血来。她以为她的门牙没有了，哭得个鼻青脸肿的。杨木一直陪着她，小心翼翼地道歉，还在第二天清晨冒着冰雪帮她清洗衣服。

时间过得真快，一晃十多年过去了，曾经以为的相爱，其实一点也经不起考验。这世间以为的爱都是难以持续的，包括她和苏大卫，她幻想过天长地久的爱情，现在想来都成了笑话。当然如果不是她遇到了苏大卫，也许她跟杨木还会继续生活，虽然分开是迟早的事，两个人已经不在同一条道路上行走，至少她会等女儿再大一些，才会跟杨木离婚。想到这里她有点黯然神伤，苏大卫如同流星划过她的生活，就那么一闪，让她付出后半生的时间经受，那是一种万劫不复的感受，无法对人提起。

她和杨木离婚后，由于各种原因，依然一直同住在一个屋檐下。她曾经对杨木的姐姐说，离不了婚是因为太穷了，后来她想也许更多的是没有太充分的理由和动机。不管怎样她与他离了婚，动机是苏大卫，可是苏大卫却远在天边，与她的生活与她的痛一点关系也没有。这个始作俑者的人物，永远地逃离了现场。

她和杨木这样同在屋檐下生活了很多年，他们都没有提复婚的事。开始有一段时间，他们还吵架，他躺在沙发上，她还气急败坏地用各种东西打他，将手里的苹果朝着他狠狠地打过去。他用手挡了一下，那个苹果还是打在了他的脸上，他捂着眼睛跑出去，屋子里光线很暗，她把身体埋伏在沙发上，静静地等待着。她担心那个苹果，如果真的打在他的眼睛上，那么他的眼睛就瞎了。她首先想到的是自己会以伤害罪被送进大牢，就算没有坐牢，他落下个终身眼瞎……她不敢往下想，屋子越来越黑，他们住的房子背靠着山，长年累月见不到阳光。有几次她还气急败坏地将杨木的衣服从后窗扔出去，扔到为防山体滑坡的水泥墙上，那儿还有从高处斜出一棵树枝。

没事的时候，她把头伸出去看太阳落在那棵树枝上的细碎影子映在墙上，把装着两只"地狗"的竹笼子尽量抬高一点，好迎着一点阳光。她一直在想，如果往排水沟的另一端，那儿是个死角，填上些土撒一些太阳花籽，来年靠窗的地方就会长出许多的花来。她的父亲生前在阳台上种满了太阳花，那些美丽的花在她想起父母时不至于黯然神伤。

可是没有太阳，太阳花怎么可以开花呢？所有的花和植物都需要阳光，这使她感到非常沮丧。当初文联修建这栋房子的时候，为什么没有想到将房子往前修十米，二十米呢？她对文联的人最初的蔑视也是始于此。早先她仰望他们，以为文化人更文明，起码能为别人想一想。从修这栋房子开始，她就知道其实人是多么地可悲，只会想自己住得舒服，不会去体会别人的处境。她渐渐发现文化单位的人更缺乏担当，更猥琐，甚至更狭隘。如果这栋楼从背面进出，住在一楼的住户就不会陷入黑暗之中，甚至不会遭受山水淹屋。有一年逢大雨，洪水从山坡上冲下来，直接灌进窗子，那时她跟杨木还没有离婚，他们才搬进新家东西都还没有收拾好，眼睁睁地看着山水从后窗飞奔进来。那晚杨木在单位值班，她用一块木板试图挡住涌进来的浊流，并声嘶力竭地喊不到四岁的女儿拨打110求救电话。

二

"你怎么还不睡觉？"

杨木显然是熟睡之后被电话吵醒了，他的声音慵倦带着沙声。她先是捂住嘴笑了一阵，然后捏着鼻子，尽量让声音变细变软，让杨木听不出是她的声音。

"我想你了。"她忍不住又笑了一阵，笑得气都快岔了。

杨木在电话里显得很亢奋，他说："我什么时候可以见你呢？"

她说："哦，哦，再过几天吧，我这一阵子状态不好。"然后她迅速地挂了电话，关掉手机。她还在恶搞，她的心思很复杂。

第二天起来，她一开门就碰到杨木从洗手间出来，她本想迅速地躲闪回房间，可是他已经完全看到她了。他像一头从黑夜里穿出来的困兽，疲倦慵懒全身散发着一股腥臊味，他的眼神恍惚游离，跟昨晚在电话里说话的他相去十万八千里。她也丝毫感觉不到，晚上跟自己说话冷静而温情的他，到了四目相对的时候，依然让她觉得他不过是一个无聊的男人。她在他眼睛里也许也一样的是一无是处。

她才不想在早晨那个时候遇见他，正常情况下那个时候他已经出门赶交通车上班去了。他工作所在的监狱离城区有三十公里，每天早上他走得非常早。她不想让他看到自己蓬头垢面的样子，不想把现实中的他与夜深人静时电话里的他混为一谈。

她回想着那些年他们吵架的情形，她催促女儿动作快一点背书包上学，女儿为她的无事生非反抗。他从洗手间里走出来，他还是摇了摇头，她知道他是加以克制了的，可是他克制不了发自内心深处对她的轻视，所以他们之间虽无关系，他还是摇头了。她的心里也还是有些不快，她记得有一年冬至，因为一件小事他摇头，两个人吵得翻天覆地，她气急败坏地用火钎去捅他。那时他们刚刚举家搬进城市，还租住在城乡交界的农房里，到了穷途末路的境地，她动不动就像一只鞭炮那样一点就炸。那次吵架杨木摔门而去，那时他们的感情还没有消磨殆尽，因此在那么寒冷的天气里逼迫一个男人在街上走投无路，她是羞愧的惴惴的，可是她就是不肯告诉他这些，一定要与他刀光剑影地吵架。

这些年她对自己有了认识，菲菲经常说她活得硬邦邦的。她虽然坚定地认为菲菲和小艳的柔软是她所不屑的，却也从不加以反驳。没有意义的反驳是无效的，正如收音机的波段一样，不在频道上就会有杂音。她认为自己跟杨木后来的关系也出现了这样的情形，就是不在一个频道上。菲菲也会说她这些想法偏执，她笑笑说你不懂。菲菲不喜欢她说这句话，觉得像一根棍子打在头上。她也只是笑，她知道自己跟菲菲还隔着很远的距离，她们对这个世界的表达是不一样的。菲菲在她的生活中只是个参照物，让她明白此和彼的不同存在形式，也不至于那么孤冷地活在这个世界上。

下午，杨木下班回来，将单位发的两盒月饼放在餐桌上。她看着他穿着鞋踩在地板上，退回到门口脱掉鞋，把袜子丢在鞋架上。她厌恨他的这个习惯，离婚前为这个，她将他的袜子扔出去好几次，他又悻悻地捡回来拿到水池边去洗。现在她偶尔也会帮他洗一下他扔在水池边的袜子，自从她假冒他的女朋友给他打电话开始，这一切似乎不像从前那样显得不可忍受。

她不喜欢这些包装得花里胡哨的食品，（可是她不会知道这个中秋之后，如果她不买月饼的话，她就只能在街市的店铺里看到了）这些包装花哨的月饼，总会让她想起那些年，她和杨木离婚后住在父母家，每年中秋过后，大清早母亲就会在出门散步前，放一个月饼在桌子上，生怕她起来看不到，特意推开门嘱咐她吃月饼。那时她真是受够了月饼这个词给她带来的绝望，夜晚她跟苏大卫通电话总是很晚，他经常加班至深夜。还有就是冬天的时候，母亲从床底下翻出年前从山东老家寄来的海货（他们这样寄来寄去的几十年，从她小时候记事开始，她就看着母亲把茶叶、衣服、手霜包裹起来，把五元钱藏进衣服里，然后一针一针地缝好寄出去，又看着母亲一点一点地拆开，那些散发着海腥气味的从遥远的山东来的包裹，包裹她最初对母亲与亲人的关系的全部了解），丢在铁炉子上烧，咸死人的鱼，真是咸得让人走投无路。

电话响了，是菲菲。菲菲在电话里说西哥叫她去北京陪他，他要去英国考察。她一边听电话，一边把电话夹在肩膀上，歪着头压住手机，用一只手洗菜。菲菲说的话她没有兴趣，所以她只是唔唔地应着。

女儿放学的时间快到了，去学校接女儿前，她得先把晚饭时的菜准备好。她把写有该缴网费的纸条从冰箱门上取下来，又用铅笔在上面写下要需要购买的东西，放进钱包夹子，然后她走进客厅打开后窗，把装着地狗的笼子提进屋来，以防她出门后下雨。

两只地狗是在一个雨天突然跑到家里来的，它们来得蹊跷，那一天她很害怕也很惊喜，她是在电视柜上看到它们的。那时候，她的父母离世不久，下雨那天，正好是她母亲烧七的最后一天。所以她确信一定是父母的灵魂回来了，她不敢打死它们，不忍把它们丢出去，就去买了个竹笼子把它们养在里面。根据网上介绍，她给它们吃植物的嫩茎，在笼子里面盖一层厚厚的土，好让它们适于生活。我的爸爸妈妈回来了，他们不放心我的生活，她在电话里给菲菲这样说。你知道的我们的妈妈很神，她会显灵。菲菲在电话里沉默，她就说你不信是不是，我天天都要跟它们说话，我相信它们能听懂我在说什么。菲菲认为她病了，建议她到医院检查一下身体，尤其要去看一下心理科。

放下电话，她总是很生气，从后窗取下笼子，将它摆放在客厅的茶几上，仔细地观察笼子里的它们，看着它们拱动在土里的身体，絮絮叨叨地告诉它们跟菲菲的对话。有时候她会对它们说，如果你们是我的父母，请你们把身体藏进土里。当她看到它们真的拱进土里时，她惊恐万状，甚至要哭出声来了。

她打电话邀请菲菲来家里看看，菲菲没精打采地说那只是巧合。她不喜欢菲菲这样的态度，就像她不想让杨木知道笼子里的它们，所以每次吃饭前，她总是先摆好碗筷，跟它们悄悄地说话，留出座位。有时候她确信她的父母就坐在那儿，她静静地端详着他们，看着他们的一举一动，心里充满了一种莫名的虚幻感，觉得它们真的就是父母的幻化。屋子里有声音，东西掉下来了，她找遍每一个房间，并没有看见掉下来的东西。所以她更加坚信父母的存在。她向他们哭诉苏大卫走后，留在心中与死亡无异的绝望，哭诉自己的孤立无助，常常将自己哭得筋疲力尽。所以有时候她也想自己该不该去看一下心理医生，每次这样想她又会笑起来，那些狗屁心理医生说的她都知道。所以她知道他们解决不了她的问题。

这些年她除了给学生补课，大部分的时间都耗在杂乱的事情上了。苏大卫走后她把自己想成了一头驴，拉磨拉磨而且只能顺着拉不拐弯不后退。她非常努力地生活着，用本子记下从别人那儿学来的做菜方法，只要她的女儿说好吃，她就拼死地做上一个星期，一点不动一下脑子，直到她的女儿说妈妈再吃我就要吐了。她才明白过来，就又去学新的，立马把那道菜忘得一干二净。她在厨房的墙贴着：不抱怨、不后悔、不回忆。

她不会切菜，别手别脚地拿着刀，刀落在她的手上，她把手指放进嘴巴里，使劲地抿着，打开药箱找创可贴。杨木到厨房接水看到她的手又被切着了，他又摇摇头，他总是情不自禁，放水时矿泉水桶咕噜咕噜地响。看到他摇头，她心里面又生出不快来，两个人的缘分尽了，就怎么也捏不到一块了，她悲哀地想；虽然在夜晚聊天时，她会生出一些幻想，希望他们还是夫妻。可是那会儿他们之间是全然陌生的，杨木不知道电话里捏着鼻子的是她，所以他的表现是她需要的。人总是在粉饰中渐渐变得更好的，而婚姻中他似乎不需要这样的粉饰，所以恶性循环也是情理之中的事。这就好比鸡蛋破了一条缝，无论这条缝隙多么小，都是导致鸡蛋提前坏掉的主要原因。

杨木又在用蹩脚的普通话打电话，她有点想笑，夜里她跟他打电话也是用这样的普通话。拉开冰箱就有一股坏掉的海鲜腐味冲出来，她回过头去看了杨木一眼，他穿着拖鞋已经把脚搭在了沙发的扶手上。他晃着脚一只拖鞋就掉到地上，他把声音变得又细又软，他这是在跟他的侄孙子说话。虽然她已经听惯了他的这种声音，虽然他与他家人的一切，早已经不在她的关注范围，可心里还是生出了一丝轻蔑。她的女儿曾经问过她，为什么姑妈他们一家人总是要用普通话跟那个小宝贝说话。她本来想信口调侃说因为他们普通话说得烂，话到嘴边觉得不妥，便又认真地想了一下说，因为他们以为这样会不一样。什么不一样？女儿把一半面包扔在盘子里看着她，她又想了一下说，也许他们以为小宝贝会有一个不一样的前景。她觉得这样说是中肯的，女儿还是看了她一眼，认为她的话是有恶意的。

女儿对她的恶意和反感，来自于那些对于她来说同样黑暗的日子。她跟杨木离婚之初，她带着女儿租住在学校附近的一栋居民楼里，房租钱是苏大卫出的。房子就在女儿学校的对面，隔着一条马路，这样女儿上下学她就不用去接。那时她到单位去上班，坐在人堆里常常会把准时回家的时间错过了，有一天女儿放学回来，她开了门忙着做饭。女儿绕到她的身后问她，如果她到北京上海找朋友，而朋友没有在会是什么感觉？她一边做饭一边胡乱地不假思索地说绝望。吃饭时，女儿又郑重地告诉她，她没有回家的时候，自己就是那样的感觉绝望。她吓了一跳，继而就笑起来问她的女儿懂得什么叫绝望啊。女儿不动声色地告诉她仿佛走到了尽头。

她沉默不语，并且感到一阵刺痛。

道路两边是高大的梧桐树，苏大卫经常站在树下给她打电话。他像个庞然大物那样，走在树的阴影和黑暗里，与他高大健硕的身体形成对比，给她造成了一种非常阴暗的想法。尽管她知道他是忧惧别人看到他并认出他来，才那样在树下走来走去的。

有一天，她刚从楼道里走出来，就碰到了小学的同学，同学说你住这里啊？她抬头看了一眼那栋房子。同学主动要求到屋子里坐一会儿，她们就上去了，她不知道同学是卖安利产品的。同学问她为什么住在这里？她说是女儿上学方便，最后，她就把离婚的事告诉同学，并嘱托同学不要对外说，没有人知道她离婚了。她没有提离婚的原因，同学很同情她。过了几天同学来敲她的门，她在午睡同学就没有再敲。同学坐在楼梯的过道上等着，她起来打开门看见同学靠在楼梯扶手上已经睡着了。她叫醒同学，同学进家就拿出很多安利产品介绍她。那些年她很穷，工资低得只能够吃饭，根本买不起那些对她来说过于昂贵的产品。她觉得难得同学这么辛苦，不买真是对不起她，坐在人家门口的楼梯上要多难堪有多难堪。她买了一支六十多元的牙膏。她总是顾及别人的面子和感受，朋友可以将几十块钱一件的衣服，拿来当一百多的卖给她。她不是不知道，而是不好意思拒绝，老觉得别人都开口了，怪不容易的。有一天她跟卖衣服的朋友逛街，就看见了朋友卖给她的那种破衣服，挂在铺面门口的架子上，满街都是贴着贱卖的价格。她假装没有看到，两个人就穿过了那些卖衣服的街巷。

有一天，同学又来敲门，她打开门就看到了杨木。杨木问她为什么要把自己搞成这个样子？她不说话，两只眼睛盯着同学问怎么可以这样？同学说是好心想让他们和好。她哭笑不得地让杨木和同学离开她的房间，她说她要到单位去开会。再后来苏大卫走了，她就搬到父母那里去了。最后，她母亲得了忧郁症，她不想女儿看到姥姥的样子，生怕影响到女儿将来的心理成长，杨木说你们回来住吧，她就把女儿送回杨木那里。她每天来回地跑，晚上整夜照看母亲，她的母亲一会儿起来上卫生间，一会儿起来喝水，要不然就坐起来扣齿。她总是醒着不敢合眼，生怕她的母亲跑到别的房间去轻生。那是冬天，天不亮她就得起床，照看她母亲的事就交给她的父亲去做。外面的积雪又深又厚，她在雪光返照着的黑暗里踩踏着雪赶往原来的家。这段路是这座城市治安最乱的地段，前几天才发生抢人事件，还敲碎了被抢者的髌骨，可是她顾不了那么多，她必须在杨木出门前赶过去给女儿做早餐，然后送她去学校。

三

她开门的时候，杨木打完电话重新躺到沙发上，他打开电视迅速地调换着频道。她想给他说女儿前几天中午从学校出来被人抢了，话到嘴边她又咽回去了。以往她会在出门后给他打电话，可是现在她怕他在电话里听出来她的声音，跟夜里电话里的声音相似的蛛丝马迹。其实她想说的是，抢人的人不仅只抢了女儿，还抢了别的孩子，都是未成年人，派出所做了笔录就放人了。可是抢人的人扬言说要挟持女儿和别的孩子，她找派出所的人，他们说事情没有发生，派出所不可能有什么行动。

她告诉同样在派出所工作的弟弟，弟弟跟他们说的是一样的话。弟弟还特别提示她挟持的严重后果。她的脑子里无数次出现过那样的场景，折磨、殴打、污辱、往遍体是伤的身上泼水……天哪！一想起这个，她就会觉得头发全都倒立起来。可是杨木是不会听她说这些的，杨木会责怪她没有把女儿教育好，为什么学校那么多人，不抢别人只抢你的女儿？他一定会这样说，并且还会把头摇到让她无地自容。在这个世界上，一些人天生就不会被人怜惜和理解，什么事都得自己出头扛着，还讨不到一点好。她认为自己就是这种人。

出门时，她站在镜子前面换条围巾。她总是穿着花长裙，围着长丝巾，就是在夏天也这样，她的打扮像一个与世隔离的异类。跟苏大卫相好的那几年，他总爱眯着眼看她取下围巾，挂在门背后墙上的挂钉上。那是她父母的家，墙壁上挂着父母结婚时的照片，还有她们家不同年代的全家福。自她的母亲五十岁后，她的父亲就有一种莫名的危机感，他担心她的母亲有一天突然就消失了，所以每一年她母亲的生日，全家都要聚在一起吃饭，然后照一张全家福的相片，像是留作最后的纪念一样。

每次苏大卫离开前，都要站在那儿抱住她，然后指认照片上的每一个人。她知道他是在找另一个人，他总是想从照片上寻找到她跟杨木生活时的蛛丝马迹。这一点她早就想到了，好在墙上的照片上，只有一张上面有杨木，照片上的杨木刚刚下班还穿着制服，满面尘土的样子，她跟他站在一起，就像两个心猿意马的人那样，各自看着一个方向。她用一张报纸半摊着盖在相框上，故意掉下半截正好挡住了照片的一半，杨木就挡在报纸的后面。

苏大卫抱着她挪动身体，每次正欲举手取下报纸，她都会故作娇柔地抱过他的手，将他的身体抵到距离墙壁远一点的地方。苏大卫喜欢她的打扮，他会取下围巾给她围上说，遇到你之后别的女人我看都不想看。

那个时候，她坚信他是爱她的。那么不管自己付出了什么，或者将要经历什么都是值得的了。她总是在心里自我安慰、自我鼓劲。2003年的冬天特别冷，她记得几场冻雨之后，苏大卫就调回北京去了。她病得很厉害，在她母亲住的附近一家诊所打吊针，他在机场给她打了最后一个电话，发了一条短信，四年的恋情就石沉大海。

一年、两年、很多年过去了，她偶尔会在阳光灿烂的季节想起那一年冬天的大雪，大雪封路公交车停开，她走着路去上班，她的生活变得阴暗无望。其实他们的关系从来就是无望的，她对他的爱就像是一个火坑，现如今火灭了，一切都变为灰烬，她却依然保持着跳下去时的姿态。屋檐下几棵蒲公英草，还没有来得及枯萎和死亡，就被大雪盖住了，雪压在上面反而使摇摇欲坠的绿色，显示出一种不屈不挠的样子，她鼓励自己要像一株植物那样活着。

现如今的日子比起之前，总算有了起色，因为这一年，来找她辅导的学生是之前的两倍。她在住房的侧面搭出一间小屋子供学生们上课。生活有了改善后，苏大卫留给她的绝望感，自然就减轻了。她曾经给菲菲感慨地说钱是多么地重要。菲菲就笑着说，是啊，所以我是无法容忍一个男人没有钱的。她不想跟菲菲继续说下去，因为她知道菲菲说的跟自己说的不是一回事。有时候，人总是你说你的我说我的，本来说的是同一件事，却有天差地别的不一样。她是想说钱解决了生存问题，人的心自然会变得开阔一些。可是菲菲却说的是钱本身的问题。

她想给自己重新换一个手机，为的是晚上给杨木打电话质量更好一些。上次就因为她在电信大厅里看手机，营业员取下手机的盖子，示意她装上电信的新卡试试通话效果，给她把一张新的卡号，装进新手机让她试试。才有了她与杨木的深夜交谈。慢慢地她觉得电话里的杨木与生活中杨木判若两人，与作为丈夫的记忆更是相去很远。原来他们真的是不了解。在这个世界上人与人之间，是缺乏真正了解的。这一来是因为人的素质各有不同，二来是因为人的本性确定了自身了解别人的程度。

走进电信大厅，那是正午，阳光落在大型的玻璃窗上，有点扎眼。坐在椅子上的两个男人，略显倦怠的眼神突地有了些闪亮的斑点，落在她的后背上，她感觉有些不舒服，转过脸来她的目光掠过那两个男人时，显得有点茫然无措，他们在她眼里如同两个影子。

办完上网费，看到街面上的热流像是要燃了一般，她迟疑不决起来，一时竟然想不出要去往哪里。走到手机营业柜台，漫无目的地看过去。菲菲没事就买手机，女人的价值除了手机，还有衣服和香水，这些都是看得见摸得着的。她看见了菲菲用过的一款手机，很大气，价格也已经下来了。菲菲整天把这款手机拿在手上玩，坐在单位办公室的环形桌子边，开会时领导讲领导的，她玩她的，仿佛她的生活就在手机里。

她想起有一次菲菲从北京打电话给她，她正走在营业厅的柜台间，菲菲的声音很急促，像是出了什么事。她一听菲菲说着酒吧里的事，一边想象着菲菲手里的手机，想象着之前菲菲自如地转动转换拿机子的手又肥又亮。

菲菲说："我看到了世界上最污浊的一面，太可怕了。"

她不说话，边看手机边听，能够让菲菲也觉得受不了的场面，会是什么样子？她没有那样的想象力。之前菲菲给她说过，去北京是因为西哥要出国考察。西哥是菲菲去帮他们单位排练时才认识不久的男友，离异多年在这座城市的一个区任区委副书记，简直就是钻石级的王老五。菲菲说他们是真的相爱的，菲菲这样说的时候，她会想起苏大卫，当年她也是这样认为的。菲菲喜欢跟她讲西哥，她却从来没有提过苏大卫，她甚至觉得自己跟一个官至省级的人物有染，说出来是一件极其羞耻的事情，如果是爱情就不一样了。她对世俗生活中的人缺乏道德信任，他们很快会将她罗列进官员"情人"的名单，她认为这是一种无法忍受的亵渎。

菲菲有一副好嗓子，歌的确唱得好。那一年在广场唱《五星红旗》，她的眼泪就流出来了。当然一方面是菲菲唱得好，另一方面是她五岁的女儿告诉她，这首歌太好了"你的名字比我生命更重要，太想哭了。"西哥喜欢是因为他的女友中，没有比菲菲更感性的了。他去北京以后就给了菲菲两百英镑，那是好几年前的事情了，菲菲在电话里兴高采烈地说回来就换个手机。

后来菲菲从北京回来，约她去了一家叫大师的咖啡吧。那是中午，她们坐在靠近窗子的座位上，窗外沿街的树木开满了紫色的花。那个时候她还抽烟，菲菲也跟着她抽烟，因为烟雾可以消解掉菲菲说话的部分情绪。她不想听发生在北京酒吧的事，菲菲想给她讲。她听得心不在焉，她对男女苟且之事，一点兴趣都没有。更何况场面是那样的不堪，人变成了猪狗。她看着菲菲的嘴唇，菲菲用的是进口口红，颜色纯正绵实，质感很好，菲菲说完之后强调了西哥和自己只是观众。

而她却在想菲菲的五官中嘴巴长得最好，很性感。菲菲还说了那些全都是在校的女大学生，一个个如花似玉。哦，如花似玉的年龄干点什么不好？这个念头只是一闪，她并没有想继续这个话题。可是她有点想不通的是，西哥竟然会带着菲菲出入那样的场合，他竟没有一点羞耻感？他不在乎菲菲会怎样看他和他们，菲菲在他心里到底是什么？或者跟那些在校女大学生一样，不同的是他们之间有往来，一次一次地见面，而女大学生们可能会如走马灯似的。或者菲菲什么也不是，只要是可以用钱来消费的，都是可以被忽略的，比如感受比如尊严。

"他们同坐在一个大厅里，喝酒作乐。"菲菲学着她的样子抽烟，菲菲抽起烟来的样子倒像是个没落的妓女，身体里散出一股迷人的腐败气息。也许这正是西哥们想要的。这个世界上有一种漂亮是肉体的，花枝招展，纤尘可染。她曾经调侃过菲菲说即使是妓女的模样，那也是19世纪巴黎的。菲菲没有生气，反而觉得她有智慧。

"是的，他们用手。"菲菲在烟灰缸里摁灭了烟头。

这个世界真是脏。

她进而想起菲菲的手机也是脏的，虽然她的手白若葱根，伸出来像待卤的凤爪肥大丰厚，连一颗像样的戒指也难戴上去。那天她还陪着菲菲去了一家黄金店，这让她了解到菲菲其实不只是懂得挥霍的，她是懂得理财的，她的挥霍只是拿来装饰她的虚荣的。菲菲告诉她黄金是在不断地升值。她对这一切一无所知，背靠着黄金柜台，不是她对黄金升值不感兴趣，而是黄金世界之于她近乎遥不可及，就像一个伸手不见五指的夜晚那样，让她感觉眩晕和惊惧。

四

她另外选了一款手机，装上电信的卡后，拨了杨木的电话。电话通了，传来了"把握生命的每一分钟……"，她觉得实在是无趣得很，只有在晚上她才能进入角色，深入到忘我的地步。她甚至希望打电话的人真的不是自己，而是另外一个女人，或者杨木也不是杨木，这样她就又会有恋爱的冲动了。可是她不明白晚上打电话给杨木，到底隐藏了什么心理。

这么多年来，她学会了终止，唯独到了晚上她就想给杨木打电话。仿佛举起电话捏着鼻子时，她真的就是另外一个人了。

她和杨木离婚多年了，她已经记不得是五年还是八年。他们是在一个春天办的离婚。是她执意要离的，可是办完手续她还是哭了。她知道苏大卫只是个符号，不可以寄予任何希望，他不可能给她婚姻。可是她觉得背离丈夫跟人胡搞是可耻的，对己对人都是羞辱。她想在近似于毁灭的疼痛里，找到一丝她自我惩处的平衡方式，那是一种类似于茹毛饮血的方式。别的女人都不会这样干，为一场渺茫的男女关系摧毁自己。这就是她过人的愚蠢之处，鸡飞蛋打的下场是她明明知道的，就像一个人明知山有虎，偏向虎山行一样，到头来落了个飞蛾扑火自取灭亡的下场。杨木不知道她为什么要哭，摇摇头朝着大街上走过去，然后他上了一辆开往郊区的中巴车，他还要赶回监狱去上班。之前她对他的工作漠不关心，从来不愿知道他工作的危险和艰辛，她甚至不知道他所在监区的具体划分，更不允许他在家里提到与工作有关的事。她不想让自己的女儿从小就知道，这世界上有那样一个地方——监狱。

她跟了苏大卫，落得如今这样一个下场是否值得？苏大卫离开的时候，她是最后一个知道消息的。苏大卫一直对她隐而不说，直到当地的报纸公开了他调离的消息，他才假装无限深情地告诉她。她早知道了，但是她还是哭了。他在电话里听见她哭成那样子，他对她说："亲爱的不要哭，我想清楚了，一定要让你和你闺女过上好日子。"

她觉得这句话太好笑了，就在电话里情不自禁地冷笑了一声。听到她冷笑，他像是被戳穿了似的，就不再说什么。后来他去她们家，他抬着两箱治眼底黄斑裂缝的药，呼哧呼哧喘着气，他的块头太大了，就是空手爬楼梯都够他受得了，还抱着东西。她的妈妈患眼底黄斑裂缝，为此整夜忧郁无法睡觉，他就找人给她妈妈买了药。他把药放在桌子上，桌子上有两个温水瓶，他每次去都要站在那端详温水瓶上的图案。自言自语地说这个以前我们家也有，我妈妈一直不愿丢掉，这种东西以后就没有了。她站在他身后，用手环绕着他，不说话将头贴在他宽阔肥沃的背上。桌子旁边的水池里，她的母亲放着的桶正在往下滴水，她忘记了在他进屋前关掉龙头。靠墙的那一排条长凳上，摆满了的水桶。她怕他误以为她们家靠偷滴水生活，就赶紧说这里长期停水，她妈妈住的地方的确长期停水，水贵如油。他像是没听见，他把注意力转向墙壁上的照片上。

她歪过头去看他，他拧着身子又胖又蠢。想起他们刚认识不久的冬天，他到外出差她问他加外衣没有，因为他冬天从不多穿衣服，总是在短袖T恤衫外面穿件灯芯绒的休闲西服，无论下雪下凝永远穿一条单裤。他说穿了件风衣。她就问你穿风衣什么样子？他就说远看一个大水桶近看还是一个大水桶。站在他面前她竟然想笑，用茶缸抵了他一下，示意他喝水。他接过茶缸呼呼吹两口气，然后抬起头来说："你到北京去吧，要不然到澳大利亚，我有同学在那里。"

她还是想笑，看着他不说话。他不知道她在想什么，就又心虚地说："我真的不知道你想要什么？"她就又冷笑了一下，心里想：我想要的你没有。她终究没有说出这句话，转回身到厨房关掉煤气。她想起情妇这个词，那几年这个词是专门用来形容跟官员鬼混的女人。她们可以得到钱拿到项目得到车和房子，而她除了万劫不复的痛之外，苏大卫给她带来的是毁灭。

他说："就去澳大利亚，我有同学在那里发展得很好。"她还是冷笑，她想他把自己当成了跟他鬼混的为钱为利的女人。

她说："你把我安排到国外，那么有一天我被引渡回来怎么办？"他问她说这话是什么意思。她说一个玩笑而已。他不说话，她就又进一步说："你给我记住了，如果有一天，被引渡的是你，在这个世界上，也许只有我会到监狱里看你。"苏大卫沉默了一阵，她能听到他粗重的鼻息，然后他抬起头来笑着说："你以为我被关在茅草监狱啊。"

茅草监狱是她曾经工作的地方，有一次苏大卫出外考察工作路过那里，还特地下车来让秘书陪同他走了一转。他打电话告诉她他在茅草监狱，他想象她曾经在那儿生活工作的情景。这让她非常感动，并确信他们之间是相爱的。

苏大卫走了，生活留给了她太多的无奈和挣扎。苏大卫说没有人会走投无路，他哪里会懂得人世的艰辛。她和杨木仍然住在一个屋子里，像两只毫不相干的动物，被错关在一个圈里，游走或吃食都互不干扰习以为常。为了孩子，他们都已经习惯了，在屋子里不轻易说话，有什么事出门后在电话里说。有那么几次，他们都在家的时候，她猛然地一抬头，遇到了杨木的目光，陌生中透出来的晦涩、张皇和距离感，使她在埋下头之后竟然怀疑他们是否认识，是否曾经为过夫妻。

五

付了手机钱，走过明晃晃的大厅，推开玻璃门，该死的天气，感觉空气都要燃了。她觉得自己真卑鄙，为了夜里给杨木打电话，不惜重金买一款五千多元的手机，真是卑鄙又荒唐。她甚至不知道这场电话闹剧该怎么收场，假戏真演的执着，让自己吃惊和意外。

"零点"酒吧被一丛树阴遮蔽着，斑驳地挤在高楼的缝隙之中。之前坐在这个酒吧的窗前，就能清楚地看见通往省政府大楼的林荫道路，被梧桐树挡去了阳光的道路上，来往穿梭的车辆让她感觉到一个城市的流动，坐在那儿她就会觉得离苏大卫更近了，能感知到他的呼吸。雨水从梧桐树叶上滴落下来，为什么天总是下雨？那个时候的天气是应和了她的心情的。她喜欢零点。可能更是因为"零点乐队"的声音一起，便是要把黑夜和风拖出好长的那种感觉，是她在黑暗的冬天去苏大卫的住处，每次离开时的孤绝记忆。他们的声音是一种撕扯，像是时间或者什么东西被扯裂开了，她深陷其中与内心的痛形成对应，她确定自己是被一种声音打扰，而朝着时间的深渊滑向泥沼，挣扎呼吸撕裂，就这样混合在一起，不用分辨什么是什么。那不过是一种时间的牵引形成的深渊，无论走出多远，终将如同泡影。

从强光下进入酒吧，她的眼前出现了一片昏暗，她走到靠窗的地方坐了下来。现在是下午时间，酒吧里很清净，只有她一个客人。服务生给她送来了一杯水，她望着窗外。树荫遮蔽的道路下车辆疾速地驶过，再往前就是省政府所在的大院交叉路口，交警站在一把伞下不停地变换手的方向，红绿灯形同虚设。

一张朽坏了的并被烟熏火燎过的桌子，盖上军用颜色的布毯，安放在窗边显示出了一种与时间有关的陈旧。那是她和苏大卫常坐的桌子。他走了，很多年了，她又回到了从前的生活里，这好比一支漂流在水中的浮漂，一阵风之后，它漂出了很远，然而它终究又顺着风回到了原来的河面。

她和杨木住在市文联的宿舍，外面出太阳，屋内就跟在地洞里一样，阳光永远也照不进来，如同她的日子一样的屋子，现在她反倒成了阳光永远也照不进来的地方。

手机响了，是杨木打来的。看着那个号码，她的心开始扑哧扑哧地跳，迟疑了一会儿才冷地拿起手机喂了一声。

杨木说："喂，对不起，昨晚你打电话时我没能听见。"

她想起昨天晚上，杨木一直在看电视剧《潜伏》，中途他看了几次手机。她不知道昨晚上的《潜伏》，为什么播了那么多集。临睡觉前她拨了他的电话，还没有听到电话接通的声音，她就挂断了。这是一个连日来唯一没有跟杨木通电话的夜晚，躺在床上的她反而心潮起伏，要不要就此停止打电话，真的有点太卑鄙了。月光从拉开的窗帘照进来，记得前一夜自己跟杨木说起了男女之情，电话里的杨木是那样地接近自己，他的表达他的所思所想，甚至于他对感情的理解和需求。她想在与杨木的整个婚姻中，也许是自己错了，错误地以为杨木理所当然地要接受自己的全部想法，错误的方式导致了两个人之间的距离，她低估了一个男人自尊心的承受能力。她总猜测杨木有没有发现，打电话的人是她，甚至有几次她想坦露胸襟，为自己做出的所有的事忏悔。可是每次话到嘴边，她都控制住了。她惧怕杨木知道是她之后，决然了断这样的通话。她感到自己与杨木之间的爱恨情仇都不再重要，重要的是每天晚上能跟他正常地说话，直至有一天告诉她，他一直知道是她。

杨木正在走路，他呼呼地出着气。她问他在做什么，他说他正在去往监区的岗亭。她沉默了一会儿，静静地听着他的脚踩踏在石子路上。想着他们为夫妻时，他也是这样走路，有点虎虎生威的感觉。那时他喜欢把女儿扛在肩膀上，他说让女儿看得更远一点，他脚上的鞋也总是因为他走路过于用力而比别人损坏得快。在对待女儿的问题上，他始终是愧疚的，他认为自己的职业，不能给女儿带来更多的东西。为了弥补内心的亏欠，女儿要什么他就毫不犹豫地买什么。他们之间的裂缝，就是这样一点一点地敞开的。她咆哮着对他说，如果你可以给孩子一座金山，那么你现在的行为我可以接受。问题是你没有金山，甚至连一座土山都不可能有，你怎么可以这样对孩子？她记得自己的表现是气急败坏的，他摔掉了手中正在切菜的刀说她小题大做，刀哐啷啷落在地板上，她认为是落在她的心脏上。她给菲菲这样说，菲菲总是在电话里慢条斯理地说这些都是些鸡毛蒜皮的小事，不值一提，并且会咯咯地笑，说贫贱夫妻百事忧。可是她到现在也不认为这是鸡毛蒜皮的小事，她认为大事都是由小事引发的。

他说："听见了吧，这是监区的外墙，正在铺石子，这段路很长，我刚才骑着自行车。"她突然间就觉得他们还是夫妻，她的心里涌过一阵暖流。他们也曾经那样好过，住在乡下的时候，他总是骑着自行车带着她，上坡时也不让她下来，呼哧呼哧拼命地骑。每天太阳落下去，落在他们家住的后窗的草坪上，那儿是子弟学校的足球场，她最初在一所子弟学校当老师。她总是透过窗子就能听到他骑着自行车，从远处的石子土路上过来，一路哐啷哐啷然后直冲草坪前的土坡，哐啷哐啷飞到草坪上来，一路伴随的是狗叫声。她提心吊胆地说过他好几次不要那样骑车，他却笑着说自己的车技高超到下了前轮可以骑后轮。他总是不听她说的危险，就是在天高风号路的雨夜，他也照样那么干。

"你真的把我的电话弄丢了吗？"她问他。她是想把话挑明了，说这是一场误会。她不是有意要这样干的。她听见他在电话里笑了，他说："真的，我怎么会骗你呢？"她竟然有点想哭。他不会骗人，连一个根本没有弄清楚的女人，他都真诚地说不会骗人，这个世界上还有几个男人不会骗人呢？

她说："你真的知道我是谁？"

他在那边停了一会儿，大概是要把手里的什么东西交给别人，紧接着她听见了铁门的哐啷声。他粗重的气息从电话里传过来，他说：我不跟你说了，前面来了几个巡查的。她的脑子里反映出高墙和电线，他沿着铺满石子的路走着。她也走过那段路，"非典"时他被隔离不能回家，六一儿童节那天，她带着女儿去看他。"非典"的非常时期已经基本过去，为了保险起见，还是不准留在监区的干警出监回家，外面的干警每天上下班也只能去到隔离区待命，以防万一。太阳煌煌地照在头上，她是坐着公交车一路问着找到他所在的监区。那时他们已经离婚，她是第一次去他的工作单位，单位的人都不知道他们离了婚，所以是允许夫妻探视的。那条隔离区的路很长，用红色划出了警戒线，还拉出了警戒标志，武装站在高高的监墙上，几根高压电线分割出蓝天与监区的界线。距警戒线100米的地方，搭出了一个临时医疗救急帐篷，一个标有红十字的药箱在帐篷外面的桌面上，几个身穿白大褂的警察坐在桌子跟前，他们也是在煌煌的日光下等得无聊了，一路看着她跟女儿踩过那些乱石堆，朝着他们走去。

他从另一道大门出来，骑着个破自行车，一路叮哐叮哐地过来，还没有来到乱石堆前，他就从自行车上跳了下来，狂奔着朝她们跑过来。姑娘把手举得高高的，等着他过来抱她。穿白衣服的警察拦住他，让他量体温，然后又示意她们靠近帐篷量体温。她朝高高的监墙上看了一眼，心惊胆战地坐下来。墙上的武警背着枪正朝着他们。他不看她，她也不看他，一家人坐在一条长凳上，在有监视的交谈里，他说了些要照顾好姑娘的话，探视的时间就到了。她带着女儿走过乱石堆，回头看他，他已经又骑上自行车返回那道森严的大门，她的眼泪就流出来了。姑娘看她一眼，迈开小腿朝前走去。

哦，哦，什么叫家破人亡？让她暗自神伤，而这一切都是她一手造成的，苏大卫只是个帮凶而已。杨木问她在哪里。她说酒吧知道吧？杨木沉默了一会儿才问她为什么在酒吧？跟谁？她说难道你不知道我喜欢泡吧吗？杨木尴尬地说："真是不知道，我的前妻就喜欢在那种地方整天泡着。"她听到他说他的前妻，她的心就又动了一下，他真的不知道她是个扮演者吗？如此拙劣的扮演他真的没有一点怀疑吗？他说他的"前妻"，就又勾起了她调侃他的恶意的想法。

她说："你是不是忘不了你的前妻？"

他停顿了片刻，将自行车斜靠在墙上，腾出另一只手握住电话说："你不认为都过去了吗？"

他在电话里叹了口气，声音变得低沉。她感觉脸上一阵阵涌过灼热，她是不是就该告诉他，这是一场闹剧，是她的恶搞。可是她看到服务生为菲菲拉开了门，她不得不挂断电话。浓妆艳抹的菲菲神采飞扬地朝着她笑，浓烈的香水味随之扑来。她喜欢闻菲菲用的香水，特别是她今天用的"圣罗兰"，其味是经过压抑后才散出来的，不像香奈儿那样清清幽幽地扑散出来，有一种藏不住的喧宾夺主，整个空气都弥散着那样散淡轻盈的气味。

菲菲坐下来，手里拿了一本《如歌的行板》，她接过来随手翻看着。菲菲说发现了一个她喜欢的去处，小艳马上开车来接她们。小艳是菲菲的朋友，也是唱歌的，在区文化馆工作。那次在三元宫搞吴昌硕的画展（非真迹），她和菲菲站在三元宫房廊下，小艳停完车朝她们走来。菲菲说小艳又换车了，前一阵那辆车还没有开到一年，这次又买了个七十多万的。她面朝着护城河，河水南向西缓缓而过。她对车和她们对钱的态度没有什么兴趣，所以小艳也没有给她留下多少印象，她只知道她们都是有钱族，生活得富裕自在。

有一次小艳带来两个玉镯，她拿在手里翻来覆去地看。小艳说喜欢先拿回家玩一阵，想要了再给钱。两个镯子几万块钱，她知道自己不会买，还是戴到手上不肯取下来。回到家她举起手给她的女儿看，她喜欢玉，认为玉跟自身的气质很接近。可是她的女儿说，妈妈，能不能不作，世界上还有那么多人没有饭吃。她羞愧，觉得女儿说得对，也正好给自己舍不得买下那对玉镯，找到一个大而充分正当的理由。几周后她们又见面时，她把镯子从手上取下来还给了小艳。小艳在收起玉镯时问她为什么不要，又不是买不起。她说女儿不让买。小艳问为什么。她说女儿说世界上还有那么多人吃不起饭。菲菲和小艳都笑起来了，笑得温和大气。她不知道自己和女儿到底有没有那么好笑，低了头喝茶，心里是怯懦的。

小艳说："那么多人没有饭吃，你们又没有拿钱。"

这根本不是一回事，可是她却哑口无言。纵然你长了千百张嘴，跟你说话的人之间没有交叉点，也等于零。好在她还有一点修养，那就是不会跟不搭边的人较真和说长论短。

菲菲曾经指着街上的一家洗浴城说，这个是小艳的老公搞的。她抬起头朝着灯红酒绿的洗浴城看过去，闪烁着彩灯的牌子，给她一种眩晕感。菲菲说小艳的老公要跟小艳离婚，决定把这个洗浴城给她经营，他在外面找了好几个女人，她们都能安然地坐在一起吃饭，为的是能分到一份财产。她不说话，因为她总是不屑，这样来的钱像是阳光下刺目的玻璃碎片，光也好玻璃本身也好，要么扎人要么虚无。

菲菲把一块手表举在太阳光下让她和小艳看，小艳说真的一点都不反光哈。菲菲得意地将镶着蓝宝石的表镜，在她们的眼睛前晃了晃，那是一块写着Logo "P"字母的表。小艳还将之拿过来贴在耳朵上听了一阵。她对名表豪车没有兴趣，将身体靠在护栏的石柱上，想起菲菲有一次对她说小艳简直就是个妓女。她的眼睛就落在小艳的手上，小艳的指甲绣上了各种各样的花，在太阳光下一动，让她感觉到眩晕。她不知道小艳会怎样评价菲菲，她们两个是如此地相像，像得如出一辙，就像一个站在镜子外面，一个站在镜子里面的同一个人，相互打量却拒绝承认对方。

那天她们谈的全是名表名车名香水，还有什么地方又新开了一家韩式料理，龙港酒家的海鲜是在海里养殖的。她在她们说得热火朝天的时候，顺着农家特意搭出来的一条木制小路往下走。小路两边开满了花，风把菲菲和小艳的笑声吹过来，飘进山脚下的小河里。她高声喊她们，告诉她们山下有一条河。

她看着她们顺着她走过木板小路走下来，她们开始简单地唱着歌，故意在变调时加上不必要的装饰音，她们的笑声被山风吹散，很浪也很美，像一些散落的花瓣在空气中飘浮。她开始羡慕起两个体态丰盈的女人来，她从来没有这样羡慕过她们。她们活得是那样的鲜活，像一些带着露珠的花那样滋润肥艳不问世事。她问自己难道这个就是人们常说的智慧吗？人类感知痛苦的深浅，确定了一个人的选择，或者是一个人的选择确定了，一个人感知痛苦的深浅更恰切。

跟她们相比，她是狭隘而封闭的。无论她们之间是谁遇上了苏大卫，结局都绝不会如此惨淡。起码她们会弄一笔钱拿在手里，聊以了却消费后面的生活，就像小艳说的不得一样得一样。这个逻辑是常理，她痛恨自己连常理都不懂。

有一天早上，她正走在上班的路上，菲菲打电话告诉她西哥给她买新车了，是一款日本车。菲菲问她在哪里，她开车过来接她。她站在路边等菲菲，外面下着冻雨很冷，她用头巾裹住头，她想起苏大卫走的时候，也是个冬天，她站在路边跟他通电话，苏大卫说亲爱的不要难过，她就哭了，风像刀一样扎在她的脸上。吃饭的时候，菲菲说已经离婚了。菲菲笑得很灿烂。她问为什么？菲菲和小艳都笑起来，没有为什么，那么穷的老公拿来做什么？

菲菲把用旧的手机都给了她的前夫，小艳坐在菲菲的车上，听见菲菲跟前夫打电话，她说拿点钱过来。那边说没有钱。菲菲就笑着吼叫起来说："你不是才找了个开矿的女人吗？没有钱找她个屁。"

她坐在一边一言不发。菲菲挂电话前，打开了雨刮说："老子才不管你有没有搞到钱，把儿子的生活费两万打到我的卡上来。"

挂断电话的菲菲看了眼一言不发的她，若无其事地开着车，接着把车载音响调高了一度，车子里全是许巍的声音。两个人都不说话，开了一段路，菲菲改放了一张苗族音乐的磁带，她说："这个好听。"菲菲就笑起来说，这个是她最近跟几个从北京来的老师一起录制的，其中有她带的合唱团的声音。

她静静地听着，然后她问菲菲是不是要跟西哥结婚。菲菲笑了起来说："我才不会那么蠢。现在像他这种男人，只要你有想跟他结婚的念头，他一秒都不会停，就一脚把你踹了。"

前面有人过马路，菲菲放慢了车速，把声音调高了两度，然后她按了一声喇叭说："你记住了，凡是想跟别人结婚的女人，都是让人害怕的。"

她的脸一下子就红了，她就是一个以婚姻为目的的女人。她就是一个希望能终老的女人，原来世界变成了这个样子，她变成了无论男人女人都同仇敌忾的"那一个"。她心里正打着鼓，菲菲转换了话题，说她指挥的那个叫"三运"合唱团的事。菲菲说一会儿还要去排练，受不了那些热情高涨的老头老太太，他们总是在排练前争吵不休，为一个站着临时演唱的位置，都会吵得翻天覆地，像是一场生死战场，真是无聊。

她却在想他们是不是对的呢？生活在战场上才存在着，像她这样早已远离了一切的生活真是无趣得很，清风雅静需要一个人战胜多少孤独和绝望，才能坚持着活下去。

菲菲显出和颜悦色的样子，笑着看了她一眼。菲菲为什么总是能和颜悦色地处理一切？她和颜悦色地说小艳是个妓女，让她觉得"妓女"这个词，竟然是溢美之词。小艳也说菲菲是个交际花，虽然也没有动声色，比起菲菲来却逊色了许多，起码让她感觉到了贬损。离婚从某种意义上说是一种失败，但在菲菲这里变成了一顿便饭，这让她感到佩服。

六

菲菲终于哭了，她总算是哭了。菲菲说的淡定是有吃有喝有玩的物质坚实，是在物质以内的而不是超然于物外的淡定。现在菲菲就坐在她的对面，酒吧的灯光暗得发红，她看着菲菲用一张餐巾纸，擦掉了流在脸上的浓妆。她竟然想笑。她是第一次看清了菲菲的五官，两个人交往很多年了，她觉得自己始终没有看清菲菲真正长什么样子，她也曾经想过菲菲不化妆，或没有做过美容手术之前是什么样子。

现在她看清了，她的皮肤暗黄发黑，毫无一点光泽和生气，垫高的鼻梁将皮肤撑得发亮。菲菲一边抹着眼睛，一边说着西哥离开自己的事，她一言不发地听着。其实西哥给菲菲买车，就是为了离开菲菲。自鸣得意的菲菲再聪明，也不过是男人手里一张可任意扔掉的牌而已。她觉得自己这样想菲菲有点恶毒，就又从包里取出纸巾递给菲菲。菲菲稍加控制了一下情绪说："我离婚又不是一定要嫁给他，他怕什么呢？"

她还是一言不发，心里想你威胁到他了。这种思维也是菲菲的思维，以前她不会这样思考，因为她对当下社会的很多把戏并不了解。

电话响了，菲菲拿过手机看了一眼，又放下了。菲菲没落的样子，让她想起小艳与菲菲相互将对方视为妓女的亲密和可笑。她一直静静地坐着，看着菲菲再次拿过响个不停的电话。菲菲镇定了一下喂了一声，然后迅速地笑起来。一个女人哭得脸红耳赤突然一笑，倒是让人想起石榴熟透了炸开的口子。

她也想笑，可是她忍住了。

放下电话菲菲站起身说："小艳叫我们过去泡一下，我上一下洗手间。"

她还没有完全从菲菲的情绪里反应过来，菲菲已经从洗手间走出来，菲菲在洗手间重新武装了自己，走在暗红的灯光下，刚才的忧郁化成一种美丽。菲菲提醒她不要在小艳面前提起此事，菲菲说小艳不过一妓女，哪里会懂得人间真情。不同的是这一次菲菲说小艳是妓女，并没有像往常那样显出和颜悦色。

小艳是跳着跑出来的，然后她们三个人开车去小艳的温泉山庄。她把头转向道路两边一晃而过的柿子树，满树黄澄澄的柿子已经萧瑟，车轮碾压过路上的落叶，拐进前面的木头大门，初冬骤然而来的寒冷之气，就是在那一瞬间扑来的。

远处的山坡上有一棵柿子树，孤零零地挂着几个柿子。她们坐在泉池里聊天，她受不了小鱼啃咬身体的那股痒痒，紧咬着牙看着寒风中的柿子树。菲菲和小艳又在摆弄对方的手表，她的手机响了，从水里爬出来，菲菲和小艳一起看着她。电话是杨木打的。她没有接，她不能当着她们的面把鼻子捏住，然后怪声怪气地跟杨木说话。那样她们也会当场揭穿她，叫她不要表演。

两个女人又如胶似漆地谈论起来。尽管小艳不像菲菲那样在背开对方时，在她面前直接了当地说菲菲。她们相互看不起对方，认为对方是下贱的，可是她们眉开眼笑的样子，眼睛里能荡出花来的样子，在一起相互佩服，离开了相互贬损。她们是多么地相像啊，像得如出一辙，各有千秋。她们从吃的谈到飞的再谈坐的，再从车子谈到了房子。最后她们谈到了，那个认识西哥后被菲菲抛弃的男人。他为菲菲写了两万字的情书，挂在网上惹很多网友热议。他在电信工作，菲菲离开他后，他开始出来做工程。菲菲说想跟他重归于好，之前他为了菲菲离了婚，结果因为西哥被菲菲一腿踢到十万八千里那么远。小艳问菲菲西哥怎么办？菲菲又和颜悦色地笑起来，然后说我没有想过要跟他结婚。

她把身体前倾，觉得菲菲真能说谎，刚才还哭得泪人似的，说被人抛弃了，你不就是露出了要跟西哥结婚的端倪，才被人抛弃的吗？怎么这会儿主动权又落在自己手里了？她长长地躺进水里，这会儿她早已经习惯跑来咬食她腿部的鱼群。黑麻麻的鱼群东游西逛，慌不择路。这个世界上可怜可笑的不仅仅是那些小鱼，误把人腿当成可以充饥的食物，殊不知它们却被人当成了工具，供人娱乐休闲。

七

连日来，她突然陷入一种前所未有的悔恨之中，一个人所走过的道路，都无法回头。倘若时间倒流，她不会那样选择毁灭，她不会用飞蛾扑火的方式，将自己以及家庭毁掉。菲菲的智慧虽不可取，却也能保全自己。她多么希望一切只是一场梦，醒来后一切依然，就像希望她的父母还健在一样。无数次当她回忆起往事，她沉陷在黑暗的时光里，她多么希望黑暗中的一切能够重现，哪怕幼时的记忆全是凄风苦雨，她也愿意过那种有父母庇护的日子。

深夜她给杨木打电话时，她表达了这种情绪。杨木静静地听着她说的一切，她尽可能地想让杨木听明白，是她在给他说话。她想告诉他自己犯下了不可饶恕的错误，毁灭了自己的家庭。多少次她都想放下捏住鼻子的手，让杨木知道她是谁。可是那样她怕从此就失去了杨木，现在她什么也没有了，总算还有这样的方式跟杨木交流，哪怕杨木也许并不知道是她，她内心的苦和痛，也终究有一个安全的说处。况且她说的每一句话都能得到杨木的理解和回应，为什么她们作为夫妻的时候，他跟她的距离那么远呢？她们相互为敌的时间是不是过于长了一点，才导致夫妻朝着相反的方向走去。

跟杨木说话的时间越久，她心里的失落感就越深。终有一天杨木要从这个屋子里搬出去，他已经贷款买下了一套一室一厅的小房子。等女儿初中一毕业，他就会永远地离开这个他们生活了十多年的黑屋子。一想到这，她的心里就充满了莫名的悲戚。

杨木提前下班回来，门是虚掩着的，他走到厨房门口听见她在说话，他朝前迈了一步，正好站到她的后面。她回过头来看了他一眼，她惊叫了一声，因为她没有想到自己的身后站着人。她年轻的时候就是这样，专注地走着逢着人就会陡然间大叫一声。她没有想到他这么早就回来了，平时这个时候他还在上班。

她镇住神，她看到他的手在那一瞬间伸向了她，旋即又缩了回去，她满脸通红，他不说话看着她将笼子提出来，绕过他将笼子挂到窗外。他跟在她身后，他第一次发现，后窗的爬墙虎从山坡上一直爬到了半坡上，快到他们家的窗户上来了。他不明白她整天把笼子挂出挂进地做什么，他早已不再会关心她想什么了。他想这个没有阳光的房子，自己一住就是十多年，时间真的是很奇妙。

他的手机响了，接电话时他看了她一眼，她正在往饮水机里加水。他们家用的是沁园净水器，水用完了不用打电话让送水，往里面倒自来水就是了。他不相信这个往什么芯片里塞满了颗粒的东西，能起到净化水的作用，并且还有那么多原子元素。所以他总是叫姑娘（女儿）接开了的那一边的水。以往看见她往里面加水的时候，他总会觉得她太愚蠢了，这是个天下最蠢笨的女人。可是此时，他突然觉得她很可怜。这么多年来为女儿她已经很努力了，该做的和不该做的，她都已经做了。

电话是他姐姐打来的，这一次他没有用那么蹩脚的普通话，他说："是的，马上就走。是的，不知道要多长时间？我会注意的，你们放心！"接下来他依然跟他的侄孙说话了，跟往常不同，他用的是本地话，只说了句"哟，乖"，他就把电话挂了。

她认真地想着他们的对话，猜测着对方说了什么。然后她把厨房的菜用盘子盖好保温，准备出门去接女儿。他站那厨房门口拦住了她。

他说："我要出一趟远门。"

她刚才已经从电话里听出来了，她并不以为然地想将这个事情淡化。

她说："哦？你要出门？"

他看着她。离婚这么多年来，他们的目光第一次这样，为着共同一个话题两两相对。她有点不自在，避开了他的眼睛说："要去多久？"

他说："不知道，也许会很久。"

她说："外出追捕吗？"

她低下头，她的目光停在厨房隔断的玻璃上，那是一分为四的磨砂玻璃，是装修房子时，为了节约钱，她和他从市场路那边自己抬回来的。她觉得他们之间像隔着世纪那样对了一次话，离婚后虽同在屋檐下，彼此几乎连正眼都没有相互看过一眼。这是他们离婚以来第一次站得那么近，第一次还像夫妻那样说话，虽然有些生冷拘束，但是还是让他们感觉到了隔着那么远的时光，夫妻一场的情分。

他说："可能比追捕要艰巨。"

她不再说话，把眼睛从玻璃上移到他的脚上。他的皮鞋上沾满了黄色的灰尘，她突然想蹲下去给他擦一下，像从前他们刚结婚时那样，把他的皮鞋擦得油光锃亮。她想起自己总是用上海鞋油，他责问她说能不能用点便宜的，不过是一双鞋。他们为此也没有少生过气。那时候的他们太穷了，穷得一元一盒的鞋油都要计较，真是贫贱夫妻百事忧啊，一点也不假。

他把一个存折递到她的面前说："这个给你，钱不多，是我们离婚后全部的积蓄。"

她朝后退了一步，想做出轻松的样子笑一下，却没有能够笑出来说："我们有钱，你的钱自己留着吧。"

他说："我很穷，实在对不起你和姑娘，所以离婚也是应该的。"

她的眼泪就要流出来了，她把脸转向厨房的窗户，外面的树枝在风中摇晃着。多少个夜晚她坐在那里给他打电话，又有多少次她想告诉他，这是一场闹剧。而现在是时候了，他就站在她的面前，她应该告诉他每天夜里，是她给他打的电话。而就在此时，如果他抱住她，她就会哭出声来，就会请求他的原谅，她甚至会提出复婚。

然而他却转过身到屋子里收衣服去了。

他在屋子里面慌忙地找衣服，她站在门口，她发现他的房间如此地黑暗，衣服堆得到处都是，被子没叠，他猛地一掀，一股汗味扑进鼻子。很多年了，她已经忘记了那股气味，在他们青春年少初婚的日子里，他骑着自行车在路上飞奔，这股气味随着风飘过来，灌进她的鼻子，她就从后面拦腰抱住他，那时候的她感觉是幸福的。

他提着包到洗手间拿洗漱用具时，她问他怎么走。他一边把刮胡刀片放进袋子，一边说坐火车，晚上的。她问去几个人。他说不太清楚，通知我从这边出发。他从洗手间出来，她看着他把东西装进一个帆布行李包。他弓着身体，那一刻她有了想抱住他的冲动。可是她朝前迈了半步，他就站起来了。

她说："我有话对你说。"

他匆忙地走到门边，然后停下来说："有什么等我回来再说吧。"

她看着他说："你的钱我给你存着，等你回来再还给你。"

他笑笑说："我走了。"

她趴在厨房的窗户上，看着他急急地走着，跨过大门时，他的脚碰到了铁门，他回过头来朝她这边看了一眼。她感到突然间无法控制自己的情绪，生离死别的惆怅席卷而来，眼泪如注如流。

那天夜里女儿睡去之后，她打开手机就看到了杨木发来的短信：火车已开，你要带好女儿。我这次是被派到陕西，卧底的工作很危险，这是机密，左思右想还是决定告诉你。到那边后会无法与你们联系。我常常在睡不着的时候听刘德华的《来生缘》，这也是我想告诉你的。我很爱你们。

这个短信是发在她的手机上的，很明显是发给她的，而不是她每天夜里用来打电话的那个手机。她忍不住打开新的手机，坐在厨房紧握那个号码，想用那个手机最后给他打个电话，让他知道很久以来是她在给他打电话。可是她就一直那么坐着，不知道为什么始终没有用新手机拨响杨木的电话。

她一直在想象着那列火车在夜里飞奔的情形，想象他睡在黑暗的火车里，会不会想起那些通电话的夜晚，会不会怀疑打电话的人？

如果他往新手机上发信息，她就一定要告诉他真相。他没有往新手机上发信息。难道他早就知道是她在打电话吗？为什么他不戳穿她？为什么他不肯表示他原谅了她，在离别的时候抱一下她，让他们重归于好？多少次她都想这样告诉他，可是每一次她都欲言又止。我们都过得很苦，她记得在电话里他说过这样的话。

她的脑子里是列车轰哧轰哧的哐啷声，整个晚上都是，像是列车一直在她的身体里奔驰，碾碎了关于她和他的全部生活和记忆。

八

大雪封山了，屋前房后全是积雪。杨木没有一点消息。她希望过年的时候，他会突然回来。杨木走后，她在网上查遍了关于卧底的资料，越看越忧惧。

她到街上买了《潜伏》的影碟，一个人醉生梦死地看了好几天。她一直想知道他卧什么底。她给杨木的姐姐打了电话，她正在街上置办年货。她问他的姐姐知不知道为什么要派他去？他有没有消息回来？

他的姐姐在电话里沉默了很久，他的姐姐是恨她的，不愿跟她说话。他的姐姐避开闹闹嚷嚷的人声对她说："这个是机密，据说是几个省联手进行的一场打击毒贩行动。"

她说："那是公安的事情，与狱警没有关系啊？"

他的姐姐说："那我就不知道了，我也是后来打听的，也许大家都在猜测。我弟弟说是执行任务，具体的他也不知道。"

大年三十，她跟女儿吃过年夜饭，打开电视春节联欢晚会已经开始，她听到主持人用高亢的声音说，新年到了，祝大家马到成功！眼流涌进眼眶，都被她咽了下去。她不想当着女儿流泪，让女儿一起陷入可怕的猜想。

远处稀拉拉地传来几声爆竹声，大雪又开始下了起来。有人朝天空放着火花，哗哧哗哧地从窗口划过，这是一个多么寂静的夜晚。女儿坐在电视机前，张开嘴巴跟随电视里的声音笑着。

大年初一，她带着女儿走在街上，虽然禁放烟花很多年，冷冷清清的大街上，还是遍布鞭炮纸屑。好在推板车卖盗版碟的两夫妇还在路边摆摊，他们挤在板车后面搭出来看小棚子里，一边吃着瓜子一边看影碟。

她买了几张警匪的碟子，牵着女儿走过空空荡荡的大街，雪花夹在冻雨里，星星点点地飘落。横过马路时，女儿问她爸爸什么时候回来，她说快了。

碟子看了一遍又一遍，让她觉得生活跟碟子一样，索然无味。其间菲菲从日本打来电话，说她结婚了在日本度蜜月。她问菲菲跟谁结婚？菲菲大概坐在旅游车上，杂乱的声音遮住了菲菲说话的声音，她没有听清楚菲菲到底跟谁结了婚。她从电话本上找到小艳的号码，小艳在香港，她问菲菲跟谁结婚了？小艳在电话里笑起来，说你没有见过吗？你见过的，就是之前写两万字的情书发在网上的那个。她说怎么会？小艳就又笑说你真是笨，菲菲今年就利用自己的关系网，给他拉了一千万的工程单。也就是说菲菲现在的老公，靠着菲菲的交际花的人脉，建立了网络工程的大平台，钱就如雪片一样飘下来。

挂断电话她坐在厨房的窗前，脑子里回荡着杨木离开时的情形，她想他是不是安全的？她甚至想到了他的死。打开那个手机看着他们之前的短信和电话记录，心一酸眼泪就流出来了。

女儿吵闹着说家里太无聊了，她就说带女儿去爬山。出门前她想起要在后窗种太阳花，顺手带了一把小锄头，女儿一看高兴了，扛着锄头一路小跑。看见女儿如此高兴，眼泪再次流了出来，孩子哪里会知道大人的事情，更不会知道生死。

她们穿过树林，踩踏着积雪，飞鸟从她们头顶上飞过。女儿扔下锄头，两只小手插进雪里，捧起一团雪朝着她扔过来。她心思沉重，一边刨开积雪一边想，春节过后，天一暖和，就在后窗撒下太阳花籽。

她也捧起雪捏成团朝着女儿扔过去，两个人在雪地里追打了一阵，笑声传得很远很远。她就想其实人是有能力高兴的，如果杨木回来了，她就会向他提出复婚，可是如果他一去不回了呢？她不敢再往下想。太阳隐隐地出来了，雪光刺得她睁不开眼睛。

她和女儿躺在雪地上，天空高远，而生命荒凉。她侧过脸她告诉女儿这座山叫狮子山。女儿问她为什么叫狮子山。是啊为什叫狮子山？她们朝远处望过去，雪茫茫一片，女儿指给她看那是狮子的头。哦，卧狮！背靠这座山住了十多年，还从来没有认真观看过它。

雪已经化了，天晴了，春天突然就来了。

她打开后窗，从山上漏下来的阳光照射在她挖来的土上。她把头伸出去，横斜在墙上的一那棵，树枝上长满了新芽。她突然想起自己曾经将杨木的衣服扔出去，衣服就挂在树枝上很久很久。如果不是因为那场洪水，那件衣服还会挂在那里，哪怕成为布条也还挂在哪里。现如今一切都恍如隔世，过往的是是非非已经不再重要，她只求老天给自己一个机会，一个悔过的机会，让杨木活着回来。

笼子里的地狗死了，大概死了很久了，她用棍子挑开土才发现它们没有越过冬天。

她把它们埋在花土里，然后她在那里撒满了太阳花的种子。不管它们发不发芽开不开花，她隔一段时间都会去浇水。

杨木依旧没有一点消息。期间他的姐姐打过电话来问过一次，她们之间的一切隔膜，逐渐地在共同的心情里冰释，她感觉到与他的姐姐之间，还是亲人，她们在小心地牵挂着一个与自己有关的人。后来她会有意识地翻出他姐姐的电话号码来看一下，希望对方会打来电话，自己却忍着不去打扰。

四月的一天，菲菲打来电话约她去洗泰式澡，在电话里告诉她说小艳离婚了，小艳的老公把洗浴城送给了小艳经营。菲菲说话的声音很高亢，她想起那次跟着她们去洗泰式澡，差点没有把她按死。一个小伙子穿着白色的短和服，将她的手反转过来，双膝跪压在她的背上。她感觉自己是爬出来的。

那不是我的生活！她这样想着，打开后窗，太阳花出奇地开了。

（原载《中国作家》2019年第4期）

2019年

姚 辉

黑蚁传

一

一只蚂蚁的世界常常无足挂齿。

但这里却是我们这一大群黑色蚂蚁延续了无数世代的世界。蚂蚁的骨殖堆积在我们自己的世界中，慢慢变成一种滚烫的黏土，或者露水中的日影，月迹。巨大的蚁巢里，布满了千百种幽暗的路径，你可能属于某种遥远的眺望，也可能只是在方寸间就走完了自己仓促的生涯。或许，你顶着额上一小粒黢黑的光，守在某个路口，你守老了倾斜之路。然后，你将那片光芒卸下，将它搁置在其他光亮难以够着的地方，你吁一口气，看那缕光芒渐次发灰，然后，缓缓滑落。

你在其他蚂蚁的注视里远去，或者反复重现。

蚂蚁蚂蚁，蚂蚁……

蚂蚁，在不断重复着蚂蚁杂乱的道路——

瓶中的酒在灯影里渐渐矮下去。

"你还是说说弯浪乡近期的事吧。"赵一迪放下酒杯，捋了捋一把染得花乎乎的胡子，冲我说道。"说什么弯浪乡。还是说说台子上那个胖女人，你听，她的歌，唱得多袅娜。"我说。

我和赵一迪坐在麻河边的一家酒吧里，已经喝下去三瓶多老洋酒了。酒吧取了个"歪方向盘"的怪名字，倒很是弄了些古怪的花样在里面。装修挺特别，满墙还真都是些各式各样的方向盘，很随意地悬着，被灯一照，就漏出几多扁圆的浅影来，歪，歪了，再歪。当然还有不少与方向盘有关的画和老照片，或小或大，或新或旧，拼贴出种种诱人的模样。洋酒品类也多。每晚都有几拨唱歌的人轮流驻唱，热着场子。间或，还有几个洋妞从城里赶来，倚窗，看曲曲弯弯的麻河，看麻河上描金镶银的云霓，然后把几只空落落的酒杯，摇得彩光四溢。

赵一迪有些醉了。我喜欢听台子上那个胖女人唱歌。你看她，摇着大幅撩人眼目的丰腴，将发髻朝弹吉他的少年偏去，又偏过去。

她叫麻小素，所属的这个乐队叫"花瓢虫"，这可是"歪方向盘"酒吧的核心常驻乐队，共四个人。除了她，便是三条俊朗后生。"你看，她唱得脸都花了，要不，你送杯酒上去？"我对赵一迪说。

赵一迪就摇晃晃地，向台上递过去一杯酒。麻小素摆摆手，冲赵一迪笑笑，依旧唱着她悠长的歌。

"……你给说说弯浪乡近来有意思的破事吧。"杯子从赵一迪手中坠下来，他看了看我，含混不清的，又说。

或许你在春光将尽时，看见过一些凌乱而忙碌的蚂蚁。

叶影比春天阔大。一只蚂蚁找到了藏在尘土深处的风向。它知道，飞来绕去的甲虫与另外几只灰黑的蚂蚁共用过一片狭窄的未来。现在，一只蚂蚁奔跑在那株被风晃动的狗尾草上，毛茸茸的草，藏不住蚂蚁窸窣的步履。

或许，你将看清蚂蚁在狗尾草上咬出的那几道细痕。风赶过来，在细痕上揉了几下。蚂蚁感受到了某种隐秘的疼痛。

麻河反复找寻着老旧的呓语。夜很空，但麻河还远没有到可以熟睡的时刻。麻河把一层薄薄的波澜推到星盏边缘，它让波澜卷缩，一如那些刚淬过火的即将冷过去的刀刃。

我也有些醉了。赵一迪看着杯中的酒沫，说不上话来。麻小素还在胖胖地唱着。我喜欢这样肉感的咏唱——厚实，暖洋洋的，圆润，糯，汪着糖一般的光晕，显出一种特别的黏性来。"我们也是一部分正在推杯换盏的弯浪乡呢，不是吗？"我说，我有些酸不溜丢地说。

我知道赵一迪的意思。赵一迪出去了好些年，突然在弯浪乡一冒头，就丢掉了不少方位感和主人翁意识。地皮上删去了许多熟悉的地点及老旧名目，东家不长西家不短的，人也早生疏起来。而蠹在麻河边的弯浪乡，依旧划过眺望，像一卷被风卷裹着的泛白的纸。

……有些醉了。可谁又该好好说说弯浪乡近期发生的有意思的那些事呢？

"你可能会被狗的目光淹没。"一只瘸腿的老蚂蚁走过来，对我说。我是那只脚上粘了尘灰的蚂蚁，我的脚被枯叶卡住了。瘸腿蚂蚁走得很慢，我们有着同样铮亮的黝黑，像两粒滚动的暮色。瘸腿蚂蚁转过身去，看天，再看天，仿佛天空会突然缩起身，变成一条瓦蓝的狗。

瘸腿蚂蚁直起身来，遍体刻满了预言家般华美的色彩。

其他蚂蚁蠕动。蚂蚁——

蚂蚁蚂蚁蚂蚁……

"——你可能会被狗和狗毛的饥饿淹没。"瘸腿蚂蚁似乎找到了合适的预言，在离开前，它又说了一句。

二

麻河有麻河自己的弯曲。

大河汤汤，两岸红土浸了全部的血性在波涛里，绞出一绺绺赤色的吟唱——麻河有麻河自己的琐事。

弯浪乡地处麻河大拐弯处，滚滚赤浪在这里弯出一道镰月形的幽光，仿佛在背弃一些什么，又抑或在趋近一些什么。

赵一迪这次回弯浪乡，主要是为了找他表哥张继怀乡长。

张继怀乡长到弯浪乡刚好一年。张继怀乡长到任那天，乡里开了个干部大会。我也在场。三十五岁的张继怀是麻河县里唯一的硕士乡长，学的虽然是计算机程序设计专业，但做起农村工作来却毫不含糊。在任弯浪乡乡长之前，他已分别在三个乡镇任过副职，干出过不少叫得响的业绩。

我在乡政府办公室工作，跑上跑下的，总能见着张继怀乡长忙碌而充满活力的身影。因为乡党委书记刚落马不久，新领导尚未到位，所以张乡长还主持着全乡的党政工作。张乡长戴副金丝眼镜，年轻，儒雅而帅气，工作在他手里，好像被盘出一朵朵花来，办公室的人就常常说："好个张乡长，肯定会把我们弯浪乡整出些大响动来的。"

那天，快下班了，张乡长给我打了个电话，说："小李，你不是有个同学赵一迪吗？他来乡里办事，我这里忙不开，你去陪他一下。"

于是，我便先在电话里和赵一迪嘻嘻哈哈了一通，然后，找地方整了几杯，然后，又醺醺然地坐在了"歪方向盘"酒吧里。

一滴雨打在焦渴的土粒上。

已经很久没有下过雨了。蚁巢在地面下，虽窝着几缕潮气，但并不明显。日复一日，一些蚂蚁匆匆奔走，似乎在向外驱赶着某些不着边际的灰暗与空寂。

我从它们身边走开，我需要从天光里衔几丝坚硬的亮斑回来，修补蚁巢左下角那些比米粒小的缺口。

一滴雨，带来其他的雨。

我不想对这突然而至的雨说上什么。雨就是雨，落在蚁巢之上的雨仍旧是雨。但密集的雨点打在了我浅黑的身影上。

沉重的雨。

我尖叫一声，我想在突然卷起的水花中，找到我自己迷乱的道路。

我和赵一迪已四年多未碰面了。"你找张乡长办点什么事呢？"刚一见面，我便问。"这个……以后慢慢细说，张乡长是我表哥呢。"赵一迪说。

赵一迪酒量不错。几杯下肚，我已大致知道了他的来意。

酒也不错，弯浪乡自己出产的酒，纯高粱酒，看上去晶亮晶亮的，像一些说话的火焰。我和赵一迪已经整下去了一瓶多，他有些醉了，看着我，说："好好干，你好好干……"

转到"歪方向盘"酒吧之前，赵一迪接了个电话。"我表哥打来的，他今晚有事，改天再和我谈事情。我们换个地方，再整它几杯……"赵一迪歪斜斜地从酒桌上撑起身来，说。

——我们应该多听听老蚂蚁的话。

蚁巢里，有九十八只老蚂蚁。有的老得严重点，有的老得一般，有的刚开始在右前腿上老出点微黄的颜色。

一只苍老的蚂蚁在说着什么。

第二只苍老蚂蚁在轻轻地说着什么。另外的老蚂蚁守在黑泥筑就的通道中，候着，它们又将说出什么？

周末，我和赵一迪去了一趟麻河县城。

其实，在"歪方向盘"酒吧里，我们曾经说起过弯浪乡最近以来发生的许许多多事，但这些事都算不上是什么要紧的事。"花瓢虫"乐队的歌变得越发舒缓了，酒滴在瓶中，在杯中，仿佛打起盹来。我们有些喝不动了。赵一迪举着半杯酒，身子斜别在灯光中，像一茎逐渐斑斓的稻禾。

"我要为我们弯浪乡干……干一件大事，大好事，呃……"赵一迪说。

"我不能告诉你是——什么事，你也不能说。"赵一迪说。

"嘿。我什么都不知道，我说什么啊说？"我说。

在县城里，赵一迪对我说了他要干的事："我要为弯浪乡乡政府修一座假山。当然，也还要再修上点其他什么。"

啧，假山？什么玩意儿？我有些不屑。

赵一迪说："老同学可不能到外边去张嘴乱说。我可只告诉你一个人哦。这座假山，关系到弯浪乡领导和一乡人的命脉呢……"说得挺重大而艰巨的，让我暗暗惊异。

"你算算，最近这五六年来，弯浪乡是不是已连续有四个主要领导落马了，有书记有乡长，你说原因何在？风水啊，主要是乡政府办公楼那里的风水不好。"赵一迪低声道，"前阵子，我一个看风水的熟人把这个事给我表哥张继怀乡长说了，他死活不信。后来，看风水的人找到我表哥家里，告诉了我表叔。我表叔急了，急马三枪给我表哥反复打电话，要他必须抓紧坚决按风水先生的意见做，把风水调好，马上调好，所以我才专门跑回弯浪乡去找我表哥落实此事。"

雨滴中杂着三种风声。一种微紫，一种露出业已起皱的淡黄，一种绿莹莹的，宛若甲虫眼眶中旋转的火。

雨滴，淋湿蚁巢边缘的天色。

蚂蚁们奔走在自己的道路上——

在其他几只黑色蚂蚁身上，我，看见了另外一丝比较慌乱的雨意。

赵一迪和我在县城里转了两天。

我见到了那个脸上挂着两圈蓝色眼镜片的风水先生。他姓胡，年纪不算大，半眯着眼，对赵一迪说："你去告诉张领导，我不图他一分钱，我是为他的人生着想，为弯浪乡人民谋福利。你想想看，一班乡领导你不出问题我就出问题，换来换去的，乡里的工作怎么推进？乡里老百姓的梦想如何实现？""那是……"赵一迪说。"况且，你们那个乡政府，修得，像一座歪扭扭的牢房，四面八方找找，二指高的靠山都没得，谁去那里当起领导来能顺利？咳？唯一的一条通道呢，却像是一把长刀，从头顶直插进胸腔里，恶象啊，凶兆啊，再不整治，还要出大凶事呢。"风水先生转过头，对我说。

"那是，是，真是。"我紧了紧面皮，连声道。

蚂蚁在黄昏经历过太多绵长的曲径。

蚂蚁，蚂蚁蚂蚁，蚂蚁……

我夹杂在蚂蚁密密麻麻的队伍中，默然无语地走着。黄昏一如既往，像一片焦糊的叶子垂在风声之侧。我有些疲乏，似乎很难用所有的腿守住一个恒定的方向。偶尔，一只蚂蚁停在路上，蚂蚁队伍前行的窸窣声暂时中断一下，接着又快速地窸窣开来。

我们的队伍举着许多沿途拾掇来的东西：一枚蝶翅、蜻蜓干涩的脸、缀满雨渍的虫壳、稻草的肋骨、几小块被谁踩碎的黑色干板栗、螳螂的后腿、红木棍……我们没有其他旗帜，这些东西，总能够及时成为我们的旗帜——你退远一些看，就会从我们的队伍里看出些许差异来：蝶翅高扬，一小队蚂蚁紧紧跟着，排列齐整，步态有力；稻草旗帜后的蚁群散成风一般的曲线，走得略显飘忽；螳螂断腿周围的蚂蚁，每走一步，似都喜欢把自己的前腿整齐划一地朝天空扬过去，噼啪，扬得煞是耐看；而几小块碎板栗在一大圈儿排成圆形的蚁群中传来传去，这群杂耍高手，让整条道路隆隆作响，让整条道路在风声里，晃来晃去。

三

张继怀乡长召集开了一个乡领导班子专题工作会，安排部署乡政府办公楼及街道重要区域的环境整治工作。环境整治工作总共包含六大工程，每项工程都由一个乡领导牵头负责。

张乡长从发展和战略的高度，讲了很长一通话。大家都听明白了，也点了头。随后，会议精神迅速传达到了全乡——大家都听明白了，也点了点头，说："好啊，等着看我们弯浪乡的变化吧。"摆出一副很兴奋很值得幸福的样子。

任务被很快分解下来。任务很多，很细，诸如街道公用设施的完善，公厕的样式、位置，道路拓展规划，水、电、气等管网的铺设，行道树的选择、栽种，文明卫生监督岗的设置等等。这的确是个浩大而全面的环境系统改造项目，包含六大工程呢，而首要的，就是乡政府办公楼的综合改造治理。

张继怀乡长亲自挂帅，负责此项具体工作的是副乡长赵理硕，我呢，则成了乡政府办公楼改造工程的项目联络员。

弯浪乡，从此步入了一段热火朝天的紧张日子。

蚂蚁能够梦见的事物并不是太多。

蚂蚁的饥渴浩渺无边。蚂蚁对梦境也常常充满了饥渴感，就像此刻，我缩在一块朱红的土块中，对山脊上那片袅动的霞光，称美不已。

那片霞光有些特别，先呈现出一块马骨般蔚蓝的斑痕，然后渐渐扩散开，卷成三五只蜜蜂嗡嗡作响的身姿，再簌然抖动几下，幻化成一只手不断挥动的千种暗影……

439

我在霞光上找寻我骨肉里深藏的疼痛，找寻被其他蚂蚁打碎过的疼痛，我还找寻梦境曾经凝结的光泽，找寻被梦境扭弯的第五只瘦腿和它上面斑驳的伤痕。

朱红的土块摇了摇，轻轻跌倒在其他默不作声的土块里。

赵一迪和"花瓢虫"乐队胖胖的女主唱麻小素好上了。

我喜欢听麻小素唱歌，赵一迪还喜欢她歌声以外的一切。

我们坐在"歪方向盘"酒吧里，我，赵一迪，还有弯浪乡街上的几个朋友。麻小素在台上，唱着我们熟悉的谣曲，唱得掏心挠肺的。赵一迪现在已很少喝酒了，他既要忙碌弯浪乡的几项综合改造工程，又要忙碌与麻小素有关的情之欲之类的琐事，他的确忙着呢。赵一迪晃了晃手里的杯子，说："这猴三（猴子）尿，干脆戒了算了。""戒不得呢，"我说，"你若戒了这酒，我们以后怎么好找理由坐在这里，为我们伟大的美女主唱干杯捧场呢？"赵一迪扬扬眉，又浅浅地抿了一小口。

赵一迪当然仍旧有再喝醉的时候。

那天，他在外订了一大桌菜送到我家里，然后请张继怀乡长来一起狠狠地喝了一顿。

"花瓢虫"乐队也全数到了我家里。我将门窗全部关了个严严实实，让"花瓢虫"时而悠扬时而激越的歌声只在我的房子里绕，绕。

张乡长喝得挺高兴。胖主唱麻小素给他敬了好几杯酒，说请他多多关照赵一迪。张乡长就笑笑，说："关心他是你的重点工作呢。来来来，我敬你三杯！"

"你可要把工程项目给我盯死点，小李，要严格按照我审定的规划设计方案落实好。"张乡长对我道。

"好的好的好的。"我连喝了三杯表态酒。

我有些怕那只头上有一块太阳斑的老蚂蚁。

它是我们这个蚁群的画梦师。据说它已经活过很久很久的年岁了，是一只不死的蚂蚁。

在我们这个蚁群中，我所知道和认识的不死的蚂蚁至少有二十九只。其中，有会测水滴深浅的蚂蚁，有能吃火焰的蚂蚁，有可以把脑袋拧下来泡在雪色中三天三夜又重新装回去的蚂蚁，有念经的蚂蚁，有总是把我们蚁群的三个祖传秘方记岔的蚂蚁，有将祖祖辈辈所有蚂蚁的名字编成一支歌反复咏唱的蚂蚁，有撕下紫色阳光做成高跷踩着满地乱窜的蚂蚁，有啃食其他蚂蚁足迹的蚂蚁，有在蚂蚁的脊梁上雕刻胭脂花和虫声的蚂蚁……

画梦师蚂蚁则能完完整整地画出我们每一只蚂蚁的梦境。它不需要你说什么描述什么，它看着你，说："哎呀你做梦了，别动，等我把你的梦境画在泥壁上。"它用一根金黄色的古老木棍刻画梦境，你看它，三五笔，就把我们一个又一个的梦境画得活灵活现，毫厘不差。

谁也不明白它到底是怎么知道、怎么穿过我们的灵肉看见我们所做的那些梦的。

——我有些怕它，我怕它胡乱画出超出了我梦境范围的那纯属乌有的一切。

现在，整个蚁巢所有的泥壁上都布满了我们的梦境。梦境叠着梦境，梦境追着梦境，梦境挤着梦境，梦境喊着梦境，梦境套着梦境……这样的泥壁，弯弯曲曲，本身，就好像成了一个繁复、漫长的活脱脱的牵扯我们魂魄的梦境。

年深日久，那些被画在泥壁上的梦境却依然清晰。我的确有些怕这个苍老的画梦师，假如有一天我做不出梦了，我该怎么办呢？我听见我的骨头，簌簌作响。

我至少在那些曲里拐弯的泥壁上，找到过我做过的五十六个或短或长的梦。

风水先生老胡在弯浪乡住了已整整一个月。

无数个拂晓之前，总是我和赵一迪陪着老胡，悄不声地拎着个罗盘在乡政府前后转来转去。老胡定方位，择日期，甚至三番五次地背了人在乡政府办公楼院子里烧纸钱，燃香烛，弄得神神叨叨的。弯浪乡的系列综合治理改造工程在如火如荼地顺利推进着，一会儿这里剪彩，一会儿那里誓师，四下里鞭炮隆隆，好一番快要大干一场的繁忙景象。

麻烦的是，老胡也喜欢上了"花瓢虫"乐队胖胖的女主唱麻小素。

老胡和赵一迪差点在"歪方向盘"酒吧打了一架。

又是在我家里，这次是老胡定了一大桌饭菜送来，张继怀乡长、赵一迪、"花瓢虫"乐队、我，当然还有风水先生老胡，凑在了一起。

酒喝得有些枯涩。赵一迪眼红红的，一会儿看女主唱，一会儿看张乡长，一会儿看我，一会儿，又看看老胡。

这一次，"花瓢虫"乐队没有表演节目，三条俊朗汉子也围坐在酒桌上，默不作声地喝着，吃着。

"赵兄弟，你们两个命相不合，不是我硬要横插一杠子，我和小素才算是天造地设呢。"老胡对赵一迪说。

"切！吹死牛逼，鬼都不信！"赵一迪说。

"我说的是实话呢，张领导张乡长。"老胡说。

酒桌上的酒们比较沉闷。

张乡长突然站起，指着麻小素说："我不听他们俩废话，你是关键人，你说说你的想法，你说说，你说了就算。"

麻小素端起酒杯，看了看大家，看了看张乡长，然后和赵一迪碰了一下，说："对不起赵哥，我先走了，我明天要请胡先生去我老家帮忙查验一下我祖坟山的风水方位呢。"

四

人的脚步总显得巨大而有力。

蚁巢周围，时常会留下些人的足迹、谈论声之类。我和其他的蚂蚁总试图躲闪什么。还能躲闪什么呢？春天的时候，有人嚎着山歌自蚁巢外走过。那些人影，像一堵高耸的云，嵌在地面上，风吹不皱且带着火焰熊熊的分量。入秋了，有人背负重物前行，踩得大地吱嘎直响。偶尔，一些稻谷或者高粱从人的身影上跌下来，砸在我们张皇的窥视中，冒起大阵浓烟。

某日，一只破旧的鞋随山洪冲下，卡在蚁巢前的石缝中，激起滔天巨浪，差点就淹没了整个蚂蚁的世界。幸好，一个人赶来，捡走了那只鞋，挽救了我们古老的巢穴。

而我总记得画梦师在画我的第四十三个梦境时说过的话。它说，"这个梦，本可以做得更为美满的，但不知道什么原因，变得有些歪斜、模糊了。"我没有接它的荏，我知道，关于这个梦，画梦师漏画了半只水晶般时隐时现的红色鞋子。

——比人的脚步声略大几公分的红色鞋子。

有些微微破损的鞋子。

赵一迪好像消沉过那么几天，麻小素的歌依旧在"歪方向盘"酒吧里响着，晨昏反复更替。麻河的水声依旧弯出一道阔大的弧线，像刻在地上的梦想，被一排排的房屋镶着，拥着，激起阵阵波光。

我和赵一迪在麻河边走着。弯浪乡的确改变了不少，数百棵桂花树被移栽在道路边，早散发出大片感人的浓香来。街道也整洁多了，街前街后共设了七八处文明监督岗，过马路的人讲起规矩来，大人小孩也不再乱扔乱丢。

而我比较喜欢那些画满了弯浪乡各式墙壁的宣传画，有国画风格的，也有油画、版画风格的，很主旋律，也很乡土化。这是张继怀乡长策划，并找县文联组织全县艺术工作者到弯浪乡现场创作的。张乡长的这个艺术创作规划做得挺特别，他先确定了几大主题，诸如梦想、创新、文化、历史，以及民俗、典故之类等，然后再组织人员多次讨论具体的创作内容、创作方式及分工。张乡长还请来他同学开办的传媒公司人员，就这次艺术创作进行了"智慧化"的定位和设计。整个艺术创作花了差不多三个月时间。这段时间里，县里的新闻媒体进行了大量的宣传报道。县广播电视台还联合几家数字媒体对一些关键部位、关键内容和重要画家的创作进行了直播，取得了非常良好的宣传效果。

我也画了一幅。在靠近麻河拐弯处一户民居的山墙上，我画了幅大写意的竹子。我画的是本地土生土长的方竹，这是其他地方很少能够见到的一种竹子，粗一看，好像有些柔弱，但它的枝叶间，却始终漾着一大汪平平常常的狠劲儿，像那一声声摇动整片乡土的坚毅而悠远的谣曲。

在距蚁巢大约小半个黄昏路程远的地方，有三只刚刚死去的野蜂。

我认识其中的一只。它有金质的羽翅，透明的精巧的布满神秘花纹的羽翅。它的头上闪耀着褐色的光斑，肚腹上也缀着阳光般弯曲的痕迹。它尾部的刺针呈灰黑色，显得长而坚硬。我和它在野地里遇到过许多次，我们以我们独有的方式交谈，嬉乐。从它的谈论中，我了解了整座山峦花朵的种类与分布，知道了它背部黏结的花粉颗粒中种种极为稀少的蓝雾之影，懂得了野蜂记住道路的五种特殊方式。

我守在三只野蜂的尸体旁，听斜风荆棘般摇动。

过了一会儿，大群黑色和红色的蚂蚁聚集拢来，它们吱呀吱呀，商量了一阵，便分作三队，各抬着一只野蜂分别走开。

——我真不知道这三只野蜂为何会在交错的道路上死去。

我紧跟在我认识的那只野蜂的尸体之后。我帮着这些杂乱的蚂蚁将僵硬的野蜂抬到一块青石之侧，然后，看它们把野蜂挪进一个空旷而昏暗的洞穴里。

我在青石边，静静站着。

黄昏很宽，费了很大劲，我才找到了回自己巢穴的路。

张继怀乡长在电视里做着小城镇建设的经验交流发言。

张乡长讲得很到位，角度新，立意奇，站位高，也颇见深度。"人家是个硕士领导呢，这口才，这水平，啧……"乡里组织收看节目时，许多人都说。

弯浪乡已经被县里树为全县小城镇改造的样板乡了。的确应该成为样板。许多工程都进入了最后的冲刺、验收阶段，只有乡政府办公楼的环境综合改造还在稳步推进着。

负责乡政府改造工程的副乡长赵理硕和作为联络员的我，一天到晚都在工地现场不停地转。工程推进很顺利，但工程子项目多，工期又紧，张乡长要求极高，所以压力也不小。

"这是项关键工作呢，我们可半点马虎不得。"副乡长赵理硕对我说。

五

画梦师的腿脚有些不太灵便了，走路老是往左边拐。画梦师的黄昏，因此好似也显得总有点倾斜。

我坐在画梦师身旁，看它和它腿脚外邈远的黄昏。

画梦师在打盹。它已经好几天未给蚂蚁们画梦了，腿脚的确酸痛，也沉重，它在蚁巢的角落里蜷缩了几日。眯着眼，它好像已然看不清太多的东西。它说，"我病了，你们还是暂时不要做梦吧。我真暂时没精力为你们画梦了呢……"

但有些梦还是必须做的。蚂蚁们做了，画梦师却——错过了那些梦。

画梦师醒了，它搔搔黄昏的尾椎骨，将一条腿搁在草虫椭圆的硬壳上，对我说："你看，这些地方，那些地方，也都堆满了我们蚂蚁们轻轻抖颤的梦境……"

"歪方向盘"酒吧里的人不多。风水先生老胡、我、赵一迪坐在靠窗的卡座里闲聊。

赵一迪和老胡早已冰释前嫌，麻小素也已与老胡断了那层关系，和其他人重新好上了。

夜色从麻河上徐然而至。麻小素依旧在轻声哼唱那些我们熟悉的歌。

我们在说着乡政府办公楼东面通道的事。

这通道是个难事。按老胡的筹算，原来只有一条路进去又只能掉头按原路返回的乡政府办公楼通道是个大忌，须彻底整治。整治说起来也简单，就是在四面都拓出通道，没有条件拓展通道的，也必须留个大门，这样才能纳气、通畅，得神之庇佑，不碍仕途，并在畅达与流转中积聚起天地独有的灵气。除开原有的自南面进入的通道外，西面的通道已经打开，北面呢需建假山以配风水，假山外亦设计了通幽的三条曲径。唯独这东面没有办法，为什么呢？东面的围墙外，就是滔滔不息的麻河，其岸陡立，衬着一大片腾跃的涛声，不要说拓通道，就是打开围墙也显得非常不安全呢。

风水先生老胡一筹莫展，我和赵一迪也只能挠挠头，叹上几声气。

然后继续喝酒。

老胡渐渐醉了，走上台去，要唱上一首。唱就唱喽，唱得并不好，声音里像被人下了把沙子，唱了又唱。

我和赵一迪依旧对着图纸上乡政府办公楼东面的通道吁气。麻小素走过来，陪着喝了两杯，看着赵一迪手里的图纸，说："老胡不是说有扇大门就可以吗？开扇门不安全，就找人画它一扇。"

"干脆就让小李去画一大扇。"麻小素指指我，又说。

"哎哟，好主意！哎哟哟，就这样干！"赵一迪拍了拍麻小素的肩膀，又拍了拍我的肩膀，说。然后，我们扶起已醉倒在沙发上的老胡，跌跌撞撞进了酒吧外灰扑扑的夜色里。

——我偷偷留下了一小片我认识的那只野蜂的右翅。

我把它带回蚁巢，藏在了蚁巢最东头的转弯处。那是一个堆满了黑影的角落，平常很少有蚂蚁光顾。这片蜂翅，很小，很小，上面旋着几痕浅浅的黄斑，像微风上绾出的几个细小的结。

我始终记得那只野蜂飞翔的样子——地面上，蜂影飘动，或东或西，细看，那蜂影上也布满了纷繁而神秘的花纹。

我看见一片微暗的光，在野蜂的右翅上，慢慢卷曲。

几大堆油漆加上林林总总的油画颜料，三天时间加两大半桶汗水，再加上几声吆喝，躯体上酸涩的疼痛，再加一干人指指点点的评说，大致就可以等于我在乡政府办公楼东面围墙上画的那道大门了。

大门很大，比真实的门要大不少。早上，站在乡政府大楼下，朝着太阳出现的方位望过去，你会看见我画的大门架在灼灼阳光之下，像黎明的某种不可或缺的支架——强劲支架。最好的景致当然只会出现在夕阳西下的时刻，彤红的阳光照亮巨大的门楣，像在灰色、扁平的静穆中拓出了一个光芒四溢的出口，你简直好像可以顺着这些暖洋洋的光束一直走下去，一直走到你愿意抵达的任何地方。

张继怀乡长对我笔下的这道大门充满了感情，他说："艺术会在生活打了死结的地方找到解开死疙瘩的方法。就像以前我写电脑程序时所感受到的一样，你设置的所有防火墙上，都好像挂着无数把无踪无影的钥匙，你找到了它，你就成了它的主人。小李啊，你不仅从这堵弯曲、简陋的死墙上找出了这道大门，你还赋予了它鲜活的生命力！简直画得太好了，这是源于生活的感悟与美，这才是真真正正的艺术！"

张乡长那双颤颤的手在大门上颤颤地拍了抚了好几次。

六

你可能会听见十二万三千九百六十五只蚂蚁的哭泣。

或者更多的蚂蚁，蚂蚁蚂蚁，蚂蚁，黑色的蚂蚁。但我不知道它们为什么哭泣。

我在蚁巢外的黄昏中匆匆奔走。我几乎错过了蚂蚁们大声哭泣的时刻。常常，蚂蚁的哭泣就是一种仪式，一种咀嚼时光或者生涯的方式。但这样的哭泣是非常少见的，活了这么多年，我也只遇到过三四次。

我真不知道这一次这规模空前的哭泣是为了什么。

我从蚁巢外的黄昏深处归来，看见了这一正在结束的浩大哭泣场面，我有些吃惊，疑惑。蚂蚁有蚂蚁自己的泪水，蚂蚁有蚂蚁自己的追缅、忧虑，为什么，都会聚集在这一刻，齐声啼哭？为什么，这整整齐齐的哭声，会风一般卷过蚁巢，惊动不倦翻覆的大地？

我也看见了在哭泣的蚁阵外奔走的其他蚂蚁。许许多多蚂蚁在奔走，它们好像与汹涌的哭泣无关，它们，反复踩响自己黑骏骏的际遇。

蚂蚁，蚂蚁蚂蚁，蚂蚁……

一些年幼的蚂蚁开始伸直腰杆。

而我，正站在哭泣的蚂蚁和那些不哭泣的蚂蚁的侧后面。

蚂蚁蚂蚁——

桂花喊醒了风声。

清晨，桂花簌簌，偶尔落一些在我们的衣襟上，软黄，温润，抵得上以往读过的大量典籍，或者业已蒙尘的种种经卷。

清晨的桂花真正当得起桂花的名分，阳光照上去，闪射满眼参差的光芒。清晨的桂花，叫得出你颤悠悠的名字。

而桂花在正午时分变得凝重。那些花们，一粒粒立在自己的身影上，像一些试图翔舞的雏鸟。

我恰好站在正午的桂花下，我在看县里一个画家画在墙上的一幅"渔舟图"。

画家比较有名，把这么大幅的"渔舟图"直接画在粗糙的泥墙上是不是有些浪费了。画家画得很用心。几痕参差的船影浸入波涛。其中，一只船横过就近的水纹，上面立着个渔女，红巾袅袅披拂，染了几缕微细的风。

从画上的河道、景物辨认，画家所画的，正是站在这堵长墙前所能看到的麻河景色——当然是提炼过的麻河景色。几条错落的船，明明暗暗的船，处理得恰到好处，好像增加了许多需凭着宁静的魂灵才能触碰到的簇新的深远的东西。画上的人影，我们仿佛也都曾相识。记得画家画此幅作品时，县电视台和几家网站是进行了直播的。但如果不亲自站在这里，的确真品不出这幅佳构的妙处。回去后，我将我的发现告诉了张继怀乡长、老胡和赵一迪。黄昏时，我又陪着他们，到长墙前，细细地品味了一次这幅令人啧啧不已的"渔舟图"。

"这墙头上的艺术非常高级！"张乡长对我说："小李，你去请请这位画家老师，请他到现场来给我们的干部和学生们搞一次实地艺术讲学活动，让更多的人也接受点好的美的艺术启迪。"我点点头。"这个人，哎呀，他有莫大的才华！"张乡长又说。

黄昏渐深了。

桂花在黄昏时，渐渐慵懒，它们，顺着风势，开始准备着向一些即将出现的星星聚集……

霜很厚。

蚁巢外的大地长出一层厚厚的茸毛来，在风里，晃。

一只蚂蚁站在蚁巢正中的空隙中，正说着什么。霜很厚。

副乡长赵理硕和办公室主任老涂吵了一架。

吵得很厉害，吵得也很偶然，主要是为乡政府办公楼假山工程相关的事。

假山已经颇见规模了。这座赵一迪找专业公司设计的假山，被命名为"翔"，其状宛如一壁抽象变形的硕大鹰翅。当然，鹰翅只是主山，鹰翅前还配有三重低伏的案山和衬托整体景观的众多林木、小丘壑，以及三处凉亭，两个各呈日月形状的相互连通的大水池。

赵理硕想把日池掘在东面，可老涂不干，因为图纸上这个代表着太阳与活力的日池是设计在西面的。张继怀乡长不在，电话也打不通，无法请示，几十个民工正等着开挖塑形呢。赵理硕有些急。我和赵一迪也觉得原来的设计好像是个问题，但又不敢自行决断。

"挖在东边比西边合理，也吉利，这道理哪个不懂？"争执不休了，赵理硕于是恶声恶气地道。

"啥合理？一些人倒是巴不得东边同时出两个太阳呢！"老涂也急了，也不含糊。

于是二人就摸瓜牵藤地大吵起来。

"吵个屁，干耽搁时间！不如我们先去那里挖上两个大坑，是太阳是月亮让他们再去吵再去定。"领头的民工咕哝几句，就带着其他人离开了。

这个世界总有一些蚂蚁是多余的。

就像某一片人影是多余的，或者，某一部分秋天是多余的。

我在蚁巢中慢慢行走着。这是一座古老而复杂的蚁巢，也是一座庞大的绵延不息的蚁巢。世世代代的蚂蚁们，立命其中，安身其里，又将巢穴不断扩展、延伸，让它像秋末的风一样盖满土层深处的幽寂，让它把地下沉潜了千百年的凝重与幻梦顶出些六边形的窟窿，让它用成千上万的蚁骨，叠就，一座喧嚣无匹的暗黑宫阙。

蚁巢叠蚁巢，蚁巢套蚁巢，蚁巢连蚁巢，层层叠叠的蚁巢，在地下绕着，旋着，像某种传说。

我走在蚁群吱吱作响的种种身影间——

蚂蚁蚂蚁蚂蚂蚁。

蚁巢外的人影已越来越凌乱了。

你，能不能说说，这个世界的哪些蚂蚁，注定会是比较多余的？

七

风水先生老胡盘下了"歪方向盘"酒吧。

老胡在弯浪乡待了好几个月，已经待出深深的感情来。这份感情也很具体，一开始是乡政府办公大楼及其他相关工程的改造思路、明里暗里的点子及各种隐秘的方位，然后是胖胖的在吧台上唱歌的麻小素，然后是醉了又醉的酒和工地上精打细算的那几个"经济"，再然后，就是这处老字号的"歪方向盘"酒吧了。

老胡看重了这酒吧的风水。"这是个生金之地，你看它，借着麻河的水势，把一大溜烟财气尽揽过来，直往人怀兜里狠揣呢。"和先前的老板签过转让协议后，老胡有些兴奋，扯着赵一迪和我，又在酒吧里整开了老酒。

老胡当然是花了大价钱的。风水先生动了心思要经营，原来的老板就铁了心死劲抬价，直把个老旧的酒吧捧成了个镀金的大稀罕钵钵。老胡虽然舍得出钱，不过出得也还是心疼。

心疼归心疼，老胡还是摆一副特别遂心的样子，陪着我们，把酒一盏盏倒进肚里去。

……时间过去好几个月了。工程在一项项收尾、竣工，桂花只剩了些枯旧的叶子挺在风中，赵一迪和老胡在该花钱和不该花钱的地方大把大把地花着钱，麻河的水，缓缓地，也瘦下去了一些。

蚂蚁中，出现了几只一惊一乍的交媾者。

黑色的天光一粒粒坠下，盖着交媾者燃烧的身影。一盏星，突然，将鹅黄的翅膀撑成一道焦灼的闪电。

我看见了自一条条蚂蚁的道路上静静升起的怀想。

哪一部分世界是蚂蚁真正的世界？

那几只蚂蚁身上，仿佛闪烁着关于未来的某种光焰——

蚂蚁蚂蚁，蚂蚁错杂，蚂蚁闪烁……

蚂蚁，蚂蚁蚂蚁——

我的骨头，瑟缩，遍布交媾者骨肉颤动的回音。

弯浪乡开始有了些七七八八的说法。先是有人说副乡长赵理硕私下里向上级举报乡长张继怀索贿受贿，违规插手乡镇改造工程；接着又爆出妇联主任关某与张乡长老婆在街上大打出手、争风吃醋；几天后，又有消息说赵理硕被有关部门立案侦查，说他涉足黑恶势力，并存在严重贪腐行为；再接着，又说是张乡长很快就会任乡党委书记，填上弯浪乡空缺了近两年的书记位子。

但说法就是个说法，弯浪乡，仍在麻河一如既往的涛声里，延续着自己的嘈杂与静谧。

我和副乡长赵理硕依旧忙碌在假山修建工地上。

张乡长还是张乡长，假山呢却催山赶水的越来越像座假山了。

我喜欢这座假山的整体设计，自然，大气，又在平实间体现出种种匠心。鹰翅的力量感很撩人眼目，再配上一左一右两个大水池，将雄健的鹰翅之影蕴含于波光间，随了风，漾出无数的秀美与奇绝。

对了，两个大水池，依旧按了原来的设计布局，月池在东，日池在西。风水先生老胡对此有老胡自己的说道，但他轻易不说，至少轻易不随便对其他人说。办公室主任老涂与副乡长赵理硕吵过一架之后，也早绝口不再提什么日池该在东边还是西边的事了。老涂向赵理硕副乡长道过一次歉，说自己口无遮拦，说了些没心肺的话，很是过意不去，幸好那些废话腌臜话早已被风一扫而尽了。真是对不起对不起！

日池浑圆，月池如钩，两汪碧水，静静凝眸望着日渐成形的假山和与假山有关的那一切。

画梦师跌了一跤，弄断了左侧的第二条腿。

幸好不是用于画梦的那两条前腿。

画梦师告诉过我许许多多关于蚁巢和梦想的轶事，诸如蚁巢中出现的第一个梦的形状、色泽、长度，以及第一只蚂蚁是怎样缓缓枯死在自己梦境中的，等等。据画梦师说，蚁巢历史上最强壮的工蚁的梦里常常有火光出现，"它共计做了二万三千七百五十一个各种色彩的梦，其中，只有九个梦里没有火光。画它的梦，我也差不多画出了一大叠厚厚的罕见的火光图谱。"画梦师说。而一只年幼的蚂蚁的梦启示了蚁巢一场巨大灾难的降临——年幼的蚂蚁梦见了被反复扭曲的彩霞——画完这个梦时，正是正午时分，两头刚交媾完的水牛咆哮的尿液，差点就淹没并烫死了整个蚁巢。我看见过画梦师画出的这幅与彩霞有关的梦境：狭窄，狰狞，蒸腾着火势与尖叫。梦境右下角，很醒目地粘着几点小小的绿蝌蚪状的图案。

在各式各样的梦里，画梦师还画出了种种千奇百怪的哭声与笑意。那些哭声，有的像花朵，有的像水的骨头，或者像一个人脚印上的伤痛，像雨点上的黑斑，像蚂蚁自己微翘的尖臀。而笑意则总是简陋、笨重、单一。十年前的老蚂蚁的笑和现在其他蚂蚁的笑没有多少形和质的变化。这些笑意，有的像镜子上的暗光，有的像雕花的镜子上的暗光，有的像雕花的扁圆的镜子上的暗光，或者像雕了三层花的磨砂镜子上的暗光，以及碎裂的雕了叫不出名字的花的其他镜子上的暗光之类，如此而已。

画梦师画着蚁巢里所有的梦境。这只不死的老蚂蚁，这只比老还要老的蚂蚁，这只见证了整个蚁巢及蚁巢外天地变易的蚂蚁，拍着我的腿，将自己跌断的腿搁在泥尘中，一遍遍对我说着梦境的事。

它说着，头上的太阳斑泛着别样的光泽。

"我老了，我已经累了，我常常看不清你们那些梦的形状了，我好像不想再画什么了。"画梦师又拍拍我的腿，说，"你要尽量帮我去寻找一处没有一丁点儿梦的新的巢穴……"

八

日池和月池里的山影微微皱着。

"歪方向盘"酒吧还是什么都没有变，只不过老板换了个姓氏而已。麻小素的歌声逼出了四壁上绚烂的光影。我熟悉那些光影，在种类繁多的方向盘老照片及图案中盘旋的光影，有着我们熟知的某些炽烈和深度。

我和赵一迪坐在酒吧中，天一句地一句说着些什么。酒滴低吟，我们还能说出些什么呢？酒滴，在晃动的光影里，变得迷离。

——人很多。麻小素似乎瘦了许多。

风水先生老胡走进来，手里拎着把蛇形木剑。

"我刚去假山背后作了一次法，哎呀，好座假山，有灵有肉，等它建完了，我还得替它添一口真气！"老胡对赵一迪和我说。

"你该叫上我们一起去的。"赵一迪说。

"这是作法呢，顶敬菩萨的事，闲杂人哪能随便掺和！"老胡说。

于是坐下来，一起喝酒。

蛇形木剑揣着自己的光，有些冰凉。

——麻小素的歌声，洒了薄薄的一层在酒滴上，那么匀，那么净。

一只蚂蚁从蚁巢的第九层上跳下来，摔丢了三条腿，摔碎了肩胛骨，但并没有按计划把自己摔死。

我不知道它跳巢的缘由，也许是天色昏暗，也许是它做过的梦太少，也许是它头脑深处的风湿痛结了层厚厚的痂，也许是它遇见某种说不出名目的快乐，也许是远处的树叽喳叫了一声……于是乎，它从蚁巢的第九层上叮当一下跳下来，但并没有如愿把自已摔死。

它摔丢了三条腿，摔碎了黑黑的肩胛骨。蚂蚁的疼痛常常就只是疼痛。

但它并没有把自己摔死。

蚂蚁的疼痛，常常可以忽略不计。

"大家要抓紧督促一下乡里所有在建工程项目的进展情况。目前，我们启动的六项工程已经完成了四项，其他两项，要尽快按期完成。特别是乡政府办公楼综合改造工程，要进一步加快进度，严格按审定的规划设计方案，保质保量按期实施好！"张继怀乡长在全乡的工程项目调度会上强调说。

工程的推进其实还是很正常的。画"渔舟图"的画家又在乡政府办公楼的外墙上创作了不少极具乡土情怀的艺术佳作——"弯浪乡政府领导有担当、有思路、有激情、能够把相当枯燥的乡镇工作艺术化，这一点难能可贵！"在前不久举行的创作现场实地艺术讲学活动上，画家曾这样说。而通过这些新创作的作品，画家也把自己的多种想法融入弯浪乡的小城镇建设工作中，画家因此显得很是高兴。

我和画家、风水先生老胡在"歪方向盘"酒吧里聚过一次。画家并不知道老胡的身份。画家很健谈，而老胡则似乎有些漠然。我夹在二人之间，也只说了些鸡虫之类的闲事。

"弯浪乡有能人，嘿嘿，你看那座假山，嘿，就修得大有深意。"画家说。

老胡的目光轻轻闪了一下，就又暗了。老胡没有接这话茬。

蚂蚁们的盛夏一片炽烈。

阳光像一把把多边形的小锯子，锯着蚂蚁们黧黑的生涯。那只瘸腿多年的老蚂蚁，好像，正在骄傲地死去。

它弯曲的腿上刻满了勋章——这只掌握着蚁族大部分预言的长者，这块平时始终像个哑巴一样活着的老骨头，渐渐开始坍塌。它正在死去，一些预言，正在赴死的途中；一些预言，大约，已接近了最终的泯灭之境。

一粒粒阳光抟成的小球，蹦蹦跳跳。

一粒阳光，打在老蚂蚁焦渴的梦境上。

什么正在死去？

阳光滚动，盛夏是一次提示。预言腾出另外的空隙——瘸腿的老蚂蚁，哦，老预言家，又第九十一次重新活了过来。

一条鱼，经过了麻河的黄昏。

经过了弯浪乡街道印刻在水流深处的那一道道惯常的暗影。

经过了我们平庸、厚实的遐想和惯常的生活。

一条背负着翠鸟抑或蚂蚁梦想的红鱼。它在浪的洗濯中，保留下坚劲的骸骨。

一条脱离了苦痛与幻想的鱼，它开始游动。麻河的波光，将留下一抹恒久战栗的赤色。

九

我想成为梦想的整理者。刻在泥壁上的那些梦境悠长、繁复、琐碎、离奇、坚实……有的已显斑驳，有的随泥土上的纹理逐渐变异，有的则卷成某种花朵的形状，散发出不可言说的芳香。蚂蚁们在自己杂乱而不断变旧的梦境间穿梭。许多蚂蚁甚至都辨不出哪些是自己做过的梦了——我，想代替其他蚂蚁，成为这成千上万梦境的整理者、分析师。

我向蚁王禀报过我的想法。但蚁王已耳聋多年，它听不见我说的话。就在我的禀报中，蚁王睡过去了三次。画梦师守在旁边。而蚁王在第三次入睡时，又做了个关于灯盏的梦，画梦师正一笔一画地，画着蚁王梦里那些与灯盏关联的染色的小三角形。

有时，蚁王还在蚁王自己的梦境里做梦。画梦师画这样的梦中梦时，总是显得异常焦躁。一开始，它常常会弄乱很多笔触，或者把梦的阴影画得过浅，或者错用了梦境的底色，又或者，在连接蚁王梦境中断之处时，将一丝捆束梦想的风声画得歪了，细了，硬了，弱了……但画梦师仍不懈地修改着，那最后的画幅依旧肯定是完美的，与蚁王真实的梦境严丝合缝——蚁王的梦，也总是能通过画梦师的笔，成为蚂蚁梦的经典。

我真的很想成为一个梦想的整理者。

乡政府开会时，赵理硕副乡长发了个言。

准确说，是赵理硕副乡长对乡政府办公楼改造工程提出了尖锐的批评。

赵理硕副乡长说："我最近听到了一些值得关注的说法，说我们班子里有些人搞环境改造是假，搞封建迷信是真，是在假借乡政府办公楼改造的名义，向神和菩萨乞求庇佑，好让自己能够顺顺利利地升官发财。如果真是这样，我这个项目负责人的工作就是肮脏的，可耻的，伤风败俗的，卑鄙的！我要查证，如果属实，我要坚决向上级举报！"赵理硕副乡长说得斩钉截铁。

张继怀乡长也说得很严肃，他说，"赵副乡长提出的问题是个很大的很严肃的问题，值得大家重视、深思。我们搞小城镇工程建设，是件大事、好事。虽然我们之前已经经过了广泛而深入的论证，完全按相应的法律法规和公开程序立项、审批、推进、督促、检查，但只要老百姓有议论、有疑惑、有质询，我们就一定要严肃对待，认真排查，公开回应！为了切实做好相关工作，乡政府要立刻成立专门的工作组，对此事迅速展开调查，给老百姓一个满意的答复！"

工作组迅速成立了起来。当然，工作组的工作范围远不仅只是调查有人举报乡政府办公楼改造中存在搞封建迷信的事，还包括了其他几项工程项目，以及乡里近期摸排出的各类热点、难点问题。

工作组组长由张继怀乡长担任，常务副组长是赵理硕副乡长，其他乡领导及相关部门负责人为成员。成员共有十三人，我也属其中之一。

调查的结果和工作进展均很圆满很顺利：根本没有什么封建迷信行为介入乡政府办公楼综合改造工程；其他各大工程项目也没有发现存在任何问题；老百姓反映的其他热点、难点问题，正在进一步积极调查、落实、解决中。

乡政府还将整个调查情况，向全乡百姓做了公布。

赵理硕副乡长敢于直言的工作作风，也获得了大家的交口称赞。

············

画梦师、瘸腿老蚂蚁、我，以及另外数百只蚂蚁，被一截燃烧的缰绳堵在了弯曲的山道上。

火势汹涌。火势像一大幅斜冲而过的赫赫波澜，燎向几丛杂草。我们被阻在山道上。除了我们，被阻的还有其他一些红色蚂蚁、灰色蚂蚁、黄色蚂蚁，另外，还有几只紫色的蚂蚁。

缰绳很长，火势差点占完了整个黄昏。

有人在燃烧的缰绳边站着，说着，指点着。

喏——三个人影，覆在弯曲的缰绳上。火势汹涌，三个人影，好像溅出了一些十分浓烈的焦糊味道……

"赵副乡长很有些板眼（名堂）哦，是不？"风水先生老胡说。

我没吭声。我为什么要吭声？为了那些调查，我这个工作组成员与办公室另外几个人一起，熬更守夜赶写汇总、上报材料，弄得焦头烂额的。皇帝不急我干着急，我还吭什么声？我还为画在乡政府办公楼东面围墙上的那道大门提交了专题创作说明等相关材料。我已没什么吭声的兴趣了。

赵一迪说："是啊，幸好我们从没有对人乱说过些什么。这个赵副乡长，真是烧香打菩萨，没得卵子找秤砣吊……"

我们在山道上走了大半天了。假山工程竣工在即，我们跟着老胡，正按照他的古怪要求，满山遍野地去找什么有灵性的黑色蚂蚁。

暮色渐起，我们走得累了，便将手里的小锄、小铲和覆了塑料布的篾丝背篼搁下，坐在山道上，抽烟，歇气。

老胡将路边一截长长的缰绳点燃。

嗬，这是什么缰绳，浸了油一般的猛燃起来，腾起一道弯曲曲的绿色火势。

草虫趋避，风声唧唧，缰绳发出噼噼啪啪的脆响，一些蚂蚁四散开来——"快，快盯住快跟住那群正在离去的黑蚂蚁！"老胡突然尖叫起来。

是的，我和赵一迪也都看见了，几十只黑蚂蚁，正绕过燃烧的缰绳，惶然奔走——大地有了某种窸窸窣窣的颤响。

十

三个人影紧随在我们身后。好像，我们回巢的路也漫长了许多，许多。

瘸腿老蚂蚁走在最前面，它理当占据着这样一个预言者的位置。紧接着是画梦师，它似乎又有些恍惚了，把路走得歪歪扭扭的。我踩着瘸腿老蚂蚁的身影前行，身后，是几十只略显懵懂的其他黑色蚂蚁。

其实我们没有必要走得太快。夕阳新染了大脸膛，像一个唱戏的病汉，洒一地绯红的汗水。风打着旋子，顺着山道在绕。那就让它去绕，反复地绕。路程是有些远，路程的确有些崎岖。三个人影缓缓向前伸着，伸着，一会儿超过了我们，一会儿又缩在了我们身后。

"你，还有你，会被风散落的影子淹没……"瘸腿老蚂蚁说。

"今夜该没有什么蚂蚁做梦了吧？"画梦师说。

我在瘸腿老蚂蚁的足迹上，踩出了一个细小的缺口——

跟在身后的蚂蚁，将一整条山道挠得沙啦沙啦的，痒。

十九天前，麻河县在弯浪乡举办了一次小城镇改造主题研讨会。全县十四个乡镇、街道办事处及相关部门领导三十余人参加会议，县里主要领导莅临并作重要讲话。会议还邀请了一些省内专家进行专题发言，探讨新常态下城镇建设的理念及创新方向。弯浪乡作为县里的示范乡镇，成为会议研讨的重点。张继怀乡长在会上作了交流发言。据专家们评价，"张乡长的发言为探索内陆乡镇未来的建设、发展，提供了新的向度及可能。"

参会嘉宾参观了弯浪乡的六大综合改造工程。"这些工程中，值得认真总结的经验非常多。弯浪乡小城镇建设工作亮点纷呈，立意高远，文化含量足，功能设置全，创新力度大，值得在全县广泛推广！"参观途中，分管城镇建设的罗副县长激动地说。

在乡政府办公大楼改造现场，县领导还高度赞扬了在建的假山及相关设施的设计、施工效果。县领导认为，这个看似简单的"造山运动"，体现了弯浪乡人敢塑高峰、勇争一流的创新风貌。

"你不是还对这座假山提出过些疑问吗？老赵。"罗副县长指着赵理硕副乡长道，"你现在看看这座山，哪有半点封建迷信的意思？咳？是不是？这可不可以算是我们弯浪乡自己为自己塑造的一座主心骨山呢？"

"算，算算！"赵理硕副乡长使劲点着头。

"算算算！当然应该算……"其他人也点着头。

陪同参观的张继怀乡长和弯浪乡的其他领导很是欣然。

"可要抓紧时间把这项重要的假山建设工程迅速建完哦。"罗副县长又说。

我已记不清自己是什么时候曾躲在瘫腿老蚂蚁冰凉的身影里，做了那个展翅欲飞的梦。

从画梦师替我画出的梦境看，我有五对颜色混杂的翅膀，我的确在飞，但翅膀显然太多了，所以飞的方向有些潦草、凌乱：每一对翅膀都在寻找自己的风声，都在设定自己的风向，都在扒拉自己的风情，都在调试自己的风力……这对翅膀开了，那对翅膀合；或者这边三对翅膀正在开呢，那边两对翅膀却忘了合；或者这边那边的翅膀都在半开半合，乃至不开不合……我在我的梦境中忽起忽落，落得仓皇，起得也常不着调调，起得也常颠仆不已。

但我喜欢那些扇着小风的哩哩啦啦的翅膀。

——那次，我藏起过一小片野蜂的翅膀。我觉得，我梦中的翅膀和那只死去的野蜂的翅膀，有着比鸟声略大一点的相似之处。

我真想把我那个飞翔的梦，刻在我经常酸痛的左前腿上。

在"歪方向盘"酒吧里还能再找到点什么呢？

歌声总是飘忽，总是漫不经意地与找寻者执着或须臾即逝的找寻相关联。麻小素生孩子去了，"花瓢虫"乐队的主唱临时换了人，也是个女的，三十来岁的样子，长得依旧丰腴，宛若刚新换了套演出服的麻小素。

新主唱叫高咏，学音乐专业出身，但歌唱得其实挺一般，没有麻小素抓人。

高咏是风水先生老胡的新情人。

就着新主唱不太抓人的歌声，我们又相继醉过几次，我、赵一迪，还有风水先生老胡。

乡政府办公楼的假山快完工了，我们喝酒的次数也越发频繁。赵一迪和老胡都很高兴。当然，我也比较高兴。

"真是大好事啊，千百块石头总算美美地落了地。"赵一迪说。

"造山不易，给某些人造座靠山更是难上加难。我们再抓紧些，尽快结束工程。我还要为假山灌注真气，让它真正活起来呢……"老胡说。

我举高酒杯，缓缓点点头。

假山还真像座不错的假山。假山逶迤，聚拢几多气象，并且透出与麻河两岸众多山丘绝大的不同来。简言之，这是座臆想之山，也是座"凝聚着智慧与汗水的山"，是山的某种随想录、自度曲、个性标本、变奏，更是"对山的精魂的浓缩，对山的韵味的提升，对山的性格的彰显"。——需要说明的是，我这里引用的，都是张继怀乡长说过的话，这些话被县里各种媒体的记者写在文章里，早已广为流传。

假山的影子很多时候总印在日池与月池中。待太阳或月亮的位置偏转时，假山的影子，也烙了一部分在假山脚下的其他土石之上。

新主唱高咏的歌声，夹在酒的色香间，似乎，荡了些另外的意味。

十一

那三个紧跟着我们的人影越来越浅。暮色低垂，远山匿了远山暗暗行进的踪迹。

画梦师提起了瘸腿老蚂蚁那个没做完的梦，它笑了笑，说："你倒是把它囫囵地做完啊。那次，害得我，连太阳和蚁后都只能按你的残梦画出一小半，你那个梦，是我画的梦里最古怪最不耐看的一个，不，是小半个。"瘸腿老蚂蚁也浅笑一回，问："我记不得了，那到底是个什么样的梦呢？"画梦师白了它一眼。

画梦师把肩负的一枚草籽，抛在蚁巢外的泥地里。

风声黢黑。

暮色夏然，掩尽熟悉的山势。

"你看你看，这些黑蚂蚁，真是蚂蚁中的精怪啊，好像是故意躲着我们绕来绕去的，绕了这么大半天，才绕回到了自己的巢穴。"风水先生老胡说，手里的手电筒在蚁巢边的杂草丛上，射来射去。

"这个地方叫什么名字？"老胡问。

"叫……"我仔细回想了一下，说，"叫……对了，好像就叫推人坳，说是坡太陡，行路人要一个推一个，才能顺利地从下面爬上来。"

老胡兴冲冲在赵一迪肩膀上拍了一下，又在我肩膀上拍了一下，说："天意啊天意！

在推人坳上找到这窝黑蚂蚁，我们的假山真就可以变成一座活的山有灵性的山了。"

"这可是天佑张继怀张乡长哦！"老胡又说。

黑蚂蚁们已从泥缝里钻入了地下，我们赶忙拿出小锄、小铲，急匆匆挖起来。

"这座假山所在的方位非常重要，按张乡长的八字推算，假山上必须要有一窝黑蚂蚁辅佐，张乡长才能顺命理加官爵保平安添富贵。这样的黑蚂蚁，可遇而不可求！哎哟推人坳，好地方好地名，哎呀好一窝黑金子般的蚂蚁。张乡长知道了会高兴得像个活菩萨的！"风水先生老胡又说。

土刨开了，我们被惊得说不出话来——

土层下，简直就藏着一座莽阔的蚂蚁的城池——硕大无朋的城池，非凡的城池，雕金错玉的城池，烁今震古的城池，让人全身瘙痒的城池，嘈杂的城池，古旧的奇谲的藏满沧桑的有神入住的城池……看那蚁巢，规整而壮美，复沓而绵延……这是一座可以被挂满种种勋章的城池。蚁巢的泥壁上，漫着些曲折而又似含蕴着无限深意的纹路，像这个世界和这个世界之外的千种梦境。

"张乡长不是喜欢说什么数据模型吗？这么大而无边的蚁巢，你说它该像个什么样的数据模型呢？"我说。

"快挖！你看那些蚂蚁，跑得多快！"赵一迪说。

我们从蚁巢上，挖下半米见方的一大块，放在覆了塑料布的背篼中，然后用纱罩盖了，哼哼唱唱地将它背回了乡里。

——什么在剧烈地震荡、塌陷、咆哮？

蚁巢好似斜了，碎了，弯了，癫了，摔了，飞了，发出嗡嗡嗡的巨响。

多少世代的蚁巢，就这样抖了，裂了，跳了，疯了，炸了，飘了……

蚂蚁们的身影歪来倒去。蚂蚁们的叫声尖利如刀。

蚂蚁，蚂蚁蚂蚁蚂蚁，蚂蚁……

星光碎落在蚁巢内、外——

蚂蚁蚂蚁……

什么还在继续轰鸣、滚动、扭曲、捶击、翻转？

我听见了我和无数蚂蚁骨头深处那些断裂与燃烧的声音。

蚂蚁蚂蚁，蚂蚁。

尘灰四溅。蚁巢踉跄，像一缕被陡然撕开的硬硬的旋转的烟雾。

假山顶上偏右的凹隙中，有一个预留下的宽大的泥石相间的大孔穴。这个孔穴与假山内部成千上万的小洞、小孔、小缝、小隙、小洼相互勾连，构成整座假山庞大而复杂的经络体系——这也是风水先生老胡假山设计构想中的一个重要组成部分。如果说假山是一只巨鹰，这个预留的大孔穴即是鹰的颈窝，是巨鹰咽喉处最为关键的一个要地。

我们将从推人坳挖来的蚁巢安置在这孔穴之中。

我们把缩在巢穴里的黑蚂蚁和在背篼里爬来爬去乱作一团的其他所有黑蚂蚁全放在了这个掌控着整座假山命脉的巨大孔穴里。

风水先生老胡又在旧镰般的弦月下咿呀呜呀作他的什么法了。手电筒的光芒缓缓晃动，像一些方位难测的路径，穿梭于云天之间。我和赵一迪站在假山前，将自己严严实实地裹进假山振翅欲飞的吱呀暗影里。

日池里堆满了一颗星锐利的光芒。

月池也一样，堆满了一颗星锐利的光芒。

镰月清瘦。

多少黑色蚂蚁，正不断嘎嘎叩击着硕大而陌生的空隙……

蚂蚁，蚂蚁蚂蚁。

十二

我们被换了一个世界，一个空旷而生涩的世界。

是从一段燃烧的缰绳开始，还是从其他什么时刻、什么地方开始？是从三个摇晃的人影开始？还是从那些雷鸣般的炸裂之声以及其他我们来不及辨识的声音开始？……我们的世界被颠了个个儿，我们的世界为什么被颠了个个儿？我百思了，不得其解。

我和其他蚂蚁们一起，努力打量并艰难地一点点将自己挪入这个陡峭、弯曲、充斥着生土气味的世界中。

瘸腿老蚂蚁在锋利的锄声中死了。遥远的蚁巢和我们此际的世界再已找不到这个黑色的预言者了。那些悬空的预言如何跌落？那些预言，如何把自己的光影撒在预言最为合适的地段上？被铲离旧巢时，我曾经异常艰难地摸了摸瘸腿老蚂蚁苍老、冰凉的尸体，我，好像被它尸体上猝然肿胀的预言之影硌痛了两只虚弱的前腿。

我，扛不走一丝一毫某种微不足道而又始终不懈萦绕在古老蚁巢中的古老预言。

我扛不走过多的伤痛，以及回望。

弯浪乡政府组织编印了一本旅游宣传画册。画册很精美，大气，文字为中英双语对照。封面上，麻河滔滔漫流，而近景则是那座假山——丽日高天下的假山，衬着翠绿的麻河，流光溢彩，很见悄然之韵。

赵理硕副乡长去挂村扶贫去了，时间是两年，前几天刚走。临走前，我在"歪方向盘"酒吧为他饯行，陪他喝了一通。桌上就他和我，他不同意我找其他人陪他。我们喝得挺开心，热闹。喝着喝着，赵理硕副乡长说："小李，我们负责的工程还是干得很漂亮的。别人要找法子弄我下去，我就下去，在哪儿都是干，干什么都是干。但我不是为谁在干，我犯不着！是吧小李。"我使劲将他高高举起的酒杯碰了又碰。赵理硕副乡长和我都喝出了满眼的泪水。

酒吧的老主唱麻小素已经生完孩子回来了。她走过来，也陪着喝了一杯。

麻小素指了指旁边的书架，说："赵领导，你看见没？那本旅游宣传画册封面照片上的假山，好像爬着不少的蚂蚁。"

"是吗？"赵理硕副乡长说。我从书架上拿过画册，细一看，还真是，在假山上，那些微微发黑的痕迹，正是一只只灰暗的浅浅的蚂蚁。

"蚂蚁就蚂蚁，哪块土里没有几只蚂蚁？"赵理硕副乡长说。

麻小素走上台，唱起一支熟悉的歌。我们继续喝着我们的酒。

"好啊唱得好啊！花瓢虫，再来两曲！"赵理硕副乡长站起来，甩手将杯子摇了几圈，冲台上高高喊了一嗓子。

我反复找了不少时辰了。我没有找到画梦师。

我问过其他蚂蚁，它们也没有看到画梦师的影子。

我不知道画梦师是在那天猝然而至的挖掘中死了，还是仍活在遥远的旧巢中，继续画着蚂蚁们有些七零八落的梦境。

我环顾着周遭这个歪斜斜的世界。我们还会做梦吗？我们还会做梦，可已没有一只蚂蚁能画出我们的梦境了。这个宽阔的崭新的粘裹着大量呛人气味的空旷的世界，已注定留不住我们梦想的痕迹。

我追忆着那些画满了蚂蚁们梦境的悠久、漫长的泥壁。我仿佛看见画梦师正倚在泥壁上，打它绵延不休的盹。它，也许会梦见我此刻不断远眺的身影，或者苍茫的脸色。

出了趟差回来，我才知道张继怀乡长也调离了弯浪乡，去县畜牧局任副局长，括弧主持工作。也就是说依旧是正科级，仍然是全县唯一的一个硕士正科级。

"县里在提倡山区畜牧业大数据发展战略，张乡长所学的专业，应该派得上大用场了。"乡政府办公室主任老涂说。

赵一迪在干完所承包的工程后，早缩回县城不见了踪迹。风水先生老胡倒是经常在弯浪乡露面，一方面是来管理管理他的"歪方向盘"酒吧，另一方面也替人看看风水，夹在山水之间，画符烧纸，做些通魔入神之类的闲杂事。

"花瓢虫"乐队的乐声照样升起在夜色中。"小李，喝……你还记得那窝令人吃惊的黑蚂蚁的事吗……喝啊，小李，那些黑蚂蚁，就是假山里游荡的真气。"老胡看着我杯中的酒，说。老胡已半趴在酒桌上了。

麻小素走过来，依然有些袅娜，嚼着半嘴歌声，伸手，在老胡肩背上，拍了又拍。

夜风浩荡，夜风，长满了浓密的须髯。

我站在这座鹰形假山的最高处。山很凉。巍峨的山，好像顶高了某种生涯。谁的生涯？是怎样揪心而无助的抑或让人疑虑的生涯？

星空微斜。我站在山巅。我眺望的远方扇动黑羽。远方在远方翔舞，似乎在揭开一层又一层新的远方。我眺望的远方，漫无边际。

其他的蚂蚁正在做梦。它们将梦见什么？大卷留不住梦境的空旷翻来卷去。画梦师还将在怎样的梦境中游走？它是怎么艰难地凝望我们艰难的梦境的？它还活着吗？隔着这么远的距离，它是否有办法，画出我在假山的孔穴里做出的第一个迷迷糊糊的梦？

我站在假山之巅。假山的巍峨并不虚假。我费了好大的劲才爬到了这么险峻的高处。风很大，须髯飘曳的风，说出我无法说出的遗忘，质询，以及千种凝重的苦乐……

我站在高处，山势穿越嶙峋的骨肉。风很高，我看见无际的天穹中，滑动着无数闪闪烁烁的黑色斑点，那是藏不住自己光亮的蚂蚁吗？

哦，蚂蚁蚂蚁蚂蚁蚂蚁蚂蚁蚂蚁蚂蚁……

黑蚂蚁黑蚂蚁黑蚂蚁黑蚂蚁黑蚂蚁黑蚂蚁……

蚂蚁，黑蚂蚁……

（原载《湖南文学》2019年第8期；《小说选刊》2019年第8期转载；

获第二届禧福祥杯《小说选刊》最受读者欢迎小说奖）

杨芳兰

七街来客

七街像一条准备冬眠的蛇，懒洋洋地匍匐在榕城西北边上。整条街道用光滑的鹅卵石铺就而成，街面中间凸起，两边低凹。下雨后，就算穿着布鞋走在上面也不会湿鞋。店主们在这里不断搬进迁出，没有一个店主能说清七街到底有多少年历史，人行道上的桂花树又是何年何月何人栽种。不过，这些并不影响桂花盛放，一到秋天，会有一股"破鼻的清香"。

"破鼻的清香"是五金店店主何秀丽发明的新词。

别看何秀丽小学毕业，操着地道的熬村口音，却善于发明新词。比如她叔叔的女儿高考后被一所大专院校录取，她又不知道具体是什么学校，她就说她堂妹好厉害，考取了"高专"。我说要么中专，要么大专，没有什么高专矮专。她说，这个你就不懂了，高级的专业就是高专。我说，好吧，高专就高专。

一个秋高气爽的正午，太阳火辣辣地烤着大地，街上看不见一个行人，只有一群麻雀在树上叽叽喳喳叫个没完。

何秀丽说，我们头上有十三只麻雀，六只公的，七只母的。

我说，桂花树叶密密匝匝地挡住我们的视线，连鸟毛都看不见一根，难道你的眼睛有透视功能？再说了，就算你看见了，麻雀都长得灰不溜秋的，还能分出公母？

何秀丽说，这个你就外行了，公的和母的叫声不同，就像公鸭和母鸭一样，公鸭的嗓音是嘶哑的，漂浮的，而母鸭的声音是清脆的，掷地有声的。不信，你仔细听听。

我听了半天，听不出个所以然，但又找不出理由跟她争辩。于是故作惋惜地说，你呀，应该去当动物学家，而不应该当个体户。

我店门前的桂花树下安有两把长椅。吃过中饭后，逛街的人又少得可怜时，树荫下特别凉爽，我们这一排店主都喜欢坐在长椅上闲聊。

"我们这一排"有点夸张了，其实也就是三四个店主而已。其中有批发水果的朱景云，卖五金的何秀丽，卖童装的李洁和卖时装的我。李洁和我一样，大龄女青年，单身。何秀丽三十多岁，嫁的是湖南人，生有一个儿子一个女儿，儿子叫来福，女儿叫多多。何秀丽跟我们闲聊从来不超过二十分钟，就会传来她老公张成德刺耳的怪叫，何秀丽，何秀丽，天天到门口守你妈呀！

张成德不喜欢我们这一排店面的女人，顺便连贵州女人也讨厌。他说，贵州女人又穷又懒又想当老板。我曾经反驳过他，既然那么讨厌贵州女人，为什么偏偏找一个贵州姑娘结婚？他愤愤地总结说，当初是我瞎了眼！

反正他看贵州女人总不顺眼，有一年桂花飘香时，也是服装打折季。在我刚贴出"所有服装半价处理"后，我们这一排店的老板娘就到我店里买衣服。何秀丽也不例外，刚选到一个胸罩，张成德就急匆匆跑到我们门口骂起来：还想收拾打扮勾引野男人？

我望着张成德小声嘟哝道，小气鬼。

尽管张成德不喜欢何秀丽跟我们在一块，但她偏偏喜欢跟我们打成一片。每次娘家人从熬村给她带来什么咸菜、板鸭、腊肉、血豆腐干，总要分成几等份送给我们。但从上次开始我们就不接受了。那一次，何秀丽送我一条腌鱼，刚转身回店面，张成德就追出来，指着我的后脊梁嘀咕，眼睛黑麻麻，只想吃人家！这次何秀丽又送我和朱景云、李洁各一包酸菜和两条豆腐干，我们打死也不接受了。看得出，何秀丽缩回去的手怯怯的，眼睛也红红的。

张成德四十多岁，高中毕业后就到榕城跑转转场。后来经人介绍，跟何秀丽结了婚。跟他一起到榕城做生意的人早起了高楼大厦，而他买一套商品房还欠着十年的房贷。每当别人说起买车买房，张成德立马反驳说，我家女人没见过世面，簸箕大的字也不识几颗，哪能发财致富？何秀丽也不示弱，回他一句，我认不得几颗字却不上当受骗，有些人有文化却被骗得精光。

张成德被骗的事还得从头说起。

何秀丽两口子开店多年，钱是赚了几十万，可是前几年修高速公路时，张成德硬是把整个家当拿出来，跟一个福建老板合资承包一段公路。按照预算下来，工程结束后，就可以赚到一百多万。人算不如天算，就在工程马上要结束时，福建老板酒驾出了车祸，不但自己命丧黄泉，还赔偿三个死者三百多万。张成德跟他合资时都是以朋友兄弟相称，并没签订书面合同。后来张成德找到福建老板的老婆。他老婆说，人死账亡，再说了，他出事后，我的生活费都没了着落。张成德也去咨询过律师，但律师说，你们这是良心账，就算打赢官司，他家也无力偿还你的本金，你还得先上缴律师诉讼代理费。

高速公路竣工后，买建筑材料的人少了，两个人看管一个店面又多余，张成德才到十字路口"好又来宾馆"当起保安。

张成德骂何秀丽没文化，何秀丽说张成德做事不过脑子，谁对谁错？清官难断家务事。

不管谁对谁错，何秀丽每天得早早起来打开店门，整理货物，打扫卫生。有一天中午，何秀丽打包好要送往工地的货物后，才敢停下来歇一会儿。摆在人行道上的夹钳一箱，铁丝五卷，钢钎十根，螺丝钉五盒，抽水机两台……何秀丽又把小件的货物打包成一个大纸箱，然后码成一堆。她用脸帕擦一把汗，端着饭碗，一口饭一口菜地喂进嘴里，不慌不忙地向我们走来。她的下巴一上一下的，还发出"啪嗒啪嗒"的声响。

李洁说，何秀丽，吃小口点，万一一口气上不来，孩子老公都是别人的了。何秀丽也不生气，吃完饭，把碗往身边一放，坐在凳子上又开始了她的演讲。

何秀丽说，好宜家超市的两口子离婚了；金六福珠宝二店在新城区开业了，黄金八折优惠；七街转角处雅兴宾馆转让了，光转让费都十八万；步步高服装超市明天全场半价，内部员工今天已经选好一大堆衣服……这些话题都是我们不太关心的。有时候，何秀丽也讲讲国家大事，比如萨德事件后，韩货在中国的销量直接下滑；香港首富李嘉诚把在中国的资产大量转移国外；过不了几年，我们实体店将全面实现无人售卖的场景，进店的顾客只要眨眨眼睛，银行就会自动扣款，店门就会自动打开……

就这样，何秀丽好像一台智能电脑，不管是榕城的张家长李家短，还是国家大事，好像都无不知晓。我心中一直有个迷，就问，何秀丽，你来七街多少年了？

何秀丽想了想说，我来七街的时候还年轻呢。

我说，现在也不老嘛。

何秀丽说，我十四岁到榕城打工，十六岁来到七街摆地摊，十七岁认识张成德，十八岁嫁给他……李洁性子急，她说，何秀丽，你这经历在城管上班之前能讲吗？

何秀丽从刚开始容易赚钱讲到现在赚钱不容易，整整花了一个小时零十分钟。我还想奚落她，讲这么久的话口渴不？话没出口，一辆写有"城管监察"的皮卡车在她门口戛然而止。

我知道何秀丽最害怕的人来了，她看见城管就像老鼠见了猫，箭一样飞奔过去搬走堆在人行道上的货物。她跑到门口时，皮卡车门已经开了，从副驾驶座位跳出一老一年轻的城管。年轻城管个儿高，鬓角的头发略微秃进去一些，眉毛浓黑而整齐，一双眼睛闪闪有神。就是这样一个人，我却看到他两眼盯着摆放在人行道上的货物露出凶光。

何秀丽和年轻城管打起来了，怎么打的我并不清楚。在我发现皮卡车停在店门口时恰好有对情侣进我店里。等我卖掉一套时装出来，何秀丽已经倒在地上。年轻城管正骑在她的肚子上，用双手按住她的双手。何秀丽的双腿不停地朝天蹬，大声呼喊：强奸了！强奸了！

老城管则用手机站在一旁不慌不忙地摄像，引得围观的人群哄堂大笑。城管跟小贩发生争执我们已经司空见惯，但这种阵势还是第一次目睹。

年轻城管按住她的双手说，人民的眼睛是雪亮的，如果不把你制服在地上，你就用砍刀取我性命对不对？

你少诬赖好人，明明就是你要抢我砍刀，我才追你。何秀丽也不示弱。

怎么说抢呢？你这是占道经营，必须收缴！年轻城管说完又朝围观的人群说，你们不晓得，她是多回多次，才喊她搬走，没多久又摆出来了。

今天你一次都没喊过我。何秀丽分辩说。

难道要天天喊你？年轻城管忍不住问。

不是要你天天喊，今天要货的人多。再说了，顾客一会儿就运走。何秀丽委屈地说。

可能是年轻城管看见这么多人围着看他骑在一个中年妇女身上，有点难为情，就站起来拍拍身上的灰，叫上拍照的老城管上车去了。

车子开走后，围观的人群也没热闹可看，纷纷离开，店门口只剩下何秀丽孤独的背影。

李洁轻声对我说，何秀丽天天要城管喊，喊多回多次不收缴货物才怪。

我说，是啊，这两个可能是新来的，要是以前那帮城管，早把她的货物丢上车了。

朱景云说，何秀丽的店面太小，顾客在里面选货根本转不了身，搬到人行道打包也是没办法的事情。她这么说，好像也有道理。记得何秀丽说过，一个人如果把话放在肚子里，会把肠子沤烂的，那些得了直肠癌的人，就是经常把话憋在肚子发了霉生了疮。她的观点，我不太苟同。她还说了，人多在一起闲聊容易打发时间。这一点我倒是认同，虽然嘴上没说，摆在眼前的事实是，自从有了网购，实体店生意急剧下滑。刚开店那会儿，同行们还说，宁愿做十块钱一天的老板，也不愿意做一百元一天的打工仔。而最近两年，实体店看上去风风光光的样子，但除开高额的房租等各项费用，每个月盘算下来，有时候连店主的工资都保不了。店主们只好转让店面另谋生路。何秀丽就是支付不了高额的房租，去年才把店面分成两半，租半边给张玉兰卖早餐。

不管如何，还能在我门口神侃的店主们，还是能勉强养活自己的。我们喜欢漫无边际地闲聊。当我们感叹实体店太辛苦的时候，何秀丽就会发表长篇大论说，在二十岁前，事业上的成功百分之百靠双手勤劳换来。二十岁至三十岁之间，百分之十靠运气好，百分之九十仍是由勤劳得来。所以，当你起得比鸡早睡得比狗晚的时候，就不要抱怨生活对你不公。

朱景云打了个哈欠说，心灵鸡汤喝多了会中毒的！

朱景云是什么时候加入我们闲聊队伍的呢？还得从八年前她到我隔壁开店说起。

在她到来之前，我们已经习惯看着这家店面不停地贴出门面转让，不停地变换店主。来的人走了，走了的人就像摆脱灾难一样再也不想回来。所以每一个新来的店主，我们都不怎么接触。反正过不了多久，这家店面又会贴出门面转让，又有新的主人。

朱景云和房东谈价格时，我也在一旁。朱景云的老公杨志说，听说前面卖水果的业主就是因为房租太贵，没办法经营下去才搬走的，能不能再少点？房东说，生意各做各，不想要早点讲，还有几个卖手机的等着租呢。杨志看房东口气生硬，就说不要了。朱景云说，我要，只要增加一些经营项目，房租钱自然找回来了。杨志说，反正我在工地打工很忙，也帮不了你，你自己做主吧。

何秀丽以前就说过，租这家店面的第一个人破坏了风水，所以后来的人都做不长。开始我不信，后来目睹十二个店主不停地转让店面后就相信了。

朱景云是第十三个！

朱景云开张的头天下午，我们又在我的店门口聊天。

何秀丽说，开门后第一个顾客非常重要。你说是迷信也好，还是兆头也罢，反正第一个顾客的交易预示着整天的收入。比如，一开店门，就有人拿着一百元买东西，那么整天都是拿一百元来买东西的人，你得准备足够的零钱找零；比如，第一个顾客总是挑三拣四，那么这一天你就得有足够的耐心跟顾客周旋；比如，第一个顾客跟你拌嘴，这一天总是有几个找茬的人；比如，第一个顾客是孕妇，在她走后你得在地上跺三下脚……

虽然我不太相信风水问题一说，但她说得好像又有一定道理。

比如，我确定朱景云开张那天早上要下雨，她不信。一大早，她就固执地把香蕉、梨子、苹果、橘子全部搬到店门口，而且全部是纸箱装的，纸箱下面还不垫木板。

你确定不会下雨？我端着早餐从她门前路过，望着她面前各种各样的水果说。

朱景云对我笑了一下，继续搬她的水果。

何秀丽在旁边喊我，吴学美，还不赶快摆摊，等那些游击队员（我们称流动摊贩叫游击队员）到来就没有摊位了！

得说明一点的是，每逢七街赶场那天，从各个乡镇到七街卖农副产品的人像潮水一样涌来。七街不像新城区那样一律在店内经营，到了赶场天，人行道上还是可以摆农副产品销售卖的，这是政府的惠民政策。一般情况下，在赶场的头天晚上，我们这些店主都会拿几块木板在门前打个记号，因为"游击队员"一旦在你门前交了两元市政管理费，你就是有飞天的本事也别想叫他们搬走。

上午八点多，七街一下子挤满了人，有卖鸡鸭的，也有卖笋子、蕨菜的，还有卖老鼠药和万能胶的。他们刚摆好摊位，市场协管员就拿着两沓票据来了，票据有两元和

465

一元的。卖鸡鸭的收两元，卖蕨菜笋子的收一元。到我门口时，协管员看我只摆了几块木板，就径直向朱景云的摊位走去。朱景云不愿意交摊位费，说是在自家店门口摆摊还要交摊位费？协管员说，你出钱只租店面，门口属于社区。朱景云说，等开张了再来好吗？朱景云不掏钱，协管员就一直站在摊位前不动。没办法，朱景云磨蹭半天才从荷包抠出两元钱递给协管员。

协管员用余光扫朱景云一眼，捡起钱，撕下一张票据一边走一边说，等你开张要到猴子生蛋马生角！

呸！呸！呸！乌鸦嘴！何秀丽出门恰好看见这一幕，望着协管员的背影吐了三泡口水后赶快跑上去跟朱景云说，你赶快朝地上吐三泡口水赶掉晦气。

朱景云说，我才不信这些。

好一个猴子生蛋马生角。连续三个顾客到朱景云店里转一圈就走了，连价钱也不问。第四个顾客倒是开了口，他说要十件苹果，两件香蕉。朱景云朝我抛了一个媚眼，又向何秀丽笑笑。我知道她在用事实证明何秀丽的观点是完全错误的。只见她赶紧搬货到三轮车上，等她堆放整齐，正准备收钱。顾客叫她打开一箱苹果后，整张脸拧成一个疙瘩说，我要九五果，不是八五果，要像饭碗那么大个的。朱景云脸上的笑容立刻失去了弹性，说，刚才你看的就是八五果呀。顾客说，个头太小了，有没有九五果？这笔交易自然没有做成。

第五个顾客来了，朱景云再也没了笑脸。顾客问，有红皮糖心枣吗？朱景云赶紧堆满笑脸说，红皮糖心枣是用硫酸铜浸过的，吃不得，我这里有青枣。顾客瞪她一眼说，我又不是拿去吃的，是拿去卖的，青枣虽然好吃，但没有卖样。顾客转身又走了。

望着顾客远去的背影，我十分同情地望着朱景云说，下回千万莫跟协管员顶嘴了。朱景云问我为什么？我照本宣科地把何秀丽的"经验"说了一遍，又补充说，早上第一个顾客非常重要。你看嘛，一大早，你就给协管员两块钱，不但亏了两块，又没讨到好的口风，所以一早上都没进财。

朱景云感激地点点头。

那天朱景云到十点还没开张，她想买一碗汤粉充饥，但一分钱都没进，怎么能白白花掉六元钱呢？何秀丽看不过去，就约我们这一排店面的人一人买几斤青枣。不吃不知道，味道真不错！在何秀丽发明的"好吃得癫了"的宣传下，朱景云的生意有了起色。她的苹果卖了十斤，香蕉卖了十五斤，青枣卖了一箱。虽然开张了，但离一天的房租费还差得很远。

时间过得真快，转眼间，朱景云到七街有半年了。一天中午，朱景云要去车站叫班车带货到乡镇，叫我帮忙看着点。朱景云刚走，李洁和何秀丽就跑来我门口窃窃私语。

李洁说，真是怪事，每一个接下这间店面的人都说没有生意，而朱景云做了几个月后，她的水果像不要钱一样，顾客都抢着买。说完她用期待的眼神望着我，好像叫我找出原因来。

我不好回答她，因为我也有这个纳闷。倒是何秀丽说了，朱景云天生一副"笑面虎"。何秀丽硬是把朱景云对待每位顾客保持微笑发明成"笑面虎"。她这话说得不厚道，但却非常有道理。

前几天，一个身穿皮草、高绾黄色头发的妇人来到摊位前。妇人看着标价签说，你这哈密瓜八元一斤呀？超市削皮切好的才卖五元一斤。朱景云笑着说，超市五元一斤的哈密瓜我知道，他是有一半坏掉了，切下好的那一半售卖。妇人说，你的哈密瓜也不新鲜。朱景云依旧笑着说，如果是刚摘的就不止八元一斤了。妇人说，六元一斤卖不卖？朱景云依旧笑着说，你品尝一下味道再跟我砍价。说完用小刀切下一小块递给顾客。顾客品尝后心满意足地以八元一斤成交。我问朱景云，她这样刁难你还能面带微笑？朱景云笑笑说，顾客肯定都想以最低的价钱买到最好的货，挑剔一点也在情理之中。

与其说朱景云微笑服务是笑面虎，我更愿意叫她"挣家婆"。我们时常笑朱景云是摔在地上抓把灰，麻雀过路扯匹毛的挣家婆娘。榕城人喜欢吃小吃，特别是夏天，在街上闲逛一圈后，大汗淋漓地蹲在某一棵树荫下吃碗凉冰冰的凉粉，再吃一碗脆生生的腌生，那感觉呀，真是妙不可言。几年后，朱景云看上这个商机，在卖水果的间隙做了一大盆腌莴笋和海带摆在门口卖。

开张卖小吃那大。何秀丽用小碗装着一碗腌莴笋路过我门口说，吴学美，朱景云做的腌生太好吃了，快去她家吃！而这时候，我早闻到何秀丽碗里的鱼腥草和米醋的清香。

过来尝尝？朱景云很客气地在那边喊。于是我跑过去毫不客气地拿出一个小碗挤在桌子边。后来附近的人都跑来吃，过路的人也来吃。五块钱随你吃，盐巴不够自己加，辣椒不够自己添。朱景云一边招呼顾客一边说，有些黑心店家，为了在顾客吃腌生时节省辣椒面，就往里面加入大量碱沙，虽然很辣，也吃不出碱沙的味道，但长期食用，对身体是有害的。还有冰凉粉，有些人往糖水里加入大量甜蜜素……我们第一次从她嘴里知道这个秘密，但自己又懒得动手，还是经常在路边摊解决胃部问题。不知不觉中，中午没顾客的时候，我们不再到我门口闲聊，而是到朱景云店里吃放心小吃。

朱景云，会做冰糖萝卜吗？好想吃哦。

朱景云，会做冰凉粉吗？白糖炒成糖水应该掌握好火候吧。

朱景云，会做杨梅汤吗？

朱景云总是很爽快地答应，但偶尔也显露犹豫的表情。估计是有时候我们提出的榕城美食她没做过，但过了几天，一定会做出来卖给我们先吃。等我们觉得火候到了，就做来卖给其他顾客吃。

何秀丽说，别看朱景云小本经营，小小生意赚大钱。

其实，朱景云身上还流露出七街店主们所没有的特质。我们七街的店主都有一个特点，这特点也不光是说我们老喜欢盯着顾客的钱口袋看，其实世界上所有店主都有这个特点，但我们看顾客钱袋的眼光不一样。到底什么不一样呢？难说，却好辨认。就像一条狗和一只猫的眼神，他们有着完全不同的光芒。猫的眼神是锋利的、富贵的、高傲的，只需用余光扫一下脸，仿佛能把肉划开一条血口子；而狗的眼神呢，则是怜悯的、祈求的，好像要讨好整个世界似的，温顺。狗的眼神就像我们从四面八方涌向七街租赁商铺经营的店主，每天都要讨好地望着顾客，每到上缴房租的时候要讨好地望着房东，深怕一言不合就加房租。而猫就像在七街拥有商铺出租的主人，他们不屑一顾，他们满不在乎，房租想涨就涨，你付不起就搬家走人。

我们这些店主在七街生活多年，但从没把七街当成自己的家。我们知道在这里生活再久，终究还得离开。而朱景云不一样，她不用怜悯的乞求的眼神看顾客的钱袋。接下店面两年后，就像自己买的店面一样，不但在店门口养了两盆"一帆风顺"，还从集市上买来一只大花猫。何秀丽说：真是的，整天看店，忙得上厕所都没空扎裤子，还有闲情伺候一只猫。

何秀丽的女儿多多五岁后才从乡下接到七街上幼儿园。放学后，就在自家店门口玩。每隔半小时，何秀丽都要跑到我门口问一下，多多在你家吗？如果不在我家，她又会在门口大声呼喊，多多，多多，快来屋！多多，多多，别乱摸李阿姨家的玩具啊……李洁开的是童装店，顺便进了一些玩具，挂在橱窗上的白雪公主和芭比娃娃足够多多眼馋半小时。多多几次想伸手去摸，都被李洁制止了。

刚到七街的多多老实、安静。到七街生活半年后，或许是对环境熟悉起来，骨子里开始不安分了。不但好动，而且好动得要命。多多整天在门口疯跑，跑一阵后又突然来一个急转弯拐进朱景云店里，用左手摸摸这样，动动那样。为什么不用右手？因为右手的拇指永远含在嘴里被口水泡着。何秀丽说，多多爱吃拇指的习惯都是她外婆惯出的毛病。朱景云说，你可以纠正她这个毛病，吃大拇指不卫生，还影响手指发育。何秀丽说，她不吃拇指就睡不着，我白天累得要命，晚上哪有闲情哄她？

多多每次跑进朱景云店里，朱景云总会拿水果给多多吃，多多吃完后喜欢到处跑，朱景云大声叫她别乱跑，可她偏要跑。朱景云站起来，用力把她的大拇指从嘴里抽出来，她就不跑了。等朱景云刚坐下，她又继续把大拇指放进嘴里，摇头晃脑手舞足蹈起来，有时候甚至爬到高高的果筐上。朱景云害怕她把果筐弄倒，不但水果甩得乱七八糟，人也会受伤。没办法，朱景云只好找一根香蕉给多多吃。多多吃香蕉的时候果然不含大拇指也不动了。一般小孩子吃香蕉是一口一口慢慢吃，她是把一个香蕉分成两节，一节一节香蕉全部灌进嘴巴，很快就把香蕉吞完。总之，多多不会安安静静坐下来，吃完香蕉又满店子疯撞，还把货架碰得"丁零当啷"不停地摇晃。朱景云几次想抓她都抓不住。只好大喝一声，莫跑！趁她发傻那一秒，迅速冲过去，一把抱住她。多多"哇"地大哭起来，边哭边喊，妈妈！妈妈！朱景云伸出脖子朝何秀丽店里望一眼，何秀丽正忙着招呼顾客，没空理多多。

趁她哭得稀里哗啦没时间乱动时，朱景云迅速拿出一支笔，在她手腕上画手镯。在她画手镯时，多多睁开眼睛看她画一下，又闭着眼睛哭一下，时不时又说，帮我画好看点，要像你戴的手镯一样好看。等朱景云画完她还接着哭，直到哭得心满意足，才站起身，用衣袖抹干眼泪说，哭累了，不想哭了。这时朱景云往往装作没看见她，她又一蹦一跳回家去了。

那是一个秋末的傍晚，下了一场绵绵细雨。累得腰酸背疼的何秀丽嫌弃多多写字太丑，用她的话来说写得就像鸡抓的一样。她抄起一根细木条追着多多打。多多飞快地跑到朱景云家门口，"哧溜哧溜"爬上桂花树，还对着何秀丽做鬼脸。何秀丽搬来人字梯，企图爬上桂花树把多多抓下来。

突然，身后传来一声，好鼓不用重锤敲！

不用看，我们知道是朱景云出来了，这是她的口头禅。朱景云的儿子读书争气，从小学到初中，再到重点高中，从来不用她操半点心。每年发成绩单时，朱景云总会把她儿子的奖状晒在朋友圈里，引来大家满屏点赞。

何秀丽听到朱景云说话，掉头就回屋打扫卫生去了。何秀丽的大儿子来福也不争气，头两年在游戏厅跟别人打架，结果把一个人捅成重伤，不但赔偿人家十一万，还把自己弄进了监狱。朱景云事后跟我们聊天说，孩子教育不好就等同于耗子养崽——替猫挣账。虽然是闲聊，但何秀丽认为朱景云在指桑骂槐。就因为这句话，我们聊天的时候，只要朱景云一出现，何秀丽就借故有事回店里。

朱景云出来后，多多躲过一劫。等何秀丽回到店门口，多多才"哧溜"一下跳下树来，对着朱景云双手抱拳说了声，谢过恩人！留下一串笑声，跑了。

一天早晨，何秀丽要去工地送货，叫我站在门口帮忙看一下店面。

我们七街的店主都是这样，隔壁邻居要上个公共厕所，接送货物，就叫旁边的店主帮忙看一下。如果旁边的店子来了顾客，又叫旁边的旁边店主帮忙看一下。

何秀丽刚走，朱景云就慢悠悠地拿一个石榴向我走来，掰开，递给我半边，问，吃早餐了吗？我接过石榴，一边吃，一边忙在手机上看《锵锵三人行之许子东俄罗斯行记》，没空跟她搭话。

朱景云说，吴学美，你咋不说话啦？你不要学何秀丽，跟她讲话用鼻子应人。

我说，那是你跟她之间的恩怨，她跟我们可不这样。

其实我知道朱景云跟何秀丽之间的恩怨进一步加深，是在去年冬天。当时何秀丽隔开半边店面出租，朱景云就叫她表妹张玉兰接下来开了一家早餐店，后来早餐店没生意，张玉兰就改行卖五金。何秀丽嘴上不说，但肚子憋着一股气。有一次何秀丽对我说，张玉兰改行卖五金，肯定是朱景云怂恿的，因为我只告诉过朱景云，五金不像卖早餐，一天只要有卖两台电动机，也够一天的房租钱。你想想，小小的七街，相当于以前是一个人吃一个油炸粑勉强能吃饱，现在是两个人来分着吃，肯定挨饿了。

随着何秀丽送货回来，朱景云立刻把窃窃私语变成大声的说话，你吃早餐了没？我刚想分辩说，不是刚跟你说没吃吗？恰好有个顾客要买香蕉，她像一阵风地飘走了。

我刚回店里一会儿，就滴滴答答下起雨来。

门前的桂花被着雨滴沾湿后，显得楚楚可怜。几朵桂花带着对大地的思念，对新世界的向往，毅然从枝头飘下。我正望着门前飘落的桂花发愣，朱景云在门口叫我，吴学美，吴学美，快出来一下，何秀丽和张玉兰打起来了！

啊！怎么搞的？刚才不好好的吗？来不及多想，赶紧往门口跑。

只见何秀丽骑在张玉兰身上，一只手揪住她的头发，一个耳光就向张玉兰脸上扇去。我挤进去恰好看到这一幕。

你这个杂种，一回又一回抢我生意，这回还有本事到我门口拉客！何秀丽按住张玉兰的脸又是一巴掌，然后用双手按住张玉兰的脑袋。张玉兰呢，瘦弱的躯体，何秀丽一百五十斤的体重压在身上她根本动弹不得。她的哀号就从地上往上蹿，明明是你的顾客心甘情愿跑到我店里来，怎么是我抢你生意？你还骂我娘，难道你没有娘？你是从岩石缝炸出来的吗？两人僵持半天，何秀丽根本没有放张玉兰起来的意思。

张玉兰哀嚎着说，你打吧，打死我吧，你这个狗日的，反正老子活够了！

何秀丽说，你才是狗日的，你家祖祖辈辈都是狗日的！何秀丽骂完，又朝张玉兰脸上扇了一巴掌。

好啦！好啦！远亲不如近邻，不要发那么大火气，赶快放了！我和朱景云伸手去拉何秀丽的胳膊。在一旁观战的李洁也赶紧上前扯起张玉兰的衣袖，张玉兰顺势站起来。两人正准备清理凌乱不堪的现场，警车就来了。三个警察手捏警棍，后面一个警察迅速打开执法记录仪。拿执法记录仪的警察我认识，是我高中同学宋嘉。

干什么？谁在打架？宋嘉问我。

张玉兰不作声，何秀丽好像有点害怕，朝我使个眼色，意思叫我跟宋嘉说说。

去年宋嘉请我吃消夜，我知道宋嘉还想追求我，为了避免麻烦，我还特意叫何秀丽跟我一块赴宴，所以何秀丽也认识他。眼看着他们两家的货物铺满人行道，一时半会也理不清楚。我赶紧说，既然双方都没什么大碍，能不能就地帮他们调解？宋嘉看到满地的夹钳、螺丝钉和铁铲，两个女人都没人帮忙看店。宋嘉就心平气和地说，生意各做各，抢什么顾客呢？你看，你们两个打架后，顾客跑了不说，还影响社会治安。

跑了算屎！张玉兰说。

宋嘉说，你们店里卖的都是相同货物，收拾这一摊子还会再有争执。

我家的生产厂家跟她家的不一样。何秀丽说。

我家的货物我晓得。张玉兰赶紧补充。

宋嘉看我一眼，我向他点点头。宋嘉就对何秀丽说，好吧，只要你们不再打架，你们赶快收拾吧。

何秀丽和张玉兰弓腰捡地上的货物，我们也分不清他们两家的货物谁是谁家的，只有站在一边看。

何秀丽捡起一把铁铲在眼前晃了一下，那把铁铲锈迹斑斑，看不清厂家，只能放在眼前仔细辨认。

是我家的，你摸什么摸？张玉兰一把抢过何秀丽手里的铁铲放进箩筐里，过后又觉得不对劲，再次捡起来仔细辨认一下说：不是我的！轻轻放在地上。

何秀丽没有理她，而是继续捡地上的螺丝钉和铁铲。所有的工具收拾停当，最后只剩下那个无法确认主人的铁铲孤零零地躺在地上。张玉兰不要，何秀丽也不捡。最后那把铁铲是朱景云捡起来的。她说，正缺一个铁铲铲垃圾，你们不要，我捡。

天气逐渐转暖了，一场春雨过后，七街的桂花树渐渐地抽出嫩红的新芽，像一朵朵红花开放在方绿丛中。而街道上却静悄悄的，偶尔有三两个行人路过，也是匆忙赶路，很少有人进我们店子购物。

何秀丽坐在我门前的凳子上，望着蔚蓝的天空文绉绉地说，如果春天不用来憧憬些什么，期待些什么，好像春天就白白浪费了。或许是我们都在低头看手机，没空搭理她。又或许是天天听她那些陈芝麻烂骨头的心灵鸡汤，耳朵起老茧了。

你们知道一把手吗？李洁故意岔开话题。

一把手？他怎么了？何秀丽好像对这个话题感兴趣。

就是街头拐弯处打印店的老板，以前是搞采石场的，结果炸石头的时候把一只手炸没了那个。

她这么一说，我终于想起来。我说，是不是常年戴一副墨镜骑个摩托车那个？

何秀丽说，对对对，戴一副"狗屎眼镜"。

何秀丽硬是把墨镜发明成"狗屎眼镜"。

李洁说，他呀，只剩下一只手，赚钱却厉害。人们就给他起了个外号叫"一把手"。他这人好像从来没脾气，还笑嘻嘻地说，老子一只手比你们一对手赚钱多！

这人肚量真大，他怎么了？我问。

七街都炸开锅了你还不晓得？李洁说。

到底是什么事啊？我问。

他上个礼拜打麻将赢了二十八万！

赌博赌博，越赌越薄，就算赢一座金山银山也不羡慕。我毫无表情地说。

这个你就不晓得了，他赢一回大的后，大家又喊他打，结果他把赢到的钱买了一辆前四后八的二手大货车，再也不赌了。这年头，猫奸诈，耗子也狡猾。李洁又补充说。

说者无意，听者有心，何秀丽却把这件事听进了耳朵。

第二天吃过早饭，何秀丽就找到我说，我们也去打几盘麻将试试手气？

我说，天上不会掉馅饼，再说了，即使掉馅饼，天空那么宽广，我们那一张小嘴巴哪能接住？

何秀丽说，做什么生意没风险？难道你刚开店时就预计到百分之百赚钱？你不愿意去，我自己去！

七街五百米长的街道，八十多家店面，二十几家店面有自动麻将桌。这条街跟其他街道一样，打麻将的有男有女，有老有少。当然没有小孩子，因为他们还在上学。别看开店的人都没什么文化，但他们却希望自己的孩子好好上学，绝对不准孩子站在麻将桌边观看。

一般在吃过中饭后，有麻将的店家就把麻将桌往店门口一摆，店主们听到自动洗麻将的声音，纷纷要了钱包，锁了抽屉，摇摇摆摆到麻将桌边找寻最佳方位去了。

街上静悄悄的，除了偶尔车子过路的声音，就是麻将声。我喜欢这样的寂静，因为大部分同行都打麻将或看打麻将去了，而我独守店面，我就有可能多做一笔交易。

那天我好不容易卖掉一条裤子，刚到门口伸一个懒腰，就看见何秀丽把铁铲往摊位上一丢说，十块钱一把？哪有这样便宜的铁铲呢？而何秀丽的对面，不断有人在喊，何秀丽，快点，你点炮了！何秀丽头也不抬地说，先帮我起牌！她又对着眼前的男子大为不满地说，隔壁卖十五元一把，我十二元卖给你还要讲价。那男子还在犹犹豫豫，半天不见掏钱，何秀丽慌乱地望着对面麻将桌上的三缺一，怒气冲冲地说，走吧走吧，不卖了！

当霓虹灯一盏一盏地亮起来，家家户户门口的路灯也全开了。一个人说，天黑了，该吃饭了。何秀丽的脸却阴沉沉的，好像有人借她大米还了老糠。围观的人都回去做饭或吃饭了，麻将桌上只剩下三个人。何秀丽说，哪个借我五百块？一个老板娘说，都散伙了，还借钱搞哪样？我们都知道，何秀丽为了不被张成德责骂，每次输光了钱，就跟别人借一些放在钱柜里。等张成德回到家里就告诉他赢了不少钱。何秀丽开始打麻将时，张成德是非常反感的。但何秀丽说，我经常都是赢钱，很少输钱的。

张成德曾经说过，七街女人又穷又懒又想当老板。但转而想想，其实我们七街的女人并不懒惰，打麻将消磨时间只是为了排解心中的苦闷罢了。比如何秀丽投资失败后，又努力赚到十几万，却鬼使神差地在开发区付个首付买了一套按揭商品房。现在银行本金和利息每个月扣着走，少一分钱银行就要来拍卖房子。一想到银行贷款就像无底洞，何秀丽心里就一阵难受。何秀丽在七街近二十年，却没几个朋友，逢人就说天下乌鸦一般黑，人心隔肚皮。我们在一起时，她说我们才是她最好的朋友。但我知道，起码我不是她真正的朋友。她跟我借钱几回，我一次也没有借给她。

我站在门前望着她弓背收摊的背影发了一会儿傻，突然想起她的女儿多多马上要去补习英语了，而她家晚饭还没做好，张成德回来后肯定要揍她一顿。

我打算走过去叫多多来我这里吃饭，好去家教老师那里补习。刚走到她门口，何秀丽就惊惊惶惶地从地上捡起一张票据放进围兜里。

又去买六合彩了吧？我问。

何秀丽说，没有呀，你可冤枉我了。

何秀丽上次因为打麻将输钱被张成德毒打一顿后，发誓从哪里跌倒还得从哪里爬起来，开始爱上买六合彩。身上有十块就买十块钱的，有两百块就买两百块钱的。张成德发现后，每天夜晚都会来店子一趟，把百元大钞收起来，只留下部分小票找零。开始她在七街买六合彩，又怕有人传话到张成德耳朵，干脆跑到新城区买。

我说，你拿我当傻子呀，早上明明看到你从卖六合彩的赵瘸子家出来。

何秀丽说，唉，你都知道了，我也不想瞒你，其实我也是想狠狠赚一笔，哪晓得烂泥巴搬桩——越陷越深。今天买最后一次，如果下回还看见我买，随便你们怎么骂我。

我说，骂你？张成德打你两次了都不长记性。

何秀丽说，我知道错了，吴学美，以后再也不买了，你千万别告诉张成德。

我说，你回头看看，七街除了"一把手"发了点小财，有谁是靠赌博发财的？我那里还有饭菜，叫多多吃了去学校。我抬手看了看表，都六点三十分了，饭都没煮。

多多，多多，先去阿姨家吃饭！何秀丽朝她店里大声叫唤，回头又对我说，你看，多多天天到你家蹭饭，我的脸都不晓得往哪里搁了。

多多吃过饭背着书包上学去了，何秀丽关好店门却来到我门口站着不走。

有什么事？我问。

其实也没什么事，就是想，想跟你借点钱。何秀丽支支吾吾地。

听说你上次借李洁的五百块都还没还，怎么又借？我的脸上明显有了阴云。

何秀丽说，这次不是我母亲生病，是我大哥的儿子要用钱。我大哥的儿子你应该认识，经常用面包车帮我送货那个。昨天散场过后，他用那辆面包车载客，被运管的抓了。开始说公了罚款五千，后来我托人讲好话，答应私了罚款三千，但必须在上班前缴清。现在他手头只有两千二，还差八百。你看，人还站在我大门口等着呢。我抬头望去，那个瘦瘦的小伙子果然站在她门前朝这边张望。

我说，八百块钱，按道理来说不多，当妹的愿意借你一回。但你娘家三天两头问你要钱，而你生意又不景气，张成德又把钱卡得死死的，这样偷偷摸摸拿给娘家人总不是办法呀。你得跟娘家人明说，你没有这个能力。

嗯，谢谢你，你对我的好都记在心里了，下个月就想办法还你。

我说，不急，哪时方便了再说。

何秀丽得钱后，关了店门，带她侄儿去运管所办手续了。刚走一会儿，李洁就跑到我门口神秘地问，你知道姚美桃吗？

姚美桃？这名字有点耳熟。

就是张成德打工的那家好又来宾馆老板娘，戴个金丝边眼镜，总喜欢穿长裙，看上去蛮有文化的那个。

你这么一说，我想起来了，是不是屁股好大，生下一对双胞胎的那个女人？

没错，她就是姚美桃。一起做伴的姐妹给她起了个外号叫"大屁股"，她也不生气，还笑嘻嘻地说，屁股大才好，坐着四平八稳。

我问，这人有点意思，她怎么了？

李洁说，我跟你说了，千万不要外传，更不要像何秀丽那样到处广播。

我说，说什么呢，你还不相信我吗？什么话传到我这里就等于烂在肚子里了，快说吧，姚美桃怎么了？

姚美桃的老公你知道吧？做木材生意的，十天半月回家一趟。每次回来就像住宾馆似的，天黑才进屋，天亮又出门。

她老公我见过，有一次两口子还到我店里买过衣服，人长得五大三粗的。我说。

对，就是那个忠厚老实的男人让姚美桃给戴绿帽子了。

快拣要紧的说，她是怎么给男人戴绿帽子的？

这事说起来有点像王大妈的裹脚，你认识香满屋饭店老板娘李迎春吗？

我说，废话，她经常到我店里买衣服，最爱穿旗袍，就在姚美桃隔壁，谁不认识？

对，这事就是从她嘴里传出来的。她说，有一天清早，五六点钟的样子，她觉得头疼厉害，睡不着，就拿了一躺椅在天井躺一会儿。刚把躺椅摊开，就听到隔壁天井传来嗯嗯啊啊的声音。开始以为是放碟片，但仔细一听，竟是姚美桃的呻吟。那个呻吟真叫嗨啊，就像抠脚气那种嗨。她听了半天，又感觉不对劲，明明头天晚上姚美桃的老公才押了两车木材去东莞，就算是到了东莞立刻交货，最少也要第三天才能到家。可是她老公不在家，姚美桃又是跟谁嗨呢？李迎春很好奇，就找了一架梯子爬上墙头。

李迎春爬过去捉奸了？我问。

没有，李迎春又不傻，翻过去不是明摆着狗拿耗子多管闲事吗？她就爬上墙头屏住呼吸偷听而已。大约过了二十分钟，声音停止了。又大约过了五分钟，听到有开门声响，李迎春赶紧勾头，差点就掉下楼梯来。

快说，她看到什么了？我迫不及待地问。

李洁左顾右盼一下，确定周围没人后，才附在我耳朵边说，她看到张成德了。张成德探出半个脑袋朝外望，确认外面没人后，才慌慌张张地从房间出来。这个李迎春也是，看见装瞎听见装聋就行了嘛，硬是把这个消息告诉了何秀丽。

啊！就何秀丽那脾气，岂不把姚美桃五马分尸？我立刻张大了嘴巴。

呵呵，你可小看何秀丽了，有句俗话怎么说来着？对，叫狗咬吕洞宾不识好人心，何秀丽不但不找姚美桃的麻烦，还倒打李迎春一耙。

怎么倒打一耙的？你接着说，我不再插嘴了。

何秀丽跟李迎春说，张成德是个本分男人，人是长得帅了一点，但长得帅不等于就是好色之徒。何秀丽还说，张成德平时是爱骂她，偶尔也打她，但也是为了不让自己犯下不可挽回的错误。上次孩子的外婆病重，张成德二话不说，就包了一辆面包车跑到乡下把老人接到榕城医院住了半个月，直到吃得跑得才送回乡下。就算是亲生儿子，也只能做到这个份上吧。她姚美桃算哪棵葱，不论干体力活还是床上功夫，跟我就没有可比性。我知道姚美桃请张成德当保安，平日里对张成德是挤眉弄眼，但张成德从来就没拿正眼瞧过她。何秀丽还红着脸附在李迎春的耳朵边说，每次跟张成德做那事，都要半小时以上，弄得两人都不知道天上人间。所以，张成德是绝对不会跟别的女人有任何不正当关系的，一定是李迎春想破坏他们夫妻关系才胡说八道。李迎春碰了一鼻子灰，临走时说，好心没得好报，好泥巴打不了好灶，算我多管闲事。

到底姚美桃有没有给她老公戴绿帽子呢？我忍不住又打岔。

李洁说，这样说吧，姚美桃的老公根本就没有生育能力。他们结婚十年都没有一男半女。后来张成德到她宾馆打工，才半年时间，姚美桃的肚子就大起来了。你认真看姚美桃那对双胞胎儿子，眼睛、鼻子、嘴巴、眉毛，哪一点不像张成德？

李洁还说，虽然何秀丽想离婚，但一想到两个孩子，就想尽一切办法挽留张成德。你有没有发现？最近一年，何秀丽不但爱收拾打扮，还把头发烫成了大波浪？尽管何秀丽使尽浑身解数，张成德好得几天又原形毕露，甚至几天都不回家。就在去年年底，她还给张成德吃了黏黏药呢？

黏黏药是什么药？我好奇地问。

黏黏药就是爱药，是乡村青年男女为了赢取对方的爱慕而使用的一种草药。假如一个男孩痴迷地爱上一个女孩，或女孩痴迷地爱上男孩，而对方却不理不睬，毫不动心，一方就可以采取极端手段来争取对方的爱慕。这种争取不是强行抢夺或者加害对方，而是用一种草药想办法让对方服下，对方就会死心塌地跟着爱慕他的人。

真有这么神奇吗？我问。

　　当然有了。那天我店里灯泡开关坏了，我去买一个。开始到张玉兰那里买，没有，才跑到何秀丽家看看。她店里空空的，我就进里间去喊她。听见有响动，她慌乱地把一把干草放在身后。回头看见是我，很快又恢复平静。何秀丽悄声对我说，你千万别跟任何人说。何秀丽嘱咐我不要跟任何人说，一下子让我有了戒备之心。我猜她肯定是在做什么见不得人的事情，要不然不会这么慌乱，连脸色都有点煞白了。我问，你搞什么名堂？想谋财害命？她不肯讲。她越是不讲，我越是好奇。我说，你不讲，我就告诉别人。何秀丽把我拉到外面望了一眼，确认没有其他人后，又才把我拉进里间悄悄地讲，张成德不要我了，打算跟我离婚，她说房子归我，多多归我。要是我们离婚了，多多怎么办？把这个黏黏药给他吃了，他就会回心转意。一听说张成德主动提出离婚，我说，离了的好，他有外心，还经常打你骂你，有什么好留念的？何秀丽说，你不懂，男人再不好，也是家里顶梁柱。何秀丽说得有理，就像我，什么灯泡坏了，风扇不转了，厕所堵塞了，找一个人来修理比登天还难。我理解没男人在身边的苦衷，就不再言语，而是主动帮何秀丽抖落干草上的果实。

　　张成德吃了黏黏药没有？我迫不及待地问。

　　李洁说，你莫急嘛，倒杯水给我喝再跟你讲。

　　我赶紧给李洁倒了一杯水，看着她咕咚咕咚喝水的样子，仿佛看到张成德喝下那杯黏黏药。

　　李洁继续讲，幸好，幸好张成德没发现，吃了黏黏药后果然回心转意，再也不跟姚美桃来往了。

　　我说，"好又来"宾馆不是转让出去了吗？姚美桃一家也搬走了嘛。

　　李洁说，是啊，姚美桃的老公可能发现了什么蛛丝马迹，就把宾馆转让出去，听说是到省城开饭店去了，张成德跟她断了联系，才到"侗乡情"宾馆打工的。

　　天气逐渐转凉了，一阵秋风吹过，桂花好似一只只金色的蝴蝶，又好似一条条金色的彩带，缠绵地飘呀飘，飘到了地上。何秀丽店里全是夹钳、扳手和钢钎，门口是坚硬的花岗岩路和花台，花台里有许多凋谢的桂花。多多喜欢捡拾地上的桂花，这些凋谢的桂花足可以让她玩一整天。何秀丽要理货、卖货，没空管她。多多抱出一个纸箱放在人行道上后，再一阵小跑找来一块纸板盖在纸箱上。她把捡来的桂花整整齐齐地堆在纸板上，又从地上捡几片落叶放在衣兜里当钞票，然后静静地坐着。坐一会儿突然站起来问，老板，买电动机呀？老板买铁丝呀？哦，你要八斤？好嘞！老板，您慢走……在她表演客来客往的过程中，若是发现又有新鲜的桂花落在地上，她会立刻跑过去捡起来。总之，没有一刻是闲下来的时候。这一套，完全是跟她母亲何秀丽学来的。

　　今天多多穿着一套粉红连衣裙，学着大人的模样，拿一根凳子放在人行道边，还跷起二郎腿，好不悠闲。看到我在后面给她录抖音，她朝我做个鬼脸，水灵灵的大眼睛在圆脸上顽皮地眨巴着，鼻子有些上翘，显露出一副淘气相。

拍好视频，我店里就来了顾客。就在顾客付款时，突然外面传来一声刺耳的尖叫。我惊恐地回头一看，一辆无牌电动三轮车正疾驰而去，多多倒在马路上一动不动。我大呼一声，不好！我来不及收钱，赶快奔向多多。与此同时，何秀丽也发现了多多。她来不及关门，招手叫了一辆的士抱起多多就朝医院跑。我赶紧帮她收摊、关店门，又把自家卷闸门拉下来后，才赶到医院。

你怎么来了？耽搁你生意哟。何秀丽站在抢救室外，抱歉地说。

经过四小时抢救，多多保住了命，但半边身子无法挪动。她的脸色苍白，在病床上安静地躺着，医生说等麻药失效后她就会非常痛苦。张成德气得在病床前转圈圈，大声责骂何秀丽，连一个小娃娃都看不好，你还有什么用处！如果多多有个三长两短，这辈子咱们算到头了。

何秀丽愧疚地望着张成德。为了打破僵局，我问，你们饿不饿？我去买点东西给你们吃？没等何秀丽回答，我就一溜烟跑出病房。刚走出医院门口，朱景云就端着一个竹篮匆匆赶来。我问她端的是什么，她说给多多炖了一碗筒子骨稀饭，还给你和何秀丽炒了肉末酸菜盖饭。

我和朱景云一起转回医院大门，一辆救护车在我们面前戛然而止，一个男子躺在担架上，被四个护士从救护车上抬下来，急匆匆奔往抢救室；走到电梯门口，一个躺在推车上，全身裹紧白床单的人被一群嚎哭的女人连拽带拽地塞进早停在门前的一辆面包车上。他们的身影是那么匆忙，那么孤独，那么无助。朱景云说，医院就是每天有人睁着眼睛进来，又有人闭着眼睛出去的地方。她说的意思我能明白，医院就是一道鬼门关。

我们一起走回病房时，病床边没人，只有多多躺在病床上。

多多，阿姨给你炖了筒子骨粥。朱景云站在床前自言自语地说。

何秀丽闻声从卫生间出来，连声说谢谢，伸手接过稀粥，又小声地说，医生说多多头颅和右大腿骨折，光手术和材料费就要五万，一年以后还要拆钢板，又要一笔钱。说完，何秀丽突然大哭起来。她说，唉，今年村里喊我缴纳农村合作医疗保险，我硬是犟着不肯缴纳，还跟村支书吵架，莫非这是老天对我的惩罚？何秀丽用餐巾纸擦了一下眼角又说，去年和前年我都缴的，但一直不出事，今年不缴就出事了，你们说怪不怪？

不怪，人生三节草，不知哪节好，更不知道哪天会出什么意外，以后不要再可惜那点小钱。朱景云平静地说。

唉——何秀丽又叹了一口气。

做那么多年生意，一点积蓄都没有吗？我问何秀丽。

没有，每月销售收入除开生活费还不够偿还银行贷款。医生说今天交的五千块钱照CT和X片已经全部花完，明天就得交上所有欠款，要不然医院不给输液。

我说，找肇事司机出一部分。

何秀丽说，我们七街是老城区，又没有摄像头，根本看不清司机长什么样。

我问，娘家的亲戚呢？能借到钱吗？

何秀丽说，你都看到了，他们比我更困难。

朱景云沉默很久之后突然说，救人要紧，这样吧，我借给你五万。

五万？我和何秀丽听到这个数字都惊呆了。明摆着借钱给多多治病就是老虎借猪，三五年之内根本没有还钱的可能。更何况，何秀丽这两年就没给朱景云好脸色看过，朱景云凭什么帮她？

何秀丽也看到我的惊讶。她说，朱景云，谢谢你的好心，你本来也不富裕，孩子又马上上大学。再说了，即使你答应，你家杨志绝对不会答应的。

我摸摸朱景云的脑门说，你脑子没发烧吧？

朱景云说，我清醒得很。

天气逐渐转凉了，进入深秋过后，七街骤然变冷，店主们都躲在店里，只有不怕寒冷的桂花树还矗立在秋风中瑟瑟发抖。

一大早，我打开店门，像以往一样准备清扫地上的落叶。一阵异香扑鼻而来，我打了一个喷嚏，桂花的香味？我就惊讶了，桂花不是凋谢了吗？怎么还会有如此浓香？我不由自主地抬头望着头顶的桂花树，灰扑扑的枝叶在寒风中左摇右晃，哪里有花的影子？就在我纳闷之际，突然看到朱景云端着一杯热茶朝我走来。我心头为之一颤，桂花茶？

朱景云喝完茶后，又拿起扫把在她门前清扫地上的落叶说，唉——

我问，大清早的怎么没头没尾地叹气？

朱景云说，多多住院快两个月了，也不知道还要多少钱……

我说，昨天何秀丽说了，你垫付的医药费等她卖掉新城区的房子就还你。

朱景云说，亏你还是我朋友，我是记挂那点医药费吗？我是说，多多一直没出院，什么时候是个头！

我说，多多不会真得白血病吧？

呸，乌鸦嘴！朱景云朝地上吐了一泡口水。

我赶紧拍自己两巴掌说，瞧我这乌鸦嘴！

朱景云拿起扫把，哗哗地扫除地上的落叶。突然间，起风了，她握着扫把追那些被风刮跑的树叶。我站在门口呆呆地望着她。一会儿，风停了，她用撮箕去装那些树叶。可风儿好像故意跟她嬉戏，又把树叶卷起来，朱景云赶紧用扫把盖住。风越来越大，就像鼓风机，把刚堆放在一起的树叶吹得七零八落。朱景云不断地清扫，然后不断被吹乱，不停地清扫……我突然发现朱景云从不离身的首饰不见了，就大声地问她，你的金手镯呢？你的金戒指呢？你的金项链呢？

朱景云以前告诉过我，她戴的首饰是跟杨志结婚时婆婆传给她的，她非常珍惜。但来到城里打工后一直居无定所，放在出租屋里又怕小偷偷走，就一直戴在手上，连睡觉都戴着，也就戴成一种习惯。

朱景云说，它天天跟我干活累得很，让它们休息一段时间。朱景云笑着把挽起的衣袖放下来，又哗哗地扫落叶，表示不戴手镯更灵活好动。杨志恰好从工地回来，一眼就发现朱景云的手腕空空的，于是盯着朱景云问，你的首饰呢？到底放在哪儿了？朱景云被杨志瞪得浑身发抖，将扫把放在门边说，救多多要紧。转身进店去了。

杨志一下失去控制，抓起朱景云的手大声质问，朱景云呀朱景云，这些首饰是我祖上传下来的，已经传了八代，你竟然把它卖了去救一个外人。你神经有问题了？你打肿瘦脸充胖子？你叫花子可怜官？你十个手指朝外撇？……杨志是干体力活的，肺活量大，时断时续骂到下午。天黑时，七街的店主们都知道朱景云"神经有问题"了。

杨志骂累了就躺在床上睡觉。朱景云做好饭，他也不肯起来吃。朱景云再喊两次，他便气呼呼地夺门而去。这一去就是三天三夜不回来。

第四天中午，朱景云炒了两个荤菜，带上两瓶一斤装二锅头，关了店门，到工地找杨志。杨志端着碗，正蹲在桌子边吃饭。工友们看见朱景云到来，就开玩笑说，隔圈两晚都舍不得呀？杨志气呼呼地对工友们说，滚一边去！工友们只好灰溜溜地一哄而散。

朱景云颇为感慨地说，我知道把家传的首饰当了不对，但我又找不到更好的办法。我已经跟当铺签订合同，等以后赚到了钱，就把这些首饰赎回来。我知道你在工地打工赚不了多少钱，儿子马上又要上大学，我们家也急需用钱。但我觉得钱没了可以再赚，人没了就回不来了。有一件事在我心里隐藏八年了，不管你原谅不原谅我，今天必须告诉你。

什么？杨志惊诧得瞪大了眼睛。好你个朱景云，你还有什么事隐藏我八年？

朱景云示意杨志说话小声点。等杨志蹲下来，朱景云说，来，咱们喝个痛快。

杨志定定地望向朱景云，一脸茫然，不相信平时滴酒不沾的朱景云会大口喝酒。

朱景云一边喝酒一边说，我们的女儿超超不是在工地走丢的，而是在七街走丢的。当时正是桂花盛开时，我到这间店里买水果，超超看见门前满地的桂花，就蹲在地上捡花瓣玩。等我付钱回头，超超就像变魔术一样在眼皮底下消失了。我不知道超超是被人抱走的，还是自己走远了，我发疯地喊叫，就是没有超超的身影。多少年了，总是听到超超在呼唤妈妈，这种呼唤一直在我耳畔回荡。可是我又分辨不清这呼唤从哪个方向传来。十月怀胎，三年养育，我的超超就这样消失了。当看到这家水果店要转租出来，我就害怕着别人改行不卖水果，超超回来找不到这家店面。我决定高价租下这间店面，就是在等待超超回来。多少年来，每次看到何秀丽家多多，我就想起超超，仿佛多多就是我们家超超……

杨志的脸色越来越青，突然大声吼道，你说超超不是在工地被人抱走的？而是你把她带到七街弄丢的？

朱景云说，你打我吧，痛痛快快地打一顿，我心里会好受些。

杨志没有打她，而是把酒碗朝工棚外面一丢，径直走出工棚，蹲在不远处的阳光下抱着脑袋放声嚎哭。哭够了回到工棚，朱景云已经洗好碗筷。杨志回到工棚坐下后，朱景云又接着呜呜地哭。杨志问她哭哪样。朱景云说，在我说出真相的时候，满以为你会毒打我一顿，没想到你却像个女人一样跑到外面去哭。杨志说，打你一顿女儿就回来了吗？女儿是你身上掉下的肉，这么多年，你并不比我好过。

多多在医院住了一个月零二十五天时，已经基本能站立和正常说话了，医院又给多多做了一个全面检查。报告中说她的血液有点问题，需要送到省级医院复查，再等等。何秀丽把要做的那个复查英语词组拿到百度去查，就查到了"癌"这个字眼。上面介绍说这种复查是专门筛查白血病的。何秀丽两眼一黑，似乎马上就要跟女儿生离死别。一个礼拜后，复查结果有两项呈阳性，得继续做下一项检查，下一项检查结果出来，医生还是得不出结论，又得做再下一项检查。最难熬的是县医院没有确诊白血病的能力，做每一项检查都得到省城排队，来来回回预约一次检查就要十天。检查完一项等结果又是十来天，才能拿到结果。等待结果的日子，何秀丽整天都是在极度恐惧中度过。

何秀丽觉得自己的命太苦了，就像苦瓜，从瓜尖苦到瓜根。她出生在边远的山村，满以为能通过读书考到大城市去，可是刚读完小学，父亲就叫她到县城帮饭店洗碗。后来遇到张成德，生育一男一女。她满以为日子会一天天好起来，偏偏张成德投资又失败，接着儿子又犯事。如今多多又疑似白血病，张成德的心又不在家里，生活还有什么指望呢？不如死了的好。想到死，她又想起前段时间，闽鑫玻璃店的刘老板在送货的路上遭遇车祸而亡后，好多欠账都收不回来，更不知道银行有多少积蓄，妻子儿女的生活都没着落。

何秀丽不担心张成德，但担心女儿多多。她决定在死之前写一封遗书给女儿。当她拿出纸和笔，才发现自己没有什么值得交代的。存折没有，房子还有按揭未还，老家的田地也被征用搞了新工业园区。女儿虽然有可能患上绝症，但每天"妈妈、妈妈"地叫，还嚷着要快点出院，好去学校上课。一想到女儿，她又放弃死亡的想法了。

一天清晨，油锯的轰鸣声把七街人从梦中惊醒过来。朱景云打开店门，惊恐地向外观望。只见每个砍树工人腰上都捆着一根绳索，沿着树干爬上桂花树的顶端，把绳子捆在树干上，然后再迅速滑下来。他们这样做，是为了用油锯锯断树苑的时候，另外的人就在另一边用力拉，以免倒下来砸伤行人。朱景云慌了，她跪着求他们别砍桂花树。朱景云说，桂花树已经在七街上百年，为什么要砍掉呢？

一个砍树工人说，我只知道砍树，不知道为什么。倒是另一个工人说了话。他说，城市建设局贾局长说了，榕城就是以满城栽上榕树而得名，唯独七街是桂花树，相当于在一碗米饭中有一颗老鼠屎，必须拣出来。朱景云说，你们要砍桂花树就先砍死我吧。一个工人说，你这样耍横是没用的，有本事找贾局长。朱景云当然不敢去找贾局长，就抱着桂花树呜呜地哭。当其他店门前的桂花树都变成一堆堆木材时，几辆载着执法人员的车辆来到朱景云家门前。朱景云还抱着桂花树一动不动，几个穿制服的人把她强行拉开。两个手握电锯的人迅速走向桂花树。砍树工人刚把桂花树锯倒，天空突然雷声大作，黑压压一片下起雨来。人们四散而去，朱景云再次抱着桂花树一动不动。砍树工人把她一把拉开说，找死呀！朱景云惊恐地望着天空，脸色煞白。风声夹着雷声，还有闪电壮胆的雨越下越大，好像密集的利剑射向她。

朱景云是那天半夜疯掉的。据杨志说，当时桂花树已经全部砍光了，街道空无一人，只有满地的桂花残枝败叶。朱景云望着光秃秃的桂花树苑突然大声喊着超超的名字，朝街头跑去，一边跑还一边脱衣服，直到后来一丝不挂。

第二天，七街的店主们听到朱景云疯掉的消息，都说想不通。李洁说，这么贤惠善良的一个人，说疯就疯了，真可怜，要是早知道她是一根筋，劝劝她就好了。

没有桂花树遮挡的七街，毫无保留地暴露在我们眼皮底下。在朱景云疯掉一个月后，何秀丽带着多多回到了七街。何秀丽一回到店里，我们这一排店主都跑去嘘寒问暖。何秀丽说，感谢大家关心，多多是食用过多碳酸饮料引起低血糖，根本就不是主治医生说的疑似白血病，白白多住一个月医院。

日子就这样每天重复着，大约半年后，李洁带来一条爆炸性新闻。她说砍掉桂花树的贾局长被逮捕了。这是一个大快人心的好消息，特别是何秀丽，自从欠下大量债务后，她整天蹲在店里，大门不出二门不迈，这个消息好像给她店里放了一颗定时炸弹，把她给炸到门口来了。

我们又在一块闲聊。李洁抱怨刚栽的大叶榕树太小了，还没有小学生高，不像以前的老桂花树冬暖夏凉。我就反唇相讥说，新城镇建设，绿化就是要有整体效果，看上去更美观。何秀丽说，这个贾局长是个有钱的主，除了新城区的五套商品房，在郊区还有一家大型酒店。他与历届书记和组织部部长都是亲家，据说他儿子拜的干爹聚拢来都有一个足球队。其他单位一把手换了又换，只有他的位置稳如泰山。他喝醉酒时，时常说不想在这个位置干下去了。有人就在私底下骂他，这狗日的是得了便宜还卖乖，谁不知道城市建设是一块肥肉？李洁说，桂花树在七街活得好好的，贾局长非要换成大叶榕树。谁不知道，贾局长的舅子是倒卖榕树苗的？何秀丽说，是啊是啊，以前这个季节，桂花早飘香整个七街，而现在只有瑟瑟的秋风冷得让人发抖。贾局长上任这十年来，每年光收榕城各大店名广告费就是几十万，更何况还拍卖新城区上万亩土地，全县危房改造，城市亮化工程，哪一样不涉及上千万资金？就凭他的工资，能买五套房？能开大酒店？能养几个小情人？为什么砍掉桂花树后贾局长就被双规了？毫无疑问，桂花是正义的使者，是有魂魄的，贾局长遭报应了。何秀丽这一连串的演说都把我们吓呆了，我们不知道她从哪里得到这么多小道消息，而且说得有鼻子有眼睛的。

立冬后，没有桂花树装扮的七街像个病入膏肓的老人，没了朝气。新城区不断有新的超市和步行街开放，大量店主往新城区搬迁。人们习惯于往新城区跑，其实新城区房租贵，店主都是漫天喊价。即使是这样，新城区的步行街依然是人们的首选。

细雨绵绵的日子里，七街的路面湿漉漉的，人在上面走，好像要随时摔倒似的。脚是冰的，脸也是冻的。走着走着，有时候怀疑自己的心都变凉了。寒冷的空气中有一种类似冰凉的利剑，若有若无地在眼前晃动。我们这些待在七街的店主都闭上了嘴巴，百无聊赖地坐在自己的小店里，目不转睛地盯着手机看微信，看新闻头条，看抖音。

春节前夕，何秀丽消失了两天。回来时，她带来一口大大的空皮箱。她打开店门后，我们都跑去问她这两天去哪儿了。何秀丽说，感谢大家关心，我已经把店面盘出去了，今天来整理衣物。我问，转让费多少？何秀丽说，放心，已经还清朱景云和亲戚们的欠款。她打包好行李，又一家家上门还清我们的借款。跟我们告别时，她双手一摊，说，这下好了，无债一身轻。我问她，不开门市以后打算做什么？她说还没有打算，等多多上小学一年级再说。

时间过得真快，转眼又是一年秋天。

一天，何秀丽突然打电话给我，说想回七街看看。我掰起指头算了一下，我们已经两年十一个月没见面了。为了生计，杂事烦扰，很多好朋友已经离开七街。况且，我跟何秀丽根本就算不上好朋友关系，顶多算一般朋友，偶尔想起，也只不过是转念之间的事情。也不知道为什么，何秀丽的电话一来，我的心又开始激动。

何秀丽到来时，七街的大叶榕树已经高过屋顶了，绿油油的。张玉兰的五金店，也换了新的店主。我和何秀丽仍然坐在我门口长凳上聊天。李洁还在，但改行卖婴幼儿奶制品了。生意很好，可能是因为二胎政策开放的原因。李洁一个人忙不过来，就请了一个帮工，她只能偶尔出来跟我们搭讪。这次我们没有说张家长李家短，而是谈论苍翠欲滴的大叶榕树。

李洁说，大叶榕树在秋风瑟瑟中依然枝繁叶茂，好漂亮。

何秀丽说，漂亮是漂亮，但没有破鼻的清香。

我附和着说，就是。

后来，我们三人都沉默不语，静静地坐了一会儿，何秀丽就走了。

（原载《民族文学》2019年第9期）

黄方能

平安的事

一

平安的眼睛是在家门口打工弄得更加看不清楚的。

平安从小就不大看得清楚,他在学校拿着书看或者是做作业的时候,就要比其他同学"杵"得近得多,都快"杵"到摊开的纸上去,摊开的书或本子都快包住他的脸了。平安其实脑子好用,尤其是对物理课中的电很感兴趣。大家都说电那个东西,说它看得见它也看得见,说它摸不着它也摸不着,真要是摸着了,人就遭它害了,真是个怪东西。平安因为眼睛不大看得清楚,勉强读到了初中毕业,没有升得了学,也读不下去了,就回家帮父母做些粗活路,不适合打抢水田可以铧冬水田,不适合栽秧薅草可以挑粪,不适合壅红苕可以掰苞谷打谷子。虽说相貌长得周正又勤快机灵,但平安的媳妇兰香,也是老支书伯娘凭着她的威望,用能把雀儿诓下树的本领撮合才接进屋的。

自从村主任证实说国家要继续搞西部大开发以后,人们确实看见当地的这乡那镇的街上都在搞扩建,镇与乡之间的公路也挖了重新修油路,几个乡镇的地界上还开工修起了杭瑞高速公路。有那么多建设项目,当地的砂石厂、砖厂就多了起来。平安给一家砂石厂打砂,那机器出了故障,粗的细的石砂砸向他的脸,把眼睛砸得血糊糊的,睁也睁不开。砂石厂主带他到县医院去医,县医院只是做了简单的处理,要他到市医院去医。平安到市医院去医,医生说已无法恢复到快"杵"到纸上去看得清字的程度。平安不断地在内心里长叹,完了,完了,他的眼睛比以前更看不清楚,他以后的日子就只能过在多种不确定之中了,首先是看的是什么东西他已不能确定了。

在医院的日子，平安的媳妇兰香照顾平安很仔细，冲了温水递给他吃药，要等他拿住了杯子才放手；打了饭菜进病房，要把菜给他搛到饭上才递给他吃，他第一嘴吃到饭，第二嘴就吃到蔬菜了，他又吃一嘴饭后，下一嘴就吃到一小块肉了，他越往下吃，里面的肉越大块；兰香说他眼睛蒙着纱布，解手的话就在病床上吧，他对不上那便壶口子，她准备给他拉起对上，平安说不，他得到厕所去——兰香牵着他上厕所也不避讳，直接把他牵进了男厕所，说男人那东西她又不是没见过；晚上睡觉，她侧着身子挨着他就将就睡了，没有一句怨言。可越是如此，平安越是觉得不安，兰香会不会离开他啊？当初谈她的时候全得老支书伯娘连哄带诓，进门后知道他的眼睛不大看得清楚，特别是知道他不适合栽秧、不适合薅草、不适合给煤油灯加油、不适合把粮食装进口袋里等以后，她就常常叹气。

个把月后出院回家的时候，兰香牵着平安坐电梯，牵着平安坐出租车，牵着平安坐了大巴车又坐中巴车，在村寨前面的坳口下车以后，更是把平安牵得紧紧的，走过那截窄窄的土路，走过原先的仓库和小学的坝子，走过一截田坎，走进自家的院门，生怕平安有一点闪失。平安戴着一副墨镜，手拄一根竹棍探路，平安的父母见到平安，平安虽然看不清楚，却听得出那声音已经哽咽，平安，你回来了？回来了就好，啊！

温家坡寨子里有老的少的来看望平安，慰问平安，同情平安，问平安的眼睛究竟如何。平安说只看得见一点晃晃，比如白天是白的，黑夜是黑的，还有就是黑夜里的光，白天里的黑，还有就是刺眼的颜色，比如大红、大黄、大黑。平安说走家乡的熟悉的路凭感觉，城里道路弯来拐去、人多车多时，就分不清楚了，就要靠竹棍探路了。一些人心情沉重，一些人却在岔开话题，减轻一点沉重。

平安在自家屋里摸着倒是勉强能够走动，灶房在"房档头"，一家人大多从灶房进出，在灶房里聚集、吃饭；紧挨灶房的是冬天烤火的屋子，烤火屋里边的一间是父母住的，平安和兰香的房间在堂屋那边，也是里边的一间，他作为长兄先结婚，所以歇房在楼下，两个兄弟的房间则在两边的楼上。从灶房穿过冬天的烤火房是七步，穿过堂屋也是七步，这些，平安很熟悉，从灶房出门到茅坑是十三步，平安也很熟悉。平安眼睛看不清楚以后，饭还是在桌子上吃，兰香给他舀了饭，坐在他的旁边给他搛菜，而上茅房、上床、换衣服，包括在屋里和院坝里走动，平安都还能自理。

闷闷地过了年，这天晚上兰香对平安说，你好久没洗澡了吧，给你洗个澡？平安眼皮动了一下说，可以呀。怎么不可以呢？自从眼睛受伤住院以后，自从出院回到家里以后，平安的饮食起居大多是兰香在料理，大多是她说怎样就怎样。兰香烧了热水提到他们的房间倒在木脚盆里，平安坐在木脚盆边，热气绕着他，像火焰一样腾腾的，他自己洗着前面，颈项，手腕，夹孔（腋下），胸膛，大腿，包括腿根，兰香则帮他搓背，背膀，肩膀，腰间，搓得他痒痒的，然后，在平安搓洗过的地方，兰香又搓洗了一遍。兰香搓着洗着，热热的水珠还没擦干，平安就把兰香抱住了，说感谢你啊兰香，我的眼睛都看不清楚了，你还对我这样好。

兰香让平安抱了一下以后，把他拉到床边，让他上床睡下。兰香从后门倒掉了脏水，才给平安找贴身的衣服穿，去了茅房回来才挨着平安睡下。兰香说洗了澡感觉好得多吧？平安说洗了澡感觉好得多——那你呢？兰香说我也洗了。平安就摸兰香，说真是洗过呢，细嫩细嫩、嫩滑嫩滑的。兰香也摸平安，从胸膛摸到肚腹，直往下摸，摸得平安呼气也长了吸气也长了。平安想快速做出回应，兰香拉着他说，你不忙喽，慢慢地嘛。平安还是按照他的节奏做出了回应。一个回合之后，兰香仿佛意犹未尽地说，你还想再来一盘儿吗？经过兰香鼓动，平安又战了一个回合。兰香说怎么样，你是喂得饱的狗吧？哪有喂不饱的狗啊。平安说你说这些做哪样呢？你有哪样别的话要说吧？你今晚上有点和往常不一样呢。兰香说是呀，你都和以前不一样了，我还不是要和以前不一样吗。平安和疲乏斗争着说，你有话快说吧，再不说我可要睡着了，要打鼾了。兰香说那我说了，以前我们这个家庭是你在找钱，现在情况不一样了，你的眼睛比以前更看不清楚了，也该我出去打工找钱了。平安说你，你一个女人家，怎么行啊？兰香说哪个说女人家就不行了，寨子里的女人出去打工的不是很多？——只是呢平安，在近处做这些下力活路我怕不行，我到远处广东福建或者上海浙江去做手上活路完全可以。平安说可是你出去打工，我父母会怎么想啊？我这眼睛又看不清楚了，除了我会担心，我父母也会担心啊。兰香说，担心哪样？担心我吃不了苦，水土不服，身体受不了？平安说当然担心这些啦，也不只这些呢。兰香说，还担心哪样呢？平安说还担心你变心，不回来呢。兰香说，我是那种人吗？我的家在温家坡，我的男人在温家坡，我的姑娘儿子在温家坡，我的公婆在温家坡，我的爹娘在这温家坡旁边，我怎么会变心，怎么会不回来啊平安？平安说你话是这样说，可是这件事情，你只要出去打工，多数人都会像我们这样想，只有少数人会像你说的那样想。平安心想，真是怕哪样来哪样，这个问题终于还是冒出水面来了。兰香说可是像我们这个家庭，得有人出去找钱，以前是你，现在轮到我了呀。你没听说寨子里已有人家要到镇上去买屋基修房子？就是你的二兄弟嘛，也到县城去买了房子呀，莫非大家都在想着搬迁，你却要在这寨子里住一辈子？你就算不为自己着想，也该为儿女们想一下呀。兰香说到这里，平安就无言以对了。

平安的父母反对兰香出去打工，可兰香还是坚持要去。

女儿吊着兰香，兰香也还是要出去，说去找钱来到镇上买房子，然后让姑娘儿子到镇上去读书。

平安摸索着送到院门外，说兰香你出去一定要注意安全，要保重身体啊。

平安听见女儿追到以前的仓库和学校的坝子边去了，妈妈，你早点回来啊！

平安想象得到，兰香朝坳口的大马路走去的时候，肩膀一定是一耸一耸的。

抱着孙子的母亲对平安说，平安哩，兰香这一出去，还会不会回来？就是回来，哪时回来，怕都不一定啊！

平安说我连她穿的哪样衣服去的都分不清楚，再说脚长在她的身上，我有哪样办法啊！

母亲说现在这个社会，男女之间的事情已很随便，寨子里也有女的跟着人跑的，兰香出去随便遇到一个都会比你强……

平安说看吧，她去外面逛了一转以后，应该哪天就会回来呢。

二

兰香出去打工以后，平安一直想着她，可以说没有哪一天不想。想念兰香在医院对他的照顾，给他递水吃药，给他打饭搛菜，带他上厕所，想念她带他坐电梯，上的士车、大巴车、中巴车，想念她给他洗澡，和他做那件事情，要他慢慢地，不要慌。她做得多细致啊，让他多快活啊。可是她出去了。他多想经常跟她一起那样快活啊。

平安虽然管不了也没有管小孩，虽然管不了也没有管家人的吃穿，就在家里闲着无所事事，他想念着兰香，作为男性的麻烦就冒了出来。平安也知道这是日子里的隐秘部分，属于日子里的缝隙中的内容，可也是不能缺少的内容啊。平安只得把男性的麻烦压抑着。

一个月以后，推迟出门打工的二兄弟陪他到市医院复查，他以为外出可以把麻烦解决一下。住旅馆的时候，二兄弟考虑到了他的需要，悄声问他，要不要叫个小姐？他曾期望出现这样的情况，可是这样的情况真出现的时候他还是惊异得不知所措，惊异于二兄弟洞悉了他的心思并向他提了出来。二兄弟说，你不要顾虑，人都是这样的，有问题就要解决，憋起不好。钱的问题你也要看开点，上面的眼睛看不见了得到的赔偿，就可以拿点出来解决下面的问题。说羊毛出在羊身上也行，说取之于身体用之于身体也行，总之是用你自己的钱解决你自己的问题，这很正常。平安还是没有说话，心想这都是眼睛更加看不清楚了惹的祸，要是眼睛没有更加看不清楚，兰香就不会出去，就不会出现这一系列问题。平安的心思又绕到悲叹命不好上去了。二兄弟还说，你也不用担心，我给你看着，很安全的，再说那小姐也不敢骗你的钱……即使如此，平安也还是没有照办。他觉得哥哥嫖娼，兄弟站岗，有点不爽。

没能解决麻烦，只是心理上得到了一点点敞开，敞开了一丝缝隙一样。

到医院复查也复查了，结果仍然一样。砂石厂除了给他付医药费，就是根据医院复查的结果最后补足他一笔钱。平安对补偿不以为然，那钱买不来一双眼睛啊。可眼睛更加看不清楚了，医不好了，人家只有补偿。

从医院复查以后回到温家坡，平安认真做的一件事是重新练习走路。想到都快半生年纪了还得重新练习走路，平安不禁嘲笑自己。但自嘲归自嘲，练习走路不能耽误。从在屋里、在阶沿坎上摸索着行走，到在院坝里手执竹棍试着行走，以及在村寨里的路上练习着行走，平安都做得一丝不苟。摔跤是因为对更加看不清楚以前的路记得不精确，还有就是道路有了小小的改变。摔了几次跤，几次都摔得脸上身上皮皮翻翻以后，平安变得有点自暴自弃。

平安其实已经失去活下去的信心了。

平安的眼睛更加看不清楚以后虽然得到了一笔补偿，可他的老婆兰香却出去了。平安开始相信母亲的话了，兰香出去以后会不会回来？就是回来，哪时回来？都没得个准啊。兰香哎，你要是不回来了，也该把这补偿我的钱分点去啊，这钱是补偿我的其实也有补偿你的啊。平安想到兰香给他生了一女一男两个孩子，既有功劳也有苦劳。兰香，你要是不回来了，也是出于无奈啊，怎么能跟一个看不清楚的人过完后半辈子呢。

兰香出去以后，好久好久才托人带回来一点音信，说是她到了广东的惠州，找到了做拖鞋的活路，也没说吃得了那个苦不，水土服不服，一个月好多钱的工资，一天做好多个小时的活路，一个月有没有天把两三天的休息，生怕多说了半句。平安还想晓得她进的厂大不大，有多少人做工，厂里有没有温家坡的人呢。平安觉得自己一切都完了，两只眼睛都更加看不清楚了，练习走路总是摔得皮皮翻翻的，今后的日子怎么过啊，两个小孩怎么长大啊？他消沉得茶不思饭不想，几乎只想悄悄了结自己的生命。可是随时都把他看得很紧的母亲却对他说，平安啊，眼睛看不清楚了也是没得办法的事情，这是天家的意思。转过来你要会想，天家他只是让你一双眼睛看不清楚，还没有要你的命呢，你何必把自己的命也交出去。平安的父亲说，你媳妇出去了就出去了吧，她不是给你留下了一双儿女吗？你只要会想，就会想得开。平安的母亲说，就算哪样都不做，两个小孩也有个爸爸喊啊。你忍心让他们还是黄屎娃娃就没娘又没爹？孩子我们帮你拖，他们大了就可以帮你了。平安的父亲说，你要好好活啊——常言说好死不如赖活呢。

平安的母亲还把小时候给他缝在帽檐上正中间的银佩翻找出来，要他随身带着。母亲说平安小时候戴着银佩顺利成长，没有遇到哪样麻烦。长大后没戴了，哪晓得眼睛出了意外。现在让他随身带着，让银佩保佑他随时吉祥。

平安听了父母的话，为他的儿女有爸爸喊而赖活着。

雨天不便练习走路的时候，平安就着重练习摸钱，壹佰元，伍拾元，贰拾元，壹拾元，伍元，壹元，从大到小，从小到大，平安觉得难区分的是壹拾元和贰拾元，宽度几乎是一致的，只是长短有一点点小区别。虽然他的眼睛稍微看得清楚的时候市面上就不大流通分币了，但他也还是通过用手摸来区分它们，包括区分角票，从纸质到油质，从暗纹到厚度，包括区分硬币，从纹路到大小轻重，到弹在桌子上的声音。从在真钱中区分又到在假钱中区分，再到在真钱假钱中区分真假，然后叠钱。平安叠钱先叠大张的，再陆续从大到小，而且完全是正面朝上，也就是"中国人民银行"叠着"中国人民银行"，"银行"右下方的头像叠着头像，多少元叠着多少元，编号叠着编号——平安就这样打发着他看不清楚的时光。

平安在看不清楚的生活里每天还做的一件事是听电视。不练习走路的时候，不摸钱区分大小真假的时候，平安就坐在屋里听电视，比如他听到了女子需要补水的广告，听到了某个姑娘说"只要我愿意，还有什么不可以"的广告词。而村寨里的人们要么在院门口，要么在以前的仓库和学校的坝子边，常开平安的玩笑，问国家最近发生了哪样事情没有，世界上又出了哪些事情，平安总是先说领导们都很忙，人民群众生活水平都很高，世界都很乱……然后说人民币在国外越来越值钱，在国内越来越烂贱……

后来，兰香除了带回一句没有钱打回来的话以外就一直没有了消息，平安和平安的父母向打工回家过年的村寨里人打听也没打听出结果，平安的母亲就向到平安家来要的平安的舅舅求援，重新给平安谈一个相当的媳妇。

平安听见舅舅说，相当的，哪种是相当的？姐哩，平安这个媳妇不好谈呢，他本身眼睛就看不清楚。这眼睛一看不清楚，就好多活路都不能做了啊。

平安的母亲说，他舅爷哩，又不是外人，就不格外吗？平安眼睛看不清楚，是个缺点，你就想一下哪儿也有缺点的女子没有，年龄也相当的——

平安的舅舅忽然一拍大腿说，想起来了，黑鹅溪有个女的，是个哑巴，听说没得生育，男的把她送回娘家了——

平安的母亲说好呀，你哪天赶快去问一下，是哪样情况，要是还没有落实人家的话，就给平安提谈一下。

平安在一边说，妈，舅爷，你们忙哪样啊，兰香还没来消息呢，等她有消息了再说吧。

平安的母亲说，还等兰香兰香，她都出去这么久了，她要是心里还有你和孩子，早就来消息了，她要是找到钱了的话，早就打钱来喽。

三

平安这天拄着竹棍摸摸索索走到村寨前面的坳口，搭车到镇里后很快就摸摸索索坐上了到市里的班车，他再次出门摸摸索索到市医院复查，是在对他的眼睛没有恢复希望的情况下侥幸存着一份希望，想要是万一能恢复呢，那不是好而又好，好得就像做梦一样——哪晓得医生告诉他的结果还是一样，无法恢复到以前稍微看得清楚一点的状态了，梦也不用做了。

平安的眼睛还是只看得见一点晃晃，比如白天是白色的，黑夜是黑色的，还有就是黑夜里的光，白天里的黑，还有就是刺眼的颜色，比如大红、大黄或者大黑。平安走老家的熟悉的路凭感觉，城里道路弯来拐去、人多车多时，就分不清楚了，走起路来很困难。好在城里的大街边还有盲道，有直直的线路，有点规律可循。

平安再次出门，除了复查眼睛，也有想独自解决一下问题的意思。可是，他却觉得遇到了两难。他想自己解决问题，不让熟人知道，可又担心不安全。他从医院复查了眼睛出来到车站找住宿的时候，喊客的女服务员喊到她们的旅社去住，他问远不远，人家说不远，他说他要带路，人家答应带他，他说明早上要送他到车站，人家也答应了送他，他才去住的。女服务员拉着他的手走了好一会儿，进房间的时候，女服务员问他要叫小姐不，他没说要，也没说不要，而是说你们这里还有小姐？女服务员说你怎么我们可以给你叫，就像叫外卖一样。平安凭服务员的声音和晃动的身影判断，她应该是个长得清秀、个子娇小的女子，他以前就喜欢小女子，现在更是喜欢，觉得小女子好驾驭得多。他说你做不做呢？女服务员说：我？我不是那种人。这一分钟，平安觉得有点尴尬。其实他也不想迅速就做那事，只是希望女服务员能跟他亲近一下，比如理一下他的衣服，或者摸一下他的脸，甚至抱一下他……他当然也想释放一下，想亲近一下女性，使心中的闷气能放出一点，但他就是觉得心里没底。最后还是没有做那件事。

第二天上午，平安坐着回家的班车才走个把小时的路程，有人就提出要下去解手，平安有点没在意。平安清早起来解了手，吃早餐的时候喝了点汤，然后便没有喝水。眼睛看不清楚以后，平安已向女子们学到了少喝水少吃东西的习惯，因为吃喝多了都不方便。平安逐渐领悟，所以女子们才要补水啊。他可是没有补，也许他哪一天会变得很干瘪，要补那也是以后的事了。

可是这次客车停下以后，来到平安身边坐下的好像是个女的。依据是那身上透露出的女性的气息，不但没有汗味，而且还有一股女性的体香。再说她好像有飘逸的披肩发，那披肩发扇起一小股风，那小股风中有着明显的洗发露的香味。

女子好像把她的包放在了腿上。有人过来向女子收钱，平安听见女子要去的地方是他要经过的家乡县城。平安觉得既然女子坐的差不多也是长途，那他们在相当长一段时间的旅途里就是伴侣——他这个眼睛看不清楚的人，未必这次坐车回家还和女子有缘？就是不知道会不会发生点什么。

女子好像穿着黑色的衣服，黑衣服下面的手臂抱着一个像是黄色的包，她的腰身动了几下，这个平安感觉得到，腿也动了几下，像是一会儿伸一会儿屈，因为平安的脚也被碰了一下。平安从这些动作判断，女子是在东张西望。望车内的乘客？她应该已经望过了。复习一遍？望车窗外的风景？眼睛能看见真好，可以看见好多风光啊。平安只分得清反差很大的颜色，已无法看见世上的美景了。但他的耳朵和鼻子却很灵，真是上天为他关了两扇门，却给他开启了两扇窗，除了车内的说话声，汽车发出的声音，平安还听得见公路边有小河流水的声音，那声音中平安还闻到有一丝湿湿的气息。客车在山峡间穿行，小河在公路左边的下面流淌，平安判断车子开动的方向与河水流动的方向是相反的，因为河水流动的声音越来越小，汽车行进的声音越来越大，是往上走。

女子好像没一会儿就打起了瞌睡，因为她的身子已没有动静，没有东张西望。平安便也假睡，闭上眼睛，其实他的眼睛闭和不闭也没区别，反正都看不清楚。可他在假睡中，却感觉女子的气息像是离他越来越近，那飘飘的发丝像是有一两根飘到了他的耳边。平安觉得这感觉很好，如果女子是有意为之，那这感觉就更好。平安让自己的头向女子挨近一点，那发丝好像就多有了几根飘到他的耳边。平安不敢造次，就这样不动，女子隔一会儿像是向他靠了一下。

忽然，平安觉得女子头发上洗发露的香味很像兰香用的那种洗发露的香味——女子就是兰香吗？平安只是怀疑，不能确定。车的颠簸中，平安朝女子的臂上靠了一下，女子也朝平安的臂上靠了一下。平安忽然激灵了似的，想换一下坐的姿势，他刚刚两手手指交叉着围在自己的肚腹上，接着他将手伸进自己的裤兜里去。之后，平安觉得还需要换一下坐姿，又将他的手从裤兜里抽出，纯粹放在他的右腿上，隔一会儿往外挪动一下，他的手便一边稳着自己的腿而又挨着女子的腿，渐渐地他明显感觉到了她的体温，热乎乎的。

车内忽然出现小狗的叫声，哇哇哇哇的。有人说哪个的狗，哪个的狗，到巷道里了。有人好像去牵那狗。又有人说那狗好像晕车了，搞得好脏好臭啊。平安看不见，只能凭耳朵听，凭鼻子闻。他确实闻到一股臭味。他感觉身边的女子朝巷道里看了一下，然后马上呃呃地打起干哕，估计是挺难受又无助的样子。这当口，平安一把将女子揽到了他的怀里，一边拍着她的背，一边说你既然有点晕车，何必还去看那狗东西呢？我们不看它，不闻它。女子在平安的怀里趴着没有动静。平安一只手拉着她的手，一只手继续轻轻拍打她的背，她好像好受了一点。平安闻着她的头发里的洗发露香味，觉得很受用。

平安越来越觉得女子头发上洗发露的香味就是兰香用的那种皂角洗发露的香味——女子就是兰香吗？兰香，你回来了吗？你终于回到了我的身边啊？真要是这样，就太好太好了。平安已将女子抱着了。

女子好受一点以后，有点不好意思地靠在平安的肩膀上，平安也觉得很好。女子说她怕坐车，头晕，搞不好要呕吐。平安说你现在没吐，还好呀。女子说她在梵净山下的那个县城里做工，她和她的男人跟他们家乡出来的人一起做泥水工，她这是回去给死去的亲人烧月半纸，也去亲戚家吃一下酒，送个礼。啊，不是兰香。女子说虽说出来几年了，小孩都在城里读书，一个读初中，一个读小学，但老家的亲戚还是不能丢，毕竟是在那里出生、长大、成家后出来的。平安忍不住很失望，敷衍说像你这样都出来几年了，还想着回去给亲人烧纸，去亲戚家吃酒，难得啊。女子说人不能忘记自己是从哪里来的呀。

平安转念又想，既来之则安之吧，抱着的女人虽不是自己的，但在车上有个女人抱着也不错。他转移话题说你男的做泥水工很辛苦吧？女子说你怎么知道？平安狡黠地想象着说，他可能是砌砖工，成天就是不停地拿着砖刀抹泥浆在砖上砌砖墙，所以回家吃了饭差不多倒头就睡了，也想顾及一下你，可是心有余而力不足……女子说他就算是那样，也是为了我们的家，为了我们的孩子，也等于是为了我。

平安继续转移话题说，你家那个乡隔我家那个镇也不远，你绕到我家去耍两天噢？女子说她烧了纸走了亲戚就要回去，回去管小孩呢。平安说你就和我去耍两天嘛，我的眼睛看不清楚以后，我的老婆也出去打工了，去了一年多都没有回来，过年也没有回来。我很想吃一顿年轻女人做的饭菜，你就和我去，我们一起做一顿饭菜吃嘛，味道肯定很好。女子说不行，我有老公，有小孩，我有我的事情。

司机在一个叫苗王坡的地方停车吃午饭的时候，平安问女子要吃东西不，他请客。女子说不吃。女子问平安要吃不，她下车去给他买来。平安说你不吃，我也不吃。平安想即使女子不是兰香，他也应该这样做。

客车不去女子家的方向，女子在客车穿过县城的时候下了车，说到县城的短途车站去坐车。

女子下了车，平安觉得很遗憾，他从自己的座位上迅即移到了女子刚才坐的位置上，好像生怕被人占了去一样。平安坐在女子刚才坐的位置上，感觉还是热乎乎的——兰香在外面也这样跟人接触吗？

平安摸一下母亲要他戴在身上的玉佩，脸一沉，他摸到那玉佩已经破碎了。平安有点惊慌，美好的玉佩怎么毁在他身上了啊？

四

到市医院复查以后，平安对自己看不清楚的眼睛恢复到稍微看得清楚一点的状态已不抱幻想了。他已经死心了，认命了。

就是对老婆兰香再也没有一点消息放心不下。

可是不管平安对兰香放心不下还是放心得下，平安的舅舅已把黑鹅溪的哑巴女子领到了温家坡，领到了平安家里。平安感觉两个人影进了屋，听见舅舅的声音在和母亲打招呼，在向母亲介绍——平安心里咯噔了一下，怎么，家里忽然就来了一个女人了？虽然，兰香出门以后，平安时常想着她，有时甚至在内心的深处都把别的女人当成兰香来想了，越想越不得，越想越想要，都很有点丢丑了，甚至都把母亲要他带在身上保佑他吉祥的、美好的玉佩弄破碎了，多么糟糕啊，多臊皮啊，多丢脸啊，多可耻啊。可是，家里忽然来了一个女人，一个陌生的女人，平安还是觉得很突然，不光突然，简直觉得说不过去，没得道理呀。平安说妈，舅爷，你们这是在做哪样呀？平安的母亲说做哪样，你不懂？兰香出门以后，你不是需要个女的来照顾吗？搛菜吃饭，走动陪伴，说话消愁，病痛冷暖，总要有个人在身边，当爹当妈的也是尽量在想办法安你的心啊！平安说可是还没得兰香的消息呀，我和她还没有离婚呀，你们就这样急得很啊？比我还急？平安的母亲说，还谈兰香做哪样啊，她都一去豌豆不结角（果）了，你晓得她在外面搞些哪样名堂啊？平安的父亲从门外进来插话说，你和兰香的事情我也问了，你三兄弟也是这样说的，法律规定，夫妻之间只要分居半年以上，夫妻关系就没有了实质，叫有名无实，一方就可以采取措施了。平安说问题是我不想采取措施。平安的父亲说，可问题是人家离家出走了，先就采取了措施呀。平安的母亲说，就算你和兰香的夫妻关系名义上还没断，我们也不谈这个。我们请个人来照料你，就当请个保姆，要得不？既照料一下你，也照料一下小孩们，要得不？平安负气地说，我虽然眼睛瞎了，成了个残废人，可我不需要照顾，我的生活能够自理。平安的母亲说好好好，你的生活能够自理，我和你爹请她来帮忙照料小孩，该可以吧？因为你当前还照料不了小孩，你对照料他们的事情还不熟悉，两个小孩又还小……

平安没能阻止哑巴女子的到来，他一个眼睛看不清楚的人，还能阻止哪样呢？哑巴女子是母亲请舅舅带来的，得到了父亲的应许，他平安能阻止得了吗？

舅舅说哑巴名叫兰花——平安的脑子里好像忽然轰了一声，眼前也好像忽然亮了一下，觉得真是怪了，一个叫兰香，一个却叫兰花，真的都是他的阿兰吗？听了电视上有些人总是黏声黏气地叫阿花阿草，平安都油腻腻地学到了。

哑巴兰花来到平安家，有平安的舅舅在场，平安的父母请了家族中的一个高辈子和村民组长到家中一起吃了顿饭，就算是仪式了，名义上是欢迎仪式，实际却是平安的二婚仪式。兰花就这样在平安家生活了，阴悄悄地，非常低调。

首先是平安反对搞仪式，包括多请些人吃饭，摆几桌、十几桌甚至几十桌宴席，说是如果那样，不是高调地宣称他平安又和兰花一起生活，他已经进入二婚了吗？平安的父亲依着平安的意思说，不能说平安又和兰花结婚了，平安和兰香还没离婚呢，兰香会不会回来、什么时候回来还说不一定呢，只能说是他们家里请兰花来帮忙照顾平安的生活，帮忙照顾平安的一双儿女。

兰花来到平安家里以后，有人问兰花和平安是什么关系，平安的父亲分明回答说是照顾和被照顾的关系。有人又问要是他们相处得好呢，还是照顾和被照顾的关系吗？平安的父亲说，至于平安和兰花之间的关系怎么样，那就确实要靠相处了，处得好，有了感情，在一起哪怕也是难免的事情。

平安的两个小孩，大的是女孩，平安的母亲要她喊兰花做妈妈，她不喊，说她有自己的妈妈，出门打工去了，去找钱来在镇上修房子，然后她和弟弟就到镇上去读书。平安的母亲说，那是你的大妈，你大妈她不回来了，不要你们了，所以我们给你们找了个小妈，就是二妈，以后就由你们的二妈照顾你们。女孩一听就急了，红着脸说，我才不要二妈照顾呢，我只和爷爷奶奶在一起。平安的母亲说，我孙女不愿意由二妈照顾，也行，我们当爷爷奶奶的就带她。小的个孙崽由兰花帮忙带，这样安排可以吧，平安，兰花主要照顾你和小孙崽。

虽然平安听母亲说兰花的年龄比他小，兰花的手势打得好，可他却看不清楚，年龄比他小和手势打得好又起哪样作用。平安也可以说自己说话的声音很好听，可是说的比唱的好听也不起作用呀，兰花她听不见，十哑九聋。

平安还听母亲说过，兰花虽结过婚却没有小孩，没有生育。母亲内心里就是把人家当作媳妇的啊。母亲说没有生育也好，平安已有两个小孩了呢。意思好像是没有生育也不用人家生育，其实是不用人家生，但仍然要把人家当作媳妇用，要人家帮忙育。

平安非常担心、随时都在担心的事情是，兰香要是回来了怎么办？兰香可是他的结发妻子，是两个孩子的妈妈啊。

不过平安发现了一个缝隙，既然母亲说兰花没有生育，那就也好，就是说他没有再生小孩的硬性任务了，就是说他不用必须和兰花睡在一张床上做那件事了。父母亲表面上是只要求兰花以保姆的名义照料他和小孩，实际上也是只要求兰花以媳妇的名义照顾他和小孩，那平安完全可以不和兰花做那件事，而让兰花尽到一个媳妇或保姆的责任。

平安的心里只有兰香。

尽管平安和小男孩的生活都由兰花管着，吃饭的时候，兰花把饭舀在碗里，和筷子一起递给平安以后，就跟平安坐在一根板凳上，再把菜搛在平安碗里的饭上，一起吃着，平安碗里的菜吃完了，兰花又给他搛；换衣服的时候，兰花把平安的衣服找出来，平安摸索着自己换，平安把衣服穿反了，兰花便把他脱下来，翻过面后再给他穿。平安的母亲面带着微笑说平安反正也看不见，也没有哪个会注意他的衣服穿反没有，不必太认真啊。可是兰花还是坚持给平安把穿反了的衣服翻过来，然后连同一家人换下的衣服一起洗；兰花给小男孩喂饭，招呼小男孩拉屎拉尿，晚上哄他上床睡觉，还真有点像是照顾自己的孩子一样。平安心想，这也怕是她没有孩子的缘故，要是她有孩子，心里肯定会时常想着自己的孩子。因为自己没有孩子，才把别人的自己照顾着的孩子也当作自己的孩子。

晚上的时候，兰花哄着孩子睡觉，孩子见平安睡在床边的沙发上，就说，爸爸，你叫我上床睡觉，你怎么不上床睡觉呢？平安说我睡沙发，将就你和你嬢嬢睡在床上宽敞点。小孩说，奶奶说的，不是嬢嬢，是妈妈；可姐姐说，不是妈妈，是小妈，是二妈。平安说不是妈妈，也不是小妈二妈，是嬢嬢，记住没有。小孩说没有，你们这个叫喊这样，那个叫喊那样，我怎么记得住呢？平安说你记住我说的就行了。小孩说你光是叫我上床睡觉，你自己又不上床睡觉，我为哪样要记住你说的呢？这话是小孩说的吗，还是有人背后教他的？平安说我是你爸爸呀，爸爸只有和妈妈一起睡，不能和嬢嬢一起睡呀。小孩说才不是呢，寨子里有人的爸爸就和他的嬢嬢睡……平安没有采纳小孩的意见，感觉是有人教了小孩说话。

又一次，孩子快睡着的时候，一只手拉着兰花的手，另一只手非要拉着平安的手，说你们一边睡一个，我拉着你们的手睡在当中，就睡着得快了。这又是幕后人的一招呢。平安还是没有采纳小孩的意见。他只是让兰花睡在床的里边，拉着小孩的一只手，他自己则坐在床沿上，把手给小孩拉着，等小孩睡着了，就退回到沙发上了。

这一晚上却不同，平安睡在沙发上自己感觉到了自己的躁动，很想做那件事。想想，舅舅来到了家里，舅舅给平安找来了兰花，平安的母亲杀了只鸡给舅舅吃表示感谢，也是情理中的事。母亲要平安敬舅舅一杯酒，平安自己也喝了一点，这都正常。对了，母亲肯定是把两个鸡靠子（鸡肾）通过兰花的手，给平安吃了，平安才觉得这样躁动。平安心想，母亲啊，你也是高人啊。杀鸡给舅舅吃，你表示了感谢；要我给舅舅敬酒，表示了礼节；叫兰花给我吃鸡靠子，让我躁动起来，和她做成好事，你是严丝合缝，一箭三雕啊。可平安硬是咬着牙齿管住了自己。他想，他的妇人（妻子）不在家了，他可不能把别的妇人当作自己的妇人。他得慢慢地等兰香的消息，多等一天是一天，要是哪天兰香回来了，他也能说清楚自己没和兰花做下什么。

五

可是总也没有兰香的消息。

这天晚上，孩子睡着了，一只手拉着兰花的手，一只手还拉着坐在床沿上的平安的手。平安心里想着兰香，却再也没能忍住，把自己的手从小孩手里抽出来放在了兰花白白的肩膀上，继而抱住了兰花，然后就火急火燎地解兰花的衣服，跟兰花做和兰香一样的事情，嘴里还不停地喊着兰香，兰香，你回来了呀，你多好呀。你对我这么好，你就是我的全部啊。我的全部也都是你的啊。因为兰花听不见，平安也没有感觉到兰花的反感，有时喊兰香的声音越喊越大，声音越大就越卖力，平安不知道兰花是认为平安的卖力是对她照顾他和小孩的奖赏呢，还是她久旱逢甘霖，受了感动，兰花紧紧地把他箍着，他在她的眼角边摸到了湿湿的泪水。同时也听到屋外像有被簸箕绊倒的声音。

平安白天在房前屋后，在村寨的路上走动，既是练习走路，也是散心并锻炼身体，晚上呢，隔三差五地，他想兰香想得不行的时候，就和兰花轰轰烈烈山高水长地做那么一回，兰花先是不出声，后来就咿哩哇啦地了，就把平安箍得很紧很紧了。这时，平安总会忍不住说，兰香，兰香，你回来了？你多好啊。你是我的全部啊，我要把我的全部都给你啊。

只有当兰花咿哩哇啦地叫着，平安在她眼角边摸到湿湿的泪水的时候，他才明白和他一起快活着的不是兰香，而是说不出话的哑巴兰花。平安于是也想，我眼睛看不清楚，你耳朵听不明白，嘴巴也说不出来，都没关系，我们都很快活就很好。

兰花已经由母亲带着到过自家的菜园子多次了，这天，平安背着一个小背篼，手挂着一把小锄头，要到菜园子里去侍弄一下那些原先由兰香栽种的菜，兰花见他要单独行动，迅速就取了一把锄头和一把镰刀跟着平安出门。兰花在院坝里截在平安面前，睁着大大的眼睛看着平安，平安却看不清楚她的面貌，兰花的比画他也看不清楚，于是她咿哩哇啦地发出声音，意思当然是问平安要到哪儿去做哪样。平安的脸差点撞在兰花的脸上，他说对，你就是看着我，我也看不清你的脸，而你想说哪样，却又说不出来，这就是我们两个人一起生活的难处。也对，你就咿哩哇啦地吼，乱吼都行，我能听见你的声音，我听见你的声音以后，就能慢慢弄清楚你的意思了。对，以后你就这样。平安继续说，也是哈，我忘记你耳朵听不见了，以后我有哪样想法，要么大声和你说，不怕别人听见，要么我比给你看，你看得见呀。平安说过这些话之后，兰花让自己的手拿着平安的手，然后在锄头上拍打，这一拍打，平安就懂了，兰花的意思是问平安拿着锄头出来做哪样。平安就大声说，你问这个哦，我拿着锄头是要到菜园子里去看一下那些菜，我也好久没去看它们管它们了。要是需要经管一下呢，我就经管它们一下。兰花就取下了平安背着的背篼自己背上，并在前面带着平安行走。平安本身熟悉路径，加上手里挂着锄头，就跟着兰花亦步亦趋地行走了。

温家坡寨子里人家住得密集，房前屋后边边角角用来作的菜地，大都加了围栏，平安家的菜地也一样，有用小柴火棍围的，有用杉树皮围的，也有用竹丫围的，还有用刺丫围的，这些围的材料都捆绑在栏杆上，栏杆又由木桩来固定，可以说是牢固的。围起的菜园子有点像一只一只的眼睛。围的目的主要是挡鸡，鸡都散放，鸡爱啄菜苗，甚至啄菜种，也分不清哪家的鸡啄了哪家的菜苗或菜种，所以各家各户都把菜园子加了围栏，有那胆大的鸡敢飞越围栏入侵，敢冒天下之大不韪，结果自会有它的好受。单是在菜园子里被撵着飞就够受的。当然，菜园子如是在路边呢，围栏还有拦过往牛羊的嘴唇及舌头的功效，也包括拦过往行人顺便伸手的功效。进得菜园门，平安先是蹲下身子伸手摸那些菜，他感觉到那些菜都有点枯萎了，干缩了。平安家的菜园子是画了格的，哪一格种哪样，那是有分别的，比如栽火葱大蒜的格子，火葱是开春后一次性扯来炒腊肉吃或凉拌了吃，扯过的空地就接着栽上分葱，而大蒜从蒜苗吃到蒜薹直到挖出蒜瓣，空出的地才栽芫荽；而栽白菜、萝卜、芹菜的地空出以后，接着又栽莲花白、莴笋，再栽黄瓜、茄子、豇豆、四季豆。除了茄子能够独立，它长出的黑脸货色它自己能承受，黄瓜、豇豆和四季豆，都需要给它们插一根小木棍，一是让它们在幼苗的时候沿着木棍生长，二是它们结的果实由那木棍承受，而南瓜、葫芦则栽在土边，它们的藤长得长，木棍无法满足得了它们的延伸，再说它们的果大还重，木棍更是承受不了，就让它们结在地上或围栏上好了，要不得就搭棚子，搭起棚子又遮挡了其他菜们的阳光雨露，它们要闹意见，要赌气不长或长得慢。"房档头"有空地的人家呢，则专门把南瓜、葫芦、葫瓜、丝瓜（有的叫线瓜）、苦瓜栽在房档头，并给它们搭一个大棚子，让它们比附争争（争先恐后）地生长、开花、结果。有的人家还在房前屋后和档头种些天香米和汗菜，包括马屎汗和牛屎汗。不管是菜园子还是房档头，菜们都开花的时候，那些花的香气简直熏得人难受，那是蜜蜂们嗡嗡嗡嗡的最得意的时候，那些花红的白的黄的紫的，简直看得人眼睛发花。以前平安还看得清楚一点的时候，特别是早晨，太阳出来照在那些花瓣上，那些花瓣上的露水珠子晶晶亮亮，像针一样向四处伸张，花儿很香，蜜蜂在歌唱，那是多迷人醉人的情景啊！可惜平安现在看不见了。平安家房档头没有空地，菜们都统一种在菜园子里。菜园子里的地没有放空的。虽然这些都是兰香搞的花样，可兰香栽种的一季菜已经过去了，菜园子里的菜只有形式还是兰香的，内容却是兰花栽种的了。兰香栽种的菜只有菜园子边上的阳藿、魔芋还存在着，因为它们只要不一次性收割完，一季过了二季又会生长出来，并且茂盛地生长着……

平安感到菜园子里的地好大一块都空着——这都是兰香离开了的缘故啊。要是兰香在家，他们家的菜园子就不会这样空着。平安到菜园子里来，其实就是想知道以前由兰香经管的菜园子现在怎么样了。平安执着锄头要对地块进行整理，兰花迅速就上前制止，她双手按在平安手中的锄把上，不准平安乱挖，她咿哩哇啦的平安也听不明白，但他感觉得到，兰花的意思是说他把其他的菜挖坏了。

平安说兰花哩，你就让我挖吧，挖坏了就让它们坏吧，它们本来就已经坏了，要是挖好了呢，那它们不是又要长起来了？

兰花急得像是从牙缝里逼出了话来，你……不要……挖坏……了菜……让……它们……自己……生长吧。

平安说逼急了你也能说啊，好，你这样护着它们，你晓得这以前是哪个经管的菜园子吗？——兰香，孩子们的妈妈兰香。

兰花就停止了动作，静默了。

平安说，他们给你说了吗，我的眼睛看不清楚以后，我的妇人兰香走了，没有回来，他们才叫你来和我一起，你晓得吗？

兰花握着平安的手，这时捏了一下。

平安说你不恨她吗？你都来到我的生活中了，我还在寻找她以前留在我们的菜园子中的痕迹。

兰花的手轻抚着平安。

平安抱着兰花的头说，你真是个傻哑巴啊！你来的时候，他们说你是我重新结的媳妇，我说不是，他们说那你就是来帮忙照顾小孩、帮忙照顾我的保姆。他们要搞哪样仪式，因为我反对，就没有搞。你来了以后，我并不和你上床……

兰花急得又像是从牙缝里逼出了话来，你要……挖土，就挖这……空处的，要下种……要栽秧秧，也栽这……空处的，它们……长得起来……就长，长不起来……就算了。

六

没多久，平安听见了兰花的恶心呕吐声。

平安的母亲悄声对平安说，平安哩，你哑巴媳妇怕是有好处了啊，你怕是又要当爹了啊。

平安说是吗，你们不是说她没得生育吗？她怎么会有"好处"呢？平安想象得到母亲脸上的笑多么得意，多么意味深长。平安记忆中的母亲身材高大，戴个护士帽，长袖衣服的外面还套件马夹，长方脸，浓眉大眼。

兰花恶心呕吐期间，平安的母亲把照管平安儿子的活路接过去了，比如她亲手负责平安儿子的吃喝拉撒，喂他饭，喂他水，招呼他拉屎拉尿，给他洗衣服，让他跟平安的父亲睡觉，说是让兰花保胎，也让平安的父亲先适应一下。

平安对于试图寻找兰香在他的生活中留下的痕迹而遭遇不顺很是沮丧，比如在天锅一样的菜园子里，他的眼睛已经看不清楚了，他随便一动，兰香本没留下的多少痕迹就让他破坏了。更让他沮丧的是，兰花还制止他的行为，不是因为那些痕迹是他两个小孩的妈妈兰香留下的，而是他破坏了那些痕迹，她不让他破坏，也不让他参与修补，而是要他顺其自然，是好是坏都顺其自然，说它们长得起来就长，长不起来就算了。话说得很简单，道理却不那么简单。

大半年以后，兰花产下一子，平安的母亲非常高兴，对平安说平安哩，你又当爹了呢。平安说那这怎么办啊？平安的母亲说哪样怎么办呀？你的哑巴媳妇又给你生了个儿子，这是多好的好事呀。平安说我已有了两个小孩呀，现在又生了一个，他们怎么才长得大啊。平安的母亲说小孩还嫌多吗？你的哑巴媳妇她既然给你生了下来，我们就帮你们拖，拖大了，他们以后就养你、就养你们呀。从现在起，你能做点哪样事情就要想着理起做呢，我们忙不过来的时候，你能帮忙洗碗就要帮忙洗碗，能帮忙洗尿片就要帮忙洗尿片。平安说只要我能做到的，你们安排我就是，我也要承担后果，承担责任嘛。只是，我还是忍不住想啊，那兰香哪天要是回来了怎么办啊？

平安的母亲说，平安啊，你还在念你的兰香啊，她都一去豌豆不结角（果）了，你还念她做哪样啊？她要回来早就来了，她要是还念着你和小孩，最不堪也该一年半载带个信回来呀，或者就是带点钱回来呀，可是这些都没有啊！平安说那她可能是出去过得不好，不好意思回来，也不好意思带信来呢。

平安的母亲拉着兰香生的一双儿女说，我们不谈你们以前那个妈妈了，你们那个大妈，她没得良心。我们谈你们现在这个妈妈，小妈，二妈。你们现在这个小妈、二妈原先那边说她没得生育，不是说的假话吗，到你爸爸这儿来就有生育了，还是你爸爸厉害吧！平安说对不起她啊，我把她当作了兰香……平安的母亲说，细娃们哩，你们要感谢你们的哑巴小妈、二妈呢，她照顾你们的爸爸，顶替你们以前的老妈、大妈，给你们吃，给你们穿，一把屎一把尿拉扯你们，现在已经给你们生个弟弟了，你们要懂事点，勤快点，机灵点，长大了好好读书，少给她添麻烦，也少给你们爸爸添麻烦，哑巴小妈、二妈以后的主要精力就是照顾你们的爸爸和你们的那个弟弟了。

平安没再说兰香，只是在心里想，兰香啊，家里发生的这一切，你晓得吗？你为什么连个信都不带回来了呢？你可是让我小心翼翼又惶惶不安地生活着啊。

平安的父亲说，有哪样心神不定的，我们就在这温家坡生活，小孩们长大了该到哪儿读书照样到哪儿读书，不会耽误他们的。你现在要多和他们说话，免得他们长大以后少言寡语，甚至不言不语。平安的父亲平静地说过这话之后就出意外了，这些平常状态下说的话忽然就成了他生命中最后说出的话，一跃而成了生前的遗言。

平安的父亲是去镇上赶了场回来从寨子边的路上摔下坎去摔死的。之前一点预兆也没有，或者说就是有，平安也不知道，他除了眼睛看不清楚，耳朵也没听见过一点动静。事情出了以后平安才听说，他的父亲去镇上赶场，是把家中他和母亲、和兰花一起种的黄豆绿豆背一点到镇上去卖，然后买了一包化肥背回来，同时还买了两包花花朗朗的洗衣粉、两块黄黄的肥皂，给平安的母亲买了个灰色的护士帽，给平安买了副墨式眼镜，给兰花买了一根围腰，给大的孙女孙子买了几颗水果糖。小孙子才出世，还在吃奶，大家都以为平安的父亲哪样都没有买，事实上也不大好买。可平安的父亲给小孙子买的是个奶瓶，装奶浆的奶瓶。平安的父亲买的那些东西，平安理解成了是他对一家人的永久的爱。当然，平安的父亲也喝了一点酒，也是喝的那点酒出了问题。又一个孙子出世，平安的父亲高兴得很。平安的父亲穿着常年穿的对襟衣，从镇上背着那些东西回温家坡，都已经下了大马路，走在进寨的路上了，却在一处窄路边没踩稳，摔了下去。等到有人发现，一边告诉平安家里的人，一边呼叫人把平安的父亲抬到路上的时候，平安的父亲已经说不出话了。

寨子里的人帮忙把平安的父亲送到镇医院抢救也还是没有效果。

平安记得他听父亲说过，解放的时候平安的父亲还小，虽然小却也被划了个富农的成分。这富农不是靠请长工做出来的，而是爷爷奶奶自己一手一脚做出来的。富农么，就是富裕中农，比地主不足，比中农和贫农要好，要悠闲，属于山中有地种，家中有书读，也讲究点耕读传家的那种。这个习惯传下来，平安的父亲常常知足，开会挨斗的时候，他的前面有地主，他不过是配盘而已。他不说出格话，不做出格事，哪个又能找到他的哪样岔子。即使挨斗得再凶，挨斗之后该做哪样活路还是照样做哪样活路，一点都不耽搁。做了生产队的活路再做自留地里的活路，因此平安家的日子大都过得循序渐进，当然也波澜不惊，这就是平安的父亲要的，只希望他们三兄弟顺利成长。本来他也是如愿以偿了的，平安有了一儿一女，老二出门打工挣了钱，老三师范毕业当了老师又改行搞了行政，哪晓得平安的眼睛出了问题，平安的媳妇出门以后慢慢就断了音信，找了个没得生育的哑巴来照料平安和小孩，居然也生了个孙子出来，这有点出乎他的意料……

平安的舅舅来参加平安父亲的葬礼，在一个间隙，平安的舅舅说平安，你不错啊，在别处没得生育的女子在你这儿都生出儿子了，你不错啊。平安说是啊，舅爷，这还是你撮合的好事呢，也有你的功劳啊。平安的舅舅很传统，不容别人乱开玩笑，平安，你不能没得老少啊，怎么能够这样说呢，怎么能够？

平安感到他的父亲去世，延续了很多年的耕读传家精神和做法怕是也随着父亲而去了。父亲在世的时候是一棵大树，他是在大树底下歇凉，那样的日子也随着父亲而去了。以后的日子他得自己过了，肩上的担子他得自己扛了。

平安的舅舅说平安啊，你这小儿子八字大呢，你看他才出世不久，你老子就去世了，是不是他狗日的赶走的啊？平安说我不知道。我要是知道那小子是来赶走父亲的，我宁愿不让他狗日的出世，宁愿让父亲多活些年岁。平安的眼前迅速出现了一幅画，哇哇落地的小儿子在画面的左下角驱赶着右上角的躬腰驼背的父亲……平安的母亲插话说，平安你不能乱说，老话说人生死有命，富贵在天。该来的要来，该走的要走，这是天家安排的事情，我们改变不了，只有依从的。平安的舅舅说，说不定天家给你一家安排的就是这几个人呢，来了一个，只好走一个。不管它是不是这样，平安哩，你儿子出世了，老子去世了，你该想想办法了吧，一是自己怎样活，二是怎样把小孩们养大——你以前歇凉的大树已经倒了呢。平安狠狠地点了点头。

平安记住了父亲的话，却不大赞成父亲的说法。就在温家坡生活，孩子们长大了能该到哪儿读书就到哪儿读书吗？现在温家坡寨子里已经少有人做农活了，他平安也做不来，他们一家人怎么生活？母亲已经老了，就靠兰花一个人做来生活？退一步说就算是一家人能够勉强生活，那小孩们读书能不受影响？温家坡寨子里已经有人到镇上去租房子监管小孩读书了。

平安想起他最后一次去市医院复查了回来在大巴车上遇到的那个妇女，和她的丈夫一起在梵净山下的那个县城做泥水工，她回家去给死去的亲人烧月半纸，也去亲戚家吃一下酒，送个礼。她说老家的亲戚不能丢，说人不能忘记自己是从哪里来的。她是在尽自己的责任呢。她的话说得平平静静，一点也不像是假话。那么，他平安也得尽自己的责任呀，和兰花生了小孩，和兰香生的小孩，都得把他们养大，让他们读书，读出他们的前途。

七

平安戴着一个草帽也开始一次一次地拄着竹棍摸摸索索着去镇里赶场，有时不赶场也戴着草帽、拄着竹棍摸摸索索着去往镇里。镇以前叫区，是全县的十二个区之一，管着八个小乡，后来撤区并乡建镇，分成了一镇三乡，仍然是原先那个区的中心。从温家坡到镇里十四五里，以前人们大多走路，现在有不少人坐车了，摩托车、班车或者货车，遇到哪样车、能坐哪样车就坐哪样车。平安到镇里以后，一会儿拄着竹棍摸摸索索着在上街转来转去的，一会儿拄着竹棍摸摸索索着在下街转来转去的，一会儿拄着竹棍摸摸索索着到了那在镇上租房子的温家坡寨子里的人家，一会儿又拄着竹棍摸摸索索着到了温家坡一个出嫁到镇上的老孃孃家。镇里原先只有一条老街，现在在老街的上面，第二条街已经修出来了，街的两边有了店铺，逢五逢十都在赶场了——虽说逢五逢十都赶场，但也还是有例外，一是每年的端午并不赶场，二是小月没有三十，只好赶二十九，叫借场赶——听说那第三条街也在修建了，修在第二条街的上面……

平安先是由到镇上租房子的温家坡的哥子带领找房子，街路上他的竹棍大多挂着一层泥沙，他得小心翼翼地行走，否则那些泥沙的滑动会引得他的鞋也跟着滑动，他走在路上的身子就不稳当了。平安走着走着，听见衣兜里的手机在报时，现在是北京时间十二点钟，他没有管它，由它报去。可是接着，衣兜里的手机又在报号了，1359565……是母亲打来的，平安右手拄着竹棍，边走边用左手摸出手机，按了一下通话键才接听母亲的电话。母亲问他在哪儿，交代他不管在哪儿，走路都一定要小心啊，事情也要慢慢地做，一点也不能着急。平安说妈，你放心，我正在去看房子呢。

温家坡寨子里的哥子帮忙平安找的是上街边上一家的房子，原先可能是猪圈牛圈，后来没喂猪牛了，就腾出来做门面房了，有人要租便也出租，但平安还是闻到一股猪牛圈的味道。带平安找房子的温家哥子问他这房子怎么样的时候，平安说再找找看吧，做生意或者是谈媳妇，一火成功的也有，但不普遍呀。温家哥子说你究竟觉得这房子如何？说句实话，我好心中有个底。平安扶了扶草帽下面父亲给他买的墨镜说，这儿呢，还是偏了一点点，再说房子里也有点点味道。心想的却是你毕竟才来街上不久哦，只能找到这种房子。

1301700……平安在从上街走向下街的过程中，衣兜里的手机又响了，是当干部的小兄弟打来的，平安估计是母亲打给小兄弟，要小兄弟给他打电话。平安依然右手挂着竹棍，边走边用左手摸出手机，按了通话键才接听小兄弟的电话。小兄弟说你忙得很哦，等我回来了陪你去看房子也不迟呀。平安说没得哪样，我能行的，再说也不能总是麻烦你们。小兄弟说这怎么叫麻烦呢——好了，你要尽量不出错哈，搞准确点哈。平安说我知道的，你尽管放心。

平安请下街的老姑爷找的第一家也不如意，房子倒是新修不久的房子，位置却超过了场口，也没有装修，房主要平安自己装修，用装修款抵房租。老姑爷说，房子不算宽大，也就两间——哎，你究竟看得见不啊？平安说姑爷你还不晓得我啊，看是看得见一点的，只是不大看得清楚。以前就不大看得清楚，现在更加看不清楚了。你带着我把开间、进深一走，我用手和脚步一量，就晓得个大概了。但是平安没有同意，一是他只租房，不装修，装修没得底，不确定因素太多；二是他担心他出的装修费，不能完全变成房租，要是哪天房主说不租了或者擅自涨价，他出的装修费可能就冤枉出了，人家叫他拆除他也拆不下来，他那因眼睛受伤得的补偿费就用错了地方；三是他眼睛看不清楚，行动不方便，装修牵涉的事项太多，他哪应付得了。

平安的老姑爷带着平安来到下街的场口时，他觉得这地方有点像是他要选的地方。镇上有三个大的进出口，一个是从县城来的方向，而这老街的场口，却连着两个进出口，一个通向徐家坝那边，一个连接上面的二街，而二街的上面，正是温家坡那头来的方向；这儿当路，是出生意的地方。虽然房子窄点，也有点旧，但是没关系，他、母亲和兰花还有小孩们可以克服窄的问题，至于旧不旧的，平安觉得根本就不是哪样问题。

1898533……平安衣兜里的手机又在报号了，是在外面打工的二兄弟打来的，平安估计仍然是母亲的计策，要二兄弟提醒他不要急忙，不要慌张，要慢工出细活，要稳稳当当。戴着草帽的平安右手挂着竹棍，又边走边用左手摸出手机，按一下通话键接听二兄弟的电话。二兄弟说，听说你到镇上租房子？确定没有？平安轻描淡写地说是，我来看一下。二兄弟说你确定了就租吧，相信你能搞定。平安说基本上确定了，在下街的场口。

平安想来想去，还是决定搬到镇上生活。

这是因为，二兄弟在外打工，找了钱，已经在县城买了房子，二兄弟继续在外面打工，由兄弟媳妇带着小孩在县城上学；三兄弟师范毕业以后，先是在邻镇的小学教书，然后调来调去，从邻镇的小学借调到了另一个乡里的教办，后来县里清退借调人员，又回到了邻镇的小学。等那阵风过去了，三兄弟又从邻镇的小学调到了另一个乡的教办，再之后，又从那个乡的教办借调到了县城，当然早已在县城买了房子。平安的父亲还没去世的时候，父亲对平安的帮助是实在的，不愿意进城跟两个兄弟生活，宁愿在温家坡，说温家坡空气好，人熟地熟，在温家坡生活习惯了，不愿意挪动了。其实就是要继续帮助一下平安带小孩的意思。平安的父亲去世以后，两个兄弟一直在叫母亲去城里玩耍，母亲也去了，但把话说得很明白，去要几天可以，却不能长住，不能帮他们带小孩，因为大哥平安一家离不开她，平安的眼睛已经看不清楚了，除了兰香生的一女一男两个小孩，还有哑巴兰花也生了一个，要帮，她得先帮平安和哑巴兰花啊。再说，老二家是两个女孩，老三家是个独女，老大平安可是两男一女，两个男孩呢。目前看，他们这家人传宗接代的事情就靠平安的两个儿子了呢。

平安还接到了像是法轮功人员打来的电话，他啪地一声就挂了。又接到了一个推销酒的电话，他说你卖酒关我哪样事啊，我又不喝酒。

平安提出搬到镇上租房子住，母亲也同意了，镇上隔家近，要回家看一下屋里，看一下寨子上的人，看一下他们的菜园子也方便。平安搬到镇上的理由是为孩子们读书，镇上读书的条件比在温家坡寨上好得多，不用走那么远的路到漆底或竹园，直接在镇上读，不用回家。

八

平安拄着竹棍摸摸索索着和老姑爷从看过的房子里出来就走在了街上，他忽然听见一个声音，哎，请问你是温平安不是，是温家坡的平安不是？平安不知道是哪个在喊他，这声音好像有点熟悉却又记不起来了。平安停下来，手中的竹棍也不再拄动，他说是哪个呀，我是平安，温家坡的平安。平安只感觉面前有一团黑黑的影子。影子说，我是梁家坳那边，曹家渡的，有回我们从梵净山下坐车回来——平安迅速就想起了那回在车上遇到的女子。但他还是不清楚，你怎么到这里来了呢？和平安一起的老姑爷说，平安你有事，那我先走了啊。平安说你先走吧，麻烦你了哦，大姑爷。

平安转过头对女子的影子说，你梁家坳那边的，如果是坐车进城呢，从青杠山到徐家坝经过搭河坝就进城了呀，怎么到我们镇上来了？女子说你有所不知，梁家坳到青杠山的路在修，不通车了，我就从天池坝这边来了。我们曹家渡到天池坝也不远，在天池坝遇到了方便车，他们带我到了这里。平安已经相信女子是那回车上遇到的那个女子了，但他还是说，你说你哈，你要是回梵净山下去，从你曹家渡坐车到凤冈，从凤冈直接坐到梵净山下，多方便呀，却要走这边弯来弯去的。女子说也像那样想了，但我在县城有点事，小孩要中考了，给他办个民族证加点分，就走了这条路——可是听你这口气，好像不大欢迎我到你们这边来啊？平安说哪里哪里，请都请不来呢。我这人老实，我只是就事论事，接着刚才的话说呢，你到县城，也可以从凤冈坐车到县城呀。女子说是呢，当时没想到这一点，只想到从曹家渡到天池坝不远，天池坝到县城也不远……都习惯这样想了。原先是计划从天池坝直接坐车到县城，可是在天池坝遇到了个熟人，人家的方便车把我带到了这里，就在这里等车了——是想起了你是这个镇的人，没想到你也在这镇上啊。平安说我也没想到你会来我们镇上呢，看来我们还真是有点缘啊。女子说你在赶场吗？今天不像赶场的样子呀。

平安拄着竹棍摸摸索索着转身带女子去看了他刚才租的房子，然后就把女子带到一个卖粉的馆子里说，你是到县城吧，这里车多，有从徐家坝到县城的，有从倾坪、天池坝、付家湾到县城的，好等。我请你吃碗晌午，牛肉绿豆粉，净光牛肉也行，由你选。女子说你非要这么讲礼吗？平安说你是我的朋友，我们这种很难见面的朋友在这街前市口见面了，一碗晌午总是要吃的嘛。平安摸出他的电话，拨号时发出数字的声音，他先拨老姑爷的号码，接着又拨温家坡寨子里到镇上来租房住的哥子，说请他们吃晌午，可他们都说不得空。女子说那就恭敬不如从命了。平安有点歉意地说，我要向你说一下，上次在车上认识你的时候，有点打扰你了啊。过后我也觉得不好意思。平安想女子应该明白他说的是什么。果然女子灵敏地接上了话，那也没得个哪样啊，出门在外，人都爱暴露自己的弱点。我晕车，感谢你的关心呢。平安说我给你讲啊，说到感谢，我才很感谢那次在车上遇到你。我的眼睛比以前更加看不清楚了，老婆外出没有音信，我悄悄跑到市里去复查眼睛，是巴心巴肝希望医生说还能医好，是希望医生说以前搞错了，可是医生没有给我这个希望。你想我有多灰心丧气啊，所以当时很希望你这个陌生的朋友到我们这边来耍一回。你虽然没有来，可你话说得好，封镇（祝福、祈祝）得好。你说我老婆出去了，就等一下吧，说不定缘分哪天就来了呢。

女子说还真让我说准了？平安说还真让你说准了。我舅舅带了一个哑巴到我家，说是没得生育，说是手势打得好，说给我和小孩当保姆，你应该也能想得到，我们就在一起了。

店家把女子要的牛肉绿豆粉端上了桌，女子取了筷子在碗里搅着说好呀，真是天涯处处有芳草。平安要的是净光牛肉，店家端上桌后，女子伸手给他取筷子，他自己摸索着已经取到了。女子问他要加点酱油和醋不，平安说他吃得不咸，也不吃醋。女子又问他要大蒜不，她给他剥一瓣。平安说他不要大蒜，大蒜辣心，他用筷子搅着碗里的牛肉说，也是怪了，哑巴在别处没得生育，到我家后却生了个小孩。

女子说好呀，你家又添人口了。平安语气有点低沉地说，朋友啊，你说这是真的吗？我的小儿子出世以后没多久，我父亲却去世了，我舅舅说我父亲是我小儿子赶走的，我们家只能有那么几个人，我小儿子来了，我父亲就得走。

女子说这你不要乱想啊，在这个世上，人是该来的要来，该走的要走，很自然的规律，不能说哪个赶走了哪个，哪个的生是由哪个的死换来的。十年修来同船渡，百年修来共家园，那是前世就定了的缘分。

平安说你这说法和我妈的说法一样，谢谢你啊！女子说你谢我做哪样呢，我又没能帮你做哪样。平安说谢谢你阴差阳错来到了我们镇上，谢谢你跟我打招呼——我这眼睛，早已分不清从我身边走过的人哪个是哪个了，谢谢你说出了和我妈说的一样的话。真要是像我妈和你说的这样，那就好了，我的心就好过一点了。你快吃呀，够了吗，还要加点不？

女子从桌上抽了一张纸巾给平安说够了，已经吃饱了。那你到街上来租房子，是要到街上来生活？平安说你看，哑巴来给我生了小孩以后，我父亲去世了，我已经没有遮风挡雨的了，只能靠自己了——我得向你学习，尽一个父亲的责任，靠自己把小孩们养大，让他们读书，以后成家立业。女子说你这想法是正确的，应该这样，有条件到街上来住，随便做点哪样都能生活的，又对小孩读书有利。将来你的孩子们成家立业了，你就是老太爷了，可以捋着胡子说，我年轻的时候怎么怎么为你们着想了。

平安说谢谢你的鼓励啊。女子说我们东西也吃了，话也说了这么多，我也该走了呢。平安说对不起啊，这不是在家里，也没得点哪样东西让你给小孩们带去——那你慢走啊，下回往这儿过路的时候进屋来耍。

平安记得镇街的对面有一座双乳山，可惜现在他已经无法看得见那风光了。

九

温家坡寨子里的人不明白，平安到镇上租房子做哪样，光是住，用得着花那么多钱租在街口？

镇上的人也不明白，一个乡下的瞎子到镇上的街口来租房子住，只是为了陪小孩读书？不，应该还有别的名堂。

平安把在镇上下街街口租的房子开成了一间电器维修店。是的，眼睛已经看不清楚的平安开起了电器维修店。这个消息在镇上迅速引起了关注。

平安一个眼睛看不清楚的人还能维修电器，许多人都感到惊讶，不可理解。有的人把有毛病的小电器拿来给平安修是出于好奇，说修不好也没关系，反正也是个小玩意，修好修不好都是对平安的一点支持；有的人跑到平安的店面前不是为了修理什么电器，而是来亲眼看一下平安是怎么维修电器的。平安听见温家坡寨子里到镇上来租房子的哥子和镇上的老姑爷也在其中，他回答他们说这主要得益于他对电的原理很感兴趣，读初中的时候物理学得好，其次是出于对兰香的思念，就这两点。人们希望他说得具体一点。他说他从小就对带电的东西感兴趣，着迷，电这个东西说看得见也看得见，说摸不着也摸不着，可真要是摸着了，人就要遭它害了。在不让它害人的情况下，比如电筒，他拆开后常想的是电池和泡子接上后怎么就通上了电，打米机、磨面机怎么通电以后就打米磨面了起来，手扶拖拉机、二七和三五拖拉机怎么发电以后就能开走。当他总结出存在着电的原理和机械的原理后，就上课的时候认真听老师讲，下了课遇到那些东西的时候就看个究竟——那时他的眼睛"杵"近了还能看得清楚一点，就摸索它们是怎样把两个原理结合起来的，逐渐就掌握它们的门道了。

当初兰香买了电吹风机拿回家用，他拿着先看外面，再拆开了看里面，重新装上的时候就已经掌握它的结构了。兰香在家的时候每次洗了头发都爱用吹风机吹干，那时他还有点不大爱听电吹风机的声音，嗡嗡嗡嗡的，兰香在他面前吹头发的时候，他不是自己走开，就是叫她拿开点吹，或者捂着耳朵不听那个声音，后来他的眼睛看不清楚了，兰香出去了，他常常想起她用电吹风机吹头发，那嗡嗡嗡嗡的声音忽然像兰香在唱歌一样好听，像兰香经管的菜园子里菜花们都开了，蜜蜂们嗡嗡嗡嗡地采花蜜的声音，他想要是兰香还在他身边吹头发该有多好啊，她还在经管着那菜园子，让蜜蜂们来采花蜜多好啊。他于是把兰香以前用过的电吹风机找出来，拆了装装了拆，没几下就像当初一样把里面的道道摸清楚了。有时候他自言自语，兰香啊，你要是还在我的身边，你就是把电吹风机用坏了，我也会很快给你修好，让你迅速就吹起来。然后他又把家中还放着的、兰香用过的旧电器找出来，电风扇、电磁炉、电饭锅、电饭煲，拆了装装了拆，先摸电路是怎么走的，再摸电路是怎么接上动力元件的，平安把它们的最大公约数和最小公倍数摸清以后，再回头分别摸索各自的配件就容易了。

说到开电器维修店，平安说虽说现在的人有了点钱，至少是比以前多，可这其实只是理论上的大概的表面的，具体到日常开销上，人们还是把钱卡得有点紧。因为需要开销的地方多了，虽然每一笔的数目不大，但是细鞭子打人也痛。用旧了用坏了的电器修一修还能用，为什么不呢，是不是？平安正是想到这一点，就把电器维修店开起来了。虽然店面很窄小，里面却可以住他们一家人，母亲带兰香生的两个小孩，住在门店后面下一层的一间房子里，那里还有厨房和卫生间呢，兰花带她的儿子和平安一起，床安在门店后面的那一间。挤是挤了一点，可这是镇街上呢，街上比温家坡寨子里还住得密集，哪有不挤的呢？可这挤的地方它除了隔学校近，平安三个两个也还能靠大家捧场挣点收益。平安先修的是一些小件，比如剃须刀、小台灯、电吹风机、电风扇、电石英炉、电磁炉、电饭锅、电饭煲等等，等等，然后才开始给老年人修收音机、山寨手机，钱多钱少由大家看着给，而认钱的大小和真假呢，平安以前已经练过了，没得问题。至于逐渐发展到修洗衣机、电冰箱、电视机，那只能是以后的事了。

平安把自己家里以前用过的大小电器们摆在店里，让顾客晓得是经他修理出来的，跟新的一样好用。那当然是样品。有人要买那些样品，平安不卖，说那是样品呢。人家说你这还不是修理出来的吗？他说这和其他修理出来的电器不一样，这有纪念意义，是他开始学摸着修的时候修出来的。有人说你这儿暂时还没得配件，你要等配件来了才给我修，在还没修好我的电器之前，我先借去用用，行不？平安也不同意，说我这是样品，你把我的样品借去了，顾客看不到我的样品了，我这店子怎么开，生意怎么做啊，虽然只是小生意，但样子还得有呀。平安听见兰花抱着小孩咿哩哇啦的，好像是在说可以先借给顾客去用，你自己又没用。平安大声说不是用没用的问题，是样品，就借也不能借的。兰花一只手抱着小孩，一只手拉着平安的手在样品上触摸了一下，像是从牙缝里逼出的话来，你……放在……这儿，还……不是……放在……这儿吗？平安知道兰花在给小孩喂奶，因为他听见了小孩吮吸的声音，他能想象兰花脸上的平静与幸福，他跟小孩说好好吃你妈妈的奶啊，但他仍然对兰花说，样品反正不能借。

在维修店的嘈嘈杂杂之中，平安接着还是愣了一下，心想，我把它们放在这儿起的是样品的作用，当然不能借。再说它们是兰香用过的电器呢。不过提起兰香，平安也能够理解，兰香对他的心情是矛盾的，她确定出去，是心里觉得不能再和他一起生活了，那些赔偿他眼睛的钱她一分也没要，嘴巴说留给孩子们，其实怕是觉得她离开，一走了之，有些于心不忍。现在，平安对兰香的心情也矛盾起来了，一方面，他希望兰香能够念及两个孩子以及和他的感情而回来，回来和他一起生活；可是另一方面，平安已经事实上和兰花一起生活了，还生了一个孩子，要是兰香哪天回来了，他又该怎么办啊？

对这个心里的疙瘩，平安这天在拆一个电磁炉的时候和母亲提起，说兰香要是哪天回来了的话，就让她先在温家坡住着，在那像天锅一样的菜园子里种菜，然后运到镇上来卖？平安的母亲一边择菜一边说，平安，你硬是忘记不了你那个兰香啊？她都出去两三年了，你和兰花都生了儿子了，你还念她。

平安理着那些大一根小一根的电线说，兰香她如果提出要小孩，妈你说小孩会不会跟她？你是舍得让孙女跟她呢还是舍得让孙子跟她？孙子你已经有两个了，孙女才一个。平安的母亲忽然提高声音说，孙子孙女都没得她的！她出去这两三年，给她的姑娘儿子打过一次电话来？带过一次信来？还是汇过一分钱来？平安的眼睛虽然无神，脸上却颇有神采，他说妈，你不要光看后头这半截，也看看前头那半截喽，她和你的儿子生了两个孩子，对你和老爹也还是有孝心。再说，我这也是给你补漏船噢，兰花是你请舅爷领来的嘛。

平安的母亲说平安，你得鱼肉吃了还嫌腥臭啊？你嫌你舅爷多管闲事了？你舅爷他多管闲事，不但给你重新找了个媳妇，这媳妇又还给你生了个儿子，这不是好上加好吗？你不要不识好歹。平安说我是觉得我已经重婚了，不知道该怎么办。——妈你有话就说吧。平安的母亲说，妈只想给你说，不管是哪个社会，你都不能心太软。兰香她要是哪天回来了，又赖着不走，温家坡的房子可以拿一间给她躲雨；她要种菜呢，也不是不可以，但要保证有我们一家人吃的。她如果还得寸进尺提出要小孩，我的看法是姑娘儿子都没得她的！平安停下手中正理着的电线说妈，你既然同意她在温家坡住，又同意她在菜园子里种菜，无非是不同意分一个小孩给她——那么不管姑娘儿子，我们名义上分给她一个，实际上还是自己经管，但吃穿费读书费要由她负责，你说行不行？平安的母亲说平安，你怕我是差那点钱？在这街上住起，我赶场天在门跟前煎几个油粑粑卖，炒点葵花籽平时也可以卖，就是拼老命也能给小孩找来那点钱的！平安的母亲说过这话以后像是忽然想起了哪样似的问，我孙女孙子呢，跑到哪儿耍去了？叫他们注意车子啊，也不要跑远了啊——你眼睛看不清，我又跑不快，这街上闲杂人又多……

平安听出母亲已经冲动，就把话题翻了个面说，妈，我是想我已经对不起兰花了，有时候当着她也大一句细一句地说话，没有尊重她。现在她正是哺乳期，不能说兰香来了就叫兰花离开吧？叫她到哪儿去呢？平安的母亲说哪样？你可不能做对不起兰花的事噢，人家也是给你生了儿子的。平安说就是喽，兰花没有嫌我眼睛看不清楚，没有嫌我有两个小孩，再说她现在就是我的妇人，也可以说她占先呀。

这时，平安的女儿忽然从外面跑进店里说，婆，我看见有个女的从那边走过来了，一直在朝我们的店子里看呢——我也没有看清楚，那是不是我妈啊？

平安顿时紧张起来，啊？不会是说曹操曹操就到吧？

平安的母亲说，她怕没得那样快！

平安站在店门口心里想的是，会不会是他在车上遇到的那个妇女？不会吧？更不会是兰香——来者不善吧？

（原载《民族文学》2019年第12期）